Il Figlio del Satiro

LIBRI DI LUCINDA BRANT

— La saga della famiglia Roxton —
NOBILE SATIRO
MATRIMONIO DI MEZZANOTTE
DUCHESSA D'AUTUNNO
DIABOLICO DAIR
LADY MARY
IL FIGLIO DEL SATIRO
ETERNAMENTE VOSTRO
CON ETERNO AFFETTO

— I gialli di Alec Halsey —
FIDANZAMENTO MORTALE
RELAZIONE MORTALE
PERICOLO MORTALE
CONGIUNTI MORTALI

— Serie Salt Hendon —
LA SPOSA DI SALT HENDON
IL RITORNO DI SALT HENDON

*'Occhialino e penna d'oca, e via nella
mia portantina——il 1700 impazza!'*

LUCINDA BRANT SCRIVE romanzi e mistery ambientati nell'era geor-
giana, famosi per la loro arguzia, l'atmosfera drammatica e il lieto fine.
Ha una laurea in storia e scienze politiche ottenuta all'Australian
National Universiry e una specializzazione post-laurea in scienza dell'e-
ducazione della Bond University, che le ha anche assegnato la medaglia
Frank Surman.

Nobile Satiro, il suo primo romanzo, ha ottenuto il premio Random
House/Woman's Day Romantic Fiction di 10.000 $ ed è stato per due
volte finalista del Romance Writers' of Australia Romantic Book of the
Year.

Tutti i suoi libri hanno ottenuto riconoscimenti e premi e sono
diventati bestseller mondiali.

Lucinda vive in quella che chiama 'la sua tana di scrittrice' le cui
pareti sono ricoperte da libri che coprono tutti gli aspetti del diciottesimo secolo, collezionati in oltre 40 anni… il suo paradiso. È felice
quando i lettori la contattano (e risponderà!).

lucindabrant@gmail.com	lucindabrant.com
pinterest.com/lucindabrant	twitter.com/lucindabrant
facebook.com/lucindabrantbooks	youtube.com/lucindabrantauthor

MIRELLA BANFI

Quando non sto leggendo, passo il tempo libero traducendo i libri che mi sono piaciuti, per dare anche ad altri la possibilità di leggerli in italiano. I vostri commenti sono importanti, mandatemi un messaggio a:

mirella.banfi@gmail.com

Il Figlio del Satiro

UN ROMANZO STORICO GEORGIANO

Quinto volume della saga della famiglia Roxton

Lucinda Brant

TRADUZIONE DI MIRELLA BANFI

A Sprigleaf Book
Pubblicata da Sprigleaf Pty Ltd

Il Figlio del Satiro: Un Romanzo Storico Georgiano
Copyright © 2018, 2021 Lucinda Brant
Originale inglese: Satyr's Son
Traduzione italiana di Mirella Banfi
Revisione a cura di Marina Calcagni
Progettazione artistica e formattazione: Sprigleaf e GM Studio
Modelli di copertina: Charlie Hesse e un'immagine composita maschile immaginaria.
Gioielli personalizzati: Kimberly Walters, Sign of the Gray Horse
reproduction and historically inspired jewelry.
Tutti i diritti riservati.

IImmagini di copertina: "*Schloss Pillnitz Englischer Pavillon Dresden*" di Rufus46 (Wikimedia Commons); "*Blenheim Palace 7057958973*", (Wikimedia Commons); scena e fogliame dei Royal Botanic Gardens, Kew, di Lucinda Brant (fotografie dell'autrice).

Il disegno della foglia trilobata è un marchio di fabbrica appartenente a Sprigleaf Pty Ltd. La silhouette della coppia georgiana è un marchio di fabbrica appartenente a Lucinda Brant.

Disponibile anche come e-book, audiolibro e nelle edizioni in lingua straniera.

ISBN 978-1-925614-94-7

10 9 8 7 6 5 4 3 2 1   (s.i) I

per

Karen
Lucinda P.
&
Mari

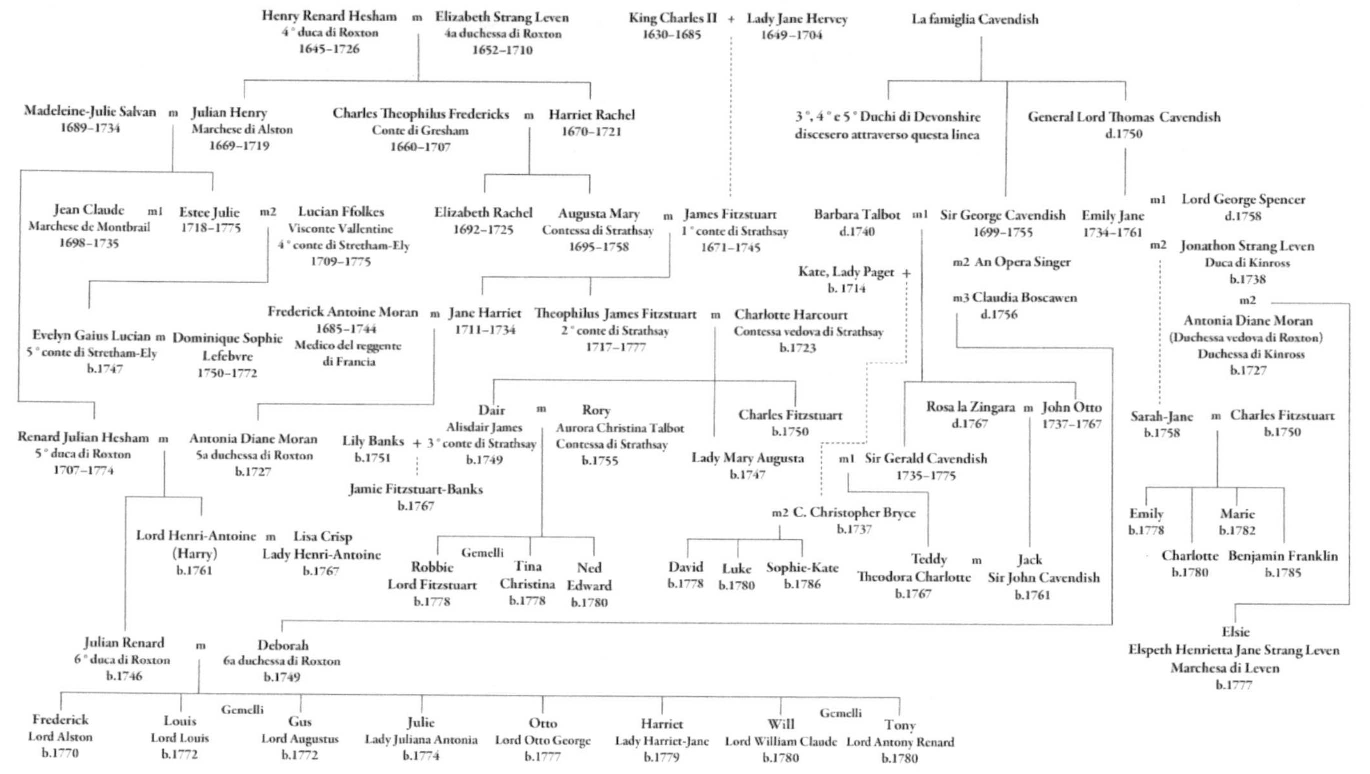

Henry Renard Hesham m Elizabeth Strang Leven
4° duca di Roxton   4a duchessa di Roxton
1645–1726   1652–1710
King Charles II + Lady Jane Hervey
1630–1685   1649–1704
La famiglia Cavendish

Madeleine-Julie Salvan m Julian Henry
1689–1734   Marchese di Alston
1669–1719
Charles Theophilus Fredericks m Harriet Rachel
Conte di Gresham   1670–1721
1660–1707
3°, 4° e 5° Duchi di Devonshire
discesero attraverso questa linea
General Lord Thomas Cavendish
d.1750

Jean Claude m1 Estee Julie m2 Lucian Ffolkes
Marchese de Montbrail   1718–1775   Visconte Vallentine
1698–1735   4° conte di Stretham-Ely
1709–1775
Elizabeth Rachel   Augusta Mary m James Fitzstuart
1692–1725   Contessa di Strathsay   1° conte di Strathsay
1695–1758   1671–1745
Barbara Talbot m1 Sir George Cavendish   Emily Jane
d.1740   1699–1755   1734–1761
m2 An Opera Singer
m3 Claudia Boscawen
d.1756
m1 Lord George Spencer
d.1758
m2 Jonathon Strang Leven
Duca di Kinross
b.1738
m2 Antonia Diane Moran
(Duchessa vedova di Roxton)
Duchessa di Kinross
b.1727

Evelyn Gaius Lucian m Dominique Sophie
5° conte di Stretham-Ely   Lefebvre
b.1747   1750–1772
Frederick Antoine Moran m Jane Harriet
1685–1744   1711–1734
Medico del reggente
di Francia
Theophilus James Fitzstuart m Charlotte Harcourt
2° conte di Strathsay   Contessa vedova di Strathsay
1717–1777   b.1723
Kate, Lady Paget +
b. 1714

Renard Julian Hesham m Antonia Diane Moran
5° duca di Roxton   5a duchessa di Roxton
1707–1774   b.1727
Lily Banks + 3° conte di Strathsay
b.1751
Dair m Rory
Alisdair James   Aurora Christina Talbot
b.1749   Contessa di Strathsay
b.1755
Charles Fitzstuart
b.1750
Lady Mary Augusta
b.1747
Rosa la Zingara m John Otto
d.1767   1737–1767
Sarah-Jane m Charles Fitzstuart
b.1758   b.1750
m1 Sir Gerald Cavendish
1735–1775
m2 C. Christopher Bryce
b.1737

Lord Henri-Antoine m Lisa Crisp
(Harry)   Lady Henri-Antoine
b.1761   b.1767
Jamie Fitzstuart-Banks
b.1767
Gemelli
Robbie   Tina   Ned
Lord Fitzstuart   Christina   Edward
b.1778   b.1778   b.1780
David   Luke   Sophie-Kate
b.1778   b.1780   b.1786
Teddy m Jack
Theodora Charlotte   Sir John Cavendish
b.1767   b.1761
Emily   Marie
b.1778   b.1782
Charlotte   Benjamin Franklin
b.1780   b.1785

Julian Renard m Deborah
6° duca di Roxton   6a duchessa di Roxton
b.1746   b.1749
Elsie
Elspeth Henrietta Jane Strang Leven
Marchesa di Leven
b.1777

Frederick   Louis   Gemelli   Gus   Julie   Otto   Harriet   Will   Gemelli   Tony
Lord Alston   Lord Louis   Lord Augustus   Lady Juliana Antonia   Lord Otto George   Lady Harriet-Jane   Lord William Claude   Lord Antony Renard
b.1770   b.1772   b.1772   b.1774   b.1777   b.1779   b.1780   b.1780

PARTE I

LA CITTÀ

UNO

GERRARD STREET, LONDRA, ESTATE 1786

La passeggiata per arrivare a Leicester Square dal dispensario Warner in Gerrard Street, dove Lisa Crisp risiedeva con il dottor Warner e sua moglie, era breve. Sperava di riuscire a portare a termine la commissione prima che notassero la sua assenza. Era una preoccupazione inutile. Nessuno se ne sarebbe accorto di mercoledì pomeriggio. Forse in qualsiasi altro giorno della settimana, quando lavorava come assistente nel dispensario, ma non di mercoledì, quando poteva fare quello che voleva. Ma dato che era povera e senza amici, non aveva nessuno da andare a trovare e nessun posto dove andare.

Quel mercoledì doveva essere un'eccezione.

Per i Warner, Lisa era semplicemente lì, come un pezzo di arredamento, o la sguattera, e quindi raramente pensavano a lei. Forse quella valutazione era un po' dura, e indicava più come si sentiva lei riguardo alla propria situazione che non ciò che i Warner pensavano di lei, perché non erano una coppia malevola. Semplicemente non si curavano molto degli altri. Il dottor Warner era completamente assorbito dalla sua professione medica, cosa comprensibile e lodevole, mentre la signora Warner era talmente egocentrica che c'era ben poco tempo per gli altri nelle sue giornate.

Robert Warner era un eminente medico e anatomista e quando non era occupato con i pazienti nel suo dispensario, o non stava facendo visite a domicilio a uno dei suoi clienti ricchi più esigenti, era rinchiuso nella mansarda di casa. Lì c'erano la sua scuola di anatomia e il laboratorio, dove lui, in autunno e in inverno, rivelava i misteri del corpo umano a giovani ed entusiasti studenti di medicina.

La signora Warner dava a suo marito tutta la libertà di cui lui aveva bisogno per concentrarsi solamente sulla sua professione. E questo le dava la libertà di essere indolente. Non usciva mai dalla sua stanza da letto prima di mezzogiorno, un'ora molto *à la mode* nell'alta società. Leggeva ogni possibile pettegolezzo stampato che riguardasse queste sublimi persone, con il fervore di una zelota, come se, assorbendo ogni minuzia sociale sulla nobiltà e le sue abitudini, potesse ottenere i requisiti per essere ammessa nella loro eletta cerchia. Faceva del suo meglio per scimmiottarli in ogni particolare.

La coppia riceveva di frequente. La signora Warner incoraggiava il marito ad avere ospiti a tavola per favorire le loro (o, meglio, le proprie) ambizioni sociali. Il suo più grande desiderio, del quale non faceva mistero, era di sentirsi chiamare 'milady'. Dopo tutto, il dottor Warner era un genio della medicina e come minimo meritava di essere fatto baronetto. Suo marito era umilmente d'accordo con lei. E quindi, viste le loro comuni ambizioni, individui con i giusti contatti sociali erano ospiti regolari a cena nella casa di Gerrard Street.

Lisa non si univa mai a loro, né quando la coppia cenava da sola né quando avevano ospiti. Cenava nel salottino sul retro della casa. Poiché, anche se non era una domestica ma una cugina della signora Warner, la sua indigenza e il suo vergognoso passato le precludevano il diritto a sedersi a tavola con persone di sensibilità elevata.

Lisa lo accettava con serenità, come aveva accettato tutto ciò che la vita le aveva riservato da quando era rimasta orfana all'età di nove anni. Siccome però non le piaceva mangiare da sola, si assicurava di fare una buona colazione per evitare un pranzo solitario; la cena di solito era costituita da una tazza di tè e una fetta di pane su un vassoio in camera sua. Se il figlio dei Warner era ancora sveglio, si univa alla bambinaia e la aiutava a consolare George, che stava mettendo i denti, finché si addormentava. Poi passava il resto della serata leggendo o scrivendo sul suo diario.

Lisa era sicura che se mai avesse deciso di andare a piedi fino a Portsmouth, i Warner non avrebbero notato la sua assenza almeno fino al giorno successivo, dato che solitamente si alzava con il sole per essere al tavolo della colazione e fornire al dottore un po' di compagnia e di conversazione, nel caso in cui lui avesse deciso di abbassare il giornale e pontificare su un argomento per lui rilevante. Il dottor Warner non chiedeva mai la sua opinione. Lisa non sapeva se fosse perché una mente vasta come quella del medico la ritenesse incapace di argomentazioni logiche e quindi non in grado di offrire una risposta degna del proprio intelletto, o se fosse perché era una femmina, e quindi il suo compito era ascoltare, non partecipare.

Qualunque fosse il motivo, non era importante per Lisa che aveva una grande sete di conoscenza, che i suoi insegnanti avevano etichettato come insaziabile, e che quindi era contenta di ascoltare il medico mentre mangiava le sue uova *à la coque*, pane tostato e cioccolata calda. E il dottor Warner aveva parecchio da dire: sullo stato deplorevole dell'educazione medica nella loro nazione, sull'insormontabile opposizione religiosa all'uso dei cadaveri per lo sviluppo della conoscenza medica e che quei bigotti dei politici dovevano aprire gli occhi per capire che l'unico modo per far avanzare la scienza medica era con la ricerca scientifica. E questo significava sporcarsi le mani del sangue e del sudiciume che sono parte della vita. *Tempi illuminati richiedono azioni illuminate, non solo il pensiero.* Il dottor Warner ripeteva spesso questa frase e di solito stava a indicare la fine della diatriba mattutina. Poi si ritirava nuovamente tra le pagine del suo giornale, lasciandosi dietro un silenzio di tomba, e Lisa che poteva leggere in pace le pagine del giornale scartate dal medico.

Lisa seguiva quella routine ogni giorno da due anni, e anche se i suoi sogni a occhi aperti non erano diversi da quelli di ogni ragazza di diciannove anni: innamorarsi, sposarsi ed essere padrona della sua casa, aveva i piedi abbastanza piantati per terra da sapere che quei pensieri erano solo voli di fantasia e che ciò che poteva ragionevolmente aspettarsi dalla vita era un tetto sulla testa, carbone nel focolare e cibo in tavola. Ed era più di quanto la vasta maggioranza dei londinesi poteva sperare, quindi non poteva non esserne grata.

E quindi, dato che né il dottor Warner né sua moglie si sarebbero chiesti dov'era in quella bella giornata d'estate, Lisa non si sentì in obbligo di dire a loro o ai domestici dove stava andando. Anche se destò la sorpresa dei servitori quando la cuoca, che stava conversando con la governante, si fermò a metà della frase per guardarla attraversare la cucina e uscire dalla porta di servizio, con i suoi comodi stivaletti, un cappellino dall'ampia falda anteriore e mezziguanti di cotone per impedire al sole di scurire la sua pelle bianca.

All'esterno, in una piccola area di servizio sotto il livello stradale e aperta all'aria e al rumore della città, la aspettava una certa Becky Bannister, sarta e assistente in una merceria. Becky lavorava dietro il bancone del negozio della sua prozia, la merceria Humphreys, all'angolo tra Gerrard e Princes Street, e, quando la chiamavano, visitava i clienti a casa loro. Una ragazza di bell'aspetto con i capelli scuri e le guance rosate, che fece una rispettosa riverenza e si preparò a raccogliere il cestino ai suoi piedi, ansiosa di andare. Ma Lisa non era ancora pronta a salire i gradini per avventurarsi nel rumore e nel calore della città.

Vedendo dei sacchi di farina vuoti appoggiati per prendere aria sopra una pila di casse, ne prese due e li posò con cura sul penultimo gradino per proteggere i loro vestiti dalla sporcizia, e invitò Becky a sedersi accanto a lei. Dovevano parlare, all'ombra e lontano dal frastuono incessante che c'era a livello della strada. Becky ubbidì prontamente, ma il suo sorriso diventò una smorfia quando Lisa disse severamente: "Prima che ci rechiamo alla residenza di lord Westby, sarà meglio che tu mi ripeta che cos'è successo e che cosa hai preso."

"Signorina, ve l'ho già detto"" spiegò Becky. "Non ho preso niente. Il libro è caduto nel mio cestino da lavoro…"

"… e tu hai deciso di prenderlo in prestito. Sì. Me l'hai detto questa mattina, ma devo sapere esattamente che cos'è successo, se dobbiamo riuscire a convincere sua signoria a non denunciarti per furto." Quando il labbro inferiore della ragazza cominciò a tremare, Lisa sorrise, rassicurante, e mise la mano sul braccio nudo di Becky. "Se dici che il libro è caduto nel tuo cestino, io ti credo. Per favore, Becky, dimmi tutto, e dall'inizio. Ho detto che ti avrei aiutata e lo farò."

Becky tirò su col naso e annuì, e un po' della sua apprensione sparì. Il giorno prima, quando aveva raccolto il suo cestino pieno di articoli da cucito, sapendo perfettamente che c'era il libro, il suo unico pensiero era stato che avrebbe potuto scambiarlo per lo scellino che le doveva Peggy Markham, l'amante di lord Westby. Ma dopo una notte di riflessioni, la sua fiducia in quel piano era svanita ed era il motivo per cui, quando la signorina Crisp era entrata in negozio per comprare del filo, le aveva chiesto di aiutarla.

Anche se la giovane donna aveva più o meno la sua stessa età, la signorina Crisp possedeva un'innata maturità che trascendeva i suoi anni. E Becky, come molti altri nella zona che avevano avuto occasione di visitare il dispensario Warner, era arrivata a considerarla una persona di cui fidarsi, e brava nelle situazioni critiche. E poiché la signorina Crisp sapeva leggere *e* scrivere, era l'amanuense residente del dispensario, perché anche se la maggioranza dei londinesi si vantava di saper leggere, pochissimi avevano imparato a scrivere. Così, mentre un membro malato di una famiglia veniva visitato da uno dei medici del dispensario, un altro andava dalla signorina Crisp in un angolo a lei riservato nella sala d'attesa, lei con la sua scatola da scrittura dal coperchio inclinato, inchiostro e penna, e le dettava una lettera che lei poi scriveva. Spesso erano lettere a casa, a famiglie in contee lontane, piene di particolari riguardanti la loro nuova vita nella capitale. A volte erano lettere di richiesta di impiego o patrocinio. Tutte erano profondamente personali e contavano sulla discrezione della signorina Crisp. Qualunque fosse il contenuto di quelle lettere, l'autore si sentiva sempre meglio e soddisfatto di sé vedendo la miss Crisp mettere nero su bianco le sue parole.

Quindi Becky sapeva che qualunque cosa avesse confidato alla miss Crisp sarebbe stata trattata con rispetto e riservatezza. Ma per quanto cercasse di non far trasparire il panico dalla sua voce, quello era lì, che ribolliva appena sotto la superficie, mentre raccontava della sua visita alla casa di Leicester Square abitata da un certo lord Westby, e dove risiedeva anche la sua amante, la famosa attrice di tragedie scespiriane, la signora Peggy Markham.

L'attrice aveva chiesto alla merceria Humphreys di inviarle una selezione di nastri, calze e giarrettiere e quindi Becky era stata mandata con un cestino contenente varie scatole della merce richiesta perché la signora Markham la esaminasse. Sua zia aveva insistito con lei che questa volta non avrebbe dovuto lasciare della mercanzia senza prima far firmare il conto alla signora Markham.

"È perché aveva preso tre nastri e poi si era rifiutata di confermare di averli mai visti, dicendo che avevo fatto io un errore nei conti" spiegò Becky a Lisa. "Cosa che non faccio mai perché mia zia mi darebbe uno schiaffone se dovessi perdere dei soldi su qualunque guarnizione. Quindi so quanti nastri avevo prima di lasciare il negozio e non erano gli stessi quando ho rimesso tutto nel mio cestino!"

"E questa volta…?" la invitò Lisa quando Becky strinse i denti, sbuffando indignata.

"Un paio di giarrettiere. Di seta rosa con un bel pannello dipinto con dei fiori. Valevano molto più dei tre nastri e non ho detto a mia zia che mancano anche quelle!"

"E la signora Markham si è rifiutata di confermare di aver preso le giarrettiere?"

"Sì. È così. Io ho detto che le avrei aggiunte al conto, insieme ai tre nastri della volta prima e questo l'ha fatta arrabbiare…"

"Lo immagino" mormorò Lisa.

"… e mi ha chiamato impudente agitando le braccia. Ha chiesto come osavo mettere in dubbio la sua parola. Mi ha detto di raccogliere la mia roba e ha indicato la porta, in quel modo drammatico che hanno le attrici. Ma io ho puntato i piedi."

"Sei stata coraggiosa."

Becky guardò Lisa di soppiatto e confessò. "Non tanto quanto pensate, signorina. Avrei voluto scappare fuori da lì più in fretta di una volpe durante la stagione di caccia, ma le mie gambe non ne volevano sapere di muoversi, per via di quello che c'era lì."

Lisa aggrottò la fronte, cercando di dare un senso alla storia di

Becky. "C'era qualcuno… C'era un gentiluomo, lord Westby, con la signora Markham?"

Becky scosse la testa. "Non lui. So che aspetto ha sua signoria, perché era lì la prima volta che ci sono andata. Questa volta stava intrattenendo un gentiluomo diverso, se capite che cosa voglio dire."

"Intrattenendo…? Ah! Ah! Capisco. Ne sei sicura?"

"Non sono nata ieri. Nel mio tipo di lavoro non posso permettermi la libertà di arrossire o roba simile. Entro in stanze proibite ai più. Ma nessuno si accorge minimamente di una commessa di merceria, vero? Non è come se fossi un visitatore. Quindi non è che debbano comportarsi nel modo migliore."

"Oserei dire che hai ragione… Ma quello che volevo dire è, sei sicura che fosse un altro gentiluomo e non lord Westby?"

"Sicura come sono sicura che voi siete una donna perbene, signorina!"

Lisa arrossì. "Gentile da parte tua dirlo, Becky."

"Non sono l'unica che lo dice. Lo dicono tutti qui intorno. 'Una donna perbene quella miss Crisp', ecco che cosa dicono. Esattamente come posso dirvi con certezza che l'uomo che era con la signora Markham non era lo stesso che le tiene un tetto sopra la testa. È uscito dalla stanza…"

"Grazie, Becky, non serve specificare."

"… in maniche di camicia e aveva il libro che c'è adesso nel mio cestino. È il motivo per cui ne parlo. Ma non me ne sono accorta subito perché lo stavo fissando… Non è il caso di essere timida, signorina. Era vestito" le assicurò Becky, dando un'occhiata sotto la falda del cappello di paglia di Lisa quando lei abbassò la testa, mostrando un improvviso interesse per le mani che teneva in grembo. "Ma non erano i suoi vestiti che stavo fissando. Era la sua faccia. Penserete che abbia la febbre, ma era bello da morire."

"Oh, Becky! Da morire? Davvero?" la interruppe Lisa con una risatina.

"Non sono un tipo che esagera!"

"Ovviamente no" rispose Lisa, contrita e strinse forte le labbra per impedirsi di ridacchiare un'altra volta, incredula.

"Pensereste la stessa cosa se lo vedeste. Occhi e capelli più neri del carbone. Il naso è una specie di becco, ma sapete quello che dicono degli uomini con il naso grande… Ma, no, probabilmente no… Comunque, la sua bocca fa dimenticare il becco. Troppo bella per un uomo." Becky sorrise e confessò: "Volevo prendergli la faccia tra le mani e baciarla dappertutto!"

Quando Lisa trasalì, Becky aggrottò la fronte.

"Solo perché volevo farlo non significa che lo avrei mai fatto. Io so qual è il mio posto e so che un uomo così non guarderebbe due volte una Becky Bannister, e, se è per quello, neanche voi, miss Crisp. Per quelle come voi e me, lui potrebbe anche vivere sulla luna. Ma una ragazza può sognare, no?"

"Non mi hai offeso, Becky" rispose Lisa con un sorriso comprensivo. "Sono d'accordo. Sogno anch'io a occhi aperti. La mia sorpresa dipendeva più dalla descrizione del gentiluomo che dal tuo desiderio di baciarlo. Sembra perfettamente divino, tanto che potrebbe trovar posto sul monte Olimpo. Che è praticamente la luna, no?"

"Io non so niente del monte Oli… come si chiama, ma avete ragione. E la signora Markham la pensa allo stesso modo, perché lui ha solo dovuto parlare perché lei si sdilinquisse e dimenticasse che ero lì, perché la sua voce è da svenire, proprio come il suo aspetto: ricca e morbida, come una cioccolata calda che scivola giù in gola…"

"Una voce come la cioccolata calda? Povera me, Becky, ci sai fare con le parole" la complimentò Lisa, schiarendosi la gola improvvisamente secca.

"La zia Humphreys dice che è perché sogno a occhi aperti… *tanto*. Ma non stavo sognando a occhi aperti nel *boudoir* della signora Markham. Quell'uomo non era frutto della mia immaginazione. E le mie ginocchia possono anche essere diventate molli e la lingua diventata secca, ma le mie orecchie funzionavano ancora. Ricordo quello che ha detto. Ha detto che tollerava le sceneggiate solo su un palcoscenico. E di tornare a letto e finire quello che aveva cominciato. Che aveva un'asta a cui *presenziare*." Becky annuì, soddisfatta di aver riferito quello che il bel gentiluomo aveva detto, aggiungendo per enfatizzare, perché miss Crisp adesso la stava guardando a bocca aperta: "Un'asta. È quello che ha detto. Che doveva andare a *un'asta*."

"Ed è entrato nella stanza con il libro che adesso è nel tuo cestino…?"

Becky annuì.

"Sì. Prima non avevo notato che l'aveva perché ero occupata a guardare lui. Poi quando sono andata a raccogliere i nastri e li stavo riponendo, la signora Markham si è alzata dallo sgabello… e questa è la sacrosanta verità, Dio mi è testimone, si è tolta la sottoveste e l'ha lasciata cadere sul pavimento. Così! Ed è stato allora che ho visto le mie giarrettiere rosa che le tenevano su le calze! Le aveva prese lei! Ma potete biasimarlo se lui ha dimenticato il suo libro? Ha dato un'occhiata a lei nuda e ha lasciato cadere il libro nel mio cestino mentre lei lo stava aiutando a togliersi i calzoni…"

"Posso vedere il libro, Becky?" la interruppe Lisa, tendendo una mano.

Lisa non era una puritana, ma non ficcava nemmeno il naso nella vita privata degli altri. Quello che facevano dietro le porte chiuse era solo affar loro. Era sbalordita più per la mancanza di circospezione della coppia e il loro sprezzo per i servitori che per altro. Non la meravigliava che i pettegolezzi riguardo i membri dell'alta società arrivassero fino ai giornali perché sua cugina Minette potesse goderseli con il tè e i pasticcini alla crema, se era così che si comportavano. Non dubitava che domestici intraprendenti riuscissero a racimolare un reddito secondario passando agli scribacchini quelle salaci chicche riguardo i loro padroni.

Togliendosi in fretta dalla mente la signora Markham e il suo amante senza nome, tornò alla faccenda corrente perché il pomeriggio stava avanzando e loro erano ancora sedute sui gradini dell'entrata di servizio in Gerrard Street. Prima avessero consegnato il libro nella casa di lord Westby, prima si sarebbero potute mettere quella faccenda alle spalle.

Il libro era più grande e più pesante di quanto si fosse aspettata e, aprendolo, il frontespizio le disse quasi tutto ciò che aveva bisogno di sapere. In effetti era un catalogo, che valeva la somma principesca di cinque scellini, e conteneva l'elenco completo del contenuto del Portland Museum, una volta di proprietà della duchessa vedova di Portland e che ora, alla sua morte, veniva venduto dalla casa d'aste Skinner & Co. Lisa aveva letto dell'asta della durata di un mese nella copia del *Gentleman's Magazine* del dottor Warner. La duchessa era stata una grande appassionata di storia naturale e una vorace collezionista di tutto ciò che riguardava la scienza, dai coralli a tutti i tipi di conchiglie, animali, insetti, fossili, piante, minerali e così via.

Scorrendo le pagine del catalogo, vide delle annotazioni ai margini accanto ad alcuni oggetti in vendita, e tornando al frontespizio, vide, con la stessa grafia elegante, le iniziali H e A separate da un trattino. Quindi il catalogo non apparteneva a lord Westby e forse l'amante di Peggy Markham era questo H-A? Il suo interesse per l'amante dell'attrice aumentò a dismisura perché, secondo Becky, non solo il gentiluomo era bello più di quanto ci si poteva aspettare da un mortale, ma possedeva anche una calligrafia elegantemente inclinata e, a giudicare dalle annotazioni sul catalogo, era interessato alle antiche tabacchiere e alle conchiglie.

Due cose vennero immediatamente in mente a Lisa e le fecero battere il cuore più forte: che il proprietario avrebbe avuto bisogno del catalogo per poter essere ammesso all'asta e poiché aveva segnato oggetti particolari che non erano ancora stati battuti, stava sicuramente cercando il catalogo sparito. Secondariamente, e la cosa era più inquietante, dato che il catalogo valeva più di uno scellino, si sarebbe trattato di un furto aggravato e un verdetto di colpevolezza avrebbe significato una sentenza di morte per impiccagione.

Becky non aveva bisogno di saperlo in quel preciso momento, quindi Lisa sorrise coraggiosamente, sperando di non aver rivelato le sue paure, e le restituì il catalogo.

"C'è qualcos'altro che dovresti dirmi riguardo alla tua visita da lord Westby? O riguardo a questo catalogo, prima che ci avviamo?" Quando Becky scosse la testa, Lisa si alzò e si spazzolò le sottane, aggiungendo, in un tono che sperava trasudasse sicurezza: "Bene. Allora quando arriveremo da lord Westby, sarà meglio che lasci parlare me".

Becky annuì e sorrise, raccolse il suo cestino e se lo appese al braccio con un grosso sospiro di sollievo.

"Grazie, signorina. Sapevo che se qualcuno poteva restituire quel libro senza farmi finire in un mare di guai, eravate voi!" Piegò di lato la testa, riflettendo. "Pensate che riuscireste anche a farle firmare il suo conto?"

"Un piccolo miracolo per volta, Becky" disse Lisa con finto ottimismo e salì i gradini per arrivare al livello stradale.

LISA E BECKY CAMMINARONO INSIEME LUNGO GERRARD STREET E Princes Street verso il fiume. Il frastuono e il trambusto a livello della strada impedivano di conversare, quindi rimasero in silenzio, con il cestino tenuto alto davanti a loro, aguzzando gli occhi per evitare i borsaioli in mezzo al bailamme di pedoni e ambulanti vocianti. Presto le strade strette si allargarono e arrivarono all'angolo di una spaziosa piazza lastricata, con la sua fila di case eleganti, la grande villa di Leicester House, una volta residenza di vari membri della famiglia reale e ora occupata dal Museo di Storia Naturale di sir Ashton Lever, e che costituiva il margine nord della piazza. Al centro di quella grande distesa c'era un ampio quadrato d'erba attraversato da sentieri di ghiaia e dominato da una statua dorata del primo re Giorgio. Lì, entro i confini di una recinzione in ferro, i privilegiati residenti passeggiavano pigramente e le bambinaie controllavano i bambini ancora con le redinelle e quelli che correvano al sole estivo con i loro cerchi o gli aquiloni. C'era un ragazzo munito di scopa a ogni angolo e abbastanza spazio perché le carrozze, le portantine, i cavalieri e i pedoni potessero superarsi facilmente.

Una volta il centro dell'alta società, e tutt'ora residenza di alcuni anziani membri della stirpe reale degli Hannover e dei loro tirapiedi, la piazza era solo una pallida ombra della sua passata gloria. La città e le sue industrie erano arrivate a interferire abbastanza nella sua eleganza, tanto che parecchie delle case ora erano occupate da negozi e manifatture, segno dei tempi che cambiavano. I titolati, i ricchi e gli influenti si erano trasferiti una decade prima, spostandosi verso ovest, alla ricerca di un'estetica che ricordasse più la campagna, dove le piazze sontuose erano piene di case nuove, aria più sana, ed erano occupate esclusivamente da gente del loro rango. Quelli che restavano a Leicester Square, o per mancanza di fondi o di lungimiranza, e le cui case erano schiacciate tra le varie attività economiche, facevano del loro meglio per ignorare che l'ambiente che li circondava era cambiato, e che i loro vicini erano solo degli imprenditori.

Lord Westby era uno di quei residenti. Erede del duca di Oborne, sua signoria occupava una casa che apparteneva a suo padre, che si era da tempo trasferito nei dintorni di Westminster, lasciando il figlio a vivere nella casa alta e stretta, schiacciata tra una fabbrica di tappeti e la residenza della marchesa vedova di Fittleworth. Tutte le volte che sua signoria usciva sulla piazza, aveva l'abitudine di guardare a nord, verso la casa della marchesa, e mai a sud, verso il suo imprenditoriale vicino.

Lisa, che non aveva mai avuto motivo di visitare Leicester Square, ne fu affascinata. Intenta a guardare la varietà di pedoni e la continua parata di carrozze e portantine che andavano e venivano, quasi dimenticò il motivo per cui era lì. Finché Becky non si fermò davanti alla residenza di lord Westby.

"La porta di servizio è sul retro, lungo il vicolo…"

"Oh no, Becky" disse Lisa, tenendo stretto il braccio della ragazza. "Entriamo dalla porta principale o non entriamo."

Becky spalancò gli occhi e deglutì. Non era mai entrata in una casa dalla porta principale, mai.

Lisa salì i bassi gradini e alzò il batacchio d'argento, solo per vedere la porta spalancarsi prima che potesse bussare, come se qualcuno fosse stato alla finestra a sbirciare sulla strada, attendendo il loro arrivo. Sorpresa, Lisa barcollò indietro sui ciottoli.

Dall'oscurità apparve un uomo basso e tarchiato con gli occhi sporgenti e una parrucca grigiastra.

"Siete in ritardo!" sibilò e spalancò la porta. "Entrate! Entrate! Svelte! Svelte!"

DUE

IL PORTIERE SI SPOSTÒ PER FARLE ENTRARE, MA QUANDO LISA E
Becky restarono lì, ferme, per riaversi dalla sorpresa di una simile accoglienza, uscì sul marciapiede, si fiondò dietro di loro e agitò le mani in
basso, all'altezza delle ginocchia piegate, come se stesse guidando un
branco di oche.

"Entrate! Entrate! Non restate lì ferme. Entrate!"

Le ragazze avanzarono lentamente, guardandosi alle spalle per
vedere che cosa avesse in mente l'ometto. E una volta arrivate nel vestibolo, lui chiuse la porta sbattendola, facendole sobbalzare. Le due
ragazze si strinsero ancora più l'una all'altra e si guardarono intorno.
Ma nelle applique c'era una netta mancanza di cera e dopo la luce
intensa del pomeriggio estivo all'esterno, la loro vista aveva bisogno di
tempo per adeguarsi all'oscurità. Tempo che fu loro negato quando dal
buio balzò fuori un uomo alto, magro come un chiodo, con un mento
lungo e la fronte aggrottata. Le fissò dall'alto prima di guardare oltre le
loro teste e chiedere, imperiosamente: "Dove sono le altre?"

"Le-le altre?" balbettò Lisa, dandogli una veloce occhiata da sotto la
falda del cappello.

Ma l'uomo non si era rivolto a lei. Stava parlando con il suo socio
tarchiato.

"Niente carrozza, signor Packer. Queste due sono venute a piedi."

"Niente carrozza? *A piedi*?"

L'alto e imperioso personaggio, che Lisa decise essere il maggiordomo di quella residenza, sbuffò e sospirò, come se quella fosse la
notizia peggiore possibile che avesse mai ricevuto. Si fece da parte sulla

scala e, senza dare a Lisa il tempo di spiegarsi, indicò con un dito ossuto il primo pianerottolo, dicendo, come se tutte le preoccupazioni del mondo gravassero sulle sue spalle puntute: "Voi due dovrete bastare... per ora. Salite. Primo pianerottolo. Seconda porta sulla sinistra. Non serve bussare. Entrate e basta".

"Chiedo scusa, ma sembra che ci sia un malin..."

"Mia cara ragazza. Non chiedere scusa. Non tocca a me o a te o alla tua amica dalle guance rosse come ciliegie chiedersi il perché e il percome, o il come, se è per quello. Siete qui, no? Sua signoria e la fratellanza Batoni non hanno l'abitudine di aspettare, per nulla. Ora salite."

"La *fratellanza* Bat-Batoni?"

"Sei un tipo curioso, questo posso proprio dirlo" grugnì il maggiordomo, guardando maleducatamente Lisa dalla testa ai piedi. "Segui il mio consiglio e tieni per te le tue domande. Non sei qui per fare conversazione."

Lisa trasalì nel sentirsi trattata in quel modo così familiare e alzò un sopracciglio con disapprovazione. "No?"

"Proprio no! Anche se a guardarvi... Beh. Ce ne sono di tutti i tipi e misure e... mhmm... di talenti di quelle come voi. Quindi non tocca a me dire..."

"... perché nemmeno voi siete qui per fare conversazione?" ribatté Lisa, accompagnando la battuta con un sorriso ingannevolmente dolce.

"Ah! Immagino di essermelo meritato" rispose bonariamente il maggiordomo. "Se fate in fretta, potreste anche scegliere la vostra preda, prima che arrivino le vostre amiche."

Lisa non aveva idea di che cosa stesse parlando. Diede un'occhiata alle scale, male illuminate come il vestibolo, e poi sorrise rassicurante a Becky, che, se aveva avuto un minimo di fiducia in questa impresa prima di entrare nella casa di lord Westby, adesso non ne aveva più. Aveva perso il suo colore rosato e i suoi occhi erano cauti.

"Amiche?"

Il maggiordomo sbuffò di nuovo e fece una specie di grugnito, dando un'occhiata a Becky. "Se non amiche, allora le vostre consorelle." Indicò la scala con il pollice. "Ora salite! Svelte! Svelte!"

Lisa non sapeva che cosa l'avesse spinta a farlo, perché il suo primo impulso fu di consegnare il catalogo al loquace maggiordomo con la scusa di averlo trovato per strada per poi scappare con Becky senza rivelare chi erano. Ma qualcosa la obbligò a continuare: curiosità, testardaggine, impetuosità, non sapeva cosa. Decise che salire le scale verso l'ignoto, senza paura delle conseguenze, poteva almeno fornirle un minimo di sollievo dalla ordinarietà del suo presente e del prevedibile futuro, e dimostrarsi un'avventura che sarebbe valsa la pena di vivere.

Era stata quella vena avventurosa (la preside del Blacklands l'aveva chiamata impetuosa) che l'aveva vista scappare dalla scuola per incontrare un amico alla Chelsea Bun House. Era la sua terza visita e quella che avevano riferito alla preside, ed era stata la sua rovina. Era stata espulsa solo sei mesi prima del diploma. L'incidente della Chelsea Bun House l'aveva macchiata per sempre agli occhi della scuola e della sua famiglia. Ma quando rifletteva sulle sue azioni, e aveva avuto due anni per farlo, era sicura che non si sarebbe comunque comportata diversamente. E con una reputazione così offuscata che non avrebbe mai ripreso il suo splendore, correre quel rischio sicuramente non era poi una gran cosa, no?

Ma non desiderava trascinare Becky in un'ulteriore disavventura, quindi fece del suo meglio per dissuaderla dal salire con lei.

"Dammi il catalogo, Becky" sussurrò. "Puoi restare qui mentre io…"

"No, signorina. Io vengo con voi!"

"Per favore. Non ho idea di che cosa troverò di sopra. Forse un lord arrabbiato e la sua amante. E dato che non mi conoscono, potrei riuscire a persuaderli ad accettare il catalogo senza altre spiegazioni. Quindi sarebbe meglio per te restare…"

"No, signorina. Chiedo scusa. Sono stata io a portarvi qui" dichiarò testarda Becky, stringendosi al petto il cestino. "Saliamo insieme o nessuna delle due. Queste sono le mie condizioni."

"Bene, Becky. Ma promettimi che se decido di venir via, per qualunque motivo, lo faremo, immediatamente."

Quando Becky annuì, Lisa slacciò il nastro del cappello e lo consegnò al maggiordomo, che tenne quell'articolo femminile tra il pollice e l'indice, come se fosse velenoso, e lo consegnò al portiere. Lisa lisciò le piccole ciocche di capelli che erano fuoriuscite dalle trecce arrotolate, poi si passò le mani nei mezziguanti di cotone sulle braccia sottili, come per farsi coraggio per il colloquio. Infine, senza dare un'altra occhiata al maggiordomo, fece un cenno a Becky e salirono le scale.

Seguirono le indicazioni del maggiordomo e, sul primo pianerottolo, Lisa prese una candela accesa dal suo portacandela su un tavolo d'angolo, per illuminare la strada lungo il corridoio buio. Si fermarono davanti alla seconda porta sulla sinistra. Istintivamente, Becky restò indietro e Lisa le consegnò la candela. Non bussò per annunciare la loro presenza, ma aprì la porta ed entrò immediatamente.

Nemmeno la loro più fervida immaginazione avrebbe potuto far loro prevedere che cosa le aspettava.

PARECCHIE ORE PRIMA, I MEMBRI DELLA FRATELLANZA BATONI SI erano riuniti per la loro solita riunione bimestrale, questa volta nella casa di lord Westby, l'ospite di turno. I membri della fratellanza erano uno sceltissimo gruppo di giovani gentiluomini che avevano fatto il Grand Tour insieme. Spediti dai loro nobili genitori con tutori, valletti e servitori al seguito, avevano vagato per la Francia, la Svizzera, gli Stati Italiani e la Grecia per tre anni. Tornando a casa lungo le coste del Mediterraneo con un miglior apprezzamento della loro educazione classica, avevano riportato in patria bauli carichi di opere d'arte, sculture, libri, vestiti dal taglio perfetto e qualunque altra cosa antica avesse attirato la loro attenzione.

Mentre erano all'estero, questi figli delle principali famiglie dell'alta società avevano fatto il patto che, al loro ritorno, si sarebbero incontrati ogni due mesi per ricordare, discutere la loro collezione di *objets d'art*, per fare una splendida cena e, inevitabilmente, bere fino a finire sotto il tavolo. Queste riunioni si svolgevano da poco più di un anno e tutti i membri della fratellanza le aspettavano con entusiasmo.

Ma la fratellanza Batoni stava per cambiare per sempre. Sir John 'Jack' Cavendish sarebbe stato il primo dei quattro a fare il grande passo e sposarsi. Anche se erano tutti consci dell'inevitabilità dell'unione (Jack si era fidanzato con la sua futura sposa quasi subito dopo essere tornato dal continente), ancora non se ne facevano una ragione. Il matrimonio, fissato per l'inizio della primavera, era stato rimandato per permettere alla madre della sposa di rimettersi sufficientemente dalla nascita del suo quarto figlio.

Il ritardo era gradito alla fratellanza. Nessuno voleva un cambiamento, anche se tutti rispettavano il desiderio di Jack di sposare il suo primo amore. Era solo il fatto che quella riunione sarebbe stata l'ultima in cui si sarebbero trovati da scapoli. E anche se tutti erano decisi a godersela per amore di Jack, c'era un sottofondo di malumore al pensiero che avrebbe tranquillamente potuto essere l'ultima in assoluto.

Eppure nessuno dei membri aveva rivelato la propria preoccupazione a voce alta. Lord Henri-Antoine 'Harry' Hesham, il migliore amico di Jack, non aveva detto una parola. Ma quello era tipico di lord Henri-Antoine, che teneva i suoi pensieri per sé, era parco di parole e pungente con le sue opinioni.

Gli altri due membri, Sebastian 'Seb' lord Westby e il signor Randal

'Bully' Knatchbull, conoscevano Jack e Henri-Antoine dai tempi di Eton. Consideravano Jack un compagno affabile, poco complicato, leale fino all'estremo, un vero amico fidato. Seb e Bully capivano Jack. Henri-Antoine era tutta un'altra storia. Era il buio contro la luce di Jack, e lo era sempre stato. Era aperto con i suoi sentimenti quanto una noce non ancora spaccata, e amichevole quanto una burrasca di marzo. Non avevano mai capito lui o, se era per quello, la stretta amicizia tra due persone così diverse. Jack non voleva saperne di sentire una parola contro Harry, anche quando il suo miglior amico gli riservava commenti sferzanti. Accadeva raramente, ma accadeva.

Lord Westby e Randal Knatchbull avevano un po' paura di lord Henri-Antoine Hesham. Non che temessero che avrebbe mai levato le mani su di loro con violenza, né alzato la voce o che non li avrebbe aiutati a uscire da un guaio. Erano sicuri della sua lealtà. Era solo che, diversamente da Jack, o dagli altri nel loro esteso giro di amici, non erano mai completamente a loro agio in sua compagnia. Si sentivano a disagio a fare gli stupidi così per farlo, e fare uno scherzo solo per ottenere una risata diventava una cosa asinina sotto lo sguardo fisso di Henri-Antoine. Il suo silenzio era fin troppo eloquente. Faceva loro prudere la nuca.

Quanto poi ad arrischiare un'opinione su un argomento di una certa importanza, come la politica, la religione, un articolo di legge, o l'ultima opera teatrale, in presenza di Henri-Antoine ci pensavano due volte prima di spiattellare la prima cosa che veniva loro in mente. A Bully faceva venire il mal di testa.

Bully detestava gli scontri di qualunque tipo, quasi quanto detestava formulare una contro argomentazione, quindi non aveva mai un'opinione contraria e concordava con tutto quello che dicevano gli altri, il che significava che non era d'accordo con nessuno.

E, sicuramente, non esprimevano opinioni sui francesi: il nome di Henri-Antoine era francese, e anche la sua mamma; metà del suo sangue veniva dall'altra parte della Manica. A dire la verità, Henri-Antoine parlava il francese meglio di quanto parlasse l'inglese e, come avevano scoperto con estrema meraviglia mentre erano all'estero, parlava correntemente anche l'italiano.

Ma il disagio di lord Westby nei riguardi di Henri-Antoine aveva basi molto più profonde. Appena sotto la superficie della sua giovialità ruggiva un flusso lavico di risentimento. Westby era invidioso della persona di Henri-Antoine, della sua naturale arroganza, ma soprattutto dell'indipendenza che la sua grande ricchezza gli permetteva. Bully la diceva in modo più semplice:

Guarda in faccia alla realtà, Seb. Harry è bello, arrogante e ricco. Tu non sei nessuna di queste cose e non lo sarai mai. Lui si veste in modo impeccabile; si direbbe che la sua voce sia spalmata di melassa, tanto fa sdilinquire le donne; e suo padre gli ha lasciato una fortuna, parlano di centomila sterline. Riesci a immaginarlo?! Cento. Mila. Sterline. Da usare a suo piacimento.

Mentre tu, caro Seb, devi pregare, chiedere prestiti e rubare a tuo padre, perché sei pieno di debiti fino al collo e lo sarai sempre. E se questo non bastasse a farti ribollire il sangue, Harry può avere qualunque donna voglia. Deve solo dare loro un'occhiata e quelle si precipitano per essere le prime ad arrivare da lui! Quindi non è una sorpresa, vero?, che si sia portato a letto più donne di tutti i membri della fratellanza messi insieme.

L'unica ragione per cui sei riuscito a tenerti un'attrice famosa come amante è perché tu, tu, Seb, non Harry, hai accettato le sue condizioni. Se non la condividi con Harry, lei se ne va. Tu fingi che non ti importi. Dici che nello spirito della fratellanza ciò che è tuo è suo. Ma è una baggianata. È un accordo da accattoni, Seb, e tu lo sai. Lo sopporti perché preferiresti tagliarti via il pisello pur di non fargli capire che ti importa. Non mi meraviglia che lo odi. Se fossi nei tuoi panni, lo odierei anch'io. Ma alla fine dei conti, non è colpa di Harry, no? Ed è quello che ti rode di più.

Nonostante la verità delle franche parole dell'amico, Seb continuava a ritenersi la parte lesa. E anche se riusciva a nascondere l'amara gelosia per il bene della fratellanza, falliva miseramente quando era inebriato. Quel giorno, avendo brindato all'imminente matrimonio di Jack con abbastanza chiaretto da far galleggiare una barca, Seb era ubriaco tanto da dimenticare la cautela. Alla riunione della fratellanza era deciso a dire ciò che pensava sinceramente, al diavolo le conseguenze, e Henri-Antoine con loro. Quel giorno avrebbe posto fine alle condizioni imposte dalla sua amante, e avrebbe proibito al suo rivale di accarezzare ancora una volta le sue sensuali curve femminili. Avrebbe fatto vedere a Henri-Antoine chi era il padrone in quella casa e non era lo stramaledetto Henri-Antoine Hesham.

Prima, aveva bisogno di fortificarsi con qualche altro bicchiere di chiaretto. Quindi era stato un caso fortunato che alla fine di quel pensiero il suo maggiordomo avesse infilato la sua lunga faccia nella stanza.

"Altre bottiglie, Packer! E sbrigati. E fai ripulire questa lordura. La stanza puzza come Billingsgate. Non possiamo permettere che le puttane di Harris ci prendano per un branco di lupi di mare…"

"… o pirati, Seb. Potrebbero prenderci per pirati."

"Pirati, Bully? Beh, non mi dispiacerebbe essere preso per un pirata. Comunque non voglio puzzare come uno di loro."

"Decisamente no."

"I pirati puzzano di pesce."

"E ostriche, Bully. Pesce e ostriche e-e... *alghe*."

"Ma se le puttane fossero sirene, beh! Allora sarebbe tutta un'altra storia, no?" aveva aggiunto Bully con sicurezza. "Scommetto che allora alle puttane piacerebbe che puzzassimo di pesce."

"Quanto?"

"Quanto cosa?"

"Quanto vuoi scommettere?"

"Scommettere?

"Una ghinea dice che alle puttane non importerà niente se puzziamo di pesce."

"E ostriche, Seb. Puzziamo di ostriche."

"Ostriche, allora. Una ghinea che..."

"Un lupo di mare è un pirata" li aveva interrotti lord Henri-Antoine, "e le puttane vengono pagate per darsi da fare quale che sia il nostro odore. Packer? Liberaci da questi detriti... E apprezzeremmo del brandy."

"Sì, milord. Subito" aveva risposto il maggiordomo.

Packer aveva detto qualcosa voltando la testa, poi si era fatto da parte per permettere a due camerieri di portar via i vassoi d'argento pieni di gusci di ostriche, limoni spremuti, cestini con rimasugli di pane, pile di piatti usati e un mucchio di bottiglie di vino vuote. E mentre lo facevano, Packer aveva ispezionato la stanza piena di fumo per localizzare i suoi occupanti trovando lord Westby crollato su un sofà, con la figura trasandata sotto una montagna di mappe e guide aperte. La cravatta del suo padrone era sciolta e aveva un bicchiere vuoto di vino in una mano e nell'altra un sigaro acceso.

I tre amici di sua signoria erano a riposo come lui.

Il signor Knatchbull era spaparanzato sul tappeto ai piedi di lord Westby, con le gambe tozze allargate sotto un basso tavolo coperto dai resti della cena a base di ostriche. Stava studiando le pagine di un libriccino, *Harris list of Covent Garden Ladies*, la Lista di Harris delle signore del Covent Garden, tenuto quasi a distanza di braccio e, come il suo miglior amico, era in maniche di camicia. Non aveva fatto alcuno sforzo per togliersi dalla strada dei camerieri e aveva continuato a leggere mentre quelli facevano del loro meglio per non camminargli sopra o versargli addosso gusci d'ostrica e limoni.

Gli altri occupanti erano stravaccati nelle poltrone a entrambi i lati del camino spento. Sir John Cavendish MP, con i riccioli color rame che gli cadevano sugli occhi, aveva le lunghe gambe tese diritte davanti a sé, con i talloni che sembravano scavare nelle tavole del pavimento per impedirsi di scivolare giù dalla sedia. Mentre, seduto a gambe incrociate dal lato opposto, c'era l'unico membro della fratellanza non in maniche di camicia che, diversamente dai suoi compagni che si erano tolti le cravatte come se avessero bisogno d'aria, aveva ancora la cravatta ordinatamente annodata intorno al collo. In effetti, il maggiordomo non era rimasto sorpreso di vedere che quel gentiluomo aveva un aspetto lindo come se avesse appena finito di farsi vestire dal suo valletto.

Lord Henri-Antoine era sempre all'apice dell'eleganza sartoriale in qualsiasi giorno, a qualsiasi ora. E mentre i panciotti dei suoi amici mostravano tracce evidenti del loro festino a base di ostriche, i calzoni di lana merino neri di sua signoria non avevano una sola piega e la redingote e il panciotto dal ricamo raffinato erano immacolati. Stava facendo roteare l'ultimo goccio di vino nel bicchiere, con la testa appoggiata allo schienale della poltrona e gli occhi chiusi. Eppure era bastato un solo commento poco saggio da parte di uno dei suoi compagni perché si rendessero conto che, anche se aveva gli occhi chiusi, le sue orecchie erano ben aperte e attente alla conversazione. Motivo per cui la scommessa di una ghinea di Bully e Seb era stata abbandonata prima di essere piazzata.

Data l'ingestione costante di alcol durata parecchie ore, il maggiordomo non era sorpreso che i gentiluomini sembrassero instabili. E anche se potevano parlare dell'imminente arrivo di un gruppetto di puttane di alta classe, il fumo e le bottiglie vuote di vino erano un'indicazione più veritiera del loro stato di idoneità fisica a una simile impresa. Non dubitava che il loro consumo di alcol significasse un'eccessiva sopravvalutazione della loro prodezza sessuale.

Che differenza avevano fatto tre ore. Quando lord Westby aveva entusiasticamente messo in mano al suo maggiordomo una lista di nomi e indirizzi e gli aveva ordinato di mandare una carrozza a raccogliere le puttane di Harris, i signori stavano ingurgitando ostriche e rievocando il tempo passato sul continente. C'erano state molte risate sguaiate riguardo a un particolare incidente in un bordello a Padova, e si erano sfregati le mani lanciando proclami su come avrebbero ripetuto quell'avventura. La prospettiva di ricevere ogni tipo di favore sessuale dalle migliori che la Lista di Harris aveva da offrire aveva fatto saltellare Bully sul sofà, tenendo in alto la parrucca e recitando una famosa canzonetta scurrile. Ne erano seguite grandi risate e Packer era uscito dalla stanza con la lista, occhi al cielo.

Ma dopo aver visto il carnaio rimasto dopo un pomeriggio di festeggiamenti, Packer si era chiesto se qualcuno dei membri della fratellanza fosse almeno in grado di camminare senza aiuto, ed era certo che stessero per sprecare le sessanta sterline spese per attirare le puttane dai loro luoghi di lavoro e visitare la casa di lord Westby. Ma non erano soldi suoi, né toccava a lui fare commenti, quindi aveva lasciato che i gentiluomini continuassero a respirare l'aria densa di fumo di tabacco e aveva mandato un cameriere in cantina a prendere altro chiaretto e una bottiglia di brandy.

T R E

La porta si era appena chiusa alle spalle del maggiordomo quando Jack aveva alzato il mento dal petto dando un'occhiata preoccupata al suo miglior amico. "Pensi che sia saggio?" Quando Henri-Antoine non aveva fatto commenti, aveva sibilato forte: "Harry?! Harry?! Pensi che..."

"Sto facendo del mio meglio per *non* pensare."

"... sia una buona idea bere del brandy dopo tante bottiglie di chiaretto?"

"Le hai contate."

"No! Ovviamente no!"

Sentendolo negare con tanta foga, Henri-Antoine aveva aperto un occhio. Il rossore che aveva coperto immediatamente le guance del suo amico aveva rivelato la bugia. Aveva fissato Jack abbastanza a lungo da fargli sentire la sua disapprovazione, poi aveva richiuso l'occhio accusatore.

"Va bene! Lo ammetto" aveva confessato Jack, ripiegando le gambe e sedendosi chino in avanti, dopo aver dato un'occhiata a Seb e Bully, che erano stretti insieme sul sofà e sfogliavano le pagine della Lista di Harris. Sicuro che fossero occupati in tutt'altro, aveva aggiunto, come per difendersi: "Non puoi biasimarmi, no?"

"Non sono problemi tuoi."

"Allora non mi ringrazi per averti guardato le spalle?"

"Vuoi la mia gratitudine?"

"No! Sì! No! Ovviamente no! Ma forse dovresti mandare a chiamare Michel, per portarti a casa..."

"... e rovinare questa splendida riunione? Michel non c'è. È all'asta del museo Portland, a comprare conchiglie."

"È stata una decisione sensata?"

"Sensata? Fidarsi di Michel per comprare delle conchiglie?"

"Ah ah! No! Lui là; tu qui."

A quel punto Henri-Antoine aveva aperto entrambi gli occhi, un po' a fatica.

Il pulsare nelle tempie stava diventando insopportabile. Ma lo avrebbe sopportato e lo avrebbe ignorato, sperando che il risultato, questa volta, sarebbe stato diverso. Che se solo avesse potuto controllare i segni premonitori, allora tutto sarebbe andato bene. Ma era una speranza futile. Comunque aveva bevuto abbastanza vino e fumato abbastanza sigari nel paio d'ore appena trascorse, da riuscire a credere alle favole. Ciò che lo sorprendeva era di essere riuscito a durare così tanto senza l'insorgenza di un attacco conclamato. Ma era deciso a farcela per tutto il pomeriggio perché era la festa di addio al celibato del suo migliore amico e succedeva solo una volta nella vita. Quindi aveva ironizzato sulle apprensioni di Jack, in modo che non si preoccupasse, e per mascherare come si sentiva.

"Sono lieto che ti sposi. Era ora di fare buon uso delle tue preoccupazioni... per qualcosa, non per niente."

Jack aveva ignorato il sarcasmo. "Tu sei tutt'altro che niente, Harry" aveva detto a bassa voce. "Non lo sei mai stato né lo sarai mai. Saresti dovuto andare all'asta."

"Ci sono stato tutti i giorni per tre settimane. Ho visto abbastanza conchiglie, minerali e cose morte da far addormentare il più fanatico dei collezionisti. Ma Elsie avrà le sue conchiglie... Ce n'era una in particolare... un nautilus... spero di essermi ricordato correttamente... Sembra... sembra che abbia perso il catalogo..."

Jack aveva colto la smorfia di dolore di Henri-Antoine e non si era fatto ingannare quando questi si era ripreso in fretta, fingendo di togliere un invisibile pelucco dal risvolto della manica della sua giacca di seta lilla ricamata con filo metallico. Lo conosceva troppo bene e sapeva quali erano i segni a cui fare attenzione. Era il miglior amico di Henri-Antoine da quando avevano nove anni, e non aveva mai tradito le sue confidenze. Non che si fosse mai confidato con lui, ma Jack era stato testimone dello scatenarsi delle crisi di Henri-Antoine parecchie volte, prima che i suoi guardaspalle lo portassero via.

La malattia di Henri-Antoine era restata un segreto di famiglia per tutta la sua fanciullezza ed era stata trattata di conseguenza. Il vecchio duca di Roxton aveva circondato il figlio minore di medici, infermieri, accompagnatori e servitori. Ed era tenuto d'occhio dai suoi genitori, da suo fratello, dai famigliari più prossimi e non era mai stato lasciato da solo un giorno in tutta la sua vita. Era stato consultato ogni specialista in medicina che professasse di essere un esperto nel trattamento del mal caduco, da Londra a Costantinopoli. Non esistevano cure conosciute, ma quando Henri-Antoine aveva raggiunto l'adolescenza, era riuscito a convincere sua madre e suo fratello che la malattia era guarita da sola.

Era una bugia.

Jack lo aveva assecondato perché sapeva quanto fosse importante per il suo miglior amico essere ritenuto esattamente come tutti gli altri compagni della sua età. Eppure, restava un mistero come avesse fatto a convincere anche il suo medico a mentire, addirittura ai suoi ducali genitori. Henri-Antoine aveva detto perfino a suo padre di essere guarito, e il vecchio duca gli aveva benevolmente creduto. Ma Jack ora sospettava, ed era sicuro che anche Henri-Antoine lo sospettasse, che il vecchio duca lo avesse assecondato perché stava morendo, e che suo figlio sperava che dicendogli di essere guarito avrebbe in qualche modo fatto sparire il cancro. Henri-Antoine aveva amato moltissimo suo padre. Il vecchio duca era morto qualche settimana dopo. Henri-Antoine non aveva più parlato di suo padre.

Ma il fratello profondamente riservato dell'attuale duca di Roxton lottava ancora con il mal caduco. Non tutti i giorni, come succedeva quando era un ragazzo, ma abbastanza spesso perché dovesse avere un *entourage* di servitori che lo aiutava a mantenere la messinscena che fosse vigoroso e sano come ogni altro giovane uomo di venticinque anni. E lo era, sotto tutti gli aspetti, se si ignorava la malattia con cui era nato.

Jack capiva il desiderio di segretezza di Henri-Antoine, perché il mal caduco comportava una stigmatizzazione sociale per chi ne soffriva e per la sua famiglia. Ricordava bene quando, da ragazzo, sentiva conversazioni sottovoce e occhiate di traverso dirette contro il suo miglior amico. I servitori sussurravano di sangue corrotto; che era colpa del vecchio duca, che pagava per i suoi passati peccati con la malattia del figlio minore. Quando un medico aveva accennato alla pazzia, era stato congedato all'istante. E quando un prete papista aveva suggerito la possessione demoniaca e la necessità di un esorcismo, era stato sbattuto fuori dal palazzo parigino del duca senza che i suoi piedi toccassero il lucido pavimento. Jack e Henri-Antoine si erano divertiti a guardare la sua espulsione, sbirciando da dietro una grossa colonna nella biblioteca del vecchio duca.

Jack sapeva che l'ultima cosa che Henri-Antoine voleva era che la sua famiglia fosse oggetto di scandalo o ridicolo a causa della sua malattia, e quindi faceva tutto quello che la sua ricchezza gli permetteva per assicurarsi che il mal caduco restasse un segreto ben nascosto. Questo voleva dire che Jack prestava furtivamente e assiduamente attenzione per rilevare i segni dello scatenarsi di una crisi, quasi quanto il personale domestico del suo miglior amico. Ma quando aveva bevuto un po', la sua ansia cresceva a dismisura, ed era portato a dare voce alle sue paure, con dispiacere di Henri-Antoine.

"È il fumo insieme all'alcol" aveva ipotizzato Jack, con un'altra occhiata furtiva a Seb e Bully. "Nessuno dei due ti fa bene, e insieme…"

"La tua preoccupazione è toccante, ma non necessaria."

"Lascia che faccia aprire una finestra, che ti faccia portare dell'acqua calda col limone…"

"Per l'amor di Dio, Jack! Non… non… *fare la chioccia*."

Jack si era tirato indietro, ma non si era scoraggiato e aveva insistito. "È ora che ti confidi con Roxton…"

"No."

"… perché, come mi hai giustamente fatto notare, una volta che sarò sposato, avrò altre preoccupazioni: una moglie e spero, in un futuro non troppo lontano, dei figli. Voglio dei figli, Harry. Questo significa che non potrò starti vicino e tu hai bisogno…"

"Quello di cui ho bisogno è che tu…"

Henri-Antoine aveva fatto una pausa e tirato il fiato, ordinandosi di ignorare il dolore. Aveva voltato la faccia, dando a Jack la visione del suo forte profilo aquilino e fissando per un momento il camino cosparso di cenere e dei mozziconi scartati di una mezza dozzina di sigari indiani.

"Che vuoi che faccia, Harry?" aveva sussurrato forte Jack, sperando, contro ogni speranza, che, come lui, alimentato dall'alcol, Henri-Antoine avesse abbassato la guardia e si confidasse con lui. Era una speranza vana, e dopo tutti quegli anni avrebbe dovuto saperlo. "Chiedi. Qualunque cosa. Sai che ci sono sempre per te…"

"Se pensi che io non possa funzionare senza di te… ripensaci" aveva detto Henri-Antoine in tono silenziosamente minaccioso, molto più efficace che se avesse urlato. Ma lui non alzava mai la voce. "Io non sono un'amante scartata… non sto piangendo lacrime amare perché mi hai abbandonato. Tieni le tue preoccupazioni per quelli che se lo meritano. Vivi la tua vita… con la tua sposa e un branco di marmocchi nelle Cotswold… dovunque diavolo siano… e non pensare più a me. La mia vita… La mia vita proseguirà perfettamente bene senza di te… Ah! Il brandy!" aveva annunciato con un tono completamente diverso.

Aveva battuto sul tavolo al suo fianco perché il cameriere appoggiasse lì il vassoio d'argento con il decanter e i bicchieri. Poi si era riscosso per versare una dose generosa del liquido ambrato in ogni bicchiere e ne aveva offerto uno a Jack. Ma quando Jack aveva esitato a prenderlo, Henri-Antoine l'aveva guardato attentamente. Jack era rosso in viso e attraverso i riccioli scomposti, i suoi occhi erano lucidi, la bocca ridotta a una linea sottile.

"Prendilo, Jack" l'aveva invitato dolcemente Henri-Antoine, con uno dei suoi rari sorrisi. "Voglio brindare alla nostra amicizia."

Jack aveva preso il bicchiere, ingoiando il nodo che aveva in gola. Ma la sua voce era roca per l'emozione. "A volte puoi essere spregevole, Harry. Lo sai?"

"Non sono mai stato niente di diverso, amico mio. È il motivo per cui sei il mio unico amico." Aveva alzato il suo bicchiere. "A Jack. Fidato, leale, responsabile, amorevole… la tua sposa si merita il meglio e tu sei il migliore, Jack."

Jack aveva sorriso impacciato, perdendo la sua petulanza e i due amici avevano fatto cin cin con i bicchieri, assaporando poi il brandy.

"Grazie, Harry. Sarai sempre il mio miglior amico. È solo che… è solo che…"

"Hai trovato la tua anima gemella. Più correttamente, lei ha trovato te. E sono esageratamente contento per voi… Spero che sarete benedetti con una bella nidiata."

"Vorrei… vorrei che tu potessi essere felice come me… Che anche tu trovassi la tua anima gemella."

Henri-Antoine aveva fatto una smorfia. "*Io*? Un'anima gemella? E le fate esistono davvero! Ovvio che io sia un ottimo candidato per il mercato matrimoniale… Ma… quale poveretta vorrebbe davvero prendersi cura e innaffiare una creatura così patetica?"

"Credo che ci sia qualcuno là fuori per te. Davvero" aveva detto Jack con sincerità, e gli occhi lucidi perché mai il suo amico si era avvicinato tanto ad ammettere la debolezza insita nella sua malattia che con quell'ammissione. "Tu non l'hai ancora trovata… e lei non ha trovato te… ancora!"

"Oh, non disperarti" aveva detto Henri-Antoine con indifferenza. "Io non sono te. Io non riesco a immaginare di limitare i miei appetiti carnali a una singola femmina. Ci sono troppe bellezze che meritano la mia… mhmm… *largesse*. Che c'è, Bully?" aveva chiesto languidamente, vedendo Randal Knatchbull che agitava il catalogo di Harris sopra la testa nel tentativo di attirare l'attenzione.

"Arriveranno sei o otto ninfe per intrattenerci, Harry?"

"Otto" aveva risposto Henri-Antoine. "Jack potrà scegliere per primo."

La faccia di Jack era diventata di fuoco. "Non io. Mai più."

Henri-Antoine aveva guardato la goccia di brandy nel suo bicchiere, poi aveva alzato lo sguardo e preso in giro Jack senza pietà.

"Davvero?" Aveva detto con voce suadente. "Ma... mi sembra di ricordare... Sì! Quelle sono state le tue esatte parole mentre salivamo barcollanti le scale del bordello di Frau Dortman a Berna... Hai pronunciato la stessa debole protesta nel vestibolo del bordello della signora Lucia a Milano. E mentre eravamo a Firenze... Ebbene! I tuoi tentativi di resistere al fascino di quella piccola rossa sono stati come minimo debolucci. Tu..."

"Stai zitto, Harry!" aveva ordinato Jack ed era balzato in piedi. "Se osi dire un'altra parola..."

"Ho preso nota del tuo desiderio. E anche del tuo perbenismo."

"Intendo essere un marito fedele, e lo sai."

"Lo so." Henri-Antoine aveva emesso un pesante sospiro. "Purtroppo l'amore eccessivo per la propria moglie è un male di famiglia." Aveva ingollato le ultime gocce di brandy. Quando Jack aveva continuato a incombere su di lui con i pugni chiusi, aveva stretto per un attimo gli occhi. Se Jack aveva un difetto... no, due... era che era sincero fino all'estremo e che apprezzava raramente, meglio dire mai, le giocose provocazioni di Henri-Antoine. Quindi, per placarlo, aveva detto: "Vedo che sto comportandomi di nuovo in modo spregevole... ti chiedo scusa."

"Jack? Non dirmi che Harry sta pretendendo di scegliere per primo i boccioli di rosa?" li aveva interrotti Seb, lieto di assistere a uno dei rari diverbi tra i due amici. Aveva sorriso beffardo. "Sei sorpreso? Dopo tutto ha pagato lui per tutto il gruppo!"

Henri-Antoine aveva agitato languidamente una mano in direzione di Seb, senza guardarlo. "Scegli tu, Westby. Offro io."

"Hai una preferita?" aveva chiesto Seb. "Immagino che avrai assaggiato le delizie di tutti e otto i fiorellini che stanno arrivando?"

"Ignorando il tuo modo deplorevole di mischiare le metafore, non servirei mai un piatto se non lo avessi assaggiato per poterlo quindi raccomandare."

Seb aveva dato un tiro al suo sigaro e soffiato un anello di fumo verso il soffitto in direzione di Henri-Antoine. "Fiore o piatto non fa differenza. Sono sicuro che saranno fragranti e deliziose. Forse le proverò tutte."

"Fallo" aveva dichiarato Henri-Antoine in tono piatto, tornando a voltarsi verso il fuoco e chiudendo gli occhi.

"Harry?! Dico, Harry!? Ci sono le tue iniziali accanto alla bellezza giamaicana di Litchfield Street?" aveva chiesto Bully, che non si era accorto che Henri-Antoine si era ritirato dalla conversazione, dato che aveva il naso infilato tra le pagine del libriccino. "Qui dice che danza. Dice che ha i denti bianchi e riccioli castano scuro."

Henri-Antoine aveva risposto senza voltarsi e senza aprire gli occhi.

"Miss Wilson merita il tuo tempo, Bully."

Randal Knatchbull aveva spalancato gli occhi. "Davvero? Dici davvero? Grazie. Mi sono sempre piaciute le bellezze marrone dorato e qui dice che lei è…"

"Ma a lei piacerai tu, Bully?" lo aveva interrotto Seb con un verso di derisione. "Sembra un po' troppo esotica per i tuoi gusti blandi. Meglio attenersi alla pappa che conosci, e che riesci a digerire."

Quel commento impietoso, fatto nel tentativo di far ridere gli altri a spese di Bully, era riuscito a smuovere Henri-Antoine che aveva fissato il suo sguardo ironico su lord Westby.

"Se ti fossi preso la briga di leggere l'eccellente descrizione di miss Wilson, Westby, avresti tenuto la bocca chiusa. Ora che l'hai aperta… tocca a me farti notare che la sua… *guaina* necessita che l'amante possieda un *membro* di lunghezza e ampiezza superiori…"

"Il tuo, suppongo?" Era sbottato Seb.

"Naturalmente. Non avrei sprecato i miei soldi né insultato il suo talento offrendole meno di quanto lei pretende."

"Harry ha ragione, Seb" aveva detto Bully, spostandosi sul divano per sbattere la Lista di Harris in faccia a lord Westby. "Vedi. È scritto qui che miss Wilson può contenere la cosa più grossa che qualunque gentiluomo possa presentarle, ma non la più piccola…"

"Non mi interessa una puttana con una guaina guasta" lo aveva interrotto Seb, afferrando il libro e gettandolo da parte. "O sapere qualunque cosa riguardo…"

"Non guasta, Bully" aveva assicurato Henri-Antoine all'amico quando Randal Knatchbull l'aveva guardato immediatamente per farsi rassicurare. "Seb cerca di calunniare la seducente miss Wilson perché non può soddisfare le sue condizioni."

"Che io sia dannato se non posso!" aveva ruggito Seb, balzando in piedi con il sigaro ficcato in un angolo della bocca. "Se è una sfida, l'accetto subito!"

"Se vuoi che la verità resti nascosta nei tuoi calzoni, al suo posto, siediti e stai zitto."

Barcollando, Seb aveva agitato un dito in direzione di Henri-Antoine. "Sei proprio tu quello che può dare consigli. Sarà meglio che tenga il tuo nei tuoi calzoni…"

"Ma è proprio così, Westby" aveva detto mellifluo Henri-Antoine, sollevando appena il labbro superiore. "Il mio è veramente eccellente. Molto richiesto. Come può attestare miss Wilson, e altre, troppo numerose da menzionare. Puoi chiederglielo. Anche se... se sai ciò che è meglio per te..."

"Eh? Chi sei tu per sapere che cos'è meglio per *me*?"

"Seb! Seb! Non essere un completo demente" aveva sibilato Bully, afferrando Westby per la manica della camicia e tentando di tirarlo indietro sul sofà. "Seb! Non vinci mai con Harry! Mai!"

"Chiudi il becco!" aveva ringhiato Seb, strattonando la manica talmente forte che Bully aveva perso l'equilibrio ed era ricaduto di traverso sui cuscini del sofà.

"Ehi! Sei stato un po' brusco, Seb!" si era lamentato Jack. "Non lasciarlo lì. Aiutalo ad alzarsi, Seb!"

Ma Seb aveva ignorato Jack e Bully che si dimenava sui cuscini del sofà. La sua attenzione era tutta concentrata su Henri-Antoine che restava a gambe incrociate sulla poltrona, imperturbabile, con il bicchiere di brandy tenuto tra la punta delle lunghe dita. Il suo amico trasudava arrogante sicurezza di sé. E perché no, visto che aveva ereditato una fortuna da suo padre, per vivere la vita come se fosse il sultano del suo impero, con più servitori al suo servizio di molte casate ducali. E non lasciava mai casa senza due di loro costantemente nella sua ombra. Erano dabbasso adesso, ad aspettarlo pazientemente.

E se la ricchezza e l'arroganza di Henri-Antoine non bastavano a rodere le budella di Seb, sembrava che ogni puttana con un cuore pulsante non potesse averne abbastanza del *notevole membro* di Harry Hesham. Inclusa l'amante di Seb. La sera prima lei aveva respinto le sue *avances*, dicendogli francamente, mentre si stiracchiava sul letto come una gatta soddisfatta che avesse appena finito un piattino di panna, che era esausta dopo un pomeriggio passato con lord Horn. Sapeva bene a chi si stesse riferendo e si era precipitato fuori di casa con la risata di Peggy che gli risuonava nelle orecchie.

Ora, mentre continuava a fissare Henri-Antoine, la cosa sorprendente era che i suoi organi interni non fossero marciti, dopo tutti quegli anni passati con quel risentimento che gli suppurava dentro.

"Che ne sai tu di che cos'ho nei calzoni, eh?" aveva sputato finalmente Seb. "Non ti permetterò di calunniarmi, perdio! Alzati, Hesham! Sistemiamola qui, adesso! Jack! Bully! I mobili contro le pareti!"

"Non è calunnia se è la verità" aveva detto languidamente Henri-Antoine senza muovere un muscolo in risposta alla minaccia di Seb. Anche se sapeva bene che le sue successive parole avrebbero provocato l'amico oltre il suo limite di tolleranza, le aveva pronunciate comunque perché Seb era uno stupido e doveva finirla di essere schiavo di un'attricetta di secondo piano il cui ruolo più riuscito era quello che recitava tra le lenzuola. "So da fonte certa che sono, letteralmente, due volte l'uomo che sei tu."

"Tu… tu… figlio di puttana" aveva sbraitato Seb, con la faccia rossa mentre si arrampicava sopra un tavolino basso per raggiungere la sua preda. "Ti romperò quel becco, Hesham. Te lo spiaccicherò su tutta la faccia. Alzati! Alzati ho detto!"

Si era lanciato verso Henri-Antoine come stesse saltando da un molo su una barca, con entrambe le gambe in aria e agitando le braccia.

Jack lo aveva intercettato, mettendosi di fronte a Seb proprio mentre atterrava accanto alla poltrona di Henri-Antoine, che era rimasto seduto e non faceva niente per difendersi. Ma non ne aveva bisogno. Seb si era scontrato con Jack ed entrambi erano finiti per cadere di lato nella collisione.

Jack aveva messo le braccia intorno a Seb e lo aveva placcato per farlo restare a terra. Avevano lottato e, mentre si abbrancavano, avevano rovesciato il tavolino basso facendo finire in pezzi sul pavimento i bicchieri e le bottiglie che i camerieri non avevano ancora raccolto. Sigari, mappe, libri e parecchi piccoli dipinti impilati da una parte erano finiti per aria e si erano sparpagliati per la stanza.

"Bully!? Bully!" Aveva detto rauco Jack con la voce sottile, dato che le dita di Seb attorcigliate intorno alla sua cravatta gli stavano schiacciando la trachea. "Vieni… qua! Aiuto!"

"Togliti di dosso! Maledetto!" Aveva ordinato Seb, dibattendosi, perché Jack adesso lo aveva inchiodato sul tappeto turco. "Smettila di comportarti come il suo custode! Merita una lezione. Che gli si insegni un po' di umiltà. Dannazione, Jack!"

Jack aveva strattonato le dita di Seb, liberandosi la gola e aveva ingollato una grande boccata d'aria. Mentre tossiva, Bully era riuscito ad alzarsi dal divano, mandando quel mobile a sbattere contro la finestra. Aveva attraversato la stanza ma, lungi dall'aiutare uno o l'altro dei suoi amici, era rimasto lì, a fissarli con le braccia conserte, guardandoli lottare.

"Sei ubriaco fradicio, Seb" aveva osservato Bully. "Le gattine arriveranno da un momento all'altro e non vorrai sembrare un pazzo, altrimenti saranno troppo spaventate per avvicinarsi a te."

"Tiramelo via da dosso, Bully. Tiralo via!" Aveva ordinato Seb con le gambe che scalciavano violentemente per aria, Jack ora si era seduto sul suo torace per tenerlo fermo.

"Mi dispiace, Seb. Non posso farlo. Non posso permetterti di rompere il naso di Harry. È l'unico che ha. Direi che gli è affezionato, anche se è un becco."

Seb aveva emesso un suono disgustato e aveva deciso che poteva aiutarsi unicamente da solo. Alimentato da una furia da ubriaco, si era reso conto di avere più forza di quanto pensasse possibile e quindi aveva dato un potente spintone a Jack. Aveva funzionato. Jack era stato sbalzato in alto, via da lui, con una forza tale da ruzzolare e scivolare sul sedere attraverso il pavimento lucido.

"Adesso tocca a te, Hesham!" Aveva dichiarato Seb con soddisfazione, alzandosi in piedi.

Dopo essersi occupato di Jack, era smanioso e sicuro di poter affrontare Henri-Antoine. Ma aveva fatto solo due passi quando Bully aveva ripreso vita. Era saltato sulla schiena di Seb nel tentativo disperato di impedirgli di usare violenza contro Henri-Antoine, che restava immobile nella poltrona, spettatore interessato a quella mischia da ubriachi tra i suoi amici.

Bully aveva avvolto le gambe intorno alla vita di Seb e aveva agganciato insieme le caviglie e, con le braccia intorno al collo di Seb, era rimasto attaccato. Non lo lasciava andare, nonostante Seb cercasse di ruotare da una parte all'altra. Alla fine, Seb aveva afferrato i polsi di Bully e li aveva separati. E mentre l'amico si dibatteva come un pesce fuor d'acqua, si era liberato rapidamente dalle caviglie intorno alla vita. Poi aveva scartato Bully come se si stesse togliendo un pastrano.

Stupito per essere stato rovesciato con tanta facilità, Bully aveva dimenticato di abbassare i piedi e aveva colpito il pavimento con un forte tonfo e con un guaito di dolore.

Henri-Antoine aveva deciso che era arrivato il momento di porre fine a quella farsa.

Con un movimento fluido, aveva disincrociato le gambe e si era eretto in tutta la sua statura. Era il più alto nella stanza. Ma le sue dimensioni erano ingannevoli perché era snello e muscoloso, e si muoveva con un'eleganza fluida e senza fretta che tendeva a farlo considerare un dandy. Il suo *penchant* per panciotti dai ricami preziosi e giacche nei toni di viola e azzurro nascondeva la sua fisicità, quindi il suo atletismo veniva spesso sottovalutato. Ma lui aveva mantenuto lo stesso regime di esercizio fisico su cui suo padre aveva insistito quando era un ragazzo, per rafforzare la sua costituzione nella speranza che avrebbe tenuto a bada, se non curato, i suoi attacchi.

Ora era pragmatico. Non credeva più che sarebbe guarito e per quanto fisicamente in forma e atletico fosse, non contava niente quando era nelle grinfie del *morbus caducus*. Dall'insorgenza di una crisi fino a un po' di tempo dopo la sua cessazione, era inconsapevole come un neonato, e altrettanto vulnerabile. E quindi impiegava dei guardaspalle, i suoi ragazzi, come li chiamava, perché lo portassero in un luogo sicuro e riparato, e per controllarlo finché la crisi epilettica fosse passata.

Il mal di testa pulsante e l'improvvisa sensibilità alla luce avrebbero dovuto essere un avvertimento sufficiente, eppure, dato che era l'addio al celibato di Jack e a causa della sua stessa testardaggine, si era rifiutato di dar retta ai segnali e aveva continuato a bere e a fumare. Tanto più stupido, perché ora c'era Seb, ubriaco fradicio, deciso a fargli fisicamente del male. Ma se se ne fosse andato in quel momento sarebbe sembrato un codardo. Dio non volesse che pensassero che non aveva fegato! Quindi, invece di congedarsi, era restato, sapendo di perdere sempre più il controllo ogni minuto che passava.

E poi Seb si era scagliato contro di lui, tirandogli un pugno. Henri-Antoine si era abbassato e aveva evitato il contatto con la grazia di un maestro di scherma. Il colpo di Seb era andato largo e aveva trovato solo il vuoto. Ma era tale la forza dietro quel pugno da ubriaco che Seb non era riuscito a evitare di ruotare su se stesso e perdere l'equilibrio. Quando era caduto di traverso sulla poltrona, la sua spalla era rimasta incastrata tra il cuscino e lo schienale, lasciandolo con il sedere per aria.

Henri-Antoine aveva pensato che fosse una fine ignominiosa seppure perfetta per quella lotta a senso unico che, grazie al cielo, era finita prima di cominciare. Jack e Bully si erano affrettati ad avvicinarsi e avevano abbassato lo sguardo su Seb, che stava emettendo dei suoni attutiti dall'imbottitura di crine, ma nessuno aveva fatto una mossa per aiutarlo. Jack e Bully avevano guardato Seb, poi si erano guardati in faccia ed erano scoppiati a ridere. Henri-Antoine si era persino concesso di sorridere.

Jack finalmente si era asciugato gli occhi e aveva dato di gomito a Randal Knatchbull.

"Forza, Bully, aiutami a tirarlo fuori." Aveva dato una pacca sulla schiena a Seb. "Non preoccuparti, Seb! Ti liberiamo noi!"

"Aspetta un minuto, Jack" aveva suggerito Bully allegramente. "Un po' di sangue al cervello potrebbe togliergli un po' di confusione dalla testa... Ohi, Harry? Stai bene?" Gli aveva chiesto quando Henri-Antoine aveva chiuso gli occhi e barcollato. Aveva dato una gomitata nelle costole a Jack. "Jack! Harry è diventato bianco come neve fresca."

Sentendo quella dichiarazione, Jack aveva dimenticato la difficile situazione di Seb e si era voltato verso Henri-Antoine. "Siediti, Har..."

"*Non qui*" aveva detto Henri-Antoine a denti stretti.

"Faccio venire i ragazzi."

"Fallo... *Mon Dieu*" aveva borbottato Henri-Antoine, sforzandosi con ogni fibra del suo essere di mantenere il controllo, anche se non aveva potuto fermare l'insorgenza di un gelo improvviso nel palmo della mano sinistra.

"Jack! Harry! Seb si è disincagliato!" Aveva annunciato Bully con tutta la sorpresa di qualcuno che avesse visto la sua prima cometa. "Mossa intelligente. Adesso stringi la mano a Harry e chiedi scusa…"

"Stringerli la mano? *Chiedergli scusa?*" Aveva ringhiato Seb. "Dopo avermi calunniato a casa mia? È lui quello che deve…"

Henri-Antoine si era voltato e si era allontanato dal suono delle vivaci proteste di Seb che gli chiedeva di tornare indietro, mentre Jack e Bully lo tenevano fermo.

Era uscito troppo tardi. Non aveva più solo il mal di testa. La situazione era brutta… *veramente brutta.*

Non doveva farsi prendere dal panico.

Doveva restare lucido finché fosse stato in un posto sicuro.

Doveva continuare a *pensare.*

Il freddo intenso era salito fino al polso. Era come se avesse tuffato la mano in un secchio di acqua gelata. La lingua formicolava. A volte si gonfiava. Non era mai sicuro. Tutto quello che sapeva era che presto non sarebbe stato in grado del tutto di parlare, tanto meno far capire a qualcuno che cosa stesse dicendo. Aveva stretto forte i denti.

Non doveva gridare.

Non doveva emettere il minimo suono.

Non lì. Non in quel momento. Non di fronte agli altri.

Era riuscito ad arrivare a venticinque anni senza diventare una pubblica disgrazia. E non aveva intenzione di lasciare che succedesse in quel momento.

Dov'era Jack? Aveva bisogno che andasse a prendere i ragazzi. Perché aveva mandato Michel all'asta del Portland? Perché la stanza era piena di luci brillanti? Era stato un tale stupido a bere il brandy, a non ascoltare Jack. Jack aveva avuto ragione. Caro Jack…

Aveva barcollato fino alla porta, o aveva zoppicato? Non ne aveva idea.

Doveva allontanarsi dalla luce. Aveva strizzato gli occhi per vedere. Le pareti avevano cominciato a muoversi.

Il gelo era arrivato alla spalla. Non aveva più il braccio sinistro. Sembrava che pendesse floscio e inutile al suo fianco, ma in realtà lui sapeva che appariva ben diverso da come lo sentiva. I muscoli contratti, che obbligavano il braccio a piegarsi all'altezza del gomito e ad aderire al fianco e contro il petto. La mano si contorceva all'altezza al polso con le dita rivolte all'interno. I muscoli lungo un lato del collo facevano lo stesso, tirandogli la testa verso sinistra, mentre la bocca diventava sempre più lasca e cominciava a sbavare.

L'attacco non durava molto, ma non sapeva quanto, perché perdeva sempre i sensi, precipitava sempre nel nulla e restava alla mercé degli altri. E finché durava, lui era una massa contorta… uno scherzo della natura… e un'espressione mostruosa del vero se stesso. E sapeva, come sapeva che l'alba sarebbe seguita alla notte, che sarebbe stato schiavo di quella malattia per il resto dei suoi giorni.

Aveva visto la porta. Era aperta. Grazie a Dio.

Ora doveva uscire dalla stanza.

Ma non ci riusciva.

Qualcuno gli bloccava la strada. No. Non qualcuno. Una femmina. Una ragazza. Era una delle puttane di Harris? Perfino nel suo stato alterato non lo aveva creduto. Era un angelo? La luce diffusa brillava intorno ai suoi capelli come un'aureola. Aveva grandi occhi azzurri in un viso dall'ovale perfetto e lo stava fissando, senza battere gli occhi, riconoscendolo, o era paura? La conosceva? No! Stava avendo le allucinazioni. *Lei* era un'allucinazione. Il suo cervello disorientato, annodato, pulsante, stava confondendo quella ragazza con i dipinti rinascimentali che aveva tanto ammirato negli Stati Italiani. Gloriose donne di Botticelli con lineamenti meravigliosi e capelli fluttuanti.

Se fosse stata un angelo di Botticelli evocato dalla sua crisi, allora, aveva pensato, avrebbe potuto semplicemente attraversarla. Aveva cercato di farlo ma aveva sbattuto contro morbide curve femminili. Era di carne e ossa, dopo tutto. Quindi non un essere etereo.

Lei era crollata contro di lui… svenuta per lo spavento, non aveva dubbi… e lui le aveva messo immediatamente il braccio ancora funzionante intorno alla vita per impedirle di cadere. Lei si era ripresa subito e si era tirata indietro. Ma gli bloccava ancora la fuga. Quindi Henri-Antoine le aveva puntato la faccia addosso e le aveva ordinato di togliersi di mezzo. Ciò che aveva ringhiato era stato qualcosa di completamente diverso.

"*J'ai désespérément besoin de faire pipi!*"

L'angelo di Botticelli era uscito immediatamente dalla stanza ed era sparito nell'oscurità.

Henri-Antoine l'aveva seguita ed era crollato prontamente ai suoi piedi.

QUATTRO

Quando Lisa aprì la porta, con Becky alle sue spalle che teneva in alto la candela, entrò in un salotto con una nuvola di fumo di tabacco spessa come la nebbia invernale. Le lacrimarono immediatamente gli occhi e le pizzicò il naso. Pensò che avrebbe starnutito. C'era parecchio rumore e uomini che urlavano e si azzuffavano, scaraventando in giro i mobili. Riuscì a dare un'occhiata veloce allo stato caotico della stanza e vide un gruppo di uomini accanto al camino, nel bel mezzo di una rissa. Decise che la cosa migliore da fare era lasciare il catalogo sulla sedia più vicina e scappare senza dare spiegazioni.

Ma non ebbe l'opportunità di chiedere a Becky il suo cestino, men che meno di lasciare il catalogo perché lo trovassero quegli uomini, perché uno del gruppo lasciò gli altri e camminò verso di lei a passo deciso.

Non rendendosi conto che lei e Becky erano ancora sull'uscio, bloccando l'uscita, Lisa non pensò di spostarsi di lato. Fissava l'uomo che veniva verso di lei. Non lui direttamente, perché era maleducato fissare in viso un estraneo, ma le falde corte del suo panciotto e la giacca aderente in tinta, entrambi in seta lilla ricamata con filo metallico e lustrini sui risvolti delle tasche, sui polsini e sull'orlo. Non aveva mai visto un ricamo in filo metallico, né una tinta così tenue addosso a un uomo. Gemme sfaccettate coprivano le fibbie delle scarpe nere di cuoio, ed era sicura che fossero diamanti. Era la rappresentazione da manuale di un aristocratico.

E poi il gentiluomo dal vestito risplendente fu davanti a loro e Lisa non ebbe il tempo di spostarsi da nessuna parte. Lui si lanciò contro di lei. Becky strillò, impaurita, lasciò cadere il cestino e scappò indietro nel corridoio, lasciando Lisa ad affrontarlo da sola. Istintivamente, Lisa capì che Becky l'aveva abbandonata, senza aver bisogno di voltarsi a controllare. Ma non aveva comunque intenzione di farlo. Lo sconosciuto aveva attirato la sua completa attenzione.

Ebbe un attimo di panico, pensando che volesse farle del male, ma quel pensiero svanì in fretta come le era passato per la mente. Non era timorosa di natura, né pensava immediatamente il peggio della gente. Lavorando come assistente nel dispensario, aveva incontrato abbastanza persone curiose che arrivavano dalla strada con malattie e disagi di vari gradi di gravità che ben poco la sorprendeva, delle persone e di ciò che le affliggeva. E se aveva imparato qualcosa dai pazienti del dottor Warner, era che la malattia non faceva distinzione tra le povere anime vestite di stracci e i gentiluomini come lui, vestito con abiti sontuosi e diamanti. Tutti meritavano la sua compassione e di essere trattati con dignità.

Né aveva paura di lui. Una diagnosi veloce le disse che era incapace di far del male ad altri che a se stesso. Era ubriaco fradicio, oppure stava male, o era affetto da pazzia. Qualunque fosse la causa del suo attuale stato di malessere, stava soffrendo. Il tormento era scritto a chiare lettere sul suo viso, nelle dita contorte e nella tensione del collo sotto l'elegante cravatta di lino bianco. Aveva bisogno delle attenzioni di un medico, di qualcosa per alleviare le sue sofferenze e, se ne rese conto troppo tardi, restare lì impalata sulla soglia non era il modo di essergli d'aiuto.

Eppure, prima di riuscire a muoversi, lui camminò direttamente verso di lei come se lei non ci fosse e le schiacciò un piede.

Era una cosa così inaspettata che Lisa cadde contro di lui, mordendosi il labbro per sopprimere un grido di dolore, perché qualunque rumore improvviso avrebbe potuto spaventarlo e causargli ulteriore agitazione. Il dottor Warner raccomandava sempre ai suoi studenti di medicina, quando trattavano pazienti chiaramente non in possesso di tutte le loro facoltà, di evitare movimenti o rumori improvvisi che avrebbero potuto far aumentare la loro frenesia. Poi lo sconosciuto la sorprese, afferrandola in vita. Lisa si liberò all'istante e rimase così sconvolta per il fatto che le avesse messo le mani addosso che restò di ghiaccio. Lui reagì avvicinando il volto al suo e abbaiando un ordine. Lei non capì, le parole erano sconnesse e quasi inintelligibili. E poi comprese improvvisamente che non stava parlando in inglese, ma in francese e le si spalancarono gli occhi. Aveva detto che aveva bisogno di urinare, e subito. E quello fece quasi inciampare Lisa per la fretta di togliersi di mezzo. Eppure, appena lei si fu ritirata nel corridoio, lui la seguì barcollando, poi crollò ai suoi piedi.

QUANDO COLPÌ IL PAVIMENTO CON UN TONFO, LISA LO FISSÒ, sbalordita. Non solo per la sua caduta, ma per l'intero incidente, che era finito nel giro di un momento.

Ci volle Becky, che corse verso di lei tirandole il braccio, per rompere l'incantesimo.

"Venite, signorina" sibilò. "È la nostra occasione! Prenderò il mio cestino e scapperemo…"

Lisa liberò il braccio e cadde in ginocchio accanto allo sconosciuto.

"Avvicina la candela. Devo vedere se si è ferito."

"Non toccatelo, signorina! Non sapete che cos'ha!"

"Non sta bene e ha bisogno del nostro aiuto" le assicurò Lisa, stringendo gli occhi alla luce della candela che era solo a pochi centimetri dalla sua faccia, perché Becky aveva ubbidito e la teneva sopra la spalla di Lisa. "Avvicinati ancora un po', voglio vedere se si è ferito alla testa, o da qualche altra parte."

"A giudicare dal suo aspetto, non ha la testa a posto."

Becky fece con riluttanza ciò che le chiedeva Lisa, con la luce della candela che guizzava nella mano tremante ma che comunque permise a Lisa di esaminare meglio lo sconosciuto alla luce morbida.

Si chinò cautamente sopra di lui e scostò dolcemente la massa di capelli neri ondulati per vederlo in viso, chiedendosi se la caduta gli avesse fatto perdere i sensi. Ma i suoi occhi erano spalancati, le pupille dilatate e sembrava fissare senza vedere. Non reagì al suo tocco né alla sua vicinanza, quindi non sapeva che lei fosse lì. Tremava in tutto il corpo, ma diversamente da Becky, che tremava per la paura, i suoi non erano fremiti gentili, piuttosto una serie di scatti delle gambe e del torso, che sembrava non riuscire a controllare. I muscoli del collo rimanevano contratti, con la testa girata da un lato. Lisa avrebbe voluto slacciargli la cravatta, ma da dove cominciare con quel nodo complicato tra le pieghe morbide del tessuto?

L'uomo era caduto sul suo lato destro, con la giacca ammucchiata sotto di lui e le falde che si erano aperte sui calzoni neri. Non era rilassato, cosa che si sarebbe aspettata se avesse perso i sensi per la caduta. Il suo braccio sinistro restava piegato al gomito e aderente al petto e le dita contorte aggrappate a un paio di bottoni del panciotto ricamato con il filo metallico.

Viste le contrazioni, Lisa si chiese se sentisse dolore. Eppure, l'uomo non stava praticamente emettendo un suono. Si chinò, indicando a Becky di avvicinare la luce, per illuminargli meglio il viso.

Aveva la bocca contorta, tirata da un lato come il resto del corpo, con le labbra leggermente aperte dalle quali usciva un basso gorgoglio, ma nessuna parola intelligibile.

Lisa si sedette sui talloni, riflettendo sul da farsi e fu distratta delle voci che uscivano dal salotto, la cui porta era ancora spalancata. Almeno i gentiluomini non stavano più urlando, o spostando i mobili.

Istintivamente capì che l'ultima cosa che quel gentiluomo avrebbe voluto era che i suoi amici lo vedessero in quello stato di debolezza e vulnerabilità. Era senza dubbio il motivo per cui aveva tentato di uscire dalla stanza in tutta fretta. Quindi chiese a Becky di chiudere in silenzio la porta, sperando che i gentiluomini fossero troppo occupati perfino per notare che uno del loro gruppo non era più con loro.

E mentre l'uomo continuava ad avere le convulsioni, Lisa ricordò il piccolo Joe, figlio di una donna irlandese che faceva la lavandaia nella zona, un paziente del dottor Warner. La madre di Joe era convinta che gli attacchi del figlio fossero opera del diavolo, come punizione perché era un bastardo. Il dottor Warner le aveva detto nel modo più severo di non essere così stupida. Joe non era posseduto dal demonio. Soffriva di mal caduco, come tanti altri bambini, e non era colpa né di Joe né sua. Durante una delle molte visite di Joe, Lisa era stata testimone di una crisi. Era arrivata di colpo, senza preavviso, e il suo piccolo corpo era stato squassato da spasmi violenti che gli avevano fatto contorcere gli arti e il volto. Era finita altrettanto bruscamente, lasciando Joe molle ed esausto, come se gli avessero risucchiato la forza vitale. Non aveva mai visto un adulto avere un attacco simile e aveva erroneamente presunto che il mal caduco fosse una malattia infantile. Eppure ecco un gentiluomo, che sembrava sano sotto tutti gli altri aspetti, nello stesso stato di debolezza di Joe. Quindi non era ubriaco, o pazzo, ma un essere umano che soffriva...

Decisa, guardò Becky, una mano sulla spalla dello sconosciuto, sperando che il suo tocco potesse rassicurarlo che non era solo, proprio come aveva fatto con Joe, anche se non aveva ragione di credere che, proprio come Joe, lui fosse consapevole della sua presenza.

"Becky, trova il maggiordomo. Ho bisogno di una coperta. E anche di una bacinella d'acqua tiepida e di un asciugamano pulito."

Becky fissò Lisa come se fosse pazza quanto il gentiluomo che si contorceva sul pavimento.

"Ma... signorina! È lui!" sibilò. "È il gentiluomo che aveva il libro. Non lo avrei mai pensato, ma guardandolo bene adesso, è vero. Riconoscerei quel naso dovunque. Quindi non possiamo restare qui..."

Lisa nascose la sua sorpresa dicendo con calma: "Io non ho intenzione di abbandonarlo. Ha bisogno di aiuto. E intendo restare qui finché…"

"Signorina, come farete ad aiutarlo? Meglio lasciarlo al diavolo che ha posseduto la sua anima. Povero cristo. E non vogliamo farci sorprendere…"

"È malato, non pazzo" la interruppe severamente Lisa. "Ora per favore fai quello che ti ho chiesto e poi potrai andartene se è quello che desideri. Io starò bene. Metti il catalogo sul tavolo del pianerottolo, dove lo troveranno. Fai in fretta, Becky!"

Appena Becky scomparve lungo il corridoio, per liberarsi del libro e trovare il maggiordomo, la porta del salotto si spalancò. Un gentiluomo con una testa di riccioli disordinati color rame si precipitò fuori dalla stanza piena di fumo, con gli occhi spaventati, cercando in giro. Non vide Lisa a pochi centimetri dai suoi piedi accanto al muro. I suoi occhi rimasero puntati sopra la sua testa, e guardò lungo il corridoio buio, prima da una parte e poi dall'altra. Lisa sperò che non la notasse, che proseguisse lungo il corridoio seguendo Becky, o che tornasse nella stanza. Ma c'era qualcosa nel suo viso che le parlava, un'intrinseca bontà, che le diceva che era un uomo perbene e che non stava curiosando per il gusto di farlo, né per essere dispettoso, ma perché teneva all'uomo sdraiato accanto a lei.

"Sir, il vostro amico è qui con me" disse a bassa voce.

Il gentiluomo sobbalzò, si voltò e quasi inciampò nei suoi stessi piedi, fornendo a Lisa un momento di leggerezza, e poi si mise in ginocchio, chinandosi sopra il suo amico, che continuava a dimenarsi e a contorcersi e a borbottare parole inintelligibili alla luce tenue della candela.

"Harry? Harry? Sono Jack. Jack è qui" disse gentilmente. "Sei al sicuro. Non c'è nessun altro. Solo noi e…" Diede un'occhiata a Lisa e poi pensò che non era il caso di menzionare la sua presenza. "Vado a cercare i ragazzi…"

Eppure continuava a restare in ginocchio accanto al suo amico, colpito da un misto di emozioni angosciose, tanto che Lisa si sentì obbligata a offrirgli una rassicurazione, anche se non sapeva se avrebbe alleviato o peggiorato la sua angoscia.

Parlarono a bassa voce.

"Sir, ho mandato a prendere una coperta. Ha bisogno di restare al caldo e pensavo anche che potesse aiutare… a ripararlo da occhi indiscreti." Quando Jack annuì, distrattamente, aggiunse: "Sapete quanto durano le sue crisi?"

Jack scosse la testa. "No…" A quel punto guardò Lisa, con la fronte aggrottata. "Non vi siete spaventata per le sue convulsioni?"

"Perdonatemi, Sir, ma perché avrei dovuto allarmarmi per le sofferenze di un altro…?"

"Non intendevo… spero che non vi siate offesa per il mio commento. È solo che la maggior parte delle persone fa di tutto per evitare quelli che stanno-stanno… *soffrendo*."

"Voi no. E nemmeno io. Ma confesso di essere meno preoccupata vedendo che non siete spaventato per le condizioni del vostro amico. Quindi posso presumere che non sia un evento anormale… che soffra spesso di queste crisi?"

"Ogni tanto. Non spesso, ma abbastanza…" rispose evasivamente Jack prima di confessare, con un sorriso imbarazzato: "La verità è che sapevo che aveva ancora questi attacchi, ma non che fossero così gravi. Non lo vedevo così da quando… da quando eravamo ragazzi…"

"Soffre di mal caduco da quando era bambino?"

"Sì, dalla nascita." Jack guardò Lisa, meravigliato. "Conoscete il nome della sua condizione? Sì, si tratta veramente di mal caduco."

"Non è il primo attacco che vedo."

"No? Uno dei vostri protettori ne soffre?"

Lisa aggrottò la fronte. "Protettori?"

"Clienti. Corinzi. I regolari. Sono la stessa cosa."

Lisa sbatté gli occhi. "Davvero?"

Jack rinunciò, rendendosi conto che la ragazza non aveva idea di che cosa stesse parlando. Deglutì e le diede una bella occhiata. Niente cosmetici. Capelli al naturale. Pelle pulita. Scollatura alta e per di più un *fichu* per aumentarne la modestia. Dizione chiara, sicura. Nemmeno un accenno di civetteria in lei. Decisamente non una prostituta. E giovane. Se avesse dovuto tirare a indovinare, non era nemmeno una domestica. Allora, chi era?

"Non fate parte della Lista di Harris, vero?" esclamò.

"La Lista di Harris? Non ho idea di che cosa sia, e questo dovrebbe rispondere alla vostra domanda. Ma posso assicurarvi che nel dispensario Warner, dove presto la mia assistenza, non mi spavento per i malati, i feriti o quelli che soffrono. Né mi disgustano le loro malattie o i loro… fluidi corporei. Non potrei essere d'aiuto al dottor Warner o ai suoi pazienti se così fosse. Sir, ve lo dico perché possiate stare tranquillo lasciando il vostro amico nelle mani di una donna sconosciuta, me, mentre andate a cercare i-i… *ragazzi*?"

"I ragazzi! Sì! Grazie! Devo andare a prenderli. Almeno questo posso farlo per Harry." Si affrettò ad alzarsi in piedi e chiuse la porta del salotto, poi tornò indietro e guardò Lisa. "Se uno degli uomini dovesse uscire da quella stanza e vi trovasse qui…"

"Li rimanderò indietro con qualche scusa che farò del mio meglio per inventare mentre voi sarete via."

Jack sospirò di sollievo. "Grazie, miss-miss…"

"Lisa. Mi chiamo Lisa" disse fermamente, non volendo rivelare il suo cognome, innanzitutto perché non avrebbe dovuto essere in casa di lord Westby, e poi perché non voleva che il suo nome, o quello di Becky, fossero associati al catalogo mancante, nel caso qualcuno, in seguito, avesse fatto domande. Invece disse: "I ragazzi, Sir…?"

JACK SEGUÌ LA STESSA STRADA CHE AVEVA SEGUITO BECKY E superò un cameriere che saliva le scale con una coperta e, dietro di lui, una ragazza dalle guance rosate che portava una bacinella di porcellana. Non si fermò e quando tornò con i due uomini massicci, Henri-Antoine era sotto la coperta. La testa era sollevata dal pavimento e appoggiata sulle gambe di Lisa che gli stava gentilmente tamponando il viso con un panno bagnato mentre la sua amica dalle guance rosate era accanto a lei, con la bacinella pronta.

"I tremori sono cessati e sta dormendo" disse Lisa a bassa voce a Jack quando lui si inginocchiò dall'altro lato. Diede un'occhiata ai due uomini che erano larghi quanto erano alti… non sarebbe stata sorpresa di sapere che il loro precedente impiego era stato quello di caricare sui carri gli alberi tagliati. "Ha mormorato qualche parola, non in inglese. Il vostro amico è francese?"

"Avete avuto problemi?" chiese Jack, evitando la domanda, con un gesto della testa in direzione del salotto.

Lisa scosse la testa, ma non lo stava osservando. Aveva riportato lo sguardo sul suo paziente. "Si è agitato quando le convulsioni si sono attenuate per poi cessare, ed è stato in quel momento che ha parlato in francese" spiegò, diffidente. "Poi si è tranquillizzato di nuovo ed è sembrato cadere quasi subito in un sonno profondo quando l'ho rassicurato che andava tutto bene e-e…" Fece una pausa, con la gola improvvisamente stretta e confessò: "… ho cominciato ad accarezzargli leggermente i capelli, come facevo con Joe, il ragazzo del dispensario che soffre di mal caduco. Lui si calma notevolmente se gli si accarezzano i capelli."

"Ah. Davvero? Buono a sapersi, ma quello che intendevo chiedere era se i miei amici in salotto vi hanno infastidito in qualche modo."

"Oh! No. No, sono rimasti nella stanza." Nascose un sorriso. "Ma è perché una mezza dozzina di femmine molto interessanti e allegre ha raggiunto i vostri amici non molto dopo che eravate andato a prendere i ragazzi. Una di loro mi ha confidato che erano state invitate per aiutare a festeggiare le ultime settimane di libertà di un gentiluomo prima del suo matrimonio…"

"Sembra quasi che pensino che stiano per rinchiudermi!" la interruppe Jack, sbuffando imbarazzato, con il viso improvvisamente in fiamme. "E non è stata mia l'idea di invitarle!"

Lisa non fece commenti, aggiungendo, quando Jack continuò a guardarla con imbarazzo: "Erano talmente allegre che non mi hanno quasi notato. E di certo non hanno notato il vostro amico, perché era già sotto la coperta."

Jack emise un sospiro, con lo sguardo fisso sulla porta della stanza. Si percepiva il crescendo di risate femminili e di chiacchiericcio, e anche le sparate da ubriachi di Seb e Bully. Senza dubbio quei due erano al settimo cielo, felici di avere otto prostitute di alta classe tutte per loro. Ignorò ciò che stava succedendo là dentro per il momento e si chinò per dare un'altra occhiata a Henri-Antoine, che stava dormendo pacificamente, con la faccia girata dall'altra parte e la testa comodamente appoggiata alle sottane della ragazza, come se lei fosse il suo cuscino di piume.

Jack ricordava che, dopo un attacco, Henri-Antoine restava esausto e intontito e, a seconda della gravità della crisi, poteva dormire fino a quattro ore. Quando si svegliava, poi, era fiacco, irritabile e poco comunicativo, a volte per giorni. Niente di nuovo nell'ultimo sintomo, pensò con un sorriso ironico. Ma il sorriso morì quando pensò che il suo miglior amico avrebbe detestato più di tutto svegliarsi davanti a un pubblico non necessario. Certamente non avrebbe apprezzato il fatto di avere degli estranei che si occupavano di lui, o che sapessero che soffriva di mal caduco, anche se la donna che gli lavava il volto e gli accarezzava i capelli era fuori dall'ordinario. Quindi, con quello in mente, disse a Lisa, con un'occhiata a Becky: "I ragazzi adesso possono occuparsi di lui, miss. È quello che sono addestrati a fare. Lo porteranno via da qui, si assicureranno che stia comodo e lo controlleranno finché sarà tornato in sé. Voi e la vostra amica potete tornare alle vostre occupazioni. Grazie per essere venute in suo soccorso. Lui vi sarebbe molto grato e ve lo direbbe, se ne fosse in grado."

Lisa sorrise e annuì. Non era sicura di credergli riguardo alla gratitudine del suo amico. Lo diceva solo per essere cortese. Che il suo amico avesse dei guardaspalle che si prendevano cura di lui in situazioni simili suggeriva che fossero stati assunti per impedire agli estranei di interferire o di essere testimoni di un attacco. Non poteva biasimarlo, ed era fortunato ad avere un amico così premuroso e i mezzi per rendere la sua situazione più confortevole e sopportabile possibile.

Non c'era niente altro che potesse dire o fare, quindi si tolse con cautela da sotto la sua testa, con Jack che la aiutava in silenzio. Scartò il panno che aveva usato per tamponargli il viso, lasciandolo cadere nella bacinella e si alzò in piedi. Anche Becky si alzò. E mentre Lisa scuoteva le sottane per toglierne le grinze, non poté resistere a dare un'ultima occhiata al suo paziente alla debole luce della candela. I suoi muscoli non erano più contratti. Sparita la tensione al collo, le mascelle serrate e la bocca tirata. I bei lineamenti con il naso forte erano a riposo, e il mento squadrato era annidato tra le pieghe della cravatta di lino sottile che lei aveva osato sciogliere e allentare. E la massa di capelli neri che lei aveva gentilmente scostato dai suoi occhi e accarezzato mentre lo rassicurava, ora ricadeva sciolta sulle spalle. Vide che aveva anche gli zigomi alti, ma fu sulla bocca che si attardò il suo sguardo. Le labbra erano magnificamente modellate... Becky aveva ragione. Era una bocca da baciare e lui era un uomo bello in modo esagerato.

Dubitava che lo avrebbe mai rivisto e desiderò solo di aver avuto l'opportunità di ascoltare la sua voce quando non era agitato. Era sicura che avesse una voce morbida e profonda, come aveva suggerito Becky. E se il suo suono richiamasse o meno il sapore della cioccolata calda... piena, vellutata e appena un po' peccaminosa... beh, dubitava che avrebbe mai avuto il privilegio di scoprirlo da sola.

Ancora non sapeva che avrebbe effettivamente fatto quelle scoperte, e nel più sorprendente dei modi, entro una settimana.

CINQUE

Lisa tornò a Gerrard Street e scoprì, circostanza insolita, che l'intera casa era al corrente della sua assenza.

Passò dall'entrata di servizio, salutata dal confortante aroma della cucina, con le sottocuoche nel bel mezzo di una frenesia culinaria, che sfornavano biscotti dal forno caldo, parecchi volatili che ruotavano sullo spiedo e varie pentole che bollivano. La cuoca sbraitava ordini dal bancone della cucina, ma appena vide Lisa si pulì in fretta sul grembiule le mani sporche di farina e si precipitò a dirle che la signora aveva chiesto di lei, ed era successo più di un'ora prima.

La cuoca l'avvertì che sarebbe stato meglio che avesse una buona storia da raccontare, aggiungendo che l'umore della padrona non era migliorato con l'arrivo della sorella minore della signora Warner, la signora Cobban, anche se quella era la prima visita della signora Cobban dopo il ritorno dal suo viaggio di nozze a Parigi.

Poi confidò un'informazione che Lisa non aveva bisogno di conoscere: la prima teglia di biscotti alle mandorle che piacevano tanto alla signora Cobban era bruciata e la seconda non era abbastanza croccante. Quindi la cuoca stava rimediando affettando la torta ai semi di cumino del giorno prima; non aveva il tempo di prepararne un'altra. E poi l'informazione che per Lisa era una novità: che tutti sapevano che il segreto per una buona torta al cumino era sbattere gli ingredienti per due ore buone in una ciotola riscaldata prima di versarli nello stampo e poi inserirlo nel forno.

Lisa assunse un'aria debitamente solenne e annuì in tutti i momenti giusti, e arrivò perfino a dire che per quanto le piacessero i biscotti alle mandorle della cuoca, la sua torta ai semi di cumino era la più deliziosa che avesse mai assaggiato. E non meravigliava, con tutta l'attenzione e l'amore che la cuoca investiva nella sua confezione. La cugina Henriette, la signora Cobban, non sarebbe rimasta delusa. A quelle parole la cuoca sorrise, poi ribatté che non era sicura che ci fosse di mezzo l'amore, ma una bella dose di sudore e muscoli! Quindi alzò le mani con un gesto impaziente e si precipitò a rimproverare una sguattera che non girava lo spiedo a un ritmo costante.

Lisa ne approfittò per uscire in fretta dalla cucina, con l'intenzione di andare direttamente nel *boudoir* di sua cugina, ma fu fermata dalla governante prima che potesse raggiungere le scale. Grazie al cielo, la donna non ripeté ciò che le aveva detto la cuoca, ma le chiese se avesse esaminato lo stato dei suoi vestiti da quando era tornata da 'chissà dove'.

Lisa non l'aveva fatto. La ringraziò per il suo avvertimento con le guance che scottavano all'occhiata significativa della donna alla grossa macchia bagnata sul davanti delle sue semplici sottane di tessuto marrone. Lisa non aveva pensato a niente altro mentre si stava occupando del suo paziente. Ora sembrava che nella sua fretta di pulire il volto dell'uomo, avesse strizzato il panno non nella bacinella ma sul davanti del suo vestito. Aveva anche omesso di sistemare i mezziguanti, che aveva spinto verso i gomiti perché non dessero fastidio. Tenne tutto quello per sé. Con un altro grazie, salì in camera sua e cambiò il vestito, mise delle pantofole da casa al posto degli stivaletti e si sistemò i capelli nello specchio che teneva in un cassetto della piccola scrivania accanto alla finestra.

L'altezzosa cameriera della signora Warner rispose alla sua grattatina alla porta e le fece capire con un'occhiata significativa che non tutto era pace e armonia con la sua padrona. Lisa le sorrise gentilmente e andò verso il *boudoir* e lì si fermò accanto alla porta, ascoltando e aspettando di essere notata.

Minette Warner e Henriette Cobban, le sorelle de Crespigny, non potevano essere più diverse che se fossero state delle estranee. Minette aveva i capelli scuri, era alta e languida. La sorella minore, Henriette, era una bionda piccolina e procace ed era portata ad agitarsi. Se avevano qualcosa in comune era la piacevole forma ovale dei loro volti, forse l'unico tratto che Lisa e le sue cugine avevano in comune, e le sorelle condividevano la malriposta sicurezza che le loro scelte in fatto di moda fossero quelle giuste.

La cugina Minette era reclinata sul sofà e faceva del suo meglio per apparire come una sultana dell'impero ottomano in una banyan di seta il cui colore si poteva solo descrivere come arancio orientale. Sui capelli rigonfi aveva un piccolo turbante e ai piedi pantofole di seta con la punta all'insù. Sua sorella Henriette era seduta a schiena diritta dall'altra parte del sofà in una *chemise à la reine*, con gli strati di diafana mussolina bianca raccolti sotto il petto ampio con un grande nastro azzurro legato con un fiocco con il quale stava giocherellando. Ai piedi aveva scarpine di seta azzurra in tinta.

A parte rimproverarla per la sua scappatella a casa di lord Westby, della quale le sue cugine non potevano avere la minima idea, Lisa si stava scervellando per capire perché desiderassero vederla. Henriette aveva messo in chiaro fin dal giorno in cui Lisa era rimasta orfana, che non era desiderata. Aveva mantenuto la sua ostilità mentre erano a scuola insieme, quando erano a casa e tutte le volte che veniva a trovare la sorella.

Lisa era indifferente a tutta quell'animosità, più che altro perché non aveva niente in comune con Henriette, la cui conversazione verteva quasi interamente sulla vita degli altri. Stava cianciando degli ultimi pettegolezzi che giravano per i salotti parigini, il processo di quelli coinvolti in quello che era diventato noto come l'Affare della collana di diamanti.

Lisa aveva seguito la sensazionale serie di eventi che aveva coinvolto un cardinale, una truffatrice, una presunta maga e una collana favolosa realizzata per la regina di Francia che, in qualche modo, era stata portata di nascosto a Londra, quando le notizie erano apparse per la prima volta nel *Gentleman's Magazine*. Anche se le sembrava di ricordare di essere stata più interessata alle notizie dell'ultima ascensione in pallone, avvenuta a Edimburgo. Il pensiero di elevarsi in cielo e guardare il mondo come un uccello era molto più eccitante e affascinante delle macchinazioni di un branco di imbroglioni ai livelli più alti della società francese, anche se sapeva che le sue cugine non sarebbero mai state d'accordo.

"Non restare lì impalata, Lisa. Potremmo pensare che tu stia origliando" si lamentò Minette Walker, indicandole di farsi avanti con un lento sventolio di un fazzoletto bordato di pizzo. Lo tenne in alto perché lo guardasse. "Non sono divini questi piccoli quadrati? Henriette mi dice che ora a Parigi la gente altolocata usa fazzoletti quadrati. Me ne ha comprati una dozzina."

"È carino. E sono quadrati perché re Luigi ha emanato una legge…"

"Legge? Quale legge? Sui *fazzoletti*?"

Lisa si fece strada sul tappeto disseminato di scatole regalo aperte, attenta a non camminare su coperchi, nastri e carta velina strappata. Grazie al cielo i regali erano impilati su un tavolino di fronte al sofà.

"Sì, re Luigi ha fatto decretare per legge proprio l'anno scorso che tutti i fazzoletti fatti in Francia dovessero essere quadrati" rispose semplicemente Lisa e sfiorò con un bacio la guancia incipriata e imbellettata che le presentò Henriette. "Sono lieta che sia tornata a casa sana e salva, Henriette. A te e al signor Cobban è piaciuto il soggiorno a Parigi?"

"*La*! Sei piena delle nozioni più assurde" disse Minette senza accalorarsi e lasciò cadere il fazzoletto nella sua scatola, gettandola sul tavolo. Ovvio che a Henriette sia piaciuto stare a Parigi. A chi non piacerebbe?"

"Sì, ci è piaciuto" confermò la cugina Henriette. "Il signor Cobban è il più attento e generoso dei mariti e sono tornata a casa con un tale carico di vestiti e accessori nuovi che alla mia cameriera ci vorrà una settimana per disfare i bagagli."

"Ma dove sei stata, Lisa?" chiese Minette in tono languido. "È più di un'ora che aspettiamo di parlare con te. E non è che tu avessi qualcosa di urgente da fare, no? Non è uno dei tuoi giorni al dispensario, quindi i poveri non sono in fila a chiedere che tu scriva lettere per loro su Dio sa che stupidaggini, no?"

"Sta ancora dando fastidio nel dispensario?" chiese Henriette, sorpresa, senza nemmeno guardare Lisa e tornando al francese, la prima lingua delle sorelle.

"Oh, non dà fastidio" ribatté Minette. "Il caro dottor Warner ha solo buone cose da dire sull'assistenza di nostra cugina. Dice che è brava a profumare le stanze per togliere i miasmi, ed è tutto quello che mi interessa, e a tenere i poveri *disciplinati*." Alzò le spalle. "Qualcuno deve farlo, e tanto vale che sia Lisa. Come ho detto, non è che abbia niente altro da fare col suo tempo e la tiene occupata."

"Dovrà smettere" dichiarò Henriette. "E subito. È già abbastanza brutto che le sue dita siano macchiate d'inchiostro, niente che una bella strofinata con sapone e pomice non possa togliere, ma se dovesse prendere un'infezione maneggiando tutta quella sporcizia?"

"Non ci avevo pensato... direi che hai ragione..."

"E se i poveri dovessero trasmetterle un'orribile febbre, o un'eruzione cutanea? La mamma non ne sarebbe contenta."

"No?" Si chiese Minette a voce alta. "Avrei pensato che se Lisa fosse colpita da un raffreddore o un'influenza o qualcosa di più grave, la povera mamma potrebbe tirare un sospiro di sollievo e rifiutare, con la coscienza pulita, l'invito che ha accettato per conto suo."

A Henriette si illuminarono gli occhi. "Oh, sì. Giocherebbe a nostro favore!"

"Ma è inutile sperarlo. Lisa non è mai stata malata un sol giorno in vita sua. Vero Lisa?" aggiunse Minette a voce alta, tornando all'inglese ed enunciando ogni parola come se sua cugina non fosse in grado di capirla. "Non sei mai stata malata un sol giorno in vita tua, vero?"

"No, cugina Minette. Sono stata benedetta con una buona salute e un buon udito."

"Visto, sana come una lattaia e la mucca che munge" rispose in francese Minette a sua sorella.

"Che peccato" borbottò Henriette. "Declinare l'invito per problemi di salute avrebbe risolto tutti i nostri problemi."

"Sì. Ma dato che non è possibile, dobbiamo fare quello che ci ha chiesto la povera mamma. Lo dobbiamo a lei e alla nostra nobile protettrice."

"Invito? Posso sapere che cos'è, questo invito che zia de Crespigny ha accettato a mio nome?" le interruppe cortesemente Lisa, e in francese, e con solo un accenno di sorriso ironico davanti alla loro tattica di escluderla da una conversazione che sapevano benissimo che lei poteva capire.

Le sorelle voltarono le teste verso Lisa con una leggera ostilità per il fatto che avesse osato intromettersi nella loro conversazione, e in francese oltre a tutto. Parlare in inglese con lei, mentre parlavano in francese tra di loro, era solo uno dei tanti modi in cui imponevano la loro autorità su di lei, la parente povera, che sarebbe stata per sempre un imbarazzo e un peso per la famiglia. Esattamente come tenerla deliberatamente in piedi in mezzo al tappeto, sapendo che non poteva sedersi finché non avesse avuto il loro permesso di farlo.

Che la cugina impoverita avesse ricevuto un invito per partecipare a un matrimonio, e passare due settimane in una tenuta di campagna, un matrimonio a cui nessun altro della famiglia de Crespigny era stato invitato, era uno strappo malvisto al tessuto sociale della società e a un modo di vivere che tutte le persone altolocate seguivano e al quale aspiravano i suoi aderenti. Quello non era un matrimonio ordinario e la tenuta di campagna non era una tenuta qualsiasi. Stava per sposarsi la nipote del duca di Roxton e i festeggiamenti per il matrimonio si sarebbero tenuti a Treat, la casa ancestrale dei duchi di Roxton. Un'occasione simile sarebbe sicuramente stata l'evento dell'estate, popolato dai titolati e dai ricchi dell'alta società, di cui avrebbero scritto i giornali, di cui si sarebbe parlato nei migliori salotti, con l'invito bordato d'oro orgogliosamente in mostra, appoggiato a molte nobili mensole di camino perché tutti lo vedessero e lo invidiassero.

Che Lisa avesse ricevuto un invito a un simile matrimonio, per le sorelle era straordinario, incomprensibile e angosciante. Un'orfana impoverita, che non conosceva nessuno e non andava da nessuna parte, non riceveva inviti a tali importantissimi eventi. Era semplicemente una cosa che non si faceva. Eppure, era stato fatto e non c'era niente che le due sorelle, o la loro cara mamma, o la famiglia de Crespigny, ci potesse fare.

E mentre le sorelle si sentivano impotenti e offese davanti a questo sorprendente colpo di scena nella vita della cugina, c'era qualcosa che potevano fare per mostrare il loro dispiacere e riasserire la loro superiorità in quel momento, prima che la cugina fosse perfino consapevole della sua insperata fortuna. Ed era il motivo per cui le due sorelle erano insolitamente e petulantemente interessate a Lisa per la prima volta nelle loro egocentriche vite.

Minette si assunse il compito di chiedere a Lisa dov'era stata nell'ora precedente, mentre Henriette era perfino più ostile del solito nei riguardi della cugina.

"Lisa, sembri aver dimenticato che vivi qui perché il caro dottor Warner e io ti abbiamo accolta quando nessun altro nella famiglia ti voleva. E dato che non sei ancora maggiorenne, mi sento in obbligo ogni tanto di assicurarmi che tu viva con le restrizioni dovute alla tua età e alle tue condizioni. A diciannove anni, non hai il permesso di uscire di casa, né tanto meno di andare a zonzo per la città, senza il mio consenso. Che non hai chiesto e che certamente avresti dovuto chiedere."

"Mi dispiace di non aver chiesto il tuo permesso, cugina Minette" rispose Lisa, contrita. "Ma non volevo disturbarti e non pensavo…"

"Certo che non hai pensato!" le scagliò addosso Henriette, che non vedeva l'ora di contribuire alla reprimenda.

"… che ti sarebbe dispiaciuto che facessi una commissione con Becky Bannister."

"Becky *Bannister*? Conosco questa persona?"

"Sì, cugina. Becky è la nipote e l'assistente merciaia della vedova Humphreys, nella merceria Humphreys. È stata qui parecchie volte con le sue guarnizioni e…"

Henriette la guardò, inorridita. "Sei stata vista in giro in compagnia di una… dell'*assistente* di una merciaia?" Guardò sua sorella e tornò a parlare in francese. "Come faremo a porre rimedio a una simile inettitudine sociale, e in due settimane? È impossibile! Impossibile!"

"Oserei dire che la sua cecità sociale può essere attribuita al tempo che passa nel dispensario" rispose Minette con riluttanza. "Il caro dottor Warner dice che la malattia è una grande livella, che non importa qual è la nostra condizione sociale, la malattia visita tutti…"

"Minette! Dimentica i poveri e i dettami del tuo caro dottore per il momento. Questo è molto più importante" sibilò Henriette. "C'è in gioco la reputazione della povera mamma, *la nostra reputazione*. E se Lulu fosse vissuta, non saremmo qui ad affrontare questo dilemma ora, no!?"

Minette sospirò pesantemente. "Non serve rattristarci pensando al passato. Dobbiamo affrontare ciò che abbiamo davanti, e fare del nostro meglio."

A quel punto, le sorelle si voltarono di nuovo e questa volta guardarono Lisa dalla testa ai piedi, entrambe con lo stesso pensiero. Se la loro sorella minore Louise, affettuosamente conosciuta come Lulu, non fosse morta di scarlattina, Lisa Crisp non sarebbe mai stata mandata al posto di Lulu al collegio Blacklands per giovani donne. E se Lisa non avesse frequentato Blacklands, dove si era mischiata con ragazze di rango sociale molto superiore al suo, le figlie e le sorelle di politici, principi mercanti e simili, non avrebbe mai ricevuto l'invito al matrimonio dell'anno dell'alta società, un colpo di scena che nessuno in famiglia si sarebbe aspettato.

"Siediti. Dobbiamo spiegarti qualcosa di molto importante" disse Minette in inglese, indicando una sedia con una pila di scatole vuote e nastri. Aspettò che Lisa si appollaiasse proprio sull'orlo del cuscino e si mettesse le mani in grembo, sulla sottana di lino, prima di scambiare un'occhiata con la sorella, che stava allungando la mano verso l'ultimo biscotto alle mandorle sul piatto. "Non capisco perché non sia arrivata la torta al cumino…" Tornò a guardare Lisa e inspirò forte come se il compito che aveva davanti a sé fosse faticoso all'estremo. "Mentre Henriette era a Parigi, è andata a trovare la mamma… e prima che lo chieda, la mamma, papà e Toinette si stanno godendo immensamente il loro soggiorno. Credo che Toinette ti abbia scritto una lettera. Non è così, Henriette?"

"L'ho data… o l'ho lasciata sul tavolo? Non importa. Quando la tua cameriera avrà riordinato salterà fuori. Non è importante. Piena di ciance infantili, senza dubbio" disse distrattamente Henriette, parlando della sorellina Toinette di dodici anni. "Papà la vizia a dismisura. L'ha sempre fatto."

"Era così eccitata di andare a trovare i suoi cugini francesi per la prima volta" disse Lisa con un sorriso. Ma ricordava anche quanta paura avesse Toinette del suo ritorno in Inghilterra, perché, una volta a casa, l'avrebbero mandata per la prima volta a Blacklands.

Lisa ricordava vividamente i suoi primi giorni a Blacklands. Era arrivata a scuola a metà dell'anno scolastico, quando tutte le ragazze si conoscevano mentre lei non conosceva nessuno. Ancor peggio, le sue cugine, addolorate per la morte di Lulu, non le avevano fornito dei vestiti nuovi. I suoi erano puliti, ma lisi e rappezzati e completamente inaccettabili per una scuola simile. E quindi, in quei primi pochi giorni, aveva dovuto indossare il suo unico vestito e gli stivaletti graffiati, sotto gli sguardi maliziosi e i sussurri beffardi delle sue compagne di classe, finché erano stati pronti gli abiti nuovi e suo zio de Crespigny aveva accettato di pagare per tutto ciò che era necessario per una collegiale di Blacklands. Almeno Toinette avrebbe cominciato meglio il suo anno scolastico…

"… quindi devi capire perché non puoi biasimare la mamma per aver trattenuto quelle lettere" stava dicendo Minette. "Pensava fosse meglio non darti false speranze su cosa sarebbe potuto derivare da una simile amicizia."

Lisa annuì, assente. Non aveva sentito la prima parte della frase della cugina e quindi non sapeva bene di che cosa stesse parlando, anche se capiva dall'atteggiamento difensivo, avevano sicuramente alzato altezzosamente il mento, che le sue cugine si aspettavano che lei reagisse in un modo che avrebbe richiesto che giustificassero ciò che la loro madre aveva fatto per lei, e senza che lei lo sapesse. Ma aveva sentito Minette parlare di lettere e ne era rimasta così sorpresa che chiese, senza riflettere: "Zia de Crespigny ha delle lettere… lettere *per me*?"

"Apri le orecchie e fai attenzione!" ribatté Henriette. "Come farai ad andare in società, a renderti piacevole e interessata a quello che succede intorno a te, e riuscire a fare un'educata conversazione, se non ascolti chi ti è superiore?"

"La mamma ha trattenuto le lettere per il tuo bene, e il nostro" spiegò Minette pazientemente. "E noi, Henriette e io, eravamo d'accordo con lei. Data la natura sorprendente della tua espulsione da Blacklands, abbiamo pensato fosse meglio che ti lasciassi alle spalle quei giorni, e qualunque legame con la scuola, per sempre."

Lisa guardò prima una sorella e poi l'altra, e si rivolse a entrambe. "Non capisco. Qualcuno da-da *Blacklands* ha scritto? A *me*?"

Henriette alzò gli occhi al cielo, esasperata, pensando che Lisa non fosse solo socialmente, ma anche mentalmente inadatta a lasciare la casa di sua sorella, tanto meno per frequentare gente di rango. Forse mischiarsi con i poveri malati le aveva danneggiato il cervello?

"Siamo rimaste sorprese quanto te" confessò Minette, "che una qualsiasi ragazza volesse restare in contatto con te dopo che avevi lasciato la scuola sotto una tale nuvola scura. Ma hai solo te stessa da biasimare per quel risultato, no? E se solo tu avessi rivelato il nome del ragazzo cui avevi permesso di prendersi delle libertà con la tua persona dietro la Chelsea Bun House, la direttrice ti avrebbe lasciato rimanere…"

"*Libertà?*" sbottò Lisa prima di riuscire a fermarsi, aggiungendo poi, in tono più sommesso: "Era solo un bacio. Ecco tutto. Un bacio."

"Solo un bacio? *Solo un bacio*? Non hai alcuna *vergogna*?" Sibilò Henriette, indignata. "Quel *ragazzo* non avrebbe mai dovuto metterti un dito addosso. E quanto a *baciarti*… Le tue labbra sono riservate al tuo futuro marito, e a nessun altro."

"Era solo un bacio piccolissimo" insistette Lisa, con la voce appena al di sopra di un sussurro e le guance che bruciavano per la vergogna. "E non era sulle labbra, ma sulla guancia…"

"Quel bacio ha posto fine alla tua permanenza a scuola e alle tue speranze di poter mai sposare un brav'uomo perbene" obiettò Henriette.

"Blacklands era la tua unica opportunità per costruirti un futuro" disse Minette con un sospiro. "Che peccato che non potessi capirlo allora. Ma devi capire, *adesso*, che la tua vergognosa condotta dietro a quel negozio non solo è stata sconsiderata, ma anche egoista."

"Sì. Sì. Hai ragione" rispose Lisa, abbassando le spalle. "È stata sconsiderata ed egoista." Poi si mise diritta e guardò le sorelle, dicendo allegramente: "Ma non ho ancora perso le speranze che ci sia un gentiluomo che possa amarmi per quello che sono…"

"*Amarti per quella che sei*? Non essere assurda e *naïve*!" sbottò Henriette, con un verso poco signorile di derisione. "Anche se un uomo simile esistesse, e perdonasse il tuo imperdonabile comportamento, che cos'hai da offrire, a parte la tua giovinezza? Guarda in faccia alla realtà: non hai una dote. Non hai un soldo e quindi non hai niente da offrire a un eventuale marito."

"Ma se quest'uomo mi amasse per me stessa, di certo la situazione pecuniaria non gli importerebbe molto…?"

Minette e Henriette si guardarono in faccia, fecero una smorfia e poi Henriette scoppiò in un accesso di increduli risolini davanti a quelle che considerava aspettative oltraggiose.

Anche se avevano avuto la possibilità di scegliere i loro mariti, entrambe le sorelle lo avevano fatto con il testardo pragmatismo che richiedeva un'unione con un uomo che potesse offrire, prima di tutto, la sicurezza finanziaria e uno stile di vita confortevole; l'attrazione fisica e l'amore erano considerazioni secondarie. E anche se entrambe erano carine, avevano avuto ciascuna anche una dote di duemila sterline il che significava che avevano trovato facilmente marito. Il pensiero che la loro cugina impoverita potesse trovare un uomo da sposare che non solo le offrisse una vita confortevole ma che si innamorasse di lei era estremamente ridicolo. Da lì l'accesso di incredulo divertimento di Henriette.

"Stupida tu perché lo pensi" annunciò Henriette quando finalmente tornò padrona di sé. "Ma non siamo qui per ascoltare i tuoi sogni a occhi aperti o per parlare delle tue sconsiderate azioni passate. Ciò che ci preoccupa è il tuo comportamento da adesso in poi. E a questo scopo, terrai ben presente le infelici conseguenze di quel bacio quando ti troverai tra persone talmente al di sopra delle tue condizioni sociali che tanto varrebbe che vivessero sulla luna, e tu fossi una visitatrice indesiderata!"

Lisa osò sorridere all'uso da parte della cugina della parola *luna* e di come la sua analogia fosse così simile a ciò che aveva detto Becky del proprietario del catalogo. E ora che lo aveva visto, poteva concordare con lei. Con quell'aspetto così attraente, e vestito con abiti così eleganti, era quasi etereo... una delle divinità del Monte Olimpo, un abitante delle nuvole, o effettivamente un uomo della luna. Il suo posto non era certo tra i rudi e rozzi residenti delle strade più sudicie della città. Si chiese dove vivesse...

Mentre rifletteva fu distratta da una sensazione alla bocca dello stomaco, simile al nervosismo. Si sentì di colpo la testa leggera, mentre il battito le rimbombava nelle tempie. Forse stava avendo la febbre per la prima volta? Dato che non era mai stata malata, sentirsi sopraffare da sensazioni così insolite era preoccupante. Forse era perché aveva avuto più della sua parte di eccitazione per un giorno a casa di lord Westby, per poi tornare a Gerrard Street e a un interrogatorio... Avrebbe solo voluto andare in camera sua a sdraiarsi e magari si sarebbe addormentata sognando di un gentiluomo dai capelli scuri con una bocca da baciare... Oddio, ecco che pensava di nuovo ai baci... Le sue cugine sarebbero sicuramente state furiose con lei se avessero avuto la capacità di leggere i suoi pensieri. Quindi si sforzò di tornare al presente e disse educatamente: "Hai parlato di alcune lettere, cugina Minette...?"

"Sì, in effetti e le avrai, contro il nostro parere" dichiarò Minette. "Se fosse per la famiglia, non sapresti ancora dell'esistenza di questa corrispondenza, né avresti saputo dell'invito che ti hanno esteso. Un invito che la mamma avrebbe voluto rifiutare a nome tuo perché non riteniamo appropriato che tu partecipi a un'occasione così illustre. Ma..."

"... la mamma è stata *convinta*, vale a dire che le è stato... *ordinato*, dalla nostra nobile protettrice, di dare la sua assicurazione che avresti partecipato" continuò Henriette, interrompendo Minette quando questa fece una pausa per sospirare. "E così i desideri della mamma sono stati scavalcati e non c'è niente che ci possiamo fare."

"*Convinta? Ordinato?*" ripeté Lisa, che ancora non sapeva nulla dell'invito o del nobile personaggio che, a giudicare dalla soggezione nella voce della cugina e dal fatto che potesse ordinare a zia de Crespigny di fare ciò che le chiedeva, sembrava essere un personaggio veramente importante.

"Sei veramente così tonta?!" sbottò Henriette, esasperata ed era tale la sua irritazione che si sedette in punta di sedia e fissò malevola Lisa. "Non hai mai voluto dare un nome alla nostra nobile protettrice, a colei che ha sponsorizzato la nostra ammissione a Blacklands? Come figlie di un mercante non saremmo mai state accettate in una scuola così esclusiva senza la benedizione di Sua Grazia. Si è incaricata lei, tale è la stima che la duchessa di Roxton e Kinross ha per la mamma, di raccomandarci alla scuola. E ovviamente la scuola ci ha accettate. Chi potrebbe rifiutare qualcosa a Sua Grazia?"

Lisa sgranò gli occhi, capendo. Perché non aveva collegato le due cose? Aveva perfettamente senso. Ma dato che la famiglia aveva sempre usato le parole 'nobile protettrice' con silenziosa venerazione e non aveva mai dato un nome a quell'appellativo, aveva presunto che la sua identità fosse in un certo senso un segreto di famiglia. Ora sembrava che il segreto non fosse tale, e che lei fosse l'unica della famiglia a non conoscerlo.

Ma quello che sapeva era che sua zia adorava la duchessa di Roxton e Kinross, di cui era stata la cameriera personale per quasi vent'anni, prima del suo matrimonio con *Monsieur* de Crespigny. E con vent'anni di servizio, era una fonte inesauribile di aneddoti sulla sua vita al servizio della duchessa, anche se sua zia era attenta a non tradire mai la fiducia della duchessa, e Lisa era certa che le storie mai raccontate fossero almeno il doppio rispetto a quelle che aveva condiviso con la famiglia.

Quando Lisa aveva passato le vacanze di Natale in casa de Crespigny, il suo momento preferito era stato l'ora del tè con la torta, intorno al fuoco in salotto, ad ascoltare le storie di sua zia del tempo in cui aveva vissuto in un palazzo pieno di servitori e stanze illuminate da tante candele da trasformare la notte in giorno. I racconti di sua zia erano pieni di ville magnifiche fatte di marmo, carrozze tirate da cavalli arabi, e giardini fragranti punteggiati da fontane e capricci all'italiana. C'erano balli sotto lampadari dalla luce brillante, ricevimenti in salotti dorati, balli in maschera cui partecipavano centinaia di persone e picnic vicino a un lago. E, al centro di tutto, una bella regina elfica, la duchessa, e appena dietro di lei la zia di Lisa, parte di quel mondo da favola abitato da duchi e duchesse, re e principi, nobiluomini con le loro dame, e tutti vestiti di sete sontuose e diamanti luccicanti.

Lisa non dubitava che sua zia avesse un posto speciale nel cuore della duchessa. Non solo era stata con lei per due decenni, ma l'aveva aiutata con la nascita dei suoi nobili figli, l'ultima nata solo nove anni prima, molto tempo dopo che sua zia aveva lasciato il servizio della duchessa. Era stata richiamata per assistere la duchessa durante la nascita e aiutare nella nursery in quei primi giorni e aveva avuto un posto privilegiato al battesimo. Lisa lo ricordava vividamente perché era successo intorno a Natale e sua zia era rimasta lontana da casa per qualche settimana, il primo Natale che la famiglia aveva passato senza di lei. Ma nessuno l'aveva biasimata perché stava assistendo la duchessa, tutti lo avevano visto come un grande onore. Quindi Lisa capiva perché la duchessa avesse aiutato sua zia, quando glielo aveva richiesto, e avesse sponsorizzato l'ammissione delle ragazze de Crespigny in un collegio esclusivo per giovani donne. Sapeva anche che sua zia avrebbe fatto qualunque cosa la duchessa desiderasse da lei, e sorprendentemente, almeno per Lisa, sembrava che la duchessa volesse che le dessero le sue lettere e che accettasse l'invito. Perché? E si chiese perché sua zia non fosse contenta di quel risultato.

"Non farei mai nulla che potesse mettere in pericolo il posto che la zia ha nel cuore della duchessa" assicurò Lisa alle cugine. "Dovete credermi, Minette, Henriette. So quanto vostra madre faccia tesoro degli anni al servizio della duchessa… Ciò che non capisco è perché pensiate che io possa…"

"Se *oserai* dire o-o fare qualcosa che possa incrinare o sminuire il legame speciale tra la mamma e Sua Grazia, ti *odieremo* per il resto dei tuoi giorni!" sbraitò Henriette. "Hai capito?"

Lisa annuì, colpita dal tono velenoso delle parole di sua cugina. Guardò Minette, chiedendosi se la pensasse allo stesso modo.

"Se non ti comporterai bene, se causerai alla mamma anche la minima seccatura o, peggio ancora, se farai qualcosa che offenda Sua Grazia o un membro della sua famiglia, non avremo altra scelta che disconoscerti" le predicò Minette. "Non vogliamo che succeda, né vogliamo scacciarti, ma lo faremo. Eravamo sul punto di farlo dopo la tua espulsione da Blacklands, ma ci abbiamo ripensato, data la tua tenera età. Ma papà non si è pentito di aver bandito tuo padre. Toussaint de Crespigny era un ladro e un ubriacone. Aveva derubato la sua famiglia e si era bevuto la sua eredità, lasciando te e tua madre a marcire in un ospizio per i poveri. L'unica cosa ammirevole che abbia mai fatto è stata cambiare il suo cognome in Crisp."

"I nostri genitori ti hanno salvato dall'ospizio dei poveri. Sei in debito con loro, specialmente con la mamma, e non ci disonorerai davanti alla duchessa di Roxton e Kinross e la sua famiglia." Henriette poi aggiunse, staccando le parole e sibilando: "Mi. Hai. Capito?"

Lisa annuì di nuovo, questa volta con più forza, con un senso di nausea in fondo allo stomaco e tremando nel sentirsi così insultata. Vedeva la furia di Henriette e il dispiacere di Minette, ma non riusciva a capire perché la loro rabbia avesse una traccia di risentimento e amarezza.

"Io... io devo essere ottusa oggi, perché continuo a non capire perché pensiate... come possiate pensare... che potrei causare un tale disagio ai vostri genitori... Non ho mai incontrato la duchessa, né lo farò mai. Per favore. Non desidero turbare nessuno. Ditemi... ditemi che cosa devo fare per poter alleviare la vostra angoscia."

"Non puoi. Oramai è fuori dal nostro controllo" le spiegò Minette. "Tutto ciò che possiamo fare è ciò che ci è stato chiesto, poi lasciarti andare. Ovviamente pregheremo tutti i sacrosanti giorni perché te la cavi senza incidenti. Ma hai questa strana capacità di metterti nei guai e quindi di farti notare. Ma non questa volta, Lisa. Mi hai capito?" Prima che Lisa potesse rispondere, Minette guardò sua sorella. "Dalle l'invito e le lettere, Henriette, e facciamola finita."

"Ma non sarà finita, no?" Disse Henriette, con l'amarezza ancora evidente nel suo tono di voce e parlando in francese. "Abbiamo il compito di vestirla. Ho un paio di vestiti che ho smesso, che avevo intenzione di dare alla mia cameriera, da usare di giorno. Si possono modificare facilmente; lei non ha né seno né fianchi, quindi c'è parecchio tessuto da togliere. Non ho una domestica che avanzi per fungere da cameriera per lei. Forse tu puoi..."

"Fare a meno di una delle mie ragazze? Credo proprio di no."

"Almeno non avrai bisogno di impiegare una fila di maestri di ballo o di musica. Sa cantare e suonare il pianoforte, se mai glielo chiederanno. Ce l'hanno insegnato a Blacklands."

"Sì. Ha un bel portamento ed è brava con le lingue" rispose Minette, stendendosi sui cuscini con una mano sulla fronte. "Tutta questa faccenda mi ha fatto venire il mal di testa, Henriette..."

"Grazie al cielo per le piccole cose. Immagina se non sapesse parlare francese?" Rimuginò malvolentieri Henriette, ignorando il mal di testa della sorella. "Che vergogna. E se resta sullo sfondo e non si mette in mostra, non ci sarà bisogno che apra la bocca, in nessuna lingua."

Questa volta Minette si riscosse. "*Restare sullo sfondo*? E dimmi, come pensi che sia possibile, quando l'invito è per un soggiorno in campagna di due settimane? Due settimane, Henriette. Se si trattasse solo di un paio di giorni potremmo avere qualche speranza, ma due settimane... Questo è andare a cercarsela. Non riferire alla mamma quello che ho detto, è già preoccupatissima. Adesso dai a Lisa il suo invito e falla finita. Il caro dottor Warner e io abbiamo ospiti a cena. Devo far riposare la mia povera testa prima di cambiarmi d'abito."

Henriette afferrò qualcosa dal tavolo e lo agitò in faccia a Lisa. Era un pacchettino di lettere, in cima al quale c'era un cartoncino d'invito dai bordi dorati, il tutto legato in un fascio ordinato con un nastro di seta nera.

Lisa tese la mano, ma Henriette non era ancora pronta a lasciar andare il fascio di lettere senza rivelare la natura dell'invito e, con essa, un'ultima sprezzante predica.

"Sei stata invitata a passare due settimane a Treat. Questa frase da sola manderebbe la maggior parte delle ragazze, no! Qualunque altra ragazza in estasi, eccitata, ma tu non hai la minima idea del grande onore che ti viene concesso! Tu..."

"Oh, ma lo so, Henriette" le assicurò Lisa. "Treat è la casa ancestrale dei duchi di Roxton. Zia de Crespigny l'ha menzionata tante volte. È la casa privata più grande di tutta l'Inghilterra e ha talmente tante stanze che perfino quelli che ci vivono possono perdersi se svoltano dalla parte sbagliata. E c'è un lago e acri e acri di rose bianche piantate dal vecchio duca per..."

"Sì! Sì! Abbiamo sentito tutte le storie della mamma" la interruppe freddamente Henriette. "Il tuo compito sarà di arrivare in fondo alle due settimane senza farti notare. Passeranno così" disse, schioccando due dita. "La tua visita a Treat è passeggera, niente più che un battito di cuore nel tempo. E quando sarà finita, dovrai togliere la testa dalle nuvole e tornare qua. Non dimenticarlo mai, Lisa: sei povera. Non hai nessun posto dove andare e noi siamo l'unica famiglia che hai. La tua vita è qui a Gerrard Street. La cosa migliore che puoi aspettarti dalla vita è di essere di qualche aiuto ai poveri straccioni con i tuoi scarabocchi e aiutare nel dispensario. Mi hai capito?"

Lisa annuì, obbediente, fissando il pacchetto di lettere che Henriette le stava ancora sventolando davanti. Avrebbe voluto afferrarlo, scappare nell'intimità della sua stanza e lì sciogliere il nastro e leggere in fretta ogni lettera, e poi rileggerle il più lentamente possibile. Anche se non le avevano rivelato l'identità della sua corrispondente, o perché avesse ricevuto un tale sorprendente invito, aveva cominciato ad avere un sospetto. Eppure non osava sperare, perché non voleva che quel sospetto si dimostrasse falso. Ma chi altro poteva averla invitata a Treat? Chi altro conosceva con un legame con un posto così magico, a parte sua zia con la duchessa?

E poi Henriette lo chiarì, confermando il suo sospetto.

"Non tutte le tue compagne di scuola ti hanno abbandonato, a quanto pare. E si dà il caso che quella che non l'ha fatto abbia parenti illustri e potenti. E non c'è nessuno più potente del duca di Roxton, che è lo zio di miss Cavendish. Riesci a immaginarlo? Come sei fortunata! Sei stata invitata al suo matrimonio e la mamma ha accettato a tuo nome. Quindi parteciperai. Ecco l'invito" disse, e gettò il pacchetto di lettere in grembo a Lisa. "E ci sono anche alcune lettere che ti aveva scritto. Ora vattene e lasciaci in pace."

"Teddy! Oh Teddy!" esclamò Lisa senza fiato, ed era tale la sua eccitazione che si precipitò fuori dalla stanza senza una riverenza, con il pacchetto premuto contro il petto.

Teddy le aveva scritto.

Teddy si stava per sposare.

Teddy l'aveva invitata al matrimonio.

Teddy non l'aveva abbandonata, dopo tutto.

Lisa scoppiò in lacrime.

SEI

Sovraeccitata all'idea che la sua miglior amica a Blacklands, miss Theodora Charlotte Cavendish, conosciuta come Teddy dagli amici e dalla famiglia, non l'avesse dimenticata, Lisa era in camera sua, appoggiata alla porta chiusa, e non ricordava come ci era arrivata.

Si prese un momento per ricomporsi, per asciugarsi in fretta le guance con il dorso di una mano tremante, e respirare a fondo un paio di volte, con il pacchetto di lettere ancora premuto contro il petto affannato. E poi non riuscì più ad aspettare.

Scalciando via le pantofole e rialzando le sottane, salì sul letto. Lì si sedette a gambe incrociate, e sciolse con le dita tremanti il nastro nero che teneva legati insieme l'invito e la raccolta di lettere. Con solo un'occhiata distratta all'invito, lo mise da parte, ansiosa di leggere le lettere per prime. Vedendo il suo nome e il suo precedente indirizzo: Fournier Street, Spitalfields, scritto nella grafia inclinata della sua compagna di scuola, le scappò una risatina mista a una lacrimuccia, con le dita che accarezzavano amorevolmente quelle lettere, meravigliata di avere la conferma che le lettere venivano veramente da Teddy. E con la conferma arrivarono i ricordi di giorni passati da tempo...

Quante ore avevano passato sedute fianco a fianco, esercitandosi sui quaderni a scrivere nel corsivo rotondo di un'alunna di Blacklands? Quante lettere formali avevano copiato in quella grafia, in inglese e in francese, sempre per far pratica, per quando fosse arrivato il giorno in cui, una volta sposate, avrebbero avuto il tempo libero per scrivere alla famiglia e agli amici dai loro *boudoir* rivestiti di carta da parati. Teddy si lamentava bonariamente dello spreco di tempo su un inutile esercizio calligrafico, perché una volta sposata non sarebbe rimasta seduta in un salotto a scrivere lettere, ma sarebbe stata in giro, a cavalcare su per le colline e giù per la valle, all'aria aperta. La scrittura di Teddy era ancora più laboriosa perché scriveva con la mano sinistra, che in sé era uno spettacolo straordinario. Tutte le ragazze scrivevano con la mano destra, e quelle che non lo facevano spontaneamente si vedevano legata la mano sinistra dietro la schiena in modo da essere obbligate a farlo. Non Teddy. Lei aveva il permesso di usare la mano sinistra, purché potesse ricopiare lo scritto com'era e non trascinasse la mano sull'inchiostro fresco.

Lisa si era chiesta ad alta voce come mai Teddy avesse il permesso di usare la mano sinistra e Teddy glielo aveva detto; anche se lei aveva già immaginato la risposta. *Oh, deve essere perché ho dei parenti potenti che mi vogliono bene, Lisa,* aveva sussurrato e poi aveva ridacchiato, stringendosi nelle spalle. Ma non l'aveva detto in tono compiaciuto, o con un senso di superiorità, ma solo come un dato di fatto. E un giorno aveva confidato a Lisa quanto erano potenti i suoi parenti. Uno zio era un duca, un altro un conte. La sua cugina più prossima era due volte duchessa, e la sua mamma era una lady, figlia di un conte. Lisa era rimasta attonita. I parenti di Teddy non erano solo potenti, erano membri dell'aristocrazia ed erano all'apice della loro classe. Teddy le aveva fatto promettere di mantenere il segreto, di non menzionarlo con le altre ragazze. Non voleva che pensassero a lei in modo diverso. Lisa lo aveva promesso e poi le aveva chiesto perché, visto che i suoi parenti erano nobili, fosse stata mandata a Blacklands e non avesse una governante, o non fosse stata mandata in una scuola per le figlie dei nobili.

Teddy aveva arricciato il naso lentigginoso, riflettendo, poi aveva alzato le spalle, dicendo che la sua mamma e il suo patrigno volevano che fosse a suo agio, che imparasse a parlare francese come una madrelingua, come tutti i membri della famiglia di sua madre, ma che più di tutto volevano che fosse felice. Pensavano che sarebbe stata più contenta a Blacklands. E Teddy era felice. Lisa si meravigliava dell'esuberanza e dell'amore per la vita della sua miglior amica, la sua sicurezza, e il suo carattere solare.

Anche se, per un breve periodo, quando era appena arrivata a Blacklands, Teddy era stata depressa, piena di nostalgia per casa sua, e Lisa l'aveva confortata.

Lisa era in quella scuola oramai da quattro anni, ed essendo un'orfana che passava solo le festività natalizie con i suoi cugini, Blacklands era casa sua. Mentre Teddy non era mai stata lontana dalla sua famiglia prima di allora, e mai lontana da sua madre e questa era la sua prima volta a Londra. E anche se Blacklands era a Chelsea, ai margini delle strade alla moda di Westminster, quindi praticamente in campagna, *non* era la campagna, e non lo sarebbe mai stata per quanto riguardava Teddy, la cui casa era nel lontano Gloucestershire.

Teddy aveva parlato a Lisa della bellezza delle Cotswold, del magico bosco di Puzzlewood con le sue fate e i viaggiatori e le creature del bosco, della grande casa di pietra gialla in cui viveva con la sua famiglia e degli opifici di proprietà del suo patrigno, che non solo era un ricco mercante, ma uno Squire importante nel suo angolo d'Inghilterra. E lei viveva con un piccolo zoo di animali in casa, i cani del suo patrigno, la sua whippet, Nera, un certo numero di gatti e uccelli canterini, e fuori nella fattoria, insieme al suo cavallo preferito, c'erano galline, mucche da latte, api e pecore conosciute come leoni delle Cotswold per via del loro enorme manto peloso.

Lisa avrebbe ascoltato per ore Teddy raccontare di casa sua e dei suoi vagabondaggi nella campagna, e lo faceva, e avrebbe voluto visitare un posto così meraviglioso. Non era mai stata più lontana dalla città di Blacklands, mai. Teddy le aveva promesso che un giorno Lisa avrebbe potuto visitarla davvero e conoscere la sua famiglia che includeva non solo sua madre, il suo patrigno, la nonna Kate e due fratellini, ma anche Fran, la dama di compagnia di nonna Kate, e Silvia e Carlo, che venivano da Lucca, che era da qualche parte negli Stati Italiani. Lisa non aveva mai sentito parlare di un posto simile. Teddy le aveva assicurato che esisteva e che quando Lisa fosse andata a trovarla, Silvia le avrebbe preparato il cibo più delizioso che avesse mai assaggiato, e piatti fatti con farina e uova, chiamati pasta. E una volta che Teddy avesse sposato Jack e avesse preso residenza ad Abbeywood Farm, che era proprio nella valle accanto, Lisa avrebbe potuto venire a stare con lei per tutto il tempo che voleva.

"Jack?" Aveva chiesto Lisa, sorpresa che Teddy sapesse chi avrebbe sposato.

Avevano entrambe tredici anni, e Lisa non aveva mai nemmeno pensato ai ragazzi, né tanto meno sapeva chi avrebbe voluto sposare un giorno.

"Mio cugino. Lo sposerò il giorno del mio diciottesimo compleanno. Ma ho promesso alla mamma che prima avrei frequentato Blacklands per qualche anno. Era una delle condizioni" le aveva confidato Teddy. "Perché la mamma vuole che sia una dama e che conosca un po' del mondo, perché dice che mi aiuterà ad essere una moglie migliore per Jack."

Lisa era rimasta affascinata e aveva voltato la testa sul cuscino per guardare Teddy alla luce della luna che entrava attraverso la finestra senza tende e brillava sullo stretto lettino dove erano rannicchiate sotto una coperta, per tenersi calde, e dove potevano conversare sussurrando senza disturbare la sorvegliante di notte.

Teddy lo aveva detto con una tale certezza che Lisa si era chiesta se il suo matrimonio con Jack non fosse per caso un matrimonio combinato. Aveva sentito parlare di matrimoni simili per la gente che aveva parenti potenti. La risposta di Teddy era stata di scuotere la testa e di stringere le labbra per impedirsi di ridere. Lisa vide l'allegria nei suoi occhi e sorrise. Era lieta che Teddy non fosse costretta a un matrimonio combinato. Era romantica, anche a tredici anni.

"Jack sa che lo sposerai?"

"Naturalmente."

"E quando hai saputo… saputo che volevi sposare Jack?"

"Quando avevo dieci anni."

"*Dieci*? Dieci anni?"

Teddy aveva annuito. "E gliel'ho detto quando avevo dodici anni."

Lisa aveva sgranato gli occhi. "Quando avevi dodici anni gli hai detto che lo avresti sposato? È rimasto sorpreso? Che cos'ha detto?"

"Sì, sorpreso, ma ha detto che mi avrebbe sposato anche se normalmente erano i ragazzi a fare la proposta. E che se ero sincera, avrei dovuto chiederglielo di nuovo quando fossi stata più grande. Ha detto che avrei potuto cambiare idea."

"Pensi che… pensi che cambierai idea?"

Teddy aveva scosso la testa sul cuscino. "No. Mai."

"Quanti anni ha Jack, adesso?"

"Diciannove."

Aveva sei anni più di loro, aveva calcolato Lisa, che aveva pensato fossero tanti, ma non l'aveva detto.

Teddy aveva confuso la sorpresa di Lisa per incredulità.

"È vero. E mentre io sono qui a Blacklands, Jack farà il grande viaggio… no! Non si chiama così… Oh! Farà il *Grand Tour*. Sì, è così che si chiama. È quello che i ragazzi fanno quando escono da Oxford, che è un'università. La mamma dice che i ragazzi vanno in gruppo e gironzolano per palazzi e antiche rovine e passano un sacco di tempo ad ammirare vecchi dipinti."

"Non potrebbe farlo qui? Ci devono essere vecchi dipinti da ammirare e una gran quantità di rovine tra cui gironzolare in Inghilterra."

"La mamma dice che i giovani uomini hanno bisogno di andare all'estero per riflettere, per vedere il vecchio mondo. Dice che è un bene per loro, perché quando tornano non sono più ragazzi e hanno voglia di sistemarsi."

"Sistemarsi...?"

"Sposarsi, stupidina."

"Oh! E per quanto starà via per questo tour?"

"La mamma dice che starà via per anni..."

"*Anni*?" Lisa era rimasta così sorpresa che aveva dimenticato di sussurrare. Poi aveva aggiunto in un sibilo. "Ma se ti dimenticasse mentre è via?"

"Dimenticarmi?" Teddy si era alzata su un gomito e aveva aggrottato la fronte sotto un groviglio di capelli. "Non mi dimenticherà. Lo ha promesso. Inoltre gli ho dato una ciocca dei miei capelli perché non mi dimentichi!"

"Teddy!" aveva esclamato Lisa, ora anche lei appoggiata a un gomito. "Oh, è meraviglioso!"

Teddy aveva sorriso e poi entrambe si erano sdraiate in fretta e si erano rannicchiate sotto la coperta perché si sentivano dei passi e voci basse. Si erano guardate sorridendo e poi avevano fissato il soffitto illuminato dalla luna restando ferme e in silenzio, aspettando. Avevano aspettato a lungo che tornasse tutto tranquillo, troppo eccitate per dormire. C'era tanto altro che Lisa avrebbe voluto sapere della famiglia di Teddy e di Jack e delle cose meravigliose che i ragazzi potevano fare una volta lasciata Oxford, quando andavano all'estero per meditare.

"Ti mancherà mentre è via?" aveva finalmente chiesto Lisa, guardando Teddy che stava ancora fissando il soffitto.

"Sì... un po'. La mamma dice che non è il caso. Che non devo... preoccuparmi. Che il fatto che Jack sia via mi darà tutto il tempo per crescere. E dice che non devo preoccuparmi per lui, perché farà il *Grand Tour* con il suo miglior amico, Harry, e si terranno compagnia e saranno troppo occupati per pensare a casa."

"I loro genitori non sono preoccupati perché staranno lontano da casa così a lungo?"

"Preoccupati? Perché dovrebbero? La mamma dice che il *tour* è un uso molto migliore del tempo di un giovanotto ricco che non passarlo nei club per gentiluomini, a sprecare le loro giornate giocando d'azzardo, fumando e bevendo..."

"Te l'ha detto la tua mamma?" Lisa aveva gli occhi sgranati.

"No. Non a me. L'ho sentita che lo diceva al mio patrigno. E lui era d'accordo con lei. Lei ha anche detto che era difficile che si mettessero in guai seri, viaggiando con una *formazione di attendenti*."

"Che cos'è una formazione di attendenti?"

"Sono le persone che fanno parte del loro gruppo, così dice nonna Kate."

"Servitori che portano i loro bagagli?"

"Oh, no. Ovviamente avranno i servitori con loro per quel compito e per occuparsi delle carrozze e dei cavalli e per tenerli al sicuro durante il viaggio. Ma no, gli altri sono le persone che si occuperanno di loro mentre sono via. Non servitori in senso stretto, così dice nonna Kate. Con Jack e Harry viaggerà anche il loro medico, e due tutori, un maggiordomo che si occuperà di tutto ciò che è inerente al viaggio e agli alloggi, e ovviamente hanno bisogno dei loro valletti per vestirli. Oh! E quasi dimenticavo, due dei loro compagni di scuola andranno con loro, e anche loro avranno i loro attendenti."

Gli occhi di Lisa non avrebbero potuto diventare più rotondi. Invidiava quel modo di viaggiare e desiderava essere nata maschio e ricco in modo da poter anche lei far parte di una simile grande avventura.

"Immagina Jack e Harry e i loro amici e tutti quegli uomini in carrozza e a cavallo, che viaggiano per la campagna e attraverso le città." Aveva sussurrato Lisa, eccitata. "La gente del posto sicuramente si fermerà a guardarli e i loro bambini saluteranno e salteranno su e giù, nel vedere una processione così sbalorditiva! Non ti piacerebbe farne parte? Visitare vecchie città, vedere antichi dipinti, e incontrare la gente?"

Teddy aveva alzato le spalle, men che entusiasta.

"Io sono felice qui... non *qui*... ma a casa. Quando Jack tornerà a casa e ci sposeremo, non lascerò mai più le Cotswold."

"*Mai?*"

"Eccetto quando Jack verrà a Londra per i lavori del parlamento. Mio zio Roxton lo nominerà parlamentare quando ritornerà dall'estero, quindi Jack dice che dovrà passare qualche mese all'anno a Londra a fare qualunque cosa facciano i parlamentari. Ed è il motivo per cui la mamma dice che devo imparare a comportarmi come una dama, in modo da poter essere una buona compagna per Jack" le aveva confidato Teddy. "Non so come possa aiutarlo stando qui a scuola, ma tenterò. La mamma dice che se mi concentrerò sugli studi non penserò al fatto che Jack è lontano e il tempo passerà in fretta. Ma anche se faccio quello che dice, e sto tentando con tutte le mie forze, non riesco a smettere di pensare alla mia famiglia... La mamma mi manca ogni giorno, e il mio patrigno e... Tu hai fratelli o sorelle, Lisa?"

Lisa aveva cercato la mano di Teddy e gliel'aveva tenuta perché capiva che era sull'orlo delle lacrime.

"No. Ed entrambi i miei genitori sono morti. Ho dei cugini... ma loro si sostengono a vicenda... E so che se avessi una mamma come la tua, una famiglia come la tua, mi mancherebbero moltissimo. Mi parlerai della tua famiglia? Voglio sapere *tutto* di loro. Non tralasciare *niente*."

Teddy aveva scacciato le lacrime, aveva sorriso e si era rannicchiata sotto le coperte, con la mano in quella di Lisa.

"Ho due fratelli. Sono solo dei bambini. Sono i miei fratellastri, per via del fatto che la mamma si è risposata e ha cominciato un'altra famiglia. Papà è morto quando avevo otto anni e poi la mamma ha sposato lo zio Bryce, il mio patrigno. Il mio fratellino più grande si chiama David e ha due anni. Ha i capelli rossi proprio come i miei. Nonna Kate lo chiama la sua scimmietta sfacciata. Il mio fratellino più piccolo ha solo sei mesi e si chiama Luke. Ha i capelli neri come mio zio Dair, il fratello della mamma. Ma è ancora troppo piccolo per sapere se sarà sfacciato come David. Ma ride sempre ed è un bambino felice, quindi nonna Kate e io pensiamo che potrebbe essere altrettanto monello. Non ho sorelle... ancora. Ho chiesto alla mamma se il suo prossimo bebè può essere una sorellina, e lei ha detto che farà del suo meglio... Lisa! Ho una bellissima idea. Tu non hai fratelli o sorelle, e io non ho una sorella... *noi* possiamo essere sorelle! Ti piacerebbe? Ti piacerebbe avermi per sorella...?"

"Oh, Teddy, mi sei mancata così tanto" mormorò Lisa con un singhiozzo. La grafia di Teddy le aveva riportato alla mente ricordi vivissimi delle confidenze da fanciulle che aveva scambiato con la sua migliore amica.

Ricordi così meravigliosi, giorni così felici... Lacrime dolceamare le scesero sulle guance e il suo cuore si gonfiò di gioia mentre chiudeva per un attimo gli occhi, ancora stordita al pensiero che non solo aveva le lettere della sua compagna di scuola, ma un invito al suo matrimonio e, la cosa più bella di tutte, avrebbe presto rivisto Teddy.

Rimase sdraiata sul letto e lesse e rilesse le lettere di Teddy, tutte e sei, scritte nel periodo di due anni da quando Lisa aveva lasciato Blacklands. Poi fissò l'invito per un lunghissimo momento con un enorme sorriso. Quindi Teddy stava finalmente sposando il suo Jack, più correttamente Sir John George Cavendish, baronetto, proprio come aveva detto, non il giorno del suo diciottesimo compleanno, ma più vicino al suo diciannovesimo, che era ciò che avevano voluto i suoi genitori, come aveva scritto Teddy nella sua ultima lettera. Dava anche a Lisa la notizia sorprendente che la sua mamma finalmente, dopo tutti quegli anni, le aveva dato una sorella, Sophie-Kate. Teddy aveva scritto la lettera a Lisa appena una settimana dopo la nascita della bambina all'inizio della primavera. E a quel gradito annuncio, Teddy aveva aggiunto un *post scriptum*, che aveva chiesto l'aiuto della cugina di sua madre, la duchessa di Kinross, per assicurarsi che Lisa ricevesse quella lettera e l'invito. Era decisa ad avere la sua sorella di Blacklands al suo matrimonio. E la duchessa aveva promesso di fare del suo meglio perché succedesse.

Lisa era sbalordita al pensiero che Teddy fosse arrivata fino a quel punto per mettersi nuovamente in contatto con lei. Che avesse anche cooptato una duchessa per aiutarla rasentava la fantasia. Ma aveva in mano la lettera e l'invito e, finalmente, anche le altre lettere di Teddy. Quindi era tutto vero e nel giro di due settimane sarebbe partita per lo Hampshire per riunirsi a Teddy, conoscere la sua famiglia e far parte dei festeggiamenti per il matrimonio. E avrebbe potuto ringraziare di persona la duchessa di Kinross per tutto ciò che aveva fatto per lei.

Due settimane non potevano passare abbastanza in fretta per Lisa. Ma c'era ancora molto da fare prima di quel momento, non ultimo provare i vestiti, le scarpe e la biancheria, e accessori quali ventagli, tasche e fichu di pizzo delicato, quali Lisa non aveva mai avuto in vita sua. Ma questo non voleva dire che avrebbe potuto trascurare i suoi doveri al dispensario, così le predicò la signora Warner il lunedì a colazione.

Lisa annuì senza parlare, tale era stata la sorpresa di trovare sua cugina alzata a quell'ora e nella stanza della colazione. Ma eccola lì e, a giudicare dal vestito, i cosmetici e la pettinatura elaborata, era vestita per uscire.

Minette Warner la informò che i suoi genitori e sua sorella erano tornati da Parigi e che lei avrebbe trascorso la giornata a Fournier Street, per dar loro il benvenuto a casa e riferire a sua madre dei preparativi per il soggiorno di Lisa nello Hampshire. Bisognava rassicurare sua madre che si stava facendo tutto il possibile per assicurarsi che Lisa facesse onore alla famiglia de Crespigny. Non c'erano dubbi che sarebbe stata vestita appropriatamente per le varie occasioni durante le due settimane di soggiorno, la famiglia si era accertata che i suoi vestiti fossero di una qualità sufficientemente alta da poter essere visti nell'atmosfera rarefatta di Treat. Come poi si sarebbe comportata lei mentre era in tale illustre compagnia, quello era fuori dal loro controllo, e interamente nelle mani di Lisa. Lo capiva?

"Sì, cugina" rispose Lisa seria e istintivamente raddrizzò la schiena già diritta sotto lo sguardo fisso della signora Warner.

Sua cugina non perdeva mai l'occasione, da quando Lisa aveva ricevuto l'invito al matrimonio di Teddy, di ripetere il suo mantra che Lisa doveva comportarsi al meglio, non farsi mai avanti e non farsi notare.

Se non si fosse comportata con circospezione e umiltà, se fosse stata presa di mira per una qualunque infrazione sociale, sua zia sarebbe rimasta mortificata e la famiglia non l'avrebbe mai perdonata. La situazione era delicata per tutti quelli coinvolti. I nervi erano tesi. Le reputazioni e le amicizie erano in bilico su una lama di rasoio. Come si era arrivati a questo...? Si chiese a voce alta, sospirando.

Lisa ascoltava di buon grado i monologhi di sua cugina sulla giusta condotta e fu attenta a smorzare il suo entusiasmo e la sua felicità, dicendo: "Per favore, trasmetti le mie migliori felicitazioni alla zia, allo zio e a Toinette per il loro ritorno. E ringraziali a nome mio per aver fornito i tessuti per i miei vestiti. E informa la zia che abbiamo risparmiato il costo di assumere una cameriera perché Becky Bannister ha accettato di accompagnarmi a..."

"Sì, sì. Glielo dirò" la interruppe Minette Walker con un sospiro, come se fosse il compito più arduo della sua lunga giornata, e non era ancora cominciata. "Perlomeno questa Becky è esperta con l'ago, il che mi ha risparmiato di impiegare una sarta. Lo ammetto, è stato un colpo di fortuna... Oh! E mentre sono via oggi, non devi uscire di casa per nessun motivo. Dio non voglia che ti succeda qualcosa quando manca meno di una settimana prima del tuo viaggio, dopo tutte le spese e gli sforzi fatti."

"Lisa sarà molto occupata nel dispensario tutto il giorno, cuore mio, se il mucchio di persone alla porta è un indizio" assicurò il dottor Warner alla moglie con un solo orecchio alla conversazione, alzando gli occhi dalla lettera che stava impegnando tutti i suoi pensieri e guardandola da sopra la montatura degli occhiali. Aveva trascurato la solita lettura mattutina del giornale.

"Buone notizie, spero?" gli chiese la signora Warner, sorseggiando il suo tè, con lo sguardo sulla lettera che il marito aveva in mano.

"Buone notizie? No, accidenti" rispose il dottor Warner con insolita bruschezza. "Non sono buone notizie, mia cara. Sono le notizie peggiori possibili."

"Oh, caro" disse la signora Warner facendo il broncio. "Mi dispiace tanto vederti contrariato, Robert. Mi fa venire il mal di testa."

"Perdonami, mia cara. Ma temo che il mio umore avrà ben poca possibilità di cambiare per un po'..."

"Allora è un bene che io sia via di casa per tutto il giorno."

Lisa passò lo sguardo dalla signora Warner, che aveva abbassato lo sguardo sulla sua tazza di tè, al dottor Warner, che aveva riportato la sua attenzione alla lettera e chiese, nel silenzio generale: "Vi dispiacerebbe condividere la notizia, per deludente che sia?"

La signora Warner avrebbe potuto prendere a calci negli stinchi la cugina per averlo chiesto, ma si sforzò di sorridere, non disse niente e prese una fetta di pane ricoperta di confettura. E il fatto che Lisa si fosse chinata in avanti e continuasse a guardarlo, aspettando, fu tutto l'incoraggiamento che servì al medico per dare voce alla sua frustrazione. Così glielo disse.

La lettera che agitò e poi lasciò cadere sulla pila di giornali veniva dalla Fondazione Fournier. Sentendo quel nome, sia Lisa sia la signora Warner drizzarono le orecchie, perché era proprio a Fournier Street che c'era la casa della famiglia de Crespigny, dove era diretta la signora Warner dopo colazione. Proprio quella, disse suo marito. Il capo degli amministratori della fondazione viveva a Fournier Street, un anziano medico di nome Bailey. Ed era a quell'indirizzo di Fournier Street che si riunivano gli amministratori per discutere e decidere la distribuzione dei fondi, che avevano un importo fisso tutti gli anni.

La fondazione forniva sovvenzioni a coloro che, nella professione medica, assistevano i malati poveri, e, in particolar modo, ai medici impegnati nella ricerca anatomica. C'erano criteri molto rigidi da rispettare e se la domanda del candidato passava il primo vaglio, gli amministratori della fondazione visitavano i locali del richiedente, avevano dei colloqui con i direttori e stabilivano il merito dell'istituzione e delle ricerche che vi si svolgevano. E dato che il finanziamento durava tre anni, con revisioni annuali per valutare se gli obiettivi erano stati raggiunti, ogni medico di Londra e oltre sottoponeva la sua domanda di finanziamento. Ogni anno venivano sovvenzionati solo tre dispensari e scuole di anatomia, e c'era anche l'assegnazione di borse di studio ai cinque più promettenti studenti di medicina di quell'anno, cui veniva assegnato uno stipendio per aiutarli a completare la loro educazione medica e il loro tirocinio senza le difficoltà che normalmente avevano gli studenti. E una volta che passavano il loro esame davanti alla Società dei Chirurghi, quei titolari di borsa di studio accettavano di essere vincolati per i primi tre anni della loro vita lavorativa a curare i malati poveri.

"Il lavoro di questa fondazione è…" cominciò Lisa e la sua frase fu completata dalla cugina, e non con quello che stava pensando lei.

"… costoso."

"… è enormemente meritevole" finì Lisa, il cui entusiasmo la portò a interrompere la cugina. "Certo fornire a giovani uomini brillanti i fondi di cui hanno bisogno per concentrarsi sulle loro ricerche anatomiche senza doversi preoccupare per i debiti, con il dilemma se spendere la loro magra indennità in libri o pane, permetterà loro di concentrarsi meglio sugli studi?"

"Verissimo" concordò il dottor Warner con un sorriso. L'interesse di

Lisa aveva tolto un po' della malinconia dalle sue spalle riguardo al contenuto deprimente della lettera.

"Questo dottor Bailey deve essere un gentiluomo veramente *ricco*" aggiunse la signora Warner, concentrata sugli aspetti monetari. "Le borse di studio e le sovvenzioni ai dispensari devono costare centinaia di sterline, se non addirittura più di un migliaio ogni anno."

"Il dottor Bailey è il prestanome della fondazione, mia cara" le spiegò il dottor Warner. "E anche se è un consiglio di amministratori che approva l'assegnazione dei fondi, resta un segreto, sia per me, sia per i miei colleghi, quale sia l'origine dei fondi e chi abbia creato la Fondazione Fournier. E sarà difficile che otteniamo una risposta perché il gentiluomo in questione che ha generosamente donato la sua ricchezza a questa iniziativa benefica desidera restare nell'ombra. Non è nemmeno certo che il dottor Bailey conosca l'identità di quest'uomo. Ma hai ragione, mia cara, l'assistenza data dalla fondazione deve costare centinaia di sterline, se non un migliaio, ogni anno."

"E hai scritto a questa fondazione per richiedere una sovvenzione per le tue opere" disse la signora Warner con un radioso sorriso.

"Sì" rispose il dottor Warner, ma con meno entusiasmo di quello esibito dalla moglie, che si aspettava un risultato favorevole. "Ho chiesto dei fondi per assumere un istruttore di anatomia e un anatomista specializzato nello studio degli organi e dei tessuti malati. Il primo allevierebbe il mio carico di lavoro come insegnante e potrei impiegare il secondo per fare modelli di cera dei campioni necessari all'insegnamento. C'è una nuova tecnica, che usa cere di vari colori nei differenti punti di iniezione. Ma è necessario che l'iniezione sia riscaldata fino a essere liquida, ma non deve bollire, altrimenti potrebbe distruggere la struttura dei vasi da riempire..."

Fu a quel punto che il caro dottore perse la completa attenzione di sua moglie, che continuò a seguire la conversazione con un solo orecchio, sognando a occhi aperti del misterioso benefattore della Fondazione Fournier, chiedendosi se fosse scapolo, sposato, o un mercante che aveva fatto la sua fortuna con il commercio, o se per caso fosse un anziano e generoso nobiluomo senza figli la cui eredità non era vincolata e poteva essere usata a fini benefici invece che per la sua tenuta...

E dato che stava sognando a occhi aperti, la signora Warner non commentò immediatamente quando il caro dottore rivelò, con gli angoli della bocca all'ingiù, che la sua domanda era stata respinta con la motivazione che la fondazione aveva già raggiunto la sua quota per quell'anno. Avevano educatamente suggerito al dottor Warner di ripresentare la sua domanda per il successivo ciclo di finanziamenti, cui mancava un anno intero. Tempo prezioso e l'opportunità di ottenere risorse anatomiche uniche (e Lisa sapeva che il medico si stava riferendo a campioni umani) che sarebbero stati persi nel frattempo. E dato che quella era la seconda domanda che era stata respinta, e sempre con la stessa motivazione, il dottor Warner sospettava che le sue domande non fossero finite sotto gli occhi delle persone giuste.

"Intendete dire gli occhi del dottor Bailey, signore?" chiese Lisa, che era stata attentissima mentre il medico descriveva in tutti i suoi superflui dettagli il metodo per miscelare le tinture allo scopo di iniettarle nei diversi campioni anatomici.

Il dottor Warner colpì il lato del tavolo con il palmo della mano, risvegliando la moglie disattenta dai suoi sogni privati. Sorrise a Lisa. "Precisamente! È esattamente di quegli occhi che stavo parlando."

"Povera me, Robert! Mi hai spaventato a morte" si lamentò la signora Warner e, per mascherare la sua disattenzione, aggiunse con un broncio fanciullesco: "Credo che mi abbia disturbato la digestione."

"Ti chiedo scusa, mia cara" rispose imbarazzato il medico e spinse da parte il suo piatto con ancora metà delle uova e pane tostato.

"Forse, se invitaste il dottor Bailey a cena, signore, potreste trovare il modo di mostrargli la sala di dissezione e il vostro lavoro anatomico?" suggerì Lisa nel silenzio che si stava protraendo tra marito e moglie, guardando alternativamente la cugina e il medico. "Come collega medico, non potrà che essere impressionato dal vostro grande lavoro, no?"

"Un'idea eccellente, che avevo…"

"Davvero, perché non abbiamo mai invitato a cena il dottor Bailey, Robert?" Li interruppe la signora Warner, irritata che fosse stata Lisa a dare quel suggerimento. "Non ho mai sentito parlare della Fondazione Fournier prima di oggi e forse, se avessimo invitato prima gli amministratori, avresti potuto aspettarti un diverso risultato per la tua domanda?"

"Ho invitato il dottor Bailey, che ha purtroppo rifiutato" le spiegò il dottor Warner pazientemente. "Non volevo infliggerti questa delusione, mia cara…"

"Sei sempre così attento ai miei sentimenti, mio caro Robert" disse dolcemente sua moglie. "Certo non rifiuterebbe un secondo invito, specialmente se invitassimo qualcuno dei tuoi colleghi che il dottor Bailey e gli altri amministratori potrebbero conoscere. Ho sempre notato che gli uomini si lasciano sempre persuadere più facilmente e sono più malleabili dopo una buona cena, anche se la persuasione di per sé non porta sempre all'azione…"

"Sì. Sì. Bene. Bene. Adesso non avremo quell'opportunità" disse con impeto il dottor Warner e tossì nella mano, con le guance rosse, perché Lisa stava ascoltando intenta una conversazione che secondo lui aveva superato i limiti di ciò di cui era educato parlare al tavolo della colazione davanti a una ragazza di diciannove anni, anche se non aveva mai considerato alla stessa stregua parlare nei dettagli di questioni mediche. "Farò come mi hai suggerito, mia cara, e gli farò avere un secondo invito e spero che accetti, nonostante l'insuccesso della mia domanda."

"Forse potrebbe vedere l'invito a cena come un gesto di buona volontà? Che non gli portate rancore nonostante abbia respinto la vostra domanda?" suggerì Lisa, mettendo rapidamente da parte la sua tazza di cioccolata e il tovagliolo e spingendo indietro la sedia quando sua cugina si alzò da tavola. "A quel punto non potrebbe, in buona coscienza, rifiutare l'invito."

Il dottor Warner, anche lui in piedi, sorrise felice a Lisa. "Per Giove, è esattamente così che la prenderà! Bene, ho deciso. Scriverò stasera al dottor Bailey."

Minette Warner guardò Lisa e sorrise un po' acida. "E io che pensavo che la colazione fosse una faccenda cupa per voi due... non è così, a quanto pare. È una cosa a cui ripensare quando tornerai dallo Hampshire. Ora vai; desidero avere una conversazione in privato con il dottor Warner. E tu devi avere mille cose da fare per il buon dottore prima che veda il suo primo paziente della mattinata."

Lisa fece obbediente una riverenza e uscì, lasciandosi dietro la tazza di cioccolata calda che si stava godendo. Prese il suo scrittoio portatile con le sue penne, l'inchiostro e la carta e percorse i corridoi fino al dispensario, che occupava la stanza anteriore del piano più basso della palazzina a due facciate. Arrivata, depose lo scrittoio nel suo solito angolo, dove offriva i suoi servizi di amanuense a chi li richiedeva, prese il grembiule dal gancio e se lo mise svelta sopra il vestito. Un controllo delle forcine che tenevano a posto la cuffietta di pizzo in cima alla testa e si affrettò a compiere i suoi doveri: controllare i flaconi di profumo e mazzolini di fiori, che le caraffe d'acqua fossero piene e che ciascuno dei cubicoli per le visite, schermati da tende, fosse rifornito di sapone, pomice e asciugamani, il tutto senza dar fastidio agli assistenti medici che si stavano preparando per l'arrivo dei primi pazienti.

E appena la porta del dispensario si aprì per ammettere i primi pazienti della giornata, il pensiero di Lisa volò a due settimane dopo, quando sarebbe stata per strada per andare da Teddy, e in un posto così diverso da dov'era in quel momento che le riusciva difficile immaginarlo. Proprio come, appena cinque giorni prima, quando lei e Becky si erano messe in cammino per Leicester Square, non avrebbe potuto immaginare ciò che sarebbe successo tra le mura della casa di lord

Westby. Quell'episodio le era sfuggito dalla mente da quando aveva ricevuto le lettere di Teddy. Eppure, tornò prepotente nei suoi pensieri quando, dopo appena cinque minuti dall'apertura del dispensario, la folla si divise per permettere a due uomini enormi di entrare nella sala d'attesa prima di tutti gli altri.

Erano così fuori posto che Lisa sbatté gli occhi, e poi trasalì, riconoscendoli. Erano *i ragazzi*, i due servitori che erano stati chiamati ad assistere il gentiluomo che lei aveva aiutato a casa di lord Westby. Di certo non erano fatti di carne e ossa ma doveva averli evocati lei perché come avrebbero potuto sapere dove trovarla? Dopo un'occhiata veloce alla stanza già affollata, gli sguardi degli uomini incrociarono il suo e nei loro occhi ci fu la stessa scintilla di riconoscimento. A Lisa non restò altro da fare che stare ferma e aspettare che andassero da lei.

Con le spalle larghe e più alti di una testa buona rispetto a quelli intorno a loro, erano anche sani, diritti e mobili, in netto contrasto con le persone che si trascinavano a fatica dietro di loro. Le loro dimensioni e il loro vigore potevano assicurare che tutti si togliessero di mezzo, ma fu il loro abbigliamento che indusse la gente a fissarli a bocca aperta. Avevano livree di tessuto nero con i bordi e i bottoni d'argento, che proclamavano la ricchezza e l'importanza del loro padrone e davano loro il diritto di fare e dire ciò che volevano. La loro statura e le dimensioni dei loro pugni si limitavano a rinforzare quella verità.

I due ragazzi andarono direttamente da Lisa. E quando furono davanti a lei non parlarono, ma si tirarono da parte per consentire a un gentiluomo che non aveva ancora visto, perché era oscurato da quei due marcantoni, di avvicinarsi a lei e farle un inchino. Lei trattenne il fiato e il suo cuore fece un piccolo strano saltello, sperando per un momento che potesse essere il bel gentiluomo che aveva assistito a casa di lord Westby. E poi il suo polso accelerò, in modo innaturale, quando si chiese se fosse venuto a cercare lei e Becky a causa del perduto catalogo dell'asta del Portland. Poi il gentiluomo rimosse il fazzoletto profumato che teneva contro il naso e lei tirò un sospiro di sollievo misto a delusione. Non lo aveva mai visto.

Lo sconosciuto alzò imperiosamente le sopracciglia e chiese: "Siete Lisa?"

Lei annuì e fece un'educata riverenza. Poi aggiunse, poiché l'uomo continuava a guardarla come se si aspettasse qualcosa di più da lei: "Lisa Crisp."

L'uomo inclinò la testa, ringraziandola per l'informazione, poi disse, prima di voltarsi, aspettandosi che lei obbedisse: "Seguitemi, miss Crisp. Il mio padrone desidera scambiare due parole con voi in privato, nella sua carrozza."

SETTE

"LEI... *SI RIFIUTA*?"

"Sì, milord."

Lord Henri-Antoine fissò il suo major domo, incorniciato dal finestrino della carrozza come se l'uomo stesse parlando una lingua che non conosceva, e lui ne conosceva almeno cinque. Aspettò ulteriori spiegazioni.

" Miss Crisp non può lasciare l'edificio."

"Non può?"

"Sì, milord."

"È diventata invalida di recente?"

"No, non è invalida."

"Allora non è vero che non può, non *vuole*."

Michel Gallet osò sorridere. "Le ho fatto notare la differenza. Comunque non ha intenzione di cambiare idea."

"Allora falla portare qui fuori."

"Urlante e scalciante..."

"Non è tipo da urlare."

"No, milord...?"

Henri-Antoine non si lasciò ingannare dal lieve tono interrogativo del suo major domo. Strinse i denti e aspettò che smettesse di sorridere e abbassasse gli occhi.

"Le mie scuse, milord... Che cosa desiderate che faccia?"

Henri-Antoine guardò oltre la spalla sinistra del suo major domo, verso il gruppo di persone che si era raccolto sul marciapiede accanto ai gradini dove c'era l'ingresso del dispensario del dottor Warner. Era una folla cenciosa, con le facce sporche e le espressioni stanche e il loro interesse per la lucida berlina nera laccata, con i suoi quattro cavalli grigi perfettamente appaiati, era misto a cautela, senza dubbio si stavano chiedendo che cosa ci facesse un tale impressionante veicolo in quella parte della città e così di buon mattino, oltre a tutto.

Henri-Antoine si avventurava raramente in quella parte di Londra, non aveva bisogno di farlo e, quando succedeva, era solo per andare a casa di Westby. E non andava mai in carrozza, ma si faceva trasportare su una portantina privata dai robusti domestici al suo servizio. La sua casa a Park Street era a soli trenta minuti a ovest, in portantina, eppure il dispensario Warner, lì a Gerrard Street, era un mondo a parte rispetto alle case eleganti, le strade ampie e i pedoni ordinati e ben vestiti che abitavano i signorili indirizzi di Westminster, dove viveva lui. Ma quel mezzo di trasporto non sarebbe stato adatto per un colloquio privato con la signorina Lisa Crisp. Non gli venne in mente che fossero i quattro postiglioni in livrea, i ragazzi dalle spalle larghe e ancor più la sua stimata persona che stavano attirando l'attenzione più della sua elegante carrozza.

Appoggiò le spalle contro l'imbottitura di velluto con un sospiro irritato ed ebbe una mezza idea di picchiare sul tettuccio con le nocche e andarsene. Che cosa ci faceva lì, comunque? Non aveva obblighi nei confronti di miss Lisa Crisp. E se lei non aveva le buone maniere di uscire, in modo che lui potesse parlarle in maniera civile (dopo tutto era lui che era venuto a trovarla) non era il caso di fare niente di più. Basta. Il fatto di essere venuto fin lì era una dimostrazione più che sufficiente che le era riconoscente per la buona azione in suo favore.

Eppure c'era qualcosa, anche se non riusciva esattamente a capire *che cosa*, che lo turbava, che gli fece evitare di dare il segnale al cocchiere. In parte era cavalleria, instillatagli fin dalla culla, l'obbligo di fare la cosa giusta, di comportarsi da gentiluomo, e ringraziarla di persona. In parte era curiosità, il voler dare un volto al nome (avuto da Jack) della ragazza venuta in suo soccorso quando era nelle condizioni più deplorevoli. E, se doveva credere a Jack, miss Lisa Crisp era una donna veramente rara: calma, capace, allegra e per nulla disgustata dalle sue condizioni. Senza dubbio era perché lavorava tra i malati poveri. Comunque fosse, voleva vederla di persona. Voleva sapere se assomigliava all'angelo di Botticelli che gli era apparso nel suo delirio epilettico mentre usciva barcollando dal salotto di Westby. Ma più di tutto, voleva che sparisse quel senso di inquietudine e di irrequietezza, una sensazione che lo lasciava ansioso senza un motivo apparente. E per qualche insondabile motivo, quella sensazione era indissolubilmente legata all'imperturbabile miss Crisp.

Si chinò in avanti, con il major domo ancora sul gradino della carrozza che aspettava pazientemente ulteriori istruzioni.

"Non ho intenzione di entrare là dentro!" sbottò, e la diceva lunga sui suoi pensieri confusi, più che sulla situazione in cui si trovavano.

"Decisione ragionevole, milord. Quel posto è pieno zeppo di marmaglia con ogni tipo di malattia e l'aria è fetida."

"Eppure miss Crisp è là in mezzo a quella marmaglia? È fetida anche lei, Michel?" chiese, sperando in una risposta affermativa; gli avrebbe dato la scusa di cui aveva bisogno per andarsene immediatamente.

"No, milord. Tutto il contrario. Lei è un fiore di primavera che sboccia in mezzo ai rifiuti marcescenti."

"Già, ovvio" borbottò Henri-Antoine.

"Devo tentare ancora una volta di farla ragionare…?"

Henri-Antoine annuì, con una ruga in mezzo alle sopracciglia scure, e lo sguardo fisso sulla porta d'ingresso del dispensario, che si apriva e chiudeva con allarmante regolarità. "Sì, va bene." Aggiungendo poi, con un completo dietrofront: "E fai del tuo dannato meglio, perché se non riuscirai a persuaderla e lei si rifiuterà ancora di uscire, dovrò andare io da lei."

"È saggio, milord? Il livello di miasmi in un posto come un dispensario deve essere superiore a ciò che può tollerare un uomo sano non abituato a essere circondato dalla malattia. E per voi, respirare un'aria simile significherebbe compromettere seriamente la vostra salute, quindi devo consigliarvi di astenervi dal mettervi in pericolo."

Di nuovo quella parola 'saggio'. Jack, i suoi servitori, tutti quelli intorno a lui la usavano troppo di frequente. Se fosse stato saggio non si sarebbe ubriacato, né avrebbe fumato abbastanza sigari da bruciargli la gola. Se fosse stato saggio sarebbe uscito dal salotto di Westby ben prima dell'insorgere di una crisi. Se fosse stato saggio non sarebbe stato lì in quel momento, fuori da un *hôtel-Dieu* di Londra.

"Allora farai meglio a essere molto persuasivo" dichiarò, chiudendo la tenda davanti al suo major domo e alla folla di spettatori curiosi.

MICHEL GALLET TORNÒ ALLA CARROZZA CON LA GRADITA NOTIZIA che miss Crisp avrebbe dedicato a sua signoria qualche minuto del suo tempo. Capiva la riluttanza del suo padrone a respirare miasmi che avrebbero potuto causargli dei danni, ma non poteva andare lei nella sua carrozza, su quello era più che decisa. Aveva comunque offerto una soluzione al dilemma. Il dottor Warner aveva un gabinetto per le visite private dall'altra parte del corridoio rispetto al dispensario, dove avrebbero potuto incontrarsi. Si poteva entrare nella stanza da una porta che conduceva in strada ed era per l'uso esclusivo dei pazienti privati. Il padrone di *Monsieur* Gallet poteva venire e andare da quella porta, senza entrare in contatto con i miasmi che aleggiavano nel dispensario.

Comunque si sarebbe dovuta preparare prima, perché il dottor Warner aveva delle norme che lui stesso, i suoi assistenti medici, i suoi studenti e Lisa, erano tenuti a rispettare quando lasciavano i confini del dispensario. Dovevano togliersi i grembiuli e i copri-maniche, dovevano lavarsi e spazzolare le mani e le unghie con il sapone per togliere ogni traccia dell'odore dei malati e dei morenti. Poi dovevano spruzzare qualche goccia del profumo brevettato da Warner sulla pelle per migliorare ulteriormente il procedimento.

Forse uno dei ragazzi poteva aspettare accanto all'ingresso privato e, una volta pronta, miss Crisp avrebbe aperto la porta e lui avrebbe poi potuto informare il suo padrone?

"Tutti quei preparativi elaborati, e tutto per una conversazione di due minuti" borbottò Henri-Antoine, con la testa appoggiata all'imbottitura e gli occhi chiusi. Gli venne di colpo in mente un pensiero e aprì un occhio, guardando Michel, che era ancora davanti al finestrino della carrozza.

"Sei stato attento a non menzionare il mio nome?"

"Non gliel'ho detto e lei non lo ha chiesto, milord."

LISA ERA IN PIEDI ACCANTO ALLA SCRIVANIA NEL GABINETTO DI consultazione, con la porta che si apriva sul corridoio spalancata in modo da avere una visione chiara della base delle scale che portavano agli alloggi privati dove viveva con il dottore e la signora Warner. Oltre le scale, più avanti nel corridoio, c'era una porta chiusa con la parola *Dispensario,* dipinta sullo stipite in alto. Accanto a quella porta era seduto Joseph, un anziano servitore che era al servizio del medico fin dal suo primo matrimonio e che ora fungeva da portiere, quando non stava sonnecchiando sulla sua sedia.

Aveva lasciato spalancata la porta del gabinetto di consultazione di modo che Joseph potesse vedere e lei potesse vedere lui, perché le giovani donne non ricevevano da sole visitatori maschi che non fossero parenti o tutori. Anche se l'idea stessa che questo gentiluomo fosse venuto a visitare lei era così ridicola da essere risibile. E anche se aveva informato uno degli assistenti del dispensario su dove sarebbe stata e che sarebbe tornata entro mezz'ora, sapeva che la cugina Minette non sarebbe stata per niente contenta che avesse accettato quell'incontro, senza che il dottor Warner ne fosse al corrente o avesse approvato.

Eppure non era nervosa come quando lei e Becky erano entrate nella residenza di Lord Westby, solo per essere scambiate per prostitute. Era un tipo di nervosismo diverso. Era un'ansia che le faceva battere forte il cuore. Si trovò a preoccuparsi per i suoi capelli, la posizione della cuffia di pizzo e il fatto di indossare un semplice vestito di modesto lino e i suoi comodi stivaletti. E non contava quanto strofinasse le mani, le macchie di inchiostro per le ore passate a lavorare come amanuense per i poveri non volevano saperne di sparire. Niente di ciò l'aveva mai preoccupata in passato, e non avrebbe dovuto preoccuparla nemmeno ora. Ma era così.

Si sentiva inadeguata, insignificante, ordinaria. E poi la porta si aprì e non le importò più di niente.

Il primo a entrare nella stanza fu uno dei robusti ragazzi in livrea. Diede un'occhiata intorno e poi spalancò la porta per far entrare il suo padrone, che entrò seguito dall'altro ragazzo muscoloso, che chiuse la porta e restò lì accanto mentre il suo gemello andava a mettersi accanto alla porta aperta che conduceva nel corridoio. Ora entrambe le uscite erano bloccate, lasciando Lisa intrappolata con il suo visitatore. Non che si sentisse in trappola. Leggermente innervosita dalla presenza dei due marcantoni, sì, ma la sua attenzione si spostò in fretta da loro al suo visitatore, che stava facendo un lento giro nella piccola stanza.

Si fermò davanti a lei, abbastanza vicino da avere solo bisogno di muovere gli occhi per guardarla senza sforzo. Poi piantò la punta del suo bastone da passeggio sul pavimento accanto alla punta della sua scarpa e lasciò che si inclinasse in avanti, tenuto a posto da una mano guantata sul pomolo d'avorio con la cima incrostata di diamanti. Mise le nocche della mano destra sul fianco. Con il mento parallelo al pavimento, lo sguardo diretto, restò lì e aspettò, com'era suo diritto, che Lisa porgesse i suoi rispetti.

Lisa non si mosse. Non ci riusciva. Era troppo colpita per fare qualcosa di più che fissarlo come se fosse un attore su un palcoscenico. Non che lei fosse mai stata a teatro o all'opera, ma aveva letto i resoconti e aveva ascoltato le sue cugine dilungarsi su chi avevano visto nei palchi al teatro di Drury Lane, dove le commedie recitate avevano un ruolo secondario rispetto agli illustri personaggi tra il pubblico.

Oh, ma era splendido!

Era tutto ciò che aveva immaginato, se mai avesse avuto l'opportunità di vederlo come lui desiderava essere visto dagli altri. Alto, snello e spigoloso, con una massa di capelli neri scostati dal volto, il naso forte era aquilino e diritto come lo ricordava. E la sua bocca... da baciare, come ricordava. La piccola ruga orizzontale nel mento squadrato fu una sorpresa e una cosa che non aveva notato quando gli aveva accarezzato i capelli sperando di alleviare le sue sofferenze. Il mento era anche più pesante, o forse era perché ora era annidato tra le pieghe di una cravatta di lino bianco legata in un fiocco ordinato. E mentre a casa di lord Westby era stato vestito di seta lilla, ora il suo completo era di tessuto azzurro pallido e il davanti del panciotto era delicatamente ricamato con un *ramage* di tralci di vite e fiori, con bottoni ricoperti in tinta. E sopra portava una redingote dal taglio perfetto dello stesso tessuto sottile, con il colletto alto, polsini stretti e falde corte, con ricami simili che ricoprivano i bottoni e i risvolti delle tasche.

Immaginò che gli aderenti calzoni neri fossero di tessuto estivo e che i gioielli che tempestavano le fibbie delle scarpe nere di cuoio fossero diamanti ma, dato che si era già attardata un po' più di quanto fosse educato a guardare l'esaltante esempio di mascolinità che si presentava in quell'involucro sontuoso, distolse con riluttanza lo sguardo ammirato per guardarlo negli occhi, e con un'espressione che sperava non rivelasse i suoi pensieri.

La fissarono due occhi neri, immobili, diretti. Lisa si sentì la gola improvvisamente secca. Strinse le labbra, deglutì e si sforzò di continuare a respirare. Con quello sguardo quell'uomo avrebbe potuto attrarre qualunque donna avesse voluto e senza dubbio lo faceva, e di frequente; mostrare la sua contrarietà senza dire una parola, e lo faceva; e poteva valutare una donna dalla testa ai piedi senza rivelare i suoi pensieri.

E lo stava facendo in quel momento, *con lei*.

Si chiese perché. Forse stava cercando di rammentare se la ricordava dal loro breve incontro nel corridoio della casa di lord Westby, o forse era perché non aveva mai dovuto in passato preoccuparsi di notare quelli di rango inferiore al suo. E poi le capitò di notare il tic facciale che gli sollevava l'angolo del labbro superiore. Era un movimento infinitesimale e forse lui stesso non ne era conscio. Ma lei non aveva dubbi sulla sua importanza. Il suo sguardo poteva non rivelare i suoi pensieri, ma quel tic facciale sicuramente lo faceva. Aveva capito che lei lo stava ammirando, e la cosa lo divertiva.

Fu così sorpresa di essere stata scoperta che inconsciamente appoggiò di piatto la mano sulla scrivania, come se avesse bisogno di sostenersi e di impedire alle ginocchia di cedere. Faceva di colpo troppo caldo in quella stanza? Ma non c'era fuoco nel camino e non c'era mai, eccetto il martedì, quando il dottor Warner vedeva i suoi pazienti privati.

E poi si rimproverò per la propria ingenuità. Ricevere sguardi ammirati e occhiate invitanti da parte delle donne, evidentemente per lui era naturale come respirare. Faceva tutto parte delle interazioni sociali del suo mondo. Ma lei non apparteneva al suo mondo, e lui era sicuramente fuori dal suo ambiente a Gerrard Street. E quindi lo divertiva vedersi ammirare da una persona socialmente inferiore a lui. Quindi perché era lì, e perché aveva voluto vederla? Le venne in mente il catalogo del Portland, ma se lui avesse pensato che lei e Becky avevano qualcosa a che fare con la sua scomparsa, avrebbe certamente mandato i balivi e non sarebbe venuto di persona per accusarla di aver rubato una sua proprietà.

Si rese conto di colpo che l'uomo le aveva parlato e anche se non aveva captato la sua domanda, indovinò quale fosse, grata di essere ancora appoggiata con una mano alla scrivania. Poiché se la sua persona le aveva reso instabili le ginocchia, la sua voce, quella voce che era veramente ricca e liscia come cioccolata calda, valeva uno svenimento su una *dormeuse*. Ma dato che quella più vicina era nel *boudoir* di sua cugina, Lisa rimase in piedi e, sperò, sufficientemente composta per rispondergli con una voce chiara.

"Lisa Crisp, signore" disse e si staccò dalla scrivania per ritrovare finalmente le sue buone maniere e accennare una riverenza, con lo sguardo rispettosamente abbassato sul davanti ricamato del suo panciotto.

"Conosco il vostro nome, miss Crisp. Avevo chiesto la vostra età."

Quella frase la portò ad alzare gli occhi sul suo volto, incuriosita. "Perché vi interessa conoscere la mia età, signore?"

Henri-Antoine fu sorpreso che osasse porgli una domanda. "Perché non dovreste dirmela?"

"Non ho nessun motivo particolare per non dirvela. È solo che… è una domanda piuttosto banale, venendo da voi."

"Banale? *Venendo da me*? Che domanda vi aspettavate che vi facessi?"

Lisa sorrise al suo cipiglio e si rilassò un po'. Lo sguardo fisso era sparito, sostituito da un'espressione di sorpresa che lo faceva apparire molto più accessibile.

"Non avevo in mente nessuna domanda in particolare" rispose e, incapace di fermarsi perché lo aveva messo in agitazione, aggiunse scherzosa: "Forse ne troverete una prima di andarvene?"

"Trovarne una…?"

La sua franchezza lo sconcertava. Aveva voluto che quel colloquio fosse breve. Aveva fatto uno sforzo considerevole per trovarla con le informazioni limitate che gli aveva dato Jack, e ora desiderava ringraziarla per l'aiuto che gli aveva dato nel momento del bisogno, e poi andarsene per la sua strada. Ma il discorsetto di ringraziamento che aveva sulla punta della lingua era svanito come una bolla di sapone nel momento in cui era entrato nella stanza e l'aveva vista in piedi accanto alla scrivania. Invece, le aveva chiesto quanti anni avesse. Perché, in nome di Dio? E lei aveva l'impertinenza di non dirglielo. Doveva recuperare immediatamente l'iniziativa, prima che lo sorprendesse di nuovo. Non avrebbe dovuto stupirsi quando lei ribaltò nuovamente la frittata, ma fu così.

"Signorina Crisp, avevo sperato di condurre questa conversazione nella mia carrozza, per non attirare un'indebita attenzione su nessuno di noi."

"Ma per voi deve sicuramente essere un compito impossibile, vero?"

"Impossibile? Perché?"

Lisa sbatté gli occhi e la sua sorpresa fu tale che si avvicinò di un passo, chiedendosi se intendesse essere ironico. Doveva porgli la domanda.

"Mi state prendendo in giro, signore?"

Ora Henri-Antoine non era solo sconcertato, ma anche a disagio. Strinse i denti e tornò lo sguardo severo.

"Vi assicuro, miss Crisp, che io non prendo in giro nessuno."

"No? Mai?"

Irritato, Henri-Antoine si chiese se per caso fosse una semplociotta. Ma un'occhiata ai suoi occhi azzurri e capì che la sua incredulità era sincera. Non sapeva se essere seccato o lusingato.

"Ditemi, miss Crisp" disse con la sua voce morbida, "perché dovrebbe essere impossibile per me non attrarre attenzione?"

Lisa deglutì forte. "Volete che ve lo dica?"

"Sì."

"Molto bene. Se proprio devo. Ma non dubito che conosciate già la risposta."

"Non è così. E spero che la vostra risposta, diversamente dalla mia domanda, non sia banale."

Gli occhi azzurri di Lisa brillarono e lei sorrise.

"Ebbene?" chiese Henri-Antoine quando lei non rispose immediatamente.

"Oh! Allora volete veramente che ve lo dica?"

Quando Henri-Antoine alzò gli occhi al cielo e poi tornò a guardarla restando in silenzio, aspettando, Lisa perse il sorriso e sentì il calore salirle in gola. Non c'era altro da fare. Doveva dirglielo.

"Perché siete estremamente attraente ed è logico pensare che attiriate un pubblico dovunque andiate."

Il silenzio si prolungò tra di loro e poi Henri-Antoine annuì solennemente. L'unico segno che fosse in qualche modo imbarazzato dalla sua sincera valutazione fu il colore improvviso sulle guance snelle.

"Così mi dicono. Ma provengo da una famiglia di eccezionale bellezza. Io sono una spina, in mezzo alle rose."

Lisa trasalì e poi rise, pensando che la risposta fosse assurda. Non che non gli credesse, solo che non credeva che lui potesse essere una spina in qualunque famiglia. Si portò in fretta una mano alla bocca a causa della sua reazione maleducata, ma non riuscì a impedire alle sue spalle di scuotersi.

"Vi chiedo scusa, miss Crisp" mormorò Henri-Antoine, offeso. "Ma sono stato perfettamente sincero."

Lisa annuì, asciugandosi in fretta gli occhi umidi, e strinse le labbra prima di tirare il fiato e dire, con la voce che tremava: "Non intendevo mancarvi di rispetto, signore. È solo che non potreste mai essere una spina, per quanto possano essere belli come rose gli altri membri della vostra famiglia."

Henri-Antoine alzò una mano, accantonando la sua franca valutazione.

"Voi potete anche pensarlo. Senza dubbio in questo ambiente esaltante, chiunque abbia due occhi e una schiena diritta è considerato una rosa."

Lisa perse il sorriso e i suoi occhi azzurri si annebbiarono, sparito tutto il suo buon umore a quella frase di scherno. Forse lui lo aveva inteso come un commento buttato lì per coprire il suo imbarazzo nel sentirsi complimentare per il suo aspetto. Ciò nonostante, non era una scusa per essere così sprezzante nei confronti degli altri, e la sua frecciata aveva fatto male.

"Forse mi sbagliavo" disse sommessamente ma fermamente Lisa. "Forse siete davvero una spina. La vera bellezza non porta una maschera. Brilla dal cuore, e non importa dove risieda questo cuore." Fece una riverenza. "Sono lieta di vedere che state così bene dopo la vostra recente crisi, signore. Ora dovete scusarmi, ma hanno bisogno di me altrove."

OTTO

Lord Henri-Antoine arrossì fino a diventare scarlatto.

Lei aveva rimproverato *lui*, e poi lo aveva congedato come se fosse un lacchè. Una ragazza con un abito misero e scarpe graffiate, le cui dita erano macchiate d'inchiostro, le unghie tagliate a vivo, la pelle ruvida per il lavoro e la cui famiglia probabilmente era appena un passo sopra la fogna, aveva osato rimproverare *lui*, il figlio di un duca e di una due volte duchessa, fratello del duca più potente del regno.

Si sentiva oltraggiato. Strinse i denti per impedirsi di dare voce alla sua rabbia. Stringere forte il bastone da passeggio e contare fino a cinque fu tutto quello che riuscì a fare per impedirsi di voltare sui tacchi e uscire dalla stanza. Ma poi, in fretta com'era venuta, la rabbia svanì e l'emozione lasciò il posto alla ragione quando ricordò, come succedeva sempre quando la situazione lo richiedeva, le parole sagge di suo padre: controlla sempre le tue emozioni quando sei sotto il pubblico sguardo. L'amore e le risate sono riservati a pochi privilegiati. L'arroganza è prerogativa dei nobili; ma un vero gentiluomo sceglie di essere umile quando le circostanze lo richiedono. Non dimenticare mai che sei mio figlio; gli altri non lo dimenticheranno.

Aveva meritato il suo rimprovero.

Aveva permesso alla superbia di annebbiare il suo giudizio ed era stato maleducato. Aveva sottolineato le loro condizioni disparate ridicolizzando il suo circondario e la gente che ci viveva, pur essendo un ospite a casa di lei. Non si era comportato da gentiluomo, la sua reazione era stata quella di un presuntuoso vanesio. Suo padre ne sarebbe rimasto inorridito. E con tutta la sua arroganza ducale,

Monsieur le Duc de Roxton non avrebbe innanzitutto mai detto ciò che aveva detto lui. Doveva fare ammenda per quella scorrettezza sociale.

Jack aveva detto che era in debito con quella ragazza, se non per la sua vita, per aver protetto la sua dignità. Si era presa cura di lui, lo aveva schermato da occhi indiscreti, lo aveva calmato, gli aveva perfino lavato il volto, per l'amor di Dio... Doveva essere stato uno spettacolo pietoso... e Jack aveva detto che lei non aveva battuto ciglio, né si era tirata indietro. Non aveva voluto credergli, anche se sapeva che Jack stava dicendo la verità, pensando che fosse troppo bello per essere vero. E poi aveva scoperto dove viveva e che lavorava da volontaria al dispensario, e aveva ricevuto la conferma di tutto ciò che Jack gli aveva detto. E c'era qualcos'altro, qualcosa che era successo immediatamente dopo essere uscito dalla crisi, che sapeva che Jack non aveva notato, ma la ragazza sì. Era così profondamente personale che aveva desiderato con tutto se stesso di essere da solo, che lei non fosse stata con lui. Ma lei era stata lì, e sapeva, ed era inutile desiderare che fosse altrimenti, perché non c'era niente che lui potesse farci.

Quella nozione e la sua sgradevole dimostrazione di arroganza rafforzarono la sua decisione di fare ammenda. E il più presto possibile. Poi sarebbe potuto tornare a Park Street e relegare nel passato quella ragazza e qualunque disagio stesse provando a causa sua. La sua vita sarebbe tornata al suo ritmo quotidiano e controllato; la facciata che aveva mantenuto, di non soffrire più di crisi epilettiche, sarebbe tornata saldamente al suo posto e nessuno avrebbe saputo niente.

Ma avrebbe imparato molto presto che quando si trattava di miss Crisp anche i piani meglio studiati erano destinati a fallire.

"Miss Crisp... Un momento, per favore" le chiese, con un tono di voce più gentile.

Lisa si voltò nuovamente verso la stanza. Non sarebbe potuta uscire neanche se lo avesse voluto. Il robusto servitore le bloccava l'uscita e non aveva intenzione di farsi da parte per farla passare finché non avesse ricevuto l'ordine di farlo. Ma Lisa mantenne la sua posizione. Quindi toccò a lui andare da lei. Le rivolse un inchino.

"Accettate le mie umili scuse per le mie cattive maniere. Il mio commento su questo posto e la sua gente era inaccettabile. Avete ragione. Indosso veramente una maschera e voi... voi avete scoperto ciò che c'è dietro."

"Vi riferite alla vostra infermità."

"Sì." Poi aggiunse con più leggerezza, mentre il tic facciale si rifaceva vivo: "Sono ancora una spina, con o senza la mia maschera. Ho un temperamento spinoso. La mia famiglia potrebbe confermarvelo. Ma ciò che non possono dirvi è ciò che c'è dietro la maschera, perché non lo sanno."

Lisa si avvicinò di un passo, con la testa chinata di lato, incuriosita. "Ma com'è possibile? Soffrite di mal caduco dalla nascita. Così mi ha confidato il vostro amico."

La reazione istintiva di Henri-Antoine fu di maledire Jack per la facilità con cui si era confidato, alzare una mano e ignorare la domanda. Resistette. Per essere andata in suo soccorso, quella ragazza meritava la sua sincerità. Voleva essere aperto con lei, e lui non era mai aperto con nessuno.

"Preferisco evitare di preoccupare la mia famiglia con la mia condizione. Quindi faccio tutto il possibile per assicurarmi che non interferiscano e che il mondo non ne venga a conoscenza."

"Potete stare certo della mia discrezione, signore" gli disse sinceramente Lisa. Aggiungendo con un sorriso ironico: "Anche se non ho idea di chi sia la vostra famiglia, né loro conoscono me. Comunque non tradirei mai la vostra fiducia."

"Grazie. Non avete menzionato... l'incidente... al medico con cui risiedete?"

"No, signore. A nessuno. Anche se non capisco perché non vogliate il sostegno della vostra famiglia."

"Credetemi, miss Crisp" disse lentamente, "ho avuto abbastanza sostegno da bambino da bastarmi per una dozzina di vite."

Lisa gli sorrise comprensiva.

"Ai bambini piace essere coccolati. Agli uomini no... Cioè" gli confidò con un timido sorriso, "non in modo esplicito."

"Coccolati, sì. Soffocati, no" ribatté Henri-Antoine e poi divenne conscio dell'acuta osservazione di Lisa e la guardò intensamente, con una ruga tra le sopracciglia nere. "Quanti anni avete detto di avere?"

Il sorriso di Lisa si allargò e lei alzò la testa. C'era una luce scherzosa nei suoi occhi azzurri. "Non l'ho detto, signore."

"Questa vostra ritrosia a rivelarmi la vostra età è stancante" si lamentò Henri-Antoine. "Anche se non è necessario per me conoscere la vostra età per dedurre che non siete cresciuta qui a Gerrard Street."

Lisa spalancò gli occhi per la sorpresa.

"È vero. Ho frequentato un collegio per giovani donne a Chelsea dall'età di nove anni. Ma voi come avete fatto a capirlo?"

"Un collegio per giovani donne a Chelsea?" ripeté Henri-Antoine con un interesse distaccato che mascherava la sua sorpresa. "Già, certo" borbottò.

Non era per niente contento di quella rivelazione perché sarebbe stato molto più facile per la sua coscienza ignorarla se lei non fosse stata educata e allevata come le ragazze che ci si aspettava che si sposassero e passassero la loro vita come mogli e madri, in modo confortevole, se non in ricchezza. Ma qualcosa gli aveva detto, appena aveva posto gli occhi su di lei, che era più di una domestica di quel medico, Warner. Non c'era niente di servile o di provocante nel modo in cui si comportava. Aveva un atteggiamento sicuro e un modo di fare educato, anche se piuttosto diretto. Dubitava che sapesse come fare la civetta, e ne era arrogantemente lieto. Non gli piaceva l'idea che facesse la civetta... con nessuno.

Si chiese perché fosse stata mandata in collegio a una simile tenera età. Sapeva tutto sui collegi. Aveva odiato ogni minuto del tempo che aveva passato a Eton. Non che avesse mai lasciato capire i suoi sentimenti: non era virile piagnucolare perché si era lontani dai propri genitori e voleva tanto essere considerato proprio come tutti gli altri ragazzi. Il suo mal caduco glielo aveva precluso e lo aveva sempre isolato. Eppure era stato solo quando era a Eton che aveva considerato le sue crisi una benedizione. Un attacco di troppo in un mese e il suo medico personale, che lo seguiva dappertutto, mandava a chiamare suo padre. E *Monsieur le Duc de Roxton* arrivava con il suo tiro a sei nella grande carrozza nera per portarlo a casa. E tutti i ragazzi e gli insegnanti avevano soggezione di questo anziano aristocratico che era un re del suo dominio. E poi un giorno suo padre gli aveva detto che non sarebbe tornato a Eton. Lui e Jack avrebbero completato la loro educazione a casa. Era stato uno dei giorni più felici della sua vita e anche il più triste. Era stato il giorno in cui aveva trovato sua madre che singhiozzava fino a non riuscire più a respirare, con il medico di suo padre accanto a lei, che le dava la notizia che non c'era più speranza: *Monsieur le Duc*, suo marito e il padre dei suoi figli, stava morendo...

"Signore? Come avete capito che non sono cresciuta a Gerrard Street?" ripeté Lisa, facendo un altro passo in avanti quando lui non le rispose immediatamente.

"Come...?" le chiese Henri-Antoine, distogliendo i suoi pensieri dal passato per concentrarsi su di lei, un'esperienza molto più piacevole e consolante che non rivivere i ricordi penosi della sua fanciullezza.

Lisa Crisp aveva un bel sorriso e i suoi profondi occhi azzurri erano brillanti e aperti. Dubitava possedesse un solo grammo di falsità. Un corpo troppo sottile, con un seno appena accennato, che però non toglieva nulla alla sua bellezza. Il suo piacevole volto ovale, le membra snelle, il collo aggraziato e il suo portamento erano molto attraenti. E anche se non era bella da togliere il fiato, era abbastanza sopra l'ordinario da essere memorabile. Si chiese se fosse troppo magra perché tendeva ad ammalarsi. Chi poteva mangiar bene, o mangiare del tutto, dopo aver passato la giornata tra i più poveri dei poveri derelitti, con tutte le loro varie malattie, malanni e lamentele. Lo incuriosiva come fosse riuscita a restare così sana e piena di vita, data la sua routine quotidiana.

"Ditemi, miss Crisp" le chiese con un tono più brusco di quanto avesse inteso perché non gli piaceva l'idea che una giovane donna così brillante sprecasse i suoi giorni in un dispensario pieno di miasmi. "Da quanto tempo lavorate nel dispensario?"

A Lisa occorse un momento per rispondere perché si era aspettata una risposta alla sua domanda circa il non essere cresciuta a Gerrard Street. E la rabbia improvvisa dell'uomo la sorprese.

"Due anni, forse un po' di più…"

"Due *anni*?" Henri-Antoine era esterrefatto. Quando lei annuì, le chiese: "E in questi due anni quante volte vi siete ammalata, o siete stata contagiata da questa gente?"

"Mai. Non mi sono mai…"

"*Mai*? Non un raffreddore, o una febbre, un malanno minimo… *mai*?"

"No, signore."

"E il vaiolo, la consunzione, le febbri infantili, qualunque altro contagio?"

Lisa scosse la testa. "No, signore. Non sono mai stata malata un sol giorno in tutta la mia vita."

Fu il turno di Henri-Antoine di avvicinarsi di un passo, e si permise di guardarla con inconsueta franchezza. Con la sua carnagione perfetta, i capelli lucenti e il sorriso smagliante, pensava che fosse la persona più sana che avesse avuto il privilegio di conoscere. Eppure era incredulo perché era come se non riuscisse quasi a concepire di aver incontrato un esemplare così raro, e nel posto più improbabile.

"Affascinante."

Lisa fece un passo indietro, interpretando la sua meraviglia per scetticismo. "È la verità, signore. Il dottor Warner può confermarlo. Dice che varrebbe la pena di studiarmi."

Henri-Antoine annuì e prima di riuscire a fermarsi mormorò: "Ne varrebbe veramente la pena, miss Crisp."

"Davvero?" Lisa non sapeva ancora se essere lusingata o allarmata. E siccome la stava guardando in un modo che trovava inquietante, aggiunse, per rompere il silenzio: "Il dottor Warner non si ammala mai, nemmeno lui. E passa molte più ore di me rinchiuso con i suoi pazienti e nella mansarda dove ha la sala di dissezione."

La menzione di una sala di dissezione catturò l'interesse di Henri-Antoine e lo fece ritornare al presente.

"C'è una sala di dissezione al piano di sopra?"

"E anche una sala di anatomia e una di preparazione."

"Il dottor Warner è ben attrezzato. I vostri compiti si estendono anche all'assistenza in queste aree?"

Lisa sorrise come se avesse detto qualcosa di molto divertente. "Solo gli studenti di medicina e il corpo insegnante *assistono* il dottor Warner. E come ben sapete, sono tutti uomini."

"Ma voi salite là?"

"Per cambiare i tessuti profumati e i mazzolini di fiori. Per portare nuove candele e sapone, e assicurarmi che gli indumenti sporchi siano raccolti per il lavaggio. Tutte queste cose fanno parte dei miei doveri nel dispensario e di sopra."

Henri-Antoine alzò un sopracciglio. "Povero me, che costituzione robusta avete, miss Crisp. Sono sicuro che anche solo l'odore deve essere spaventoso, per non parlare della visione di quelle povere cose offerte per essere ispezionate, sezionate e iniettate dai nostri prodigi della medicina. Anche se dovete mettere duramente alla prova la loro attenzione mentre svolazzate tra i cadaveri con i vostri profumi e i vostri fiori."

Lisa raddrizzò la schiena, unendo le mani davanti a sé.

"Vi assicuro, signore, che prendo molto sul serio i miei doveri. Il dottor Warner è un bravissimo medico. È anche un insegnante brillante e le sue ricerche non sono seconde a nessuna. Io non *svolazzo* e non cercherei mai di distrarre..."

Henri-Antoine alzò una mano guantata. "Miss Crisp, non ne dubito. Non stavo cercando di denigrare il vostro impegno o la bravura del buon dottore. Stavo solo... come avete detto? *Prendendovi in giro.*"

"Oh? Oh! Sì, capisco." Il suo sorriso era timido, ma nei suoi occhi c'era una scintilla di malizia. "Un buon primo tentativo, ma dovete far pratica se mai vorrete far sorridere gli altri."

Più tardi, Henri-Antoine si sarebbe chiesto che cosa glielo avesse fatto dire, se il sorriso timido o la scintilla negli occhi di miss Crisp, quando espresse quello che pensava: "Far sorridere gli altri non mi interessa. Voi sì..."

"Davvero?"

"E in risposta alla vostra precedente domanda" continuò tranquillamente, risvegliandosi dalla sua trance, con un'occhiata al quadrante di madreperla dell'orologio d'oro, che aveva tolto dalla tasca del panciotto per avere il tempo di ritrovare la sua compostezza, e poi guardandola negli occhi senza avere la minima idea dell'ora o dei minuti, "so che non siete cresciuta qui a Gerrard Street perché non avete la stessa cadenza dei vostri compagni. La vostra parlata è quasi completamente priva di qualsiasi traccia di dialetto. È un modo di parlare che si impara. Nei vostri giorni di scuola, forse? Ve la cavate molto bene e in molti non lo noterebbero. Io la sento perché ho un eccellente orecchio linguistico, che mi viene dall'aver passato la fanciullezza sdraiato su un sofà, ad ascoltare."

"È molto interessante. E sono un po' una linguista anch'io. Ho imparato l'italiano a scuola e la mia prima lingua era il francese, non l'inglese, quando ero una bambina. Potrebbe essere la ragione del modo in cui ho imparato a parlare l'inglese senza un accento dialettale. La mia è una famiglia di *emigrés* francesi. Avete imparato a parlare perfettamente il francese mentre eravate sdraiato sul sofà?"

Stava solo rispondendogli educatamente, per fare conversazione. Era ciò che si disse. Ma quando menzionò che la sua lingua madre era il francese, l'umore di Henri-Antoine cambiò. Si chiese se glielo avesse detto come velato accenno all'incidente profondamente personale che gli era accaduto quando lei si era occupata di lui a casa di Westby. Sperava, ma non era sicuro, che fosse un commento innocente, per fare conversazione, senza nessun secondo fine. In un modo o nell'altro, gli rammentò in tempo il motivo per cui era innanzitutto venuto al dispensario Warner: non per scambiare convenevoli o sapere più di quanto fosse necessario di quella ragazza, ma per ringraziarla di essere andata in suo aiuto. E dopo aver compiuto il suo dovere, se ne sarebbe andato e non avrebbe mai più pensato a quell'imbarazzante incidente, o a lei.

Quindi ignorò la sua domanda, anche se quando si inchinò davanti a lei e la guardò negli occhi, non poté fare a meno di notare la sensazione di tensione al petto che provò, come se la cravatta fosse troppo stretta intorno alla gola. Doveva mettere fine a quel colloquio e andarsene subito, prima di farsi coinvolgere in qualcosa che non voleva, completamente fuori dal suo controllo.

"Grazie per essere venuta in mio aiuto" dichiarò formalmente e alzò il suo bastone da passeggio di qualche centimetro, segnalando che era pronto ad andarsene, per cui i due ragazzi si spostarono per andare a mettersi insieme accanto alla porta d'entrata. "Che siate stata testimone dei tremori contorti della mia povera persona spezzata è stata una circostanza sfortunata che io…"

"Per favore, signore, non è necessario che vi scusiate" lo interruppe Lisa. "Il mal caduco non mi è nuovo e se può farvi sentire meglio, ho visto sofferenze e malattie qui al dispensario peggiori di quanto voi possiate immaginare."

"Mia cara ragazza, non avevo intenzione di chiedere scusa" ribatté Henri-Antoine. "Se non vi foste intrufolata nella residenza di lord

Westby, mettendo in pericolo voi e la vostra amica, non avreste dovuto avere a che fare con la mia-la mia... con ciò che, francamente, non erano affari vostri. Non voglio nemmeno azzardare un'ipotesi su che cosa steste facendo lì e a quell'ora. I servitori di Westby vi hanno preso per prostitute. Ah! Almeno il fatto che abbiate interferito nel mio collasso..."

Lisa trasalì. "*Interferito?*"

"... vi ha risparmiato conseguenze molto al di là della vostra competenza o della vostra esperienza."

"Chiedo scusa, signore, ma non capisco. Che cos'ho detto per farvi arrabbiare? Che..."

"Buongiorno, miss Crisp... Fatemi uscire da qui!" ringhiò ai suoi due guardaspalle, mentre voltava sui tacchi, con le corte falde della redingote che frusciavano contro le cosce, il bastone da passeggio in mano con il pomolo tempestato di diamanti puntato verso la porta.

Lisa lo seguì, ma lui uscì, con un servitore davanti e uno dietro, e lei si fermò sull'uscio, silenziosa testimone della sua brusca partenza.

Henri-Antoine percorse il breve tratto fino alla sua carrozza in attesa. I postiglioni in livrea tenevano lontana la folla e il suo major domo lo aspettava sul marciapiede accanto alla scaletta ripiegabile.

"Non una parola!"

Michel Gallet inclinò la testa e seguì in silenzio il suo padrone dentro il veicolo.

Lord Henri-Antoine si appoggiò contro la testata imbottita e chiuse gli occhi. La sensazione di inquietudine e irrequietezza, la sensazione che lo aveva reso ansioso senza apparente motivo fin dalla crisi a casa di Westby, la sensazione che aveva sperato sarebbe sparita una volta ringraziata miss Lisa Crisp, non se n'era andata. Al contrario, quella sensazione era peggiorata dieci volte. E con gli occhi chiusi, nella mente gli restava la stessa immagine: quella di una bellezza botticelliana. Solo che adesso la bellezza aveva un nome.

NOVE

HENRI-ANTOINE ALZÒ GLI OCCHI DALLA PAGINA CHE STAVA leggendo quando un servitore aprì la porta della biblioteca per far entrare Jack. Il suo miglior amico attraversò il folto tappeto verso il camino e si lasciò cadere nella poltrona davanti alla sua. Aveva la fronte aggrottata, e Jack non era quasi mai agitato.

"Caffè?" gli chiese vagamente Henri-Antoine appoggiando il libro aperto sul ginocchio e posando la sua tazza sul tavolino. Si chinò in avanti per alzare l'urna d'argento dallo scaldavivande. "O ti serve qualcosa di più forte…?" Quando Jack non rispose immediatamente, fece un cenno a un cameriere. "Brandy…"

"No. No. È troppo presto. Andrà bene il caffè" rispose Jack, raddrizzandosi. Si tolse i capelli dagli occhi, ma la fronte rimase aggrottata. "Mettere su casa è una faccenda complicata."

"Se vuoi farlo bene."

"C'è troppo da scegliere in-in… tutto. I colori. Il tipo di legno. Il tipo di tappeto. E guai a te se scegli un colore per le pareti che non va d'accordo con le tende. E i rivestimenti… uh. Mi fa male la testa."

Henri-Antoine aggiunse una goccia di latte e usò le pinze d'argento per mettere un pezzetto di zucchero nel caffè, esattamente come piaceva a Jack, diede una mescolata al liquido e gli tese la tazzina di porcellana sul piattino.

"Quindi sei riuscito a risolvere il problema della carta da parati?" gli chiese, sistemandosi con la sua tazza di caffè, dopo aver chiuso il libro e averlo messo da parte. Guardò Jack che ingollava la bevanda senza realmente gustarla. "Decisione ancora in sospeso…?"

Jack finì il caffè senza rendersi conto di averlo bevuto e tenendo la tazza vuota in mano come se fosse un boccale di birra si chinò in avanti, appoggiandosi al lato imbottito della comoda poltrona *bergère*.

"In sospeso? Ah! Nessuna decisione!" rispose Jack sbuffando e lasciò vagare lo sguardo intorno alla stanza, con un ritrovato apprezzamento per l'arredamento, dato che aveva ricevuto il compito di decorare e arredare la casa in città che avrebbe diviso con Teddy una volta sposati. "Vorrei aver prestato più attenzione quando stavi mettendo su casa" aggiunse, con gli occhi che si attardavano sulle librerie di mogano che arrivavano al soffitto.

I volumi che riempivano gli scaffali erano rilegati in morbida pelle di colori diversi: nero per i titoli inglesi; blu per la letteratura francese; i lavori degli autori italiani erano rivestiti di pelle gialla; i classici greci e latini in verde e i tomi in pelle rossa erano testi su un po' di tutto, dalla storia naturale alla farmacopea, ai trattati di medicina.

E proprio come per quella stanza, per ogni altra in quell'elegante e spaziosa casa di città non erano state risparmiate spese in architetti, decoratori d'interni e mobilieri. Eppure l'opulenza aveva un'eleganza discreta e di buon gusto. E con una nuova comprensione per gli sforzi e le difficoltà di arredare e decorare bene una casa, Jack vide gli sforzi del suo miglior amico con occhi nuovi. L'effetto generale in quella casa di Park Street era di armoniosa semplicità e vita confortevole, e tutto era dovuto al buon gusto e all'intelligenza di Henri-Antoine. Sperava che i suoi sforzi domestici a favore suo e di Teddy avessero almeno la metà di quel successo.

"Hai un occhio esperto per il colore e i particolari, Harry" disse Jack con un sospiro di ammirazione. "I rivestimenti dei sofà e delle sedie. Le tende con le loro corde. I tappeti che coprono i pavimenti di legno. Il tutto forma un insieme armonioso. Hai pensato a tutto, vero? Scommetto che non hai lasciato niente al caso e hai scelto anche il colore della vernice da applicare alla *boiserie* nella dispensa del maggiordomo, e nella stanza della governante."

"Grazie per la prima parte. Per il resto, devo deluderti, ho dato ai miei servitori di rango superiore il permesso di scegliere il colore della *boiserie* nelle loro stanze. A Caldwell piace il color pulce. La signora Quigley apprezza il lilla. Non sono colori che ti raccomanderei di usare in nessuna parte della tua casa. Ma un maggiordomo felice e una governante soddisfatta rendono armoniosa l'atmosfera di una casa. Ti consiglierei di fare altrettanto, o fare in modo che lo faccia Teddy."

Jack ebbe un'idea improvvisa e guardò il suo miglior amico con una piccola dose di panico mista a speranza.

"Forse potresti venire a Mount Street e darmi la tua esperta opinione… sulla carta da parati per la stanza della colazione e per il salottino di Teddy. E poi ci sono le tende per la sua stanza da letto…"

"Letti separati, Jack?" chiese Henri-Antoine che poi ritrattò immediatamente. "Scusami, amico, dimentica che l'ho chiesto…"

"Non è ciò che voglio. E spero che non sia nemmeno ciò che vuole lei. Ma sarebbe sbagliato da parte mia presumerlo, no?" rispose sinceramente Jack. "Toccherà a lei decidere. È la cosa giusta da fare."

"È vero" rispose Henri-Antoine, sperando di sembrare convincente.

Se fosse stato lui sul punto di sposare la donna che amava, non ci sarebbe stato il minimo dubbio… niente stanze separate. Se mai fosse stato escluso dal letto nuziale, allora avrebbe voluto dire che se lo era meritato e una notte sulla *dormeuse* nel suo spogliatoio sarebbe sicuramente stata un pagamento sufficiente per la sua infrazione. I suoi genitori non avevano mai passato una notte separati, men che meno avevano dormito in letti separati e non è che non avessero la possibilità di scegliere. Treat aveva venticinque stanze per gli ospiti, senza contare quelle per la famiglia. Uno dei suoi ricordi più lontani era la bambinaia che lo portava nell'appartamento dei suoi genitori, lui che si arrampicava sui gradini del letto tutto da solo, anche se era sicuro che la bambinaia era alle sue spalle, tra gli applausi di sua madre, e poi suo padre che lo prendeva in braccio e lo teneva in alto sopra la testa, cosa che lo faceva sempre ridere. Poi si rannicchiava sui cuscini tra di loro mentre bevevano la cioccolata calda e lui faceva lo stesso usando la speciale tazza d'argento con due manici e un beccuccio. Doveva aver avuto circa tre anni…

"Che ne dici, Harry?" chiese Jack. "Di venire a dare un'occhiata a Mount Street con me…?"

"Mount Street…?" ripeté Henri-Antoine, dandosi mentalmente una scrollata per liberare la testa dai ricordi d'infanzia. Era passato molto tempo dall'ultima volta in cui aveva ricordato di bere la cioccolata calda nel letto dei suoi genitori. Che cosa aveva evocato quel ricordo? Forse tutto quel sentimentalismo era colpa dell'imminente matrimonio di Jack? "Teddy non si sta interessando all'arredamento della sua nuova casa?"

"L'hai dimenticato, vero? Ti ho parlato dell'accordo che abbiamo stipulato Teddy e io circa Mount Street e Abbeywood Farm."

"Rammentamelo…" disse Henri-Antoine, abbandonandosi nella poltrona e aspettando che Jack lo accontentasse, cosa che lui fece, senza rancore.

"Io dovrò vivere ad Abbeywood Farm così come la troverò, nel modo in cui la vuole Teddy, e lei vivrà a Mount Street così come la troverà, nel modo in cui piace a me." Jack sorrise, imbarazzato.

"Conosci Teddy. Non è molto interessata ai campioni di carta da parati o ai tessuti o alle vernici, se è per quello. Ma chiedile della resa della lana, del taglio dei boschi cedui per la legna da ardere, o delle razioni di sidro per quelli che tagliano l'erba per il fieno quando è tempo di raccolto, ed è il tuo uomo. Ed è un bene perché uno di noi deve essere in grado di parlare della gestione della fattoria con il sovraintendente. Sono solo lieto che il suo patrigno abbia ritenuto giusto insegnarle tutto ciò che sa della sua casa ancestrale."

"La *tua* casa ancestrale, Jack" dichiarò sommessamente Henri-Antoine. "Non dimenticare mai che quando hai ereditato il tuo titolo alla morte del padre di Teddy, hai anche ereditato Abbeywood. Non importa che lei sia cresciuta lì. Proprio come io non ho diritto alla casa della mia fanciullezza, giustamente, come figlio minore. Treat appartiene a Roxton per tutta la durata della sua vita, e poi apparterrà a Freddy. Abbeywood è tua finché passerà al figlio che, se Dio vorrà, Teddy ti darà. Ciò che nel vostro caso è insolito, ma non inaudito nella nostra cerchia, è che sposerai la figlia del tuo predecessore, che è anche tua prima cugina. Tutte le parti di entrambe le famiglie possono festeggiare un'unione più che soddisfacente e Teddy non dovrà mai lasciare la sua casa, cosa che ha soddisfatto il suo più grande desiderio."

Jack fissò la sua tazza di caffè, si rese conto che era vuota e la mise da parte sul vassoio d'argento con il resto del servizio. Si prese un momento per sistemarla meglio, per raccogliere i pensieri e lenire la sua irritazione. Finalmente guardò Henri-Antoine negli occhi, con un mezzo sorriso.

"Ricordi quando mi consigliavi di non sposare Teddy…"

"Jack, la mia predica sulla tua tenuta ancestrale non era un tentativo velato di farti tirare indietro all'ultimo momento. Assolutamente. Tu e Teddy siete fatti l'uno per l'altra e ho capito il mio errore molto tempo fa. E non te l'ho ripetuto, numerose volte?"

"Ma quella prima volta, ricordi che non mettesti in dubbio che io fossi innamorato di Teddy, ma che lei fosse innamorata di me. Dicesti che il suo grande amore era Abbeywood. Che io sarei sempre venuto al secondo posto dopo il suo amore per quella tenuta. Dicesti che se l'avessi sposata, avrei dovuto essere pronto ad accettarlo. Ma ciò che tu…"

"Lo ricordo, e rimpiango di averlo detto. La mia preoccupazione era, ed è sempre stata, la tua felicità. Siamo amici fin da quando avevamo nove anni. Nessuno conta di più per me di te, a parte la mia famiglia, Jack. Ovviamente voglio che anche Teddy sia felice. Vi voglio entrambi felici, insieme."

"Lo so. E io… noi… apprezziamo moltissimo il tuo sostegno.

Dubito che potrei essere veramente felice sposando Teddy se tu fossi contrario. Ma ciò che tu non riesci a comprendere, o forse non sono riuscito a convincerti, è che io sono perfettamente soddisfatto di venire dopo Abbeywood nell'affetto di Teddy. Per favore, ascoltami" aggiunse Jack in tono burbero, che era il massimo della rabbia che avesse mai mostrato, quando Henri-Antoine fece per interromperlo. "E sono a mio agio perché nel cuore di Teddy c'è posto sia per Abbeywood sia per me. E la verità è che essere secondo è già una vittoria perché se ci metti anche le Cotswold, allora siamo in tre a stringerci là dentro. Ma il cuore di Teddy è grande, e lei non sarebbe se stessa senza Abbeywood. E io voglio veramente che lei sia se stessa, se per te ha un senso. Ed è lei ad avere le Cotswold nel sangue, non io. Sospetto che non lascerebbe mai il Gloucestershire se potesse scegliere. Mi accontento che abbia accettato di seguirmi a Londra quando il parlamento è in seduta. E potrebbe non succedere sempre, specialmente quando arriveranno i figli. Lei desidera che crescano nella tenuta. Non qui a Londra. E io sono d'accordo. E che li lasci lì e mi segua durante le sessioni, o che rimanga là, è una cosa di cui parleremo quando sarà il momento."

"Povero me. Come sei civile e conciliante. Roxton farà di te un parlamentare. E Teddy è veramente fortunata perché sposa un uomo comprensivo e disponibile come te."

"Ah! Ma non andrà tutto come vuole lei. Ed è ciò che voglio che tu comprenda di Teddy e me. È giusto che io capisca il suo amore per Abbeywood, perché il mio primo amore è, e sarà sempre, la mia musica. Teddy lo sa e lo accetta. È perfettamente contenta di permettermi di passare il tempo componendo e suonando la viola e il pianoforte, qui a Londra, quando non sono occupato con i miei doveri di parlamentare, o nelle Cotswold, mentre lei passa il suo tempo occupandosi di tutto ciò che riguarda la fattoria, che sia con il sovraintendente, o con i suoi genitori nella valle accanto o che vagabondi per la campagna dove è più felice. Lei sa che il mio cuore è grande come il suo, abbastanza grande da avere spazio per lei e i nostri figli, e la mia musica. Quindi vedi, non ti devi preoccupare per me, o per Teddy, o per il nostro matrimonio."

Henri-Antoine aggrottò la fronte e fece una smorfia a quella confessione.

"È tutto molto da adulti. Al confronto io sono un infante." Guardò intensamente Jack. "E siete entrambi contenti di questo patto? Perché è ciò che è, vero? Un patto." Quando Jack annuì e sorrise, alzò una mano. "Molto bene. Allora sarà così. Anche se" aggiunse in tono irritato perché Jack stava ancora sorridendo, "non ho idea del perché tu mi stia fissando come un felice ospite di Bedlam, come se non fossi riuscito a capire che c'è dell'umorismo in questa faccenda... Mi è sfuggito qualcosa?"

"No. Niente. È solo che... è solo che... io non sono come te, Harry."

"Come me?" Henri-Antoine si raddrizzò con una smorfia. "Grazie a Dio! Non sei decisamente come me. Io non andrei assolutamente d'accordo con me. Anche se continuo a non capire perché tu stia sorridendo..."

"Io non sono né intelligente, né saggio, né brillante come te. Non lo sono mai stato e non lo sarò mai. Né ti uguaglierò mai quanto a eleganza sartoriale, in una sala da ballo, o nella scherma. Quanto poi alla tua reputazione con le donne, io non possiedo assolutamente il tuo *sang-froid*..."

"Risparmiami i rossori" borbottò Henri-Antoine alzando gli occhi al cielo.

"Ma io eccello nella musica e ti conosco meglio di chiunque altro al mondo..."

"Vero, in entrambi i casi."

"Forse meglio di quanto tu conosca te stesso..."

"Stupidaggini!"

"Tu non ti accontenteresti mai di un patto simile. Lo accetti perché vuoi che Teddy e io siamo felici, ma in realtà non lo capisci, ed è il motivo per cui sto sogghignando. Perché mi diverte che sia il musicista quello pratico quando si tratta di affari di cuore, mentre tu, che professi di non essere tipo da matrimonio, sei uno spudorato romantico."

Henri-Antoine fissò Jack, esterrefatto. Impallidì. "Non dire idiozie!" E dato che Jack continuava a guardarlo in uno strano modo, raddrizzò le gambe e si alzò dalla poltrona per andare a smuovere il carbone nel camino con l'attizzatoio.

Jack lo raggiunse lì, mettendo le braccia conserte e appoggiando una spalla alla mensola.

"Tu vuoi che siamo felici, ma è ciò che anch'io desidero per te" gli disse Jack a bassa voce. "Tu puoi anche cercare di convincere te stesso e gli altri che non credi in un'anima gemella..."

"Abbiamo avuto questa conversazione da Westby, solo la settimana scorsa..." replicò Henri-Antoine senza distogliere lo sguardo dai carboni ardenti.

"Allora eravamo entrambi ubriachi, adesso no... E non ho intenzione di ripetertelo..."

"È già qualcosa."

"... ma credo che ci sia qualcuno là fuori per te, e lei sarà il grande amore della tua vita perché è quello di cui hai bisogno, Harry. Ed è ciò che meriti. E poiché sei un romantico, so che quando *ti innamorerai* lo farai con tutto te stesso. E quando succederà, non tirarti indietro, lasciati cadere nel precipizio. Ecco! Ho detto tutto. E ti do la mia parola che non lo ripeterò più."

Henri-Antoine si voltò a guardare Jack.

"Sai che cosa penso, Jack? Che l'imminente matrimonio ti abbia intasato il cervello con tutta quella pappa romantica." Quando Jack rise e scosse la testa, Henri-Antoine gli rivolse uno dei suoi rari sorrisi e gli diede un colpetto affettuoso sulla spalla. "Grazie. Sei l'uomo più gentile che conosca. Ma il tuo cervello è comunque una pappetta. Torniamo ai problemi più immediati: scegliere la carta da parati per Mount Street."

A Jack si illuminarono gli occhi e sospirò di sollievo. "Davvero verresti? Non ci vorrà più di un'ora…"

"Un'ora?" Henri-Antoine fece una smorfia. "Non essere ridicolo. Se vuoi che la casa sia perfetta per la tua sposa, allora sarà meglio che riservi mezza giornata per mostrarmi ciò che hai già scelto, e l'altra mezza giornata perché io possa correggere le tue scelte."

"Se lo dici tu."

"Ma lo farò solo se mi prometti di non dire a Teddy che io ho avuto qualcosa a che fare con le scelte. La tua sposa deve pensare che la preparazione del vostro nido sia stata tutta opera tua."

"Promesso. Anche se devo confessare che c'è una cosa che non ho potuto tenerle nascosta. Teddy sa che Mount Street è il tuo regalo di nozze per noi."

"Jack! Mi avevi dato la tua parola."

"No. Non è vero. Mi ero rifiutato. Tu pensavi che minacciare di sfidarmi a duello se mai glielo avessi detto sarebbe stato sufficiente perché accettassi le tue condizioni. Niente da fare, amico mio. Ti ho detto che ti conosco meglio di quanto tu conosca te stesso. Innanzi tutto non mi sfideresti mai a duello e, secondariamente, essendo un romantico, vuoi che Teddy e io abbiamo il nostro lieto fine. E non sarebbe possibile se mi sfidassi a duello e mi uccidessi. E sarebbe l'esito ovvio visto che sei uno spadaccino molto migliore di me."

"Inoltre" continuò Jack con un'alzata di spalle, "non ho avuto scelta. Non avrei mai potuto permettermi di affittare una casa a Mount Street, quindi possedere una residenza a quell'indirizzo poteva solo essere un sogno. Teddy lo sa. Avremo una vita confortevole ad Abbeywood. Gli introiti della fattoria e la sua dote significano che non ci mancherà niente. Ma non siamo ricchi al tuo livello. Tu puoi permetterti di soddisfare ogni tuo desiderio, anche il più stravagante, ma noi dovremo sempre pensare a come impiegare i nostri soldi. Quindi immagina se l'avessi portata in un'ampia casa a Mount Street, dipinta, tappezzata e arredata all'ultima moda, a soli cinque minuti a piedi da qui, e gliel'avessi presentata come la nostra residenza a Londra. Si sarebbe giustamente rifiutata di entrare perché si sarebbe legittimamente preoccupata che io avessi ecceduto nelle spese, indebitandomi."

"Siete entrambi talmente pratici da essere fastidiosi" si lamentò Henri-Antoine, senza metterci il cuore.

"Sì. Dobbiamo esserlo."

"Spero che Teddy abbia accettato il regalo di nozze senza bisogno che la persuadessi?"

"Sì, dicendo che il tuo regalo era troppo generoso e un grande gesto romantico, e che se fosse venuto da chiunque altro lei lo avrebbe rifiutato. Ma siccome viene da te, ti ringrazierà con un bacio la prossima volta che ti vede. E se mi ordinerai di non dirglielo, lei informerà tutti al pranzo di nozze che ci hai regalato un'urna, o una conchiglia o qualcosa di qualità così infima che sarai considerato uno spilorcio. Quindi sarà meglio che lasci che ti ringrazi con un bacio, è il mio consiglio."

"Di' a Teddy che accetterò il suo bacio, nonostante il suo tentativo di ricatto, ma che il mio regalo ha radici puramente egoistiche. Non voglio che tu ti trasferisca troppo lontano."

"Ah! È quello che mi ha detto lei."

"Davvero? Beh, ha ragione. Anche se spero che tu l'abbia rassicurata che non vi infastidirò a meno che lo vogliate voi..."

"Non potresti infastidirci nemmeno se tentassi, Harry" disse Jack, di colpo così emozionato da sentire le lacrime salirgli agli occhi. Si chiese perché, dopo tutto quello che si erano detti, dovesse andare in pezzi proprio in quel momento. Si voltò in fretta, si passò una mano sul viso, poi si versò un'altra tazza di caffè. "Domani sarebbe troppo presto per venire a Mount Street con me?" gli chiese in quello che sperava fosse un tono tranquillo.

"Dovrà aspettare fino a dopodomani" rispose Henri-Antoine e riprese il suo posto, allargando le falde della redingote. Quando Jack alzò la caffettiera, scosse la testa. "Domani c'è la riunione degli amministratori della Fondazione Fournier."

Jack fu sorpreso. "Davvero? Pensavo che tutte le domande di sovvenzione fossero state vagliate. Quelle poche fortunate pratiche mediche degne di ispezione sono in programma per l'inizio dell'anno scolastico in autunno, no?"

"È ciò che era stato deciso, ma sembra che Bailey abbia ricevuto una richiesta speciale dal mecenate della fondazione che non si può ignorare."

Jack sorseggiò il caffè, ormai quasi tiepido.

"Ah. Bene. In questo caso sarà meglio compiacerlo. Di che si tratta?"

Henri-Antoine aprì le pagine della *Storia della guerra del Peloponneso* di Tucidide, che stava leggendo quando Jack era entrato nella stanza, e ne tolse una lettera che stava usando come segnalibro. La passò a Jack. Era del dottor Bailey, il direttore della fondazione.

"Bailey e gli amministratori sono invitati a cena e a visitare le strutture del dispensario del dottor Warner a Gerrard Street."

Jack alzò gli occhi dalla missiva che stava leggendo.

"Il dispensario Warner? Ma non avevamo accantonato la domanda del dottor Warner… Non ricordo perché…"

"Non sono sorpreso. C'erano dozzine di domande. Gli abbiamo chiesto di riprovare al prossimo ciclo."

Jack sobbalzò. Mise da parte in fretta la sua tazza di caffè.

"Harry! Il dispensario Warner. Gerrard Street. *Sapevo* che c'era qualcosa in quella ragazza! Non lei esattamente, ma quando ha menzionato il dispensario Warner, una rotellina si è messa a girare qui dentro" disse, indicandosi la testa. "Ma non riuscivo a ricordare dove lo avessi sentito prima. E, a essere sincero, ero più preoccupato per te e… Sei rimasto altrettanto sorpreso anche tu per la coincidenza che andremo a visitare proprio lo stesso dispensario dove lavora il tuo angelo custode?"

"Sì. Se avessi ricevuto prima la lettera del dottor Bailey, avrei potuto risparmiarmi la fatica e ringraziarla domani."

"Allora le hai fatto visita?"

"Parecchi giorni fa."

"E…?" Jack lo invitò a proseguire quando Henri-Antoine non aggiunse niente.

Henri-Antoine guardò il suo amico, con il viso senza espressione. "E cosa?"

"L'hai vista? L'hai ringraziata? Che ne pensi?"

"Alle due prime domande: sì. Alla terza: potrai decidere da solo domani."

"Sì, certo. Ma ti ho chiesto che cosa ne pensi *tu*."

Henri-Antoine alzò le spalle. "Non posso risponderti."

Jack lo fissò e poi alzò una mano, sconfitto. "Molto bene. Fai come vuoi. So quando non devo farti pressioni quando si tratta di donne…"

"Non posso risponderti perché non so che cosa pensare di miss Crisp" enunciò freddamente Henri-Antoine, e con più emozione di quanta intendesse mostrare.

E stava dicendo la verità. Non lo sapeva. In effetti, non voleva assolutamente pensare a miss Crisp. Faceva nascere in lui emozioni che era meglio lasciare inesplorate, e reazioni insolite e sgradite. Entrambe lo lasciavano confuso, irritato e a disagio.

Si era precipitato fuori dal dispensario in modo poco dignitoso, deciso a far sì che quella fosse la fine dei suoi obblighi nei confronti di miss Crisp, e che non fosse più il caso di pensare a lei. Eppure, per qualche strana follia, quando la carrozza si era messa in moto, aveva sbirciato fuori dal finestrino e nel preciso momento in cui le passava lentamente davanti, così che la visione di lei incorniciata nella porta si era incisa a fuoco nella sua mente. La vedeva ogni volta che chiudeva gli occhi: braccia snelle ad angolo retto e mani strette sotto il petto. I piedi uniti, le punte rovinate degli stivaletti che spuntavano appena da sotto l'orlo del vestito dimesso. Il ricciolo di capelli che era sfuggito dalle forcine tirato dietro l'orecchio, per non dar fastidio, che le solleticava la gola bianca. E la confusione scritta chiara sul suo bel volto. Ma era un particolare minore rispetto a ciò che era avvenuto dopo. Nei suoi occhi azzurri si era accesa una scintilla di riconoscimento quando lo aveva visto mentre guardava fuori dal finestrino. Aveva sorriso e le si era illuminato tutto il volto. Era radiosa. Buon Dio, era adorabile. In quel momento aveva desiderato che quegli occhi azzurri e quel sorriso fossero per lui e solo per lui. E il suo desiderio si era avverato. Bloccato in quel momento, non aveva capito che lei stava guardando direttamente lui, ma era così.

Qual era stata la sua reazione? Non le aveva rivolto un breve cenno per poi tirare lentamente la tendina. E sarebbe stata la cosa educata da fare, l'unica risposta che le doveva. No. Non era quello che aveva fatto. Aveva reagito nel modo più atipico e codardo. Si era gettato indietro contro l'imbottitura, nell'ombra dell'interno della carrozza, dove lei non poteva vederlo. Con il cuore che batteva all'impazzata e il viso che scottava, si era sentito come se fosse stato colto a commettere un atto efferato; si era sentito strano e ridicolo. Aveva dimenticato di respirare.

Si era detto che non era colpa sua, e che non le doveva niente.

Lei non era un suo problema. Per calmarsi, se lo era ripetuto, più e più volte. Non c'era niente che potesse fare per aiutarla, non che lei avesse chiesto o desiderasse il suo aiuto. Sembrava orgogliosa dei suoi sforzi per aiutare i malati poveri. Eppure lo aveva fatto sentire come se dovesse fare qualcosa, qualunque cosa, per migliorare la sua situazione. Era istruita e aveva tutti i segni di una donna che aveva il diritto di aspettarsi di vivere una vita ben diversa da quella che stava vivendo, in mezzo ai malati e ai derelitti. Perché? Perché si sentiva così? Tutto perché lo aveva aiutato? O c'era un altro motivo? Un motivo che non desiderava riconoscere o esplorare? Si era detto che non si sarebbe lasciato trascinare in qualcosa da cui era sicuro non sarebbe riuscito a districarsi senza pagare un alto prezzo, personale ed emotivo. E comunque, che cos'era quella ragazza per lui? Lei non era una sua responsabilità.

Eppure la vedeva ogni notte, dopo quell'azione da codardo, dopo essersi nascosto nell'ombra della sua carrozza, e desiderava non fosse così. Quindi aveva intenzione di fare qualcosa al riguardo; qualcosa per sé. Qualcosa di egocentrico che era certo avrebbe cancellato miss Lisa Crisp dalla sua mente e avrebbe allontanato la sua vita dal precipizio dell'incertezza. Qualcosa che avrebbe riportato la sua vita al suo ordine naturale, dove la sua preminente posizione in società come figlio di un duca non era mai messa in dubbio, in modo che quando avesse rivisto Lisa Crisp, come sapeva sarebbe successo quando la Fondazione Fournier avesse visitato il dispensario Warner, l'avrebbe vista come lei appariva agli altri: una ragazza proveniente da una famiglia insignificante, talmente inferiore a lui nella scala sociale da non doverla nemmeno prendere in considerazione.

"Non resti a casa stasera?" gli chiese Jack per distogliere Henri-Antoine dal suo silenzio meditabondo. Aveva notato che il suo miglior amico si era cambiato, togliendosi la giacca e il panciotto che aveva a cena, e aveva indossato un completo di seta nera completamente ricoperto da ricami di filo d'argento e lustrini color zaffiro. Era un completo da indossare per il pubblico sguardo e sotto lo scintillio di centinaia di candele sarebbe apparso magnifico.

"Come?"

La domanda di Jack aveva funzionato e aveva distolto Henri-Antoine dai suoi pensieri. Fu solo allora che si accorse di essersi alzato e di avere l'orologio d'oro in mano e che stava guardando il quadrante di madreperla. Non aveva idea di che ora fosse.

"Stai uscendo?" gli chiese nuovamente Jack.

"Ho un precedente impegno all'opera. La signora Markham ha qualcosa che voglio..."

"Mi piacerebbe che pensassi ad altro, e anche Seb" si lagnò Jack.

"Permettimi di finire... La signora Markham ha qualcosa che vorrei che *mi restituisse*. La mia copia del catalogo del Portland è finita in suo possesso, non so come..."

"Posso immaginare come sia accaduto" mormorò Jack, indifferente.

"... e lei ha intenzione di restituirmelo solo se prenderò un palco all'opera. Se ti farà dormire meglio questa notte, sappi che questa sarà l'ultima occasione in cui intendo farmi vedere in sua compagnia, in pubblico o in privato. Le pagliacciate di Seb dell'altra sera sono bastate a farmi capire che nonostante i miei sforzi per fargli capire la ragione, lui tiene a lei."

"Certo che tiene a Peggy Markham. Te l'ho ripetuto in parecchie occasioni. È innamorato di lei."

"Stolto da parte sua. Ma adesso lo capisco…"

"Capisci anche perché ha reagito in quel modo alle tue provocazioni?" Insistette Jack.

Henri-Antoine lo fissò.

"Risparmiami lo sdegno morale. Mi conosci abbastanza bene da sapere che non mi metterei mai in mezzo a una coppia innamorata. Seb potrà anche essere innamorato di Peggy. Ma lei non è innamorata di lui. Togliermi dalla sua orbita non cambierà questo fatto. Ma Seb, nonostante la sua amara invidia, è comunque un amico e non voglio ferirlo. Ci penserà lei."

Bussarono alla porta e, a un cenno di Henri-Antoine, un cameriere la aprì per far entrare uno dei suoi ragazzi, le sue ombre, che lo seguivano dovunque quando usciva di casa.

"La carrozza è pronta, milord."

"Due minuti." Henri-Antoine guardò Jack che era ancora comodamente adagiato sulla poltrona accanto al fuoco. "Tornerò domani mattina. Probabilmente dopo colazione. Non spaventarti. Michel sa dove trovarmi e sarò a casa in tempo per farmi vestire da Kyte per la visita a Gerrard Street."

"Michel non viene con te?"

"Non stasera. Nessuno con un rango inferiore a quello di baronetto può oltrepassare le porte di questo particolare bagno."

Jack alzò le sopracciglia, sorpreso. Sapeva a quale particolare bagno turco alludeva Henri-Antoine. Era il più esclusivo di Londra e il più costoso. Ma il sangue blu non bastava a un gentiluomo per essere ammesso. Doveva essere un diretto discendente di un nobile, possedere una linea di credito degna di un sultano e, si diceva, il suo membro doveva essere altrettanto impressionante.

"Quindi vai al Burke." Non era una domanda.

"Sì."

"E i ragazzi? Come faranno a tenerti d'occhio là dentro?"

"Non d'occhio. Mai d'occhio, Jack."

"Sai che cosa intendo dire."

Henri-Antoine sospirò stancamente. "Ti preoccupi troppo delle banalità, caro amico."

"Ma se avessi bisogno di loro?"

"Saranno nei dintorni…"

"... appostati nei corridoi, con un orecchio alle pareti sottili?" Sbuffò Jack. "È necessario, immagino."

Henri-Antoine restò impassibile, anche se riapparve il tic facciale. "Peccato che tu non abbia accettato di farti sponsorizzare da me. Allora sapresti che non ci sono muri divisori al Burke. Colonnati. Vasche calde e fredde. Alcove per incontri in abbondanza." Prese in giro l'amico. "Sei il benvenuto se desideri venire con me... Per amore dei vecchi tempi...?"

"Dio no! Non ho niente da nascondere, ma non possiedo abbastanza arroganza da pavoneggiarmi in un posto con più tori dei mercati di Smithfield. Ma tu sì. Anche se dubito che troverai ciò che stai cercando in un posto come il Burke."

Henri-Antoine si voltò quand'era sull'uscio, sorpreso. "Cioè?"

Jack alzò le spalle.

"A voler essere completamente franco, non lo so. Ma vorrei poterlo trovare per te."

"Ci sono volte, Jack Cavendish, in cui ti trovo incomprensibile. *Bonne nuit, mon cher ami.*"

Jack lo seguì sul primo pianerottolo e lì restò, mentre al piano di sotto, nell'ampio foyer, al suo miglior amico allacciavano la cintura e la spada, infilavano i morbidi guanti di pelle e consegnavano il bastone da passeggio con i diamanti sul pomolo. Guardandolo con un sorriso sentimentale, Jack ricordò il vecchio duca di Roxton, il padre di Henri-Antoine, a cui lui assomigliava in modo impressionante. Di profilo era in effetti l'immagine del vecchio aristocratico. Lo provavano i ritratti, i busti di marmo e la straordinaria statua funeraria di *Monsieur le Duc* nel mausoleo dei Roxton. E anche i ricordi di Jack del vecchio duca. Da ragazzi, sbirciavano dalla ringhiera mentre il duca e la duchessa si preparavano a uscire per andare a teatro o all'opera, o per qualche ballo. Il duca sempre austero e imperioso, la duchessa uno sfavillio di luce.

Si chiese se essere l'incarnazione vivente di un aristocratico così distaccato e potente, non solo nella forma, ma anche nei modi, non avesse messo un fardello eccessivo sulle spalle del suo amico, reso ancora più pesante dal male di cui soffriva. E anche se aspettava con ansia la prossima fase della sua vita, da condividere con Teddy, non poteva negare che gli sarebbe mancata terribilmente la compagnia di Henri-Antoine. Erano inseparabili da sedici anni, più della metà della loro vita. E si erano sempre sostenuti l'un l'altro. Quasi non ricordava la sua vita prima di Henri-Antoine e trovava difficile immaginarla senza di lui.

Ma con Teddy, e con la famiglia che prima o poi avrebbero avuto, avrebbe forgiato un nuovo capitolo della sua vita, e sarebbe stato soddisfatto. Henri-Antoine doveva ancora trovare la sua anima gemella, e Jack temeva che non ci sarebbe mai riuscito. O forse, come il vecchio duca, l'avrebbe trovata troppo tardi e poi sarebbe morto prima del suo tempo, prima che la sua famiglia fosse pronta a lasciarlo andare. La morte di *Monsieur le Duc* aveva avuto effetti devastanti su tutti e Jack era convinto che Henri-Antoine non si fosse mai veramente ripreso dalla perdita di suo padre.

Jack non voleva che il suo miglior amico vivesse la sua vita da solo, che lottasse contro la sua malattia senza l'amore e il sostegno di una famiglia, o che passasse il suo tempo nel deserto emotivo di posti come il Burke. Henri-Antoine aveva il diritto di percorrere la sua strada, ma era dove conduceva quella strada che preoccupava grandemente Jack.

Guardò Henri-Antoine uscire in strada senza guardarsi indietro, salire sulla carrozza con i ragazzi, sempre presenti e sempre invisibili come la sua ombra, che montavano accanto a lui e chiudevano lo sportello. E lui rimase appoggiato alla balaustra, a fissare a lungo il vuoto anche quando il portiere tornò nel vestibolo e il maggiordomo sparì nelle viscere dell'ala dei servitori. Poi andò nel suo appartamento, pregando silenziosamente che il percorso di vita sul quale si trovava attualmente Henri-Antoine lo conducesse sul bordo di una scogliera e che lì, sul precipizio, trovasse una ragazza con cui fare quel salto nel vuoto.

DIECI

La casa dei Warner era in subbuglio fin dall'arrivo della lettera dalla Fondazione Fournier che informava il dottor Warner che gli amministratori desideravano programmare una visita al suo dispensario e alla scuola di anatomia prima della fine della settimana. Il direttore, il dottor Bailey, scriveva che era un passo insolito e che il preavviso era poco, ma che se il dottor Warner sperava di poter essere inserito del ciclo corrente di finanziamenti, la visita avrebbe dovuto aver luogo quasi subito. Non era necessario fare niente di speciale. L'unica condizione era che la visita avesse luogo in un giorno in cui il dispensario era chiuso ai malati poveri ed era una richiesta deliberata. Senza i pazienti, gli amministratori avrebbero avuto la facilità di movimento necessaria per ispezionare i locali e un periodo di tempo senza interruzioni per intervistare il dottor Warner e il suo personale.

Il dottor Warner aveva risposto nel giro di un'ora, accettando tutte le condizioni. Aveva detto a sua moglie che gli dispiaceva che gli amministratori non avrebbero avuto l'opportunità di vedere con quanta efficienza fosse gestito il dispensario, ma ammise che, senza i pazienti, le sale visita avrebbero potuto essere pulite e liberate dagli odori nocivi e profumate, riducendo così la possibilità che gli amministratori respirassero l'aria maleodorante dei malati poveri, ammalandosi a loro volta. Sua moglie fu d'accordo, aggiungendo che era sicuramente un buon segno che gli amministratori desiderassero avere il tempo per parlare con lui, dato che non poteva mancare di impressionarli con le sue conoscenze e i suoi programmi per il futuro; offrire loro una cena piacevole poteva solo migliorare le cose.

Quindi le cameriere furono messe al lavoro a spolverare, pulire, lucidare e profumare ogni superficie, sia nel dispensario sia negli alloggi, dai pavimenti fino alla zuppiera d'argento, mentre la signora Warner e la governante formulavano un menu di parecchie portate, adatto a simili distinti ospiti. La cuoca mandò le sue subordinate al mercato, all'alba, per procurarsi i prodotti più freschi e la sera prima della visita fu spesa a cucinare, farcire e arrostire.

Mentre questi lavori domestici continuavano rapidamente, il medico e il suo personale si misero all'opera per organizzare il teatro anatomico e le stanze di preparazione. Furono esposti parecchi campioni, strumenti medici e apparecchiature scientifiche usati per le lezioni ai suoi studenti. Furono anche aperti, pronti per essere esaminati dagli amministratori, parecchi diari di ricerca e cartelle cliniche. Il dottor Warner sperava che tutto l'insieme fornisse abbastanza materiale da impressionare i suoi visitatori.

Il buon dottore e sua moglie volevano anche fare buona impressione a cena e a questo scopo, la coppia fu meticolosa nel vestirsi per l'occasione.

"Ancora proprio non so come rivolgermi a questi *altri* gentiluomini, Robert" si lamentò Minette Walker mentre si dava un'ultima occhiata critica allo specchio. Raddrizzò il pizzo ai gomiti per uniformare le pieghe. "Il direttore, il dottor Bailey e due degli amministratori sono medici e dici che la lettera li identifica...?"

"Sì, esatto. Il dottor Willan è un medico al Fever Hospital, e il dottor Blizard è consulente chirurgo al London Hospital. Non conosco nessuno dei due personalmente, dato che sono indietro di una decina d'anni rispetto a me nelle loro carriere, ma conosco bene il lavoro di Willan nel dispensario di Carey Street."

"Ma gli altri gentiluomini, quelli che non sono nel campo medico. La lettera del dottor Bailey dice che le identità dei tre restanti amministratori dovrà restare anonima durante la loro visita, anche quando siederanno a cena con noi. Ma come dovrò rivolgermi a loro, Robert? È molto irregolare e sconvolgente non conoscere la condizione sociale degli uomini seduti alla mia tavola."

"Molto irregolare, mia cara" ammise il dottor Warner. "Ma se voglio che mi prendano in considerazione devo rispettare le loro norme per l'ispezione. Il dottor Bailey ha incluso queste norme nella sua breve nota." Estrasse la lettera dalla tasca della giacca e l'aprì. "Dobbiamo rivolgerci agli amministratori che resteranno anonimi usando il termine 'signore' senza nessun altro appellativo. Né dobbiamo chiedere i loro nomi, la loro occupazione, o la loro condizione. Sono qui innanzitutto per ispezionare e valutare i meriti professionali del mio lavoro. Che il dottor Bailey e gli amministratori abbiano accettato di restare a cena è effettivamente un onore. Anche se temo che la cena sarà un'occasione noiosa per te, mia cara" aggiunse con quella che sperava fosse un'espressione di disappunto. "Ci saranno ben poche occasioni, se mai ce ne sarà qualcuna, per indirizzare la conversazione su temi che non siano quelli che desidereranno loro. Dovrò seguire i loro suggerimenti. Non ti biasimerò certo se preferirai non unirti a noi..."

"Non unirmi a voi?" Minette Walker era offesa. "Ma... Robert... Quando mai non ho presieduto a una cena alla mia tavola? Quando non ti ho sostenuto in tutti i tuoi sforzi..."

"Tesoro mio, lo so e sei una compagna meravigliosa. È solo che in questa occasione, non conosciamo i commensali e la compagnia potrebbe non essere la più conviviale. In effetti mi sento piuttosto nervoso all'idea di intrattenere gentiluomini i cui nomi e le cui reputazioni restano un segreto così ben custodito. Ma almeno io potrò parlare con loro di argomenti medici..."

"Non puoi saperlo con certezza, Robert. Questi gentiluomini senza nome fanno parte della professione medica? Se così fosse, lo avrebbero certamente detto, allo stesso modo dei dottori Willan e Blizard."

Distolse lo sguardo dallo specchio con un sorriso soddisfatto, sicura di aver fatto tutto il possibile per essere al meglio. Il suo vestito di seta giallo girasole *à la polonaise* era all'ultima moda e generosamente arricchito al corpetto e ai gomiti con piccoli fiocchi azzurro fiordaliso. I nastri di seta intrecciati ai capelli raccolti e le scarpe azzurro fiordaliso completavano perfettamente l'insieme. Era tale la sua fiducia nella sua preparazione e nel suo vestito che era sicura che ogni gentiluomo seduto a tavola ne sarebbe stato ammaliato e che, forse, la conversazione avrebbe potuto staccarsi dagli argomenti medici, permettendole di contribuire.

"Sospetto che i gentiluomini anonimi non facciano parte della professione medica" disse Minette Walker, dando voce al suo desiderio mentre prendeva il ventaglio dal tavolo da toilette. "Ragion di più perché io abbia il mio solito posto a tavola, per fare del mio meglio per apparire interessata a qualunque cosa dicano... per te, mio caro Robert."

Il dottor Warner ripiegò in fretta la lettera, sorrise, scacciando qualunque dubbio avesse che la sua giovane moglie potesse trovare incomprensibile la conversazione e le baciò la tempia. "Grazie, mia cara. È tutto ciò che posso chiederti."

La coppia scese ad aspettare gli ospiti nella comodità del salotto, nervosa, ma fiduciosa al contempo di essere preparata quanto era possibile per la visita degli amministratori della Fondazione Fournier. E mentre tutti in casa continuavano ad affaccendarsi intorno a loro, dalla cucina alla nursery, l'unica persona che non aveva ricevuto l'ordine di prestare il suo aiuto, sotto nessuna forma, era Lisa. Sua cugina le aveva ordinato di restare nella sua stanza per tutta la durata della visita, e di non uscire finché non glielo avessero permesso, a meno che la casa stesse bruciando o cadendole addosso. Quindi per la coppia fu un colpo, specialmente per la signora Warner, quando, al loro arrivo, appena dopo le presentazioni, uno degli amministratori chiese dove fosse miss Crisp.

LISA AVEVA ACCOLTO LE ISTRUZIONI DELLA CUGINA COME FACEVA con tutto il resto in casa Warner, placidamente e con buona grazia. Inoltre non c'erano motivi perché lei fosse presente; che cosa avrebbe potuto offrire agli amministratori? E Becky Bannister stava apportando qualche piccola modifica alla lunghezza, larghezza e caduta dei vestiti, sottogonne, corsetti e giacche che avrebbe portato con sé per la sua visita nello Hampshire. Quei vestiti sarebbero poi stati riposti nel baule da viaggio aperto contro una parete. Poi lo avrebbero portato dabbasso nel foyer una volta che i visitatori se ne fossero andati, pronto per il viaggio. Il piccolo baule di Becky era già riposto in un angolino del retrocucina, insieme alla sua giacca e al cappello, dato che avrebbe passato la notte su una branda in camera di Lisa.

Entrambe le ragazze dovevano svegliarsi nel cuore della notte per andare con una vettura a nolo nell'affollata locanda Bell Savage a Ludgate Hill. Lì le diligenze, i carri e i postali partivano per le contee a sud a tutte le ore del giorno e della notte e ogni giorno della settimana eccetto la domenica. Lisa e Becky avrebbero preso la diligenza che partiva per Alston nello Hampshire alle quattro del mattino. Avrebbero viaggiato sulla strada che da Londra portava a Portsmouth, con parecchie fermate lungo la via per far salire e scendere i passeggeri che si dirigevano verso Southampton sulla costa, con un cambio di cavalli e un po' di tempo per rifocillarsi a Guildford e poi la diligenza si sarebbe diretta a Winchester.

Lisa e Becky sarebbero scese alla locanda Swan nella High Street della città di Alston. Lì avrebbero preso una carrozza noleggiata privatamente, che avrebbe già dovuto aspettarle al loro arrivo, per le ultime cinque miglia di viaggio attraverso la campagna fino alla tenuta ducale di Treat. In tutto, un viaggio di quasi quaranta miglia. Non sarebbero probabilmente arrivate a destinazione fino al tardo pomeriggio, dopo aver passato quasi tredici ore in viaggio.

L'entusiasmo di Becky non era diminuito davanti alla prospettiva di restare rinchiusa con un gruppo di estranei in una diligenza, ed essere sballottata per ore e ore. Nemmeno nelle sue fantasie più sfrenate aveva mai pensato di avventurarsi in campagna, e viaggiare per una distanza di quaranta miglia da Londra per lei era l'avventura più grande della sua giovane vita. Aveva passato i suoi vent'anni a Gerrard Street o negli immediati dintorni e l'unica volta in cui era stata vicina a una persona di rango era stato durante la sua visita a casa di lord Westby, per servire l'amante del nobiluomo. Pensare che avrebbe accompagnato Lisa come sua cameriera personale al matrimonio della nipote di un duca era una cosa da sogno.

Lisa era contenta di avere la compagnia di Becky. Perché anche se sapeva che avrebbe visto Teddy alla fine del viaggio, era confortante avere qualcuno che conosceva con cui viaggiare e che sarebbe rimasto con lei a Treat, in un ambiente che era estraneo per lei come lo era per Becky. E molto meglio così che se sua cugina avesse assunto un'estranea per servirle da cameriera. Non solo Becky era una persona gioiosa, era anche concreta e una sarta esperta. Erano state Becky, la sua prozia e due sarte al servizio della vedova Humphreys che avevano fatto meraviglie nell'ammodernare i quattro vestiti di seconda mano che le avevano dato le sue cugine. Non solo erano riuscite a creare dei completi che si adattavano alla figura snella di Lisa, ma con il tessuto in eccesso avevano cucito dei mezziguanti in tinta, e avevano fatto rivestire dal calzolaio due paia di scarpe.

Il tessuto che avevano fornito i suoi zii era rimasto intatto, e Lisa ne era felice perché considerava il broccato di seta troppo pesante per l'estate e il ricamo in filo d'argento troppo impegnativo per lei. Minette Walker era stata talmente lieta di risparmiare il costoso tessuto che aveva accettato di anticipare a Becky metà del suo salario. L'altra metà sarebbe stata pagata al suo ritorno dallo Hampshire. Con quei soldi Becky era stata in grado di ripagare la sua prozia per la perdita dei nastri e delle giarrettiere rubate dalla signora Markham, il che aveva notevolmente migliorato lo stato d'animo della vedova Humphreys riguardo alla perdita dei servizi di Becky per le due settimane in cui sarebbe rimasta assente dal negozio.

"Non vi ho mai visto tanto carina, signorina" annunciò orgogliosamente Becky alzandosi dalle ginocchia e facendo un passo indietro per controllare la linea dell'orlo del vestito *à l'anglaise* di cotone *indienne* appena ammodernato. Aveva appuntato e poi cucito una piccola parte di orlo che le era sfuggita nella fretta di approntare in tempo i vestiti di Lisa. "Avevate bisogno di un vestito della misura giusta, e con un bel disegno floreale, e adesso penso che fareste girare la testa a un duca, ve lo dico io."

Lisa arrossì e fece una riverenza. "Oh, grazie. Tutto il merito va alle tue dita esperte. Non avrei mai pensato che fosse possibile salvare abbastanza tessuto da quegli abiti usati e poi trasformarli in qualcosa che mi andasse bene, men che meno che mi facesse apparire *à la mode*."

Becky sorrise a quella lode. "Non c'è molto di voi da vestire, vero? Quindi non serviva molto tessuto."

"È proprio vero" confermò Lisa con un sorriso, passando le mani sul corpino aderente e lungo i fianchi sottili.

Cercò di guardarsi alle spalle, dove il tessuto era raccolto in una stretta V all'altezza della sua vita sottile e desiderò di poter avere accesso a uno specchio per vedere da sola come le stava il vestito. Si sentiva di sicuro più carina con quel tessuto delicato e colorato addosso, un cambiamento gradito rispetto ai suoi pratici vestiti di lino nei soliti marroni o blu. Sperava che i vestiti ammodernati fossero adatti al suo soggiorno a Treat. Ma dato che non poteva farci niente, non sprecò altro tempo in preoccupazioni inutili. I parenti di Teddy avrebbero dovuto accettarla com'era, e lei avrebbe fatto del suo meglio per restare sullo sfondo, il che significava che nessuno avrebbe notato lei o i vestiti che indossava.

"E meno male" continuò Becky, con un occhio critico al vestito e al tessuto, decisa a dire la sua sull'ambigua generosità delle cugine di Lisa. "Se lo chiedete a me, quei vestiti avevano visto giorni migliori e non erano adatti nemmeno per una sguattera, tanto meno per voi..."

"Non te l'ho chiesto" rispose Lisa con lo stesso sorriso. "E sono molto grata a loro per tutti gli indumenti che mi hanno offerto, e a te e alla signora Humphreys per quello che avete fatto per me. Non dimenticare mai che anche se vivo in questa casa, sono più povera di Tina. Almeno la sguattera viene pagata per i suoi servizi."

Becky stava per parlare quando bussarono alla porta, sorprendendo entrambe, ed entrò una cameriera per informare Lisa che era desiderata in salotto. Lisa chiese alla ragazza di ripeterlo perché sua cugina le aveva dato precise istruzioni di restare nella sua stanza.

"Non è stata *madame* a chiedere di voi, signorina" disse la cameriera. "È stato uno dei gentiluomini che è venuto a guardare le stanze mediche del padrone."

"Uno dei membri della Fondazione Fournier?" Lisa era perplessa. Non capiva perché fosse stata convocata per parlare a uno degli amministratori.

"*Aye*, signorina. Perché sono venuti tutti insieme. Ma mentre gli altri sono andati a vedere il dispensario, questo è rimasto indietro. Non ha dato il suo nome. Ha solo chiesto di voi, signorina. È un bell'uomo con…"

"Grazie, Ann. Non ho chiesto la tua opinione su di lui, né la sua descrizione" disse Lisa e si voltò per dire a Becky. "Affrettati. Devo togliermi questo vestito e…"

"No, signorina" disse fermamente Becky. "Dovreste scendere in salotto così come siete. È ora che vi abituiate a indossare roba carina. E dato che indosserete questi vestiti per le prossime due settimane, è giusto che cominciate a portarli adesso, con questo visitatore."

"Allora, devo dirgli…" chiese la cameriera, Ann, che era ancora sull'uscio, e fu interrotta.

"Non serve. Verrò immediatamente."

E fu così che Lisa entrò in silenzio nel salotto, imbarazzata nel suo vestito ammodernato di cotone, con un fichu dal bordo di pizzo alla scollatura, e una cuffietta bordata di pizzo in cima alla testa. Se c'era qualcosa che non andava nel suo abbigliamento erano le scarpe. Non aspettandosi di uscire, e avendo già riposto nel baule da viaggio le sue scarpe nuove, aveva solo gli stivaletti a portata di mano, ed erano accanto al letto, pronti per il viaggio. Indossava ancora le pantofole da casa di pelle sopra le calze e, se avesse guardato in basso, si sarebbe accorta che erano piuttosto fuori posto con l'abito di cotone.

Ma l'apprensione le aveva fatto dimenticare le calzature e, in effetti, come si presentava nel suo vestito nuovo, perché stava pensando e ripensando al motivo per cui era stata convocata da un membro della Fondazione Fournier. C'era qualcosa fuori posto nel dispensario che richiedeva una sua spiegazione? Forse erano le scatole di profumo, oppure non aveva distribuito abbastanza mazzetti di fiori per tenere a bada l'odore? Ma di certo avevano pulito a fondo ogni superficie tanto da liberarle dall'odore…? Sperava di non aver causato imbarazzo al dottor Warner… Forse si stava preoccupando inutilmente e loro volevano solo informazioni di carattere generale?

Aveva attraversato la stanza prima di rendersi conto che era occupata e che lei non era sola. Ma non fu la sensazione che ci fosse qualcun altro, fu il fatto che la chiamassero che la fermò di colpo. Rimase così sorpresa, non tanto nel sentirsi rivolgere la parola, interrompendo le sue riflessioni, ma dalla voce stessa. Capì immediatamente a chi apparteneva. Era così felice che fosse tornato a Gerrard Street, quando si era precipitato fuori non si era aspettata di rivederlo, tanto che non le passò nemmeno per la mente di fingersi diversa da com'era. Si voltò verso di lui con un sorriso radioso.

Lui le restituì il sorriso. Non riuscì a farne a meno.

Il piacere sincero di Lisa fu la rovina di Henri-Antoine.

Mezz'ora prima, in quei pochi minuti prima di scendere dalla carrozza per raggiungere gli altri amministratori che aspettavano sul marciapiede fuori dal dispensario Warner, Henri-Antoine aveva esitato, chiedendosi che cosa ci facesse lì di nuovo. Ma conosceva la risposta, e se l'era cercata da solo. Ma tornare lì lo faceva dubitare di se stesso e lui non dubitava mai di sé, su niente.

Perché aveva orchestrato quell'incontro, quando avrebbe dovuto lasciar perdere... In parole povere avrebbe dovuto lasciar perdere miss Crisp. Il dottor Warner avrebbe sottoposto un'altra domanda a tempo debito, e forse la commissione avrebbe dato a quella terza domanda tutta la sua attenzione e si sarebbero trovati lì comunque. Ma quelle domande e quelle visite si sarebbero verificate dopo sei od otto mesi.

Quindi aveva interferito. E Bailey aveva acconsentito, come sempre. Aveva dovuto accertarsi che l'ispezione avvenisse prima che lui e Jack partissero per Treat. Lui sarebbe rimasto assente dalla città per un mese, forse due. *Che differenza potevano fare due mesi?* Si chiese. Miss Crisp sarebbe stata ancora lì. Dove altro poteva andare? La domanda non era se sarebbe stata ancora lì, ma perché gli interessava. Ed era quello che lo disturbava abbastanza da fargli dubitare di se stesso.

"Vogliamo unirci agli altri, milord?" aveva chiesto Michel Gallet nel silenzio pesante, un'occhiata a sir John, il cui sguardo rimaneva fisso su lord Henri-Antoine.

"Dateci un minuto, Michel" aveva detto piano Jack aspettando che il major domo fosse sceso dalla carrozza prima di parlare. "Ti ho sentito rientrare ieri notte."

"Ah, sì?"

"Ero ancora alzato. Nella sala della musica. Avevo una composizione fissa in testa da settimane e dovevo liberarmene e scriverla, e suonarla prima di partire per Treat." Quando Henri-Antoine non aveva fatto commenti, Jack aveva aggiunto, sperando di sembrare spensierato: "Con tutto ciò che succederà là, i festeggiamenti prima del matrimonio, la partita di cricket, i fuochi d'artificio, il giorno delle nozze, il ballo quella sera, e il posto pullulante di famigliari e amici e troppi bambini per contarli, ci sarà ben poco tempo per i miei scarabocchi musicali, non credi? Dubito che avrò il tempo per prendere in mano la mia viola. Non che mi dispiaccia. Solo che dovevo trascrivere quella composizione..."

"E sei... sei riuscito a trascriverla?"

"Sì... Erano circa le tre del mattino quando ti ho sentito rientrare."

"Sì? Sei stato di recente da Toulmin & Gale, vero?"

La domanda aveva sorpreso Jack.

"Il negozio in New Bond Street che vende accessori da viaggio e roba simile? C'è un cartolaio lì vicino. Ho comprato una penna nuova. E Bully voleva un *nécessaire* da viaggio per suo fratello."

"Immagino che il mio inchiostro e la carta debbano venire da qualche parte" aveva rimuginato Henri-Antoine. "Michel dovrebbe saperlo… Toulmin & Gale ha una bella vetrina che ho notato mentre andavo all'opera… Ho avuto una discussione istruttiva con il proprietario, riguardo ai calamai da viaggio. C'è un nuovo tipo di tappo che impedisce all'inchiostro di fuoriuscire… ingegnoso…"

Jack aveva guardato il pacchetto legato con un nastro nero sul sedile accanto a Henri-Antoine. Aveva approssimativamente le dimensioni e lo spessore di un grosso libro. Ma non credeva si trattasse di un libro. Si era chiesto se qualunque cosa ci fosse dentro l'involucro fosse stata comprata da Toulmin & Gale.

"È quello che c'è nel pacchetto… un calamaio?"

Henri-Antoine aveva guardato Jack. "Non proprio." Si era spazzolato lievemente la manica della giacca di lino color panna, commentando: "Non sono andato all'opera."

"Hai dato buca alla signora M?" Jack non avrebbe potuto essere più felice, ma aveva fischiato piano scuotendo la testa. "Quella è stata una rottura pubblica se mai ce n'è stata una."

"Non c'era niente da rompere, comunque. Senza dubbio faticherò un po' a riavere il mio catalogo del Portland, ma ho piena fiducia in Michel."

"Ah! Che incentivo gli hai dato? La signora M è conosciuta per le sue scenate e non sarà molto contenta di te quando manderai Michel al tuo posto. Voleranno spazzole."

"Gli ho promesso che potrà andare a trovare il suo gemello mentre siamo nello Hampshire."

Jack aveva aggrottato la fronte, confuso. "Suo fratello vive nello Hampshire. Il fratello di Michel, Marc, è il major domo di tua madre."

"Già. Ha funzionato tutto perfettamente."

Jack era scoppiato in una fragorosa risata dicendo poi, con il tono più indifferente che riuscì a fingere, quando Henri-Antoine aveva preso il pacchetto: "E sei poi riuscito ad andare da Burke o hai passato l'intera serata a parlare di calamai?"

"Sì… sono riuscito ad andare da Burke. E questo risponde alla tua seconda domanda." Aveva battuto lievemente sullo sportello della carrozza con il bastone da passeggio. "Non facciamo aspettare i nostri stimati colleghi. Sono sicuro che stanno pensando più alla cena che seguirà che agli affascinanti campioni nei barattoli che ci aspettano nella mansarda del dottor Warner. Quindi prima finirà la visita, prima potremo passare alle cose serie."

Si era aperto lo sportello della carrozza e un cameriere l'aveva tenuto spalancato. Un altro aveva dispiegato i gradini. Nel vano era apparso uno dei ragazzi e Henri-Antoine gli aveva consegnato il pacchetto. Poi si era preso un momento, sentendo che Jack era irritato con lui. Un'occhiata sopra la spalla e aveva capito di avere ragione. Jack non stava più sorridendo.

"Ti delude il fatto che sia andato da Burke." Sostenendo lo sguardo dell'amico e tenendo per sé i propri pensieri aveva aggiunto dolcemente: "Potrà confortarti sapere che spesso anch'io deludo me stesso."

"E il pacchetto?"

"Ah, questo sarà compito mio, non tuo."

HENRI-ANTOINE AVEVA APPOGGIATO IL PACCHETTO SUL SOFÀ SOLO per spostarlo sul tavolino, e poi rispostarlo di nuovo nel breve intervallo mentre aspettava che arrivasse miss Crisp. Gli amministratori erano andati a fare il giro del dispensario vuoto dove gli assistenti medici del dottor Warner li aspettavano per mostrare loro la struttura. La signora Warner aveva voluto restare indietro e aspettare nella comodità del suo salotto che i gentiluomini tornassero. Henri-Antoine aveva indovinato dalle sue maniere, dal suo vestito e dall'ampio uso di cosmetici, che non entrava quasi mai, se mai vi era entrata, nel dispensario del marito. Un'occhiata al suo major domo e Michel aveva capito che cosa volesse. La signora Warner era stata subito coinvolta in una conversazione. Talmente coinvolta in qualunque fosse l'argomento sollevato da Michel, che era uscita dalla stanza con lui, seguendo gli amministratori e richiudendosi la porta alle spalle, e Henri-Antoine era stato lasciato da solo con il pacchetto chiedendosi dove metterlo.

Quando Lisa era entrata nella stanza il pacchetto era tornato sul tavolino e Henri-Antoine era in piedi accanto alla finestra e guardava la strada e la folla che si era raccolta, ma che si stava disperdendo ora che la sua carrozza si era spostata, per tornare quando l'avesse mandata a chiamare.

Si era voltato appena la porta si era aperta e aveva guardato Lisa che attraversava la stanza con un passo leggero ma deciso, con i gomiti aderenti al corpo e le mani strette sotto il seno, in quel modo che doveva esserle stato insegnato in collegio e che era così radicato in lei da diventare un'abitudine. Gli piaceva e gli piaceva il suo portamento. Ciò che lo aveva sorpreso era l'effetto che aveva su di lui vestita con un semplice vestito di cotone *indienne*. Ma non si era dato il tempo di rimuginarvi sopra, rivolgendosi a lei in modo che sapesse che era nella stanza, perché miss Crisp sembrava non aver notato che era occupata.

E quando lei si voltò al suono della sua voce e gli sorrise, lui, per la prima volta in vita sua, sentì il viso aprirsi in un sorriso di sua volontà. Non era riuscito a farne a meno, sentendosi completamente idiota. Solo i folli sorridono. Le persone sane di mente… *lui*… no. Lui era sempre padrone di sé e delle sue emozioni perché c'erano volte, le volte in cui era vittima della sua malattia, in cui non aveva nessun controllo. Eppure, e anche questa per lui era una novità, per la prima volta nella sua vita non gli importava.

"Oh!? Salve." Lisa fece una riverenza di benvenuto. "La vostra visita è una coincidenza o siete veramente uno degli amministratori della Fondazione Fournier?"

"Sono, *veramente*, un amministratore fiduciario."

Dato che Henri-Antoine sembrava incapace di spostarsi dalla finestra, e il suo bastone da passeggio era piantato sul pavimento, si avvicinò lei.

"Oh!? Davvero?" Era così sorpresa che sbottò a dirlo, per poi scusarsi immediatamente. "Perdonatemi. Non so perché dovrei esserne stupita. Ovvio che possiate essere uno di loro. Solo che sembrava fosse una coincidenza…"

"… perché speravate che fossi qui per vedere voi?"

Lisa sorrise e arrossì, ma non si tirò indietro. "Sì. Come avete fatto a indovinare?"

Lo fece ridere. Dio! Che cosa aveva che non andava? Prima stava sorridendo e adesso addirittura ridendo forte. La novità di quell'esperienza lo stordì all'improvviso.

Il rossore di Lisa si fece più cupo. Lui aveva un bel sorriso bianco quando rideva. E le faceva venire voglia di gettargli le braccia al collo e baciarlo. Ovviamente non lo fece. Tenne i gomiti aderenti al corpo e le mani unite, abbassò il mento e si voltò per andare verso il gruppo di poltrone e sofà. Ne indicò uno, dicendo, in quello che sperava essere un tono dettato dalle buone maniere, mentre si sentiva tutt'altro che calma: "Volete sedervi? Posso offrirvi del tè? Vi piacerebbe…"

"… dirmi come mai siete uno degli amministratori della Fondazione Fournier? È quello che vorreste sapere, vero, miss Crisp?" rispose Henri-Antoine avvicinandosi a lei. Allargò le falde della redingote e si sedette da un lato del sofà con un piede leggermente in avanti e il bastone da passeggio tra le ginocchia. Poi indicò il resto del divano. "Per favore. Sedetevi e ve lo dirò."

Lisa si sedette, voltata verso di lui. Non dal lato opposto del divano, ma a metà strada, di modo che fossero vicini. Non tanto da sembrare sfacciata, ma non così lontana da sembrare una signorina frigida. Poi si mise le mani in grembo e aspettò.

"*Si vous êtes d'accord, je souhaiterais vous parler dans ma langue maternelle.*"

Lisa trasalì e spalancò gli occhi azzurri. "Il francese è anche la vostra lingua madre?"

Non avrebbe dovuto essere sorpresa, ma era così. Apriva un vaso di Pandora di domande, ma non ne fece nessuna. Invece sorrise e rispose in francese.

"Sono felice di parlare con voi in francese. Anche se dovrete perdonarmi perché in casa non ho il permesso di parlarlo. Quindi, anche se capirò ciò che mi dite, sono fuori esercizio con il parlato."

"*Tout ce dont vous avez besoin, c'est de la pratique et un peu de confiance. J'espère que plus nous conversons, plus il deviendra facile pour vous. N'est-ce-pas?*"

Lisa annuì e sorrise, ma non rispose immediatamente. Non perché non avesse capito o perché non riuscisse a rispondere, ma perché aveva bisogno di un momento per ricomporsi. Ascoltarlo e osservarlo mentre il francese scivolava dalle sue labbra come miele caldo le procurava sensazioni che non capiva e che non sarebbe riuscita a descrivere in modo concreto se glielo avessero chiesto. Tutto ciò che desiderava era appoggiarsi ai cuscini, chiudere gli occhi e lasciare che continuasse a parlare, perché le sue parole le fluissero addosso, coprendola come un manto di squisita conversazione. Le venne in mente una parola che descriveva quella sensazione: euforia.

"È verissimo: più parlo francese più mi sento sicura nel parlarlo... *con voi*" disse, ripetendo ciò che le aveva detto, con l'euforia dentro di lei che si trasformava in stupidità. Strinse un po' troppo forte le dita, come se potesse impedirle di sprofondare ulteriormente in una sorta di ridicolo stordimento. "Che cosa volevate chiedermi? Oh! No! Prima voi" aggiunse con una risatina per il suo lapsus. Si chinò in avanti. "Vi siete offerto di dirmi come mai siete uno degli amministratori della Fondazione Fournier."

Henri-Antoine imitò inconsciamente il suo gesto e si chinò in avanti, dicendo: "Vedo che vi fa piacere il fatto che lo sia."

Lisa non finse di negarlo ma era anche presa da emozioni miste: sorpresa che lui vedesse chiaramente il piacere che provava; sollevata che pensasse che quel piacere derivava da un mutuo interesse nel progresso delle conoscenze mediche; e colpevole perché non stava assolutamente pensando alla fondazione ma era egoisticamente concentrata sul modo in cui lui la stava facendo sentire.

"È così, signore. Non sono sorpresa che proviate interesse per la medicina, com'è normale per chiunque abbia la vostra stessa malattia. Ogni indagine che riveli i segreti e le meraviglie del corpo umano deve dare a voi, e ad altri, qualche speranza che un giorno i medici siano in grado di offrire un trattamento efficace, se non una cura."

"Non ci sarà una cura per il mal caduco nel corso della mia vita, miss Crisp."

"E questo rende ancora più ammirevole il vostro coinvolgimento nella fondazione."

"Davvero? Potrebbe tranquillamente essere motivato dall'interesse personale."

"Come?"

"Sono interessato nello sviluppo della scienza medica per fini personali. Tutti gli altri e le loro sofferenze, perdonatemi se volete, possono andare all'inferno, per quello che mi importa."

Lisa venne decisamente in sua difesa. Tanto da portare del colore sulle guance di Henri-Antoine.

"Se fosse quello il caso, allora tutto ciò che i gentiluomini di mezzi come voi hanno bisogno di fare è aspettare che la medicina avanzi, senza alzare un dito per aiutare. Dopo tutto, siete fortunato perché potete occuparvi della vostra afflizione nella maniera più civilizzata, adottando tutte le comodità possibili. Non avete bisogno di farvi coinvolgere personalmente nel campo medico, specialmente non nel gestire un fondo di beneficenza che vuole alleviare il carico di sofferenza dei malati poveri, e gratuitamente. Inoltre" continuò, accalorandosi, anche perché lo sguardo di Henri-Antoine restava fisso su di lei, "un gentiluomo come voi non ha bisogno di mostrare interesse nei malati poveri. Ci sono tanti enti di beneficenza ai quali potreste dedicare il vostro tempo, la vostra attenzione e la vostra ricchezza, che non hanno niente a che vedere con l'assistenza dei poveri, o la medicina. Eppure, eccovi qui, un amministratore della Fondazione Fournier. E quindi non credo che intendiate mandare nessuno all'inferno, signore, men che meno i poveri."

"E io non penso che voi, miss Crisp, dobbiate preoccuparvi per la vostra capacità di parlare francese. Con un po' di pratica potrei insegnarvi a parlare come un'autoctona, tanto che nemmeno mia madre indovinerebbe che venite da questa parte della Manica e non dall'altra."

"Oh? Davvero? Ci riuscireste? Vostra madre è francese?" Chiese in fretta, intimidita dal suo complimento e perché aver menzionato sua madre rendeva la conversazione molto più personale. E, non da ultimo, perché aveva fatto tre domande una dopo l'altra. Ma capì l'assurdità della sua reazione e rise, nascondendo la bocca con la mano, e confessando: "Potreste scoprire che sono una pessima allieva, signore, perché preferirei ascoltare voi."

"Ma... Di certo i cattivi allievi sono quelli che non ascoltano...?"

Quando aggrottò la fronte, confuso, Lisa arrossì e disse con una vocina flebile, prima di abbassare gli occhi sulle mani: "Verissimo. Intendevo dire tutta un'altra cosa..."

Seguì un silenzio talmente lungo tra di loro che Lisa si obbligò ad alzare gli occhi e guardarlo in volto, scoprendo che lui la stava guardando attentamente e capì che aveva intuito il vero significato dietro la sua confessione. Henri-Antoine sorrise appena e qualcosa scintillò nei suoi occhi scuri.

"Forse dovremmo fondare una società di mutua ammirazione per francofoni... per due?"

Lisa gli restituì il sorriso e disse maliziosa: "Oh, mi unirei. A condizione che parliate solo voi."

Henri-Antoine rise e si portò immediatamente un pugno alla bocca per fermarsi.

"Vorreste dirmi come avete fatto a interessarvi alla Fondazione Fournier?" chiese Lisa sommessamente, con lo sguardo che seguiva la mano verso la bocca e notando per la prima volta che si era tolto i guanti. Aveva le dita lunghe e affusolate, le unghie curate e portava un pesante anello col sigillo sul mignolo, con incastonata una corniola intagliata con uno stemma.

"A rischio di annoiarvi..."

"Vi prego... non potreste annoiarmi" lo interruppe Lisa senza rendersene conto, con l'attenzione ancora concentrata sull'anello e il significato dello stemma. E quando lui mosse la mano e appoggiò il braccio sullo schienale del sofà verso di lei, si riprese, dicendo seriamente, in contrasto con la luce che aveva negli occhi: "Dato che ora siamo membri di questa società di francofoni appena fondata, e io mi sono unita a condizione, e aspettandomi, che parliate solo voi, devo ascoltare qualunque cosa diciate. Quindi, vedete, non mi annoierò. Inoltre" continuò sapendo che stava parlando a vanvera ma incapace di fermarsi perché lui la stava guardando in un modo strano che la rendeva felice e nervosa allo stesso tempo, "avete una voce così piacevole che potreste parlare di qualunque argomento e io ascolterei e in qualunque lingua vogliate rivolgervi a me. Anche se sono sicura che non sia una novità per voi, ricevere complimenti. E anche se vi ho sentito parlare solo in inglese e in francese, sono sicura che parliate anche altre lingue. Siete troppo eloquente per esservi limitato a due. A Blacklands ho imparato anche a leggere, scrivere e parlare nella lingua di Dante. Ma da quando sono venuta a vivere con i Warner ho avuto ancor meno possibilità di parlare in quella lingua che non in francese. Ma voi… potrei ascoltarvi parlare in francese per tutto il giorno…”

Di nuovo il silenzio si prolungò, ma questa volta Lisa non riuscì a costringersi ad alzare gli occhi per vedere la sua reazione, tale era il suo imbarazzo per essersi permessa di parlare a ruota libera. Eppure era facile cianciare in francese, con lui. Dubitava che sarebbe stata così esuberante o franca in inglese. Mantenne lo sguardo sul davanti ricamato del panciotto di lino dell'uomo, con i suoi bouquet di mughetti e i bottoni ricoperti e aspettò che parlasse. Dopo tutto, gli aveva dato il permesso di parlare senza aspettarsi un contributo da parte sua.

Henri-Antoine accettò la sua offerta.

“Non ricordo un giorno in cui non sia stato interessato alla scienza medica” disse, riflettendo. “Forse, all'inizio furono la mia malattia e il fatto di essere costantemente circondato da medici, quasi dalla nascita, a suscitare il mio interesse. Lo spogliatoio della mia stanza era una vera e propria farmacia. Ho avuto un medico che risiedeva con noi fino all'adolescenza e non sono mai andato da nessuna parte né ho fatto nulla senza le mie ombre. Ne ho tre. Una che appartiene a me e due che appartengono ai ragazzi, un nome molto più cordiale per gli assistenti-guardaspalle che mi seguono dovunque. E proprio come la mia ombra, ho imparato ad accettarli come un dato di fatto. La loro presenza mi dà un certo *cachet* in società. Un'esistenza così egocentrica è liberatoria quanto limitante.

“Sono abbastanza fortunato da avere i mezzi per potermelo permettere. Altri, la maggior parte degli altri, non avranno mai la stessa libertà. Ma non riesco a immaginare come i poveri, debilitati dal mal caduco e che devono portarne lo stigma per tutta la vita, siano capaci di funzionare nella nostra società con un qualche senso di dignità… ma la *raison d'être* della fondazione è di finanziare il progresso della scienza medica. È un fondo fiduciario per medici, speziali, chirurghi, ricercatori e i loro apprendisti. Io credo, gli amministratori credono, che il progresso della conoscenza nelle scienze mediche sia l'unico modo per alleviare le sofferenze, non solo dei poveri, ma di tutta l'umanità.

“Ma so perfettamente che i miei doveri di amministratore sono solo una goccia nel mare se paragonati a coloro che dedicano la vita a curare i poveri e che passano i giorni lavorando nelle condizioni più barbare, con le braccia affondate fino ai gomiti nei resti umani, e tutto per migliorare la nostra comprensione. Né i miei sforzi valgono il conforto e le rassicurazioni che voi date ai quei poveretti che visitano il dispensario cercando un sollievo, se non una cura, ai loro mali. Un sorriso e una parola gentile devono sicuramente alleviare il loro dolore, anche se solo per un breve momento. E per molti, è più che sufficiente a sostenerli, sapere che qualcuno pensa a loro, che qualcuno crede ai loro mali, anche se sono così egocentrici, come in effetti ero io da bambino, da scambiare il vostro sorriso e la vostra parola gentile per grande presunzione."

"Signore, siete troppo gentile..."

"Io non sono mai *troppo gentile*, miss Crisp. Né voi dovreste essere così modesta. Io attribuisco il merito dov'è dovuto... beh, lo faccio molto meglio adesso... Ora che non sono più un ragazzino petulante, viziato oltre ogni dire."

"Petulante? Mai! Viziato? Sì" confermò Lisa, con la testa piegata di lato, e sorridendo mentre lo guardava negli occhi. "Riesco benissimo a credere che da ragazzino abbiate avuto un netto vantaggio rispetto ai vostri compagni, e vuol dire che non vi viziavano solo i vostri genitori e i vostri fratelli. Sono sicura che tutti quelli con cui entravate in contatto erano fin troppo lieti di precipitarsi a soddisfare i vostri desideri. Scommetterei che anche il vostro medico, le bambinaie e le vostre ombre fossero ai vostri ordini infantili."

Henri-Antoine fece una smorfia, ma non era irritato, nonostante il tono lamentoso. "Netto vantaggio? Ordini infantili? Povero me, miss Crisp, che mai potete voler dire?"

"Oh, forza, signore! Mi state sicuramente prendendo in giro. Ve l'ho già detto."

"Non capisco minimamente a che cosa stiate alludendo" disse Henri-Antoine alzando le spalle, con i lineamenti atteggiati a ciò che sperava fosse un'espressione neutra. "E questo nonostante sia l'orglioso possessore di tre specchi a figura intera e cinque o più specchi di dimensioni minori." Quando Lisa ridacchiò, nascondendo la bocca dietro la mano, aggiunse dolcemente, chinandosi verso di lei: "Pretendo che mi diate una spiegazione più chiara di quanto intendevate dire."

Il suo tono era scherzoso, ma c'era un'intensità nel suo sguardo che la rese immediatamente diffidente e Lisa rabbrividì, deglutì e distolse lo sguardo.

"Per favore... per favore, non costringetemi" disse in inglese.

L'incantesimo si ruppe.

Henri-Antoine si rese immediatamente conto che il loro scambio di battute era andato troppo oltre per lei, che, dopo tutto, era piuttosto giovane e innocente nonostante la sua facciata di saggezza e maturità quando si occupava dei pazienti del dispensario e di lui mentre era in balia delle convulsioni. Per la seconda volta in altrettante settimane aveva perso la bussola e aveva passato il limite, ed era imperdonabile; lei aveva il potere di metterlo in agitazione. Ricordò che erano da soli e che lui era un ospite nella casa del suo tutore. Se fosse stata una giovane donna nubile della sua classe sociale, miss Crisp non sarebbe mai stata lasciata da sola con lui, in nessuna circostanza, ed era giusto.

Si appoggiò allo schienale, lasciando cadere il braccio sul ginocchio e ricordò il pacchetto. Ma non sembrava appropriato consegnarglielo in quel momento, perché lei avrebbe potuto fraintendere il suo scopo. Quindi si impegnò in una conversazione che sperava l'avrebbe messa a suo agio, perché fosse nuovamente tranquilla in sua presenza. Seguendo il suo esempio, tornò all'inglese.

"Mio nonno, il padre di mia madre, era un medico, e un parigino. Forse è da lui che ho ereditato il mio interesse per le scienze mediche... deve scorrermi nel sangue..." Meditò, con lo sguardo fisso sul pomolo tempestato di diamanti del suo bastone da passeggio. "Mio nonno, il cavaliere, era un medico dotato e, con orrore dei suoi nobili genitori, scelse di studiare medicina e non legge. Peggio ancora. Una volta laureatosi, non scelse di crearsi uno studio suo per curare quelli della sua classe sociale, ma usò il suo dono per aiutare i più poveri dei poveri derelitti nell'ospizio conosciuto come *La Salpêtrière*, dove vengono incarcerate le donne di pessima reputazione, i pazzi e quelli che soffrono di mal caduco. E non sorprende, visto che gli epilettici sono ritenuti da molti a un passo dalla follia..."

"È un pregiudizio senza fondamento. Ve lo potrà dire il dottor Warner."

"Allora lui è uno degli uomini di medicina più illuminati."

"Sì, signore. Ma perdonatemi. Vi ho interrotto mentre parlavate di vostro nonno..."

"Non vi tedierò con i particolari della sua carriera medica, anche se so che *voi* ne sareste affascinata. Mio nonno attirò l'attenzione della corte francese e fu nominato medico personale di Filippo II, duca d'Orléans, il reggente di Francia quando Luigi XV era minorenne. I miei bisnonni vissero abbastanza a lungo da vedere quel giorno, ma fortunatamente non abbastanza da essere testimoni della rovina del loro figliolo, quindi morirono contenti... ma vi prego, saltiamo a quell'incidente... Una dama di corte, una principessa tedesca sposata a un nobile francese entrò prematuramente in travaglio. Mio nonno l'assistette ma purtroppo il neonato, un maschietto, morì. Quella morte rovinò la carriera di mio nonno. Fu obbligato a lasciare la Francia. Si ritirò negli Stati Italiani dove continuò a praticare la medicina e ad allevare mia madre da solo, fino alla sua morte a cinquantanove anni. Mia madre crede, ripensando alla sua fanciullezza e a particolari episodi in cui suo padre si isolava da tutti, che stesse nascondendo la sua malattia..."

Lisa tirò il fiato, sorpresa e spalancò gli occhi azzurri. "Vostro nonno soffriva anche lui di mal caduco?"

"È ciò che suppone mia madre. Per inciso, io porto uno dei suoi nomi... i miei genitori non potevano prevedere alla mia nascita che anch'io ne avrei sofferto..." Henri-Antoine era pensieroso e poi disse con una nota di meraviglia, distogliendo lo sguardo dal bastone per guardare Lisa: "Non parlo di mio nonno da tanti anni... con nessuno... Né mi sono comportato da gentiluomo quando mi sono congedato da voi" continuò tranquillamente, vedendo che Lisa era nuovamente a suo agio in sua compagnia. "Vi chiedo di accettare questo piccolo segno, per scusarmi della mia insolita scortesia e come ringraziamento per essere venuta in mio soccorso a casa di lord Westby."

Prese il pacchetto dal tavolino e lo mise tra di loro sui cuscini del sofà.

"Per *me*?"

"Per voi."

Lisa aggrottò la fronte guardando il pacchetto legato con un nastro nero.

"Per favore, risparmiate il cipiglio fino a che lo avrete aperto, se non è di vostro gradimento."

Il cipiglio di Lisa scomparve e lei gli sorrise. "Sono sicurissima che mi piacerà, perché viene da voi. Posso aprirlo?"

Henri-Antoine agitò languidamente una mano e sospirò, anche se era segretamente contento della sua gioia palese, e insolitamente apprensivo riguardo alla sua reazione al suo dono.

"Prego. Non si aprirà da solo."

"Molto bene, allora" disse Lisa, tirando il nastro. "Ma vi devo avvertire che non sono abituata a ricevere regali..."

"È solo un piccolo segno."

"... di *qualunque* genere. Quindi potrei spargere una lacrima o due."

"Grazie per l'avvertimento. Terrò pronto il fazzoletto."

Lisa ridacchiò e poi riportò l'attenzione sul pacchetto quando il nastro si sciolse e il tessuto si aprì mostrando una scatola rettangolare di legno. Ma era talmente fuori dall'ordinario da essere straordinaria. Tanto che Lisa restò immobile, senza parole.

QUANDO LISA NON SI MOSSE, NÉ DISSE UNA PAROLA, HENRI-Antoine si chinò in avanti, preoccupato.

"Non è di vostro gusto, miss Crisp?"

Lisa scosse la testa e deglutì. Non aveva mai visto un oggetto così bello, ed era uno scrittoio portatile. Almeno era quello che supponeva, visto il coperchio inclinato e i manici che si ripiegavano ai lati, anche se non glielo aveva ancora detto né le aveva dato istruzioni sul suo funzionamento. Aveva visto alcuni scrittoi portatili ben fatti a Blacklands e aveva invidiato le ragazze abbastanza fortunate da averli. Il suo scrittoio era stato fatto da uno dei falegnami della scuola come pagamento per aver dato al figlio lezioni di scrittura e lettura. Lo usava ancora. Una semplice scatola di legno costruita usando materiali di scarto, la parte inclinata coperta da un pezzo di cuoio di recupero e le cerniere di un metallo vile. Era stata grata al falegname per avergliela fatta, perché non avrebbe avuto i soldi per comprarne una.

Ma lo scrittoio portatile sul sofà di sua cugina… era un capolavoro. Un oggetto tanto bello quanto funzionale. Un'opera d'arte, realizzata con cura per essere vista oltre che usata. Sarebbe stato bene nel *boudoir* di una gran dama, da portare con sé quando fosse partita per un viaggio nel suo splendido tiro a quattro, magari con un servitore in livrea assunto con il preciso scopo di portare e occuparsi di un simile tesoro.

Era tale la riverenza di Lisa che accarezzò esitante il coperchio, dolcemente, con la punta delle dita che scivolava sulla ricchezza rosseggiante del palissandro e il bordo intarsiato di madreperla con i fregi delicatamente sagomati e lucidati per rappresentare tralci di foglie. Il lato anteriore era intarsiato allo stesso modo e c'era anche una serratura di lucido ottone. Si chiese dove fosse la chiave, perché le prudevano le dita dal desiderio di aprirlo per vedere se era altrettanto magnifico all'interno.

Come sentendo che Henri-Antoine aveva la chiave, alzò gli occhi, velati di lacrime. In effetti l'aveva lui, ma la mise da parte per frugare nella tasca della redingote e toglierne il fazzoletto, che le tese.

"Gr-grazie" mormorò Lisa, continuando a deglutire. Si tamponò gli occhi e le guance per asciugarle. "Mi-mi dispiace. È-è *molto* bello e deve esservi costato tantissimo, quindi sono un po' sopraffatta sia per quello sia perché volete regalarmelo. Non mi sono mai aspettata alcun tipo di pagamento per avervi aiutato in un momento di difficoltà…"

"E io non vi avrei mai insultata offrendovi un pagamento, miss Crisp. Quanto al costo, ha ben poca importanza per un uomo con la mia oscena ricchezza. E questo scrittoio non era il più costoso in vendita, ma quello più di buon gusto. Spero che perdonerete la mia presunzione, ma ho pensato che fosse perfetto per voi. Ma quella è l'ultima delle mie preoccupazioni. Ciò che mi interessa è ristabilire la mia reputazione, che non ha prezzo" disse languidamente, con un tono quasi altezzoso. "Devo quindi insistere che accettiate questo segno in modo che possa sentirmi in pace con me stesso."

Il tic facciale lo tradì e Lisa sorrise e scosse la testa, per nulla ingannata dalla sua arroganza. Si era resa conto che stava facendo del suo meglio per farla sentire a suo agio.

"Molto bene, signore. Non vorrei essere la causa di ulteriore disagio per voi. Quindi accetterò il vostro regalo, *pardon*, il vostro *piccolo segno*, con gratitudine. Anche se sono stupita che sappiate che sono un'appassionata scrittrice di lettere. O forse mentre facevate le vostre indagini per conto della fondazione sul dispensario del dottor Warner avete scoperto che servo da amanuense per i poveri?"

"Un'amanuense per i poveri…? Certo! Non cessate mai di stupirmi, miss Crisp. No. Non lo sapevo. E perché i poveri hanno bisogno dei vostri servizi di scriba?"

Lisa glielo disse e non sapeva che cosa lo avesse stupito di più: che fornisse un simile servizio o che anche se la maggior parte delle persone che venivano al dispensario sapeva leggere, non sapeva scrivere. Era un ascoltatore così attento che finì per raccontargli che restava seduta nel suo angolo, con il suo scrittoio portatile, con i poveri in fila per approfittare dei suoi servizi, dettandole lettere che non sapevano scrivere da soli.

"Quindi vedete, farò buon uso di questo bellissimo scrittoio, che sarà trattato con molta cura" gli disse felice, accarezzando nuovamente la scatola con la punta delle dita, come per avere un segno tangibile che era proprio lì e che era sua.

Henri-Antoine capì che il suo regalo l'aveva fatta veramente felice e lo riempì un senso di soddisfazione, sparita la sgradita apprensione che aveva provato chiedendosi se lo scrittoio le sarebbe piaciuto, mentre il suo sguardo seguiva le dita di Lisa sul lucido palissandro e l'intarsio di madreperla.

"Sono state le vostre dita" confessò sommessamente. "Le macchie d'inchiostro... Le macchie d'inchiostro sulle vostre dita mi hanno parlato del vostro scrivere... No! Non dovete nasconderle" disse più bruscamente di quanto avesse inteso quando Lisa tirò via di scatto le dita, stringendo i pugni in grembo. "Non dovreste mai vergognarvi per i segni che indicano un lavoro onesto. Sono motivo di vanto, no? E ora che mi avete parlato dei vostri servizi come amanuense per i poveri, sono più che mai contento di me per l'adeguatezza del mio dono... perdonatemi, del *mio piccolo segno*."

"*Contento di me?*" ripeté Lisa e poi rise davanti all'assurdità di quella dichiarazione. Gli chiese dolcemente: "Com'è possibile, signore, che sappiate esattamente che cosa dire per mettermi a mio agio?"

Henri-Antoine alzò le spalle, come se non ne avesse idea, ma il suo tentativo di sembrare indifferente fallì perché non riusciva a smettere di sorridere vedendo la manifesta felicità di Lisa.

"Ah. È il momento in cui *dovrei* dirvi che ho passato anni a coltivare l'indifferenza. Ma so che non vi impressionerebbe..."

"Avete ragione. Non mi impressiona."

"... quindi devo confessare che non ho una risposta da darvi per quanto vi riguarda."

"No?"

Lisa fece il broncio, senza riuscire a nascondere il suo disappunto e Henri-Antoine si ritrovò nuovamente a sorridere. Solo che dimenticò di rimproverarsi mentalmente per il suo comportamento indulgente, chiedendole invece in tono leggero: "Vi piacerebbe che vi mostrassi la meccanica del vostro scrittoio, o preferite scoprirla da sola...?"

"Oh, sì! Sì! Per favore, mostratemi... *tutto*" lo interruppe Lisa eccitata.

Saltò giù dal sofà, si tolse le pantofole per potersi sedere sui talloni e, attenta a non stropicciare il vestito, si mise sul tappeto davanti a lui. Prima che Henri-Antoine avesse il tempo di mettere da parte il bastone da passeggio, Lisa si era sistemata, la schiena diritta, le mani in grembo con il mento in alto e gli occhi brillanti, ad aspettare le sue istruzioni.

Henri-Antoine le tese la chiave. "A voi l'onore."

Lisa annuì e si alzò sulle ginocchia per girare la piccola ma sorprendentemente pesante chiave d'ottone nella serratura. Quando Henri-Antoine piegò indietro il coperchio fino a farlo appoggiare di piatto sulle cerniere di lucido ottone, Lisa si chinò in avanti, con la bocca semiaperta, meravigliata che ciò che c'era all'interno dello scrittoio fosse ancora più lussuoso dell'involucro esterno. Con le due metà ora stese piatte, si vedeva bene la superficie di scrittura inclinata, rivestita di cuoio rosso brillante, bordata da una cornice lavorata stampata in oro. Era il posto dove appoggiare ogni singolo foglio di carta per scrivere comodamente, con la superficie di pelle inserita in una cornice d'ebano intarsiata con una filigrana di madreperla. Da un lato c'era un settore suddiviso in vari scomparti, uno per le penne, un altro per i pennini e tutti i vari accessori e da entrambi i lati il posto per un calamaio. E ce n'erano due, di vetro intagliato con tappi d'argento.

Henri-Antoine ne tolse uno dal suo posto per mostrare a Lisa come funzionava il meccanismo nel coperchio d'argento per impedire all'inchiostro di fuoriuscire e come svitarlo. Poi glielo diede perché provasse, cosa che lei fece senza difficoltà. Ma quando lui tese la mano per riprendere il calamaio e rimetterlo a posto, Lisa esitò e lo guardò meravigliata. Poi, con la voce che era poco più di un sussurro, disse: "Avete fatto incidere le mie iniziali sui coperchi."

"Sì. Avevate in mente qualcun altro...?"

Lei scosse la testa, troppo sopraffatta per dire altro, e gli rimise in mano la bottiglietta.

Poi Henri-Antoine tirò lentamente una linguetta di pelle rossa al centro del bordo superiore della superficie di scrittura e l'intera metà della scatola si sollevò come un secondo coperchio, mostrando lo scomparto che c'era sotto.

"Un posto per tenere la carta" le disse. "Ma, aspettate! Lasciate che vi stupisca ancora di più..."

"È possibile? Sono già a corto di parole."

"Si sente..." ribatté scherzoso Henri-Antoine.

Richiuse il coperchio e tirò una seconda linguetta sulla parte anteriore dello scompartimento che conteneva le penne e i calamai, e rialzò la superficie di scrittura come aveva fatto prima. Anche quella metà mostrò uno scomparto. E lui fece segno a Lisa di avvicinarsi e fare attenzione a ciò che stava facendo. Passò un dito lungo il pannello di palissandro sotto lo scomparto e, proprio mentre Lisa sbatteva gli occhi, il pannello restò tra le dita di Henri-Antoine. Lisa tirò il fiato, sorpresa e, se possibile, i suoi occhi si spalancarono diventando ancora più rotondi quando lui rimosse completamente il pannello e le mostrò il meccanismo a molla che lo teneva a posto. Quando si premeva in un determinato punto, il fermaglio si sganciava e si poteva togliere il pannello. Stava per chiedere il perché quando tutto le fu chiaro, una volta rimosso il pannello.

"Tre cassettini segreti con pomelli d'osso, ben nascosti dietro il pannello di legno. Piccoli, ma grandi a sufficienza per riporre bigliettini o piccoli pegni. E solo voi saprete che ci sono..."

"E voi" disse Lisa sorridendogli. Allungò la mano e aprì uno dei cassettini, poi provò quello dopo e infine il terzo. "Oh" disse, guardando dentro ogni cassettino con un finto sospiro di delusione. "Pensavo... Pensavo che forse potevate avermi lasciato un biglietto..."

"Un biglietto? Davvero? Questo scrittoio non basta... Oh! Ah! Vedo" borbottò, rendendosi conto troppo tardi, quando Lisa si portò una mano alla bocca per nascondere il sorriso, che lo stava prendendo in giro. Si riprese in fretta, però, dicendo languidamente, con il tono di voce che contrastava con l'allegria nei suoi occhi: "Se non avessi fatto incidere le vostre iniziali sui quei tappi d'argento, piccola ingrata, potrei pensare di restituire questo..."

"Oh, no! No!" disse fieramente Lisa, con le mani allargate gelosamente sulla superficie di scrittura in pelle. Poi le venne improvvisamente un'idea e si risedette sui talloni con la testa alta, dicendo altezzosamente: "Prego, signore, prendetelo. Anche se vi avverto che facendolo perderete ogni vantaggio e non vi sentirete più contento di voi stesso. E... *e*" sottolineò quando lui fece per parlare, continuando quando lui strinse le labbra, anche se era evidente che stava cercando di trattenere un sorriso, "potrò trarre solo una conclusione da un'azione così meschina. Che nonostante abbiate dichiarato il contrario, siete ancora petulante e viziato come quando eravate un ragazzo. Sono sicura che non è così che volete apparirmi, vero?"

Henri-Antoine scosse debitamente la testa. Poi, con un voltafaccia, annuì, facendola trasalire e facendola alzare in equilibrio sulle ginocchia, fingendosi offesa. Ma quella mossa la tradì quando perse l'equilibrio e ricadde in avanti, solo per essere afferrata per le braccia. E dopo averla afferrata, Henri-Antoine non lasciò immediatamente la presa, pur tenendola a distanza di braccia. Fissò il volto arrossato di Lisa, sparita ogni traccia di umorismo.

"È giusto che vi avverta, miss Crisp" disse piano. "La petulanza e il comportamento da marmocchio viziato restano due delle mie migliori qualità."

Lisa sostenne il suo sguardo. "Non vi credo."

Henri-Antoine la lasciò andare e si tirò indietro, con gli occhi che guardavano ovunque, eccetto lei. Lisa rimase in silenzio e ferma, con la sensazione delle dita sulle braccia che permaneva più a lungo di quanto fosse piacevole. E poi si riprese, di colpo conscia del passare del tempo.

Erano rimasti in quel salotto da soli talmente a lungo che era sicura che gli amministratori avessero avuto il tempo non solo di fare un giro completo del dispensario, ma dovevano essere saliti a ispezionare il teatro anatomico e le stanze di preparazione. E lui, chiunque fosse, perché non le aveva ancora confidato il suo nome, e lei non lo aveva mai chiesto, brillava sicuramente per la sua assenza.

Lo scrittoio portatile era ancora aperto e smontato, e quando Lisa fece per rimetterlo insieme, Henri-Antoine riprese vita e si offrì di aiutarla. Le sue maniere e il suo tono non rivelavano niente dei suoi pensieri. Lisa gli chiese di mostrarle come funzionava il fermaglio a molla per poter rimuovere da sola il pannello che nascondeva i cassetti segreti. Henri-Antoine obbedì e glielo fece rifare parecchie volte finché fu sicuro che avesse imparato alla perfezione. Quell'intervallo diede a entrambi il tempo e l'opportunità di tornare alle maniere disinvolte che avevano scoperto di apprezzare stando insieme. Tanto che quando la porta del salotto si aprì silenziosamente per far entrare uno degli amministratori, Henri-Antoine e Lisa erano così assorbiti dallo scrittoio e dalla compagnia reciproca da dimenticare tutto il resto.

Lisa era in ginocchio, con la testa sopra la scatola, che provava per l'ultima volta a sganciare il fermaglio a molla nascosto, mentre Henri-Antoine era così vicino che avrebbe potuto contare ognuna delle ciglia scure che le incorniciavano gli occhi azzurri. E mentre lui era acutamente conscio di lei, era altrettanto sicuro che lei non si accorgesse nemmeno di lui. Era completamente concentrata nell'imparare a usare la molla nascosta per mostrare i cassettini segreti e poi a risistemare correttamente il pannello. Henri-Antoine riportò in fretta i suoi pensieri al compito in questione e dopo un momento, le loro teste erano vicine mentre studiavano ogni minuto dettaglio dello scrittoio e lui si ritrovava a farle il resoconto della sua visita da Toulmin & Gale in New Bond Street, e come era tornato più tardi quella stessa notte per ritirare la scatola una volta che avevano inciso i coperchi d'argento dei calamai. Il proprietario era stato più che lieto di tenere aperto il suo negozio fino alle ore piccole per assicurarsi che lo scrittoio fosse pronto con piena soddisfazione del suo cliente.

Non meraviglia che quando qualcuno si rivolse alla coppia, entrambi sobbalzassero per la sorpresa, voltandosi insieme verso la porta.

"Chiedo scusa per l'interruzione, ma hanno bisogno di noi di sopra" disse in tono leggero Jack a Henri-Antoine.

Aveva aspettato che il suo miglior amico finisse di raccontare della sua visita a Toulmin & Gale, avendo così anche il tempo di osservare la ragazza inginocchiata sul tappeto ai piedi di Henri-Antoine. Non l'avrebbe riconosciuta dal loro breve incontro nel corridoio nella casa di Westby. Era stato distratto dallo stato di salute di Henri-Antoine per notare molto di lei, eccetto che era giovane e carina e fin troppo sicura di sé per una ragazza in una situazione simile. Una tale padronanza di sé gli ricordava sua zia Deb, e lui non aveva mai pensato di poter incontrare un'altra donna così simile alla duchessa di Roxton.

Alla luce del giorno, con le guance delicatamente tinte di rosa e gli occhi brillanti, vestita con un semplice vestito di cotone a fiori che aderiva alle lunghe braccia snelle e alla figura sottile, quella ragazza era perfino più carina di come aveva inizialmente pensato. E poi lei gli sorrise, riconoscendolo, e il bel sorriso le illuminò il volto. Si corresse mentalmente: non era carina, era bella, bella e solare come una giornata di primavera.

"Salve" disse Lisa cercando di alzarsi in piedi e permettendo a Henri-Antoine di aiutarla. Si lisciò le sottane, si guardò attorno cercando le pantofole, se le infilò sui piedini e attraversò la stanza per fare una semplice riverenza per salutarlo. "Oggi è una giornata piena di sorprese. Siete anche voi uno degli amministratori?"

Jack fece un inchino, e non poté fare a meno di sorridere. "Sì. Mi dispiace solo che in ottemperanza alle condizioni della nostra visita non possa presentarmi correttamente, signorina... signorina...?"

"Crisp. Non importa, nemmeno il vostro amico Harry si è presentato..."

"Che diavolo...!" esplose Henri-Antoine, senza riuscire a contenere la sua incredulità. Era completamente sconcertato e il sorriso idiota di Jack non aiutava certo a calmarlo. Si avvicinò a loro e, ignorando Jack, si rivolse a Lisa: "Da quando sapete..."

"... il vostro nome? Dalla mia visita a casa di lord Westby. Jack..." Guardò Jack. "È così che vi chiamate, vero, signore?" Quando lui annuì, continuò: "Jack vi ha chiamato Harry quella sera e quindi ho immaginato che fosse il vostro nome."

Per ragioni che non riusciva a capire non era contento di sentire il nome suo e quello di Jack uscire dalle sue labbra con tanta familiarità. Diverso era sentirsi a suo agio con lei quando erano in privato, anche se pensarlo lo mise a disagio a causa del suo scivolone sociale, ed era irritato con Jack per l'interruzione, e con lei per aver messo a repentaglio la sua capacità di giudizio. Quindi tentò di ristabilire l'ordine, il modo in cui doveva svolgersi la sua vita, e fallì miseramente.

"Quello non è il mio nome" dichiarò freddamente. "Così è come mi chiama *lui*. E Jack non è il suo nome, è come lo chiamo *io*. Quindi toglietevi dal volto quel sorrisino soddisfatto e no, non potete rivolgervi a noi in termini così familiari…"

"Aspetta, Harry" disse Jack, correndo in difesa della ragazza. "Jack è come mi chiamano tutti. E non sono l'unico che ti chiama Harry. Lo fa la maggior parte della tua famiglia, eccetto tua madre, e…"

"Stanne fuori!" esclamò Henri-Antoine, senza distogliere lo sguardo da Lisa.

Jack alzò le braccia in segno di resa e fece due passi indietro. Ma non avrebbe dovuto preoccuparsi di difenderla, perché Lisa non era per nulla agitata. In effetti, se si era sentito un intruso entrando nella stanza, di certo ora sapeva di esserlo, guardando quei due che argomentavano. Ma mentre lei sembrava godere di ogni minuto, Henri-Antoine sembrava essere sempre più a disagio man mano che passavano i secondi. Se qualcuno gli avesse raccontato quella scena non avrebbe pensato che fosse possibile, non di Henri-Antoine, che aveva sempre pensato di conoscere meglio di chiunque altro… apparentemente non era così.

"Siete irritato perché volevate dirmi voi il vostro nome, e ora non potete" rispose Lisa a Henri-Antoine. "Anche se non capisco perché vogliate tenerlo segreto… e non potete usare le norme della Fondazione Fournier come scusa. È la vostra seconda visita. E io sono stata tanto gentile da darvi il mio nome la prima volta…"

"Ma non la vostra età. Non mi avete ancora detto quanti anni avete. Né capisco che cosa ci sia da sorridere" brontolò. "Io sono completamente serio."

Lisa fece un passo avanti in modo che Jack non potesse sentirla. "Sì, lo vedo. E usare due delle vostre *migliori qualità* per cercare di piegarmi al vostro volere non funzionerà. Non mi lascerò costringere da mezzi così subdoli."

Nonostante le migliori intenzioni di restare severo, Henri-Antoine si rese conto in fretta di non riuscire a inventarsi una difesa contro di lei.

"Voi, miss Crisp, siete una sfacciata senza vergogna" disse languidamente e dolcemente, guardando il volto sorridente di Lisa, alzato verso di lui. "Né riuscirete a costringere *me*, con tutta la vostra dolcezza e la vostra luminosità. Sono stato scottato troppe volte e sono immune da queste astuzie femminili."

Lisa lo guardò sbattendo gli occhi. "Non sono del tutto sicura di capire che cosa volete dire, signore."

Le credeva. Ed era probabile che si sarebbe scottato con lei, se fosse rimasto nell'orbita della sua fiamma molto più a lungo. Provava un desiderio così forte di prenderla tra le braccia e baciarla… Quel pensiero lo strappò dai suoi sogni a occhi aperti. E anche se tornò a rendersi conto di chi e di dov'era, continuò a sentirsi leggermente inebriato. Si chiese se non fosse l'inizio di un'imminente crisi epilettica, tanto si sentiva disorientato, con il cervello in pappa. Ma la sensazione era diversa da qualunque cosa avesse mai provato in passato ed era ciò che lo disturbava di più. Tanto che si voltò e andò alla finestra. Aveva bisogno di spazio e tempo per riuscire a decidere se aveva bisogno di congedarsi e mandare a chiamare i ragazzi.

La porta della stanza si aprì ed entrò Minette Walker e con lei c'era Michel Gallet. Lei agitava il ventaglio e stava dicendo qualcosa da sopra la spalla, rispondendo al major domo. Ma quando si voltò verso la stanza e le si pararono davanti sua cugina e due gentiluomini, il sorriso svanì. Il volto si arrossò e la sua bocca si strinse in una linea severa. Guardò Lisa, diede un'occhiata a Jack, poi una a Henri-Antoine, poi fissò il sofà e la bella scatola di legno con gli intarsi di filigrana appoggiata su un pezzo di tessuto e un nastro nero.

"Mi sorprende che tu stia intrattenendo i nostri ospiti in mia assenza, Lisa" disse Minette Walker con un sorriso acido. "Puoi tornare nella tua stanza, dove ti avevamo detto di restare, per finire di fare i bagagli per il tuo viaggio. E accertati di toglierti quel vestito. Non vorrai rovinarlo prima di arrivare a destinazione. Il cotone è fragile, sottile, dato che è stato indossato molte volte prima da Henriette. Potresti aver già fatto dei buchi nel tessuto."

Lisa fece una riverenza, imbarazzata per essere stata sorpresa da sua cugina, anche se non aveva fatto niente di male e mortificata che Minette avesse discusso apertamente il fatto che il suo vestito era di seconda mano, e davanti a un gentiluomo che era sempre vestito con l'eleganza sartoriale di qualcuno che andasse a un ballo. Comunque, tutto ciò che poteva dire sarebbe sembrato futile, ed era la casa di sua cugina e lei ne era un membro solo per buona grazia dei Warner. Quindi restò in silenzio e andò a prendere il suo scrittoio dal sofà.

"Lascialo. Sono sicura che non può essere tuo..."

"Perdonate l'interruzione, *madame*" disse Henri-Antoine con gelida cortesia. Non sapeva che cosa gli stesse facendo ribollire di più il sangue: il tono condiscendente con cui questa donna stava parlando a una ragazza che viveva sotto il suo tetto, che chiaramente non era una domestica, o guardare la luce svanire dagli occhi di Lisa mentre la rimproveravano. "Lo scrittoio appartiene effettivamente a miss Crisp. Senza dubbio ne farà buon uso nei suoi doveri come amanuense..."

Minette Walker rimase così sorpresa che dimenticò le buone maniere e disse in tono di scherno: "Non credo proprio che scrivere lettere per i poveri richieda un'attrezzatura così costosa e ornata. E sono sicura che mi scuserete se vi faccio notare che, dato che Lisa non è maggiorenne, non le è permesso accettare doni da persone sconosciute al suo tutore."

Henri-Antoine chinò la testa con estrema educazione con un sorriso appena accennato. A Jack non piacque quel sorriso e aspettò che il suo amico andasse all'attacco. E se non l'avesse fatto Henri-Antoine, era pronto a farlo lui per rimettere al suo posto quella creatura.

"Sono sicuro..." cominciò a dire Henri-Antoine e fu scortesemente interrotto.

"Ecco, Lisa, ora vai."

"...sono sicuro che non possiate aver riflettuto sulla vostra risposta" dichiarò Henri-Antoine, completando la frase. "Né vi posso scusare per aver sottolineato l'ovvio, o per aver avanzato l'illazione che ci fosse qualcosa di sconveniente nel dono." E mentre Minette Walker apriva e chiudeva la bocca, cercando le parole per reagire a quella reprimenda, si voltò verso Lisa e disse in tono tranquillo: "E quando avrete riposto lo scrittoio portatile, miss Crisp, tornate a raggiungerci in sala da pranzo. Gli amministratori potrebbero avere alcune domande da farvi riguardo i vostri compiti nel dispensario."

Lisa si fermò davanti a lui, dopo aver frettolosamente riavvolto la scatola che ora teneva stretta al petto.

"Sono già nei guai più di quanto possa facilmente spiegarvi per essere venuta qui in salotto" sussurrò.

"Gli stessi guai in cui vi sareste trovata se foste venuta alla mia carrozza quando vi ho mandato a chiamare la prima volta?"

Lisa annuì. "E non farete altro che aggravarli facendomi partecipare a una cena a cui non sono stata invitata."

"Invoco il mio diritto di richiederlo come amministratore. E se il buon dottore e quel drago di sua moglie vogliono che la fondazione sovvenzioni le loro attività, allora non obietteranno alla vostra presenza a cena."

Lisa insistette.

"Signore, questa è una battaglia da cui vi chiedo di ritirarvi. Non obbligatemi a partecipare. Ci sarebbero delle... conseguenze... E domani partirò per un viaggio, il che darà almeno il tempo a mia cugina di perdonare, se non dimenticare, la mia infrazione."

Henri-Antoine la guardò negli occhi. Lisa non li sbatté né distolse lo sguardo. "Se è ciò che desiderate."

"Sì, signore."

"Molto bene. Allora rinuncerò alla vostra compagnia... Starete via a lungo?"

"Due settimane."

"Saranno due settimane piacevoli?"

Il sorriso di Lisa tornò. "Sì. Parteciperò al matrimonio di un'amica."

"Che coincidenza. Anch'io." Indicò con la testa Jack. "È lui che convola a nozze."

Lisa si voltò a guardare Jack, poi tornò a guardare Henri-Antoine spalancando gli occhi, come se avesse avuto un'idea troppo bella per essere vera. Il tic facciale di Henri-Antoine tornò mentre la guardava. Si fissarono e Lisa capì che anche lui stava pensando alla stessa cosa. Dirlo a voce alta era inutile. Il sorriso nei loro occhi era sufficiente a comunicare quel pensiero così bizzarro: non sarebbe stata la coincidenza più meravigliosa che si potesse immaginare se entrambi avessero partecipato allo stesso matrimonio!?

Non potevano sapere che il loro desiderio stava per avverarsi, portando con sé gioie e tribolazioni che nessuno dei due avrebbe potuto prevedere, ma che avrebbero alla fine cambiato per sempre le loro vite.

DODICI

Era ancora buio quando Lisa e Becky furono svegliate e si prepararono per essere portate alla locanda Bell Savage a Ludgate Hill, dove avrebbero preso la diligenza per Southampton, per andare nello Hampshire. Una carrozza a nolo le aspettava per strada e i loro bagagli erano già stati sistemati. Quindi si spruzzarono un po' d'acqua fredda sul volto, si pettinarono e si vestirono. Indossati mantelli, cappelli e guanti scesero al pianoterra per salire sulla carrozza, scoprendo che il dottor Warner si era unito a loro, le stava aspettando e diede l'ordine al cocchiere di partire.

"Io... noi... la signora Warner e io, non potevamo in buona coscienza permettervi di partire da sole" confessò. "Saremo molto più tranquilli se vedrò con i miei occhi che siete sulla diligenza, al sicuro all'interno, accomodate nei posti per cui abbiamo comprato i biglietti e che avete tutto il necessario per un viaggio piacevole."

"Grazie, signore. Siete molto gentile" rispose Lisa, nascondendo uno sbadiglio dietro la mano guantata. Si sforzò di essere più sveglia di quanto fosse in realtà. "Devo confessare di essere un po' apprensiva circa il viaggio, ma specialmente sul trovare la strada nella locanda. Quindi la vostra sollecitudine è veramente gradita. Una volta che ci saremo sistemate sulla diligenza saremo sicuramente meno in ansia e in grado di goderci il panorama, appena sorgerà il sole. La locanda sarà molto affollata a quest'ora?"

"Affollata? Oh, parola mia, lo sarà, e molto" rispose seriamente il medico, infervorandosi. "Le diligenze notturne arrivano nel cortile proprio a quest'ora, mentre quelle diurne, con i cavalli freschi, partono

per tutte le direzioni. La locanda in sé è un edificio di dimensioni notevoli che può vantare quaranta stanze e oltre cento cavalli nelle scuderie.
Non solo ci sono diligenze che vanno e vengono, ma anche carri carichi
di ogni genere di mercanzie diretti alle contee, talmente pesanti che
richiedono dei tiri a otto per trascinarli. E quelli che hanno più soldi
che buonsenso noleggiano veicoli privati per portarli dove piace a
loro..."

Lisa si chiedeva come potesse essere così sveglio, visto che sicuramente aveva dormito poco, dopo un pomeriggio pieno e la cena con gli
amministratori della Fondazione Fournier. E sapeva che, la sera, il
dottor Warner passava sempre qualche ora a scrivere i suoi appunti o a
progettare nuovi esperimenti o altro nel laboratorio nella mansarda. Ma
era lì, alle tre del mattino, come se fosse mezzogiorno, e ciarliero, come
sempre con lei. Lisa fece del suo meglio per concentrarsi su ciò che le
stava dicendo.

"E se non bastasse a stupire perfino i viaggiatori più navigati" disse,
continuando a parlare della locanda, "ci sono gli stallieri che urlano da
una parte all'altra del cortile mentre entrano in azione quando arriva
una diligenza, e quelli che lavorano nella locanda che vanno avanti e
indietro con bagagli e rinfreschi per i viaggiatori e i cocchieri. E c'è un
gruppo di ragazzi che, per una piccola mancia, gira per il cortile indirizzando i viaggiatori al veicolo giusto, aiuta a portare i *portemanteau*, se
glielo si consente, e cerca di vendere ai viaggiatori un'arancia per il
viaggio a un prezzo esorbitante. Quando i venditori di arance e mele,
tortini caldi e pane reclamizzano i loro prodotti sulla strada a metà del
prezzo!" Sembrò riflettere. "È un posto talmente indaffarato e rumoroso che non sorprende che vi capitino spesso degli incidenti... Molti
anni fa, prima che sposassi la seconda signora Warner e mi trasferissi a
Gerrard Street, avevo uno studio a Ludgate Hill... Ricevetti il cadavere
di un ragazzo dalla locanda Bell Savage, ancora caldo. Era stato preso
tra un carro a pieno carico che usciva dal cortile e il muro, e schiacciato
contro l'arcata... La parte inferiore del torace appiattita, entrambe le
gambe spezzate, i piedi tranciati dalle ruote... Morto quasi all'istante.
Grazie a Dio. Dissero che aveva dieci anni, che era piccolo per la sua
età, ma secondo me non poteva avere più di sei anni. Cranio perfetto
con denti eccellenti e quelli permanenti che dovevano ancora spuntare
ed erano ancora nella mascella. Il teschio del giovane William mi aiuta
ancora nelle mie lezioni..."

"La visita degli amministratori e la cena sono state un successo,
signore?" chiese Lisa, sperando che smettesse di parlare di cadaveri e
crani perfetti. Perché anche se lei era abituata a conversazioni simili
durante la colazione, Becky non lo era. Gli occhi della ragazza erano

sgranati per l'orrore, e se era stata torpida per il sonno quando erano partiti sulla carrozza, di certo non lo era più adesso. "Pensate che siano stati debitamente impressionati...?"

"Visita? Cena? Amministratori? Sì!" rispose il dottor Warner, opportunamente distratto dall'argomento. "Ho avuto una discussione molto produttiva con i miei colleghi, i dottori Willan e Blizard. Ho visto che erano un bel po' invidiosi delle strutture che offro ai miei studenti di anatomia, e fa ben sperare per il loro rapporto. E il dottor Bailey è un medico molto distinto, con le maniere di un gentiluomo. Lo avevo già sentito dire, ma essere alla sua presenza lo ha comprovato. E non mi meraviglia! Una volta era il medico personale di niente meno che quell'illustre personaggio del quinto duca di Roxton, un vecchio aristocratico formidabile..."

"... marito della duchessa di Roxton, di cui zia de Crespigny era la cameriera personale?"

"Proprio lui. Puoi immaginare come questa notizia abbia fatto piacere alla signora Warner. È stato molto gratificante per entrambi noi avere un tale gentiluomo a cena alla nostra tavola, una persona familiare con la famiglia di Sua Grazia. Naturalmente era molto circospetto riguardo agli anni passati con il duca e non è stato possibile parlarne, in effetti era piuttosto diffidente, nonostante gli sforzi della signora Warner per farsi raccontare qualche piccolo aneddoto."

"Sono sicura che la cugina Minette abbia fatto del suo meglio, signore" disse Lisa con tutta la serietà che riuscì a infondere nel suo tono, e tutto per evitare di alzare gli occhi al cielo immaginando gli sforzi di sua cugina a tavola per cercare di invogliare il dottor Bailey a parlare dei suoi anni come medico di un duca, e non uno qualsiasi, ma il duca di cui la madre di sua cugina era stata al servizio. E senza dubbio la cugina Minette aveva trovato il momento opportuno per raccontare a lui e agli altri amministratori, tutto ciò che poteva del suo legame con la famiglia ducale. Non si era probabilmente fatta benvolere da nessuno.

Il dottor Warner si chinò in avanti con un sorriso. "E devo dirti qualcosa riguardo allo stimabile gentiluomo con il profilo di un imperatore romano che si è preso la briga di parlare con te in salotto, che sono certo ti impressionerà, come ha impressionato me."

"Sì, signore?" chiese Lisa, facendo del suo meglio per apparire seria. Solo che questa volta era perché sentiva le guance che si scaldavano alla menzione di colui che non le aveva ancora detto il suo nome, anche se sapeva che Jack lo chiamava Harry. Non credeva che il dottor Warner avesse scoperto come si chiamava... "Che cosa avete saputo?"

"Solo che ha conosciuto personalmente il dottor Lazzaro Spallanzani!"

Lisa si sentì delusa e incuriosita insieme.

"Il dottor... Spallan... Spallanzani...?"

"Proprio lui! Immagina!"

"Vorrei poterlo fare, signore. Dovrete dirmi qualcosa di più di lui."

"Spallanzani è un grandissimo insegnante e una delle menti più brillanti del nostro tempo. La sua teoria della generazione spontanea dei microbi è veramente illuminante. Ma i suoi lavori migliori sono nel campo della fecondazione e i processi della digestione umana. È stato nominato membro della nostra Royal Society per i suoi contributi alla scienza."

"E sembrerebbe un onore meritato grazie al suo lavoro scientifico" aggiunse Lisa, senza essere in grado di contribuire alla discussione con un qualunque tipo di conoscenza scientifica. Un'occhiata a Becky, che aveva fatto una smorfia di disgusto alle parole *digestione umana*, e dovette nascondere un sorriso. "E uno degli amministratori ha avuto l'onore di conoscerlo, avete detto?"

"Non solo uno, due. Mentre facevano il Grand Tour, entrambi i gentiluomini decisero di visitare il buon dottore. Anche se fu il gentiluomo con il volto da imperatore romano il catalizzatore della visita. Ha un profondo interesse per le materie scientifiche e mediche."

"Ed è quello forse il motivo per cui è uno degli amministratori della Fondazione Fournier...?"

"Esatto! Sì! Senza dubbio" rispose il medico, di ottimo umore, solo per tornare di colpo serio. Si sporse in avanti e le chiese in tono cospiratorio: "Per caso, ti ha detto il suo nome...?" Quando Lisa scosse la testa, aggiunse con un cenno della testa: "È quello che pensavo. Ma la signora Warner se l'è chiesto e desiderava che te lo chiedessi... Ha notato che portava un anello..."

"... con incastonata una corniola incisa con uno stemma."

"Proprio quello! La signora Warner ha riconosciuto immediatamente lo stemma della famiglia Hesham, il cui capo è il duca di Roxton. Ha detto che lo avrebbe riconosciuto ovunque perché lo aveva visto sulla fiancata della carrozza della duchessa di Roxton quando era andata a trovare sua madre, in occasione..."

"È un membro della famiglia del duca di Roxton!?" esclamò Lisa prima di riuscire a fermarsi.

"Spiegherebbe perché porta un anello simile. Chi se non un membro della famiglia oserebbe farlo? E se è così, spiegherebbe il suo legame con il dottor Bailey, e il motivo per cui è uno degli amministratori... Ah! Eccoci arrivati! Ora, prima di scendere, devi prendere questo" disse e le consegnò un pacchetto che Lisa non aveva notato ma che era stato appoggiato sul sedile accanto a lui. "Il tuo nuovo scrittoio portatile…"

"Il mio nuovo scrittoio portatile?" lo interruppe Lisa, che stava ancora riflettendo sul proprietario dell'anello d'oro con la corniola, e chiedendosi quale potesse essere il suo rapporto con la famiglia Hesham. "Perdonatemi, signore, ma la signora Warner ha detto che dovevo lasciarlo a Gerrard Street, perché era troppo di valore…"

"Sì, ma io mi sono opposto alla sua decisione, perché era sbagliata. Tu devi avere il tuo regalo. È un magnifico aiuto per la scrittura e questo viaggio è l'occasione perfetta per usarlo. Mi sono anche preso la libertà di riempirlo con qualche foglio di carta, le tue penne e ho riempito i calamai… Ah! Che c'è? Povero me! Povero me! Non è il caso di essere sconvolta, carissima ragazza" disse con una risata nervosa quando Lisa gli buttò le braccia al collo e lo abbracciò, biascicando i suoi ringraziamenti contro il colletto risvoltato della sua giacca. Le batté sulla spalla, si tirò indietro e mise lo scrittoio, avvolto in una borsa di tela, tra le mani di Lisa, aggiungendo con un sorriso: "Niente lacrime, Lisa. Ti godrai questi giorni con la tua compagna di scuola. Capito?" Quando Lisa tirò su col naso e annuì, il dottor Warner sorrise e le diede un buffetto sulle guance arrossate, si frugò nella tasca della giacca e poi le premette nella mano un sacchettino di velluto. "Potresti averne bisogno durante il viaggio. Usalo saggiamente. Ora, svelta, mettilo via, in una tasca sotto le gonne, se ne hai una…"

"Signore, c'è troppo qui dentro" disse Lisa con una vocina sottile, sentendo il peso del sacchetto. Quando il medico agitò una mano con indifferenza, Lisa cercò in fretta sotto il mantello l'apertura nelle sottane, trovando la tasca che aveva legato in vita. Ripose il sacchetto e tolse la mano per stringere lo scrittoio, dicendo con un sorriso lacrimoso: "Grazie, signore. Siete troppo gentile e troppo generoso."

Il dottor Warner si chinò per sussurrarle all'orecchio: "Ci sono quindici scellini e qualche pence. Dai la mancia corrente al cocchiere e alla guardia, un po' di più se ti faranno qualche gentilezza. Procurati dei rinfreschi per te e Becky…"

"Ma, signore, la cuoca ci ha dato delle mele e delle arance e abbiamo il pane, i biscotti alle mandorle e la torta all'arancia. Becky ha tutto nella sua borsa. Non avremo bisogno…"

"Se non adesso, potresti averne bisogno più avanti…"

Lisa lo guardò sbattendo gli occhi, che erano pieni di lacrime. "È troppo, signore."

Il medico sorrise, sorprendendola. "Non è nemmeno lontanamente sufficiente per tutte le ore che hai passato nel mio dispensario, aiutando e confortando i pazienti. Non credere che non mi sia accorto dei tuoi sforzi. Nel dispensario e" aggiunse con una risatina, quando spalancarono lo sportello, "a colazione quando io sono più loquace! Ora vediamo di accompagnarvi alla diligenza per Southampton."

Il cortile della locanda era rumoroso e affollato come l'aveva descritto il medico. Il rumore perfino più assordante e frastornante, il movimento di animali, persone e veicoli più febbrile e frenetico, se possibile. Li avevano lasciati in mezzo al cortile della locanda. Entrambe le ragazze alzarono immediatamente gli occhi sull'altezza dell'edificio, con due piani di balconate aperte lungo entrambi i lati. La gente andava e veniva per tutta la loro lunghezza e gli ospiti erano affacciati alle balaustre a guardare l'attività di sotto, tutto sotto il bagliore di centinaia di torce.

Era tale la loro meraviglia che si sarebbero perse se il dottor Warner non avesse preso Lisa per il braccio e lei a sua volta non avesse preso quello di Becky. Poi si mossero come un serpente attraverso il trambusto di passeggeri e servitori che sembravano andare in tutte le direzioni, seguendo quattro ragazzini che portavano i bauli di Lisa e Becky tra di loro, facendo strada mentre andavano, urlando a pieni polmoni *Fate largo*! *Fate largo*!

Arrivarono in fretta davanti a una grande diligenza con il tetto coperto di bagagli e i passeggeri che viaggiavano all'esterno sul punto di salire a bordo. Si stavano occupando dei cavalli, il cocchiere non era ancora salito a cassetta, quindi c'era ancora tempo perché le due ragazze si sistemassero. Dentro la carrozza c'erano già tre individui, marito, moglie e tra di loro un ragazzino, non molto più vecchio del povero giovane William quando aveva perso la vita e il suo teschio era diventato un accessorio didattico per il dottor Warner.

Il medico stava parlando con il capo facchino e l'uomo lo stava ascoltando con tutta la serietà di qualcuno che stesse parlando con un duca. Diede un'occhiata a Lisa e Becky, di fianco al medico, annuì e poi Lisa vide il dottor Warner mettere qualcosa in mano all'uomo, senza dubbio una moneta per la sua collaborazione, e l'uomo annuire e sorridere, togliendosi il cappello per confermare. Poi misero a bordo i bauli di Lisa e Becky, ma non sul tetto con il resto dei bagagli, ma all'interno, sotto il sedile dove si sarebbero sedute. Con i loro bagagli sistemati e il sedile rimesso a posto, Lisa e Becky furono invitate a salire. Non mancava molto a che il cocchiere salisse a cassetta e, con i passeggeri all'aperto seduti, il viaggio potesse cominciare.

Becky si affrettò a salire, Lisa si voltò ad abbracciare il dottor Warner per ringraziarlo.

"Vi scriverò, così saprete che siamo arrivate sane e salve."

"Fallo, mia cara. Se avrai tempo. Ma non perdere tempo a scrivere a noi. Goditi ogni minuto del tuo soggiorno, potrebbe essere l'unica volta in cui avrai la possibilità di frequentare gente di rango così elevato e visitare un posto meraviglioso come Treat, se la descrizione della signora de Crespigny è veritiera. Ricorda tutto ciò che vedrai e farai. Scrivilo. Lo condividerai con noi al tuo ritorno. La signora Warner non vede l'ora di sentirlo."

Lisa sorrise e annuì, gli baciò in fretta la guancia e con una veloce occhiata alle sue spalle, salì sulla carrozza. Chiusero lo sportello dietro di lei prima che si fosse seduta, mentre sistemava lo scrittoio portatile nella sua borsa di tela sul sedile tra lei e Becky. Non ci dovevano essere altri passeggeri all'interno, quindi avevano l'agio dello spazio, e Lisa sapeva di dover ringraziare il buon dottore per quel piccolo lusso. Fece un cenno di saluto alla coppia e al loro figliolo e loro restituirono il cenno, ma avevano un'espressione così cupa e lei era troppo stanca e sopraffatta per impegnarsi in una conversazione, quindi rimase in silenzio. Si concentrò invece su ciò che accadeva all'esterno, e sia lei sia Becky sobbalzarono quando i passeggeri cominciarono a salire sul tetto e la diligenza dondolò avanti e indietro con il movimento. La coppia davanti a loro sorrise consapevole, senza dire nulla, come se per loro non fosse una novità.

Lisa cercò il dottor Warner, ma era perso nella folla di passeggeri che spingevano, quelli che volevano salire a bordo e quelli che erano scesi per andare per la loro strada. Senza dubbio il medico voleva tornare a casa il più presto possibile, alla sua colazione, il suo giornale e la sua giornata nel dispensario e forse prima che sua moglie sapesse dov'era andato. Lisa era sicura che l'avesse accompagnata senza che la cugina Minette ne fosse al corrente. E Lisa gliene sarebbe stata grata per sempre. Si chiese quando gli avrebbero fatto sapere se la sua richiesta di sovvenzione era stata accettata o respinta. E quello la fece pensare al bel gentiluomo con il profilo di un imperatore romano e al suo legame con la famiglia Hesham. Non la sorprendeva che fosse membro di una famiglia ducale. Aveva il portamento, le maniere e l'arrogante sicurezza di sé, e a giudicare dai suoi vestiti e accessori, anche la ricchezza di un duca. Ma il duca di Roxton era il primo duca del regno. Non aveva solo la ricchezza e il potere, era l'epitome di entrambi. E questo rendeva più oscuro il mistero del legame del gentiluomo con quell'illustre nobiluomo. Ma più di tutto si stava chiedendo se l'avrebbe mai rivisto. Come a volere una prova tangibile che lui l'avrebbe cercata ancora, appoggiò la mano sullo scrittoio, sentendosi un po' confortata al pensiero che forse non lo aveva visto per l'ultima volta.

Ma il primo pensiero che le agitava la mente mentre finivano gli ultimi preparativi sui cavalli, la carrozza e il cocchiere, era che stava per riunirsi a Teddy. Le sembrava ancora un sogno, nonostante fosse seduta dentro una diligenza sul punto di lasciare la locanda. Il pensiero la fece sorridere e si rannicchiò nel suo angolo, ancora conscia del trambusto e dell'attività nel cortile, che però stava lentamente diventando un ronzio uniforme. I tonfi sopra la sua testa erano cessati, quindi anche i passeggeri all'esterno erano pronti alla partenza. Poi finalmente la carrozza si mosse quando i cavalli cominciarono a tirare e il veicolo balzò in avanti, mentre il cocchiere manovrava i cavalli dietro una fila di carrozze tutte in attesa di passare sotto l'arcata. Ciascuna avrebbe preso la sua strada nei dintorni di Ludgate Hill e poi tra le vie della città che non dormiva mai, con la carrozza per Southampton diretta a sud-ovest in una campagna che per entrambe le ragazze era una novità e che non vedevano l'ora di ammirare.

Finalmente Lisa e Becky erano per strada.

Quando Lisa si svegliò, la carrozza si era lasciata la città alle spalle. Lei non aveva idea di quanto avesse dormito, anche se aveva una vaga idea che la carrozza si fosse fermata parecchie volte, c'erano stati tonfi sopra la sua testa e gente che scendeva e si arrampicava di nuovo. Ma era stata troppo stanca e assonnata per svegliarsi completamente. Becky dormiva ancora nel suo angolo, ma la coppia davanti a loro era ben sveglia, con il ragazzo con gli occhi chiusi, appoggiato a sua madre, che gli teneva un braccio attorno.

Lisa era ancora stanca, ma abbastanza sveglia da dare un'occhiata fuori dal finestrino al cielo mattutino, che era striato di nuvole. Eppure era una bella giornata di sole, senza accenno di pioggia. Era di buon auspicio per un buon viaggio su strade senza fango e per i passeggeri che viaggiavano sul tetto, che avrebbero continuato ad avere i vestiti asciutti, senza che la pioggia aggravasse la disgrazia di dover viaggiare all'aria aperta.

Dappertutto lungo la strada si vedeva il verde fresco dell'estate, nelle siepi divisorie, gli spazi aperti sulle dolci colline e nelle foreste più lontane. Con sorpresa di Lisa, la strada non era deserta, ma c'erano tutte le ragioni perché fosse affollata, dato che la diligenza stava percorrendo la strada per Portsmouth, una delle arterie più frequentate nel regno e sarebbe rimasta su quella strada fino a Guildford e al cambio di cavalli. E mancavano ancora ore a quella città. La maggior parte dei viaggiatori che superarono era a piedi e diretta verso la città. Probabilmente avevano camminato per tutta la notte. Passarono alcuni uomini a cavallo. E poi la diligenza si spostò di lato per superare un carro aperto trainato lentamente da otto cavalli, pieno di uomini che gozzovigliavano.

"Marinai diretti alle loro navi" dichiarò la donna, rispondendo al cipiglio di Lisa quando si appoggiò di nuovo allo schienale. "Passeranno tre giorni buoni prima che vedano il porto, e quando raggiungeranno le loro navi, rimarranno in mare per mesi."

"Grazie. Capisco perché si stiano divertendo mentre sono a terra…"

Ci fu un lungo silenzio, ma Lisa sentì che la donna la stava ancora fissando, come cercando di inquadrarla. Capì di aver ragione quando la donna le chiese: "Se non vi dispiace che facciamo conversazione, voi e la vostra amica arriverete fino a Southampton?"

"No, scenderemo ad Alston."

"Alston? Oh, è un bel villaggio, in una bella parte dello Hampshire. Non è vero, marito?" aggiunse a voce alta, con poco riguardo per suo figlio o per Becky, che stavano ancora dormendo. Se prima il marito stava sonnecchiando, ora sicuramente non più. "Alston… è un bel villaggio."

"Sì, molto carino. La chiesa, con le sue campane, merita una visita. E la cittadina non è troppo lontana da Treat, la sede del duca di Roxton. Penso che il *Paterson* dia la distanza esatta."

"Una villa così imponente come quella dove vive Sua Grazia deve essere in ogni guida del paese" opinò la moglie. "Ora, se fosse stata costruita ai suoi tempi, re Enrico, avrebbe trovato una scusa per confiscarla per sé, potete star sicura. Non avrebbe accettato che uno dei suoi nobili lo oscurasse. Probabilmente avrebbe fatto rinchiudere il duca per tradimento."

"Ma non il duca attuale, moglie. Sua Grazia è un uomo di famiglia, timorato di Dio, proprio come Sua Maestà. Ed è anche umile, e in qualche occasione si è fermato al Crown per una pinta. Non è così, moglie? Re Enrico lo avrebbe voluto come amico, ci scommetto."

"Non obietto, marito. Ma re Enrico sarebbe stato geloso pensando che il duca avesse una casa più grandiosa della sua. E sarebbe stato invidioso del fatto che Sua Grazia avesse messo al mondo otto figli, sei dei quali maschi sani. Immaginate!" disse la moglie, accalorandosi. "Anche se non può competere con i quindici figli di Sua Maestà, Re Giorgio. Quindi il nostro attuale monarca non ha niente di cui essere invidioso. Mia nonna era la proprietaria del Crown ad Alston, dopo la morte di mio nonno" confidò a Lisa. "E poi ce ne siamo occupati noi per un po', vero marito? Ed è il motivo per cui lui può dire che il duca, per essere un nobiluomo, è una persona umile e timorata di Dio, perché è lui che gli ha versato quella pinta. Vero, marito?" E poi disse a Lisa, con un sorriso di superiorità: "Ed è il motivo per cui sappiamo tanto di Sua Grazia e di Alston, vedete. Una cittadina così carina…"

"Ecco, moglie. L'ho segnato nel *Paterson*. Permettetemi di leggervelo" disse il marito, dopo essersi frugato in tasca ed averne estratto il libro *Paterson's British Itinerary*, l'itinerario britannico di Paterson. Scorse le pagine. "Treat è elencata tra le nobili tenute di Traine e Trebursey. Ed è anche mostrata sulla mappa." Poi tolse un pezzo di carta ripiegato infilato per tenere il segno di quella pagina in particolare e guardò sua moglie, dicendo a Lisa: "Ma il *Paterson* non dà una buona descrizione di questi bei nobili edifici. Solo dove si trovano. Ma questo sì, quindi l'ho tenuto, pensando che mi sarebbe piaciuto visitare Treat un giorno. Perché anche se vivevamo a sole poche miglia dalla tenuta, non l'abbiamo mai visitata. Vero, moglie? Pensavamo che ci sarebbe stato tempo… ma poi abbiamo avuto il ragazzo, e lui non sta sempre bene…"

"Aria di mare. Ecco di che cosa ha bisogno, ci ha detto il medico" lo interruppe sua moglie. "Un giorno sarà sano come un pesce."

"… quindi ci siamo trasferiti a Southampton" disse il marito, finendo la sua frase. "Abbiamo una pensione in Canute Road…"

"… che è nella parte più elegante della città. È sempre prenotata al completo con settimane d'anticipo. Uno stabilimento rispettabile. Con colazione e cena servite tutti i giorni e una cena speciale la domenica."

"Ci fermiamo a Winchester andando e venendo da Southampton per far visita a nostra figlia Sally, che è sposata a un curato. L'altra nostra figlia, Molly, la nostra maggiore, lei e suo marito Fred si occupano della pensione quando portiamo il ragazzo a Londra per vedere che cosa possono fare i medici per lui…"

"Ma non si vedono cambiamenti. Ed è un buon segno. Così dice il medico. Non sta né meglio né peggio."

"Quando fa abbastanza caldo, lo porto a fare i bagni in mare" disse il marito. "A me non piace molto l'acqua salata, ma a lui sì…"

"… e l'odore del sale. Lascerebbe la finestra aperta tutta la notte, anche nelle giornate fredde d'inverno, se fosse per lui…"

Lisa guardò il ragazzo con un sorriso dolce. Sembrava addormentato, e non sarebbe stata una sorpresa, vista l'ora a cui erano partiti, ma si chiese se invece non fosse sveglio e ascoltasse, ma preferisse restare rannicchiato contro sua madre, che era calda e confortante, specialmente se non si sentiva molto bene. I sobbalzi della diligenza non contribuivano certo a farlo stare meglio. I genitori fraintesero la sua smorfia, pensando che fosse preoccupata per sé e si affrettarono a rassicurarla.

"Il medico dice che non è possibile prendere quello che ha lui."

"Beh, madre. Non è proprio del tutto vero. Uno dei medici dice che si *può* prendere, e un altro dice che non è possibile perché è tutto nella sua testa. Non che lui immagini quello che ha, ma che è colpa del suo cervello. Per dirvi la verità, non credo che sappiano nemmeno loro perché ha quei mal di testa. Ma li ha. E vi posso dire che non li abbiamo mai presi da lui, né Sally né Molly o le loro famiglie. E nessuno degli ospiti si è mai lamentato di svenimenti o roba simile. Non che lui stia molto con gli ospiti..."

"Se non vi dispiace che ve lo chieda, vostro figlio soffre di emicranie infantili o i suoi sintomi assomigliano di più a quelli delle persone afflitte dal mal caduco...?"

Madre e padre si guardarono in faccia, tornando poi a guardare Lisa. Dalle loro espressioni sorprese e guardinghe si capiva che si stavano chiedendo com'era possibile che lei, non molto più di una ragazza, sapesse cose simili.

Lisa si sentì quindi obbligata a dare qualche informazione sul dispensario e sul dottor Warner, aggiungendo con un sorriso rassicurante: "Quindi, vedete, non sono per niente preoccupata per la mia salute, o per quella della mia compagna. E mi piacerebbe veramente molto sentire che cosa dice quel foglio della tenuta del duca di Roxton..."

"Sì. Sì, il foglio" disse il marito, distogliendo lo sguardo da Lisa che gli sembrava una giovane donna straordinariamente sicura di sé e pensando che fosse una vera vergogna che una tale bellezza fosse sprecata a curare i malati poveri. Comunque non poteva pensare a niente di più bello di avere quell'angelo custode a occuparsi delle sue disgrazie, se fosse stato malato. E dopo quella riflessione si schiarì in fretta la gola e lesse ad alta voce la descrizione della casa ancestrale dei duchi di Roxton.

"Treat. Sede dei duchi di Roxton. Cinque miglia a sud-ovest del villaggio di Alston nella contea dello Hampshire. Una notevole villa nello stile palladiano progettata dall'architetto William Kent. Si dice che sia la casa privata più grande in Inghilterra. Originariamente una villa elisabettiana. Molto modificata da Henry, il quarto duca di Roxton, il 'duca architetto', alla fine del secolo e completata in tutta la sua gloria da Renard, quinto duca di Roxton. La Long Gallery vanta un'eccellente selezione di dipinti di artisti famosi, da Holbein a Kneller, e abbondano grandi ritratti della famiglia. Degno di particolare nota è il dipinto a figura intera della quinta duchessa dell'artista francese Jean-Honoré Fragonard. La biblioteca è su due piani e si reputa che non ce ne sia un'altra uguale in tutto il regno. Un grande salone da ballo con tre lampadari, una sala della musica dorata, e

diverse stanze di ricevimento sono aperte al pubblico in giorni
particolari.

"I terreni intorno sono stati modificati drasticamente dai tempi
della regina Anna. I giardini, il lago e il parco che circonda la villa sono
opera di Capability Brown. In tutti i vasti terreni si trovano parecchi
capricci all'italiana negli stili più diversi e quelli non chiusi sono visibili
al pubblico. C'è un lago artificiale di notevole grandezza che si può
attraversare in vari punti mediante uno dei tre ponti di pietra. Abbondano piccole isole, la più grande delle quali è Swan Island, l'isola dei
cigni, una volta casa di un eremita, che si dice sia infestata dal suo
fantasma. Degno di nota è il magnifico mausoleo di famiglia, luogo del
riposo eterno dei duchi di Roxton e di vari membri della famiglia
Hesham. Ha un grande tetto a cupola con un oculo di vetro ed è
costruito nel punto più alto della proprietà. Un buon punto di osservazione per ammirare tutta la campagna circostante, il mausoleo è un faro
per i viaggiatori perché si può vedere da molte miglia di distanza. L'interno è dominato da una statua a grandezza naturale del quinto duca.
Non è aperto al pubblico, eccetto nel giorno di festa nazionale. È
prevista una piccola remunerazione alla governante per visitare le stanze
pubbliche dentro la casa. Si può accedere ai terreni circostanti quando
la famiglia non è in residenza, chiedendo alla Gatehouse Lodge all'entrata nord. Crecy Hall, una villa elisabettiana restaurata e il suo parco,
confina con la riva a est del lago ed era una volta parte della tenuta
Roxton. Attualmente è la residenza inglese del duca scozzese di Kinross
e l'accesso è rigidamente proibito per tutto l'anno. Senza eccezioni."

"Oh, guardate!" esclamò la moglie prima che Lisa avesse il tempo o
potesse ringraziare o rivolgere qualche parola al marito per aver letto
quell'illuminante descrizione della sua destinazione. La moglie indicò
fuori dal finestrino. Suo marito e Lisa seguirono la direzione del dito
puntato. "Là! Là, tra gli alberi. Lo vedete?"

E lo videro. Un grande edificio con un portico ugualmente imponente sostenuto da quattro grosse colonne. Si ergeva orgogliosamente
in cima a una collina circondata da campi erbosi, molto più in alto
degli alberi intorno, così da essere facilmente visibile dalla strada, e
senza dubbio da miglia di distanza. Moglie e marito istruirono Lisa
sulla villa e la sua storia mentre lei teneva lo sguardo fisso fuori dal
finestrino.

"Quella è Claremont…"

"… costruita da un ricco nababbo. Come si chiamava…?"

"Clive. Lord Clive d'India."

"Ah! Giusto. Aveva fatto fortuna nel subcontinente e l'aveva ripor-
tata qui, costruendo quella casa."

"Si dice che dall'ultimo piano si riesca a vedere fino a Londra e la cattedrale di St. Paul…"

"Fino a St. Paul?"

"Fino a St. Paul, moglie. E non devi accettare la mia parola. L'ha detto lo zio del marito della nostra Molly, Fred. Chiediglielo quando torneremo a casa se non è così. Ma nonostante tutto non credo che la villa di Clive possa paragonarsi a quella che appartiene a Sua Grazia di Roxton."

Lisa si voltò con un sorriso, con la casa che spariva dietro una foresta quando la diligenza seguì una curva della strada.

"Dalla descrizione che mi avete letto non lo dubito, signore. La residenza del duca di Roxton è qualcosa che non riesco nemmeno a immaginare."

"Se avete il tempo e l'occasione, e le monete per pagare la governante, sono sicuro che varrebbe la pena del viaggio. Non lo rimpiangereste."

"Oh, vi credo, signore. E lo farò, e non lo rimpiangerò."

Il viaggio tra Claremont, che era alla periferia di Esher, e la città di Guildford, la fermata successiva, diede agli occupanti dell'abitacolo parecchie ore per conoscersi meglio. Lisa e Becky condivisero la loro frutta, fette di torta all'arancia e biscotti alle mandorle con il marito e la moglie, che si presentarono formalmente come il signore e la signora Fuller, e il loro figliolo il signorino Samuel. A quel banchetto i Fuller aggiunsero pane, formaggio, chutney e qualche altro frutto. E poi Samuel e Becky giocarono parecchie partite di *snap* con le carte che il ragazzo aveva comprato a Londra con la sua paghetta, mentre la coppia sonnecchiava e Lisa ammirava il panorama prima di addormentarsi anche lei cullata dal dondolio della carrozza.

Quando si svegliò, la diligenza si era fermata alla locanda White Hart a Guildford, per cambiare cavalli e far scendere i passeggeri e raccogliere quelli che andavano verso sud. Tutti i passeggeri scesero, per usare i servizi, per sedersi a mangiare e fare una passeggiata lungo High Street per sgranchirsi le gambe prima di risalire a bordo per occupare un sedile sul tetto, o, per i Fuller e Lisa e Becky, riprendere i loro posti nella relativa comodità all'interno della diligenza.

Eppure, la compagnia amichevole che le ragazze e la famiglia Fuller avevano stretto dopo tante ore di viaggio insieme in uno spazio così ristretto fu turbata quando, risalendo in carrozza, la trovarono occupata da un gentiluomo seduto in un angolo, con il colletto della giacca tirato fin sopra le orecchie e un cappello di feltro che gli copriva gli occhi. Aveva il mento sul petto e sembrava addormentato.

Le ragazze e i Fuller si guardarono in faccia e la signora Fuller mormorò quello che pensavano gli altri.

"Oh, povera me, è proprio una sfortuna."

I Fuller tornarono ai loro posti e Lisa diede a Becky il posto accanto al finestrino, mentre lei si sedeva in mezzo accanto al gentiluomo addormentato. Nemmeno i tonfi sopra le loro teste, mentre i passeggeri si arrampicavano per trovare posto sul tetto, disturbarono lo sconosciuto nel suo angolo. E poi Lisa ebbe un pensiero improvviso, che le fece stringere lo stomaco e battere forte il cuore.

"Il mio scrittoio! Becky! L'ho lasciato sul sedile. Non c'è… non c'è!"

"Deve essere qui, signorina" disse Becky. "Nessuno oserebbe toccarlo."

Tutti, eccetto lo sconosciuto, si spostarono per cercare l'oggetto in questione. Anche se era improbabile che qualcuno si fosse seduto sopra a una cosa chiaramente abbastanza grande da essere evitata. E proprio quando Lisa si stava disperando, chiedendosi come avrebbe mai potuto spiegare una perdita di un oggetto simile a chi gliel'aveva regalato, lo sconosciuto si raddrizzò e produsse da sotto il braccio la borsa di tela che conteneva lo scrittoio di palissandro di Lisa.

"Oh, grazie!" esclamò Lisa, sorridendo al gentiluomo e tenendo stretta la scatola contro il corpino.

L'uomo si toccò la tesa del cappello e, senza dire una parola, tornò a dormire. Eppure sarebbe stato impossibile, perché appena ebbe abbassato il mento ci fu un crescendo di rumore all'esterno nel cortile che non era possibile ignorare. Gli stallieri correvano avanti e indietro, urlando ordini, molti dei passeggeri sul tetto della diligenza si spostarono per vedere meglio, disturbando il delicato equilibrio dell'intero gruppo, mentre al cocchiere servirono tutta la sua forza e la sua abilità per mantenere il controllo sulle redini dei suoi sei cavalli, agitati dall'inaspettato nuovo arrivo.

Una carrozza elegante, alta sulle ruote, tirata da quattro purosangue e accompagnata da sei uomini di scorta in livrea, entrò nel cortile con la velocità e l'arroganza che derivava dal sapere che il loro arrivo aveva la precedenza su tutti e su tutto. Il cocchiere, gli uomini di scorta e gli occupanti di quel veicolo notarono appena che la carrozza era passata accanto a una diligenza sul punto di partire.

Tutto in quell'ultimo arrivo alla locanda White Hart proclamava un proprietario ricco e con un'alta posizione sociale, dall'ultimo modello di carrozza, con l'abitacolo leggero appoggiato su molle per offrire un viaggio più confortevole, i pannelli decorati, laccati neri e oro, fino ai cavalli che erano quattro magnifici grigi identici, con i finimenti di lucidissimo ottone, e agli uomini di scorta risplendenti nelle loro livree nere e argento. Era il motivo per cui i passeggeri della diligenza si sporsero per dare una bella occhiata alla carrozza, ai cavalli e più che altro per scoprire chi stesse viaggiando per la campagna in quel modo.

I passeggeri sul tetto della diligenza avevano una panoramica migliore di quelli all'interno perché anche se la carrozza era passata tra la diligenza e la locanda, si era fermata un po' più avanti, lasciando la famiglia Fuller, Lisa e Becky, e lo sconosciuto che si era seduto, a osservare fuori dal loro finestrino gli uomini di scorta smontare e poi andarsene, e tutto mentre la diligenza stava lentamente allontanandosi dalla locanda sulla strada che portava a sud verso Winchester. Non ci fu l'opportunità di vedere questi nuovi arrivati, perché scesero dal lato opposto. Eppure, le loro risate mentre scendevano a terra si sentirono in tutto il cortile, per perdersi poi nei rumori che accompagnavano la diligenza in movimento.

Nella diligenza, tutti si rimisero seduti, insoddisfatti. Ma Lisa non aveva bisogno di vedere quei nuovi arrivati per avere un'idea piuttosto precisa di chi fosse il proprietario della carrozza. Aveva riconosciuto la livrea e due degli uomini di scorta. Erano gli stessi due servitori grandi come orsi che avevano accompagnato il gentiluomo che le aveva regalato il magnifico scrittoio portatile quando era venuto a Gerrard Street. Non si stava sbagliando, e cominciò a chiedersi se il suo desiderio si sarebbe avverato e loro stessero veramente andando allo stesso matrimonio. Perché, quale altra ragione ci sarebbe stata perché lui e i suoi servitori stessero viaggiando sulla stessa strada, verso Alston? E la signora Warner non aveva forse riconosciuto lo stemma inciso sulla corniola come appartenente ai duchi di Roxton? Quindi, se era un membro della famiglia, era logico che partecipasse al matrimonio della sua amica Teddy. E dato che era il suo amico che stava per stringere il nodo, allora questo amico altri non era che sir John Cavendish, il promesso sposo di Teddy. Aveva detto di chiamarsi Jack... Aveva incontrato il futuro marito di Teddy. Lisa spalancò gli occhi meravigliata e sorpresa per quell'improbabile coincidenza. Si voltò a guardare dal finestrino dal lato opposto, per evitare che i Fuller pensassero che li stava fissando.

E appena pensò di non poter avere altre sorprese, con la diligenza ormai lontana dalla locanda e che arrancava lungo la strada, lo sconosciuto si tolse il cappello e si arruffò i capelli in modo che non fossero più appiccicati alla testa. Lo sguardo di Lisa si spostò dal panorama alla folta capigliatura dello sconosciuto. I capelli erano di un vibrante rosso

rame, lo stesso colore di quelli di Teddy. Doveva averlo fissato intensamente, perché l'uomo si voltò e la guardò in viso e lei ebbe un altro
colpo. Non solo aveva i capelli dello stesso colore di quelli di Teddy, ma
anche il piccolo naso diritto, troppo femminile per un uomo, secondo
lei, anche se era perfetto per Teddy. Ciò nonostante, la sua miglior
amica aveva gli stessi capelli e lo stesso naso di quel gentiluomo, che
sembrava essere sui trentacinque o quarant'anni, se non si sbagliava.
Doveva essere imparentato in qualche modo con Teddy. Ne era così
sicura ed era rimasta così stupita che gli chiese semplicemente: "Scusate
la mia sfacciataggine, signore, ma devo chiedervelo. State andando al
matrimonio di miss Cavendish con sir John Cavendish?"

TREDICI

LO SCONOSCIUTO TRASALÌ NEL SENTIRSI RIVOLGERE LA PAROLA. Diede un'occhiata agli altri occupanti della carrozza e vide che la coppia si era sporta in avanti quando la ragazza aveva fatto la domanda.

Lisa aspettò la risposta. Quando lui alzò le spalle e fece una smorfia, lei si rese conto che stava per negare di sapere qualcosa sul matrimonio di miss Cavendish, anche se lei aveva visto la sua reazione sorpresa alla sua domanda. L'uomo lo fece fingendo di non capire una parola di ciò che aveva detto.

"Excusez-moi, mademoiselle. Je ne comprends pas l'anglais."

Lisa fu più che mai convinta che sapesse esattamente ciò che gli aveva chiesto. Inoltre, quando lei aveva esclamato di aver perso il suo scrittoio, lui l'aveva trovato in fretta accanto a lui sul sedile. E quando lo aveva ringraziato, lui si era toccato il cappello in risposta. Quindi conosceva l'inglese abbastanza da capire la sua domanda. Forse era cauto perché non voleva che si discutesse dei suoi affari privati tra estranei. Dopo tutto non la conosceva e certamente non conosceva i Fuller. Era sicura che se anche i Fuller conoscevano un po' di francese, non l'avrebbero parlato bene quanto lei, quindi insistette con lo sconosciuto, parlandogli nella sua lingua, dicendosi che se lei era sincera e aperta con lui, anche lui lo sarebbe stato con lei.

"Allora spero che non vi dispiacerà se insisto e vi pongo la domanda nella lingua che preferite" rispose in francese e continuò tranquillamente, come se non avesse visto la sua sorpresa o che lui la stava studiando attentamente. "Il motivo per cui vi ho chiesto se state andando al matrimonio di miss Cavendish è perché io ci sto andando.

Vi chiedo scusa. Sono miss Crisp. Ero a scuola con miss Cavendish, Teddy, e non la vedo da due anni. Ma ho un'eccellente memoria per i nomi e i volti. E ricordo che Teddy mi raccontava di uno zio che viveva in Francia. Non lo aveva mai conosciuto, ma sua madre le diceva che questo zio, che è il fratello di sua madre, aveva i capelli dello stesso colore di quelli di Teddy e di sua madre. Lo chiamava 'il fuoco dei Fitzstuart'. Mi raccontò anche che esiste un anello di famiglia chiamato 'Fuoco e Ghiaccio', con il fuoco rappresentato da un rubino e il ghiaccio da un diamante. Ma, vi prego, scusatemi, sto parlando a vanvera. E se non siete lo zio francese di Teddy, dovete proprio pensare che sia una sciocca o perlomeno una donna veramente sfacciata per parlarvi così liberamente e potete giustamente ignorarmi."

Lo sconosciuto continuò a fissare Lisa per parecchi secondi e poi, dopo un'altra occhiata agli altri, che stavano sonnecchiando o guardando il panorama, rispose in francese, con l'ombra di un sorriso.

"Avete una memoria notevole, miss Crisp. Notevole come il vostro francese. È gratificante sapere che Teddy ha frequentato una scuola che insegna le lingue in modo eccellente."

"È così. Ma questo non significa che tutte le ragazze approfittassero di ciò che veniva loro offerto o che fossero in effetti portate per le lingue. Io sì. Non lo dico con arroganza, ma come dato di fatto, *Monsieur*. Ma se sapete qualcosa di Teddy, sapete che i suoi interessi sono tutto fuorché accademici."

L'estraneo scoppiò in un'involontaria risata. Ma le sue fattezze tornarono subito sotto controllo e disse solamente: "Se vorrete scusarmi, miss Crisp, me ne starò tranquillo fino ad Alston. Ho avuto un viaggio lungo e faticoso da Cheltenham, dove ho passato un po' di tempo con mia madre sofferente, che non vedevo da molti anni. Ma sarò lieto di continuare la conversazione più tardi mentre andiamo a destinazione."

Lisa accettò prontamente e lasciò dormire lo sconosciuto, che si rimise nel suo angolo senza più dire una parola, finché arrivarono ad Alston, che era veramente un villaggio pittoresco come avevano dichiarato i Fuller.

Lisa e Becky con i loro bauli e lo sconosciuto con la sua borsa furono scaricati di fronte alla locanda Swan su High Street. Le ragazze salutarono i Fuller e Sam che abbracciò spontaneamente Becky, facendole promettere di andarlo a trovare a Southampton. Poi i Fuller diedero a Lisa il loro biglietto da visita e Lisa li ringraziò, e Becky disse che avrebbe scritto. Poi si congedarono in fretta, con piacere di Lisa perché non avrebbe saputo come rispondere se avessero chiesto perché non aveva rivelato la sua destinazione quando avevano parlato della tenuta dei duchi di Roxton.

Perché appena Lisa e Becky si furono congedate dai Fuller, si avvicinò loro un uomo con l'abbigliamento sobrio di un servitore di rango, seguito da due servitori in livrea. I Fuller capirono immediatamente a chi apparteneva la livrea e fissarono Lisa e Becky in modo diverso quando le videro accolte dai servitori del duca di Roxton. Una carrozza aspettava le ragazze nel cortile della locanda Swan, pronta per portarle a Treat.

Lisa invitò lo sconosciuto a unirsi a loro e lui accettò con piacere, anche se non rivelò il suo nome né a lei né al servitore di rango quando salì in carrozza. E si sedette nuovamente nell'angolo mentre il servitore, che si presentò come l'assistente del segretario di Sua Grazia di Roxton, senza dare il suo nome, parlava a lungo a Lisa del suo soggiorno nella tenuta e dell'imminente matrimonio di miss Cavendish con sir John Cavendish. Lisa doveva aver fissato troppe volte l'interno della carrozza, che era un veicolo compatto ma splendidamente arredato, con cuscini di velluto blu scuro, bottoni di satin nell'imbottitura e tende di seta con frange delicate, perché l'assistente segretario si sentì in dovere di commentare: "Questa è la carrozza che Sua Grazia la duchessa usa nella tenuta, solo per brevi viaggi, fino al villaggio nei giorni di festa, giornate speciali nella scuola locale ad Alston, patrocinata da Sua Grazia, e per visitare le persone nel vicinato che Sua Grazia ritiene degne del suo tempo."

"È un bellissimo veicolo" rispose Lisa con un sorriso, le mani guantate tenute in grembo. "E molto comodo per viaggiare."

"E la strada è tenuta perfettamente" disse lo sconosciuto nell'angolo, in perfetto inglese, senza aprire gli occhi.

Nessuno fece commenti anche se Lisa fece fatica a impedire al proprio sorriso di allargarsi troppo. L'assistente segretario poi consegnò a Lisa un pacchetto sigillato, dicendole che non era necessario aprirlo subito, ma che sarebbe stato un bene per lei leggerne tutto il contenuto e familiarizzare con il protocollo e le due mappe appena fosse arrivata alla Gatehouse Lodge, dove avrebbe risieduto per la durata del suo soggiorno.

Lisa fissò il grosso pacchetto e il sigillo di cera e poi l'assistente.

"Protocollo? Mappe?" chiese. Le servivano più informazioni per capire di che cosa stesse parlando. "Scusatemi, è stata una giornata lunga e sono un po' stanca."

L'assistente tossì dietro la mano guantata e spiegò: "Il protocollo è necessario e istruttivo se una persona non è abituata a... mhmm... alla complessità delle consuetudini e l'ordine di precedenza e alle minuzie delle interazioni quotidiane tra le persone di rango in una grande tenuta, specialmente quella del duca la cui madre è due volte duchessa e il cui patrigno è anch'egli un duca per diritto proprio. Sono sicuro che voi, miss Crisp, potrete capire che quando si sposa la nipote di un duca, la lista degli invitati è una lunga fila di parenti e amici titolati. Si conosceranno tutti tra di loro, quindi è utile, per quelli che hanno avuto poca o nessuna… interazione… con persone simili, conoscere la diversa maniera di rivolgersi a un conte o a un visconte…"

"Lo sarebbe, ma gli esempi che avete dato non sono utili" dichiarò lo sconosciuto, aprendo gli occhi. "Ci si rivolge a entrambi con 'milord', che si tratti del conte Grandi Calzoni o del visconte Testa Calda. Quindi come farebbe lei a saperlo? Come farebbe chiunque a saperlo, a meno di essere imparentato con i predetti conte Grandi Calzoni o visconte Testa Calda?"

Lisa si portò in fretta la mano alla bocca per impedirsi di ridere forte. Ma non riuscì a sopprimere il luccichio nei suoi occhi. Lo sconosciuto, che era seduto davanti a lei, sorrise e ammiccò prima di smettere di sorridere e dire all'offeso assistente: "Vi prego, non voglio interferire con le vostre istruzioni, anche se aggiungerò a beneficio di miss Crisp, in modo che si possa sentire più a suo agio sapendolo, che, trattandosi di un matrimonio in famiglia, e visto che il duca di Roxton è innanzitutto un uomo di famiglia e *poi* un aristocratico, non farà molte cerimonie con nessuno degli ospiti, malgrado il conte Grandi Calzoni o il visconte Testa Calda. Da quanto so di lui, il duca dà più importanza alle buone maniere e alla sincerità che alle precedenze e all'ostentazione."

"E voi conoscete bene Sua Grazia, signore?" chiese acidamente l'assistente segretario, senza aspettarsi una risposta.

"Dovrei, sono un suo cugino di secondo grado."

L'assistente segretario lo guardò a occhi sgranati e poi rendendosi conto della sua maleducazione distolse in fretta gli occhi e si guardò le mani. Ci fu un lungo silenzio, durante il quale lo sconosciuto si voltò a guardare fuori dal finestrino; poi l'assistente disse diffidente a Lisa: "C'è anche un itinerario, giorno per giorno, incluso nel pacchetto, con alcuni eventi organizzati nei giorni precedenti alla cerimonia di nozze, al banchetto nuziale e al ballo. Gli ospiti non sono obbligati a prendervi parte, ma saranno benvenuti se parteciperanno quando possibile, anche solo per essere spettatori a eventi tipo la partita di cricket degli uomini. Troverete uno o due eventi che sono stati segnalati per la vostra particolare attenzione e a questi dovrete partecipare, come ospite della sposa.

"Ci sono anche due mappe nel pacchetto che spero troverete particolarmente utili. Una è degli immediati dintorni della tenuta con l'indicazione dei vari punti di interesse, i capricci e altri luoghi simili che potrete visitare durante il vostro soggiorno, se avrete tempo. La seconda mappa è della casa grande, che è come la famiglia chiama la casa occupata da Sua Grazia e dalla sua famiglia per distinguerla da…"

"… dalla casa piccola…?" suggerì lo sconosciuto in un tono di voce che disse a Lisa e al povero assistente che stava scherzando.

"… Crecy Hall, la casa della madre di Sua Grazia, la duchessa di Kinross e suo marito, il duca di Kinross" continuò l'assistente segretario come se lo sconosciuto non avesse parlato. "La mappa inclusa indica le stanze della casa grande aperte agli ospiti, di modo che, se doveste perdervi o aveste difficoltà a destreggiarvi, la mappa potrà tornare molto utile."

"Come?" chiese lo sconosciuto. "Che cos'è successo all'esercito di domestici, o Roxton ha deciso di impiegare solo gente muta per ricoprire quelle posizioni?"

"No, signore. Si è pensato che forse alcuni ospiti si sarebbero sentiti meno intimiditi se avessero avuto una mappa per trovare da soli la strada, invece di dover chiedere a uno dei domestici, che non devono lasciare il proprio posto, di mostrare loro la strada."

"Oh, sì, avere una mappa è un'idea eccellente. Grazie" disse Lisa, sentendo di dover dire qualcosa a difesa di tutte le ore che sicuramente erano servite per preparare e disegnare le mappe per ciascuno degli ospiti che non aveva familiarità con la tenuta. "E avete ragione, avvicinarsi a un cameriere in tutto lo splendore della sua divisa sarebbe un'esperienza sconvolgente. E oserei dire" aggiunse con un sorriso malizioso e un'occhiata allo sconosciuto, "che se non fossero ospiti regolari di Sua Grazia, anche lord Grandi Calzoni e il suo amico lord Testa Calda trarrebbero beneficio dall'avere questa mappa."

Lo sconosciuto scoppiò in una risata.

"Allora potrebbero aggirarsi tranquillamente per le stanze come se avessero familiarità con quel posto?!" Si chinò in avanti e confidò a Lisa: "Il fatto è che perfino i membri della famiglia si perdono in quel posto mostruoso di tanto in tanto, quindi non dovrete vergognarvi di tenere la mappa a portata di mano." Guardò l'assistente sul sedile opposto al suo. "C'è altro che dovete dire a miss Crisp?"

"No, signore. È tutto spiegato nei dettagli nel pacchetto."

"Bene. Com'è il vostro francese?"

"Chiedo scusa, signore. Il mio francese?"

"Lo parlate?"

"Un pochino."

"Ma non bene?"

"Non bene, signore."

"Allora dovrete scusare miss Crisp e me per un po'" disse e poi si voltò a parlare con Lisa esclusivamente in francese. "Vi chiedo scusa per non essere stato più disponibile in diligenza. Non so quanto sappia Teddy o che cosa vi abbia detto dello zio francese, ma forse sarete così gentile da dirmi che cosa vi è stato raccontato, in modo da non dovermi ripetere. E apprezzerei la vostra sincerità, miss Crisp."

"Molto bene, signore. Teddy e io non avevamo segreti a scuola. Lei sa solo ciò che sua madre ha deciso di raccontarle su di voi. Quindi sapevo del colore dei capelli e che vivevate in Francia." Lisa lo guardò negli occhi. "Una cosa su cui sua madre era più che decisa era che non eravate un... un *traditore*, secondo la vostra coscienza, quali che fossero state le vostre-vostre azioni sovversive contro Sua Maestà durante la guerra nelle colonie americane. E che eravate stato perdonato in vostra assenza dopo la firma del Trattato di Parigi perché, come diceva Teddy, siete imparentato praticamente con tutti quelli che sono al governo."

"Grazie. L'ultima parte non è strettamente vera. Sono stato perdonato per le mie azioni nell'aiutare la causa americana, ma ho legami di sangue solo con la metà di quelli al governo, e preferirei non esserlo con la maggior parte di loro."

Lisa aggrottò la fronte, riflettendo.

"Non siete obbligato a rispondere, se non lo volete, signore, ma dato che siete stato perdonato, perché sembra che vi stiate nascondendo, o, perlomeno, che stiate viaggiando in incognito?"

"Siete percettiva, miss Crisp. Vecchie abitudini. Anche se non è proprio del tutto vero. C'è ancora chi, al governo, vorrebbe farmi del male perché, ai loro occhi, io sarò per sempre un traditore, per il mio sostegno ai coloniali. Non riuscirò mai a cambiare la loro opinione. Ma non cerco nemmeno di farlo. In verità, quando lasciai l'Inghilterra per la Francia quasi dieci anni fa, non desideravo, né mi aspettavo di tornare. Sono stato persuaso a farlo da mio cugino e da mio suocero, in occasione della loro recente visita in Francia."

"Per il matrimonio di Teddy?"

"Sì. Sembrava l'occasione perfetta per vedere i membri della famiglia prima di prendere residenza permanentemente nei nuovi Stati Uniti d'America. Per vedere mia madre un'ultima volta; sta piuttosto male. Riunirmi con mia sorella, far pace con mio fratello..."

"... l'eroe della guerra di rivoluzione?"

"Ah. Allora conoscete *davvero* la storia della mia famiglia! Sì. E conoscere le loro famiglie. Vi direi il mio nome" aggiunse in tono di scusa, "ma temo che dicendovelo verrebbe immediatamente divulgato... No, non voi, ma la sola menzione del mio nome allerterebbe altre orecchie in questo piccolo spazio e a sua volta allerterebbe *Monsieur le Duc*, mio cugino, e voglio essere io a sorprenderli."

"E così sarà, signore." Lisa sorrise. "Il matrimonio di Teddy sarà certamente un'occasione memorabile per tutti."

"Proprio così, miss Crisp" disse lo zio di Teddy tornando all'inglese e poi, dopo una veloce occhiata fuori dal finestrino, sorprese gli occupanti bussando sul pannello sopra la sua testa, per segnalare al cocchiere di fermare i cavalli. Raccolse la sua borsa, si ficcò saldamente il capello sulla testa di capelli rossi e disse a Lisa: "Un po' più avanti, la carrozza lascerà questo viale alberato e svolterà a sinistra per portarvi alla Gatehouse Lodge. Se guarderete dal finestrino a destra avrete una visione ininterrotta attraverso il lago fino alla casa grande. È un panorama mozzafiato e non stanca mai. Vi invidio la vostra prima impressione di Treat. Non importa che cosa abbiate letto, o che cosa vi abbiano detto, niente può prepararvi per le mere dimensioni del posto. È semplicemente più di quanto si creda e ve lo dice un uomo che ha passato gli ultimi nove anni vivendo sulla soglia del Castello di Versailles. Ah, se Luigi potesse solo vedere come vive il duca di Roxton!" Si toccò il cappello. "Ci rivedremo molto presto, miss Crisp."

Con quel saluto lo zio di Teddy scese dalla carrozza e scomparve attraverso la fila di alberi dall'altra parte del viale. L'assistente segretario bussò di nuovo per far proseguire la carrozza. Lisa non voleva perdersi la prima impressione della casa grande, ma aveva ancora gli occhi puntati fuori dal finestrino di sinistra e disse ciò che pensava ad alta voce, senza aspettarsi una risposta. "Mi chiedo dove sia diretto…"

"C'è un passaggio appena oltre quegli alberi lungo la sponda del fosso di cinta che arriva fino alla tenuta adiacente di Crecy Hall" la informò l'assistente. "Casa del duca e della duchessa di Kinross…"

"Oh! Oh! Signorina! Signorina! Guardate! *Guardate*" esclamò Becky, ansimando, scivolando lungo il sedile e poi andando a sedersi dal lato opposto a Lisa in modo che anche lei avesse una visione perfetta dal finestrino sulla destra.

Le due ragazze premettero il naso contro il vetro, incantate. Era proprio come aveva detto lo zio di Teddy, eppure ciò che aveva detto sembrava inadeguato rispetto allo spettacolo che si presentò loro davanti. Mentre la carrozza svoltava a sinistra, lasciando il viale alberato che continuava verso il lago, si immisero su un viale di ghiaia che permetteva una visione chiara degli acri di prati ondulati che scendevano fino alle acque azzurre. Dall'altra parte del lago i prati continuavano a salire verso una collina, in cima alla quale c'era un palazzo. Perché era ciò che era. Al centro e davanti a un colossale insieme di edifici che si estendeva a sinistra e destra, c'era un grande edificio palladiano, con enormi colonne che salivano per tre piani da una scalinata larga quasi quanto l'edificio stesso, e che sostenevano un impressionante frontone scolpito con statue. Gli edifici laterali, anch'essi alti tre piani, vantavano una serie sterminata di finestre che sembrava continuare all'infinito prima di svoltare un angolo e continuare, fino a dove Lisa non riusciva a vederlo. La sua visione fu interrotta da un secondo viale alberato, permettendole solo di intravedere brevi scorci del palazzo sopra la collina tra il fogliame verde. E poi la carrozza attraversò un ponte di pietra e svoltò oltrepassando un cancello per entrare in un viale circolare fiancheggiato da cespugli di rose bianche. Si fermò di fronte a un piccolo e pittoresco (tutto il resto, dopo aver scorto il palazzo di Treat non si poteva chiamare in altro modo) cottage elisabettiano a due piani con i comignoli ritorti e i gargoyle sopra le eccentriche merlature.

La loro carrozza non era l'unica ferma fuori dall'entrata della Gatehouse Lodge. Un altro veicolo, un calesse aperto tirato da due cavalli, con il cocchiere in alto davanti e due servitori in livrea dietro, stava pazientemente aspettando i suoi occupanti.

Lisa e Becky furono fatte scendere dietro il veicolo con i loro bauli e lì aspettarono, guardando la loro carrozza partire, ed era arrivata quasi al cancello d'entrata prima che dal cottage arrivasse qualche segno. E poi successero molto in fretta parecchie cose, che lasciarono Lisa e Becky stanche e mute ma spettatrici affascinate di un congedo familiare.

Un ragazzo con un cespuglio di riccioli rossi si precipitò fuori dalla casa verso il sole e salì sul calesse in attesa, scivolando lungo il sedile fino in fondo. Un secondo ragazzo più giovane, con una testa di riccioli neri lo seguiva di qualche passo e cercò di arrampicarsi anche lui a bordo. Quando ebbe difficoltà a farlo, il primo ragazzo si affrettò a scivolare giù dal sedile, tese la mano e tirò il ragazzo più piccolo a bordo accanto a sé. Fece dei versi esagerati, per impressionare il fratellino. Nessuno dei due ragazzi si sedette, rimasero in piedi ad aspettare, guardando indietro verso la casa con gli occhi sgranati per l'eccitazione, come se la loro comitiva non fosse completa per quella che doveva essere una grande avventura.

Poi apparve un domestico con due piccole borse di pelle che ripose dietro il sedile ai piedi dei servitori in livrea; ne seguì un altro con una borsa più grande e anche quella finì con le altre. Poi dalla casa uscì un gentiluomo alto, muscoloso, di mezz'età, vestito con una semplice redingote di lino e stivali alti. Alzò una mano rivolto ai due ragazzi che saltarono su e giù eccitati e gridarono al papà di sbrigarsi! In fretta! Ma il loro papà non andò immediatamente da loro. Si voltò verso la casa e aspettò che lo raggiungesse una donna piccola con un'abbondante chioma di capelli lucenti color rame, che aveva un bebè appoggiato al fianco. L'uomo baciò la guancia rosata del bebè e poi la manina grassoccia che gli aveva teso, prima di baciare dolcemente la fronte della donna e poi abbassarsi a baciarla sulla bocca. Era un bacio languido che colorì le gote di Lisa. Non osò guardare Becky e non riuscì a distogliere lo sguardo dalla coppia che era evidentemente molto innamorata.

"Due notti a dormire nelle tende nei boschi" dichiarò il gentiluomo con un sorriso e scuotendo la testa. "Non riesco a credere di aver lasciato che Roxton e Strathsay mi persuadessero. Non so chi sia più eccitato, loro o i sette bricconcelli che abbiamo tutti insieme. Sapete dove preferirei essere."

"Lo so. Ma non vuol dire che non vi godrete ogni singolo minuto, esattamente come Roxton e mio fratello" gli rispose la donna con una risata, toccandogli una guancia. "E non potete deludere i nostri figli. Parlano di poco altro da giorni. Ma state attento. E se c'è anche il minimo accenno di pioggia tornate indietro. Non sopporterei che qualcuno di voi prendesse un'infreddatura proprio prima del grande giorno di Teddy. Ora date un altro bacio a vostra figlia e andate prima che David e Luke saltino fuori da quel calesse."

Il gentiluomo tenne la figlia in alto tra le braccia tese, facendola ansimare e poi ridere, prima di abbassarla per baciarle la guancia grassoccia e poi restituirla a sua madre. Ignorò le grida dei figli per dire alla moglie: "Vi rendete conto che è la prima volta che dormiamo separati da..."

"... quando ci siamo sposati. Sì. Lo so" rispose gentilmente la dama e si mise sulla punta dei piedi per baciargli la guancia. "Sarò sconsolata."

Poi gli passò accanto e andò verso il calesse per vedere i figli che si sistemavano, con la piccola tra le braccia che squittì felice quando i suoi fratelli fecero delle smorfie per farla ridere.

Il rumore improvviso di una finestra che veniva spalancata con forza fece voltare tutti verso la casa, su al primo piano. Protesa mezza fuori da una finestra aperta, con i lunghi capelli rossi che ricadevano arruffati ai lati del viso, con le braccia che mulinavano per attirare l'attenzione di quelli di sotto, c'era una giovane donna con gli occhi brillanti e un sorriso ancora più brillante.

"Papà! David! Luke!" gridò e poi ripeté ancora i loro nomi perché la guardassero. "Divertitevi! Divertitevi! Non dormite nemmeno un attimo! Vi voglio bene! Mi mancherete tutti!"

I due ragazzi gridarono e agitarono le braccia. Il gentiluomo le mandò un bacio. La sorellina ridacchiò (stava ancora guardando i fratelli che facevano le smorfie) e la piccola signora che la teneva in braccio sospirò e sorrise, senza dire niente.

Il calesse partì sul viale di ghiaia e la pace scese nuovamente sulla Gatehouse Lodge e la ragazza con i lunghi capelli rossi restò alla finestra, con le braccia ripiegate sul davanzale, il mento appoggiato su un pugno, lo sguardo fisso nel vuoto.

Nessuno aveva notato Lisa e Becky durante i commiati di famiglia, mute, con la schiena appoggiata al muro e i bauli ai loro piedi. Ma non rimasero invisibili a lungo. Perché appena la mamma di David e Luke si voltò per rientrare in casa con la bambina, notò le due ragazze stanche del viaggio. Lisa fissava la ragazza alla finestra. Becky stava fissando la bella piccola signora con le sue sottane dipinte a fiori e la bambina felice tra le braccia.

E poi la ragazza alla finestra fece per abbassare il vetro e le capitò di guardare da basso, direttamente al volto sorridente rivolto verso l'alto della sua miglior amica di Blacklands, che la stava salutando con la mano. Non riusciva a credere ai suoi occhi. Rialzò il vetro e si sporse.

"Lisa! Lisa! Lisa! Sei arrivata finalmente! Mamma! Mamma! È Lisa Crisp! È Lisa! Aspetta! Arrivo subito."

PARTE II

LA CAMPAGNA

QUATTORDICI

TREAT, CASA ANCESTRALE DEI DUCHI DI ROXTON

"Oddio. È molto che siete lì?" si scusò lady Mary, andando verso Lisa per salutarla. Sorrise. "Quindi siete Lisa Crisp. Finalmente qui. Il viaggio è stato piacevole?"

Lisa fece una rispettosa riverenza, avendo capito in fretta quando Teddy aveva urlato dalla finestra che quell'affascinante piccola signora era sua madre e, ricordava, la figlia di un conte; Becky seguì il suo esempio.

"Non da molto, milady" rispose Lisa. "E, sì, il viaggio è stato veramente piacevole. Grazie."

"Lasciate i bauli e la borsa alla vostra cameriera, se ne occuperà la governante, e venite dentro."

"Chiedo scusa, milady" disse Lisa educatamente ma fermamente, restando accanto a Becky quando lady Mary fece per voltarsi. "Becky non è la mia cameriera, nel senso stretto del termine. È una sarta che ha accettato di accompagnarmi per il mio soggiorno e di essermi... essermi d'aiuto."

"Oh? Capisco" rispose lady Mary, con un'occhiata a Becky. "Allora sarà meglio che troviamo una ragazza che possa aiutare Becky a prestarvi assistenza. Forse Becky può restare con i bagagli finché arriverà la governante, che le mostrerà dove sono le cose in modo che sia a suo agio e possa aiutarvi durante il vostro soggiorno."

"Non mi dispiace essere la cameriera di miss Crisp per queste settimane" si intromise Becky, sentendo di dover dire qualcosa dato che Lisa aveva appena messo in chiaro che lei non era una serva, *nel senso stretto del termine.* "È tutto nuovo per me e sono solo felice di essere qui."

Lady Mary sbatté gli occhi, non abituata a sentirsi rivolgere la parola da una domestica a cui non avesse rivolto la parola per prima, ma poi accennò un sorriso e disse in tono neutro: "Vedo che lo siete…" Poi, a Lisa, mentre spostava la bambina tra le braccia: "Ho sentito parlare molto di voi, miss Crisp."

"Davvero, milady?" rispose educatamente Lisa, consegnando la borsa con lo scrittoio a Becky perché ne avesse cura e seguendo in fretta lady Mary, che si era girata per tornare dentro.

"Tutto da Teddy, ovviamente, e tutto positivo. Mia figlia dice che non sarebbe sopravvissuta ai suoi giorni a Blacklands senza la vostra amicizia. Quindi vi sono eternamente grata anche solo per quello. Si è sempre riferita a voi come alla sua sorella di Blacklands…"

"E ora ha veramente una sorella."

"Sì! Una sorpresa per tutti, ma veramente meravigliosa. Questa è Sophie-Kate, e compie oggi cinque mesi."

"È una bella bambina, milady."

"Sì… sì. È vero" disse lady Mary con un sospiro di felicità e si voltò verso la governante che era uscita sotto il portico, con un servitore dietro di lei. "Signora Rogers, questa è miss Crisp, finalmente arrivata. Con lei c'è la sua amica Becky che le servirà da cameriera. Se poteste occuparvi di Becky e trovare una delle cameriere dei piani alti per farle da chaperon… dovrebbe andar bene Meg… in modo che sappia che cosa deve fare e dove trovare tutto, sareste veramente d'aiuto per tutti."

La signora Rogers diede un'occhiata a Lisa, studiandola dagli stivaletti fino al cappellino, e poi guardò Becky in piedi pazientemente accanto ai due bauli che avevano visto giorni migliori e, mentre annuiva rivolta alla padrona senza cambiare espressione, Lisa vide la disapprovazione nei suoi occhi.

Le si strinse la gola nell'essere valutata e scartata in modo così sommario. Ma la sensazione spiacevole svanì nel momento in cui entrò nel piccolo vestibolo dietro lady Mary, vedendo Teddy che si precipitava giù dalla scala a chiocciola, tanto felice di vederla da avere le lacrime agli occhi.

Teddy strinse Lisa in un abbraccio ed entrambe le ragazze si strinsero e piansero e si abbracciarono ancora un po', liete di essersi riunite dopo una separazione di due anni. Non c'era un occhio asciutto nel vestibolo, con lady Mary che sorrideva tra le lacrime vedendo sua figlia così felice, mentre consegnava la piccola alla bambinaia, anche lei con le lacrime agli occhi.

"Posso portare Lisa in camera mia prima di cena, mamma?" Chiese

Teddy, tenendo Lisa per mano. "Abbiamo tanto di cui parlare e devo dirle…"

"Magari puoi permettere a miss Crisp…"

"Lisa. Mamma dovete chiamarla Lisa, dopo tutto è la mia sorella di Blacklands. Vero, Lisa?"

"Molto bene. Lisa ha fatto un lungo viaggio in un giorno" rispose pazientemente lady Mary. "Quindi dovresti farle la cortesia di permetterle di rinfrescarsi e magari bere una tazza di tè…"

"Possiamo fare tutte queste cose nella mia stanza…"

"Come stavo per suggerire, ma…"

Teddy baciò la madre sulla guancia. "Siete la mamma più meravigliosa al mondo!"

"Grazie, mia cara. Ma non sfinire Lisa il suo primo giorno. Ci sarà tempo in abbondanza per voi due per riprendere confidenza. E non fare tardi per la cena. Sai com'è nonna Kate riguardo alla puntualità e quanto desidera incontrare la tua amica dei tempi della scuola."

"Promesso!" esclamò Teddy. Sorrise a Lisa. "Vieni, sorella di Blacklands! Ho così tanto da dirti! Ma, prima" aggiunse dopo aver condotto Lisa su per la stretta scala a chiocciola fino al pianerottolo e aver aperto la prima porta a destra, che era il suo appartamento, "voglio sapere tutto quello che hai fatto dall'ultima volta che ci siamo viste. E intendo dire *tutto*."

LISA RIUSCÌ A LAVARSI IL VOLTO E LE MANI E A SISTEMARSI I capelli, bere una tazza di tè e mangiare una fetta di torta ai semi di cumino, mentre raccontava a Teddy gli ultimi due anni passati a casa dei Warner a Gerrard Street. Teddy si era rannicchiata sul sedile sotto la finestra e l'ascoltava con attenzione e quali che fossero i suoi pensieri privati sul fatto che la sua miglior amica aiutasse in un dispensario per malati poveri, mostrò estrema avversione per la vita in città, incapace di immaginare come la gente potesse vivere in un posto dove c'erano pochi spazi verdi aperti, dove c'era tanta gente che era semplicemente impossibile sfuggire alle orde, e dove c'erano più edifici che alberi. Aveva trovato Chelsea troppo affollata e non aveva visto l'ora di tornare alla pace e al ritmo tranquillo della vita nelle Cotswold.

Fu nonna Kate, la formidabile madre del patrigno di Teddy, che mostrò un appassionato interesse per il lavoro di Lisa in un dispensario medico, facendole un mucchio di domande a cena, più che impressionata che fungesse da amanuense per i poveri. E Lisa poteva capirla, dato che nonna Kate era cieca e quindi avere qualcuno che le leggesse e le scrivesse le lettere era molto importante per lei. Disse a Lisa che dettava tutte le sue lettere alla sua dama di compagnia, che le leggeva anche le risposte, con Teddy che a volte se ne assumeva il compito, quando glielo chiedeva.

"Ma mi danno da leggere solo le lettere che approvano la mamma, papà e Fran, che è la dama di compagnia di nonna Kate" le rivelò Teddy. "Che sono molto interessanti, ma non come quelle dei corrispondenti particolari della nonna, che mettono nero su bianco gli aneddoti scandalosi della loro gioventù e che quindi non sono adatte agli occhi di una giovane donna; così mi dice la mamma."

"La tua mamma ha ragione, Teddy" rispose compita nonna Kate. "Ma penso che scoprirai che il parruccone, in questo caso, non è tanto la tua mamma quanto il tuo patrigno. Mi ha avvertito che quei corrispondenti, e quegli aneddoti, sono solo per le mie orecchie e decisamente non per i tuoi occhi."

"Ma visto che sono aneddoti della vostra gioventù, nonna, allora dovevate essere una giovane donna quando vi comportavate in modo così scandaloso."

Nonna Kate ridacchiò, senza trovare una risposta. E nemmeno lady Mary.

"Teddy, è ora di cambiare argomento" le consigliò gentilmente sua madre, appoggiando il coltello e la forchetta d'argento e spingendo avanti il suo piatto. Fece un cenno al maggiordomo, il segnale che era ora di togliere i piatti e portare la caffettiera.

"Non so che cosa ti sorprende di più, Teddy" disse nonna Kate con una risata, ignorando le direttive della nuora. "Che una volta sia stata giovane, o che possa essere mai stata coinvolta in comportamenti scandalosi."

Teddy strinse le dita della vecchia signora, le baciò la guancia e le sussurrò all'orecchio: "Credo entrambe le cose." Si tirò indietro e mise da parte il tovagliolo. "E, un giorno, quando sarò sposata, non accetterò un no per risposta e mi direte *tutto*. Possiamo alzarci, mamma? Lisa ha avuto una giornata lunga ed è esausta e abbiamo ancora molto di cui parlare... Spero che non ti dispiacerà dividere il mio letto" disse a Lisa quando furono tornare di sopra nella stanza di Teddy, pronte per andare a letto.

Una cameriera aveva scaldato le lenzuola con uno scaldino di rame, il fuoco bruciava allegramente nel camino nonostante fosse il primo mese d'estate, e aveva messo un vassoio con due tazze di latte caldo sul sedile sotto la finestra. Entrambe le ragazze erano in camicia da notte e vestaglia. Teddy era in piedi davanti al tavolo da toletta e si spazzolava i lunghi capelli per liberarli dai nodi.

"Perché dovrebbe dispiacermi?" rispose Lisa con un sorriso, sedendosi sul bordo del letto a baldacchino, guardando Teddy che si spazzolava i capelli e poi si faceva una treccia. "Sarà come ai vecchi tempi. Anche se questo letto è molto più grande delle brandine su cui dormivamo a scuola. Mi dispiace solo di darti tanto fastidio."

"Non è un fastidio. È che questa casa è così piccola…"

"Piccola?"

"È una portineria. L'intera struttura sparirebbe in una delle ali della villa di papà, a casa, e Abbeywood deve essere tre volte più grande di questo cottage. Ma non sono le dimensioni che contano. È che possiamo restare insieme come una famiglia e ti volevo qui con noi. È il motivo per cui condividiamo tutti le stanze. Il resto della famiglia estesa e gli ospiti sono nella casa grande." Teddy scoppiò in una risata. "Casa grande! Un gigantesco eufemismo! Devi averlo pensato anche tu quando l'hai vista. Sono sicura che se salissi con uno dei palloni del signor Lunardi e guardassi giù sulla terra, Treat sarebbe la struttura più enorme visibile per miglia e miglia! E aspetta di vedere l'interno del palazzo di zio Roxton! Sarai semplicemente abbagliata anche solo dalle luci scintillanti dei lampadari nel salone da ballo."

"Sono già rimasta abbagliata e ho visto il palazzo solo dall'altra parte del lago. Senza dubbio il salone da ballo mi lascerà senza parole."

"Oh, di sicuro. Ma non dovrai sentirti troppo impressionata perché mi aspetto che tu balli con tutti i gentiluomini che te lo chiederanno."

"È molto gentile da parte tua pensare che qualcuno me lo chiederà. Ma sono così fuori esercizio…"

"Allora dovremo assicurarci che faccia pratica prima del ballo. Non accetterò che te ne resti in un angolo, Lisa Crisp! Non quando sei la ragazza più intelligente e carina nella stanza. Tocca a te" dichiarò, gettando la spazzola sul tavolino e tirando indietro lo sgabello perché Lisa si sedesse. Batté sul cuscino. "Dai, vieni, altrimenti il latte si fredderà. Oh! Ho un'idea migliore!" Portò il vassoio al tavolo da toletta. "Lo berremo mentre ti spazzolo i capelli." Quando Lisa si sedette docilmente davanti allo specchio, Teddy le tolse la cuffietta di pizzo e poi cominciò a rimuovere la moltitudine di forcine che trattenevano i capelli di Lisa, lunghi fino alla vita. Si fermò di colpo e guardò il riflesso di Lisa. Le labbra della sua amica tremavano da sole e lei aveva abbassato lo sguardo, tanto che le ciglia scure le coprivano gli occhi. "Non vuoi che ti spazzoli i capelli?" le chiese Teddy, incuriosita.

Lisa scosse la testa e poi non riuscì più a trattenere le emozioni represse per quella riunione così desiderata. Si prese il volto tra le mani e pianse. Era un gesto così semplice, Teddy che si offriva di spazzolarle i capelli, e così evocativo della loro amicizia a scuola che per lei significava il mondo. Tirò su col naso e alzò gli occhi per guardare Teddy allo specchio e fece del suo meglio per sorridere.

"Sì" disse con un sorriso pieno di lacrime. "Lo desidero e *molto*... È solo che... nessuno l'ha fatto dalla scuola, dopo di *te* e... perdonami" si scusò, abbassando gli occhi. "Sono una sciocca... devo essere stanca..."

Teddy mise da parte la spazzola, si mise in ginocchio accanto allo sgabello e abbracciò Lisa, tenendola stretta. La baciò, si tirò indietro e sorrise.

"Mai sciocca, carissima Lisa. Ricordo che una volta mi dicesti che non avevi mai ricevuto baci o abbracci quando eri una bambina."

"Non prima di incontrare te, e mai dopo, mia cara Teddy."

Rimasero così ancora per qualche momento, poi Lisa si asciugò le lacrime con uno dei fazzoletti di Teddy, bevvero qualche sorso di latte caldo e Teddy cominciò a spazzolare i capelli di Lisa. E mentre la spazzola frusciava ripetutamente lungo i capelli castani di Lisa, con colpi lunghi e omogenei, Teddy raccontò a Lisa che cosa aveva fatto dopo aver lasciato Blacklands, circa diciotto mesi prima. Aggiungendo con un sospiro: "La mia vita non è eccitante o interessante come assistere un medico nel suo dispensario, no? E pensavo che avrei sposato Jack appena lasciata la scuola. Non vedevo motivi per aspettare. Per che cosa poi? Jack era tornato dai suoi viaggi all'estero ed era pronto a sistemarsi..."

"... dopo tutti quegli anni a meditare sui dipinti...?" disse briosamente Lisa con un sorrisino malizioso.

Teddy sbatté gli occhi e si fermò a metà di una ciocca di capelli, sorpresa. Poi scoppiò a ridere.

"Oh, povera me! È proprio da te ricordare ciò che mi aveva detto la mamma! Eravamo veramente esserini così ingenui da pensare che la ragione per cui i ragazzi erano così ansiosi di scappare all'estero fosse di poter ammirare un mucchio di vecchi dipinti ammuffiti?" Scosse la testa, incredula e riprese a spazzolare. "Se Jack Cavendish ha mai ammirato qualcosa non è in una galleria d'arte. Specialmente non in compagnia di Harry. E scommetto che Harry ha gettato più soldi nei bordelli di Francia e Italia e di ogni altra nazione in mezzo, di ogni altro giovanotto della sua età."

Fu la volta di Lisa di restare esterrefatta.

"Teddy! Come fai a dire..."

"Perché conosco Jack e conosco Harry. C'è un buon motivo per cui Harry si è guadagnato il nomignolo di 'figlio del satiro'. Non è solo perché assomiglia al suo defunto padre. La sua condotta lasciva con le attrici e le amanti di altri e il suo comportamento quand'era all'estero suggeriscono che abbia tutte le intenzioni di emulare le scandalose e leggendarie abitudini di *Monsieur le Duc* prima che sposasse la cugina duchessa."

"Tu-tu come fai a saperlo?"

Teddy sostenne lo sguardo pensieroso di Lisa nel riflesso dello specchio, poi alzò le spalle e disse: "Pensi che una sposa debba ignorare completamente le abitudini dei giovanotti virili? Che solo perché vivo nelle remote Cotswold dove ci sono poche persone non dovrei avere idea di come si comportano i ragazzi quando finalmente diventano adulti?"

"Non nego che sappiamo qualcosa di giovanotti e delle loro abitudini. E non sono cieca. Vedo le povere ragazze che camminano per strada, offrendo i loro favori. E ho letto gli articoli dei giornali sugli aristocratici e le loro amanti. Ma ti confesso di essere completamente ignorante sul-sul... *procedimento*..." Guardò Teddy da sotto le ciglia e aggiunse, con le orecchie che bruciavano: "Una volta mi dicesti che crescendo in una fattoria hai sempre saputo come *comincia* la vita. Quindi, no, non penso che tu sia ignorante. Anche se sospetto che si supponga che una giovane dama distolga gli occhi da quei *procedimenti*..."

"Una giovane dama, certo. Ma che agricoltore sarei se lo facessi? Un agricoltore deve capire il comportamento riproduttivo dei suoi animali, dei suoi tori da monta, gli arieti e gli stalloni, esattamente come lui, o, in questo caso, lei, deve sapere quando piantare i campi e con che cosa."

"Sei sempre stata così pratica, Teddy."

"E tu, Lisa Crisp, sei sempre stata una tale romanticona."

Entrambe le ragazze sorrisero e poi ridacchiarono, e con i capelli di Lisa in una treccia e legati con un nastro, salirono sul grande letto a baldacchino e si rannicchiarono sotto le coperte, con una sola candela sul comodino e il fuoco del camino a illuminare la stanza tranquilla e calda. Furono felici di restare a guardarsi, contente di essersi riunite e di aver riacceso un'amicizia che risaliva a quando avevano dodici anni.

"Allora non sei per niente preoccupata per la tua prima notte di nozze?" chiese Lisa nel silenzio.

"Non preoccupata. Nervosa. Non riesco a immaginare se fossi completamente ignorante. Renderebbe insopportabile la prospettiva della prima notte. E sarei molto preoccupata se Jack non avesse passato del tempo a *meditare* nel continente. La mamma dice che è importante che i mariti sappiano quello che stanno facendo quando fanno l'amore..."

"Hai parlato di fare l'amore... con *tua madre*?" Lisa era esterrefatta.

Non riusciva a immaginare la compassata lady Mary discutere una cosa così intima come fare l'amore, e con sua figlia.

Teddy rimase impassibile. "A chi altri potevo chiederlo? La mamma dice che posso chiederle qualsiasi cosa, e quindi lo faccio."

"Oh, penso che la tua mamma sia la persona più meravigliosa al mondo, Teddy. Sei molto fortunata."

Teddy sorrise. "Sì, non potrei desiderare una madre più meravigliosa." E poi tornò seria e disse tranquillamente: "La mamma dice che è importante che i mariti sappiano come dare piacere e riceverlo dalle loro mogli. Dice che non devo preoccuparmi se la prima notte non tutto va come dovrebbe, ma che se Jack e io siamo sinceri e gentili l'uno con l'altro alla fine tutto andrà a posto. Dice che fare l'amore la prima volta è come la prima volta che si fa una torta."

"Fare una *torta*?"

"Sì. Dice che anche se puoi avere tutti gli ingredienti giusti e segui la ricetta per il miglior dolce immaginabile, non significa necessariamente che la torta esca esattamente come te l'aspetti. E di non essere delusa del risultato. È comunque una torta. E che per fare una torta meravigliosa bisogna far pratica e poi una volta che hai perfezionato gli ingredienti e la ricetta, sarà una torta fantastica tutte le volte. Ha detto che la cosa più importante da ricordare è di divertirsi nel farla insieme."

Lisa ci pensò per un momento, confusa, poi confessò: "Non ho idea di come fare una torta o di come fare l'amore, se è per quello, ma sono sicura che il consiglio di tua madre sia molto saggio. E dal poco che ho visto di lei con il tuo patrigno, quando lui e i tuoi fratelli stavano partendo per la loro spedizione nei boschi, loro si amano moltissimo."

"Moltissimo. E la loro ricetta per la torta è proprio quella giusta, no? Perché ho due fratellini e una sorellina."

Le ragazze ridacchiarono, sprimacciarono i cuscini di piuma e si rimisero sdraiate. Ci fu un lungo silenzio e poi Teddy sussurrò: "Sei ancora sveglia?"

"Sì."

"Non ti sto impedendo di dormire, vero? So che la tua giornata è stata lunga…"

"Voglio restare sveglia finché riesco, per passare più tempo possibile insieme. Due settimane voleranno in fretta altrimenti."

"Non preoccuparti per quello per ora" le assicurò Teddy. "Ho qualcosa da dirti ma devo parlarne con Jack prima. E ora che la mamma ti ha conosciuto, pensa anche lei che potrebbe funzionare…"

"Un piano? Funzionare? Per *me*?"

"Sì. Sono sicura che Jack sarà d'accordo. È così dolce e amorevole e ha un animo così gentile."

"Non ti meraviglia che tutto quello che mi avevi detto quando eravamo a scuola sia riuscito come avevi previsto? Dicevi che avresti sposato Jack ed eccoti qui, sul punto di sposarlo! Sono così felice per te, Teddy. Lo sai, vero?"

"Sì. Tu, più di chiunque altro, sai quanto volessi che si avverasse." Teddy ridacchiò contro il suo cuscino. "Meno male che mi piace anche come bacia, altrimenti potrei non essere così felice."

Lisa si appoggiò su un gomito. "Bacia? Hai baciato Jack? Quando? Oh. Non rispondere! Perdonami. Non avrei dovuto chiedertelo..."

"Certo che ci siamo baciati, sciocchina. Ma potresti restare allibita quando ti dirò quando ci siamo baciati la prima volta... Non te l'avevo detto a scuola perché sapevo che mi avresti considerato una spudorata."

"Oh? Perché avrei dovuto pensarlo?" chiese Lisa con la voce flebile, riappoggiandosi al cuscino.

"Perché tu, mia carissima sorella di Blacklands, sei sempre stata quella che faceva le cose giuste. Tu segui le regole e non fai mai niente che possa sconvolgere qualcuno."

"Vuoi dire che ero la ragazza meno interessante della classe."

"Ma la più intelligente e la più bella di tutte noi."

"Teddy, è la seconda volta stasera che me lo dici, e ti voglio bene per questo, e me lo dicevi anche a scuola. Sei la mia migliore amica e le amiche pensano che l'altra sia bella, come penso io di te. Ma nessun altro l'ha mai detto di me, mai."

"L'ha detto anche la mamma. Stasera in effetti. L'ho sentita che ti descriveva a nonna Kate. Ha usato la parola bella e ha aggiunto che avevi un volto non comune. Un tipo di volto che le ricordava un dipinto che aveva visto una volta nella galleria della casa grande. Un volto degno di un dipinto."

"Che gentile da parte sua! Penso che chiederò a tua madre di adottarmi. Ma, per favore, non parliamo di me, ma della prima volta che hai baciato Jack."

"Avevo quattordici anni..."

"*Quattordici.*"

"Lo sapevo! *Sei* allibita."

"No... Oh! D'accordo, sì. Solo perché pensavo che il primo ragazzo che avevi baciato fosse Jamie Banks dietro la Chelsea Bun House."

Fu la volta di Teddy di appoggiarsi a un gomito. Era sorpresa e sconcertata. "Jamie? Jamie Banks? Perché pensavi che avessi baciato Jamie? Jamie piaceva a te."

"Ci piaceva discutere di scienza insieme, e del suo desiderio di studiare medicina all'università. E parlavamo del suo apprendistato all'orto botanico. Argomenti che ti avrebbero annoiato a morte, Teddy."

"Tu gli piacevi molto, Lisa."

"Piaceva anche a me. Gli baciai stupidamente la guancia…"

"Me lo aveva detto Violet."

"Davvero?"

"Ma chiunque abbia detto che avevo baciato Jamie dietro la Chelsea Bun House è un bugiardo perché non potrei baciare Jamie allo stesso modo in cui bacio Jack, come non potrei baciare mio fratello se avesse la stessa età. Sarebbe decisamente disgustoso. Mi piace Jamie. Ma è mio cugino…"

"Lo so, è il figlio naturale di tuo zio Dair. Ricordo che me lo avevi raccontato prima di presentarmi a lui un giorno in cui eravamo alla Bun House e lui era con i suoi compagni di scuola. Ma Teddy, Jack è tuo cugino e tu stai per sposarlo."

"Ma è diverso con Jack. Amo Jack da quando avevo dieci anni… se una decenne può sapere di essere innamorata. Ma ne sono stata certa prima di compiere quattordici anni. Ma Jamie è come un fratello. E perché avrei dovuto baciare Jamie quando ero innamorata di Jack? Pensavi che potessi fare una cosa simile e Jack?"

"No. Non riuscivo a immaginarlo… ma ricordo come fossi sconvolta quando Jack ti parlò dei suoi programmi di andare a gironzolare all'estero e che sarebbe rimasto lontano per anni e anni. E Jamie è attraente…"

"Sì. Molto. Ma comunque non ho nessuna voglia di baciarlo *in quel modo*."

Lisa tese la mano a Teddy e intrecciarono le dita. "Non lo avrei mai pensato possibile se non me lo avesse detto qualcuno cui credevo. Ma ripensando a quell'episodio, cosa che ho fatto troppo spesso, e non è salutare, ora penso che me lo avesse detto per farmi pensare che il mio bacio valesse di meno. Ha un senso?"

"Sì. Le ragazze possono essere le creature più orribili che si possa immaginare quando sono gelose. Pensare che qualche perfida gatta abbia parlato alla direttrice del tuo bacio… ero talmente addolorata quando ti fecero lasciare Blacklands. Sai che ho tentato di trovarti dopo la tua partenza?"

"Adesso ho tutte le tue lettere e lo ho lette molte volte. Grazie per aver perseverato. Grazie per avermi trovato."

"Non ti ho trovata io. La cugina duchessa, la cugina di mia madre, ti ha trovato per me. È la madrina più gentile e amorevole al mondo e quando la conoscerai sarai d'accordo con me. Non vede l'ora di incontrarti."

"Io non vedo l'ora di ringraziarla per avermi trovato perché sono sicurissima che se non fosse stato per i suoi sforzi non avremmo mai potuto avere questa riunione. E ora non sarei qui con te, sul punto di vederti finalmente sposare il tuo Jack."

"Come avrei potuto sposare Jack senza te al mio fianco, carissima Lisa? Sei la mia più intima amica e ti sei occupata di me a scuola. Non avrei mai superato un solo esame se non fosse stato per il tuo aiuto. Se alle ragazze fosse permesso di usare il cervello allo stesso modo dei ragazzi, tu avresti potuto raggiungere qualunque obiettivo, come sta facendo Jamie. Lui sta per andare all'università, per cominciare gli studi di medicina e vorrei che avessi potuto andare e studiare con lui."

"Sono molto felice per lui. E ti ringrazio perché pensi che sia intelligente. Ma dopo aver assistito nel dispensario non credo che potrei fare il medico. Prestare un orecchio comprensivo ai problemi degli altri, sì, ma non possiedo la forza d'animo per dissezionare…"

"Jamie è qui per il matrimonio. È uno dei testimoni di Jack. So che non vede l'ora di rivederti."

"Davvero?" rispose Lisa con calma. Quando Teddy alzò le sopracciglia e sorrise, lei non restituì il sorriso ma disse seriamente: "Ho voglia anch'io di vederlo. Ma per favore, Teddy, devi promettermi di non cercare di accoppiarmi a tuo cugino. Lui è sempre stato solo un amico, ed è ciò che sarà sempre. E sono sicura che anche lui la pensi allo stesso modo."

"Come vuoi. Ma desidero tanto che tu ti innamori e ti sposi, Lisa Crisp. Che sia felice come me."

"Lo desidero anch'io. Ma temo che sia un pio desiderio più che un esito probabile."

"Perché? Quando ti innamorerai e ti sposerai, potremo confidarci l'una con l'altra, come facevamo a scuola, ma da donne sposate, parlando dei nostri mariti, dei nostri bambini, e…"

"Posso desiderare di sposarmi un giorno e magari potrebbe succedere. Ma temo che dovrò lasciare a te i bambini, carissima…"

Ci fu di nuovo un lungo silenzio tra di loro, poi Teddy disse a voce bassa: "Non ci sono stati cambiamenti in te dopo la scuola?"

"Nessun cambiamento."

Un altro silenzio e poi Teddy sospirò e strinse le dita di Lisa, dicendo con un'allegria che non sentiva assolutamente: "In un certo senso ti rende ancora più speciale. Il ciclo mestruale è bestiale e non capisco perché le femmine umane debbano sopportare quest'orribile disgrazia, mentre le femmine animali non ne soffrono. Ma lo sopporterò perché voglio avere dei bambini…"

"E io voglio che tu abbia dei figli perché allora sarò una zia… quasi."

"Oh, sì, e una madrina. Sarai la madrina di mio figlio."

"Sarebbe bello e un onore. Grazie."

"Allora, qual è stata la spregevole e disgustosa ragazza che ha raccontato che avevo baciato Jamie?" le chiese Teddy, pensando che non fosse il caso di restare sull'argomento dei bambini, sapendo che non era probabile che Lisa potesse mai avere figli, anche se Teddy non voleva perdere le speranze, una volta che avesse trovato un gentiluomo che la sposasse.

Lisa si voltò sulla schiena e fissò il baldacchino a pieghe. Esitava a rispondere perché la verità avrebbe dimostrato che la spia era una bugiarda. E la bugiarda era una delle amiche di Teddy, Violet Knatchbull. Lei e Margaret Medway erano state un tormento per Lisa a scuola e tutto perché non la ritenevano degna della loro amicizia e di certo non degna dell'amicizia di Theodora Cavendish, la nipote di un duca. E quando Teddy aveva negato di aver mai baciato Jamie, Lisa aveva capito che Violet aveva inventato quel bacio nella speranza di rovinare l'amicizia tra Lisa e Teddy.

Fin quasi dal suo primo giorno a Blacklands, Violet si era fermamente proposta di dividere Teddy da Lisa. Una cosa che non era riuscita a fare fino al loro ultimo anno, quando lei aveva visto Lisa baciare Jamie Banks sulla guancia e lo aveva detto alla direttrice. Come faceva a saperlo? Perché Violet si era vantata di essere lei quella che aveva fatto espellere Lisa.

Lisa era sicura che Violet e Margaret sarebbero state presenti al matrimonio, se non erano già lì per condividere le due settimane di festeggiamenti, quindi non aveva senso esporre Violet per la bugiarda che era, e non voleva gettare un'ombra sui festeggiamenti di Teddy. Quindi soffocò uno sbadiglio, chiuse gli occhi e si rannicchiò, sperando che Teddy lo prendesse come il segno che era troppo stanca per continuare a scambiarsi confidenze.

Si sarebbe concentrata sul giorno dopo e l'inizio delle sue due magiche settimane in quel posto meraviglioso, e si addormentò quasi subito, sognando non palazzi e saloni da ballo, ma uno scrittoio di legno di palissandro e il bel gentiluomo con due magnifici occhi scuri che glielo aveva regalato. Quando lui la guardava in quel suo modo speciale, la rendeva più felice di quanto avesse mai pensato fosse possibile. Sperava che il Jack e l'Harry che aveva incontrato a casa di lord Westby e che erano venuti a Gerrard Street fossero proprio il Jack e l'Harry di cui parlava Teddy e che sarebbero stati lì, a Treat; Jack, l'uomo che Teddy stava per sposare e Harry, il suo miglior amico, con la sua voce di velluto e il viso di un imperatore romano, che Lisa aveva sognato di baciare e del quale sapeva di stare per innamorarsi.

Se solo i sogni avessero potuto avverarsi...

QUINDICI

Lisa si svegliò tardi. Non aveva mai dormito così profondamente, né si era svegliata con il sole così alto in cielo. Ricordava vagamente di aver sentito Teddy alzarsi, rumore di acqua che schizzava in giro e di donne che parlavano sottovoce. E poi, in lontananza, di porte che si aprivano e chiudevano e poi c'era stato del movimento all'esterno sul viale di ghiaia. Era arrivata una carrozza e poi era ripartita. Ma sembrava che fosse successo tutto ore prima.

Quando andò nel piccolo spogliatoio, trovò i suoi vestiti pronti sulla *dormeuse*: uno degli abiti a fiori che Becky aveva modificato con mano esperta, corsetto, sottogonne, guanti in tinta e i suoi stivaletti, lucidati e pronti con un paio di calze pulite. Accanto c'erano degli accessori per lei nuovi: un grembiulino bianco trasparente di lino finissimo, un cappello di paglia a tesa larga e un ventaglio pieghevole. Non aveva mai posseduto un ventaglio simile, anche se a scuola le avevano insegnato come usare il più essenziale degli accessori femminili. Altre ragazze erano state felici di imparare come sventolarlo come una dama. Lisa aveva sempre pensato che fosse una perdita di tempo. Ora era lieta di aver perlomeno prestato attenzione.

"Siete sveglia, signorina!" Esclamò Becky, arrivando dalla porta di servizio con un secchio d'ottone pieno di acqua calda. Si fece da parte per permettere a una ragazza con una cuffietta, più o meno della sua stessa età, con un secchio simile in mano, di entrare dietro di lei. "Questa è Meg, ed è stata di enorme aiuto. C'è una vasca dietro il paravento alle vostre spalle, signorina, e quando vi sarete fatta il bagno e vi sarete vestita, andrò a prendere la vostra colazione, che farete nella vostra stanza, visto che è tardi. Miss Cavendish ha detto di non preoccuparvi per aver dormito fino a tardi. Voleva che riposaste. Lei è andata alla casa grande con la sua mamma e la nonna per dare il benvenuto a qualche nuovo arrivato. Ora, vediamo di prepararvi. Avete una grande giornata davanti a voi."

"Sei sicura che lady Mary abbia detto il padiglione?" chiese Lisa a Becky mentre camminavano lungo un sentiero ombroso che collegava la Gatehouse Lodge con la tenuta di Kinross di Crecy Hall.

"Sì, signorina" disse Becky, senza esitare. "Tutto quello che mi hanno detto è di seguire questo sentiero fino alla fine e da lì avremmo saputo dove andare. Non è una passeggiata magnifica?" aggiunse con un sospiro, alzando gli occhi e guardando i filari di faggi. "Non ho mai visto niente di simile. Già, ma non ho mai visto niente di quello che c'è qui, da nessuna parte."

"È molto grazioso e piuttosto magico" ammise Lisa con un sorriso, ignorando il nervosismo per il suo primo impegno pubblico per godersi il momento. Perché era una perfetta giornata estiva, con un cielo azzurro polvere dove navigavano ciuffi di nuvolette bianche. E una leggera brezza che veniva dal lago smuoveva le foglie di un verde brillante sugli snelli rami neri dei faggi che fornivano l'ombra, qua e là chiazzata di luce, riparandole dal sole caldo.

Suppose che non sarebbe stata così nervosa, se non avesse scoperto da Becky che quando lei e Meg avevano tolto i vestiti dal baule la sera prima sul tardi, la cameriera personale di lady Mary le aveva interrotte, controllando tutto il contenuto prima di andare a informare la sua padrona di ciò che mancava. Da lì il cappellino di paglia che ora copriva i capelli appena lavati e intrecciati di Lisa, il grembiulino trasparente che ornava il davanti del vestito a fiori e il ventaglio che le pendeva dal polso attaccato a un cordoncino. E c'erano altri articoli che sarebbero arrivati, e, secondo Becky, la cameriera personale di lady Mary aveva espresso un giudizio molto critico sul vestito che Lisa aveva sperato di indossare al matrimonio e al ballo. Non sarebbe assolutamente andato bene e si doveva fare qualcosa.

Lisa sperava solo che lei, diversamente dal suo guardaroba, non si sarebbe rivelata una triste delusione per i parenti e gli amici di Teddy. Ma la meraviglia contagiosa di Becky le fece riporre in fretta in fondo alla mente tutti i timori quando arrivarono alla fine del viale ed entrarono in un vasto spazio aperto e si aprì loro la vista fantastica di una villa elisabettiana, con le sue file di finestre a bifora che scintillavano al sole. La palazzina, con i suoi alti comignoli ritorti e i fantastici gargoyle a ogni angolo era una versione molto più grande della Gatehouse Lodge, o, per meglio dire, la portineria era una versione in piccolo di quella palazzina. Posta in cima a un giardino a terrazze, fragrante di fiori, che dava sul lago, avvicinandosi dalla parte del viale alberato da cui erano emerse Lisa e Becky, forniva una vista di infiniti prati erbosi che arrivavano fino al bordo dell'acqua, dove alcune barche a remi ballonzolavano attraccate a un molo.

Lisa e Becky si fissarono, come a cercare una conferma di star veramente vedendo la stessa scena idilliaca. Quando uscirono al sole da sotto gli alberi, la loro meraviglia aumentò nel momento in cui videro il grazioso padiglione. Situato in cima a una collinetta, dava sul lago e aveva un alto tetto a cupola sostenuto da colonne di marmo e una serie di larghi gradini esposti agli elementi che davano accesso alla grande sezione coperta.

"Non siate nervosa, signorina" disse Becky per incoraggiarla, quando Lisa si fermò in mezzo al prato, tirò il fiato e raddrizzò le spalle. "Sembrate un quadro. Nessuno potrebbe dire il contrario."

"Grazie, Becky. Se riusciremo a superare questo primo giorno di presentazioni, sono sicura che ci divertiremo di più. Vediamo che cosa ci aspetta…"

Ma quando arrivarono al padiglione lo trovarono vuoto di ospiti e membri della famiglia e solo con dei servitori che si stavano occupando di decorare le grosse colonne con dei nastri e sistemare sedie e tavoli. Lisa e Becky colsero l'opportunità per ammirare il bel padiglione dai larghi scalini, alzando gli occhi al soffitto dipinto e lungo il pavimento di marmo fino alla *dormeuse* e alle sedie rivestite di seta preziosa e da una parte, a una serie di grandi cuscini sistemati attorno a un basso e lungo tavolo di lucido mogano. Si trovarono a chiedersi dove fossero gli invitati al rinfresco e se fossero arrivate troppo presto all'evento.

Prima che Lisa potesse fare la domanda, ci pensò Becky: "Sua signoria ha detto il padiglione. Forse sono ancora tutti in casa?"

"Forse è così. Tu resta qui all'ombra, mentre io vado verso la terrazza. Potrei trovare alcuni degli ospiti che passeggiano. Se comincia ad arrivare gente, vieni a cercarmi. Altrimenti tornerò presto."

Becky non si sentiva a suo agio a sedersi sui mobili, era tutto troppo grandioso, e che cosa avrebbero detto gli ospiti se fossero arrivati e l'avessero trovata lì? Così aspettò che Lisa attraversasse il prato e andò a sedersi sul primo gradino, con la schiena appoggiata a una grossa colonna, ignorò il gruppetto di servitori che facevano il loro lavoro, e ammirò il panorama. Era intenta a imprimersi tutto nella memoria per poterlo raccontare alla zia Humphreys al suo ritorno in città.

E mentre Becky osservava i cigni che passavano scivolando sull'acqua e le anatre che nuotavano sotto e intorno al molo e alle barche a remi che ondeggiavano, Lisa arrivò alla terrazza dove trovò dei gradini di pietra serpeggianti che portavano fino alla casa attraverso i giardini. Ma qualcosa la fece allontanare dalla scalinata e continuare a camminare lungo il bordo dei giardini finché arrivò a una grande quercia a metà strada tra i giardini e il lago. Era un albero maestoso e molto vecchio e lì, sostenuta sui grossi rami più bassi c'era una casetta, costruita in modo da assomigliare al cassero di una nave a vela. Ne rimase così affascinata che proseguì fin sotto i rami della quercia per vederla meglio e, scoprendo che il cappello di paglia le ostruiva la vista, se lo tolse, lasciandolo pendere di fianco tenuto per i nastri. Fece mezzo giro dell'albero con il mento per aria prima di accorgersi di non essere da sola.

Una ragazzina la stava osservando. Era in piedi accanto a un'altalena e si teneva a una delle due funi attaccate a entrambi i lati di un sedile ricoperto di damasco. Le funi salivano molto in alto tra i rami della quercia cui erano appese. La ragazzina non si era mossa né aveva dato segno di aver visto Lisa. In effetti aveva la fronte aggrottata e lo sguardo solenne. Era una bella bambina con grandi occhi castani leggermente obliqui, come quelli di un gatto e una bocca a bocciolo di rosa in un viso a forma di cuore, incorniciato da riccioli color miele scuro intrecciati con grossi nastri di seta. Ma nonostante la sua bellezza, Lisa fu attratta dal suo vestito. La ragazzina era vestita con un abito ampio del cotone più fine dipinto nei dettagli più vividi e colorati con fiori di ciliegio e piccoli uccelli canterini. Sotto il vestito c'era una sottogonna di lucido cotone bianco bordata di pizzo delicato e ai piedi indossava scarpine dello stesso tessuto dell'abito, legate con fiocchi di seta dello stesso rosa dei nastri nei capelli. Sembrava essere vestita per una grande occasione, ma Lisa sospettò che abiti così meravigliosi fossero una cosa di tutti i giorni per i bambini che vivevano in un posto così magico.

Lisa si avvicinò.

"Salve, io mi chiamo Lisa."

"Salve."

"Come ti chiami?"

"Non sapete chi sono?"

"No, ma dovrei, vero?"

"Tutti sanno chi sono."

"Davvero? Tutti tranne me, a quanto pare."

La ragazzina diede una bell'occhiata a Lisa. "Siete la cameriera di una dama?"

"No, sono un'ospite e sto alla Gatehouse. Sono arrivata ieri per il matrimonio di miss Cavendish."

"Non ho mai incontrato qualcuno che non sapesse chi sono."

"Che fortuna per me essere la prima estranea che incontri" rispose Lisa con un sorriso, facendo del suo meglio per non farsi innervosire dall'aria solenne e inquisitoria della bambina.

Ma si era trovata di fronte ben altro nel dispensario quando i bambini, feriti o malati, non volevano avere niente a che fare con chiunque potesse farli sentire peggio di quanto già si sentissero. Si chiese perché la bambina fosse da sola, perché di certo una ragazzina dotata di una simile nobile sicurezza e vestita con l'abbigliamento costoso riservato ai pochi privilegiati avrebbe dovuto essere circondata da un vero esercito di bambinaie e cameriere.

"Desideri restare da sola o hai degli amici che verranno a unirsi a te sull'altalena?" le chiese.

La ragazzina la sorprese scegliendo di rispondere in francese, spingendo Lisa a chiedersi se quando era petulante la ragazzina parlasse nella lingua che per lei era una seconda natura.

"Volevo restare da sola perché non sono mai da sola. Quindi sono scappata."

Lisa non si lasciò turbare dalla dichiarazione della bambina di essere scappata. In quel luogo idilliaco non sembrava esserci un posto dove scappare e non essere trovata facilmente. A meno che volesse nuotare fino all'isola in mezzo al lago o prendere i remi e andarci in barca.

"Allora ti lascerò restare da sola" rispose tranquillamente Lisa in francese e si voltò verso il padiglione.

"*Attendez! Ne partez pas!*"

Lisa si voltò all'ordine della bambina di fermarsi e aspettare, e aspettò.

"Vorrei che restaste, per favore." Guardò Lisa con curiosità e chiese di nuovo: "*Sinceramente* non sapete chi sono?"

"Sinceramente." Lisa sorrise. "A meno che, ovviamente tu non sia una principessa delle fate che vive qui sotto la quercia. E dato che non mi hanno mai formalmente presentato a una principessa delle fate non so se sia educato fare una riverenza, o forse dovrei baciarti anche la mano?"

Qualcosa in ciò che Lisa aveva detto fece ridacchiare la bambina. Scosse la testa e poi, con il mento alzato e un sorriso di superiorità pieno di segreti, disse: "Io non vivo sotto a un-un *albero*. Io vivo laggiù, in quella casa."

"Ovvio. Ed è una gran bella casa. Una principessa delle fate potrebbe vivere in una casa simile."

"Ma non sono una principessa delle fate. Sono una *marchesa* e un giorno sarò una duchessa."

Lisa sperava di non sembrare stupita come si sentiva scoprendo una ragazzina, che sembrava non avere più di sette od otto anni, che non solo aveva un titolo nobiliare ma che era anche acutamente conscia del suo status sociale. Eppure, non c'era niente di presuntuoso nella sua dichiarazione. Lo aveva detto come un dato di fatto. Proprio come la sua supposizione che tutti dovessero sapere chi fosse.

"Meraviglioso" rispose Lisa con un sorriso, mascherando il suo stupore. Fece una gran scena nel mettere da parte il cappello a tesa larga e il ventaglio, alzò le sottogonne fino alle caviglie per potersi sedere sull'erba e poi alzò gli occhi sulla ragazzina. "Ti piacerebbe sederti con me? Qui, siediti sulle mie gonne, in modo da non rovinare il tuo bel vestito." Aggiungendo poi, quando la ragazzina accolse con piacere la sua offerta: "Immagino che come marchesa, e un giorno duchessa, tu abbia comunque un nome di battesimo? Forse potresti rivelarmelo, in modo che non siamo più estranee…?"

La ragazzina sembrò riflettere a lungo ed era tale la solennità della sua espressione che Lisa nascose in fretta un sorriso, per evitare che la bambina la considerasse insincera o pensasse che stava ridendo di lei. Capiva che la bambina stava cercando di decidere se dovesse o meno fidarsi di confidare a quell'estranea un'informazione che tutti gli altri nel suo mondo conoscevano come dato di fatto. Ma una volta deciso di fidarsi di Lisa, non nascose più nulla. Era come se sentisse il bisogno di verbalizzare la spiegazione per capirne anche lei il senso. Lisa era certa che la bambina non aveva mai dovuto pensare a fondo ai suoi legami di famiglia: quei legami, come l'esistenza del sole e della luna, erano lì e tutti nel suo mondo li conoscevano. Ma ora, pensandoci e cercando di spiegarli a qualcun altro, si era resa conto che forse i suoi legami famigliari non erano facili da capire per un'estranea. Quindi fece del suo meglio e Lisa ascoltò pazientemente, dando alle sue intricate spiegazioni la dovuta serietà. Sorprendentemente, alla fine tutto ebbe un senso logico per entrambe.

"Ho tre nomi di battesimo" dichiarò la ragazzina. "Elspeth. Henrietta. Jane. *Maman* e papà mi chiamano Elsie. E anche i miei fratelli. Ne ho due. Roxton è molto più grande di me. È un duca. Henri-Antoine è il fratello minore, ma anche lui è molto più grande di me. E ho anche una sorella maggiore, si chiama Sarah-Jane. Ma non è la sorella di Roxton e Henri-Antoine. È la figlia di papà, non di *maman*. Vive in Francia e ha quattro figli, tre femmine e un maschio.

Suo marito, il cugino Charles, è qui per il matrimonio di Teddy. Ma Sarah-Jane non è potuta venire perché sta ancora allattando il suo bambino, che si chiama Benjamin Franklin Fitzstuart e papà dice che il piccolo Benjamin ha preso il nome da un uomo molto importante che si chiama Benjamin Franklin. Papà dice che quel signore è più importante di lui, anche se papà è un duca. E tutti sanno che dopo il re e i suoi ministri i duchi sono gli uomini più importanti nel paese."

Si chinò verso Lisa e disse in confidenza: "*Maman* mi ha detto che lei corrisponde con Benjamin Franklin... non il bambino, quello vecchio. E che per quanto Benjamin Franklin sia importante per il mondo, papà sarà sempre l'uomo più importante in tutto il mondo per noi."

"Ed è così che dovrebbe essere" rispose sinceramente Lisa e non aggiunse niente perché capiva che la ragazzina aveva dell'altro da dire.

"Quando eravamo in Francia in primavera, *maman* e papà e io vivevamo in una casa vicino a Sarah-Jane e Charles e tutti i giorni percorrevamo la strada per andare a trovarli. Le case lì hanno le imposte azzurre alle finestre e grandi arcate in modo che le carrozze possano arrivare fino alla porta, che non è di fronte alla casa ma di lato, nel cortile. La casa era accanto al palazzo dove vive il re di Francia e dove il cugino Charles fa un lavoro importante per il suo nuovo paese. *Maman* una volta viveva in quel palazzo, ma era tanto tempo fa, quando c'era un altro re sul trono di Francia.

"Noi eravamo andati in Francia perché papà potesse conoscere i suoi nipoti e io potessi incontrare mia sorella. Papà ha pianto quando ha visto Sarah-Jane e ha fatto piangere anche me. Ma papà dice che le sue erano lacrime di felicità e che quindi non dovevo essere triste. Mi ha detto che non vedeva Sarah-Jane da prima che nascessi io. È strano avere un papà che è un nonno quando non sembra un nonno. Non ha i capelli grigi, per niente, anche se *maman* ne ha tanti. Ma i suoi sono d'argento. E lei è una nonna fin da quando è nato Freddie, e lui ha due volte la mia età.

"Sarah-Jane e Charles mi chiamano Elsie. E anche i figli di Roxton. Vivono nella casa grande. *Maman* dice che quasi tutti i figli di mio fratello sono nati molti anni prima di me, e quindi è giusto permettere che mi chiamino Elsie e non zia Elsie. *Maman* viveva nella casa grande quando i miei fratelli erano piccoli come me, ed era la duchessa di Roxton. Ma ora è la duchessa di Kinross e quindi viviamo qui, e a volte a Londra e poi ci sono volte in cui andiamo in una casa grande con le torrette che si trova su un lago chiamato *loch* in una nazione lontana chiamata Scozia. Ma comunque non è grande come la casa grande dove vive Roxton. A me piace più di tutto vivere qui in questa casa, anche se ci sono molti più posti per nascondersi nella casa grande. Henri-Antoine conosce tutti i posti migliori per nascondersi e anche Jack. Voi potete chiamarmi Elsie, perché non siamo più estranee. E perché vorrei che foste mia amica… A voi piacerebbe essere mia amica…?"

"Grazie. Mi piacerebbe molto essere tua amica, Elsie. E dato che siamo amiche puoi chiamarmi Lisa. E grazie per avermi parlato della tua famiglia, che trovo molto interessante perché io non ho una famiglia mia…"

"Niente famiglia?" Elsie spalancò gli occhi. Era incuriosita. "Niente del tutto?"

"Niente fratelli o sorelle e né padre né madre. I miei genitori sono morti quando avevo più o meno la tua età…"

"Io ho otto anni e sei mesi."

"Sì, allora, circa la tua età."

"E cugini. Avete cugini?"

"Ho tre cugine. Due sono sposate e la più giovane ha dodici anni…"

"Julie ha dodici anni e un giorno vuole diventare duchessa come me. Ed è il motivo per cui a volte non è gentile con me. *Maman* dice che è perché io diventerò una duchessa chiunque io sposi, ma Julie deve trovare un duca da sposare. Penso che troverà un duca, perché è molto carina e assomiglia moltissimo alla mia *maman*; lo dicono tutti."

"Allora sono sicura che un duca vorrà sposarla."

"Vi rattrista non avere fratelli e sorelle e genitori?"

"Ero triste quando avevo la tua età. Ora non più perché mi tengo occupata aiutando altra gente e ho degli amici, e la mia più grande amica nel mondo intero è la signorina Theodora Cavendish. Sono sicura che tu la conosci."

Elsie sorrise e annuì. "Teddy? Certo! Mi piace moltissimo Teddy. Mi fa sempre ridere."

"È così anche con me. Lei è sempre contenta. Quindi, vedi, sono fortunata ad avere una così buona amica e tu sei fortunata ad avere *maman* e papà, e due fratelli e una sorella, e molti cugini. E tutti quanti ti devono volere molto bene. Non vedo l'ora di conoscerli tutti."

E c'era un membro in particolare della famiglia di Elsie che non vedeva l'ora di incontrare di nuovo e che era sempre più convinta le avesse deliberatamente nascosto di essere un nobile e per ragioni che poteva solo supporre. Forse, come Elsie, lui dava per scontato che lei avrebbe saputo chi era senza bisogno di informarla. Forse non sentiva il bisogno di farsi riconoscere da qualcuno di condizioni sociali inferiori alle sue. Forse si era solo divertito con lei… Ma il suo intuito le diceva che quelle scuse non sembravano vere, che lei gli piaceva quanto lui piaceva a lei, e quindi ci dovevano essere delle altre ragioni per cui si era sforzato di restare anonimo. Qualunque fossero le sue ragioni, lei avrebbe smesso di fare supposizioni e avrebbe aspettato che glielo dicesse lui…Diede un'occhiata all'altalena.

"Ora che siamo amiche, ti piacerebbe che ti spingessi sull'altalena?"

"Io non posso andare in altalena da sola. Ci devono essere due delle mie cameriere e un servitore con me."

Lisa arricciò le labbra davanti a regole così restrittive, anche se amorevoli, prima di rendersi conto di che cosa stava facendo. Elsie lo vide e ridacchiò.

"Anche Henri-Antoine fa così. E anche papà. Ma non si fanno vedere dalla mamma perché non vogliono che si agiti. Quando sono con lei fanno quello che vuole lei…"

"… e quando non sono con lei a volte fanno i birichini?"

Elsie si portò un dito alle labbra e disse, sussurrando forte: "Non dovrei dirlo…" Sorrise e annuì. "Molto birichini."

"Non so quanto tempo ci resti prima che ci scoprano… ma forse potremmo essere un po' birichine anche noi?" disse allegramente Lisa, con un'occhiata significativa all'altalena.

Elsie si alzò in fretta dalle sottogonne di Lisa ma, invece di andare all'altalena, corse verso la base della quercia e raccolse due bambole che Lisa non aveva notato e che erano state appoggiate al tronco. Entrambe erano agghindate con abiti da corte di seta, ricamati con paillette che avrebbero fatto invidia a qualunque donna adulta. Una bambola aveva i capelli neri ed era vestita di broccato viola, l'altra era bionda e il vestito era di seta avorio ed entrambe erano molto amate.

"Questa è *mademoiselle* Yvette" disse Elsie, alzando la bambola con i capelli biondi. "E questa" aggiunse, alzando la bambola con i capelli neri, "è la signorina Simonetta."

Lisa fece una riverenza. "È un piacere conoscere entrambe le tue amiche. Possiamo metterle sedute di fronte all'altalena in modo che possano guardarti, o preferisci che facciano a turno e salgano con te?"

"Faranno a turno. *Mademoiselle* Yvette sarà la prima, perché è la mia bambola più nuova, e Simonetta è stata tante volte sull'altalena."

"È giusto."

Elsie sistemò la signorina Simonetta a qualche passo dall'altalena, sistemandole le sottane per coprire le gambe e mettendole le mani in grembo. Poi tornò da Lisa, che aveva in mano *mademoiselle* Yvette. E quando Lisa fu certa che Elsie fosse ben salda sul sedile di damasco imbottito dell'altalena, con le mani strette intorno alle funi coperte di nastri, le mise accanto la bambola, assicurandola con le sottogonne di cotone della ragazzina.

Ebbero tempo a sufficienza per far fare un turno ciascuna in altalena alla signorina Simonetta e a *mademoiselle* Yvette e poi, al terzo turno, entrambe le bambole restarono a guardare mentre Elsie saliva più in alto di quanto avesse mai fatto prima. Era così eccitata da essere come ogni altra bambina che si godeva il vento nei capelli e l'emozione di salire per aria tanto in alto che la punta dei piedini sembrava toccare l'azzurro del cielo, con il cuore che batteva forte e trattenendo il respiro, sapendo che in un batter d'occhio l'altalena sarebbe ricaduta e lei l'avrebbe sentito in fondo allo stomaco, e avrebbe ansimato tutte le volte.

Lisa andò a mettersi davanti all'altalena, lasciando che rallentasse da sola e si sedette a gambe incrociate sull'erba, con entrambe le bambole in grembo, a osservare Elsie che si godeva la libertà. E dato che stava guardando l'altalena, non si accorse dell'attività dietro di lei. Se Elsie vide il piccolo battaglione di donne che veniva verso di lei, scelse di ignorarlo, intenta a restare sull'altalena il più possibile e facendo del suo meglio con il movimento delle gambe per spingersi da sola e far durare il divertimento il più a lungo possibile, ora che Lisa non la stava più spingendo.

Lisa era così presa a osservare Elsie che si divertiva senza una preoccupazione al mondo che si accorse di non essere più da sole solo quando una nuvola si spostò di fronte al sole alle sue spalle, o almeno fu quello che le sembrò, lasciandola all'ombra. In realtà qualcuno si era messo direttamente dietro di lei, bloccandole il sole. E prima che potesse girarsi per vedere chi le faceva ombra, si fece avanti un gruppo di donne, su entrambi i suoi lati, in uno sbattere e frusciare di sottane e chiacchiericcio preoccupato, e tutto in francese.

Si rimise in piedi, assistita da una mano salda sul braccio. Quando la lasciarono andare, si spazzolò le sottane prima di voltarsi e guardare direttamente in faccia al gentiluomo che occupava i suoi sogni e non era mai molto lontano dai suoi pensieri.

"Salve" disse lui con quella sua speciale voce morbida e quasi nella maniera maliziosa in cui lo aveva salutato lei a Gerrard Street il giorno in cui era venuto in visita come amministratore della Fondazione Fournier. Se lui era sorpreso di vederla nella casa della sua famiglia, stava facendo uno sforzo erculeo per non farlo vedere.

"Salve" rispose Lisa, restando anche lei calma e sotto controllo, più che altro perché non era per niente sorpresa di vederlo. Eppure, essere alla sua presenza e così vicini le tolse la parola, quindi permise al proprio sguardo di osservarlo velocemente, dalla cravatta fino alla punta degli stivali.

Aveva ammirato il suo splendore sartoriale, fatto di redingote e panciotti dai ricami preziosi nel suo ambiente urbano, ma lì in campagna, nel verde e all'aria fresca, lui sembrava rilassato e il suo volto snello aveva uno splendore sano. Era nel suo elemento e anche se il suo abito era fatto più per la comodità, calzoni scamosciati beige e un panciotto color limone pallido sopra una camicia bianca e una cravatta semplice, non per quello era meno splendido. Ma furono i suoi capelli scuri sciolti che le fecero sentire la gola calda. Senza pomata o nastri, ricadevano sulla fronte e sulle spalle. In ogni altro uomo quella mancanza di decoro avrebbe rischiato di sembrare effeminata, su di lui faceva solo risaltare la sua mascolinità.

"È una macchinazione o una spettacolare coincidenza, miss Crisp?" disse. "Siete ospite del matrimonio Cavendish?"

"È così" rispose tranquillamente Lisa, conscia che la stava prendendo in giro, con le mani dietro la schiena, il mento alzato e sorridendo nei suoi occhi scuri. Se non fossero stati circondati dagli altri, lo avrebbe baciato subito. "E il fato non può essere forzato, no?"

Henri-Antoine si avvicinò di un passo. "Il fato? Sono incline a pensare che pratichiate le arti oscure e che siate una strega."

"Una strega? Ma siete voi che vivete in un mondo magico evocato dalla stregoneria. Allora non siete uno stregone?"

"*Touché*. Ditemelo ancora. Quanti anni avete detto di avere...?"

Il sorriso di Lisa divenne immenso. "E con quale nome mi devo rivolgere a voi... milord?"

Henri-Antoine non fece una piega. "Se sapete quello" mormorò, "sapete anche il resto, *strega*."

Lisa trattenne un sorriso, alzando un sopracciglio come se fosse perplessa, ma non era possibile nascondere la luce di trionfo nei suoi occhi azzurri. "Ma sarebbe saggio avere la conferma dell'informazione che mi è stata data. Anche se sono sicura che la mia fonte sia impeccabile."

Il tono di Henri-Antoine perse la giocosità. "Ve lo avrei detto... prima o poi."

Lisa continuò a prenderlo in giro. "Qui? O da qualche altra parte? E quando?"

"Siete voi la strega. Ditemelo voi."

"Ah, essendo voi uno stregone dovreste avere tutte le risposte."

Il labbro superiore di Henri-Antoine si contrasse e Lisa abbassò lo sguardo dai suoi occhi scuri alla sua bocca. La bocca che aveva tanta voglia di baciare. Lo avrebbe fatto. Doveva. Non era un desiderio, era un bisogno. Alzò di nuovo gli occhi e tirò il fiato. L'espressione in quegli occhi scuri non era meno famelica. Stava avendo anche lui gli stessi pensieri impuri. Invece di esserne sconvolta, divenne euforica.

"Non sapevo che sareste stata qui" confessò Henri-Antoine. "Ma ho osato sperarlo."

"È il fato."

Si avvicinarono di un passo ed erano a una spanna l'uno dall'altra, acutamente consci dell'altro eppure consapevoli di essere in un posto pubblico. Smisero di fantasticare e tornarono al presente quando Elsie si staccò dalle bambinaie e dalle cameriere che le stavano armeggiando intorno. Ficcò le sue bambole in mano a una cameriera e corse verso la coppia, infilando la mano in quella del fratello.

Il tocco gli fece distogliere lo sguardo da Lisa e guardare in basso verso la sorellina.

"Henri-Antoine, questa è la mia nuova amica, Lisa. Voglio che la inviti al picnic di *maman* nel padiglione."

"È un'ospite, è già stata invitata, *mon petit chou*" le rispose gentilmente il fratello.

"Tu resterai per il picnic?" gli chiese Elsie, speranzosa.

Quando le donne fecero un passo verso la loro protetta, Henri-Antoine le fermò con un'occhiata severa e loro si ritirarono in fretta ad aspettare i comodi di sua signoria accanto alla quercia, dove aspettavano a rispettosa distanza due delle sue onnipresenti ombre. Henri-Antoine si accucciò davanti alla sorella, per nulla preoccupato che Lisa fosse presente e ascoltasse ogni parola del loro discorso. Parlò in francese con Elsie, la lingua che preferivano.

"Il picnic di *maman* è una faccenda per sole donne, per tutte le amiche e le parenti di Teddy e, ovviamente, questo significa anche te."

"Ma *maman* ti farebbe restare se glielo chiedessi. Papà è a casa."

"Vero. Ma il tuo papà farà ciò che gli viene chiesto e resterà ben lontano dal padiglione per tutta la durata del picnic. E anch'io devo rispettare i desideri di *maman*. Ricordi che cos'ha minacciato a colazione?"

Elsie fece una risatina.

"La mamma non bandirebbe mai papà obbligandolo a dormire nel suo spogliatoio, stupidone. Lui lì non ha un letto."

"Penso anch'io che fosse una minaccia a vuoto." Le baciò il dorso della mano. "Capisco meglio di chiunque altro il tuo desiderio di restare da sola, *mon petit chou*. Ma quando scappi senza dirlo a nessuno e le tue donne non riescono a trovarti, *maman* si spaventa. So che turbarla è l'ultima cosa che vorresti."

"Io non voglio che *maman* sia sconvolta e cerco di fare quello che dici e ignorarle tutte" disse con un'occhiata alle sue spalle dove una mezza dozzina di donne aspettavano diligentemente accanto al tronco dell'albero. "Ma si agitano troppo. Io dico loro di non farlo, ma non ascoltano. Quindi scappo e respiro. Devi farlo capire a *maman*."

"Lei sta facendo del suo meglio per lasciarti respirare, *ma chérie*. Tu sei la cosa più preziosa al mondo per lei e per il tuo papà. Lei non ha altre figlie che te, e tu sei l'unica erede del tuo papà. Ed è per quello che le donne sono così protettive, fino al punto di soffocarti. Ma parlerò di nuovo con *maman* e con il tuo papà e forse riuscirò a convincerli a lasciarti respirare un po' di più, *hein*? Tutto quello che chiede *maman* è che tu le dica, o dica a qualcuno, a chiunque, quando hai voglia di scappare."

"Ma non è più scappare, se lo dico a qualcuno. Tu lo dicevi alla mamma quando scappavi e ti nascondevi nella casa grande?"

Henri-Antoine non poté fare a meno di sorridere. Scosse la testa.

"No. Ma avevo sempre Jack con me, quindi la mamma non si preoccupava. Se mi fosse successo qualcosa, Jack poteva avvisarli. Se tu te ne vai da sola, chi c'è con te che può farlo?"

"Ma tu eri un bambino molto malato, Henri-Antoine. È quello che mi ha detto *maman*. Quindi era normale che si preoccupasse. Io non sono malata. Papà dice che nuoto meglio di Sarah-Jane. Dice che ho il cuore di una tigre! Ma tu non attraversi nemmeno il lago a remi senza i tuoi orsi alle spalle…"

"Orsi?" Henri-Antoine le diede un buffetto sulla guancia accaldata. "È così che ti appaiono i ragazzi?" Elsie annuì e sorrise. "Ma non ballano come gli orsi che ho visto a Parigi."

Henri-Antoine le fece l'occhiolino. "Lo farebbero se io glielo chiedessi."

Elsie ridacchiò ma poi scosse la testa. "Non lo faresti. *Maman* dice che i ragazzi aiutano *lei* a respirare."

"È così. Ed è una buona ragione perché siano la mia ombra."

"Nel caso ti ammalassi di nuovo, sì?"

"Sì. Se dovessi ammalarmi di nuovo."

"Non ti ho mai visto senza di loro, eccetto a tavola, quando aspettano fuori dalla porta. Voglio che li abbia perché si prendono cura di te, ma non desideri a volte di poter respirare senza di loro?"

Henri-Antoine si eresse in tutta la sua altezza, sospirando, con lo sguardo ancora fisso su sua sorella.

"Lo desideravo ogni giorno quando avevo la tua età, *mon petit chou*. Ma sono abbastanza grande da conoscere la verità: non posso respirare senza di loro, e nemmeno la nostra *maman*. Quindi li accetto e faccio del mio meglio per ignorare che ci sono. Ma la tua vita sarà molto diversa dalla mia. Te lo giuro sul mio onore. Un giorno sarai abbastanza grande da fare come ti pare e nessuno potrà impedirti di allontanarti dall'ombra delle tue donne. Per ora, per *maman* e il tuo papà, devi cercare di fare del tuo meglio per ignorare le tue ombre, senza essere crudele o scortese nel farlo, perché hanno a cuore solo il tuo bene, e fanno ciò che viene loro ordinato. Se accetti che questa deve essere la tua vita finché non sarai più grande, allora loro spariranno, così" disse, schioccando le dita. "Come per magia non le vedrai più, anche se saranno ancora lì. Riesci a capirlo?"

Elsie piegò di lato la testa e strizzò gli occhi riflettendo. "Vuoi dire allo stesso modo dei domestici che aprono le porte e le cameriere che puliscono i camini prima dell'alba e le lavandaie che lavano i nostri vestiti, che non vedo ma che sono lì tutti i giorni e che *maman* dice sono necessari per la nostra comodità e che meritano la nostra gratitudine."

Henri-Antoine toccò con un dito la punta del nasino di Elsie e glielo mosse gentilmente. "Vedo che hai capito."

Elsie sorrise, afferrò la mano del fratello e se la portò alla guancia. "Vorrei che potessi restare per il picnic."

Henri-Antoine diede un'occhiata a Lisa ma disse a sua sorella. "Piacerebbe anche a me. Ma Jack e Freddie e i gemelli mi stanno aspettando alla casa grande. Faremo anche noi un... picnic... nella stanza del biliardo." Guardò le cameriere di Elsie, facendo un cenno con la testa, il segnale che potevano avvicinarsi. "Ma ti rivedrò tra un giorno o due... mi dispiace, *ma petite*, ma miss Crisp deve restare qui" aggiunse quando Elsie prese la mano di Lisa, con le sue donne pronte a riportarla da sua madre. "Non la tratterrò a lungo. E poi vi raggiungerà nel padiglione."

"Promettilo."

"Promesso."

Guardò Elsie che riprendeva le sue bambole da una delle cameriere e che attraversava il prato con il suo *entourage* femminile che la seguiva da vicino. Poi segnalò ai ragazzi, che stavano ancora oziando accanto alla quercia, di spostarsi, cosa che fecero, arrivando al boschetto di salici accanto alla riva. Erano arrivati in barca a Crecy Hall il giorno prima e sarebbero tornati alla casa grande con lo stesso mezzo. Il suo valletto, Kyte e la sua borsa lo avevano già fatto a cavallo. Sapeva che non lo stavano aspettando solo Jack e i suoi tre nipoti, ma anche Seb e Bully, eppure aveva ancora qualcosa in sospeso con miss Crisp e se loro potevano aspettare, quello no.

"Venite con me" ordinò, prendendole la mano e andando a grandi passi verso la quercia.

"Vi rendete conto, milord, che quando Elsie farà sapere che sono qui e anche voi, e che siamo da soli, la gente si porrà delle domande? Potrei trovarmi nella posizione imbarazzante di doverne rendere conto."

Imperterrito, Henri-Antoine continuò a camminare intorno all'enorme tronco, guardandosi intorno, come se avesse perso qualcosa, continuando a tenerle la mano.

"Mettervi in una situazione imbarazzante sembrava non preoccuparvi quando avete deciso di entrare in casa di Westby, no?"

Alle sue spalle, Lisa restò a bocca aperta. Poi la mosse per qualche secondo e poi disse in fretta, in tono colpevole: "Chiedo scusa, milord, ma..."

"Milord? No, no, no, miss Crisp. Non va bene. Preferivo quando mi chiamavate signore..."

"... allora le circostanze erano completamente diverse... Oh? Davvero?"

"Sì, ma preferirei che non mi chiamaste nemmeno signore. E avete ragione. Entrare in casa di Westby era tutta un'altra cosa. La vostra amica ha rubato qualcosa di mio..."

"Rubato? Nemmeno per sogno! Distratto, avete lasciato cadere il catalogo nel suo cestino. Lei non se n'era accorta e io le ho offerto il mio aiuto per restituirlo prima che fosse erroneamente accusata di furto..." Lisa sbatté gli occhi. "Se non devo chiamarvi milord o signore, allora come mi devo rivolgere a voi?"

Henri-Antoine le lasciò andare la mano, sicuro che non sarebbero stati visti, né dalla casa né da qualcuno che provenisse dalla direzione del padiglione. Fece un passo verso di lei e Lisa fece un passo indietro, finendo contro il tronco. Henri-Antoine sorrise tra sé e sé. Era esattamente dove la voleva.

"Distratto?" chiese con una smorfia, senza capire. "Che cosa intendete dire, miss Crisp?"

Lisa decise che non era il momento di essere ipocrita. Lo guardò apertamente negli occhi.

"Non mi sorprende che abbiate lasciato cadere il catalogo nel cestino di Becky, quando la vostra mantenuta era davanti a voi, nuda eccetto un paio di calze sostenute da giarrettiere rosa..."

"Giarrettiere rosa? Erano rosa...?"

Henri-Antoine fece un passo avanti.

"Sì. Erano rosa e la vostra mantenuta le aveva rubate a Becky..."

"Non è la mia mantenuta."

"Vi chiedo scusa, è vero. È la mantenuta di lord Westby, e la vostra amante."

"E io devo correggervi. Lei non è più la mia amante."

"Ah. Capisco."

"Non credo che capiate."

"Posso essere ignorante su molte cose, ma capisco che i gentiluomini... i nobili... abbiano delle mantenute e prendano delle amanti, e non sono affari miei, milor... signor..."

"Henri-Antoine. Mi chiamo Henri-Antoine. Ed è così che desidero che mi chiamiate."

"Non posso chiamarvi con il vostro nome di battesimo!"

"Perché? Se quando siamo in privato io vi chiamo Lisa, voi potete certamente chiamarmi Henri-Antoine, no?"

Lisa scosse automaticamente la testa, ma poi chiuse gli occhi sospirando per un attimo sentendolo pronunciare il proprio nome. Avrebbe voluto che lo ripetesse per sapere che era vero, che aveva veramente detto Lisa e che non era perché lei era improvvisamente inebriata a causa della sua vicinanza. Henri-Antoine aveva la mano sul tronco, lo sguardo fisso su di lei e i capelli che gli ricadevano negli occhi. Lisa era sicura di avere il cuore che batteva più velocemente del solito; che il sangue stesse pompando troppo forte e risuonandole nelle orecchie. Becky avrebbe detto che aveva la febbre. Come lo aveva definito Becky... 'bello da morire'? Lo era, e anche di più. E se lei non si fosse tolta immediatamente dalla sua orbita, era sicura che avrebbe fatto qualcosa di cui poi si sarebbe pentita, ma in quel momento non stava pensando al futuro, o ai rimpianti, o alle conseguenze. Non stava pensando in modo logico, per niente. Tutto ciò che sapeva era che se non avesse avuto il coraggio di agire d'impulso e soddisfare quel bisogno, sarebbe potuta impazzire. In un ultimo disperato tentativo di tirarsi indietro dalla sicura rovina sociale, deglutì e gli chiese, curiosa: "Che cosa intendete dire con *Non credo che capiate*."

"Attualmente non ho una mantenuta, né un'amante, dalla sera in cui voi e la vostra amica assistente merciaia avete restituito il catalogo che lei non aveva rubato..."

"Becky non ha rubato... Oh! È quello che avevate detto." Lisa sbatté le palpebre guardandolo e resistette al desiderio di scostargli dolcemente i capelli dagli occhi. "Perché... perché me lo state dicendo?"

Henri-Antoine si avvicinò ancora. "Perché è tutta colpa vostra, Lisa Crisp."

"Colpa mia?" Lisa era sconcertata.

Henri-Antoine annuì lentamente, fissandola negli occhi. Gli tremò il labbro superiore e aprì leggermente la bocca mentre tentava di reprimere un sorriso alla completa mancanza di consapevolezza della ragazza. Cercò di sembrare sconsolato e finse un sospiro per buona misura.

"Che cosa devo fare con voi?"

"Fare? Con me?"

Lisa sapeva che cosa avrebbe voluto fare con lui, ed era baciare quella bocca perfetta, al diavolo le conseguenze. Non c'era da stupirsi che la sua amante, che non era più la sua amante, si fosse tolta immediatamente i vestiti per lui. Con sua enorme sorpresa, aveva anche lei il desiderio di fare la stessa cosa, proprio lì. Ma si sarebbe accontentata di un bacio. Un bacio sarebbe valso le conseguenze, quali che fossero... lo avrebbe scoperto abbastanza presto... se non altro per fermare quel desiderio divorante che minacciava di sopraffarla, anima e corpo.

E poi successe. Il pensiero cedette al bisogno, come per magia... lei una strega e lui uno stregone in quel posto magico. Con un movimento fluido, gli mise le braccia intorno al collo e si appoggiò a lui. In punta di piedi, con il corpo premuto contro quello di Henri-Antoine, come se avesse bisogno di un ancoraggio, alzò il mento, chiuse gli occhi e lasciò che le loro bocche si trovassero.

Resa.

S E D I C I

Henri-Antoine si sorprendeva raramente, o forse mai. Ma Lisa lo sorprendeva. E lo faceva fin dal loro primo incontro a Gerrard Street. E adesso quello. Lo aveva baciato per prima.

Lui aveva avuto tutte le intenzioni di baciarla. Era il motivo per cui l'aveva portata dietro la quercia, lontano da potenziali occhi indiscreti di servitori e ospiti del picnic nel padiglione. Ma quell'intenzione lo aveva quasi paralizzato. Voleva che il loro primo bacio e tutto di quel momento fossero perfetti. Doveva essere un ricordo di cui fare tesoro. E poi lei gli aveva rubato l'iniziativa e lo aveva baciato.

Sorpreso, fu lento a reagire, non solo perché quel bacio era inaspettato e quindi il momento che aveva pianificato era perduto, ma anche perché nessuna lo aveva mai baciato per prima, e mai sulla bocca. E mai in quel modo spontaneo, piuttosto impacciato in cui supponeva che gli innamorati che non si erano mai scambiati un bacio avrebbero condiviso il loro primo bacio. Era un tocco appena accennato e titubante delle labbra e lo spinse a chiedersi se lei fosse mai stata baciata, e ritenere di no. Esattamente come riteneva che fosse ignara dei piaceri carnali che si potevano trovare in una stanza da letto. Era il motivo per cui aveva esitato e perché aveva pianificato l'esecuzione di quel loro primo bacio.

E poi si sorprese da solo. Perché pur sapendo di essere un amante attento ed esperto, sapeva di essere molto rigido su certi particolari, ed era il motivo della sua esitazione. Non aveva mai sentito il bisogno di indulgere nella stravaganza di baciare qualcuno sulla bocca. Era troppo profondamente personale. E l'intensa emozione non aveva mai avuto un ruolo nella soddisfazione dei suoi appetiti carnali, fino a quel momento. Ed era il motivo per cui quel momento con miss Crisp aveva per lui un tale significato. Non solo voleva baciarla, aveva bisogno di baciarla, e in una sorta di modo reverenziale per cui non solo lei avrebbe tratto altrettanto piacere dall'atto, ma avrebbe anche cominciato a capire qualcosa della profondità dei suoi sentimenti.

Si sorprese ancora di più rendendosi conto di essere completamente egoista nel desiderare che lei non gli avesse tolto l'iniziativa. Le ci era voluto un grande coraggio per baciarlo per prima, per mettere a nudo in quel modo i propri sentimenti. Facendolo, gli aveva dato la scelta di accettarla o respingerla, e senza conseguenze per lui, perché lei non faceva parte del suo mondo. Nel suo mondo, una ragazza non si trovava da sola con un uomo, e non gli avrebbe mai permesso di baciarla a meno di essere fidanzati o, come nel caso di Teddy e Jack, quando la promessa di un fidanzamento tra cugini era all'orizzonte da anni, gradita a entrambe le famiglie, tanto che non c'era modo di tirarsi indietro.

Ma non per lui. Lui era un uomo libero. Poteva baciare chi voleva e al diavolo le conseguenze, specialmente con una ragazza come Lisa, senza una famiglia, senza pedigree e niente da offrirgli. Lei non poteva aspettarsi niente in cambio, certamente non il matrimonio. Il suo onore non lo obbligava a offrirle il suo nome. Se lei avesse fatto parte del suo mondo, non c'era una ragazza che non avrebbe voluto sposare il figlio di un duca, e non un duca qualsiasi, e non un figlio qualsiasi. Suo fratello era un duca, suo nipote sarebbe stato un duca, il suo patrigno era un duca e la sua sorellastra un giorno sarebbe stata una duchessa per diritto proprio, e poi c'era la sua *maman*, duchessa due volte. Era imbevuto di privilegio aristocratico per quanto era possibile e poteva, giustamente, avere qualunque donna volesse, da portarsi a letto, se faceva parte di quella fratellanza di prostitute di alto bordo che servivano gli uomini del suo stampo, o da sposare, se figlia della nobiltà con un pedigree corrispondente al suo. Ma non voleva portarsi a letto una puttana, e non voleva sposare la figlia di un nobiluomo. Aveva preso la sua decisione. Non c'era nessun'altra per lui oltre a miss Lisa Crisp di Gerrard Street, Soho...

Gli era passato tutto per la testa quando Lisa lasciò cadere le braccia e fece un passo indietro, salvo scoprire di non poter andare da nessuna parte, con la quercia dietro di lei e lui così vicino. Henri-Antoine colse la sua confusione e il dolore negli occhi azzurri quando lei abbassò gli occhi e il mento per dire con una vocina mesta e le guance rosse per la vergogna:

"Il- il picnic... si staranno chiedendo dove..."

"Lisa, il vostro…"

"Non c'è bisogno di dire niente. Sono io ad aver supposto…"

"Il vostro bacio era adorabile."

Lisa alzò di colpo gli occhi, scoprendo che le stava sorridendo. Era un sorriso gentile che gli addolciva tutto il volto e fece fare al suo cuore un piccolo strano balzo. La fronte si schiarì, e anche il dolore. Sorrise, esitante. "Oh? Dav-davvero?"

Henri-Antoine annuì. "Sono io lo stupido maldestro; ho esitato."

"Perché?"

Lui sbuffò e sorrise e poi scosse la testa.

Il sorriso di Lisa svanì. "Non avrei dovuto chiederlo? Non è educato farlo? Perdonatemi se non conosco le regole, o come dovrei comportarmi esattamente, perché sono arrivata solo ieri e devo imparare ancora molto su…"

"Non dubitate mai di voi stessa. Come il vostro bacio, voi siete perfettamente adorabile. Io non voglio che siate altro che voi stessa." Le accarezzò la guancia con il dorso delle dita. "Miss Crisp, attualmente di Gerrard Street, precedentemente della Blacklands School per giovani donne, dove, presumo, siete diventata amica di Teddy…?"

Quando lei trasalì e dichiarò ciò che era ovvio, Henri-Antoine sorrise.

"Sì. Siamo molto amiche."

"Naturalmente."

"Ma come avete fatto…"

"…a saperlo? Non ci è voluto un cervello delle dimensioni della luna per mettere assieme i pezzi una volta saputo che avevate frequentato una scuola per giovani donne a Chelsea. C'è solo una scuola adatta, Blacklands. E solo una ragazza circa della vostra età, che ora ho calcolato essere diciotto o diciannove anni, che l'ha frequentata e che si sta sposando in campagna questa settimana: Theodora Cavendish, l'irrefrenabile Teddy."

"Sono così lieta che sappiate tutto di Blacklands e della mia amicizia con Teddy, perché anche se il mio cervello non è nemmeno grande come una mongolfiera, men che meno come la luna, mi ero chiesta se il Jack che Teddy stava sposando fosse lo stesso Jack che è il vostro miglior amico. Vedete, io credo nel destino, anche se voi pensate che sia una-una strega."

"Mi avete stregato!"

"Davvero?"

Henri-Antoine scoppiò nuovamente in una risata, questa volta al tono meravigliato della sua voce. Le diede un buffetto sotto il mento. "Come potete non pensarlo? Ora forse mi direte la vostra età?"

Lisa arricciò il nasino. "Certamente non ce n'è bisogno, perché essendo uno stregone con il cervello non proprio grande come la luna, già avete quell'informazione."

Henri-Antoine inclinò la testa davanti a quel ragionamento. "Molto bene, allora. Accontentatemi e tranquillizzatemi: avete diciannove anni o quasi e non diciotto?"

"Sembro più giovane della mia età."

"Cosa?!" Henri-Antoine trasalì in modo melodrammatico, portandosi una mano sul petto e fingendo di essere affranto. "Non ditemelo! Avete trentacinque anni!?"

Lisa ridacchiò in modo poco signorile e abbassò la testa.

"Non c'è niente da ridere, miss Crisp! Siete una strega e mi avete lanciato un incantesimo, se siete veramente una donna di mezza età…"

"… con le mani bitorzolute e un naso verrucoso!" Poi tornò seria. "Teddy ha diciannove anni e Jack deve avere la vostra età…"

"Ho trentott'anni. Solo che anch'io dimostro meno dei miei anni."

"Non siate ridicolo. Se foste uno stregone e mi aveste detto di avere centotrentotto anni vi avrei creduto. Trentotto? Non mi convince. Jack ha venticinque anni, quindi dovete averli anche voi."

"Vi darebbe fastidio se avessi trentott'anni?" le chiese con una smorfia e poi scosse la testa e alzò una mano. "No, non dovete rispondermi. Sono *veramente* ridicolo."

"Perché è l'età in cui vostro padre si innamorò di vostra madre e la sposò?"

Henri-Antoine non chiese come facesse a saperlo, presumendo che glielo avesse raccontato Teddy, ma annuì e per qualche motivo perfino questa semplice conferma gli strinse la gola per l'emozione. "Lui… lui è morto troppo presto, e lei… lei era troppo giovane…"

Lisa lo vide deglutire a fatica e capì che parlare dei suoi genitori, specialmente di suo padre, per lui non era facile.

"Che cosa importa l'età… che cosa contano gli impedimenti, quando due persone si innamorano? Tutto ciò che importa è che stiano insieme."

Henri-Antoine la fissò duramente e lei fu colta alla sprovvista dalla ferocia della sua espressione.

"Una speranza egoistica senza un pensiero per le conseguenze."

"Non potevano prevedere il futuro quando si sono innamorati. Tutto ciò che avevano era la speranza, egoistica o meno, anche se non ritengo egoistico arrendersi al destino, che la loro futura felicità dipendesse dall'altro."

Henri-Antoine perse l'espressione dura e le pizzicò il mento. "Ecco di nuovo quella parola" disse con un sospiro. "Destino." La scrutò. "Quindi avete diciannove anni?"

Quando lei sbuffò davanti alla sua insistenza, Henri-Antoine rise forte. Lisa sospirò teatralmente a sua volta.

"Se vi farà smettere di insistere su questa faccenda, vi dirò che ho in effetti diciannove anni, ma che sono più vecchia dei miei anni. Il dottor Warner dice che ho una testa vecchia su spalle giovani."

"Povero me" disse lentamente Henri-Antoine, facendo un passo indietro e percorrendola con lo sguardo dagli stivali alle trecce arrotolate. "Se è così che appare una testa vecchia, sono eccitato all'idea di cosa mi aspetta sotto le vostre adorabili spalle… *Mon Dieu*. L'ho detto a voce alta" borbottò in francese, quando Lisa si portò di colpo una mano sulla bocca, sorpresa di sentirlo dar voce al suo desiderio. Henri-Antoine si morse il labbro mentre il suo volto diventava di fuoco. Per la prima volta in vita sua si sentiva goffo come un marinaio ubriaco. "Perdonatemi… non avrei dovuto…"

"… dire la verità?"

"… essere un rozzo maniaco."

"È rozzo esprimere il vostro desiderio per me? Perché potrei sicuramente farlo anch'io, con voi." Lisa sorrise, aggiungendo timidamente: "Penso che siate adorabile, in tutti i sensi."

"Avete veramente una testa vecchia su quelle spalle" ribatté Henri-Antoine, lieto di non averla scandalizzata. "Non sono mai stato chiamato adorabile prima d'ora e accetto i vostri complimenti, perché sono sinceri e senza artifizi."

"Mi avete detto di essere me stessa" lo prese in giro Lisa. "Quindi dovrete accettare anche i miei complimenti." Piegò di lato la testa e chiese pensierosa: "Anche voi sarete voi stesso con me, sempre, vero?"

Henri-Antoine la fissò apertamente negli occhi. Sapeva che intendeva riferirsi alle sue crisi di mal caduco. Sapeva anche che appena l'aveva presa per mano e l'aveva portata dietro la quercia non era più stato possibile tornare indietro, quindi non esitò a rispondere.

"Farò del mio meglio. Ci vorrà del tempo, perché sono distaccato per natura. E faccio di tutto per non far sapere delle mie crisi alla mia famiglia e lo faccio da anni. Non farlo con voi richiederà un *cambiamento*. Curiosamente, trovo di non volervi nascondere niente."

Lisa si avvicinò di un passo e gli appoggiò leggermente il palmo delle mani sul panciotto di lino. Era sicura di avere le lacrime in fondo agli occhi.

"Grazie. Grazie per la vostra sincerità e per la vostra fiducia. Mi rendono molto felice…"

Henri-Antoine le alzò il mento con un dito e la fissò negli occhi azzurri lucidi di lacrime. "Voi, Lisa Crisp, mi rendete felice. Quelle sono lacrime di felicità...?"

Lisa annuì e sorrise con le labbra che tremavano. "Allora... perché avete esitato a baciarmi?"

Henri-Antoine si chinò in avanti e Lisa sentì il suo respiro sulle labbra quando lui mormorò: "Perché volevo che il mio bacio fosse perfetto."

"Perfetto?" ripeté lei dolcemente. "Con una bocca da baciare come la vostra, come potrebbe non esserlo?"

"Da baciare? Davvero?" mormorò Henri-Antoine, prendendole dolcemente il volto tra le mani e abbassando la bocca sulla sua. "Allora vediamo se riesco a essere all'altezza."

SE MAI ERANO CONSCI DI QUALCOSA, NON ERA IL TEMPO NÉ LO spazio, ma solo l'uno dell'altro. Restarono riparati e invisibili accanto al tronco della vecchia quercia, con i corpi uniti, Lisa stretta a Henri-Antoine, con le braccia ancora una volta intorno al suo collo. E dopo aver sperimentato il loro primo, timido bacio, la tenerezza e l'esitazione lasciarono il posto alla soddisfazione di un desiderio. La coppia si lasciò andare a una brama appassionata che covava fin dalla sua prima visita a Gerrard Street e niente e nessuno avrebbe impedito loro di assaporare quel momento. E quando lui aprì dolcemente la bocca sulla sua e lei seguì il suo esempio, dentro di lei esplose una fitta di piacere così forte da poter solo essere paragonato al dolore. Non aveva mai provato niente di simile e pensò che sarebbe potuta svenire.

Henri-Antoine la sentì rabbrividire contro di lui e se lei non fosse stata ancora così presa in quel momento e se non avesse capito che stava godendo quanto lui di quel bacio meravigliosamente esplorativo, si sarebbe staccato immediatamente, pensando di essersi lasciato prendere la mano con quel loro primo bacio. O forse lei si era accorta che non erano più soli, che il suo buon amico gli faceva sapere che pur capendo che per lui non ci sarebbe stato alcun sollievo sotto quella quercia, era ancora vivo, orgoglioso e forte, nonostante la penosa prestazione da Burke, dove aveva mancato di mostrare anche il minimo interesse per le bellezze esotiche in offerta. E Henri-Antoine si era seriamente chiesto se non ci fosse qualcosa che non andava in lui.

Non era colpa di nessuno, solo sua. La pura ostinazione lo aveva fatto andare da Burke dopo la visita, non programmata, per comprare lo scrittoio di palissandro. Addebitava al suo orgoglio intransigente il fatto di aver pensato di poter indulgere nella soddisfazione dei suoi appetiti carnali quando i suoi pensieri erano stati conquistati da una ragazza con un vestito di semplice lino, con le dita macchiate d'inchiostro. Era riuscito a superare la soglia del bagno turco, gli era stato offerto il fior fiore delle bellezze di quella sera e si era svestito a metà quando i suoi pensieri erano andati all'incisione delle iniziali di Lisa sui tappi d'argento dei calamai; non vedeva l'ora di consegnarle il suo regalo, sperando che ne sarebbe stata felice. Ecco tutto. Aveva perso l'interesse per il Burke, o per la soddisfazione che poteva dare o ricevere da una pletora di belle puttane, per abili che fossero. Si era rimesso in fretta i vestiti ed era uscito da quel posto, sorprendendo le sue ombre, che si stavano sistemando per ciò che avevano pensato sarebbe stata una lunga nottata, e che si erano affrettati a seguirlo mentre lui camminava lungo la strada per schiarirsi la testa. Per aggiungere il danno alla beffa, si era svegliato la mattina seguente, dopo che Lisa Crisp aveva invaso i suoi sogni, con il suo buon amico in tutta la sua notevole gloria che gli faceva sapere che il problema non era lì.

Baciare l'incantevole creatura tra le sue braccia era il primo passo di molti, fino a che lei non fosse stata sua, corpo e anima. Non aveva mai incontrato nessuno come lei, ed era certo che non ne avrebbe più incontrate. Nello spazio di poche settimane, lei era riuscita a irritarlo, farlo infuriare, infastidirlo, deliziarlo, stregarlo, affascinarlo e alla fine a invadere ogni suo pensiero. Era ora di riprendere il controllo, altrimenti sarebbe impazzito, ed aveva la soluzione perfetta, una soluzione che sarebbe andata bene per entrambi.

"Se potessi scegliere, resterei qui con voi sotto questa quercia fino a quando appariranno le stelle" le disse, chinando la fronte contro quella di Lisa e sorridendole negli occhi. "Ma ancora per un po', finché Jack e Teddy saranno sposati, dovremo cedere ai dettami di altri. Dopo, il nostro tempo sarà solo nostro."

"Davvero?" gli chiese fiaccamente Lisa, sforzandosi di uscire dalla nebbia della sensazione più meravigliosa che avesse mai provato. Era sicura di avere le labbra gonfie. La cosa certa era che stavano fremendo. Tutto in lei stava fremendo.

"Sì" le assicurò Henri-Antoine. "Ho pensato alla vostra situazione..."

"Situazione?"

"... vivere in quella casa con quella gente, ci ho pensato parecchio. Non vi dispiacerà rinunciarvi, vero?"

"Rinunciare? A che cosa?" gli chiese, finalmente risvegliandosi da quel delizioso stordimento. Si appoggiò all'albero, con le mani dietro la schiena e fece un respiro profondo. Si diede mentalmente una scossa per cercare di dare un senso a ciò che lui le stava dicendo. "Non capisco."

"Aiutare nel dispensario. Fare l'amanuense per i poveri. Non vi dispiacerà non farlo più?"

"Perché dovrei rinunciarvi? Sì, mi dispiacerebbe."

"Capisco…"

"Non credo che capiate. Aiutare nel dispensario mi dà uno scopo. Senza, non avrei niente. La mia educazione a Blacklands, se devo essere sincera, era eccellente per una ragazza che sperasse di diventare la moglie e la compagna di un mercante, un banchiere o un diplomatico. Oppure, se le mie cugine me lo avessero permesso, accettare un posto da governante. Ma parlare bene il francese e l'italiano non serve a niente quando io non sono niente…"

"Non ditelo, mai" la interruppe Henri-Antoine freddamente. "Se volete continuare con quei progetti, allora mi organizzerò, ma dovrete farlo in qualità di supervisore, non nell'attività quotidiana di un dispensario."

"Oh? Potrei davvero farlo?"

"Certo. Non sono ancora stati identificati dispensari con pazienti che abbiano bisogno dei servizi di uno scriba. Dopo la mia… la nostra visita al dispensario Warner, sono diventati evidenti i benefici per i poveri di aver accesso a un amanuense. Warner dà molto peso al potere della mente nell'aiutare il recupero dei pazienti. Se i malati si sentono meglio dentro di loro, sarà più facile che rispondano ai trattamenti e guariscano più in fretta."

"Sono d'accordo. I malati poveri riescono a malapena a permettersi il cibo e certamente non possono pagare le cure mediche, quindi come potrebbero assumere uno scriba? Ma una lettera a casa a una persona amata, alla famiglia, e in parole loro, li fa sentire meglio. L'ho visto succedere molte volte. È un piccolo servizio, ma significa tanto per loro."

"Warner non avrebbe pensato che fosse possibile, o non avrebbe fatto le sue osservazioni sul potere della mente di aiutare il processo di guarigione, se non fosse stato per voi. E lo ha ammesso volentieri a cena."

"Davvero?"

"Sì. Come avrebbe potuto non farlo? È dedito alla sua vocazione ed è un eccellente osservatore."

"Pensate anche voi parecchio ai malati poveri."

"Vi sorprende. Perché sono un aristocratico?"

"Non ho pregiudizi. Lo sprezzo egoista per gli altri non è peculiare della vostra classe" disse con un sorriso malizioso, che gli spianò immediatamente la fronte. "Le mie cugine sono completamente egocentriche. Minette ha sposato il dottor Warner, che ha dedicato la sua vita ai malati poveri e alle loro malattie, *malgrado* la sua professione. È ricco e molto rispettato e lei voleva una vita comoda."

"Non la condanno per quello, ma per il suo comportamento malevolo nei vostri confronti."

"Lei è la più gentile delle due cugine. Almeno cerca di temperare il suo livore geloso. Henriette non tenta nemmeno." Distolse i pensieri dalle sue cugine. Non voleva che rovinassero il suo tempo in quel posto magico, e quindi disse: "Potete fare in modo che questi scriba siano pagati…"

"Dalla mia… dalla Fondazione Fournier."

"E io potrei aiutarvi… aiutare la fondazione… in quest'opera?"

"Sì. C'è molto da fare e un gran numero di progetti che io… che gli amministratori stanno considerando e che desiderano sovvenzionare. Pensavo che vi piacerebbe essere coinvolta…?"

"E se non aiuterò più nel dispensario del dottor Warner, come e dove potrei essere coinvolta nelle opere di carità della vostra… della Fondazione Fournier?"

"Da Bath."

Lisa si raddrizzò, stupita. "*Bath*? Perché Bath?"

"Ho una piccola proprietà alla periferia della città. Una graziosa casa in stile Queen Anne, con un parco attorno. C'è un ruscello in fondo al giardino, è circondata dai boschi e ha parecchi ettari di terreno agricolo intorno, con dei locatari."

"Sembra meravigliosa, ma perché dovrei aver bisogno di andare a Bath?"

Henri-Antoine la guardò apertamente e disse tranquillamente: "Non potreste restare a Londra. Non voglio che siate oggetto di pettegolezzi. Non è come voglio che viviate…"

"… vivere?"

"… come mia mantenuta."

Ed eccolo, alla luce del sole tra di loro. La sincerità le mostrava un futuro. Che altro si era aspettata da lui? Il matrimonio? Forse, per un fuggevole attimo, aveva sperato che potesse chiederle di sposarlo. Ma aveva abbastanza buon senso da sapere che quell'esito era impossibile. Eppure, sentirglielo dire. Chiederle di essere sua moglie avrebbe dimostrato la profondità dei sentimenti che provava per lei. Già, ma, in tutta coscienza, avrebbe dovuto rifiutarlo e non sarebbe stato facile né per lei né per lui.

Era entusiasta e delusa allo stesso tempo, ma in fondo era felice, perché la sua offerta era la cosa più vicina a una dichiarazione di amore e di impegno che un'orfana, una nullità senza un soldo e senza famiglia potesse aspettarsi da uno scapolo ricco e ricercato, che era il figlio minore di un duca di antico lignaggio.

La cosa più importante era che lei desiderava stare con lui, e se questo significava diventare la sua amante e vivere in una graziosa casa Queen Anne alla periferia di Bath, allora andava bene così. La sua unica preoccupazione era come dare la notizia a Teddy, e se, una volta saputolo, Teddy le avrebbe parlato ancora. Non dubitava che Jack e Henri-Antoine sarebbero rimasti gli amici di sempre, ma lady Cavendish, nipote di un duca, poteva restare amica della mantenuta del miglior amico di suo marito? Il pensiero di perdere Teddy quando l'aveva appena ritrovata le fece venire le lacrime agli occhi. Le scacciò in fretta e cercò di sorridere. Non era il momento di pensare a Teddy. Quel dilemma poteva aspettare, magari dopo il matrimonio. Non avrebbe rovinato i festeggiamenti o il gran giorno di Teddy e Jack con la notizia della propria imminente caduta in disgrazia. Senza dubbio Henri-Antoine stava aspettando una risposta alla sua offerta, quindi smise di rimuginare e alzò gli occhi su di lui, restando sorpresa.

Il sangue era sparito dal suo volto. Era bianco come il gesso. Si chiese se stesse per caso sentendo i prodromi di una crisi convulsiva. Ma sembrava padrone di sé, fin troppo. Aveva le mascelle contratte e i suoi occhi scuri la fissavano sbarrati. Era come se stesse cercando di restare calmo quando non lo era per niente. In effetti sembrava terrorizzato. Un'intuizione improvvisa le diede la risposta. Era pietrificato, temendo la sua risposta, che potesse rifiutare la sua offerta... teneva sinceramente a lei, e profondamente. Era evidente sul suo volto. Gli baciò impetuosamente la guancia.

"E voi verrete a trovarmi in questa graziosa casa ai margini della città" disse allegramente.

Henri-Antoine emise un sospiro di sollievo e chiuse brevemente gli occhi, passandosi una mano sul bel volto. Annuì.

"Spero che verrete spesso a trovarmi" disse Lisa nel silenzio perché lui era ancora troppo commosso per parlare.

Henri-Antoine le mise le mani intorno alla vita e la attirò a sé, mentre il colore gli tornava sulle guance. Le baciò la fronte.

"Talmente spesso che sarà come se non vivessimo separati, ma in quella casa insieme. Ho in programma di restare ogni volta per settimane..."

"Quando non sarete necessario qui, con la vostra famiglia, o a Londra?"

Henri-Antoine annuì. "Saremo una coppia in tutti i sensi."

"In ogni senso...?" gli chiese Lisa, incuriosita.

"In ogni senso che conti."

"Oh! Sì, capisco…"

Henri-Antoine cominciò a fare programmi per il loro futuro, dicendo ad alta voce: "Vi servirà uno spillatico."

"Sì?"

"Sì. Dovete avere un appannaggio, per avere denaro vostro."

"E voi intendete darmi quest'appannaggio… questo spillatico?"

"Sì."

Lei avrebbe risparmiato tutto il possibile per il giorno in cui lui non sarebbe più venuto. Perché un gentiluomo di rango doveva sposarsi, e sposarsi bene, e lui avrebbe voluto una famiglia tutta sua, un giorno…

"E un appannaggio per i vestiti" dichiarò Henri-Antoine. "Tutti i vestiti che vorrete. Mi piacerebbe vedervi vestita di seta e satin."

"Sarebbe bello."

Bene. Avrebbe risparmiato anche la maggior parte di quei soldi. Di quanti vestiti poteva aver bisogno in campagna? Forse se avesse risparmiato abbastanza sarebbe potuta andare sul continente? Aveva sempre desiderato visitare Costantinopoli, una città meravigliosa al margine del mondo civilizzato, un posto pieno di meraviglie mediche e conoscenza, secondo il dottor Warner.

"E dovete avere una cameriera personale."

"Non ho mai avuto una cameriera personale. Forse anche una compagna? Per quando non sarete con me?"

"Una compagna. Una cameriera personale. Una cameriera per i piani alti. Un maggiordomo. Una governante. Una cuoca e un domestico. Mi farà un enorme piacere spendere la mia ricchezza per voi."

"Mi state travolgendo con la vostra generosità…" Lisa lo guardò intensamente. "Ma dicevate sul serio, sul fatto di assistervi con il lavoro della Fondazione Fournier, perché non posso restare in ozio a Bath, e ho molte idee che vorrei condividere con voi e con la fondazione, su come meglio provvedere ai dispensari e ai medici…"

"Dopo aver ricevuto la mia offerta, *ogni* ragazza che conosco starebbe calcolando come meglio spendere la mia munificenza per sé, ma non miss Crisp" la interruppe Henri-Antoine, sorridendo alla nota di esitazione e alla sua espressione incerta. Le toccò gentilmente il naso con il proprio. "Si chiede come meglio servire la mia fondazione e aiutarmi a distribuire la mia ricchezza tra i malati poveri."

"È così sbagliato?" gli chiese Lisa, con l'esitazione ancora nella voce perché lui la stava guardando in un modo che non riusciva esattamente a interpretare.

Henri-Antoine scosse la testa. "No. È tutto giusto. Tutto è giusto in voi…"

Lisa sorrise e lo baciò sulla bocca e lui la cinse in un abbraccio e condivisero un lungo, lento bacio, per suggellare il loro patto. Poi Henri-Antoine la lasciò andare e lei fece qualche passo, allontanandosi dalla quercia, lisciò il grembiulino trasparente e le sottane, cercando di sistemarsi i capelli. Era come se quelle azioni ordinarie potessero calmarla, perché aveva preso la decisione più importante della sua giovane vita. Forse in quel posto magico lei era una strega e lui uno stregone, perché non avrebbe mai immaginato, quando era a Londra, di poter accettare la scandalosa proposta di diventare la mantenuta di un nobiluomo.

Ma non pensava a tirarsi indietro. Nemmeno quando si divisero e Henri-Antoine si diresse verso il molo e lei prese la strada più lunga verso il padiglione, attraverso i giardini terrazzati. Ogni passo verso il padiglione e i suoni delle chiacchiere femminili era un passo lontano da lui e Lisa desiderò con tutto il cuore di essere ancora tra le sue braccia e che fossero rimasti sotto la quercia fino all'apparire delle stelle.

DICIASSETTE

Il bel padiglione accanto al lago era addobbato con una moltitudine di festoni di nastri di seta rosa, giallo e azzurro pastello. Le grosse colonne di marmo erano avvolte da larghi nastri chiusi con grossi fiocchi, e le sedie erano ornate allo stesso modo, così come le grandi vasche piene fino a scoppiare di colore e del forte profumo dei fiori estivi. Dame in ricchi abiti di cotone dipinto con strati di diafane sottogonne e volant di pizzo delicato che ricadevano dal gomito al polso, erano sedute sulle poltrone o sui bassi pouf imbottiti e sventolavano languidamente i ventagli per spingere l'aria fresca che veniva dal lago sui loro *décolleté*, mentre erano impegnate a conversare con le loro vicine. Il basso tavolo di mogano si perdeva sotto il peso di cesti pieni di frutta di stagione, piccole torte decorate, *macaron*, e altri dolcetti, creati dalla mano di un maestro pasticciere. E il tutto servito su piatti di porcellana bordati d'oro con lo stemma dei duchi di Kinross.

Una coperta stesa sul prato e punteggiata di cuscini, nell'ombra alla base dei gradini, era occupata da Elsie e da tre ragazzine più o meno della stessa età. Avevano con loro le loro bambole, e bambine e bambole erano vestite con eleganti abiti estivi. I loro vestiti e l'abbondanza di capelli lucenti erano un'immagine speculare in miniatura dei vestiti e delle pettinature delle loro madri, zie e cugine nel padiglione. Si stavano godendo un picnic tutto loro, con piattini e piccole tazze che erano la copia del servizio di piatti dei Kinross, ed erano attentamente sorvegliate da bambinaie, cameriere e governanti che aleggiavano a una distanza discreta, non troppo vicine alle loro protette, ma abbastanza vicine da poter intervenire se chiamate.

E in mezzo al gruppo di queste coccolate e privilegiate femmine, nel padiglione e sul prato, passava un piccolo battaglione di servitori in livrea, nella loro particolare redingote di lana verde pavone con treccia e bottoni d'argento, che offrivano vassoi di leccornie, bicchieri di succo di frutta e granite alla frutta. Andavano e venivano con il cibo e le bevande dalla casa in cima alla terrazza, in una fila continua, come formiche che andassero e venissero dal loro nido.

Lisa li incontrò mentre arrivava lungo il sentiero del secondo livello della terrazza tra le siepi di confine e le aiuole e si tenne da parte mentre parecchi servitori si affrettavano a salire i gradini di pietra per andare a prendere altro ghiaccio dalla ghiacciaia. Quando il sentiero fu libero, scese i gradini di pietra verso il prato e lì trovò parecchi altri servitori che aspettavano che lei passasse, con vassoi vuoti in mano.

Tenne la testa bassa, lieta di avere un cappello di paglia a larga tesa. Le copriva i capelli in disordine e ombreggiava il volto dal sole e dagli impertinenti sguardi superficiali dei servitori e delle cameriere dei piani alti. Si chiese se le sue labbra fossero gonfie e ammaccate, perché era così che le sentiva. Fremevano ancora per i suoi baci. Unì con forza le labbra, sperando di nascondere la bocca e i segni rivelatori del suo comportamento spudorato, ed era un'idea completamente idiota, che la fece arrossire per la sua stessa ingenuità. Che cos'era un bacio appassionato dietro a un albero quando aveva appena accettato una relazione immorale con lord Henri-Antoine Hesham?

Ebbe di colpo sete e sperò che uno dell'esercito di servitori le offrisse un bicchiere di acqua fresca al limone. Poi avrebbe trovato un posto per sedersi, da qualche parte in fondo al padiglione, dove nessuno l'avrebbe notata e nessuno avrebbe iniziato una conversazione con lei. E lì, nel suo angolino, avrebbe osservato silenziosamente lo spettacolo abbagliante di bellezze dalla pelle di porcellana nei loro sontuosi vestiti dal valore incalcolabile. I loro capelli intrecciati di seta e perle. E come se fosse una cosa ordinaria, c'erano fili di perle ai loro polsi e intorno alle loro gole e cuciti nei corpetti e sulle scarpine di seta. E con i loro ventagli fluttuanti, d'avorio e perle e tartaruga, c'era un'eleganza e una disinvoltura nel movimento dei loro polsi e dei loro colli da cigno che a Lisa pareva di essere di fronte a uno spettacolo teatrale attentamente coreografato, che rappresentava il culmine del privilegio aristocratico.

Ciò che non aveva previsto era che la ragazzina con cui aveva fatto amicizia all'altalena la stesse aspettando e stesse controllando che arrivasse. Furono presto chiare le conseguenze dell'essere la nuova miglior amica della ragazzina più importante alla festa e anche la miglior amica della futura sposa, quando si trovò senza volerlo al centro dell'attenzione e tutte le conversazioni si fermarono, e ogni paio di occhi si puntò verso di lei.

Appena vide Lisa scendere i gradini della terrazza, Elsie mise da parte le sue bambole e balzò in piedi. Corse attraverso il prato, spazzolandosi le sottane stropicciate mentre andava e quasi finì per capitombolare nell'erba, tale era la sua eccitazione. Le sue tre giovani parenti si guardarono attorno per capire che cosa stesse succedendo, e la sua prima cameriera personale mandò due delle sue donne a rincorrerla. La sua fuga non fu notata immediatamente nel padiglione, ma poi una delle tre ragazzine balzò anche lei in piedi, non per seguire i passi di Elsie, ma per salire nel padiglione e cercare sua madre, Deborah, la duchessa di Roxton, con la notizia dell'ultima arrivata prima che chiunque altro potesse annunciarlo.

"Aspetto il vostro arrivo da un mucchio di tempo" dichiarò Elsie, in piedi davanti a Lisa, con un'espressione preoccupata. "Vi eravate persa?"

"Sì, un po'" rispose Lisa mentendo e sperando che il suo sorriso, almeno, sembrasse sincero. "Mi dispiace che tu abbia dovuto aspettare. Devo aver svoltato a destra invece che a sinistra nei giardini. Non sono mai stata molto brava con i punti cardinali."

Elsie accettò la sua spiegazione e camminò con lei nel prato tenendola per mano.

"Abbiamo mangiato il gelato al pistacchio e ci sono molte torte. Julie ha mangiato due porzioni di quella alla vaniglia. A Tina piacciono di più le tortine al limone. Ha otto anni. Harriet ne ha sei. Si è versata il succo di fragola sul vestito e ha pianto, perché è quello più bello che ha. Vi piacerebbe una fetta di torta al cioccolato o preferite quella alla vaniglia, come Julie?"

"Forse dopo aver bevuto qualcosa. Tutto quel camminare per i giardini, al sole, mi ha fatto venire molta sete." Guardò Elsie e disse, in tono complice, abbassandosi a sussurrarle nell'orecchio: "Potrei mangiare una fetta di entrambe."

Elsie sorrise e condusse Lisa dall'altra parte della coperta e la presentò a lady Christina Fitzstuart, che tutti chiamavano Tina, e lady Harriet Hesham, che tutti chiamavano Harriet. Non sapeva dove fosse andata lady Juliana. Tina lo sapeva. Le informò che Julie era nel padiglione, aggiungendo, a mo' di spiegazione per Lisa, che aveva un volto così bello che era sicura che non ci fosse niente di male nel confidarsi con lei: "A Julie non piace restare con noi. Dice che giocare con le bambole è per le bambinette, e ora che ha compiuto dodici anni, lei è un'adulta. Ma la sua mamma l'ha fatta sedere qui perché dice che non è ancora un'adulta…"

"La mamma dice che deve tenermi d'occhio perché io sono la sua sorellina" aggiunse Harriet, strizzando gli occhi per guardare Lisa.

"E gioca con le nostre bambole" disse Elsie, in appoggio a Tina e Harriet. "Potreste sedervi con noi e bere il vostro succo di frutta, anche se siete un'adulta, vero, Lisa? Teddy lo fa."

Lisa trasalì quando due servitori si materializzarono all'improvviso di fianco a lei. Uno aveva un vassoio con i bicchieri e una caraffa di succo di frutta, l'altro era lì per versarlo e porgerle il bicchiere. Era così assetata che bevve il primo sorso senza nemmeno sentirne il sapore, e le si intorpidirono parzialmente la lingua e le labbra, prima di guardare nel bicchiere e scoprire il ghiaccio tritato che galleggiava. Non aveva mai visto il ghiaccio servito con una bevanda. In effetti, non aveva mai assaggiato una granita o il gelato. Sua cugina Minette aveva ricevuto uno specialissimo contenitore di porcellana per conservare il gelato come dono di nozze e aveva informato Lisa che i gelati, le granite e il ghiaccio tritato aggiunto alle bevande nei mesi estivi erano all'ultima moda tra i nobili, che costruivano ghiacciaie nelle loro proprietà per immagazzinare il ghiaccio. Lisa era sicura che lì ci dovesse essere una ghiacciaia e che senza dubbio anche la casa grande dall'altra parte del lago doveva averne una. Si assicurò di assaporare la nuova esperienza, bevendo lentamente il resto del succo di frutta, perché era deliziosamente rinfrescante e proprio ciò di cui aveva bisogno dopo la camminata nei giardini a terrazze, e la aiutava a calmarsi dopo il suo incontro con Henri-Antoine.

E dato che il cappello a larga tesa le schermava il volto, tenne la testa bassa sperando di non attirare l'attenzione di quelli su nel padiglione e di riuscire a passare un po' di tempo con Elsie e le sue giovani parenti per farsi perdonare il ritardo. Ma non ebbe la possibilità di accettare l'offerta di Elsie di condividere la torta o la sua coperta, perché Teddy si precipitò da lei. Era corsa giù dalle scale e la abbracciò.

"Eccoti qui! Pensavamo tutti che ti fossi persa e stavamo per inviare i soccorsi." Slegò i nastri che tenevano il cappello di paglia di Lisa e glielo tolse, sistemandole in fretta i capelli, fermando con le forcine le poche ciocche che si erano sciolte. "Devi essere al meglio per conoscere la cugina duchessa e zia Deb e zia Rory. E poi ho un'altra sorpresa per te." Si voltò, si accucciò e abbracciò Elsie, dicendole gentilmente. "Ti sarò grata se mi permetterai di prendere in prestito la tua nuova amica per un po'. Voglio che conosca la tua mamma. E forse, quando tutte le presentazioni saranno finite, potresti venire su nel padiglione e sederti con noi mentre prendiamo il caffè? Julie è già lì." E prima che Elsie avesse il tempo di annuire, Teddy la baciò sulla guancia e portò via Lisa, su per i gradini e nel padiglione, a incontrare le sue parenti.

Il tutto accadde in pochi minuti, senza dare il tempo a Lisa di pensarci troppo o di prepararsi per incontrare la persona che aveva fatto tanta differenza nella sua vita. Non solo la duchessa di Kinross aveva sponsorizzato la sua iscrizione a Blacklands, ma si era presa la briga di scoprire dove fosse finita, e aveva ordinato alla zia di Lisa di assicurare la sua presenza al matrimonio di Teddy. Che cosa si poteva dire a una donna così meravigliosa? Un semplice grazie sembrava così inadeguato. E se non fosse bastato a renderla ansiosa, c'erano gli anni in cui aveva ascoltato zia de Crespigny raccontare le storie sul mondo da favola dove era vissuta come cameriera personale di questa bellissima, gentile e amorevole nobildonna, cosa che aveva elevato *Madame la Duchesse* al rango di un mito nella famiglia de Crespigny. Ed ecco che Lisa, che non si era mai aspettata di sapere com'era una simile mitica creatura, tanto meno di trovarsi in sua presenza, era sul punto di venirle presentata.

"Eccola, cugina duchessa!" annunciò Teddy allegramente, portando Lisa davanti a quattro donne e a una ragazza, tutte sedute vicine su una serie di comode sedie e una *dormeuse*.

Lisa riuscì a fare la riverenza senza vacillare ma non sapeva a quale nobildonna rivolgere lo sguardo. Gli avvertimenti di sua cugina le risuonarono nelle orecchie, e la resero di fatto muta. *Se oserai dire o fare qualcosa che possa incrinare o sminuire il legame speciale tra la mamma e Sua Grazia, ti odieremo per il resto dei tuoi giorni.*

L'unica donna che Lisa riconobbe fu la madre di Teddy. Lady Mary era seduta da un lato di una *dormeuse* rivestita di seta, con un cuscino che le sosteneva il braccio con il quale teneva la sua bambina al seno. Lisa la guardò per un attimo e poi distolse in fretta lo sguardo, fissandolo sulla cesta accanto alle scarpine di seta di lady Mary. Non perché non avesse mai visto allattare un bambino, spesso le donne arrivavano al dispensario con un bambino aggrappato alle sottane e uno attaccato al seno, ma perché non si sarebbe mai aspettata di vedere una nobildonna vestita di strati di seta costosa, con il corpetto slacciato, che nutriva il suo bebè, e a una riunione sociale.

Teddy diede una stretta rassicurante alla mano di Lisa, facendole alzare lo sguardo dalle scarpine di lady Mary, e fece le necessarie presentazioni.

"Questa è la mia fata madrina, *Madame la Duchesse* di Kinross. È la madrina più gentile e più amorevole che una ragazza possa mai desiderare e non sarò mai capace di ringraziarla abbastanza per tutto ciò che ha fatto per me, ma specialmente per aver trovato te, carissima Lisa."

Quando Antonia Kinross le mandò un bacio, Teddy sorrise e gliene mandò uno anche lei e lo sguardo di Lisa percorse la duchessa, che era reclinata sui cuscini dall'altro lato della *dormeuse* in una nuvola di sottane di cotone, una giacca a campana, in stile *caraco*, scollata, allacciata sul suo ampio seno. La sua massa di capelli biondo miele era generosamente striata d'argento, più evidente alle tempie, e aveva due begli occhi verdi che ricordavano quelli di Elsie, nella forma se non nel colore. Ma fu la sua bocca, ad arco di cupido, che affascinò specialmente Lisa. Era la forma femminile della bocca da baciare di Henri-Antoine.

"E hai già conosciuto la mia meravigliosa mamma, oh!, e Sophie-Kate, ovviamente" continuò Teddy, obbligando Lisa a distogliere in fretta lo sguardo dalla duchessa per essere presentata a una seconda duchessa. "E questa è mia zia Deb, la duchessa di Roxton, che è anche la zia di Jack. E questo la rende particolarmente speciale. Lei e zio Roxton hanno otto figli. Immagina! *Otto*. Quasi una squadra di cricket..."

"Non proprio, cara Teddy" disse Deb Roxton con una risatina.

"E io sono lady Juliana Antonia, la figlia maggiore" aggiunse la bellissima ragazzina appoggiata alla sedia della duchessa di Roxton. Aveva i capelli biondo miele e gli occhi verdi proprio come sua nonna e indossava una gonna ampia di seta rosa pallido. Aveva il naso di sua madre ma, sotto ogni altro aspetto, era la versione in miniatura di Antonia Kinross. "Tutti mi chiamano Julie. Potete farlo anche voi."

Lisa fece una riverenza e riuscì a dire tranquillamente: "Grazie, Julie."

Lisa diede un'occhiata alla madre di Julie e pensò che i capelli rosso scuro e gli occhi gentili della duchessa erano vagamente familiari, poi ricordò che Teddy le aveva appena detto che sua zia Deb era anche la zia di Jack (anche se sembrava troppo giovane) e si rese conto che Jack aveva gli stessi occhi. Trovava difficile credere che una donna maestosa con un volto così fresco fosse la madre di otto figli.

"Ciò che avresti dovuto dire, *ma chère belle-fille*, è che non è proprio una squadra di cricket, *per ora*" intervenne Antonia Kinross con gli occhi verdi pieni di malizia. "Sono sicura che mio figlio Julian abbia intenzione di aumentare quel numero fino a raggiungere quello di una squadra di cricket e c'è poco che tu possa fare, carissima Deb. Sarà quel che sarà."

La battuta fece ridere le altre nobildonne, con i ventagli davanti alla bocca, mentre Deb Roxton apriva la bocca per commentare, ma poi ci ripensava, stringendo le labbra, con le guance che prendevano colore.

"E questa bella fatina è mia zia Rory" disse Teddy, rivolgendosi alla nobildonna con i capelli biondo platino, lineamenti delicati e caldi occhi azzurri, vestita di seta color giallo limone. Sventolava un ventaglio che, Lisa ne era sicura, se avesse potuto ispezionarlo più da vicino, avrebbe mostrato un disegno del frutto della pianta di ananas. "Zia Rory è lady Strathsay ed è sposata con mio zio Dair. Pensiamo che zio Dair l'abbia colta in un giardino perché è il fiore più incantevole che abbia mai visto."

"E tu sei la mia nipote preferita nel mondo intero, cara Teddy" rispose la contessa di Strathsay con un sorriso e dato che era quella seduta più vicino a Teddy, le afferrò la mano e gliela strinse. "Io, noi, siamo tutte così felici per te che *Madame la Duchesse* sia riuscita a trovare la tua amica, e in tempo per il tuo matrimonio."

Queste nobildonne, inclusa lady Mary, che aveva alzato gli occhi dalla bambina che stava allattando e che si era addormentata attaccata al seno, rivolsero lo sguardo a Lisa e sorrisero benevolmente, senza dubbio aspettandosi che Lisa rispondesse in modo adeguato. Ma Lisa restò muta, nonostante avesse risposto a lady Juliana. Non era solo perché era nervosa per essere stata presentata a due duchesse, una contessa, la figlia di una duchessa e la figlia di un conte, più nobiltà seduta davanti a lei di quanta si sarebbe mai potuta aspettare di incontrare in tutta la sua vita, men che meno tutta in una volta, ma anche perché queste donne sembravano essere dolci, gentili e senza pretese. Senza dubbio l'eminente posizione all'apice della società dava a ciascuna la sicurezza di essere se stessa e di presumere che tutti l'avrebbero trattata con il rispetto e la deferenza che la sua posizione imponeva. Ma per Lisa, fu la loro sincerità, non il loro status sociale, a colpirla di più. C'erano poche donne nella sua vita che non fossero pretenziose e ancor meno che le avessero dimostrato calore e gentilezza sincere. Teddy era una di loro e l'altra era Becky, e quel pensiero le causò lacrime dolceamare di felicità.

Fare parte di un mondo simile andava al di là della sua immaginazione. Essere al suo margine e guardarlo era più che incantevole, ed era grata di poter dare un'occhiata, per quanto breve. Le avrebbe dato una vita di ricordi e, per essere pragmatica, una certa conoscenza della sua famiglia, se mai Henri-Antoine avesse voluto parlarle dei suoi parenti quando fosse andato a trovarla nella casa Queen Anne alla periferia di Bath.

Ora capiva che cosa aveva voluto dire Henri-Antoine quando aveva commentato di venire da una famiglia di eccezionale bellezza. E non la meravigliava che si fosse offeso quando lei aveva riso, pensando che la sua reazione fosse assurda. Ma la sua affermazione non era stata irragionevole. Non aveva esagerato parlando dei membri femminili della sua famiglia. Comunque, lei continuava a pensare che lui non fosse una spina. Le faceva venire voglia di incontrare i mariti, i padri, i fratelli e i cugini maschi di queste donne, per vedere se erano equivalenti maschili degni di abitare in quella favola.

La distrazione di Lisa durò solo qualche secondo nel silenzio che insisteva e Teddy stava per parlare per conto della sua amica ammutolita, quando Antonia si rivolse a Lisa in inglese con un accento decisamente francese: "Il vostro viaggio è stato piacevole, *chère fille?*"

Lisa alzò gli occhi sulla duchessa sentendola parlare, spalancandoli per un attimo, sorpresa per la franchezza dello sguardo di Antonia. La gentilezza nel tono della duchessa e la dolcezza del suo sorriso erano sincere, ma mascheravano anche un intento, perché Lisa era sicura che la madre di Henri-Antoine la stesse esaminando con attenzione. Si chiese se ci fosse qualcosa di più, oltre al voler scoprire esattamente con che tipo di ragazza avesse fatto amicizia la sua figlioccia a Blacklands e che cosa le aveva detto di lei sua zia de Crespigny per confermarlo o respingerlo. Si chiedeva anche, ancora più preoccupata, se la duchessa sapesse qualcosa dell'interesse di suo figlio per lei, e non si sarebbe sorpresa che Elsie avesse riferito a sua madre di aver lasciato suo fratello in conversazione con la sua recentissima amica. Il nervosismo di Lisa si moltiplicò per mille.

"Grazie... Grazie *Madame la Duchesse*, il viaggio è-è stato molto piacevole" rispose Lisa esitante anche se fece del suo meglio per nascondere il suo disagio, deglutendo forte per schiarirsi la gola e rendendo così la voce più ansimante di quanto avesse inteso. Fece un'altra riverenza, con lo sguardo che riandava a quei tranquilli occhi verdi, prima di abbassare educatamente le palpebre. Il calore che provava alle guance non aveva niente a che fare con il caldo estivo.

"Teddy ci dice che avete viaggiato su una diligenza pubblica, miss Crisp" disse la duchessa di Roxton nel suo modo diretto ma piacevole.

"*Quoi? Ce n'est pas possible!*" esclamò Antonia, tornando alla sua lingua natia. "Perché vi hanno messo su una diligenza pubblica quando avevo specificatamente istruito Gabrielle, vostra zia, di noleggiare una diligenza per farvi portare qua?"

"Vi assicuro, *Madame la Duchesse*, non è stato per nulla un inconveniente prendere la diligenza pubblica" rispose diplomaticamente Lisa in francese.

"Ma non era affollata con tutta una pletora di viaggiatori?" chiese preoccupata la duchessa di Roxton. "Le diligenze pubbliche che ho visto sulle strade di Londra sono così piene di gente che le persone devono sedersi sul tetto, e non può essere prudente."

"Perdonatemi, Vostra Grazia, ma i passeggeri che si siedono sul tetto lo fanno perché quello è l'unico biglietto che si possono permettere, oppure per scelta, perché un posto all'interno della carrozza costa il doppio."

"Buon Dio. Non ne avevo idea" rispose la duchessa di Roxton, sinceramente stupita.

"Gabrielle non avrebbe dovuto farvi viaggiare su una diligenza pubblica e non ci sono scuse" brontolò Antonia. "È già un miracolo che non vi abbia fatto sedere sul tetto!"

Lisa nascose un sorriso. "A voler essere giusti con mia zia, non credo che abbia avuto a che fare con i piani per il mio viaggio, *Madame la Duchesse*."

"Questo riesco a crederlo, *ma petite!*" ribatté Antonia. "Senza dubbio ha incaricato le sue figlie di organizzare il vostro viaggio."

"Sì, *Madame la Duchesse*" rispose Lisa, con il nervosismo che evaporava per l'indignazione della duchessa per conto suo. "Per emozionante che avrebbe potuto essere un posto sul tetto della carrozza, per i primi cinque minuti, le altre tredici ore sarebbero state terrificanti. Quindi sono grata al dottor Warner per averci fatto avere i posti all'interno."

Antonia si chinò in avanti, con le mani sopra i molti strati delle sue sottane di cotone, gli occhi verdi spalancati per l'orrore. "*Tredici* ore? *Mon Dieu!* Ma è diabolico!"

Teddy ridacchiò all'occhiata disgustata di Antonia. "Forse per voi, cugina duchessa, perché avete la carrozza più lussuosa di tutto il regno." Poi confidò a Lisa: "La carrozza di *Madame la Duchesse* ha i sedili che si possono trasformare non in uno, ma due letti!" Prima di annunciare: "A me piacerebbe viaggiare sul tetto di una carrozza, almeno una volta. Deve essere emozionante pensare che a ogni momento e a ogni curva, l'intera carrozza possa ribaltarsi e farci finire tutti tra i cespugli!"

"Con le ossa rotte, un cranio spaccato, o senza più il cranio" dichiarò lady Mary rabbrividendo. Fece appello a Lisa. "Non è vero, miss Crisp... Lisa?"

"Sì, milady" confermò Lisa. Afferrò la mano di Teddy e si voltò per guardarla negli occhi. "Prometti a me, alla tua mamma, alla tua madrina e alle tue zie, che non viaggerai mai su una diligenza pubblica e *mai* sul tetto."

Teddy sbuffò e sembrò cocciuta per un momento, ma poi sorrise e baciò Lisa sulla guancia prima di rivolgersi alle parenti più vecchie. Fece una riverenza. "Lo prometto, lo prometto!"

Quando tutte tirarono un sospiro di sollievo, Teddy disse a Lisa: "La cugina duchessa potrà anche non aver mai viaggiato sul tetto di una diligenza, ma ha fatto cose ancora più emozionanti... È stata fermata dai briganti e le hanno sparato! Non è così, *Madame la Duchesse?*"

"Sì, ma è successo tanto tempo fa."

"Aveva solo diciassette..."

"Quasi diciotto" la interruppe gentilmente Antonia.

"*Quasi* diciotto anni" si corresse Teddy, senza quasi fermarsi a respirare. "I briganti fermarono la carrozza di *Monsieur le Duc* sulla strada di Versailles. E le spararono, qui." Teddy si portò la mano sulla clavicola. "E *Monsieur le Duc* dovette fermare il sangue e portare la cugina duchessa a Parigi il più in fretta possibile perché un medico potesse togliere la pallottola."

"Deve essere stato terrificante per voi, *Madame la Duchesse*" mormorò Lisa, con gli occhi sgranati. Non riusciva quasi a credere che fosse possibile.

"Sì, è vero" ammise Antonia e poi sorprese Lisa sorridendo e alzando le spalle. "Ma solo dopo essere stata colpita dalla pallottola. Prima, quando i briganti ci bloccarono, pensai che l'intero episodio fosse la cosa più eccitante che mi fosse mai capitata! E ovviamente non ero preoccupata perché ero con *Monseigneur...*"

"... che sparò a quei bruti, uccidendoli!" disse Teddy con gusto. "E se lo meritavano."

"Come sei sanguinaria, Teddy" si lamentò Antonia, senza accalorarsi e si portò in fretta il ventaglio davanti alla bocca per nascondere il sorriso. Ma niente poteva nascondere lo scintillio nei suoi occhi.

"Adesso capisco da dove le viene il suo amore per l'avventura" commentò lady Mary, come se fosse un dato di fatto. "Spero non vi dispiaccia che abbia raccontato a Teddy la vostra disavventura, cugina duchessa."

"Per niente, Mary." Gli occhi verdi di Antonia brillarono e lei mostrò il sorriso. "Immagino che *Monsieur le Duc* ti abbia raccontato questa storia quando eri una ragazzina e che tu ne sia rimasta affascinata proprio come Teddy. Anche se forse il tuo primo pensiero non fu che avresti voluto essere fermata dai briganti."

"Esatto, cugina duchessa. Ma sono sicurissima che sia stato il primo pensiero di Teddy."

"Mamma, come fate a dirlo" si lamentò Teddy facendo il broncio, poi rise, nascondendosi dietro la mano e confessò: "Fu il mio *secondo* pensiero. Il primo fu che avrei voluto che *Monsieur le Duc de Roxton* mi avesse rapita dal palazzo di Versailles!"

Antonia alzò gli occhi al cielo e sospirò. "Quante volte è stata ripetuta questa storia e quante volte ho dovuto correggervi. Io non ero..."

"... *stata rapita da Monseigneur. Io avevo organizzato tutto in modo che Monseigneur mi rapisse*" dissero all'unisono Deb Roxton, lady Mary e lady Strathsay. Trasalirono, sorprese della loro identica risposta e poi scoppiarono a ridere.

Antonia sorrise con soddisfazione sentendosi ripetere le sue parole, con le guance di porcellana che diventavano rosa. Ma non c'era niente di arrogante nelle sue maniere.

"*Bon*. È la pura verità."

L'ilarità tra quelle dame altolocate interruppe le conversazioni che avevano luogo nel padiglione tra la congrega di ospiti che si sforzavano di sentire che cosa si stava dicendo intorno alla *dormeuse* della duchessa di Kinross. Aveva già suscitato il loro interesse l'arrivo dell'amica di Theodora Cavendish dai tempi di scuola, una ragazza di cui non riuscivano a collocare la faccia o il nome, e di cui quindi non conoscevano i legami di famiglia. Non solo era una circostanza inaudita, ma sorprendente. Ma due di loro, che erano state amiche di Teddy a scuola, avevano dato un nome alla sconosciuta. E mentre Lisa veniva presentata alle parenti di Teddy, si presero la briga di dire tutto quello che sapevano di miss Lisa Crisp a chiunque stesse ascoltando e cioè a tutte quelle sedute intorno a loro.

Quindi, quando la duchessa di Kinross stava chiedendo a Lisa del suo viaggio verso Treat, ogni orecchio nel padiglione era concentrato sulla nuova arrivata e ogni occhio la stava giudicando, dai suoi semplici stivaletti al vestito a fiori sbiadito, alla sorprendente presenza di macchie di inchiostro sulle dita della sua mano destra, ai suoi capelli senza ornamenti. E con l'informazione appena ricevuta che miss Lisa Crisp era un'orfana di una famiglia comune e che, se si doveva credere alle due compagne di scuola, aveva lasciato Blacklands in circostanze sospette. L'unica spiegazione del motivo per cui miss Cavendish aveva fatto amicizia con una ragazza simile doveva essere per un senso di carità, cosa da lodare. Comunque, avere questa Lisa Crisp tra di loro era inquietante. Era una fortuna che avesse una carnagione sana, pulita e chiara e che il suo aspetto fosse sopra la media. Le aiutò a calmare il loro disagio, anche se le due amiche di scuola di Teddy non presero bene quella riluttante valutazione, perché, pur essendo ben contente di aver diffuso pettegolezzi su Lisa Crisp, non era piaciuto loro sentirla descrivere come *sorprendentemente carina e piacevolmente fiorente per essere una ragazza povera*, quando il costo degli ornamenti nei loro capelli avrebbe potuto fornire cibo e un tetto a Lisa Crisp per un anno.

. . .

Antonia riportò lo sguardo su Lisa e chiese, ancora preoccupata per il suo viaggio: "Per favore, mi assicurate, *ma petite*, che le vostre molte ore in diligenza sono state senza incidenti, sì?"

"È così, *Madame la Duchesse*" rispose Lisa, più a suo agio da quando quelle illustri dame erano scoppiate a ridere ripetendo la dichiarazione della duchessa di Kinross circa il suo rapimento sulla strada di Versailles. "Non ero mai arrivata oltre Chelsea, quindi tutto, per strada, catturava il mio interesse."

"Spero che non abbia infastidito voi e la vostra compagna dover condividere la carrozza con altri."

"Per niente. C'era solo una coppia con il loro figlioletto dentro la carrozza con noi, *Madame la Duchesse*. Stavano tornando a Southampton da Londra, dove avevano portato il figlio per farlo visitare dal suo medico."

"Sembra un viaggio lungo da fare per vedere un medico."

"È così, *Madame la Duchesse*. Ma, secondo la mia limitata esperienza, genitori amorevoli fanno tutto il possibile nella speranza che un medico possa offrire loro una cura per la malattia del loro figlio, o, almeno, dargli un po' di sollievo con le medicine…"

"Malattia?"

"Il ragazzino soffre di emicranie" spiegò Lisa. "I suoi medici non ne sono certi, ma la loro teoria è che i suoi mal di testa possano essere un'altra manifestazione del mal caduco."

Antonia si mise diritta, con le dita strette sulle stecche del suo ventaglio.

"Se si tratta di mal caduco, allora hanno tutta la mia compassione, perché non c'è una cura" dichiarò francamente. "Si può andare fino a Costantinopoli, e anche lì i medici non hanno un'idea più chiara di quelli di qui su come trattare quell'orribile malattia."

Lisa la guardò apertamente negli occhi, cominciando a credere alla possibilità che la duchessa, che aveva dichiarato che non esisteva una cura, sapesse benissimo che suo figlio soffriva ancora di crisi epilettiche. E ciò nonostante le precauzioni che lui aveva preso per nasconderle alla sua famiglia, in special modo a sua madre. E pensandoci, perché, essendo una madre amorevole, non avrebbe dovuto saperlo? L'aristocrazia viveva con un esercito di servitori che si occupava di ogni loro necessità o capriccio. Bastava un solo servitore che tradisse la fiducia del suo padrone perché sua madre ne fosse informata. E se la duchessa non permetteva alla figlia minore di respirare, come Elsie aveva descritto le cure iperprotettive della madre, certamente sarebbe stata altrettanto preoccupata e protettiva, anche se a distanza, ora che lui era un adulto, nei confronti di un figlio che soffriva di una malattia cronica.

Lisa decise di mettere alla prova la sua ipotesi, aggiungendo piano, mentre continuava a guardare Antonia negli occhi: "Immagino che sia straziante per un genitore vedere il proprio figlio soffrire di una crisi simile, e restare un testimone silenzioso, quando quel figlio sceglie di soffrire da solo, deve essere insopportabilmente difficile…"

Il ventaglio di Antonia si fermò di colpo, mentre i suoi occhi verdi fissavano Lisa. Se rimase sbalordita da quel riferimento indiretto alla malattia di Henri-Antoine, rimase ancora più sorpresa di scoprire che Lisa ne aveva un'intima conoscenza. Eppure, si obbligò a restare impassibile. Quindi, quando parlò, niente cambiò nel suo timbro di voce, e portò abilmente e in fretta la conversazione in un'altra direzione.

"È verissimo. Il vostro francese è veramente buono. Avevo immaginato che Blacklands, essendo un collegio francese, avesse insegnanti eccellenti in quella lingua."

"Sì, *Madame la Duchesse*" rispose Lisa. "E posso ribadire quanto vi sono grata per-per avermi sponsorizzato e-e," tirò il fiato, tremando e si asciugò una lacrima, "per-per avermi trovato."

Antonia si chinò in avanti con un sorriso. "Spero che queste siano lacrime di gioia, *ma petite*. E ora dovete smettere di ringraziarmi e godere il vostro soggiorno qui… Teddy, *ma chérie*" disse a Teddy che ora aveva la sorellina appoggiata alla spalla, "le tue compagne di scuola devono desiderare di riunirsi con *mademoiselle* Crisp, sì?"

"Oh, sì! Vieni, Lisa. Ho una sorpresa per te!" rispose Teddy, restituendo Sophie-Kate alla loro madre.

Mandò un bacio alle sue parenti e si voltò, prendendo Lisa per mano. La condusse attraverso la folla, zigzagando tra i sedili e le sedie e i gruppetti di ospiti, giovani e vecchie che stavano godendosi le tortine, i dolcetti, le bevande ghiacciate e che erano sedute più in fondo al padiglione, dove faceva più fresco e la brezza dal lago si faceva strada attraverso le grosse colonne. Alla fine si fermò davanti a una matrona con un enorme cappello pieno di fronzoli, seduta con due giovani donne dell'età di Teddy e Lisa.

Lisa le conosceva: l'onorevole Violet Knatchbull e l'onorevole Margaret Medway. Conosciute come *Le Onorevoli* a scuola e, privatamente, da Lisa come *Le Orribili*. Non la sorprendeva che fossero ospiti al matrimonio di Teddy, anche se una piccola parte di lei aveva sperato che non avrebbero partecipato, per non rovinare la sua visita. Fece del suo meglio per nascondere la delusione perché se c'erano due ragazze che le avevano causato più dispiaceri a Blacklands, erano Vi e Meg. Entrambe erano figlie di diplomatici di carriera in missione all'esterno ed erano state piazzate a Blacklands perché nessun altro collegio per giovani donne le aveva accettate. Erano piantagrane e lontane cugine e facevano del loro meglio per nascondere a Teddy il loro carattere acido e la loro antipatia per Lisa. E dato che Teddy non aveva un grammo di cattiveria in corpo, non riusciva a vedere la vera natura delle *Orribili*. E Lisa era l'ultima persona al mondo che avrebbe detto a Teddy che Violet e Meg erano le pettegole che avevano informato la direttrice che Lisa era stata vista baciare un apprendista speziale dietro la Chelsea Bun House.

Immaginò che fosse troppo chiedere che, nei due anni e mezzo da quando aveva lasciato Blacklands, *Le Orribili* fossero cambiate in meglio. Dopo pochi minuti di conversazione, Lisa capì che era un pio desiderio. Fece del suo meglio per ignorare i loro commenti maliziosi. Non aveva intenzione di permettere loro di rovinarle il soggiorno.

"Che sorpresa vederti di nuovo, Lisa. Teddy ci aveva detto che ti avevano trovata" disse Violet Knatchbull con un sorriso insincero. "Meg e io non riuscivamo quasi a credere alla notizia quando Teddy ci ha scritto per dircelo! Londra è un posto talmente vasto che avresti potuto vivere in qualsiasi oscuro vicolo, facendo chissà che cosa, e non essere più vista. Ma eccoti qui!"

"Non un vicolo oscuro. Un dispensario per malati poveri."

"Buon… Dio!?" Violet trasalì, portandosi la mano sul petto per la sorpresa. "Non sei stata contagiata, vero?"

"Cosa? Lisa malata?" sbuffò Teddy. "Non è mai stata malata, mai. No, stupidina. Lisa assisteva il medico del dispensario."

Violet e Meg, senza parole, fissarono Teddy e poi Lisa, finché Violet ritrovò la voce dicendo melliflua: "Lavorare con i poveri non ti ha fatto male. Non sei cambiata per niente, nemmeno i tuoi vestiti. Sono sicura che quell'abito fosse il più bello che avevi quando eravamo a scuola, no?"

"Non sei cambiata nemmeno tu, Violet" commentò Lisa impassibile, sorridendo in fretta. "Quell'abito è veramente carino, in una tonalità di verde perfetta. Il verde è sempre stato adatto a te."

Meg nascose una risata dietro la mano a quel complimento ambiguo e diede di gomito a Violet, prima di dire a sua zia, che stava guardando Lisa dalla testa ai piedi attraverso l'occhialino: "Questa è la ragazza povera di cui ti stavo parlando, zia. Era a Blacklands con Vi e me e Teddy. Dicevano che miss Crisp fosse la ragazza più intelligente a scuola, e, pensandoci, immagino che se si è poveri e non si ha niente di meglio da fare con il proprio tempo che riempirsi la testa con le stupidaggini che ci insegnavano, probabilmente era così…"

"L'intelligenza non ha mai portato a una ragazza niente che valesse la pena di avere" dichiarò la matrona con la voce stridula. Fissò Lisa con un occhio ingrandito. "La cosa che mi meraviglia è... come fanno i poveri a entrare in un istituto così stimato?"

"Nello stesso modo di tutti gli altri" rispose allegramente Lisa. "Dal cancello d'ingresso."

La matrona trasalì e tirò il fiato e Violet e Meg trattennero il respiro, sperando di vedere Lisa Crisp ricevere ciò che si meritava per la sua risposta impertinente da una persona così puntigliosa sulla forma come la marchesa vedova di Fittleworth. Ma poi sua signoria scoppiò a ridere. Era una risata talmente sincera e piena di buon umore che Lisa decise che la zia, diversamente dalle nipoti, era anche lei sincera e che per quello le piaceva.

"Ahahahah! Dal cancello d'ingresso. Ahahahah! Approvo una ragazza con il senso dell'umorismo!"

Lisa sorrise e fece una riverenza a sua signoria e, avendo trovato la scusa perfetta per lasciare la compagnia delle nipoti dalla faccia acida della matrona, disse a Teddy: "Per favore, scusami, carissima. Vedo Becky e devo assicurarmi che si prendano cura di lei..."

E se ne andò, con la schiena diritta e le mani giunte sotto il piccolo seno, e si fece strada tra la folla fino al punto dove si erano riuniti i servitori, le cameriere e le bambinaie, aspettando di servire e di essere utili. E quando alzò la mano per salutare Becky e lei rispose salutandola a sua volta, Violet e Meg quasi non riuscirono a credere che Lisa Crisp avesse abbandonato la loro presenza preferendo la compagnia dei servitori. Speravano entrambe che la marchesa vedova stesse anche lei prendendo nota di questa scorrettezza sociale ma, con loro sommo dispiacere, la loro zia aveva lasciato cadere l'occhialino dal suo nastro e stava parlando con Teddy.

"Speravo ci fosse tua nonna, Teddy. Non l'ho vista su alla casa grande. Ma quel posto è talmente vasto che si potrebbe passare una settimana senza vedere un altro ospite! O forse arriverà tra un giorno o due?"

"La nonna non parteciperà al mio matrimonio, milady" rispose categoricamente Teddy.

Lady Fittleworth si mise diritta. "Cosa? La contessa vedova di Strathsay che *non* partecipa al matrimonio di sua nipote? Ma è l'evento della stagione! Non sta bene?"

"No. Oh, devo correggermi. Non sta tanto male da non essere in grado di partecipare, se volesse."

"Che cosa ne dice la tua mamma?" chiese lady Fittleworth con voce stridula. "O meglio, che cosa ne dice Sua Grazia di Roxton? Che cosa ne dice *sua* madre? Che scusa può avere Charlotte Strathsay per *non* essere qui?"

"La nonna insiste che mi accompagni all'altare lo zio Dair, perché essendo il conte di Strathsay, è il capo della mia famiglia. E se non lo zio Dair, allora lo zio Roxton, perché è il capo di tutte le nostre famiglie. La nonna ha detto che se mi accompagnasse all'altare un uomo al di sotto del rango di un conte o un duca, significherebbe trattare la nostra unione e i nostri ospiti con meno rispetto di quanto sia dovuto al nostro lignaggio e a quello dei nostri ospiti. Almeno è ciò che io *penso* abbia detto nella sua lettera di protesta alla mamma, che ha anche inviato allo zio Roxton e allo zio Dair."

"E qual è stata la loro risposta a una simile dura lettera di protesta?" Lady Fittleworth fece un verso irriverente e rispose da sola alla sua domanda. "Posso immaginare che cosa le abbia detto tuo zio Dair. Essendo stato un comandante dell'esercito, probabilmente è stato schietto fino a essere maleducato. E tuo zio Roxton, pur essendo più diplomatico, le avrà fatto abbassare la cresta."

Teddy sorrise. "Esatto. Specialmente perché la nonna incolpa la mamma per la mia scelta, quando toccava solo a me scegliere. Dopo tutto, sono io che mi sposo!"

"Certo, bambina. Allora, chi ti accompagnerà all'altare?"

"Il mio patrigno, ovviamente. Lo zio Dair e lo zio Roxton sono d'accordo che sia lui ad avere l'onore. E ovviamente anche la mamma e Jack la pensano allo stesso modo. Ed è tutto ciò che conta."

"È tutto ciò che conta" confermò lady Fittleworth con un sorriso e fece mostra di guardarsi intorno come se avesse perso qualcosa o qualcuno. "Non vedo tua nonna Kate…"

"Oh! Adesso ricordo, milady" la interruppe Teddy. "Nonna Kate è qui, ma non qui al picnic perché in questi giorni non le piacciono le folle. Ma desidera veramente che andiate a trovarla. Quindi vi dovevo invitare a cena domani sera alla Gatehouse Lodge. Silvia preparerà i suoi piatti speciali e nonna Kate mi ha detto quanto vi piace tutto ciò che è italiano, in special modo il cibo, e che una volta vivevate a Livorno…"

"Gli anni migliori della mia vita!" esclamò lady Fittleworth con un sospiro, unendo le mani. "Grazie, bambina. Accetto l'invito con grande piacere. Ricordo tua nonna Kate come un'ospite amabile. E quando Fittleworth era il console a Firenze, lei stava spesso da noi." Afferrò la mano di Teddy, la tirò più vicina e disse confidenzialmente: "Non devi fraintendermi, mia cara, perché ogni tanto mi piacciono queste riunioni tutte femminili, ma la decisa mancanza di compagnia maschile qui, oggi, rende il tutto piuttosto opaco, specialmente per le mie nipoti. A loro servono tutte le possibili opportunità a loro disposizione per incontrare e fare buona impressione su un corteggiatore adatto. Sono abbastanza carine, ma hanno la lingua pungente e per loro sfortuna non hanno qualche caratteristica particolare che le faccia emergere, come i tuoi meravigliosi capelli rossi, o la bellezza di miss Crisp. La tua amica potrà anche essere povera ma ha un volto che qualunque pittore vorrebbe immortalare con il suo pennello. E mi piacciono i suoi modi franchi; senza dubbio piaceranno anche agli uomini."

"Zia! Non siete gentile" piagnucolò Meg Medway, arrossendo. "Diversamente da miss Crisp, che sono sicura non abbia mai ricevuto un'offerta, nonostante la sua-la sua bellezza, perché, come fanno le povere a ricevere delle offerte quando non hanno niente da offrire, io ho ricevuto una proposta proprio la settimana scorsa..."

"Che avresti dovuto accettare" dichiarò bruscamente lady Fittleworth. "Knatchbull non è il più brillante degli uomini, dopo tutto ha chiesto a *te* di sposarlo, ma ha un introito di mille sterline l'anno e ogni possibile prospettiva di ereditare il mucchio di sassi di suo padre, anche se necessita disperatamente di riparazioni; i venti del Galles sono brutali per gli uomini, le bestie e gli edifici!"

Margaret fece una faccia disgustata. "Sposare il fratello di Vi? Posso avere di meglio di Bully Knatchbull."

Violet fissò furiosa la sua amica. "Non mi avevi detto che Bully ti aveva chiesto di sposarlo. Sono lieta che non lo abbia accettato, Bully può far meglio. Molto meglio."

"Basta, vipere!" ordinò lady Fittleworth, picchiando leggermente il dorso delle mani delle ragazze con le bacchette del ventaglio chiuso. Si rivolse a Teddy alzando gli occhi al cielo: "Come hai fatto a tollerare queste due a scuola, proprio non lo capisco! Ma abbi pietà di me perché ho ricevuto istruzioni di maritarle prima che i loro genitori tornino dall'estero il prossimo anno. Quindi spero che Roxton e gli altri padri e i loro cuccioli siano tornati dalla loro spedizione nei boschi, di modo che tutti i gentiluomini possano unirsi alle signore per il resto delle attività della settimana prima delle nozze e il ballo...?"

Teddy sorrise a Violet e Meg che avevano perso la loro espressione contrariata alla prospettiva di avere compagnia maschile per i futuri ricevimenti e rassicurò loro e la loro zia: "Questo è l'unico ricevimento tutto al femminile, ve lo assicuro. Da domani, tutti gli uomini e i ragazzi si uniranno a noi per gli eventi organizzati, e visto che starete nella casa grande, potrete perfino vederli a colazione e sicuramente a tutte le cene."

"Ho sentito parlare di una partita di cricket...?" chiese Violet speranzosa.

"Tra gli undici del duca e gli undici degli ospiti" disse loro Teddy.

"Violet spera che giochi Henri-Antoine."

"È così. Con Jack, nella squadra del duca" disse Teddy a Meg.

"Hai sentito, Vi?" la stuzzicò Meg con un sogghigno. "Lord Henri-Antoine giocherà a cricket. Magari ti chiederà di sposarlo dopo la partita?"

Violet arrossì, ma l'imbarazzo non le impedì di ribattere: "Magari sì! Ho più possibilità *io* che me lo chieda che non *tu*!"

"Westby ha detto che se lord Henri-Antoine ti offrirà qualcosa non dovrai accettare perché finirebbe con la tua rovina" ribatté Meg. "E che sicuramente non finirà con lui che ti dà il suo nome…"

"Povera me, ragazze! Basta!" ordinò lady Fittleworth. "Quali che siano le poco raccomandabili inclinazioni di lord Henri-Antoine, questo non è il luogo né il momento per sbandierarle. Dimenticate che siete a portata d'orecchi della sua cara mamma e delle sue zie, e Teddy è sua cugina."

"Grazie per la vostra premura, milady. Ma ciò che dice Meg è vero" dichiarò francamente Teddy, senza rancore. "Henri-Antoine non è tipo da sposarsi e se mai si sistemerà, non sarà fino alla mezza età, come suo padre prima di lui."

"Io ho cercato di avvertirti." Meg continuò a provocare Violet. "Che il fratello di Roxton ti chieda in moglie ha le stesse probabilità di… Oh! Le stesse probabilità che Henri-Antoine chieda in moglie qualunque altra donna in Inghilterra! Perfino la povera Lisa Crisp ha le stesse probabilità che hai tu…"

"*Lisa Crisp le stesse probabilità che ho io?*" Violet era offesa e sghignazzò. "A volte, Meg, dici le cose più assurde. Il tuo cervello ha le dimensioni di-di *un grano di pepe*. Almeno lord Henri-Antoine sa chi sono io. Mentre non distinguerebbe Lisa Crisp da un riccio! Non ha sicuramente nemmeno idea che esista."

La dichiarazione emotiva di Violet Knatchbull fu messa alla prova proprio la sera successiva quando Henri-Antoine, Jack e lady Fittleworth furono ospiti a cena alla Gatehouse Lodge. Eppure, nessuno tra coloro che si stavano gustando gli eccellenti piatti italiani di Silvia avrebbe potuto prevedere che gli eventi di quella sera sarebbero sfociati in un diverbio durante la partita di cricket del giorno dopo che avrebbe avuto conseguenze di vasta portata, per Lisa, per Henri-Antoine, per Teddy, per Jack, e per l'imminente matrimonio della coppia.

DICIOTTO

Col ritorno del signor Bryce e dei suoi giovani figli, dopo due giorni e due notti passati nei boschi, la Gatehouse Lodge non fu più tranquilla e silenziosa. I servitori, maschi e femmine, correvano su e giù per le scale per riempire i semicupi con acqua saponosa. Le bambinaie strofinavano i corpi stanchi e doloranti dei bambini loro affidati, mentre il loro padre aveva finalmente un attimo di respiro, immerso in una vasca nel suo spogliatoio. In cucina, Silvia e le sue assistenti stavano preparando un banchetto italiano mentre i camerieri, diretti dal maggiordomo, stavano facendo del loro meglio per sistemare il numero di sedie necessarie e apparecchiare con le porcellane, gli argenti e i bicchieri un tavolo da pranzo normalmente adatto alla metà delle persone invitate. Il problema in qualche modo divenne meno pressante quando la dama di compagnia di nonna Kate, Fran, si ritirò presto e lady Mary decise che in due giorni i suoi figli avevano avuto abbastanza eccitazione da durare loro per il resto dell'anno. I ragazzi avrebbero cenato in camera loro e poi sarebbero andati subito a letto. Un bagno e cibo caldo e si sarebbero addormentati prima dell'arrivo degli ospiti.

"Posso essere scusato anch'io, milady?" chiese scherzosamente Christopher a sua moglie, quando gli riferì che i figli erano a letto, dopo aver mangiato un'enorme porzione della pasta di Silvia. "Mi piacerebbe che rimboccaste le coperte anche a me."

Lady Mary lo baciò e sorrise. Era andata nello spogliatoio per controllare che non si fosse addormentato nella vasca, trovandolo in maniche di camicia, con i riccioli color tiziano che gli ricadevano scomposti sulle spalle e un nastro tra le dita. Gli prese dalle mani il nastro e gli legò i riccioli.

"Mi sembrate stanco. Ma no, non posso scusarvi. Abbiamo ospiti a cena."

"E vi sorprende che sia stanco dopo due notti insonni con un branco di marmocchi che non dormivano mai! Roxton e vostro fratello se la sono cavata molto meglio di me..."

"Sono più giovani di voi..."

"Grazie per avermelo ricordato, mia cara. Ma vi informo che ho retto più di loro la seconda notte e sono stato quello che ha mantenuto il fuoco acceso."

"Certo" disse lady Mary, baciandolo di nuovo quando lui la attirò tra le braccia. "E senza dubbio entrambi si sono addormentati nelle loro vasche..."

"Dair, forse, ma non Roxton" disse Christopher sbuffando e ridendo insieme. "Quel povero cristo è tornato a casa e ha trovato una bufera. I suoi tre più grandi avevano passato la notte con Jack e Harry e i loro amici, e avevano esagerato con il bere e il fumo fino a star male."

"Come riescono a fare solo un sedicenne e i suoi due fratelli di quattordici anni! Ma mi meraviglio di Frederick. È sempre stato quello con la testa sulle spalle."

"E probabilmente è ancora così. Ma perfino Roxton è stato giovane una volta! Frederick ha perso l'uso della voce per aver fumato troppi sigari e i gemelli... uno ha bevuto tanto da perdere i sensi su una scala di servizio e non lo hanno trovato per parecchie ore; l'altro ha vomitato l'anima sul tavolo da biliardo di suo padre."

"Oh Dio. Povero Roxton. Povera Deb..."

Christopher prese la giacca marrone di lino dalla sedia dove l'aveva appoggiata il suo valletto.

"E dalla quantità di bottiglie di vino e di brandy che Deb mi ha detto che hanno consumato, sono certissimo che Jack, Harry e i loro amici oggi stiano tutti avendo un gran mal di testa."

"Ben gli sta! Ma sarà meglio che non siano una compagnia sgradevole stasera. Teddy non vede l'ora di avere Jack con sé, e lei e la sua compagna di scuola hanno passato il pomeriggio a decidere che vestito indossare."

"È un bel cambiamento per Teddy e deve farvi piacere, dato che trova raramente tempo per simili preoccupazioni femminili, quando è a casa."

Mary gli prese dalle mani la giacca e lo aiutò a infilarsela.

"Vorrei poter dire che c'entro qualcosa io, ma è tutto merito di Lisa. Teddy è decisa che si vesta come si addice alla sua bellezza. La povera ragazza ha portato con sé dei vestiti che nessuna cameriera che si rispetti indosserebbe. Sono sicura che siano almeno di terza mano. Anche se lei sembra grata di averli, il che mi fa pensare a che bei vestiti aveva a disposizione a Londra, se mai ne aveva."

Christopher si voltò a guardare sua moglie.

"Mi sembra di aver sentito dire da Teddy che la ragazza aiutava in qualche modo nelle sale di consultazione di un medico?"

"Un dispensario per malati poveri. Suppongo che non sia una sorpresa che non abbia dei vestiti degni di essere indossati."

"Allora dovete approvare i piani di Teddy per il futuro della sua amica?"

Lady Mary fu sorpresa. "Oh! Come fate a saperlo? Teddy me ne ha parlato solo ieri sera e voi eravate tra i boschi." Quando Christopher le sorrise e poi le baciò dolcemente la fronte, lady Mary sospirò. "Ovvio. Ne aveva parlato con voi prima di chiunque altro. Prima di me o di Jack. Va bene. A me sta bene. Sono contenta che si confidi con voi. E senza dubbio era preoccupata per la mia reazione, quindi l'ha detto prima a voi."

"Sì. E avevate appena avuto Sophie-Kate... ma la preoccupava di più ciò che avrebbe pensato Jack."

"Davvero? Jack ha sempre e solo voluto la felicità di Teddy. È molto fortunata in tal senso."

"In tutti i sensi. Jack sarà un marito devoto, un genero eccellente e, a tempo debito, un padre meraviglioso. Non avremmo potuto trovare un compagno migliore per nostra figlia."

Lady Mary annuì e, distratta, si mise automaticamente a raddrizzare la cravatta del marito.

"Lo so. Spero solo che... da sposini... che questa idea di Teddy per miss Crisp sia quella giusta in questo momento."

"Devo ancora conoscere questa bellezza vestita di stracci, e se mai avrò delle riserve in merito le riferirò certamente a Teddy. Jack deve venire al primo posto, e il loro matrimonio è la cosa più importante. Anche se..." aggiunse, afferrando le dita di sua moglie e premendo le labbra sul dorso della sua mano, "... ho qualcosa di molto più importante in mente proprio adesso..."

"Per quanto mi piacerebbe rotolarmi nel letto con voi, signor Bryce, abbiamo una cena a cui..."

Christopher finse un'espressione di compiaciuta soddisfazione. "Mia cara lady Mary, il vostro ardore mi rincuora, ma una volta tanto stavo pensando con tutt'altro organo. Sono affamato."

Lady Mary sbuffò e gli diede uno scherzoso spintone. "Uomini, se non è un organo è l'altro!" Si precipitò alla porta, si voltò e disse: "Vi ho detto che oltre al vostro futuro genero e a Harry, vostra madre ha invitato anche lady Fittleworth a cena?"

Christopher aggrottò le sopracciglia. "Fittleworth? Dove ho sentito quel nome?"

"Suo marito era console a Firenze... Vedevano spesso vostra madre quando vivevate a Livorno."

Lady Mary nascose un sorriso, con le guance che arrossivano, quando Christopher parve non ricordare. Aveva sentito parlare dei Fittleworth da Kate, e in particolare dell'infatuazione di Fanny Fittleworth per il molto più giovane Christopher, che sua madre trovava estremamente divertente. Mary aveva previsto che la reazione di suo marito sarebbe stata esattamente l'opposto ed ebbe la soddisfazione di vederlo impallidire quando finalmente fece il collegamento. Chiuse in fretta la porta sulla sua reazione carica di imprecazioni.

Lisa e Teddy avevano passato il pomeriggio nella stanza di Teddy a far provare a Lisa una serie di vestiti che a lei erano sembrati evocati da polvere di fata, ma che in realtà venivano dai guardaroba della duchessa di Roxton, della contessa di Strathsay e della stessa Teddy, che erano tutte più o meno della stessa statura di Lisa. I vestiti erano fatti del cotone più fine e della seta più leggera e nei colori più radiosi che avesse mai visto, con delicati ricami di *paillettes* e filo metallico alle maniche, al corpetto e agli orli. E c'era talmente tanto tessuto nei vestiti che Lisa era sicura che, in qualunque altra casa, si sarebbero potuti ricavare tre vestiti da ognuno. Coi vestiti c'era un assortimento di sottogonne in tinta, delicati *engageantes* di pizzo bianco, pettorine coperte di *eschelles* e diverse sottovesti con il bordo di pizzo da portare in modo che si vedesse sotto le basse scollature.

Teddy insistette che Lisa scegliesse tre vestiti, tutti da modificare per adattarsi alla sua figuretta sottile. Il più ornato, con le *paillettes*, sarebbe stato riservato al matrimonio e al ballo che sarebbe seguito al banchetto nuziale; il secondo da portare quella sera stessa a cena e il terzo, di cotone estivo, sarebbe stato perfetto per la partita di cricket del giorno dopo. E una volta che Teddy e Lisa ebbero scelto i vestiti, furono chiamate lady Mary e la sua cameriera personale per dare la loro approvazione finale. E poi Becky si mise al lavoro con i suoi spilli, l'ago e il filo, e la sua bravura.

Quando Becky finì di modificare e cucire il primo vestito, era ora di farlo provare a Lisa. Proprio come Becky aveva fatto con i vestiti smessi che le cugine avevano dato a Lisa da usare, quell'abito *à l'anglaise*

di seta marrone cioccolato aderiva perfettamente alla figura flessuosa di
Lisa, le maniche al gomito modellate sulle lunghe braccia snelle e il
corpetto che abbracciava la sua schiena sottile e il piccolo seno, con il
bordo di pizzo bianco della sottoveste appena visibile dalla scollatura
sopra la pelle bianca. Con l'aggiunta di nastri a scaletta di pizzo e seta
azzurra ai gomiti e una pettorina coperta di nastri in tinta, Lisa appariva perfetta per la parte della migliore amica della nipote di un duca.

La innervosiva unirsi alla famiglia per il banchetto italiano. Sarebbe
stata la sua prima cena formale dai tempi delle cene in refettorio a
scuola e non consumata da sola nel salottino sul retro di Gerrard Street.
E sarebbe stata la prima volta in cui ci sarebbero stati gentiluomini e
ospiti. Era particolarmente ansiosa di incontrare il patrigno di Teddy,
avendo sentito parlare dell'arcigno squire Bryce che aveva osato alzare
gli occhi dal suo mondo per sposare la figlia di un conte, con somma
disapprovazione della nonna Strathsay di Teddy, e anche perché Teddy
gli voleva bene come se lui fosse in effetti suo padre. Ma ciò che la
innervosì ancora di più, fu scoprire che Jack e Henri-Antoine sarebbero
venuti a cena. Si chiese come l'avrebbe accolta il primo e come
comportarsi con il secondo, e che cosa avrebbe pensato di lei, vestita di
seta.

Percependo il suo nervosismo, Teddy prese Lisa a braccetto, scesero
insieme le scale ed entrarono così in salotto. Lisa non ricordava di aver
mai sentito il suono di risate di adulti o un chiacchiericcio così incessante in un salotto. Stavano tutti bevendo qualcosa prima della cena e
non stavano parlando in inglese o in francese, ma in italiano.

"Non preoccuparti, non so parlare la lingua bene quanto dovrei,
anche se capisco molto bene che cosa stanno dicendo" confessò Teddy a
Lisa, parlandole all'orecchio. "Se ricordo bene, eri solita fare pratica di
italiano con il maestro di disegno. Oh! Ecco Jack. Parlerà inglese con te.
Il suo italiano è peggiore del mio, e avendo fatto il Grand Tour non ha
scuse." Il suo sorriso morì vedendo la stanchezza negli occhi del
promesso sposo e disse con un'espressione preoccupata, avvicinandosi a
lui: "Sembri un po' verdognolo, sir John."

Jack si inchinò e poi le baciò la mano. "È così, Theodora, ma non
merito la tua simpatia. La notte scorsa Harry, Seb, Bully e il resto dei
ragazzi sono riusciti a farmi ubriacare come un marinaio."

Teddy gli baciò in fretta la guancia. "Allora non riceverai certamente compassione da me, o da miss Crisp. Eccola." Teddy si voltò
verso Lisa, continuando a tenere la mano di Jack. "Non ti devi preoccupare se sembriamo formali. È che tutti ci chiamano Jack e Teddy,
quindi abbiamo pensato di chiamarci sir John e Theodora, tra di noi. E
dato che non permetto a nessuno di chiamarmi con quel nome orribile,

quando lo dice Jack diventa molto speciale. Ma dato che tu sei la mia miglior amica, e sono sicura che lui sarà d'accordo, devi chiamarlo Jack. E tu" aggiunse tornando a guardare Jack che fissava Lisa con un sorriso, "mio caro sir John, la chiamerai Lisa quando vi conoscerete un po' meglio."

"Miss Crisp! Che meraviglia trovarvi qui!" esclamò Jack con un inchino. "Quando Harry mi ha detto che la miss Crisp di Gerrard Street era proprio la stessa Lisa Crisp che è la miglior amica di Theodora, beh, ho pensato che fosse lui quello ubriaco! Non riesco a dirvi quanto sia contento per entrambe. E che facciate parte della nostra festa di nozze."

"È lo stesso anche per me, sir John" rispose Lisa con un sorriso e una riverenza. "Essere qui con Teddy... Vederla sposata a voi... Condividere la vostra felicità... È un sogno che si avvera per..."

"... tutti noi!" esclamò Teddy. "Spero che tu abbia portato la viola" disse a Jack. "Dobbiamo ballare dopo cena e desidero tanto che Lisa ti senta suonare. È un magnifico musicista" disse poi a Lisa. "E ha composto qualcosa di speciale per me che non ho il permesso di sentire fino al giorno delle nostre nozze."

"Come farebbe a essere un dono di nozze se lo sentissi prima del matrimonio?" disse Jack con un sorriso. "E quando mai non ho con me la mia viola?" Guardò Lisa, diede un'occhiata a Teddy e disse a voce alta ciò che pensava. "Spero che non vi dispiaccia se lo dico, miss Crisp, ma quella tonalità di marrone fa risaltare splendidamente i vostri capelli. E i nastri di seta azzurra sono dell'esatto colore dei vostri occhi."

Lisa lo ringraziò per il complimento, traboccante di felicità. Era stata un'altra giornata magnifica, proprio come il giorno prima. Passarla con Teddy, essere parte della sua famiglia, vedere lei e Jack così felici insieme, e ora quella cena. Non sapeva se fosse stato il caldo benvenuto che aveva ricevuto, o il fatto che Teddy fosse così amorevole e generosa, o se fosse quel vestito e la sensazione della seta sotto le dita, ma si sentì di colpo speciale, quasi bella, e il complimento di Jack le gonfiò il cuore di gioia. Quello che mancava per rendere tutto perfetto era trovarsi seduta accanto ad Henri-Antoine durante la cena.

"Vedi, Lisa!" esclamò trionfante Teddy. "Ti avevo detto che il marrone e l'azzurro stanno bene insieme su di te. È divina con quella seta color cioccolato, vero, sir John?"

"Divina" confermò Jack, poi si chinò e sussurrò all'orecchio di Teddy: "Anche se, per me, niente sorpasserà mai i tuoi capelli di rubino e quelle lentiggini sul naso."

Teddy voltò la testa e lo guardò negli occhi. "Altre cinque notti. Le stai contando anche tu?"

Jack annuì e l'avrebbe baciata se non fosse stato per l'involontaria interruzione di Lisa, che li vide staccarsi quando fece un'altra riverenza e disse allegramente: "Grazie, sir John."

"Jack. Dovete chiamarmi Jack" la interruppe lui, raddrizzandosi. Si guardò attorno, cercando Henri-Antoine, poi disse a Lisa, sorridendo: "Insisto, siete praticamente un membro della famiglia, non è vero, Theodora?"

"Sì, ma devi stare zitto, adesso, altrimenti rovinerai la sorpresa" gli disse Teddy con la voce un po' acuta, con un dito sulle labbra e uno sguardo significativo a Lisa. Ma non avrebbe dovuto preoccuparsi che Lisa avesse sentito perché sua madre si era avvicinata con il suo patrigno e stava facendo le presentazioni.

Jack si guardò di nuovo attorno per vedere dove fosse finito Henri-Antoine, perché era stato accanto a lui quando le due ragazze erano entrate, e poi era svanito. Voleva vedere la sua reazione davanti a miss Crisp nel suo abito di seta. Era stata piuttosto carina nelle sottane fiorate quando erano andati a Gerrard Street come parte della Fondazione Fournier, ma questo vestito mostrava al meglio la sua splendida figura e che non era semplicemente carina, ma bella da mozzare il fiato.

Fu solo quando erano tutti in sala da pranzo e si furono seduti che apparve Henri-Antoine, con uno dei suoi ragazzi che lo seguiva portando un grosso pacco avvolto in un telo che sembrava avere la forma di una tela nella sua cornice. Lo appoggiò contro la parete accanto alla credenza, lontano dai pericoli, senza altri commenti, e Henri-Antoine fu fatto sedere alla destra di Lisa, mentre lady Fittleworth era seduta alla sua sinistra. Teddy e Jack con nonna Kate erano di fronte, con una sedia vuota alla destra di lady Mary. Lisa non ebbe il tempo di guardare dalla parte di Henri-Antoine perché, mentre tutti gli altri si erano seduti, Jack era rimasto in piedi e aspettava che le conversazioni si fermassero. Quando ebbe la loro attenzione, guardò in fondo al tavolo, verso Christopher Bryce, e dopo aver ricevuto il suo cenno di assenso, si rivolse ai commensali.

"So che non vedete l'ora di assaggiare i deliziosi piatti di Silvia, quindi sarò breve" disse guardando intorno al tavolo. "Anche se non posso essere ritenuto responsabile per le conseguenze di questo discorso, e quindi mi sono scusato in anticipo con Silvia, nel caso in cui ci serva qualche momento per ricomporci e riguadagnare l'appetito. E mi scuso anche a nome mio, dello zio Bryce e Harry, perché sappiamo una cosa che voi, cara zia Mary, e tu, carissima Theodora e voi, nonna Kate, non sapete, e ve lo abbiamo tenuto nascosto per tre notti. Ma vi assicuro che non importerà niente una volta che sveleremo la sorpresa."

"Sorpresa?" lo interruppe Teddy, con gli occhi sgranati. "Oh, mi piacciono le sorprese. È animale o vegetale? Dobbiamo indovinare?"

"Non ci sarà bisogno di indovinare, Teddy" disse con calma il suo patrigno. "Anche se forse, Jack, potresti fare a sua signoria una semplice domanda…?"

"Sì, signore." Jack si rivolse a lady Mary. "Zia Mary, che cosa avete detto, per mesi, che mancava e che, se ci fosse stato, avrebbe reso i festeggiamenti per il nostro matrimonio perfetti in ogni senso?"

Lady Mary guardò suo marito dall'altra parte del tavolo, poi sua figlia che era davanti a lei, prima di tornare a guardare Jack. Non esitò a rispondere.

"Avere mio fratello, lo zio di Teddy, Charles, qui con noi."

Nella stanza cadde il silenzio. Nessuno si mosse né parlò. Tutti, eccetto lady Mary stavano guardando la porta alle sue spalle. Quando fu pronunciato il nome del fratello, un servitore aprì la porta e nella stanza entrò un uomo di media statura, con una testa di capelli fiammeggianti che era la prova della sua appartenenza alla famiglia. E con lo stesso naso della sorella maggiore, non c'era la possibilità di sbagliarsi sulla loro parentela. Era lo sconosciuto che aveva condiviso la carrozza, ma non il nome, con Lisa da Alston a Treat e che era sceso prima dei cancelli neri e oro per incamminarsi in direzione di Crecy Hall.

"Mary?"

Il nome di lady Mary fu pronunciato proprio mentre Teddy balzava in piedi. Ma non si fece avanti. Quella riunione era innanzitutto tra fratello e sorella, e nessuno voleva rovinare quel momento.

Tremante, con gli occhi sgranati, lady Mary si voltò sulla sedia quando sentì il suo nome pronunciato da una voce amatissima che aveva pensato di non sentire più. Vide il gentiluomo appena dentro la porta e restò pietrificata. Non riusciva a crederlo. Ma quando lui sorrise e fece un passo avanti, lei si alzò talmente in fretta che la sedia cadde all'indietro e colpì il pavimento. Corse da lui, gli si gettò tra le braccia e fu accolta dalla stretta amorevole di suo fratello.

Lady Mary singhiozzava e lui si sottomise a quel torrente di gioia e sollievo e incredulità, sopraffatto dal calore di quell'accoglienza, molto più emotiva della sua riunione con il fratello maggiore, il conte di Strathsay, con suo cugino il duca di Roxton e il suo primo incontro con il cognato, il signor Christopher Bryce. Tutti e tre gli uomini erano stati giubilanti. Era la prima volta che il fratello e il cugino vedevano Charles in quasi dieci anni, e Christopher era stato lieto di poter finalmente conoscere suo cognato. Ma, com'era abitudine per gli uomini, avevano nascosto i loro sentimenti più intimi, tra di loro e di fronte agli altri, specialmente davanti ai loro giovani figli che erano stati tutti raggruppati intorno al falò nei boschi, un pubblico di sette ragazzini con gli occhi spalancati.

Christopher Bryce andò a stringere la mano a Charles e offrì il suo fazzoletto alla moglie. Lady Mary era così emozionata nel vedere il fratello minore che fu fin troppo felice di essere confortata dal marito, mentre Teddy si affrettò a raggiungerli per farsi presentare allo zio di cui aveva tanto sentito parlare, ma che non aveva mai conosciuto. E poco dopo il suo arrivo a sorpresa alla Gatehouse Lodge, Charles Fitzstuart fu fatto sedere accanto a sua sorella, la cena fu portata in tavola e tutti iniziarono a godersi i deliziosi piati di Silvia.

E mentre riprendevano confidenza e si scambiavano le notizie che non avevano potuto scambiarsi per lettera negli anni, o che dovevano ancora essere scritte, fratello e sorella si tenevano per mano. Lady Mary ogni tanto toccava la guancia di Charles, lui le stringeva le dita o le baciava il dorso della mano, come se toccandosi si accertassero che non era un sogno, che erano effettivamente nella stessa stanza, insieme. Ed entrambi non riuscivano a smettere di sorridere.

Li lasciarono in pace, e tutti gli altri continuarono a mangiare, bere e a chiacchierare tra di loro. E fu con favore del chiacchericcio generale, con lady Fittleworth che raccontava un aneddoto particolare di un matrimonio a cui lei e nonna Kate avevano partecipato al consolato a Firenze, e con i camerieri che andavano e venivano con i piatti coperti e riempivano i bicchieri di vino, che Henri-Antoine finalmente si voltò verso Lisa, impegnandola in una conversazione, dopo aver appoggiato la forchetta e il coltello d'argento sul piatto e averlo spinto da parte.

Lisa era stata commossa dalla riunione tra i fratelli come il resto dei commensali, ma con il cibo e la conversazione era tornata la consapevolezza che alla sua destra era seduto Henri-Antoine. Finse di interessarsi al cibo, ma un'occhiata di sottecchi a lui e perse l'appetito per la pasta ripiena di funghi. A giudicare dai risvolti delle maniche della giacca di seta color lavanda, doveva essere vestito in modo splendido. La seta era coperta da un ricamo intricato di caprifoglio, foglie di vite e piccole api e il volant di pizzo bianco che gli copriva i polsi era delicato e sottile come la carta. Così, quando si voltò sentendo il proprio nome, le sue palpebre rimasero abbassate e notò che il davanti e i bottoni della giacca erano ricamati allo stesso modo, la cravatta di pizzo sotto il mento squadrato dello stesso pizzo che aveva ai polsi. E come poteva non fissare lo sguardo sulla sua bocca, dopo che lui aveva appena portato alle labbra un tovagliolo di lino?

"Mi state osservando senza battere le palpebre, miss Crisp" le fece notare Henri-Antoine mettendo da parte il tovagliolo. "Il che mi fa pensare... Ho degli spinaci tra i denti?"

Lisa alzò immediatamente lo sguardo, sorpresa e poi si portò una mano alla bocca per soffocare una risatina.

Henri-Antoine sorrise e ammiccò. "Così va meglio. Mi piace quando mi guardate negli occhi. Mi permette di ammirare i vostri begli occhi. E ora vedo che sono veramente dello stesso azzurro dei nastri di seta sul vostro vestito. Che, tra l'altro, è molto carino."

"Teddy e sua madre sono state molto generose."

"Anche con la perizia della loro sarta. Non avevo idea che la vostra vita fosse così sottile…"

"Milord! Non potete dire…"

"L'ho appena fatto. Ora non trasalite. Datemi la mano."

Henri-Antoine fece scivolare la sua sotto il tavolo e lei seguì il suo esempio. E quando le dita si cercarono, si trovarono e poi si afferrarono, nessuno dei due riuscì a nascondere un sorriso. E mentre cercava la mano di Lisa, Henri-Antoine si era assicurato di guardare dall'altra parte, alzando il bicchiere perché un cameriere glielo riempisse. Appoggiò le loro dita unite sulle falde della giacca di seta che gli coprivano la coscia, appoggiò il bicchiere dopo aver bevuto un sorso e si voltò a guardarla con un'espressione che suggeriva che si conoscessero appena di sfuggita.

Prima che potesse dire qualcosa, Lisa intervenne: "Fatto in modo esperto. Talmente esperto che sospetto che l'abbiate già fatto molte volte. Probabilmente non con una ragazza ma con un'amante o forse la moglie di un altro…?"

Sorpreso, Henri-Antoine quasi sputò il vino sul tavolo, riuscendo a deglutirlo solo all'ultimo momento, poi tossì, coprendosi la bocca, prima di fare un bel respiro. Lo fece seguire da un altro sorso di vino per calmarsi. Le strinse le dita e, quando riuscì a parlare, disse bruscamente: "Non siate assurda! Non l'ho mai…"

"Bene, è confortante." Lisa aggrottò la fronte e gli strinse a sua volta le dita, guardandolo con un'espressione così seria che lui si chiese quale fosse il problema. "Ora che vi ho baciato, il pensiero di voi che tenete per mano un'altra mi rattrista."

"Davvero?" disse mellifluo Henri-Antoine, atteggiando i lineamenti a un'espressione indifferente, anche se non riuscì a evitare di sentirsi di colpo stordito davanti a quell'ammissione.

Si chiese se non stesse ancora risentendo degli effetti della sera prima perché, anche se era stato attento a non eccedere nel bere e nel fumare, per assicurarsi di restare in salute, non era andato a letto fino all'alba e poi aveva dormito per quasi tutto il giorno. Ma si rese conto che la sensazione non aveva niente a che vedere con stanze piene di fumo e il tirar tardi e tutto a che vedere con miss Lisa Crisp. Quando lei continuò a guardarlo con un'espressione seria, le disse gentilmente: "Non voglio che siate triste, mai. Lo sapete, vero?"

Lisa annuì e la sua espressione tornò serena. Diede un'occhiata intorno al tavolo, vide che tutti erano impegnati e disse allegramente: "Forse è il vino che mi rende triste, o felice, o entrambe le cose. Potrei averne bevuto un po' troppo, troppo in fretta. Non è come bere tè o caffè o succo di frutta, vero?"

"Non vi permettevano di bere vino a Gerrard Street?"

"Non c'era motivo per cui lo bevessi. Non ho mai cenato in sala da pranzo. E suppongo che i Warner non volessero che bevessi vino da sola."

"Mangiavate da sola?"

Quando Lisa annuì, fu il turno di Henri-Antoine di accigliarsi, ma, come lei, non durò a lungo. Gli piaceva troppo tenerla per mano per permettere alla sua rabbia nei confronti dei Warner e per la vita che aveva condotto Lisa di rovinare la loro serata. Si chinò di lato mentre prendeva il bicchiere, sperando di mascherare la sua intenzione di confidarsi con lei, e disse, mentre guardava dall'altra parte del tavolo e non lei: "Mi è mancata la vostra compagnia, oggi."

Lisa spostò le dita nella mano di Henri-Antoine, e lui si voltò a guardarla. Lei sorrise e confessò: "Mi siete mancato anche voi... Avevo sperato che sareste stato a Crecy Hall per il pranzo."

"Era mia intenzione. Ma le mie giornate non mi appartengono mentre ci sono ospiti per il matrimonio. La delusione di Elsie per la mia assenza è stata mitigata dalla vostra presenza. Voi le piacete."

"Elsie mi piace. E lei vi ama moltissimo. Siete un fratello devoto."

"È mia sorella. Come potrei non volerle bene?"

Lisa guardò lungo il tavolo, dove lady Mary e Charles Fitzstuart erano presi dalla loro conversazione, con le teste vicine, mentre guardavano un ritratto in miniatura in una cornice d'oro. C'erano tre ritratti simili sul tavolo davanti a loro. Lisa suppose che fossero i figli di Charles, in Francia con la loro madre. Si rivolse a Henri-Antoine con un sorriso: "Devo ancora conoscere vostro fratello, ma sospetto che anche voi due siate molto vicini."

"Nei sentimenti, anche se non d'età. Ha quindici anni più di me e io ho quindici anni più di Elsie. In un certo senso siamo cresciuti come voi."

"Come me?"

"Come figli unici."

"Il divario tra le vostre età ha permesso a vostra madre di dedicarsi singolarmente a ognuno di voi durante la vostra infanzia. Ma nonostante la differenza di età, avrete sempre l'uno gli altri."

"Sono andato a trovare Elsie prima di venire qui stasera, per scusarmi di non aver partecipato al pranzo, e lei non vedeva l'ora di farmi sapere della vostra buona azione."

"La mia buona azione?"

"Come scriba per Simone, la sua bambinaia di notte."

"Doveva essere un segreto tra Simone, Elsie e me."

"Mia sorella non ha segreti per i suoi genitori o i suoi fratelli."

Lisa inclinò la testa. "Non mi aspettavo che li avesse, anche se avevo sperato che facesse un'eccezione per il bene di Simone. Quella povera ragazza è terrorizzata a morte di perdere il posto in casa di vostra madre e di essere rimandata in Francia…"

"Perché? Tutto perché non sa scrivere? Mia madre non sarebbe mai così crudele, solo per quel motivo. Simone dovrebbe saperlo, come dovrebbero saperlo tutti i servitori in casa di mia madre."

"Ma Simone conosce l'importanza che vostra madre e il papà di Elsie danno all'educazione, specialmente all'educazione della loro figlia, che un giorno sarà una duchessa. Sa anche che Elsie è circondata da persone che possono favorire la sua educazione. E sapendo leggere ma non scrivere, si sente inadeguata."

"Mia madre e Kinross danno grande importanza all'educazione, è vero, ma per loro sono altrettanto importanti la sincerità, la lealtà e i sentimenti. A che cosa serve a una persona l'istruzione, se poi quella persona è bugiarda, traditrice o ha il cuore di pietra? Ma non preoccupatevi. A Simone insegneranno a scrivere, ci penserà mia madre, e poi lei sarà in grado di scrivere alla sua famiglia e si sentirà più tranquilla." Sorseggiò il vino e poi aggiunse, senza riuscire a nascondere il sorriso: "A Elsie è piaciuto in modo particolare il vostro bello scrittoio. Grazie per averglielo mostrato. Ora ne vuole uno anche lei, e deve essere bello e avere tutti i cassettini segreti che ha quello della sua amica Lisa."

"Forse ne riceverà uno per il suo nono compleanno…? E perché non dovrebbe volerne uno tutto suo? È lo scrittoio più bello di tutta l'Inghilterra e io ne farò sempre tesoro, e perché è un regalo…"

"Un semplice segno."

"… vostro" concluse Lisa, stringendogli le dita più forte di quanto Henri-Antoine si aspettasse, facendolo trasalire. Lisa fece una risatina. "Perdonatemi, ma è un regalo, non un *semplice* niente!"

"Mia cara miss Crisp, potreste avermi appena danneggiato le dita e domani si aspettano che lanci, alla partita di cricket…"

"Lanciate con la mano sinistra? Anche Teddy è mancina."

"Vedo che vi interessa di più sapere qual è la mia mano dominante che sapere se mi avete ammaccato le dita."

"Stupidaggini" ribatté Lisa e fece il broncio. "Avete delle belle mani e le vostre dita sono comunque più forti delle mie, quindi…"

"Belle mani? Belle come la mia bocca da baciare…?"

Lisa sentì il volto scaldarsi sotto il suo sguardo fisso. Quindi gli mostrò il profilo, con il mento parallelo al tavolo. "Non ho intenzione di alimentare la vostra vanità, che siate o meno una spina!"

Lungi dall'offendersi, Henri-Antoine rise forte prima di riuscire a fermarsi, poi le sibilò all'orecchio: "Strega! Prima riuscirò a portarvi a Bath meglio sarà!"

Lisa voltò la testa e lo trovò così vicino che i loro nasi quasi si toccavano. Si fissarono, trattenendo il fiato e lei disse qualcosa che lo lasciò esterrefatto e incuriosito.

"Potrebbe non essere abbastanza presto per…"

"Harry? Harry!"

Era Jack e non era l'unico che guardava Henri-Antoine e Lisa dall'altra parte del tavolo, aspettando di avere la loro attenzione. Il pudding era arrivato e andato e la tavola era stata sparecchiata, eccetto la caffettiera, le tazze e i piattini. Sentendo il suo nome, la coppia si divise in fretta, staccando le dita intrecciate, tenendo entrambi le mani sotto il tavolo, come se, mostrandole, avessero potuto rivelare il loro gesto illecito.

"Lo zio Bryce dice che hai un annuncio da fare" disse Jack con un sorriso imbarazzato alla coppia. "E questo è un momento buono come un altro per farlo, perché dopo il caffè ci trasferiremo di nuovo in salotto. E a quanto pare si ballerà, e io dovrò impratichirmi nel minuetto…"

"…per il ballo" lo interruppe Teddy. "Nonna Kate e papà si sono offerti volontari per essere la nostra orchestra. Anche se penso, e la mamma è d'accordo con me, che sarebbe una buona idea se papà e io ballassimo il minuetto per primi, di modo che Jack possa vedere come dovrebbe essere ballato."

"Davvero? Sono veramente un ballerino così maldestro?" chiese Jack indignato.

Henri-Antoine spinse indietro la sedia e si alzò. "È così, Jack. Hai due piedi sinistri. Il signor Bryce potrebbe offrirti qualche buon suggerimento."

"Grazie. Grazie *tante*!" disse Jack, senza accalorarsi, ma l'espressione sul suo viso era talmente offesa che fece ridere tutti a sue spese.

"Che cos'hai lì, Harry?" chiese Teddy, incuriosita, quando Henri-Antoine prese il grande pacco avvolto nel telo che uno dei suoi ragazzi aveva in precedenza portato nella stanza; lo appoggiò a una sedia, davanti al tavolo. "È un'altra sorpresa?"

"Sì. Un'altra sorpresa." I due piedi sinistri di Jack furono immediatamente dimenticati. "Ma una sorpresa piuttosto piccola. Niente si può paragonare alla comparsa del cugino Charles."

"Verissimo" confermò Teddy, chinandosi e dando a suo zio un bacio sulla guancia. "Niente potrà più sorprenderci, zio Charles. Vero, mamma?"

Lady Mary sorrise e scosse la testa. "No, niente, mia cara... Ma mi dispiace per il povero Harry..."

"Oh, non preoccupatevi per il *povero* Harry!" sbuffò Jack. "A quanto pare sono *io* quello che non sa ballare!"

Ci fu una risata generale che alleggerì considerevolmente l'atmosfera e l'attenzione di tutti si concentrò sul pacco. Henri-Antoine guardò Teddy.

"Questo è per entrambi, ma in particolar modo per te, Teddy. Quindi sono sicuro che Jack ti lascerà l'onore di aprirlo."

Teddy e Jack si guardarono un attimo, poi fisarono Harry. Fu Teddy che diede voce a ciò che stava pensando anche Jack.

"Ma sei già stato fin troppo generoso, Harry. Tanto che Jack e io non potremo mai ringraziarti abbastanza per ciò che hai fatto per noi, quindi questo regalo è sicuramente troppo."

"È solo un segno..."

"Sua signoria fa solo piccoli segni, non regali" intervenne scherzosamente Lisa.

Solo quando finì di parlare e cadde il silenzio, con tutti gli occhi che si appuntavano sorpresi su di lei, Lisa si rese conto di aver detto a voce alta la sua battuta. E meno male che non avrebbe dovuto attirare l'attenzione e restare sullo sfondo, come le avevano ordinato le sue cugine. Che cosa avrebbe pensato Henri-Antoine della sua sfacciataggine? E la famiglia di Teddy? Non osò guardarlo in faccia. Si sentiva scottare le guance; mortificata, abbassò gli occhi e si guardò le mani che teneva in grembo.

"È verissimo, miss Crisp" confermò allegramente Jack, rompendo il silenzio. E nel tentativo di metterla nuovamente a suo agio e relegare la sua battuta a una banalità, aggiunse con un sogghigno, guardando il suo miglior amico: "Segni o regali, chiamali come vuoi, sei sempre stato il più leale e generoso degli uomini, Harry. E io brindo a te, con la mia tazza di caffè."

Henri-Antoine fece un piccolo inchino. "Forse dovresti riservarti il giudizio finché avrai visto che cosa c'è sotto il telo. Anche se, prima che tu lo svolga, ho una condizione: deve essere appeso nella casa di città a Mount Street." Guardò Teddy, che era andata a mettersi accanto a lui.

"Non per farti venire la nostalgia di casa, Teddy, ma per farti sentire più a casa."

Tutti si chinarono in avanti mentre Teddy, con l'aiuto di Henri-Antoine, toglieva con cura la corda e poi il telo. Ciò che apparve fu un dipinto in una pesante cornice dorata. Era un paesaggio, una scena mattutina, con uno spettacolare uso del contrasto tra luce e ombra per catturare la radiosità dell'alba. La luce filtrava tra gli alberi e sulle colline ondulate della campagna delle Cotswold all'inizio della primavera, e attirava l'occhio su una villa elisabettiana, costruita con la pietra locale gialla che sembrava risplendere sulla tela.

Nonna Kate chiese ciò che pochi a tavola non avevano riconosciuto, reclamando: "Qualcuno vuole dire a questa vecchia donna cieca che cosa state guardando tutti?!"

Christopher si scusò in fretta con lei e le descrisse sottovoce il dipinto, mentre Teddy, dopo la sorpresa iniziale di vedere l'opera d'arte più meravigliosa su cui avesse mai posato gli occhi, abbracciò Henri-Antoine. Jack si alzò dalla sedia e fece lo stesso. Entrambi avevano tante domande, e anche gli altri intorno alla tavola, che chiesero a Henri-Antoine di dire loro tutto ciò che sapeva del dipinto. Ma poi Teddy guardò il suo patrigno e sua madre, e infine Henri-Antoine e disse, con una risata furba:

"Ah! Quel gentiluomo che mi dicevate essere un agrimensore venuto a controllare i confini e a fare del lavoro per voi a Brycecomb Hall, non era un agrimensore, vero?"

Christopher sorrise, dando un'occhiata a lady Mary. "No. Mi chiedevo quando avresti chiesto perché un agrimensore, con un appariscente cappello di feltro nero e che se ne andava in giro con un album da disegno, non avesse con sé il suo odometro. Se ricordo bene, sei stata piuttosto scortese con lui quando ha sistemato il cavalletto e i suoi colori."

"Non voleva mostrarmi quello che stava facendo" ribatté Teddy con un broncio. Guardò Henri-Antoine. "E sei stato tu a mandare il tizio con il cappello nero a dipingere Abbeywood?"

"Sì, ho commissionato il quadro a Joseph Wright" le rispose Henri-Antoine.

"Buon… Dio! Wright di Derby era ad Abbeywood?" esclamò Jack. "È troppo. Veramente, veramente troppo, Harry" borbottò, scuotendo la testa e continuando a fissare il dipinto.

"Adesso è fatto. Ed è riuscito piuttosto bene" rispose Henri-Antoine, con il leggero colore sulle guance unica indicazione dell'imbarazzo che stava provando per una reazione così calorosa al suo dono. "E Jack ha il posto perfetto dove appenderlo, Teddy. Nella stanza dove

potrai vederlo mentre fai colazione. La gamma dei colori è perfettamente intonata alle tende e alla carta da parati che ha scelto Jack."

"Ce l'ho? È intonata? Io ho scelto?" E quando la sua famiglia
scoppiò a ridere, ben consapevole che spettava a Harry e non Jack il
merito della maggior parte delle scelte nell'arredamento della casa di
città, si affrettò a dire: "Sì! Si! Posto perfetto. Posto perfetto per questa
magnifica creazione." Si chinò verso il suo miglior amico e disse sottovoce: "Adesso so perché mi ha fatto lasciare libero quello spazio sopra il
buffet…"

Teddy non sentì questa digressione perché era andata da Lisa,
l'aveva fatta alzare e l'aveva portata davanti al quadro, con una mano
intorno alla vita, e tenendola stretta.

Tutti seguirono il suo esempio, e ora l'intera famiglia, eccetto lady
Fittleworth, che aveva scelto di restare accanto a nonna Kate a bere il tè
e a farle il resoconto di quello che stava succedendo, era in semicerchio
e stava ammirando il dipinto.

"Cosa ne pensi del dipinto, Lisa?" Chiese Teddy.

Lisa fissò il panorama dipinto a olio.

"È meraviglioso, Teddy e il signor Wright è un pittore molto
dotato. Da questo dipinto capisco perché ami tanto Abbeywood. È un
posto magico proprio come Treat, ma in una maniera diversa, indo-
mita, come la intendeva Dio."

"Ben detto, miss Crisp" concordò Christopher Bryce. "È
verissimo."

Teddy alzò le sopracciglia e sorrise a Lisa, un sorriso che lei conosceva bene dai tempi della scuola che indicava che stava per dire o fare
qualcosa di scandaloso. Quindi Lisa si fece attenta mentre il suo sorriso
si allargava, pregustando lo spettacolo.

"Questo Wright di Derby, è un pittore di una qualche importanza?" chiese Teddy con finta meraviglia. "*Vedo* che è un artigiano
superbo, ma io adoro Abbeywood, quindi, per me, qualunque cosa
abbia a che fare con Abbeywood è meravigliosa, e sono la prima ad
ammettere di non sapere nulla di dipinti, quindi non sono il miglior
giudice, vero?"

"Pittore di una qualche importanza?" ripeté Jack, quasi strillando.
"Theodora! Quell'uomo ha esposto i suoi quadri alla Royal Academy.
Ha dipinto *Il planetario* e *Un esperimento su un uccello nella pompa
pneumatica*, e…"

Teddy rabbrividì. "Sembra spaventoso."

"… secondo me" aggiunse Jack, accalorandosi, "è l'esponente
vivente più importante del chiaroscuro! Non è vero, Harry?"

"È così, Jack."

"Chiar… oscuro, Jack?" gli chiese Teddy, con un'altra occhiata di sottecchi a Lisa. "Che cos'è mai il chiaroscuro?"

"È un termine pittorico per definire una tecnica con la quale un artista usa la luce e l'oscurità per mettere in evidenza il soggetto della sua opera" spiegò Jack tutto serio, all'apparenza l'unico a non rendersi conto che Teddy lo stava prendendo in giro. Perfino nonna Kate aveva sentito l'inflessione della sua voce, che le aveva fatto capire che Teddy stava scherzando. "Se guardi qui, al modo in cui è riuscito a catturare il contrasto tra la luce e l'ombra sulla muratura in pietra…"

"Povera me, sir John Cavendish" lo interruppe Teddy. "Sono sbalordita e impressionata. Tutti quegli anni a zonzo all'estero dopo tutto sono serviti a qualcosa. Hai veramente meditato davanti ai dipinti, mentre io ho sempre pensato che…"

"Teddy!" la interruppe sua madre con voce stridula.

"Cosa? Che cosa pensavi?" le chiese Jack, con il volto in fiamme davanti al sorriso sempre più allegro di Teddy. Poi disse a Henri-Antoine: "Che cosa scrivevi nelle tue lettere a casa?"

"Mio caro amico" disse mellifluo Henri-Antoine, in tono offeso, anche se gli tremava il labbro superiore, "non so assolutamente di che cosa stiate parlando tu o Teddy."

Teddy e Lisa scoppiarono in un accesso di risatine davanti all'imbarazzo e al volto rosso di Jack, e si abbracciarono. Non poterono farne a meno. Ma nessuno si risentì. In effetti stavano tutti sorridendo nel vedere quelle due amiche così felici e poi le ragazze si calmarono e si asciugarono gli occhi.

Christopher Bryce suggerì che si spostassero in salotto, dove avevano spinto i mobili verso le pareti e rimosso il tappeto, per prepararlo per il ballo.

Teddy afferrò la mano di Jack.

"Diciamoglielo, e anche a tutti gli altri, prima di ballare."

Jack annuì e sorrise. "Se è ciò che desideri."

"Jack e io abbiamo un'ultima sorpresa" dichiarò Teddy.

Aspettò che la sua famiglia restasse in silenzio e la guardasse, poi afferrò la mano di Lisa e la tirò verso di sé. Prese Jack a braccetto e dopo averlo guardato con un sorriso, annunciò, stretta tra il suo futuro marito e la sua miglior amica: "Jack e io abbiamo preso questa decisione insieme e vorremmo che tutti la accettaste. Speriamo che non sia una sorpresa per nessuno di voi e speriamo sinceramente che dopo aver dato alla nostra decisione la debita considerazione, capirete che è la conclusione migliore per tutti noi." Sorrise a Lisa e poi si rivolse ancora alla sua famiglia. "Jack e io abbiamo deciso di cominciare la nostra vita matrimoniale condividendola con un'altra persona che per me è come una sorella. Lisa verrà a vivere con noi, farà parte della nostra vita e condividerà tutto con noi. Non come una dama di compagnia, o una domestica, o una dipendente, ma come una di noi." Guardò Jack e poi gli baciò impulsivamente la guancia. "Di tutti i regali che Jack poteva farmi, questo è quello che desideravo di più. Speriamo che lo penserete anche voi."

DICIANNOVE

Era una meravigliosa giornata di sole, senza una nuvola in cielo. L'aria era frizzante. Una lieve brezza faceva frusciare le cime degli alberi. I cigni scivolavano sulla superficie del lago. I bambini correvano giocando e ridendo sui leggeri declivi del prato, sorvegliati da bambinaie e servitori mentre i loro genitori erano seduti sotto i padiglioni all'ombra. I servitori che non avevano pescato la pagliuzza più corta, e che quindi non erano in servizio, stavano godendosi un picnic sotto il loro tendone. Tutti erano concentrati sulla partita di cricket in corso nel prato a sud. In campo c'erano gli undici del duca, capitanati dal figlio ed erede che comprendevano membri della famiglia e dei domestici, mentre la squadra degli undici gentiluomini, capitanata da lord Strathsay, composta da nobili ospiti, aveva vinto il sorteggio e aveva scelto di battere.

Annunciarono che il pranzo era servito, proprio quando i migliori battitori della squadra di lord Strathsay, Jamie Fitzstuart-Banks e Bully Knatchbull avevano raggiunto i cinquanta punti in coppia. Entrambe le squadre uscirono dal campo tra gli applausi e si unirono agli spettatori per un ben meritato banchetto e una gradita sosta all'ombra.

Lisa e Teddy, che erano sotto il tendone più vicino al campo, furono raggiunte quasi subito dai membri della squadra di lord Strathsay, lord Westby e Bully Knatchbull, Jamie Fitzstuart-Banks e parecchi dei loro compagni di squadra. Le due compagne di scuola di Teddy, Vi e Meg, si unirono a loro facendo del loro meglio per monopolizzare i gentiluomini che consideravano degni della loro attenzione. Evidente fu l'assenza di Jack e Henri-Antoine dal gruppo, perché, anche se facevano parte della squadra del duca, Teddy si era aspettata che il suo promesso sposo la cercasse e Lisa aveva sperato che Henri-Antoine facesse lo stesso, dato che non aveva avuto la possibilità di parlare con lui dopo lo sbalorditivo annuncio di Teddy alla sua famiglia la sera prima.

Lo stupore di Lisa era stato enorme. Era rimasta senza parole, per la generosità di Teddy e Jack, per la pronta accettazione da parte delle loro famiglie a che facesse parte delle loro vite, ma più di tutto, non sapeva che cosa dire a Henri-Antoine. Prima che potesse perfino voltarsi verso di lui, tutti si erano precipitati a darle il benvenuto in famiglia e lui era scomparso nella notte.

Non ricordava di aver ballato con il signor Bryce o Jack, ma lo aveva fatto. E aveva ballato anche con lo zio di Teddy, Charles. C'erano state tante risate, e musica e tutti erano così felici.

Più tardi quella sera, mentre lei e Teddy stavano scivolando nel sonno, rannicchiate nel letto di Teddy, la sua amica era stata così piena di eccitazione per un futuro che ora includeva lei in tutti i suoi programmi, che Lisa non aveva avuto il coraggio di spegnere il suo entusiasmo. Era in un tale stato di turbamento emotivo che non riusciva a immaginare che cosa le riservasse il futuro.

La difficile situazione la lasciava perplessa, senza sapere che cosa fare e dire, perché qualunque cosa avesse detto sarebbe sicuramente stata fraintesa.

Aveva sperato di schiarirsi le idee con una buona notte di sonno, che le avrebbe permesso di essere razionale e formulare un piano, ma la mattina non le aveva portato né chiarezza né sollievo ed era stata subito trascinata nella scia della felicità di Teddy.

Che cosa poteva dire o fare, se non unirsi a lei nella speranza che una risposta si sarebbe presentata dopo la cerimonia nuziale, perché non voleva, per niente al mondo, rovinare il gran giorno di Teddy e Jack. Decisa, aveva fatto del suo meglio per farsi coinvolgere e ricordarsi dov'era e con chi era. La giornata era limpida, l'aspetto della monolitica casa palladiana come sfondo di quell'idillio estivo era magico, e, tutto considerato, non si era mai sentita più carina nel suo nuovo vestito a fiori, o più felice, in compagnia di gente che teneva a lei.

Aveva appena consegnato il suo piatto a un servitore e accettato un bicchiere di succo di frutta ghiacciato quando un giovane uomo alto, con il petto ampio e una testa di riccioli neri come il carbone che gli ricadevano sul bel viso spigoloso, la riscosse dalle sue riflessioni. Le sembrava familiare... Trasalì. Sapeva chi era, ma nonostante glielo avessero indicato mentre era in mezzo al campo, alla battuta, solo in quel momento, con lui davanti, riconobbe finalmente l'amico dei suoi giorni di scuola a Chelsea. Era così felice di vederlo.

"Signor Banks! Quasi non vi riconoscevo. Come fanno in fretta i ragazzi a diventare uomini."

Jamie Fitzstuart Banks sorrise, arrossendo. Le fece un breve inchino.

"Il piacere è mio, miss Crisp. Voi non siete cambiata per nulla."

Lisa si mise a ridere. "Oh, povera me. Dovrei preoccuparmi?" disse scherzosa.

"Ho sempre pensato che foste la ragazza più carina che avesse mai messo piede fuori dai cancelli di Blacklands" dichiarò Jamie. "Ma la cosa più importante per me, era che eravate la più intelligente."

Come sempre, Jamie era franco, senza il minimo accenno di sottintesi nelle parole o nelle maniere. La trattava come la vedeva, e non l'aveva mai definita in base al suo sesso. Era una persona con cui lui poteva parlare dei suoi interessi, ed era probabilmente il motivo per cui Lisa si era sempre sentita a suo agio in sua compagnia.

"Vi piacerebbe fare una passeggiata, miss Crisp?"

Lisa non ritenne ci fosse niente di male nel fare una passeggiata con lui, ora che il pranzo era finito e Teddy era tutta presa in una conversazione con *Le orribili* e una coppia di altri ospiti che lei non conosceva. Inoltre, voleva sentire tutte le sue novità, e non potevano parlare liberamente mentre Vi e Meg origliavano la loro conversazione.

"Mi piacerebbe molto. Permettetemi di prendere il cappello."

Uscirono dal padiglione senza parlare o guardare l'altro gruppo di giovani riuniti all'ombra, Lisa con il suo cappello di paglia dalla tesa larga tenuto fermo da un nastro di seta legato con un fiocco intorno alle trecce arrotolate sulla nuca. Lei teneva il bicchiere di succo di frutta accanto al corpetto e Jamie camminava accanto a lei con le mani allacciate dietro la schiena, con le maniche della camicia arrotolate fino ai gomiti, il panciotto slacciato che pendeva molle perché stava ancora risentendo degli effetti della giornata estiva, dopo il suo turno alla linea di battuta.

Presto furono così immersi in conversazione mentre passeggiavano intorno al perimetro del campo da cricket, ricordando i giorni di scuola e le visite alla Chelsea Bun House, che nessuno dei due si accorse di quanto si fossero allontanati dal padiglione o che era quasi ora che il gioco riprendesse e che Jamie tornasse in campo con Bully Knatchbull per continuare a lanciare. Né si accorsero dell'attenzione che avevano attirato, non solo dal padiglione, dove i loro comuni amici stavano spettegolando tra di loro, ma anche dai membri più anziani della famiglia Roxton. E un membro in particolare, il cui cupo silenzio non era una novità per la famiglia, ma il cui interesse per Lisa Crisp era attentamente monitorato, non solo da suo fratello e sua madre ma anche dal suo miglior amico.

"Devo confessare" disse Jamie con un sorriso diffidente, "che quando Teddy mi ha scritto e mi ha detto che avevano scoperto dove vi trovavate, sono stato felicissimo, per entrambe voi, ma anche per me stesso. Non vi siete congedata da me. In effetti siete sparita da Blacklands così completamente che era come se non foste mai stata lì."

Lisa era contrita. "Mi dispiace di non essere stata in grato di salutare. Non mi è stato permesso di lasciarvi una lettera. Avevo pensato di scrivervi a casa Banks. Sapevo che la vostra famiglia vi avrebbe fatto avere una mia lettera... ma ho pensato che fosse meglio per voi che interrompessi ogni contatto."

Jamie si fermò all'ombra di un boschetto e abbassò gli occhi su di lei. Ma dato che non riusciva a vedere il suo volto, piegò le ginocchia per guardare sotto la tesa del cappello.

"Ma... miss Crisp..."

"Chiamatemi Lisa, e io vi ho sempre chiamato Jamie, sin dai tempi della scuola. Non dovrebbe cambiare ora che siamo cresciuti, no?"

"Sì, certo, Lisa. Perché pensavate che fosse meglio per me interrompere ogni contatto? Eravamo buoni amici. No! Eravamo i migliori amici. Non ho mai avuto un'amica come voi. A parte mia madre, che mi ascolta come solo una madre può fare, voi eravate l'unica altra persona che incoraggiasse il mio desiderio di diventare un medico. Pensavate che la vostra espulsione da Blacklands potesse cambiare la nostra amicizia?"

Lisa scosse la testa e alzò il mento in modo che lui potesse restare diritto e continuare a vederla in viso.

"No. Ma sapevo che se aveste scoperto il motivo per cui ero stata espulsa, avreste fatto un gesto cavalleresco, e sarebbe stata una sciocchezza. Non potevo permettervi di mettere in pericolo i vostri studi. Siete il ragazzo... scusatemi, il giovanotto più intelligente che conosca. E dovete poter realizzare il vostro desiderio di diventare un medico. Ditemi, avete completato il vostro apprendistato all'orto botanico, vero?"

Jamie sorrise. "Sì e so che per voi vorrà dire qualcosa..." Il suo sorriso si allargò. "Mi è stata assegnata la medaglia Hans Sloane per il mio impegno."

"Oh, Jamie! È una notizia meravigliosa. Veramente meravigliosa."

Lisa appoggiò il bicchiere ai suoi piedi e batté le mani e gli strinse impulsivamente il braccio. "Sono così fiera di voi!"

Jamie le afferrò la mano e la tenne per un momento.

"Sapevo che sareste stata felice per me. Grazie."

"I vostri genitori devono essere così orgogliosi."

"Sì. Credo di essere la prima persona nella famiglia di mia madre a ottenere una qualifica. Quanto a papà... sua signoria ha fatto una grande risata. Non per denigrarmi, perché ha sempre sostenuto i miei sforzi scientifici, ma perché, come ha detto, i suoi tutori gli avrebbero assegnato una medaglia se fosse riuscito a restare seduto fermo in un'aula per più di cinque minuti."

"E il vostro patrigno, il botanico. Deve essere felice di avere un altro scienziato in famiglia."

"È così. E due dei miei fratelli hanno seguito le mie orme e stanno ora facendo il loro apprendistato all'orto botanico. Ma la persona che ha dimostrato il maggior entusiasmo, proprio come voi, è la mia matrigna..."

"Lady Strathsay?"

Jamie annuì. "Ricordate che vi parlavo della coltivazione di ananas di sua signoria? Penso che segretamente sperasse che continuassi a studiare botanica e forse mi occupassi io della sua coltivazione."

"Forse solo perché così sareste stato più vicino a vostro padre e avreste potuto conoscere meglio i vostri fratellastri?"

La fronte di Jamie si spianò. "Non ci avevo pensato... potrebbe esserci del vero..."

"E ora che avete completato l'apprendistato, ho sentito che avete ancora intenzione di studiare medicina?"

"La mia decisione non è cambiata. E sono lieto di informarvi che mi hanno accettato alla facoltà di medicina dell'Università di Glasgow, e in autunno partirò per il nord."

"Sono così felice per voi. So quanto lo desideravate. Immagino che la vostra famiglia abbia accettato la vostra scelta e che vi appoggi?"

"Sì, anche se papà è stato un eroe nell'esercito, non desidera che nessuno dei suoi figli intraprenda la carriera militare. Ma non sono sicuro che veda la medicina come la vocazione ideale per il figlio di un nobile, indipendentemente dalla mia nascita irregolare. Avrebbe preferito che scegliessi legge, o la chiesa, o perfino il ministero degli esteri. E senza dubbio avrebbe potuto aprirmi tutte le porte con una parola. Ma non è contrario alla mia scelta e ha accettato di finanziare i miei studi."

"Sono lieta che l'abbia fatto" lo assicurò Lisa. "C'è tantissimo lavoro da fare in ogni campo della medicina e non sarebbe giusto che la vostra mente scientifica si perdesse in qualunque altra sfera della conoscenza" aggiunse con serietà, accalorandosi. "E spero che, con suo figlio che studia medicina, lord Strathsay, e, in effetti, tutti i vostri parenti Roxton, si interessino sempre più alla scienza medica. Si potrebbero ottenere risultati importanti se solo quelli in posizioni di potere e influenza, e che ne hanno i mezzi, decidessero di sponsorizzare quegli sforzi."

"Ben detto, miss... Lisa! Vi ha sempre appassionato l'idea di aiutare quelli meno fortunati di noi."

"Oh, perdonatemi la predica" si scusò Lisa con una risatina. "Immagino sia perché so per esperienza che cosa significa essere bisognosi. E ho sentito parlare di prima mano, dalle filippiche del dottor Warner a colazione, dei miseri fondi assegnati alla ricerca medica."

"Quando Teddy mi ha confidato che stavate aiutando nel dispensario del dottor Warner per i malati poveri, ammetto di non essere rimasto sorpreso. Con la vostra preoccupazione per la piaga della povertà, insieme al vostro interesse per la professione che avevo scelto, ho spesso desiderato che voi poteste frequentare la facoltà di medicina con me, se mai fosse stato possibile."

"Sarete un medico migliore di quanto potrei mai essere io. Come ho detto a Teddy, non ho lo stomaco per la dissezione, mentre, se ricordo bene, voi eravate contentissimo quando mi avete raccontato di come avevate studiato gli organi interni di una mucca che vostro nonno aveva appena macellato..."

"Una pecora. Ah! Sì! Avevate la faccia verde, anche se vi sforzavate di continuare a mostrare interesse. Devo essere stato una noia mortale a volte."

"Mai una noia. Anche se avrei preferito fare a meno della descrizione di come avevate estratto le viscere mentre erano ancora calde e pulsanti per esaminare il contenuto del suo stomaco."

Risero e nella sua felicità per il loro rinnovato e disinvolto cameratismo, che gli mancava dai tempi della scuola, e poiché l'aveva sempre considerata come una sorella, Jamie le confidò: "Potete anche condannare il mancato patrocinio della scienza medica da parte di quelli socialmente superiori a noi, ma dovrebbe farvi piacere sapere che ci sono alcuni tra i miei nobili parenti che provano già un vero interesse nel suo sviluppo. Ho giurato di mantenere il segreto, ma ve lo confiderò, perché so quanto significhi per voi. Quando mi sono iscritto alla facoltà di medicina, mi è stato offerto un posto nel consiglio della Fondazione Fournier, una fondazione che..."

"... sovvenziona i medici che si occupano dei malati poveri e le scuole di anatomia. Sì, conosco bene il lavoro della fondazione. Il dottor Warner ha fatto domanda per quelle sovvenzioni e io ho avuto l'opportunità di incontrare alcuni membri."

"Allora saprete che la fondazione è finanziata in toto dal fratello del duca di Roxton..."

"Lord Henri-Antoine?" lo interruppe Lisa, sperando che la sua voce restasse calma nonostante la sorpresa. "Lo avevo sospettato... anche se non sapevo che fosse solo la sua ricchezza a fornire alla fondazione i mezzi per funzionare."

"Sua signoria ha ricevuto un'enorme eredità da suo padre, si dice perché sapeva che suo figlio non sarebbe mai stato in grado di esercitare le professioni normalmente aperte ai secondi figli, a causa della sua malattia. Siete al corrente che..."

"Sì."

"Bene. Presumevo che foste al corrente, come amica di Teddy. È un segreto che tutti conoscono in famiglia. Tutti lo sanno ma nessuno ne parla mai. Ricordo, da ragazzo, che chiedevo come mai sua signoria fosse seguito dovunque andasse da dei bruti giganteschi e perché nessuno li notava mentre aspettavano nell'ombra. Immagino di aver pensato di averli inventati io! Papà però mi chiarì le idee."

"E sua signoria si è confidato con voi riguardo alla Fondazione Fournier...?"

"Sì. Solo di recente. Una volta saputo che sarei partito per Glasgow. Immagino che volesse essere sicuro che fossi serio riguardo alla scelta di una carriera nella professione medica."

"Sono contenta che l'abbia fatto. Avere uno studente di medicina nel consiglio è un'idea eccellente. In che altro modo gli amministratori potrebbero conoscere le difficoltà degli studenti, se non da uno studente stesso?"

"Sapete, è esattamente ciò che ha detto lui... lord Henri-Antoine! Ha quest'idea di offrire delle borse di studio agli studenti più meritevoli, cha sarebbero ottimi candidati per studiare medicina ma che hanno difficoltà a pagarsi gli studi. E una volta finiti i loro studi, sarebbero impegnati a servire in un dispensario o un ospedale per un certo numero di anni, come modo di ripagare la fondazione per l'assistenza finanziaria. Conosco già un paio di persone che potrebbero beneficiare di quel programma."

Lisa sorrise e annuì e fu di colpo, inesplicabilmente, commossa di sapere che Henri-Antoine aveva intenzione di implementare un simile programma.

"È... è un uso veramente degno delle risorse della fondazione... Sono... Sono così felice di saperlo. Spero... Spero che sia in grado di trovare i fondi per finanziare queste borse di studio..."

"Oh, non preoccupatevi!" disse Jamie con un sorriso. "Solo gli interessi dal capitale che ha investito gli rendono oltre duemila sterline l'anno per il lavoro della fondazione. E questo senza toccare gli interessi del patrimonio cui può attingere lui per vivere. Quindi penso proprio che lord Henri-Antoine sarà in grado di fare tutto ciò che vuole senza nessuna difficoltà, non credete?"

Lisa spalancò gli occhi. Riusciva a malapena a capire una simile enorme somma in interessi, quindi si trovò a non riuscire a calcolare il capitale, e nemmeno a volerlo fare. Aveva supposto che Henri-Antoine fosse ricco, ma non fino a qual punto. Le sembrava poco educato e troppo personale soffermarsi su particolari simili. Ma si stava chiedendo come facesse Jamie a conoscere quelle cifre, e poi lui glielo disse senza che lei dovesse chiedere.

"Mio Dio!" mormorò. "Non ne avevo idea."

"Non lo sanno in molti. Non è stato lui a informarmi. Perché avrebbe dovuto? Ho sentito per caso mio padre e Sua Grazia che discutevano della fondazione e, ovviamente, ho drizzato le orecchie. Ma so che voi non tradireste mai una confidenza..."

"Mai..." Lo fissò negli occhi. "Penso che sia meglio che non parliate con nessuno di aver discusso della fondazione con me o del fatto che sapete qualcosa delle finanze personali di lord Henri-Antoine. Per il suo bene, quanto per il vostro..."

Jamie le rivolse un inchino. "Avete la mia parola."

Lisa annuì e sorrise. "Forse dovremmo tornare indietro...? Non dovrebbero chiamarvi molto presto per riprendere a giocare?"

"Sì! Sì! Dobbiamo tornare! Avevo completamente dimenticato la partita."

Jamie raccolse il bicchiere vuoto e lo tenne in modo che non dovesse portarlo Lisa. Si voltarono e tornarono per la strada da cui erano venuti, con Jamie sul lato destro di Lisa per schermarla dal sole.

"Non riesco a dirvi quante volte sono andato a quel forno sperando di vedervi lì" confessò Jamie. "Desideravo che appariste per qualche miracolosa circostanza. Ho comprato un numero infinito di panini dolci all'uvetta sperando che voi..."

"Ci sono state molte volte in cui anch'io avrei desiderato di poter tornare alla Chelsea Bun House, solo per vedere se anche voi eravate lì. Ma dovete credermi, restare lontana è stata la scelta migliore."

Camminarono in amichevole silenzio e quando erano a un metro dall'ombra del padiglione, Jamie si voltò verso Lisa, con le spalle rivolte alle persone che li stavano guardando con attenzione.

"Mi chiedo se mi fareste l'onore di permettermi di scrivervi da Glasgow?"

"Mi piacerebbe molto."

"Ma non avete intenzione di dirmi che cosa successe obbligandovi a lasciare Blacklands, vero?"

Lisa slacciò i nastri del cappello di paglia e se lo tolse, dicendo con un sorriso e scuotendo la testa: "Non è importante. Ciò che importa è che ci siamo ritrovati e possiamo continuare a essere amici."

"Ohi! Banks!"

Era Bully Knatchbull che era uscito dall'ombra del padiglione con una mazza da cricket sotto ogni braccio. Rivolse un veloce inchino a Lisa e poi ficcò una delle mazze in mano a Jamie.

"Forza! La partita ci aspetta e il nostro capitano ci vuole parlare…"

Parecchie delle ospiti, tra loro Violet Knatchbull e Meg Medway, seguirono i giocatori fino al bordo del campo da gioco dove fervevano i preparativi per ricominciare la partita, direttamente davanti al padiglione dov'erano seduti i membri più anziani della famiglia Roxton. E mentre facevano fluttuare i ventagli al sole estivo, chiacchierando tra di loro e fingendo disinteresse nel gioco, le donne lanciavano di sottecchi occhiate di ammirazione da sotto i cappelli di paglia a entrambe le squadre, che erano vicinissime. C'era in mostra una pletora di fisici virili in tutto il loro splendore nei calzoni di maglia e camicie senza cravatta, con le maniche arrotolate fino ai gomiti che permettevano la visione della pelle nuda, facendo aumentare il ritmo dello sventolio.

Bully Knatchbull e Jamie Fitzstuart-Banks stavano conversando con lord Strathsay, mentre Jack, che aveva la palla, stava parlando al suo capitano, Freddy, lord Alston, lasciando lord Westby e Henri-Antoine, che si stavano preparando al margine del gruppo, liberi per l'assalto di Vi e Meg. Furono incoraggiate ad avvicinarsi da lord Westby, non perché fosse interessato ad amoreggiare con nessuna di loro, ma perché cercava di usarle per ottenere la sua vendetta su lord Henri-Antoine. Aspettava da tempo quell'occasione ed era sicuro di avere il mezzo con cui causare all'amico la stessa angoscia che aveva provato quando la sfacciata relazione di Henri-Antoine con Peggy Markham lo aveva reso un cornuto.

Aveva notato Lisa fin da quando era apparsa alla partita di cricket e aveva fatto delle indagini sulla piccola affascinante bellezza. Ma fu ciò che Vi e Meg avevano confidato sulla ragazza a tutti quelli che volevano ascoltare, insieme all'interesse di Henri-Antoine (era rimasto seduto in un cupo silenzio per tutta la durata del pranzo a guardare Jamie Fitzstuart-Banks e miss Crisp passeggiare lungo il perimetro del prato) che gli fece decidere la linea d'azione. Diede un'occhiata a Henri-Antoine e, come previsto, il suo sguardo era fisso sulla ragazza, se quella non era un'infatuazione non sapeva che cosa fosse! Sapendo che Vi e Meg erano a portata d'orecchi, chiese a voce alta, ma in tono indifferente: "Jack! Dico! Chi è quella cosina graziosa che parla con la tua promessa sposa?"

Jack alzò lo sguardo dalla palla da cricket, la consegnò a Freddy e si avvicinò a Henri-Antoine e Seb Westby. Seguì lo sguardo di Westby fino a Teddy e Lisa, ma prima di potergli chiedere di ripetere la domanda, rispose Violet Knatchbull.

"Te l'ho detto, Westby. È la ragazza povera che era a Blacklands con noi…"

"… e si è fatta espellere" si inserì Meg Medway con una risata maligna.

"E come ci è riuscita?" chiese Westby con finta sorpresa, con un'occhiata a Henri-Antoine. "Non sembra il tipo da mettersi nei guai… Ed essendo povera, non poteva permetterselo, no? Mentre tu, mia cara Vi" disse, facendo l'occhiolino alla sorella di Bully, "ti metti in un guaio dopo l'altro, tu e anche Meg. E senza dubbio siete costate ai vostri papà un bel mucchio di soldi per tirarvene fuori."

Entrambe le ragazze ridacchiarono fingendosi vergognose dietro i ventagli che fluttuavano.

"Non è degna dei tuoi sforzi, Westby" dichiarò impassibile Henri-Antoine distogliendo lo sguardo da Lisa e fingendo di sistemarsi la fibbia incrostata di diamanti che teneva chiusa la camicia.

Westby si finse sorpreso. "No, Harry? E tu, come fai a saperlo?"

"Jamie Fitzstuart-Banks di sicuro pensa che lo sia" si inserì Meg con un sorriso compiaciuto, eppure, quando Henri-Antoine la guardò cupo, smise di sorridere e abbassò la testa.

"Perché Banks dovrebbe pensare…" fece per chiedere Westby, ma fu interrotto.

"Stai diventando una noia, Westby" dichiarò freddamente Henri-Antoine.

Jack passò lo sguardo da Henri-Antoine a Seb, per poi tornare a Henri-Antoine e sibilargli all'orecchio: "Che cosa sta succedendo? Che povera? Chi è stato espulso da dove?"

"Non ha importanza" disse Henri-Antoine a denti stretti. "Lascia perdere."

"L'ho colta a baciare Jamie Banks dietro la Chelsea Bun House!" esclamò Violet, a voce molto più alta di quanto intendesse, e scoppiò in un'involontaria risata nervosa.

"Davvero, Vi?" disse Westby con voce mielata e la invitò a continuare alzando le sopracciglia.

"Non ero mai stata così sconvolta, e nemmeno la direttrice. E credi che l'orgogliosa piccola povera lo abbia negato? Non lei! Lo confessò. Fiera come non mai. E poi si rifiutò di denunciare *lui* per salvarsi. Sarebbe rimasta a Blacklands se solo ne avesse fatto il nome. Che stupida!"

"O povero me, Vi" disse Westby con un pesante sospiro di falsa sincerità. "Stupida, davvero."

"Non so che storie stiate raccontando, ma non mi piace nemmeno un po'" borbottò Jack.

"E c'è di peggio" aggiunse Vi con un sussurro, ignorando la censura di Jack ora che aveva parecchie paia di occhi maschili puntati su di lei, incluso l'impassibile sguardo di Henri-Antoine. "È successo più di una volta. Li abbiamo visti dietro quel negozio troppe volte per contarle. Non è vero, Meg?!"

Meg guardò le facce silenziose, poi l'amica che la stava fissando in un modo che le diceva di confermare o che più tardi avrebbe subito le conseguenze del suo dispiacere. "Sì! Si! È tutto vero. Ogni parola." Annuì, e poi annuì di nuovo, aggiungendo con un verso di sprezzo: "E non si stavano scambiando un panino dietro il negozio, se capite che cosa voglio dire."

"Oh!" esclamò Westby con enfasi esagerata, aggiungendo maliziosamente, con un'altra occhiata di sottecchi a Henri-Antoine: "Sembra che il nostro eroe del giorno non sappia solo come manovrare la sua mazza, ma anche la lingua…"

"Chiudi il becco, Westby!" sbottò Henri-Antoine, con lo sguardo fisso su Vi e Meg. "Quanto a voi due…"

Vi e Meg sorrisero provocanti, stringendosi e facendo la riverenza. Incoraggiate dal sostegno fuori luogo di lord Westby, furono entusiaste quando lo scapolo più ricco d'Inghilterra e fratello del duca di Roxton finalmente dedicò loro la sua completa attenzione. Avevano completamente mal giudicato il suo umore, il che rese la sua brusca dichiarazione ancora più devastante.

Fissò Meg. "Voi siete una cagna, e voi" disse con manifesto disgusto, trasferendo lo sguardo su Vi, "siete peggiore di lei. Siete una cagna e una spia. Che la peste vi colga entrambe."

"Oddio, Harry, di certo era fuori luogo?" si lamentò Westby scuotendo tristemente la testa mentre Meg Medway e Violet Knatchbull scoppiavano in lacrime e scappavano, ululando, su per il prato verso il padiglione. Privatamente si stava godendo ogni momento del disagio del suo amico. "A meno che" lo stuzzicò "anche tu, come il nostro eroe

Banks, abbia una qualche precedente *esperienza* dei talenti orali di miss Crisp che magari potresti condividere…"

"Adesso basta, Westby…" ringhiò Henri-Antoine, facendo un passo verso Westby con i pugni chiusi.

Ma sentendo chiamare Lisa per nome, Jack si riscosse, sorpassò Henri-Antoine e guardò Westby dall'alto.

"Nessuno ha niente da condividere su miss Crisp" disse furente, fissando Westby. Lo guardò dall'alto in basso. "Nessuno, non ora, né mai. Oppure ne risponderai a me. Capito?"

Scese un silenzio di tomba nel gruppetto, in marcato contrasto con il rumore e l'attività che li circondavano. E poi, proprio mentre Teddy e Lisa annunciavano il loro arrivo con le guance rosate e sorrisi, Henri-Antoine si voltò verso Jack con un sogghigno, i pugni ancora chiusi.

"Capito? Oh sì, ci hai dato un'immagine vivissima di ciò che hai ottenuto, Jack Cavendish."

Jack sbatté gli occhi. Arrossì scarlatto a quell'insinuazione. E quando Henri-Antoine fece per voltarsi, gli afferrò il braccio e lo tirò indietro.

"Non mi piace il tuo tono!"

"Non mi interessa un accidente!"

"Rimangiati quello che hai detto! Rimangiatelo!"

Henri-Antoine strattonò il braccio, liberandolo. "Vai al diavolo!"

Se ne andò infuriato. Quando Jack fece per seguirlo, Teddy lo prese per il braccio e lo tenne fermo. Fu Lisa a seguire Henri-Antoine. Sollevò le sottane e corse per il prato mentre lui andava a grandi passi verso il campo da cricket. Riuscì a raggiungerlo solo quando lui si fermò di colpo, guardò il cielo, chiuse gli occhi e fece un respiro profondo. Restò così, come una statua, con il volto che si scaldava al sole, per parecchi secondi, prima di accorgersi che c'era qualcuno dietro di lui. Abbassò la testa e lasciò andare il fiato.

"Andate via! Dannazione a voi! Lasciatemi in pace."

VENTI

"Me ne andrò. Se è quello che volete. Ma prima dobbiamo parlare."

Henri-Antoine si voltò di colpo per guardare Lisa. Ma se era sorpreso che fosse lei ad averlo seguito non lo mostrò. In effetti la fissò, con gli occhi scuri senza espressione, come se fosse un'estranea, e tenne le labbra chiuse strette. Non aveva intenzione di essere lui a cominciare la conversazione, non con lei.

Lisa deglutì il groppo di nervosismo e si rifiutò di farsi intimidire. Era ora di essere coraggiosa. Quindi si avvicinò, tolse le dita dalle sottane, raddrizzò la schiena e tenne le mani strette sotto il seno. Sperava che fingendo quella parvenza di ritegno, sarebbe riuscita a restare sotto controllo e a non permettere ai suoi sentimenti di lievitare e sopraffarla. In un certo modo l'aria distaccata di Henri-Antoine la stava aiutando; vivere con l'intransigenza delle sue cugine significava resistere alle offese e non lasciarsi sopraffare facilmente.

"Ve ne siete andato presto ieri a cena. Spero non per colpa mia o perché non vi sentivate bene."

Henri-Antoine la fissò così a lungo che Lisa pensò che non avrebbe risposto. E quando lo fece, la sua risposta fece precipitare il suo morale, eppure non gli avrebbe permesso di vedere quanto era sconvolta.

"Me ne sono andato perché non c'era niente che mi trattenesse lì."

"Oh? Perché la prospettiva di vedere Jack ballare con i suoi due piedi sinistri, o ballare con me non erano un incentivo sufficiente?"

"No."

"Vorrei che foste rimasto."

Di nuovo, Henri-Antoine non disse niente e lei aspettò. Erano a un metro l'uno dall'altra, entrambi avevano tanto da dire, eppure non dicevano niente. Non pensarono al fatto di essere gli attori di una sceneggiata profondamente personale che veniva recitata in quel teatro all'aperto, davanti a un pubblico assorto. Tutti, dai giocatori di cricket sul bordo del campo, alla famiglia e agli ospiti sotto il padiglione sulla collina, la manciata di servitori alle finestre e quelli sotto il loro padiglione, fino ai giardinieri che riposavano all'ombra e gli agricoltori locali e le loro famiglie che erano venuti per partecipare alla giornata, su invito del duca, tutti gli occhi erano sull'enigmatico fratello del duca di Roxton e la ragazza povera di Soho.

Fu Lisa che ruppe il silenzio.

"Siete arrabbiato con me. Non so perché quando io…"

"Risparmiatemi la vostra indignazione, miss Crisp. Non sono propenso né ho la pazienza di ascoltare le vostre scuse ingarbugliate."

"Le mie scuse… *ingarbugliate*? Non ho la più pallida idea di che scuse, ingarbugliate o meno, crediate debba farvi."

"Finiamola qui, subito. Per dirla in termini semplici: avete accettato un'offerta migliore."

"Accettato *un'offerta* migliore?"

Henri-Antoine sbuffò e strinse le labbra. "Avete intenzione di ripetere tutto quello che dico?"

"Mi trovo a doverlo fare, perché non so assolutamente di che cosa stiate parlando."

"È quello che avete appena detto, miss Crisp…"

"Non sono più Lisa per voi?"

La voce di Henri-Antoine era fredda. "Non siete più niente per me, miss Crisp."

Fu il turno di Lisa di stringere le labbra, per soffocare un singhiozzo. Cercò di nascondere il fatto che le sue parole l'avevano ferita profondamente, ma non riuscì a nascondere la desolazione nei suoi occhi, che si riempirono immediatamente di lacrime. Cercò di sbattere gli occhi per liberarsene, e fece un respiro profondo, ma non riuscì a impedire che scendessero lungo le guance. Mantenne lo sguardo fisso sul torace di Henri-Antoine e la piccola spilla di diamanti a forma di cuore che gli chiudeva la camicia.

"Sua signoria sta-sta ritirando la sua-sua offerta di una casa in campagna, spillatico e una compagna?" chiese con quello che sperava fosse un tono di voce leggero, tirando su col naso. "Sua signoria dimentica di avermi fatto un'offerta e che l'avevo accettata in-in buona fede?"

Henri-Antoine si avvicinò di un passo. "Ritirando? *Buona fede*?

Come osate immaginare di essere voi la parte lesa? Dite le cose come stanno. Avete ricevuto e accettato un'offerta migliore."

"No. Io-io non lo dirò. Non potete farmi dire ciò che non è… ciò che non è vero."

Henri-Antoine alzò una mano, frustrato. Sentiva di colpo la bocca secca, e il sole che batteva forte su di lui gli faceva male agli occhi e pulsare le tempie. La cosa peggiore era che Lisa stava piangendo e lui si odiava perché la stava facendo sentire così miserabile. Ma come si sentiva fisicamente e il fatto inalterabile che gli era stata tolta, gli fece dire bruscamente: "Per l'amor di Dio! State fingendo di non averlo saputo? Che non avevate idea di che cosa sarebbe successo ieri sera? Che quell'annuncio è stato per voi un fulmine a ciel sereno? Non potete pensare che sia così stupido!"

"È stato esattamente come avete detto: un fulmine a ciel sereno, che ha colpito *me*, come deve aver colpito voi, all'improvviso e senza preavviso. È stato un-un colpo. E *non* è stata un'offerta. Com'è possibile che fosse un'offerta, se non mi era stata data una scelta?"

Henri-Antoine grugnì, incredulo.

"Non avete protestato."

Lisa alzò gli occhi, fissandoli nei suoi e sbattendo le palpebre per liberare le ciglia dalle lacrime. La sua voce era chiara, forte e piena di indignazione.

"E come pensa sua signoria che avrei dovuto fare? Ero sconvolta. Né era quello il momento né il luogo di dire qualcosa per rifiutare. Teddy e Jack erano così felici, e anche la loro famiglia. Dovete averlo visto anche voi!"

Lo aveva visto e sapeva che lei aveva perfettamente ragione, ma non voleva accettarlo e niente aveva più un senso per lui. Anche lui era sconvolto. L'annuncio di Teddy lo aveva colpito come fosse un fulmine. Un momento prima vedeva un futuro, condividere la sua casa di campagna con Lisa, e un momento dopo lei e quel futuro gli erano stati tolti, e lui era rimasto senza niente. Si sentiva truffato e il demone sulla sua spalla voleva fargli credere che lei non potesse essere completamente innocente, che doveva aver saputo qualcosa di ciò che Teddy avrebbe proposto, dopo tutto erano molto amiche. E quindi lasciò che il demone lo persuadesse che lei lo aveva preso in giro, che era esattamente come il resto delle donne delle classi sociali inferiori che gli si buttavano addosso. Volevano tutto ciò che potevano ottenere da lui. Non lo volevano per se stesso, e certamente non lo avrebbero voluto se avessero saputo che era maledetto dal mal caduco. E se non avesse avuto una posizione e ricchezza, che cosa sarebbe stato, e quanto lo avrebbero voluto? Ma lui era pragmatico. Anche lui aveva voluto ciò che loro potevano dargli, e quello aveva saziato i suoi appetiti carnali, una volta.

Ma Lisa… Aveva pensato che lei fosse diversa, in tutti i sensi…

Intuizione. Buon senso. I suoi sentimenti più belli. Tutto gli diceva che il demone si sbagliava. Ma dopo i pettegolezzi salaci di cui gli avevano appena riempito la testa su Lisa e Jamie Banks, che avrebbe considerato infondati, se non avesse passato una mezz'ora a rimuginare, guardandoli fare una passeggiata insieme, era incline a pensare che ci fosse un grano di verità. Avevano camminato vicini e c'erano state parecchie volte in cui Lisa gli aveva toccato il braccio o Jamie aveva toccato quello di Lisa, e avevano parlato e parlato, senza fermarsi a respirare. Jamie le aveva portato il bicchiere, ed era un giovanotto muscoloso, proprio come suo padre, e altrettanto bello e, conoscendo il loro vissuto, era sicuro che condividessero l'interesse per le scienze mediche.

Il deterioramento della sua salute, l'annuncio sbalorditivo di Teddy a cena e l'immagine mentale di Lisa che conversava a suo agio con il fisicamente robusto Jamie Fitzstuart-Banks, lo avviò sulla strada dell'autodistruzione. Lasciò che vincesse il demone.

"Brava, miss Crisp. La vostra recita mi ha quasi convinto. Quasi come mi avevate convinto, accanto alla quercia, quando mi avete fatto intendere di non aver mai baciato un altro. Ma anche là mi sono lasciato imbrogliare."

Lisa lo guardò sbattendo gli occhi, mortificata.

"Voi pensate… Voi pensate che io abbia *baciato* un altro nel modo in cui ho baciato voi?"

"È così?"

"Avete bisogno di chiedermelo?"

Henri-Antoine alzò il mento. "Perché esitate? L'avete fatto oppure non l'avete fatto."

Lisa deglutì, con la tristezza che le faceva cadere le spalle, e lasciò che le lacrime le scendessero sulle guance. Rispose con la voce ridotta a un sussurro.

"Non l'ho mai fatto, signore."

Henri-Antoine alzò le sopracciglia, sorpreso.

"Certo. Forse non dietro una quercia, ma dietro la Chelsea Bun House…?"

"Dietro la…" Lisa alzò di colpo gli occhi e le si seccò immediatamente la gola. "Mi state rinfacciando un bacio tra una ragazza e un ragazzo che si considerano fratello e sorella?"

"Fratello? E-e *sorella*? Vi ho visto fare una passeggiata con il nostro eroe battitore, come hanno visto tutti gli altri, oggi. Dubito che qualcuno abbia pensato 'ecco un fratello con sua sorella'…"

"Non mi interessa che cosa pensano gli altri. Mi interessa solo ciò che pensate *voi*."

Henri-Antoine sghignazzò. Ma le parole di Lisa non riuscirono a placare la sua gelosia, che, nel suo subconscio, sapeva essere ridicola all'estremo, si sentì invece ancora più miserabile per le assurde accuse che le aveva rivolto. *Che cosa c'era che non andava in lui? Perché era diventato una simile serpe?* Rendersi conto del suo orribile comportamento nei confronti di Lisa non gli impedì di continuare.

"Forse avreste dovuto pensare a *me*, prima di andare a fare una passeggiata con *lui*."

"Non sapevo di aver bisogno del vostro permesso per-per… fare… Oh! Per fare qualunque cosa. Ma sono lieta che sia tutto chiaro tra di noi, perché intendo continuare la mia amicizia con Jamie, e sì, lo chiamo Jamie e lui mi chiama Lisa… perché è un caro amico…"

"Che baciavate dietro la Chelsea Bun House. Bell'amicizia."

"Avevo diciassette anni e anche lui e l'ho baciato sulla guancia. Era, ed è ancora, solo un ragazzo."

"Se siete così decisa a che io sappia di quest'*amicizia* tra voi due, allora ditemi perché vi siete rifiutata di rivelare il suo nome alla direttrice di Blacklands."

Lisa tirò su col naso e frugò tra le sottane per prendere il fazzoletto dalla tasca legata in vita sotto la gonna. Si tamponò gli occhi e le guance prima di continuare.

"Sembrate voler insinuare che io abbia qualcosa di cui vergognarmi. Non è così. Se avessi rivelato il suo nome, Jamie avrebbe quasi sicuramente perso il suo apprendistato da speziale. Agli apprendisti dell'orto botanico e alle ragazze di Blacklands era proibito socializzare in ogni modo. Ed è il motivo per cui quando ci incontravamo la domenica alla Chelsea Bun House, prendevamo i nostri panini dolci e andavamo sul sentiero dietro il negozio, dove ci sedevamo per dividere il nostro dolce e parlare, oh! di un po' di tutto, ma specialmente di scienza."

Henri-Antoine la guardò sorpreso e incredulo.

"Avete volontariamente rinunciato all'istruzione, vi siete lasciata espellere, e tutto per risparmiare a Jamie l'espulsione?"

Lisa arrossì, diventando scarlatta, non solo per la sua incredulità, ma perché dal suo tono di voce capì che Henri-Antoine pensava che il suo gesto, lungi dall'essere nobile, fosse sconsiderato.

"Sì. Ed era la cosa giusta da fare, e rivendico la mia decisione. Jamie un giorno sarà un medico brillante. L'ho sempre pensato."

"Sono d'accordo. È anche un giovanotto eccezionalmente attraente."

Lisa resistette al desiderio di sbuffare davanti alla sua mascolina insistenza a sottolineare la fisicità di Jamie e suppose che facesse tutto parte del suo ragionamento maschile sul motivo per cui lei aveva scelto di essere amica di Jamie. Pensò di sottolineare che quando aveva conosciuto Jamie cinque anni prima, lui aveva le spalle strette e il viso foruncoloso. Invece fece del suo meglio per fargli passare quello scontroso cattivo umore, sperando che una gentile presa in giro lo avrebbe calmato abbastanza da sentir ragione. Perché solo con la mente lucida avrebbero potuto parlare di cosa si poteva fare riguardo alla difficile situazione in cui ora si trovavano, dopo l'annuncio di Teddy della sera prima.

"Non dissento. Ma..." Lo guardò alzando il mento, con un timido sorriso, "... lui non possiede una bocca da baciare. Non desidero che lui mi baci nel modo in cui mi avete baciato voi... Mi chiedo... Dato che ora sapete chi ho baciato io, forse non vi dispiacerebbe dirmi i nomi delle donne che avete baciato negli anni?"

Henri-Antoine la guardò, oltraggiato, come se Lisa avesse due teste.

"Non siate assurda!"

"Perché non potete o non volete dirmelo?"

"Non ve li dirò."

"Ma ricordate i loro nomi...?"

"Non ho mai considerato l'atto di baciare una cosa banale. Quindi ovviamente li ricordo."

"Quindi dovrei immaginare che fare l'amore sia ancor meno una cosa banale, o io avevo sperato di scoprirlo... con voi. Anche se voi avete avuto molte amanti, vero?"

"Se vi aspettate che elenchi le mie amanti, rimarrete amaramente delusa!"

"Oh? Perché sono troppe o troppo poche?"

Quando Henri-Antoine restò a bocca aperta, fissandola con offesa meraviglia perché aveva osato suggerire una cosa simile, Lisa sentì una risata che le scoppiava in gola e si portò in fretta una mano alla bocca per soffocarla.

La sua risata era contagiosa e Henri-Antoine si ritrovò a sorridere. Lisa aveva una così bella risata. E un bel sorriso. E occhi così belli. Era intelligente e nobile e tutto ciò che c'era di buono al mondo. Avrebbe voluto prenderla tra le braccia e soffocarla di baci. E lei aveva un dono, quello di prendere la sua rabbia e la sua frustrazione, e, rivoltandole, fargli vedere quanto era petulante e meschino e completamente irragionevole. Tutto quello che voleva fare era ridere insieme a lei.

Ma doveva fare qualcosa per modificare la situazione in cui si trovavano, convinto che lei sarebbe stata meglio senza di lui e che l'offerta di Teddy fosse quella giusta per lei. Perché, nonostante la sorpresa e la rabbia, il dolore e l'amarezza perché l'avrebbe persa, aveva passato la notte precedente cercando di trovare una sola ragione per cui lei non avrebbe dovuto vivere con Teddy e Jack. E poiché aveva deciso che era così che avrebbe dovuto essere la sua vita, non nel modo in cui voleva lui, doveva fare qualcosa, subito, in modo che lei potesse allontanarsi da lui, sapendo di aver preso la decisione giusta. Allora lui avrebbe potuto smettere di sentirsi miserabile ma, soprattutto, avrebbe potuto smettere completamente di provare qualcosa per lei.

"Sembrerebbe che avere una vasta esperienza di donne non renda un uomo immune alle astuzie di una donna predatrice, in particolare quando è carina e senza esperienza" disse nel suo tono languido, evitando di guardarla. "E quella, senza dubbio, è la causa della mia caduta. Ho deviato dalle mie solite preferenze, perso la testa e vi ho fatto un'offerta che non avrei fatto se avessi pensato con il cervello."

Il sorriso di Lisa svanì.

"Non sono completamente sicura di che cosa stiate parlando, ma credo di capire che pensiate che io, in qualche modo, vi abbia portato con l'inganno a offrirmi una casa in campagna dove sarei vissuta come vostra mantenuta?"

Quel franco riassunto lo fece sembrare assurdo, ed era assurdo, ma Henri-Antoine si diede il permesso di lasciare che l'amarezza alimentasse il suo demone. Inclinò la testa, confermando e poi aumentò il livello di assurdità dicendo, con un verso di disprezzo: "Senza dubbio per qualcuno come voi il mio titolo, il mio pedigree e la mia ricchezza erano come oggetti scintillanti che penzolano davanti a un gatto: irresistibili e da catturare."

"Qualcuno come me…? Oh! Intendete dire una povera orfana che vive della carità dei suoi parenti. Quanto a essere irresistibili e da catturare…" Arrossì profondamente, offesa dalla sua oltraggiosa dichiarazione. "Non so che cosa mi rattristi di più: che mi pensiate così superficiale da aver accettato di essere la vostra amante perché abbagliata dalla vostra ricchezza e condizione sociale, o che voi siate così superficiale da aver bisogno di rafforzare la vostra presunzione strombazzando il vostro status di figlio di un duca. Quanto alla vostra ricchezza poi… Per me è, francamente, inimmaginabile. Ho quindici scellini a mio nome, che mi sono stati generosamente dati dal dottor Warner. Quindi, in realtà, non ho nemmeno un penny che possa dire mio."

Henri-Antoine si contraddisse da solo dicendo freddamente:

"Quando ci siamo incontrati la prima volta, non vi ho sbattuto in faccia, o come dite voi, strombazzato, il mio nome o la mia condizione sociale. In effetti, eravate completamente ignara della mia identità."

"Quando ci siamo incontrati la prima volta" gli ricordò gentilmente Lisa, "non eravate in condizioni di sbattermi in faccia niente."

Fu il turno di Henri-Antoine di arrossire. Lisa aveva ragione. Il loro primo incontro non era stato al dispensario Warner, quando lei si era rifiutata di andare alla sua carrozza, era stato a casa di Westby, mentre lui era preda di una crisi epilettica. Lei si meritava i suoi ringraziamenti e la sua gratitudine per essersi presa cura di lui, ma nel suo attuale, distruttivo, stato mentale e con il sole che gli ardeva negli occhi e la gola che diventava più secca a ogni minuto che passava, si permise di tornare a un tempo prima della morte di suo padre, quando era un ragazzino scontroso, petulante, pieno di risentimento e pieno di sé, che privatamente e disperatamente desiderava essere come ogni altro ragazzo, ma soprattutto come il suo amico Jack e che sapeva con amara certezza che non lo sarebbe mai stato.

"Ah! Ecco! L'avete detto finalmente. Mi chiedevo quando miss Crisp, l'assistente di un dispensario, che non è mai stata malata un giorno in vita sua, avrebbe trovato il momento per ricordare a sua signoria che nonostante sia il figlio di un duca e ricco più di quanto lei riesca a immaginare, lui è meno che integro, e certamente non sano. Ha frequenti momenti di mostruosità e follia che non riesce a controllare e che non sarà mai in grado di controllare, e passerà il resto dei suoi giorni schiavo della sua malattia. E che se non fosse per i suoi illustri parenti, ora sarebbe in manicomio, incatenato con i matti a Bedlam, lasciato lì a marcire, e da esibire ai visitatori paganti e curiosi. Grazie, miss Crisp. Grazie tante per avermelo rammentato. Può servirvi da clausola rescissoria. Potete sospirare di sollievo sapendo di aver accettato l'offerta migliore. La vostra vita con Teddy e Jack sarà molto diversa da quella a cui vi avrei assoggettato, e potete viverla senza…"

"State autocompatendovi per il gusto di farlo e non vi permetterò di sminuire voi stesso o me con simili stupidaggini!"

L'acutezza di Lisa gli fece venir voglia di ridere della propria irrazionalità e le sue lacrime lo fecero sentire uno sciagurato. Henri-Antoine avrebbe voluto cadere in ginocchio e piangere ai suoi piedi e chiederle perdono per aver mostrato un tale assurdo comportamento infantile. Non sapeva che cosa gli avesse preso per permettersi di mettere in mostra emozioni così crude. La sua condotta non era solo infantile e deplorevole, era imperdonabile. Ed eccola, Lisa, che si comportava come sempre, con il massimo decoro e maestosità. Forse il posto giusto per lui era veramente Bedlam. O almeno separato dalla buona società e, più di tutto, lontano, lontano da lei. Non la meritava e di certo lei meritava di meglio. E con la testa che pulsava e gli occhi che gli facevano male, con il panico che montava sentendo che da un momento all'altro avrebbe perso il controllo di sé, si autoconvinse di averla persa per sempre e si mise all'opera per completare l'autodistruzione.

"Dovreste essere lusingata di aver ricevuto due offerte in due giorni. Non ho mai offerto a una donna ciò che avevo offerto a voi. E Teddy certamente non offrirebbe mai a nessuna, eccetto voi, ciò che lei e Jack desiderano darvi."

"Non potete paragonare le due offerte."

Lo sguardo di Henri-Antoine percorse la sua figuretta e si fissò sul piccolo bordo di pizzo della sottoveste, che spuntava appena dal corpino scollato, invitando l'occhio ad accarezzare i suoi piccoli seni perfetti. Sogghignò e la guardò negli occhi con palese desiderio.

"Avete ragione. Per Teddy non dovrete lavorare sulla schiena."

La sua volgare insinuazione cadde nel vuoto. "Lavorare sulla-sulla... *schiena*...?"

Oddio. Come aveva fatto a scendere tanto in basso, e con lei? Non sarebbe mai stato così grossolano nemmeno con una prostituta. Era un mostro e di certo non un gentiluomo. Si sentiva male e patetico e completamente impotente. Capiva che il senso di impotenza non aveva niente a che vedere con Lisa, ma era dovuto al suo deterioramento fisico. E quando ne fu conscio, fece ciò che suo padre gli aveva sempre detto di fare quando era in pubblico. Resta calmo. Segnala che hai bisogno di aiuto nel modo che ti è stato insegnato. Respira. Presto sarebbe stato in un posto sicuro, lontano da occhi indiscreti, lontano dai pericoli.

Con la coda dell'occhio vide che avevano compagnia e il suo primo pensiero fu che erano i ragazzi, venuti a portarlo via. Ma non li aveva ancora chiamati. E poi il suo scontro con Lisa venne bruscamente interrotto. All'improvviso, e senza preavviso, Jack si avvicinò a loro. Afferrò Henri-Antoine per il colletto e gli diede uno spintone, allontanandolo da Lisa per quanto poteva senza inciampare e far rovinare entrambi a terra. Lisa li seguì, e cercò di offrire una spiegazione, ma Jack non era dell'umore giusto per ascoltare, nemmeno lei.

"Quella era una porcheria che non avrei mai pensato di sentire dalla bocca di un gentiluomo" ringhiò all'orecchio di Henri-Antoine. "Dio! Questa volta hai superato te stesso, Harry. Sei sceso nella cloaca!"

GLI UNDICI DEL DUCA ERANO SCESI IN CAMPO. I BATTITORI PER gli undici degli ospiti, Bully e Jamie, erano sulla linea e ruotavano le mazze, pronti a giocare. Il signor Frew, che fungeva da arbitro, era accanto al lanciatore, dietro i paletti. Marc Gallet aveva la palla ed era pronto a lanciare. Restava solo da far allontanare lord Henri-Antoine e miss Crisp dal punto in cui erano, dove avrebbero potuto essere colpiti dalla palla, in modo che il gioco potesse cominciare. Jack aveva deciso di interrompere la loro accalorata discussione. Aveva preceduto il resto dei giocatori per avvisarli che non solo stavano alimentando i pettegolezzi e facendo preoccupare la famiglia, ma che c'era una partita di cricket in corso.

Si era avvicinato alla coppia in tempo per sentire l'ultima parte dell'accalorata diatriba di Henri-Antoine, seguita dalla risposta misurata di miss Crisp. Poi si era fatto avanti per farsi notare quando aveva sentito qualcosa uscire dalla bocca del suo miglior amico che non avrebbe mai pensato che un gentiluomo potesse dire a qualunque donna, men che meno alla miglior amica di Teddy. Lisa Crisp poteva anche non essere nata da genitori nobili, poteva non essere la figlia di un gentiluomo o perfino la figlia di uno squire, se era per quello, ma per quanto lo riguardava, lei si comportava sotto ogni punto di vista come se fosse veramente una dama, e molto meglio di alcune delle donne nate con un titolo.

Che la coppia fosse nel mezzo di ciò che era chiaramente un battibecco tra innamorati gli aveva fatto spalancare gli occhi. Era stato pronto a lasciare loro un po' di spazio e quindi aveva aspettato per qualche minuto, finché c'era stata una pausa nel loro botta e risposta. Ma l'insinuazione di cattivo gusto di Henri-Antoine l'aveva fatto entrare in azione e come se non fosse già stato abbastanza furioso al pensiero che miss Crisp era stata oggetto di pettegolezzi privi di fondamento, e davanti a tutti, la sua faccia bagnata di lacrime e il suo evidente disagio gli avevano fatto bollire il sangue.

Così, quella che era stata un'accesa discussione tra una coppia in mezzo a un campo, ora si era trasformata in un furioso alterco tra i due amici, con miss Crisp che guardava impotente, mortificata di essere l'oggetto del loro furioso disaccordo. E stava succedendo lì, sul campo, in mezzo a una partita di cricket, con la famiglia e gli amici, servitori e affittuari che abbandonavano l'ombra e la comodità dei padiglioni per scendere in massa lungo il bordo del campo verso Jack e Henri-Antoine e Lisa Crisp, per avere una visuale migliore e magari sentire il motivo di tutto quel trambusto. Gli unici che si stavano perdendo quell'inaspettato diversivo erano i bambini, dato che la duchessa di Roxton aveva avuto la presenza di spirito di ordinare alle loro bambinaie e cameriere di radunare tutte le personcine che avessero meno di dodici anni e portarle in casa, per il gelato e la torta.

. . .

Henri-Antoine si liberò dalla presa di Jack e lo spinse via.

"Se non avessi ficcato il naso dove non dovevi, ti saresti risparmiato il mio linguaggio da cloaca! Vattene, Jack" si lamentò Henri-Antoine. "Non ti voglio qui. È… era… tra me e miss Crisp, e non sono affari tuoi, quindi vattene…"

"Che io sia *dannato* se non sono affari miei!" sbuffò Jack. Andò dritto da Henri-Antoine e disse a bassa voce, sperando che Lisa non lo sentisse: "Sarà meglio che mi dica che intenzioni hai verso miss Crisp."

"Intenzioni?" Henri-Antoine alzò le spalle. "Nessuna."

"Bene, allora stai lontano da lei."

Con un voltafaccia, Henri-Antoine fissò Jack, sbalordito.

"*Tu* stai dicendo a *me* di stare lontano da *lei*?"

"Esattamente, maledizione!"

Henri-Antoine diede un'occhiata a Lisa, poco lontana, che si stringeva nelle braccia, angosciata, e in un momento di accecante chiarezza, vide in Jack il mezzo per distruggere la propria reputazione in modo da rescindere ogni legame con Lisa Crisp. Pungolò Jack sottovoce, in un tono che trasudava arroganza. "È un po' tardi oramai per essere cavalleresco, per quanto la riguarda. Ha accettato di essere la mia amante. Devo sistemarla nella mia casa a Bath. Mi aspettano tempi interessanti, eh, Jack."

"Che tu sia dannato se lo farai!"

Henri-Antoine fece una smorfia e disse: "Sì, forse sarò dannato. Ma fino ad allora, avrò una bella ragazza da cui tornare quando sono in campagna."

"Non ti permetterò di farlo!"

"Cosa? Perché? Svegliati Jack! Lei è un'orfana senza un soldo, la cui famiglia era al servizio della mia. È più di quanto la maggior parte dei servitori può aspettarsi dalla vita. Non ti preoccupare. Mi occuperò di lei. Vestiti, fronzoli. Ogni tanto un viaggio in città." Sogghignò. "Finché farà quello che le dico e continuerà a compiacermi…"

"Sei un verme egocentrico. Lo sai, vero?"

"Sì. È vero. E tu lo hai sempre saputo. E allora?"

"È la miglior amica di Teddy, per l'amor di Dio."

"Tu sposerai Teddy. Io farò della miglior amica di Teddy la mia amante. Sono due cose che si escludono reciprocamente. Se Teddy vorrà scriverle, io non mi opporrò."

"Io sì!"

"E Teddy farà quello che le dici? In bocca al lupo!"

Quando Henri-Antoine gli voltò le spalle e lo salutò con una mano, come per congedarlo, Jack fece due passi, lo afferrò per la camicia e lo fece voltare. E prima che Henri-Antoine potesse liberarsi dalle sue mani, Jack gli afferrò il davanti della camicia e lo tirò contro di sé. I due uomini ora erano faccia a faccia.

La voce di Jack era bassa e minacciosa e dura. "Se pensi per un momento che permetterò a quella ragazza di finire nel tuo letto, per soddisfare i tuoi egoistici desideri carnali, hai le palle al posto del cervello."

"Non tocca a te decidere, no?"

"Non siamo nel medioevo. Solo perché è povera e non ha una famiglia alle spalle, e i suoi antenati erano vassalli dei duchi di Roxton, la consideri buona solo per servirti da concubina? Vergognati! Vergognati."

"Hai finito con la tua filippica moralistica?" gli chiese Henri-Antoine e sbuffò per buona misura, sospirando. Finse di interessarsi ai propri vestiti e si lamentò: "Hai rovinato le fibre di questa camicia e forse schiacciato la fibbia, che era un regalo della direzione del Burke, come apprezzamento per il mio *assiduo* patrocinio."

Jack arricciò le labbra con ripugnanza. "Pensi che sia qualcosa di cui vantarsi, essere il figlio del satiro? Bene, con te ho chiuso. E non so perché stiamo discutendo. La decisione è presa. Verrà a vivere con Teddy e me. E non c'è un diavolo di niente che tu ci possa fare. E a meno che cominci a trattarla con rispetto, e accetti che lei fa parte della *mia* famiglia, non sarai il benvenuto ad Abbeywood. Mai."

E quando Jack lo lasciò andare con uno sprezzante spintone, e aprì le mani, come se non volesse più nemmeno toccarlo, Henri-Antoine sorrise tra sé e sé e sferrò l'ultimo colpo per assicurarsi la propria rovina.

"Bene. Bene. Jack Cavendish. Sei proprio una volpe! Mi tolgo il cappello e mi inchino umilmente davanti alla tua libidinosa destrezza. Non una ma *due* vergini per scaldarti di notte. Chi è il figlio del sat..."

Jack piantò il pugno in faccia al suo miglior amico.

VENTUNO

Con i due amici che si tiravano pugni e si strattonavano, la partita di cricket andò nel dimenticatoio. I giocatori si precipitarono a guardare lo spettacolo, raggiunti subito dopo dagli ospiti e dalla famiglia, che sciamarono attraverso il campo. E mentre alcune delle signore restarono indietro per non dover assistere al comportamento bestiale di due giovani uomini che si azzuffavano, gli uomini e i ragazzi si affrettarono a unirsi ai giocatori di cricket che si erano stretti in cerchio intorno alla zuffa, gridando incoraggiamenti a ogni pugno, colpo e botta.

Dimenticata ai margini, c'era Lisa, inorridita, che aveva distolto immediatamente lo sguardo appena Jack aveva dato il primo nauseante colpo e il sangue aveva cominciato a uscire dal naso di Henri-Antoine.

I due contendenti furono finalmente separati da lord Strathsay, dal duca di Roxton e Christopher Bryce. Jack e Henri-Antoine furono divisi e tenuti indietro ai lati opposti del circolo, mentre respiravano affannosamente, Jack ancora combattivo, Henri-Antoine con la testa bassa mentre sanguinava sull'erba. Il duca ordinò ai giocatori delusi, agli spettatori e ai membri della famiglia, rincuorati, di tornare nel padiglione dove stavano per servire il tè, prima di cambiarsi per la cena e una serata di musica. E con l'aiuto del suo esercito di servitori che dispersero la folla, oltre a creare una barriera tra gli spettatori e i boxeur, gli ospiti e i giocatori e i membri della famiglia riattraversarono il campo, cianciando dei sorprendenti avvenimenti che avevano condotto alla zuffa tra lo sposo e il suo miglior amico. Tutti si chiedevano che cosa avrebbe significato per l'imminente matrimonio.

Quando Teddy arrivò, diede un'occhiata al davanti insanguinato della camicia di Jack e al suo labbro spaccato e, una volta sicura che non fosse seriamente ferito, gli voltò disgustata le spalle per abbracciare Lisa che era sconvolta. Dal conforto dell'abbraccio di Teddy, Lisa osò dare un'occhiata a Henri-Antoine. Il davanti della sua camicia era anch'esso schizzato di sangue, che luccicava anche sotto le sue narici e intorno alla bocca stranamente bluastra e c'era un taglio sul suo labbro superiore che sembrava stesse gonfiandosi sotto i suoi occhi.

Pur non essendo tipo da svenire alla vista del sangue, o delle ferite o delle malattie e anche se era sempre stata brava nei momenti di crisi al dispensario Warner, un'agitatissima Lisa fu stranamente sensibile alla vista del sangue versato da Henri-Antoine. Diede un'occhiata al labbro spaccato e svenne, scivolando tra le braccia di Teddy per crollare sull'erba.

Lord Strathsay, che stava aiutando il duca a tenere in piedi Henri-Antoine, si spostò immediatamente per assistere Teddy con Lisa. Prendendo in braccio la ragazza, con la nipote al suo fianco, si avviò verso il padiglione, cercando ombra e rinfreschi, e dove sperava anche di trovare la sua contessa, anche lei brava nei momenti di crisi.

E se lo svenimento di Lisa causò allarme nella famiglia, fu un utile diversivo per gli ospiti che stavano ancora gironzolando lì intorno, perché voltarono le spalle a Henri-Antoine per osservare la ragazza che veniva portata via dal conte e quindi non si resero conto del collasso di Henri-Antoine. Henri-Antoine si era rivolto alla madre sconvolta, per assicurarla che non c'era niente di cui preoccuparsi, non era stato ferito in modo grave. Ma la duchessa non gli credette. Era arrivata in un fruscio di sottane di seta, agitatissima, il che significava che stava parlando in francese talmente in fretta che nessuno eccetto i suoi figli poteva capirla. Ordinò che entrambi i ragazzi fossero immediatamente portati nella casa grande per essere esaminati dal medico personale di Roxton. Henri-Antoine stava protestando che non era necessario, quando il suo corpo si irrigidì, perse conoscenza e cadde in avanti.

Il duca lo afferrò prima che cadesse a faccia in giù e lo fece stendere sull'erba ai piedi della loro madre, che si inginocchiò accanto a lui mettendogli una mano fresca sulla fronte. Ma anche se era riuscito a fermare la caduta del fratello, non c'era niente che il duca potesse fare, eccetto restare a guardare impotente, mentre tutto il corpo di Henri-Antoine cadeva preda delle convulsioni e si contorceva davanti a loro. E quando Antonia sollevò brevemente lo sguardo sul figlio maggiore, le sue lacrime d'angoscia fecero venire le lacrime agli occhi anche a lui.

Era la prima crisi di mal caduco cui assistevano madre e figlio da oltre dieci anni. E Antonia aveva pensato di essere preparata a una simile eventualità. Dopo tutto, sapeva che il figlio minore soffriva ancora di sporadici attacchi della sua malattia, anche se gli concedeva la dignità di fingere di ignorarlo. La tenevano informata domande discrete e rapporti segreti e regolari dai suoi leali servitori. Quale madre non avrebbe voluto tener d'occhio tutti i suoi figli, ma in particolar modo un figlio che aveva curato dalla nascita fino al suo tredicesimo compleanno durante talmente tante crisi che se una settimana passava senza che ne avesse una, cominciava a fantasticare che fosse guarito. Ma non era guarito né lo sarebbe mai stato. E guardando un uomo di venticinque anni arrendersi a quella malattia incontrollabile, si rese conto di aver dimenticato quanto fossero spaventosi e orrendi quegli attacchi devastanti sul corpo e sulla mente del sofferente e che tormento fosse per i suoi cari che non potevano fare nient'altro che essere meri spettatori della sua sofferenza e umiliazione

E mentre il duca di Roxton parlava del da farsi con i fratelli Gallet, non solo per suo fratello ma anche per suo nipote, finalmente il duca di Kinross trovò sua moglie. Facendosi largo tra il gruppetto di fedeli servitori, la raggiunse sull'erba e la prese tra le braccia, regalandole un po' di conforto mentre vigilavano sul suo tormentato figliolo.

Le cose procedettero in fretta quando quattro degli otto ragazzi impiegati per seguire come un'ombra il loro padrone arrivarono per occuparsi di lui. Il valletto di Henri-Antoine, Kyte e il suo maggiordomo, Michel Gallet, presero in mano la situazione e tutti, dal duca di Roxton ai duchi di Kinross, fino ai camerieri che stavano schermando sua signoria da occhi indiscreti, si inchinarono alla loro competenza e ai desideri del loro padrone. Quindi la famiglia, anche se riluttante, si trovò a seguire gli ospiti che tornavano nel padiglione, lasciando Henri-Antoine alle cure dei suoi guardaspalle.

Quando Jack tentò di andare da Henri-Antoine, Kyte e Michel Gallet cercarono di allontanarlo, ma fu solo quando intervenne Christopher Bryce che Jack obbedì. E suo zio Roxton e la cugina duchessa non erano dell'umore di perdonarlo quando tentò di offrire loro le sue scuse. Il duca gli disse di andare a ripulirsi: era una disgrazia; ci sarebbe stato tutto il tempo per spiegarsi più tardi quella sera, nella quiete della biblioteca del duca.

Per lady Mary, Christopher Bryce e la loro famiglia, la giornata finì lì. Tutti pensarono che fosse meglio che le ragazze tornassero a casa e andassero a letto presto. E mentre i duchi di Roxton avevano degli obblighi nei confronti dei loro ospiti, i duchi di Kinross e la loro figlia decisero di tornare a Crecy Hall. Così tre carrozze attraversarono il ponte di pietra principale sul lago per il breve viaggio lungo il viale alberato, gli adulti silenziosi e ancora storditi per ciò che era successo tra due giovani che erano amici, e intimi come fratelli, da sedici anni, senza che mai fosse stata scambiata una mala parola tra di loro.

Teddy e Lisa restarono mute durante il viaggio fino alla Gatehouse Lodge e più tardi, quando salirono nella stanza di Teddy. Nessuna delle due volle la cena. E quindi, dopo il bagno, furono messe a letto, ciascuna con una tazza di latte caldo. E mentre Christopher rimboccava le coperte ai suoi figli, lady Mary rimase per un po' con le ragazze. Portò con sé Sophie-Kate, dando conforto a Teddy, che adorava coccolare la sua sorellina. Ma nonostante il colore fosse tornato sulle sue guance e il bagno l'avesse aiutata a rilassarsi, Lisa risentiva ancora gli effetti di quell'evento, tanto che si addormentò, esausta, senza dire le preghiere o augurare la buona notte.

Il suo appetito non era tornato la mattina seguente quando scese a fare colazione, l'ultima della famiglia a farlo, e dove trovò Teddy, che insistette che mangiasse una fetta di pane tostato e bevesse una tazza di tè. Apprese che il signor Bryce era già uscito per la giornata con il figlio maggiore David per dedicarsi alla falconeria con gli altri gentiluomini e i ragazzi abbastanza grandi da cavalcare senza aiuto. Lo zio Roxton e la zia Deb avevano deciso che gli uomini avrebbero passato la giornata il più lontano possibile dalla casa grande, mentre le donne e le ragazze sarebbero rimaste in casa intrattenendosi con attività più tranquille: ricamare, dipingere con gli acquerelli, passeggiare nella Long Gallery, ascoltare un recital musicale e guardare i bambini che provavano i passi della danza e i pezzi musicali che avrebbero eseguito durante il ricevimento dopo il matrimonio. Ovviamente c'era poco che la coppia ducale potesse fare per impedire il diffondersi dei pettegolezzi sugli eventi straordinari del giorno prima, ma mentre si occupava di servire il tè, Deborah teneva le orecchie aperte per captare qualsiasi commento dispregiativo o provocatorio, aiutata in quello dalla contessa di Strathsay.

"E noi passeremo la nostra giornata qui, facendo quello che ci pare" disse allegramente Teddy. "E sarà piacevole tanto per cambiare."

"Ti piacerebbe essere fuori a caccia con il falco, vero?" disse Lisa con un sorriso, mordicchiando il suo pane tostato.

Teddy sorrise. "Sì. Ma ho voglia anche di passare la giornata con te, e Jack."

"Jack? Non è andato a caccia?"

"No. Quel piacere gli è stato negato. Deve scusarsi con te per…"

"Oh, Teddy. No. Per favore" disse Lisa, imbarazzata e confusa. "Non potrei sopportarlo. Dovrei essere io a scusarmi con lui…"

"Stupidaggini. Inoltre mi ha scritto la più meravigliosa delle lettere di scuse." Con un sorriso compiaciuto, Teddy alzò un foglio di carta piegato, con il sigillo rosso rotto. "Mi è stata consegnata alle prime luci, quindi deve aver passato *tutta la notte* a comporla. E questo dopo la sgridata da parte di zio Roxton, che l'ha convocato nella sua biblioteca, a quanto pare la peggiore delle convocazioni da ricevere. Instilla un senso di terrore nei cuori di coloro che devono attraversare la biblioteca in tutta la sua lunghezza, con centinaia e centinaia di libri che li guardano da una grande altezza, come se fossero persone in un tribunale, e con il giudice, cioè il duca, seduto dietro la sua grande scrivania, con la faccia cupa e pronto a rimproverarli per le loro infrazioni. Così dice Jack. E gli era successo solo un'altra volta, ma dice che l'esperienza ti resta dentro e che speri che non succeda mai più!"

Lisa sbatté gli occhi. "Ma Sua Grazia sembra il più affabile degli uomini e anche tua zia Roxton è veramente adorabile. Non serve restare a lungo in loro compagnia per vedere che si amano moltissimo e adorano ugualmente i loro figli."

Gli occhi di Teddy brillarono.

"Si passa molto tempo a far torte in quella famiglia, questo è sicuro!"

Lisa trasalì, si mise una mano sopra la bocca e poi non riuscì a trattenersi e ridacchiò. Quando riprese fiato, disse con un sorriso: "Sei la ragazza più maliziosa che conosco! Ma anche la più amorevole. Grazie per avermi fatto ridere."

Teddy versò una seconda tazza di tè per entrambe.

"Prego. Mi piace vederti sorridere, Lisa. E non ti devi preoccupare. Niente di ciò che è successo ieri è stata colpa tua. Jack non mi ha riferito che cosa ti aveva detto Harry per farlo infuriare, ma se hai bisogno di confidarti..."

"Grazie. Non-non voglio parlarne... per ora" confessò Lisa, perdendo il sorriso e allungando una mano sopra il tavolo. Quando Teddy la prese e sorrise, comprensiva, Lisa le restituì il sorriso. "Beviamo il tè prima..."

Fu lieta di non dover parlare apertamente di Henri-Antoine, perché era sicura che se l'avesse fatto non sarebbe stata capace di parlare, o sarebbe diventata uno straccio piagnucolante. E anche se voleva disperatamente sapere che non era stato ferito in modo grave e che stava bene, e come se l'era cavata Jack, non lo chiese, perché era tutto troppo fresco. Invece chiese: "Spero che Sua Grazia non sia stato troppo duro con Jack."

"Jack ha accettato il rimprovero e una volta spiegate le cose a zio Roxton, entrambi sono stati d'accordo che Jack avrebbe potuto dimostrare un po' più di controllo e non colpire Harry, ma che era stato provocato. E questa" dichiarò Teddy, alzando di nuovo la lettera e poi baciandola prima di mettersela in tasca, "è la lettera più romantica che Jack mi abbia mai scritto. La terrò per sempre. E mi ha spiegato tutto e l'ho perdonato. In effetti, lo amo ancora più di prima, se possibile, per essere stato così cavalleresco."

"L'ha fatto? È stato davvero…? Ha spiegato tutto in quella lettera?"

"No, stupidina. La lettera riguardava noi. Mi ha dato le sue spiegazioni di persona, com'era giusto. È qui. Abbiamo fatto colazione insieme prima che papà uscisse con David per andare alla casa grande. È fuori con Luke che era irritatissimo perché è troppo piccolo per andare a caccia con il fratello maggiore. Quindi Jack e Luke sono fuori a giocare con il carretto, Jack lo tira su per la collina e poi lui e Luke ci salgono sopra e scendono dalla collina a rotta di collo, e sono sicura che alla mamma verranno i capelli grigi, per quanto sorrida e finga di non avere una preoccupazione al mondo."

"Sai, Teddy, che la tua mamma, oltre a essere molto carina, è la persona più composta che abbia mai conosciuto. Non credo che niente o nessuno riuscirebbe ad arruffarle le piume."

Teddy si alzò e spinse indietro la sedia. Lisa la imitò.

"È vero. Oh, eccetto nonna Strathsay. Ma lei riesce ad arruffare le piume a tutti noi. La mamma e i suoi fratelli hanno ricevuto la più strana delle educazioni, quindi lei dice che non permetterebbe mai che i suoi figli venissero trattati in quel modo." Teddy spalancò gli occhi. "Immagina, se ci riesci, restare seduta per ore con un libro in cima alla testa, e tutto per insegnarti a mantenere la schiena diritta, ed essere picchiata se lo lasci scivolare. Non mi meraviglia che lo zio Dair si arrampicasse fuori dalla finestra dell'aula."

"Lo avresti fatto anche tu, se ne avessi avuto una mezza possibilità."

"Sì, e mi sarei anche arrampicata sull'albero accanto al davanzale." Il suo sorriso assunse un'aria di superiorità. "Sono ancora la miglior arrampicatrice di alberi di tutta la famiglia. Vieni. Abbiamo bisogno di un po' d'aria fresca, e Jack desidera vederti…"

Si presero a braccetto e poi Teddy condusse Lisa sul retro della casa, attraverso la cucina, dove diede un bacio a Silvia, e poi attraverso l'orto, dove salutò Carlo che stava chiacchierando con il giardiniere che controllava una delle sguattere che raccoglieva la verdura, e poi fuori dal cancello posteriore, dall'altra parte del muretto di pietra, fino a una distesa di prati alla base di una piccola collina, che forniva una barriera naturale contro gli intrusi. Dalla cima della collinetta si poteva godere della vista dei giardini recintati della Gatehouse Lodge e in una direzione c'era la pittoresca Crecy Hall e nell'altra la casa grande che dominava il paesaggio.

Teddy e Lisa si unirono a lady Mary, che teneva una mano sulla tesa del cappello di paglia per schermare ulteriormente gli occhi dal sole ed era in piedi, con due dei giardinieri, accanto a un covone di fieno. La loro attenzione era concentrata su Jack e Luke, che aveva solo quattro anni, seduti su un carretto con grandi ruote dietro e ruote più piccole davanti, alle quali mancavano parecchi raggi. E a giudicare dallo stato in cui si trovava il mucchio di fieno, quella non era né la prima né la terza corsa giù per la discesa, e se avessero continuato, c'erano buone possibilità che il carretto si sfasciasse completamente.

Jack aveva le lunghe gambe tese fuori a entrambi i lati del carretto, e Luke era seduto a gambe incrociate, con la schiena annidata contro suo cugino, e si teneva con entrambe le mani alla struttura di legno. Jack controllava lo sterzo con una mano, e teneva stretto Luke con l'altro braccio. Quando Luke gli segnalò che era pronto, Jack spinse i tacchi degli stivali nell'erba, diede una forte spinta e il carretto si precipitò in avanti grazie al peso del suo corpo. Scese la collina sferragliando, con gli occupanti che si tenevano stretti, il vento in faccia a Luke che gli spingeva i riccioletti neri lontano dagli occhi e Jack che sterzava come meglio poteva a quella velocità, e con solo i piedi come freni.

Fu la fortuna, più che il suo sterzare, che tenne il carretto in pista, e ancora una volta finì la corsa contro il covone di fieno oramai parzialmente distrutto. Entrambi gli occupanti erano coperti di fieno e ridevano, Luke per l'eccitazione e Jack per il sollievo di essere sopravvissuto a un'altra corsa. Emise un forte sospiro di sollievo quando lady Mary confermò che quella era proprio l'ultima corsa per quel giorno, ignorando le ripetute preghiere di Luke per solo un'altra discesa giù per la collina. Sua madre fu inflessibile. Luke doveva lavarsi. Aveva dimenticato che doveva accompagnare la sua mamma, Sophie-Kate, nonna Kate e Fran alla casa grande? E la cosa migliore era che avrebbe potuto giocare con i suoi cugini, specialmente i due gemellini, Will e Tony, che avevano la sua età. E sì, Otto e David non ci sarebbero stati perché erano andati a caccia col falco con i loro papà, quindi non c'era pericolo che quei due monelli rovinassero il divertimento dei bambini più piccoli.

"Mi domando se avremo dei gemelli..." rifletté Jack, guardando Luke correre davanti a sua madre oltre il cancello.

"Gemelli? Spero di no!" disse Teddy con un verso di incredulità.

"Perché no? Zio Roxton e zia Deb hanno due coppie di gemelli e tuo zio Dair e zia Rory hanno anche loro due gemelli."

Teddy tolse con attenzione un filo d'erba dai capelli di Jack, ma poi gli diede uno scherzoso spintone.

"Solo perché ho due zie che hanno avuto dei gemelli, non significa che li avrò, o che li vorrei. Se vuoi dei gemelli, sir John, partoriscili *tu*!"

"Se significasse risparmiarti dolore o disagio, lo farei!" dichiarò Jack fieramente, afferrandola e tirandola a sé. Le baciò la fronte e poi la bocca, entrambi con insolita esitazione perché il labbro inferiore di Jack aveva un piccolo taglio ed era gonfio, quindi sensibile al tocco. "Sfortunatamente gli uomini sono relegati a rivestire un ruolo molto piccolo in quel dramma, quello di tremolanti gelatine."

Teddy sorrise a Jack guardandolo negli occhi, uno dei quali mostrava segni di contusione. "Ma la *mia* tremolante gelatina…"

Di colpo, ricordarono dov'erano e Jack lasciò andare Teddy. Non solo perché c'era Lisa, era la questione del giorno prima che doveva ancora essere risolta, e molto era rimasto in sospeso. Appena Jack aveva abbracciato Teddy, Lisa si era voltata e si era allontanata un po', fingendo di interessarsi all'erba per dare un po' di intimità alla coppia. Ora andarono loro da lei e sentendo che c'era un po' di disagio tra di loro, Teddy disse a Lisa: "Non allarmarti per il livido o il taglio sul labbro di Jack. E non devi assolutamente compatirlo. Se l'è cercata lui."

"Theodora ha ragione" rispose Jack bonariamente. Si inchinò a Lisa con grande cortesia. "Ma vi devo delle scuse per la mia condotta poco signorile. La discussione con Harry non sarebbe mai dovuta arrivare a quel punto e mai davanti a un pubblico, e, specialmente, non davanti a voi, miss Crisp. Potete perdonarmi?"

Lisa prese la mano che le tendeva Jack e abbassando gli occhi vide che le nocche erano graffiate. Gli coprì delicatamente la mano con la propria e la tenne ancora un po', dicendo, dopo un momento di imbarazzo, e guardandolo coraggiosamente negli occhi preoccupati: "Avete fatto ciò che qualunque uomo che professasse di essere un gentiluomo avrebbe fatto, andando in aiuto di una donna aggredita verbalmente. Quanto alla zuffa…" Gli lasciò andare la mano e diede un'occhiata a Teddy prima di dire con un sorriso triste: "Come avreste potuto non reagire nel modo in cui avete fatto, quando lui vi stava aizzando?"

"Aizzando?" ripeté Teddy, perplessa, ma non ebbe la possibilità di dire altro quando Jack la interruppe, con gli occhi che brillavano.

"È quello che ho detto a zio Roxton. E non ho detto che Harry mi aveva provocato per scaricare la colpa su di lui. Ho detto che ripensando al litigio e a come era cominciato, sono convinto che Harry mi abbia fatto infuriare apposta come un matto, tanto che fosse impossibile che io *non* lo colpissi!"

"Ci ho pensato anch'io" rifletté Lisa. "Ho continuato a pensarci. Tutta la faccenda. E la vostra reazione fisica alle sue parole è esattamente ciò che desiderava…"

"E io sono caduto nella sua trappola! Che stupido!"

"Perché mai Harry avrebbe *voluto* che lo colpissi?" chiese Teddy, confusa. "Non ha senso. So che può essere volubile ed esasperante e ci sono volte in cui non lo capisco assolutamente, ma non è mai stato così odioso da far venir voglia a Jack di picchiarlo." Guardò Jack, frastornata. "Hai detto che aveva fatto un commento sconveniente su Lisa e che è ciò che ti ha portato a colpirlo." Poi guardò Lisa. "E a noi che eravamo in cima alla collina sembrava che voi due steste discutendo..." Guardò alternativamente Lisa e Jack e mise una mano sul braccio di Lisa, chiedendo sottovoce: "Ti ha... ti ha fatto delle *avance* inappropriate? Eravate entrambi molto amichevoli a cena, e forse Harry ha avuto un'impressione sbagliata. È un donnaiolo e tu sei eccezionalmente carina, e..." Guardò Jack. "È così, vero?"

Ma Jack non stava guardando Teddy. Scambiò un'occhiata con Lisa che le fece capire che sapeva benissimo che l'umore di Harry dipendeva completamente da lei, ma che lui non aveva intenzione di tradirla. Invece, alzò una mano, fingendo esasperazione.

"Non so precisamente di che cosa si stesse parlando" mentì. "Ma non mi sono piaciuti né il suo tono né le sue maniere. A volte può essere insopportabile, quando si pavoneggia come sa fare solo il figlio di un duca! Miss Crisp non è abituata a una simile pomposa arroganza, né dovrebbe essere obbligata a tollerarla. E Harry ha quest'abitudine di fare esattamente il contrario di quanto ti aspetti solo per il piacere di vederti agitare. Ed è accettabile per qualcuno che lo conosce, come me! Ho sempre cercato di tenere a mente che la sua malattia fa la sua parte nel suo..."

"La malattia non può essere usata come scusa per essere scortesi" lo interruppe Lisa. "E l'ho detto molte volte ai pazienti del dispensario. Se desiderano le cure e la compassione, allora devono tenerne conto."

"Non dubito che teniate sotto controllo i pazienti di Warner, miss Crisp" disse Jack con un sorriso, che divenne una smorfia quando aggiunse: "Ma non avrei mai dovuto colpire Harry. Mai. Temo di avergli provocato uno dei suoi attacchi e..."

"Non lo ha certamente aiutato, ma non credo che abbia causato l'attacco" ribatté Lisa. "È mia modesta opinione, e non sono un'esperta, posso solo seguire il mio istinto e ciò che ho osservato, che un attacco fosse imminente. Era solo questione di *quando*, non *se*. Quindi non dovreste sentirvi colpevole di averglielo procurato. Credo che lui sapesse che stava arrivando. Colpirlo senza dubbio ha anticipato l'episodio, ma sarebbe comunque successo. È una vergogna che vi abbia provocato per farsi colpire. Che si sia fatto colpire sapendo di provare i primi sintomi di una convulsione è stato inconcepibile, ma, e voi lo conoscete molto meglio di me e quindi potete correggermi, un comportamento simile è decisamente insolito."

Jack annuì e non poté fare a meno di sorridere, anche se trasalì quando il labbro gli fece male di colpo, ricordandogli la sua sconsideratezza. Era d'accordo con tutto ciò che aveva detto Lisa perché sapeva, come lei, che cosa aveva portato il suo miglior amico a un comportamento così irrazionale e auto-distruttivo. Teddy non lo sapeva ancora, anche se capiva che c'era qualcosa che né Jack né Lisa le stavano dicendo.

"Come sei intelligente, Lisa" disse, meravigliata. "Quando fai osservazioni simili, mi piange il cuore pensando che le donne con un intelletto non possano perseguire una carriera professionale."

"Sì. Perché in quel caso avrei qualche speranza di potermi mantenere, invece di aver bisogno di vivere della carità di parenti che non mi vogliono, al contrario degli amici. E questo mi porta alla vostra generosa e amorevole offerta di farmi vivere con voi, e sono molto contenta che siate entrambi qui perché possa parlarvi di..."

"Siamo arrivati a quest'idea, ciascuno per suo conto. Nessuno dei due ha convinto l'altro. Ed entrambi lo desideriamo molto" le assicurò Teddy. "Non è così, sir John?"

"È vero."

Lisa annuì ma non poté fermare le lacrime che le riempirono gli occhi.

"Non posso dirvi quanto significhi quest'offerta per me. Quando sono rimasta orfana, sono diventata un inutile peso per la famiglia di mio padre. E c'è della verità in questo, no? Non mi conoscevano, quindi perché avrebbero dovuto volermi? Quindi, avere degli amici che desiderano che viva con loro, che faccia parte della loro famiglia, per me significa più di quanto riuscirei mai a dirvi. Ma..." Andò avanti e prese le mani di Teddy, e poi parlò a entrambi: "Spero che capirete che se accetterò la vostra meravigliosa offerta, sarà perché ho preso io questa decisione, liberamente..."

"Ovviamente! Non era nostra intenzione obbligarvi, miss Crisp" la interruppe Jack.

Lisa sorrise. "Lo so, sir John. È stata fatta con le migliori intenzioni."

"Anche se forse avremmo dovuto annunciarlo con più delicatezza. O non annunciarlo finché non avessimo prima parlato con voi...?" Jack diede un'occhiata a Teddy, ma disse a Lisa: "Credo che miss Crisp non sia stata l'unica a essere rimasta sorpresa dal nostro annuncio, ieri sera."

Lisa si accorse di star arrossendo. "Vedo che capite."

Teddy li guardò, senza capire. "Non vuoi vivere con noi?"

"Sì. Il fatto è che..."

"Miss Crisp deve decidere per conto suo" spiegò Jack, sentendo il volto che si scaldava quando la avvertì. "Anche se spero… mi auguro che… Che quando prenderete la vostra decisione, non accetterete niente di meno di ciò che meritate, miss Crisp."

Teddy credette che si stessero riferendo al dispensario Warner.

"Preferiresti continuare a lavorare con i poveri, invece di vivere con noi?"

"Io ti voglio bene con tutto il cuore, Teddy, e anche alla tua famiglia. E potete stare certi, entrambi" disse fissando Jack negli occhi, "che quando prenderò la mia decisione, sarà quella giusta per tutti." Sorrise a Teddy. "Ma il *mio* futuro può aspettare finché il *tuo* futuro sarà garantito dal ricevimento dopo il matrimonio e dal ballo. La prima preoccupazione è sistemare le cose tra voi, sir John e sua signoria. E credo di potervi aiutare. Anche se avrò bisogno che voi, sir John, mi accompagniate da lui."

"Vorrei poterlo fare, ma non è così. Le uniche persone che sanno dov'è sono il suo major domo, il suo valletto e i ragazzi."

"Oh? Non è alla casa grande? Pensavo che avesse un appartamento…"

"Sì. Ma non è là. E anche se ci fosse, nessuno può superare Gallet, Kyte e i ragazzi finché non lo consentirà Harry. E voglio proprio dire *nessuno*." Si scusò Jack. "Non il duca, non sua madre. E nemmeno io, in tutti gli anni da che lo conosco. Quel gruppetto di persone è leale fino all'inverosimile e potete minacciarli quanto volete, ma sono irremovibili. Mi ricorda la lealtà dei servitori di suo padre. Se avessero dovuto scegliere, avrebbero camminato sui carboni ardenti pur di non essere sleali con il loro padrone."

"Vorrei comunque mettere alla prova quest'affermazione. Mi portereste da Monsieur Gallet?"

"Certo, ma temo che non ne ricaverete niente. Dopo uno dei suoi attacchi, a Harry servono un paio di giorni per tornare in sé, e poi non lo vediamo finché…"

"Un paio di giorni?" Teddy era sbigottita. "Non ha… non abbiamo… un paio di giorni! Il matrimonio è dopodomani."

"Allora dovremo capire che cosa possiamo fare per assicurarci che possa partecipare alla cerimonia" dichiarò Lisa.

Quando sia Teddy sia Lisa lo guardarono ansiosamente, Jack alzò le mani, e si arrese. "Molto bene! Vi porterò da Gallet. Ma poi non ditemi che non vi avevo avvertito."

"Allora sarà meglio che prepari i carboni ardenti" disse fermamente Teddy. Non aveva idea di che cosa pensasse di poter fare Lisa o perché volesse avvicinare un uomo che l'aveva presa a male parole, ma il suo primo pensiero era il matrimonio. E se Lisa poteva riuscire a portare Harry in chiesa in tempo, allora era pronta a lasciar fare alla sua amica tutto ciò che serviva perché lui fosse di fianco a Jack. "In un modo o nell'altro, Gallet dirà a Lisa dov'è Harry, perché io ho intenzione di sposarmi, con o senza di te, sir John Cavendish!"

Jack non se la sentì di far notare alla sua amata che non poteva sposarsi senza che lui fosse presente. Invece fece ciò che gli si chiedeva e un'ora dopo lui e Lisa erano nel vestibolo di marmo dell'appartamento di lord Henri-Antoine nell'ala nord della casa grande. La faccia impassibile di Michel Gallet quando un servitore li accompagnò in salotto gli disse che tanto valeva mandare subito a prendere un secchio di carboni ardenti.

Era la prima volta che Lisa entrava nel palazzo del duca di Roxton. Fino a quel momento, tutti gli eventi si erano svolti all'aperto o a Crecy Hall e, se le cose non si fossero deteriorate alla partita di cricket, avrebbe cenato lì nella grande sala da pranzo. Ma il suo interesse per l'interno della casa avrebbe dovuto aspettare. Ciò che voleva sapere era dove si trovava Henri-Antoine, anche se aveva già un'idea di dove potesse essere, ma solo il major domo poteva confermarlo. Jack la condusse attraverso un labirinto di spaziosi corridoi di marmo, su per un ampio scalone ricurvo e lungo una galleria con il pavimento di legno e alle pareti troppi dipinti per contarli. La sua impressione generale da quel rapido assaggio dell'interno della casa grande fu di impareggiabile opulenza. L'esterno palladiano era mozzafiato, ma l'interno era quasi inimmaginabile.

L'appartamento di Henri-Antoine non era diverso. E quando un servitore li portò in un salotto arredato con velluto e seta cremisi furono ricevuti da un uomo vestito in totale contrasto con ciò che lo circondava, con un abito blu scuro, lo stesso uomo che, al dispensario Warner, aveva tentato di convincere Lisa a uscire per strada e andare nella carrozza di lord Henri-Antoine. Se fu sorpreso di vederla, non lo mostrò. Ma lei fu sorpresa di vederlo e disse in francese, prima che Jack avesse l'opportunità di chiedere di Harry: "Avete un gemello a Crecy Hall, vero?"

"Sì, *mademoiselle*. Mio fratello Marc, lui è il major domo di *Monsieur le Duc et Madame la Duchesse de Kinross*."

"E voi occupate la stessa posizione in casa di suo figlio. Comodo."

"Come?"

"Mi chiedevo chi avesse *Madame la Duchesse* per tenere d'occhio suo figlio e ora lo so. Siete voi, vero?"

"Non posso né confermare né negare ciò che dice *mademoiselle*. Ciò che vi posso dire è che come major domo di sua signoria, io lavoro per lui e nessun altro."

"Statemi a sentire, Gallet" si inserì Jack, ritenendo di dover contribuire, "miss Crisp ha bisogno di scambiare due parole con sua signoria. Quindi se foste tanto gentile da portarla da lui, ci leveremo dai piedi."

Michel Gallet si inchinò rispettosamente. "Mi dispiace dovervelo dire, signore, ma non è possibile."

"Non vi dispiace per niente. Non volete farlo e basta!"

"Come volete, signore" rispose Michel Gallet, senza cedere di un passo.

Lisa si frugò in tasca e ne tolse la mappa della tenuta che le era stata consegnata durante il viaggio in carrozza tra Alston e Treat. La mostrò al major domo, che la guardò un po' stupito, dando un'occhiata a Jack, che stava facendo la stessa cosa.

"Vorrei solo un attimo del vostro tempo, *Monsieur Gallet*. Ho studiato questa mappa, di modo che, se fossi andata a fare una passeggiata, avrei potuto farlo senza doverla consultare, anche se l'ho tenuta in tasca nel caso ne avessi avuto bisogno. E sapete che cosa mi ha sorpreso di più?"

Il major domo scosse la testa. "No, *mademoiselle*."

"È stata la quantità di capricci all'italiana e grotte artificiali a poca distanza dalla casa principale. Vedete quanti ce ne sono? Forse ce ne sono altri più lontano, ma solo su questa mappa ce ne sono otto. Non si può accedere a quello sull'isola dei Cigni, ma presumo che gli altri siano aperti per gli ospiti e i visitatori del parco?"

"Presumo di sì, *mademoiselle*" confermò Michel Gallet.

"Ero curiosa e ho chiesto al fratello di lady Mary, il signor Fitzstuart, se sapeva perché ce ne fossero così tanti, e lui mi ha informato che quelli a poca distanza erano stati tutti costruiti dal quinto duca. Ricordava quel particolare perché lui e suo fratello e sua sorella passavano qui le loro estati e questi piccoli edifici all'aperto erano…"

"Tutte le grandi case hanno capricci all'italiana e grotte artificiali. Alcune più di altre" la interruppe categoricamente il major domo. "Vi assicuro che non è il caso di meravigliarsi."

"Davvero?" disse Jack, di colpo attento perché per la prima volta da quando erano entrati nella stanza, Michel Gallet sembrava a disagio. Guardò Lisa. "Per favore, continuate, miss Crisp. Mi piacerebbe sentire che cosa aveva da dire il cugino Charles, perché ho passato qui la mia adolescenza, girando per tutta la tenuta con sua signoria e non c'è tempio, rudere o grotta che non abbiamo esplorato." Tossì, coprendosi la bocca. "Inclusa l'isola dei cigni."

"È stata la seconda cosa a cui ho pensato, studiando questa mappa, che voi, come amico di sua signoria, avreste conosciuto bene questi capricci e queste grotte" disse Lisa. "Il signor Fitzstuart mi ha detto che la costruzione di questi particolari capricci, quelli più vicini a casa, era cominciata quando il secondo figlio del quinto duca era un ragazzino ed era stata completata in pochi anni."

"La seconda cosa...? Ditemi, qual era la prima?" chiese Jack.

Lisa gli rispose tenendo gli occhi puntati sul major domo. "Che *Monsieur le Duc de Roxton* era un nobiluomo lungimirante e compassionevole e un padre molto amorevole..."

"È vero, miss Crisp. E avete capito tutto guardando una mappa?" le chiese Jack, sorpreso.

"Sì. Perché solo un padre amorevole che stava pensando ai bisogni di suo figlio avrebbe fatto costruire questi piccoli edifici nel parco in modo che fossero facilmente raggiungibili. Li fece situare di modo che suo figlio potesse lasciare la sicurezza della casa ed esplorare più lontano, sapendo che c'era sempre un posto in cui rifugiarsi, dove poteva sentirsi al sicuro, al riparo da occhi indiscreti. Non dubito che questi posti siano interessanti e che siano visitati dalla famiglia, dagli ospiti e dai visitatori. Sono un posto dove sedersi e riflettere sul paesaggio, prendersi un momento di pausa lontani dal sole e dal caldo, dalla pioggia e dal vento. Ma la loro funzione primaria era di offrire sempre un riparo sicuro per il secondo figlio del duca. Non è così, *Monsieur* Gallet?"

Jack guardava Lisa con qualcosa di simile allo sbalordimento. "Per Giove, miss Crisp! Mi avete aperto gli occhi. Non ci avevo mai pensato. Erano solo posti che Harry e io esploravamo. Vi abbiamo passato anche la notte, un paio di volte. Mi sento un idiota!"

Lisa sorrise. "Oh, non dovete sentirvi stupido, sir John. Come avete detto, voi siete vissuto qui per quasi tutta la vostra vita e quindi non avete mai dovuto prestarvi molta attenzione. Io, al contrario, che non sono mai stata qui, trovo tutto affascinante, e tutto richiede molta riflessione." Alzò la mappa. "E non avete una di queste, vero?"

"No. Allora?" disse Jack al major domo. "Che ne dite? La miss Crisp ha ragione, vero? Allora, in quale di queste costruzioni si è rintanato il vostro padrone?"

Lisa indicò un capriccio all'italiana segnato sulla mappa. "Se dovessi tirare a indovinare è questo, sir John. Il tempio di Veiovis. Il signor Fitzstuart mi dice che Veiovis è il dio romano della guarigione. E questo è il capriccio più vicino a dove si giocava la partita di cricket." Diede un'occhiata al major domo e poi tornò a guardare la mappa. "E il cartografo è stato tanto cortese di indicare che la grotta di Nettuno, che, così mi dice il signor Fitzstuart, è una piscina fa parte di questo tempio."

"È così" confermò Jack con un cenno della testa. "È alimentata dal lago. Non ci nuotavamo mai. Harry detestava quel posto perché uno dei primi trattamenti che aveva subito era essere tuffato in quella dannata cosa, come se essere immerso nell'acqua gelida potesse curarlo! Ha detto che era quasi annegato. Faccenda orribile."

"Mi portereste là?" chiese Lisa.

"Pensate che sia là, anche se vi ho appena detto…"

"Sì. Anche se odiava la piscina da ragazzo, e chi può biasimarlo, da adulto saprebbe che i bagni freddi sono considerati benefici nel trattamento di molte malattie."

"Ora che ci penso, di recente ha fatto costruire un capriccio con una piscina nei giardini della sua casa di Bath. Con una cascata e l'acqua pompata dal fiume. Pensavo fosse una delle sue stravaganti affettazioni."

"Come il suo bastone da passeggio con il pomolo incrostato di diamanti…? Inutile ma che aumenta la sua importanza? Ma avete mai pensato che forse il bastone da passeggio è altrettanto necessario della piscina?" Diede un'occhiata al major domo e vide che aveva tutta la sua attenzione.

"Il suo bastone?" Jack fece una smorfia. "E come, miss Crisp?"

"Oltre a essergli d'aiuto per restare in piedi nel caso in cui sia colto all'improvviso dai sintomi della sua malattia, lo usa per fare dei segnali, senza dover dire una parola, ai suoi guardaspalle, i suoi ragazzi, come li chiama lui, e a voi, *Monsieur* Gallet, quando ha bisogno di assistenza immediata. Non è così?"

"Perbacco. Lo conoscete bene!" esclamò Jack con ammirazione. Si rivolse al major domo: "Allora, Gallet, se non porterete voi miss Crisp da sua signoria, lo farò io."

"Devo farvi notare che non c'è garanzia che sua signoria riceva miss Crisp. O che i ragazzi le permettano di entrare."

"Ce ne preoccuperemo quando saremo là, vero?"

Michel Gallet era immobile come una statua, e Lisa trattenne il fiato, sperando sinceramente che la sua intuizione non l'avesse tradita. Ma ciò che non poteva sapere era che il major domo era dell'opinione che se c'era una persona che il suo padrone avrebbe accettato di vedere, era la ragazza davanti a lui. La prima volta che aveva visitato il dispensario Warner con il suo padrone, si era chiesto che diavolo era venuto in mente a sua signoria per voler visitare un simile posto infernale, e poi era apparsa lei, seduta nell'angolo con il suo scrittoio, circondata dai poveri mal lavati, vestiti di stracci e malati, un raggio di sole in un'esistenza altrimenti tetra. E non era per il fatto di essere bella da mozzare il fiato, anche se lo era, perché aveva visto bellezze da sogno al braccio del suo padrone, lì in Inghilterra e sul continente. Era che la bellezza di miss Crisp irradiava da dentro, ed era la forma di bellezza più rara di tutte, per quanto lo riguardava. E quindi, anche se sembrarono minuti, passarono solo pochi secondi prima che Lisa potesse riprendere a respirare quando il major domo annuì, d'accordo.

"Ma porterò solo miss Crisp, sir John."

Jack si allontanò di qualche passo dal major domo, facendo segno a Lisa di seguirlo. E quando lei fu davanti a lui, le disse a bassa voce: "Se andate al capriccio senza la mia protezione e si scopre che ci siete andata da sola, non potrò proteggervi dai pettegolezzi… o da Harry. Lo dico con il più profondo rispetto per voi, e per lui."

"Lo so. E sono profondamente commossa per la vostra preoccupazione per me, ma dovete aver capito, voi soprattutto che siete il miglior amico di Henri-Antoine, dovete aver capito i nostri sentimenti reciproci."

"Adesso lo so" rispose Jack, sbottando in una risata, le guance che si arrossavano, toccandosi cautamente il labbro. "Ciò che non so è che cosa riserva il futuro a voi due. Ciò che io desidero potrebbe non avverarsi mai, perché Harry…"

"… è il fratello del duca di Roxton e il figlio di un duca." Lisa sorrise. "Non preoccupatevi, sir John. Posso essere giovane ma anche se non ho il cuore di pietra, ho la testa dura. So che ci saranno delle conseguenze, seguendo il mio cuore e lo accetto."

"Comunque, Teddy e io non vi abbandoneremo mai. Ricordatelo."

Lisa gli baciò impulsivamente la guancia. "Grazie. Siete il più gentile degli uomini e capisco perché Teddy vi ami. Ora dovete tornare da lei ma, per favore, non ditele niente per ora. Se dovrò perdere la sua stima, lasciate che sia dopo che sarete sposati."

"Molto bene" accettò Jack, aggiungendo enigmaticamente sottovoce: "Non sarà un precipizio, ma un capriccio all'italiana andrà bene lo stesso."

"Ve l'ho detto, domani. Andate via!"

Era stata la luce improvvisa nella stanza altrimenti buia che lo aveva svegliato. Nel suo stato di dormiveglia era vagamente conscio dell'andirivieni al piano inferiore e gli dava uno strano senso di conforto. I ragazzi gli portavano da mangiare e acqua pulita da bere, legna per la fornace, pulivano quel posto, e svuotavano ciò che doveva essere svuotato. E quando non stavano facendo qualcosa, Kyte andava e veniva, portando via i vestiti e sostituendoli con quelli puliti, ed era un bene perché era rimasto con la sola camicia addosso. Ma dato che era rannicchiato a letto non gli serviva altro.

Ma nonostante l'andirivieni sotto di lui, nessuno entrava nella stanza che usava come camera. Il capriccio era una rotonda su due piani e c'erano finestre tutto intorno, con una porta a due battenti che dava su uno stretto balcone. Da alcune finestre si vedeva la foresta e altre invece permettevano di godere del panorama dei curatissimi giardini. Il suo grande letto a baldacchino era al centro, sotto il tetto a cupola. Tutte le finestre avevano le tende tirate per oscurare la stanza, ma qualcuno aveva scoperto una delle finestre e anche alzato il vetro per far entrare l'aria fresca.

Non riusciva a pensare a un motivo per cui i servitori gli avessero disobbedito e lo avessero disturbato, a meno che ci fosse stata una morte in famiglia. E fu quel pensiero allarmante che lo fece rotolare sulla schiena. Non voltò la testa sul cuscino verso la finestra scoperta, la luce era troppo intensa, ma sbatté gli occhi verso il soffitto a cupola dipinto come se fosse un cielo notturno pieno di stelle scintillanti. Alzò di qualche centimetro una mano dal copriletto, il segnale che l'intruso aveva il permesso di parlare.

Quando il silenzio si prolungò, Henri-Antoine socchiuse gli occhi verso la luce, trasalendo per via del livido intorno all'occhio sinistro. Era sicuro di avere la febbre. C'era il profilo di una donna. Sbatté gli occhi. Stava sicuramente avendo un'allucinazione, ma forse l'apparizione era un essere ragionevole.

"La luce fa male... Tirate la tenda... Meglio. Adesso andate."

Si tirò il lenzuolo sopra la testa, voltò la schiena e chiuse gli occhi.

Lisa si avvicinò al letto.

"Aspetterò dabbasso. Ma non me ne andrò."

Ci fu un'attività frenetica sotto il lenzuolo e poi uscì una mano. "No! No!"

"Non aspettate dabbasso o non andate via?"

"Non... non andate via..." La mano picchiettò il copriletto. "Restate."

Lisa si sedette sul bordo del materasso e gli prese la mano. Fu sorpresa di quanto fosse fredda al tocco. Già, ma non c'era un camino e con le finestre schermate, non c'era niente che riscaldasse la stanza. Era una magnifica giornata di sole, fuori, quasi troppo calda, ma quella rotonda era nascosta in mezzo ai cespugli, sul margine di un boschetto e quindi riceveva ben poco sole diretto.

Si guardò attorno, cercando un'altra coperta, ma non ne vide nessuna accanto al letto. Quindi fece per alzarsi per andare a cercarla, ma le dita di Henri-Antoine si strinsero sulle sue.

"Restate."

"È quello che ho intenzione di fare. Ma avete freddo e avete bisogno di altre coperte. Ci potrebbe essere qualcosa al piano di sotto..."

"No" fu la risposta soffocata. Henri-Antoine abbassò lentamente il lenzuolo fino al mento e la guardò con gli occhi socchiusi. "Non ho bisogno... ho solo bisogno... ho solo bisogno di voi e di dormire."

Lisa strinse le labbra, sopraffatta dalla sua ammissione, e annuì, stringendogli la mano prima di lasciarla andare. La mano scomparve sotto il lenzuolo e Henri-Antoine si voltò sul fianco e si risistemò. Senza pensarci due volte, Lisa salì sul letto e si sdraiò sopra il copriletto accanto a lui. Si spostò fino ad essere premuta contro la sua schiena, sprimacciò il cuscino e si sdraiò di nuovo. E con una mano sulla sua spalla, il volto premuto sul suo collo e il corpo che circondava quello di Henri-Antoine, che era avvoltolato dalla testa ai piedi nel lenzuolo, Lisa chiuse gli occhi. Restò lì a lungo, soddisfatta e felice, prima di scivolare in un sonno profondo.

Quando si svegliò erano passate parecchie ore. Se Henri-Antoine si era mosso in qualche modo, non l'aveva disturbata. Dato che la notte prima non aveva quasi dormito, Lisa non fu sorpresa di non aver avuto difficoltà ad addormentarsi accanto a lui. Henri-Antoine era ancora avvoltolato nel lenzuolo, che però non gli copriva più la testa. Aveva tirato fuori un braccio, sopra il copriletto, e i suoi capelli neri, lunghi fino alle spalle, ricadevano disordinati sul cuscino. Lisa si alzò su un gomito per dare un'occhiata e vedere se stava ancora dormendo e fu sorpresa, non dalla barba scura sul mento e le guance, ma dal livido intorno all'occhio e il taglio sul labbro, che non era gonfio come si era aspettata.

Si sdraiò di nuovo e rabbrividì, rendendosi conto di avere freddo e che era colpa sua per aver lasciato socchiusa la finestra. Fece per alzarsi e andare a chiuderla, quando il suo movimento lo svegliò.

"Mettetevi sotto le coperte" disse Henri-Antoine con voce assonnata. "Staremo entrambi al caldo." Quando lei esitò un po' troppo a lungo, Henri-Antoine si svegliò abbastanza da voltare la testa e dirle: "Non sono in condizioni tali da potervi sedurre. Sono debole... e... quando faremo l'amore, voglio... voglio essere al meglio... per voi...

Dovrei avvertirvi… indosso solo la camicia… E lo scoprirete abbastanza presto: ho le ginocchia ossute e le gambe pelose."

Lisa sorrise e arrossì ma, prima di togliersi gli stivaletti, andò in fretta a chiudere la finestra. Risistemò lenzuola e coperte con le sole calze ai piedi, in modo da poter scivolare sotto. E con il corpo di Henri-Antoine non più intrappolato dal lenzuolo, era acutamente conscia della sua figura. Si premette cautamente contro la sua schiena, si rannicchiò e poco dopo le loro gambe erano confortevolmente intrecciate.

Henri-Antoine sembrò essersi addormentato di nuovo perché rimase a lungo in silenzio, poi disse: "Devo riposare, altrimenti il mal di testa persiste."

"Allora riposate."

"Non andrete via…?"

"No."

"Non è… Non è il gran giorno di Jack, vero?"

"No. Il matrimonio è dopodomani."

"Pensavo…" Sospirò. "Bene. Non voglio perderlo."

"Nemmeno lui vuole che lo manchiate."

"Mi perdona?"

"Sì."

"È un caro uomo."

"Sì. Come voi."

"Io no" borbottò Henri-Antoine. Si tirò il braccio di Lisa sopra il corpo, per farla avvicinare e trovare un ancoraggio. "Sono una canaglia e uno stupido arrogante… Sono ancora furioso con voi."

Lisa soffocò un sorriso contro la sua schiena, temendo di ridacchiare. Ma non poté nascondere il riso nella voce.

"Sì, ho visto quanto eravate furioso con me quando avete pungolato Jack perché vi picchiasse."

"Non vi importa, vero?"

"Che abbiate provocato Jack per farvi colpire e che lo abbiate colpito a vostra volta? Certo che mi importa!"

"Non quello, *strega*. Non vi importa che sia furioso con voi."

"Nemmeno un po'."

"Ho cercato di avvertirvi."

Lisa gli appoggiò la guancia tra le scapole.

"Sì. Grazie."

Ci fu un lungo silenzio prima che Henri-Antoine dicesse: "Mi dispiace… mi dispiace per tutto… Per quello che ho detto… Non lo pensavo. È stato spregevole… io sono spregevole… Restare con me sarà la vostra rovina."

"Sono già rovinata, milord."

A quella dichiarazione, Henri-Antoine scompaginò entrambi voltandosi per guardarla in faccia e chiedendole che si spiegasse. La risposta di Lisa fu di sorridergli e chiedersi com'era possibile che anche con la barba lunga e in disordine, con un occhio nero e un cipiglio minaccioso, fosse ancora l'uomo più bello che avesse mai visto. Poteva essere prepotente, arrogante, intransigente e, spesso, imperscrutabile, ma aveva scoperto che era generoso, compassionevole, leale e amorevole, e, tutto considerato, la persona più complessa che avesse mai conosciuto, e lei lo amava. Era sicurissima di essersi innamorata di lui fin dal loro primo incontro. Credeva nel fato e glielo aveva detto. Credeva anche che fosse giusto essere sinceri, quindi arrivò direttamente al punto e lo disse, e perché no? Era lì con lui. Aveva accettato di essere la sua amante, e non vedeva l'ora di condividere con lui una casa, e un letto.

"Perché vi amo."

Henri-Antoine chiuse gli occhi e voltò la testa sul cuscino per guardare senza vederle le stelle che punteggiavano il soffitto, prendendosi pochi, preziosi secondi per bearsi di quella dichiarazione. E scoprì di sentirsi improvvisamente inebriato, come quando l'aveva baciata sotto la quercia. Era talmente sopraffatto dalla felicità che sorrise. Ma il suo sorriso fece accigliare Lisa che si appoggiò su un gomito per fissarlo.

"Chiedo scusa se ho detto qualcosa che vi fa sorridere come un idiota" reagì Lisa con un broncio, fingendo di essere offesa. "Se è così che sua signoria risponde a una dichiarazione d'amore, allora forse Jack non vi ha colpito abbastanza forte da farvi entrare un po' di buon senso in testa, come avevo sperato!"

Henri-Antoine ridacchiò, poi tornò alla sua lingua madre e disse in francese: "Ma siete *voi* la sciocca, la mia bella stupidina. Confessate di amare un uomo che cerca di farsi picchiare dal suo migliore amico, per provare a voi che è l'ultimo uomo con il quale dovreste passare la vostra vita. E lo fate quando è debole come un gattino appena nato e non c'è con la testa, e quindi non può rispondere come vi meritereste... Il suo più grande desiderio è dimostrarvi che vi desidera, corpo e anima... e vi meravigliate che stia sorridendo come un buffone di corte?"

"Se vi aspettate che mi senta dispiaciuta per la vostra situazione..."

"Oh no! A me dispiace per voi!"

Lisa trattenne il fiato per un attimo, poi scoppiò a ridere con lui. E quando gli sorrise, guardandolo negli occhi, Henri-Antoine le prese gentilmente il volto tra le lunghe dita per tirarla vicina e la baciò teneramente.

"Mi avete reso molto felice, Lisa Crisp."

"E questo rende felice me."

Si accoccolarono di nuovo, questa volta con le braccia di Henri-Antoine intorno a Lisa che aveva la testa appoggiata sul suo petto, contenta di restare ferma e in silenzio e abbastanza a lungo che scivolarono in uno stato tra il sonno e la veglia. Quando Henri-Antoine parlò, Lisa si chiese se non si fossero veramente addormentati.

"Voglio restare qui, con voi, per sempre."

"Allora diventeremmo un'annotazione su una di quelle guide sulle grandi tenute..."

"Guide? Sulle grandi tenute? Esistono cose simili?"

"Altrimenti come farebbero le persone normali a sapere come vivono gli aristocratici?"

"Non ne avevo idea."

"È perché voi vivete in una di quelle..."

"In una guida?"

"Sì."

"Perché dovremmo essere rappresentati in un libro così avvincente?"

"Perché se restassimo qui per sempre, prima o poi moriremmo..."

"Come siete morbosa."

"Avevate detto per sempre."

"Vero."

"E quindi se restassimo qui per sempre, prima o poi scoprirebbero i nostri scheletri, sdraiati insieme come adesso. E una scoperta simile sarebbe degna di un'annotazione in ogni guida. Probabilmente come una sorta di ammonimento sugli amanti o, nel nostro caso, futuri amanti, che non è mai saggio restare a letto per sempre..."

"Non è saggio? Oh no! Chi vuole essere saggio quando potrei restare a letto con voi?"

Lisa sospirò, sorrise e gli baciò il petto. Poi divenne improvvisamente pensierosa. Forse era stata la menzione della morte, di morire. Voleva sapere del padre di Henri-Antoine. Era qualcosa che aveva detto, e poi fatto, quando si era occupata di lui a casa di lord Westby. Era rimasto inespresso tra di loro, ma stava pensando che forse ora avrebbe potuto parlarne, e di suo padre, l'illustre quinto duca.

"Quando eravate ammalato, da bambino, era vostro padre che si occupava di voi, perché a casa di lord Westby voi..."

"Sì. Ho passato buona parte della mia infanzia a riprendermi su una *dormeuse* nelle biblioteche di mio padre..."

"Biblioteche?"

"Qui, a Londra, a Parigi. Più che altro qui."

"E lui vi accarezzava i capelli..."

"Qualunque cosa stesse facendo, lasciava tutto per sedersi con me dopo uno dei miei attacchi... Mi raccontava storie della sua gioventù... La sua voce mi calmava... La sento ancora nella mia testa... Aveva questo modo di parlare... era irresistibile. Lui era irresistibile. E la sua voce... Difficile da descrivere, ma se la sentivate, non potevate dimenticarla..."

"Come la vostra voce."

"La mia? Indimenticabile?"

"No..."

"No? Ma avete appena detto..."

"La vostra voce è-è... magnifica."

Henri-Antoine sorrise. "Magnifica?"

"Lo sapete! E ve l'ho già detto. Non ricordate? Quando siete venuto a Gerrard Street e mi avete regalato il mio stupendo scrittoio. Dissi che avrei potuto ascoltarvi parlare per ore e ore, in qualunque lingua aveste scelto." Sorrise maliziosa. "E Becky è d'accordo con me. In effetti è stata lei la prima a menzionare la cioccolata calda..."

"Cioccolata calda?"

"La vostra voce. È quello che sembra. La vostra voce è come il sapore della cioccolata calda: liscia e deliziosa e-e solo un pochino peccaminosa."

"Cioccolata calda? Peccaminosa?"

Henri-Antoine ridacchiò e poi si tirò il cuscino sulla faccia e lo tenne lì. Lisa si chiese che cosa stesse succedendo finché non sentì il corpo di Henri-Antoine sussultare, e capì che si stava scuotendo per le risate. Gli tolse il cuscino dal viso e lui sbatté gli occhi guardandola, mentre lei lo fissava torva, arrossendo.

"Non stavo esagerando" disse con sincerità. "Né stavo cercando di-di adularvi."

"Il cielo non voglia!" Henri-Antoine fece una smorfia per la fitta di dolore dietro gli occhi e le tolse il cuscino dalle dita, ma prima di rimettterselo dietro la testa, le disse: "Stavo ridendo per la felicità, *strega*. Mi fate felice. Smettetela!"

Lisa sorrise e poi si sistemarono entrambi nel letto e restarono in silenzio. Poi Henri-Antoine la sorprese confessando: "Quando mi accarezzavate i capelli da Westby ho pensato... Per un momento ho creduto che fosse mio padre..."

"*Ne vous arrêtez pas, mon cher papa. Dites moi encore...*"

"È quello che ho detto: 'Non fermatevi, caro papà. Raccontatemi ancora...'?"

"Sì e ora capisco perché."

"Piagnucolavo come un bambino!"

"Perché vi eravate reso conto che non ero lui. I sentimenti non sono una cosa di cui vergognarsi. Amavate moltissimo vostro padre. È naturale che lo piangiate ancora... Ed eravate giovane quand'è morto, vero?"

"Si era ammalato appena dopo il mio nono compleanno. Avevo dodici anni quand'è morto. Pensavo... da ragazzo pensavo... pensavo di averlo contagiato con la mia malattia."

"Oh no! Spero che vostra madre, vostro fratello, i suoi medici, vi abbiano assicurato che non era così."

"Non l'avevo detto a nessuno... Ma perché non pensarlo? Molti medici, che i miei genitori avevano consultato riguardo alla mia malattia, il medico personale di mio padre, in effetti... tutti li avevano avvertiti che il mal caduco è contagioso."

"Stupidaggini! Se fosse stato così, tutta la vostra famiglia, i vostri servitori l'avrebbero preso e ne avrebbero sofferto. E nessun altro della vostra famiglia ne soffre, vero?"

"No."

"Quindi non ho niente da aggiungere! Oh, eccetto il padre di vostra madre. Ma non l'avete preso da lui perché era già morto molto prima che nasceste."

"Ah, ma finché non sarà dimostrato il contrario, ci sono medici che continueranno a credere che siamo infettivi e a chiedere che siamo allontanati dalla società."

"E ci sono anche medici che pensano che sia una manifestazione di malvagità, un segno di follia. Lo so, perché il dottor Warner me ne aveva parlato durante una delle sue filippiche mattutine, a colazione. È recisamente contrario all'asserzione che il mal caduco sia contagioso, o che sia un indizio di malvagità..."

"Ed è il motivo per cui sovvenzionerò le sue ricerche e la sua scuola di anatomia."

"... ma non scarta la teoria che al culmine di una crisi, chi ne soffre stia avendo un momento di follia."

"Potrebbe essere la verità. Non lo so. Non ho ricordi." Voltò la testa sul cuscino per guardare Lisa. "E poiché non lo so, chi può dire che dentro la mia testa non ci sia un mostro..."

"Non vi permetterò di crederlo!" disse fieramente Lisa e lo baciò per impedirgli di continuare a parlare. Sorrise quando lo vide trasalire. "Perdonatemi. Avevo dimenticato il labbro spaccato. Ma visto che ve la siete voluta, provo ben poca compassione. Ma per il ragazzino, sì, per lui provo moltissima compassione. La morte di un genitore, in particolare di un genitore molto amato com'era vostro padre, è un'esperienza straziante. Anche se la morte di mio padre è stata, in fondo, una benedizione. Potrà avermi lasciata orfana, ma non dovevo più sopportare la sua ubriachezza. Preferivo l'ospizio dei poveri al dover vivere con lui."

"Mi sono sempre chiesto" rifletté Henri-Antoine, scherzando solo a metà, "se essere mandati in un ospizio sia come essere mandati a Eton..."

"Una scuola per i figli della nobiltà come un ospizio?" Lisa era esterrefatta. "Se è quello che pensate, allora vivete in una favola! Non avete idea di come sia la vita in un ospizio per poveri."

"No. È vero. Ma voi, mia dolce ragazza, non avete idea di che cosa sia la vita a Eton. Un posto brutale. Pieno di prepotenti. I ragazzi rinchiusi insieme in posti simili sono dei piccoli mostri... Per questo ragazzino, che si riteneva un mostro, poi... ero spaventato a morte. Non importava che fossi seguito costantemente da un medico; veniva maltrattato anche lui. Se non fosse stato per Jack non sarei sopravvissuto. Durai qualche mese, poi mio padre venne in mio soccorso. L'esperimento che avrebbe dovuto dimostrare che ero come ogni altro ragazzo della mia età fu un miserabile fallimento."

"Non riesco a immaginare che siate mai stato come ogni altro ragazzo, e non mi sto riferendo alla vostra malattia. Proprio come non siete come gli altri uomini, in particolare non come i vostri pari. Quale altro nobiluomo pensa agli ospizi e ai dispensari per i poveri e a come far avanzare la scienza medica, o sponsorizza interamente una fondazione che sostiene questo lavoro e offre borse di studio agli studenti poveri ma brillanti..."

"*Il valore di una grande eredità non si misura per come viene mantenuta, ma per come viene spesa.* Parole sagge che mio padre mi lasciò in una lettera quando venni in possesso della mia eredità, il giorno del mio ventunesimo compleanno... Ho un mal di testa martellante. Ora devo dormire. Mentre dormo, riflettete se desiderate veramente passare la vostra vita con un uomo che sarà per sempre debilitato. Quando mi sveglierò e voi non ci sarete, accetterò la vostra decisione. Non cercherò Jack per dargli un pugno sul naso. Se resterete... non sarà possibile tornare indietro, per nessuno dei due."

VENTITRE

Era tardo pomeriggio quando scese al piano di sotto. Trovò il piccolo tavolo accanto a una delle finestre apparecchiato per la cena. Le portefinestre erano spalancate e appena oltre, dove un sentiero si divideva, andando a destra e a sinistra, i ragazzi erano seduti su degli sgabelli all'ombra, e giocavano a carte. Si voltò a guardare il tavolo. Era apparecchiato per due. Gli fece sperare che Lisa avesse deciso di restare. Ma non era nella rotonda, che aveva solo quella stanza e quella di sopra, nessun posto per nascondersi, se stava veramente giocando con lui. C'era solo un altro posto dove poteva essere e il fatto che i ragazzi si fossero messi alla biforcazione del sentiero, per fermare eventuali intrusi, gli diede la risposta.

Si tolse i capelli dagli occhi e uscì, vestito con la sola camicia, le gambe nude. I ragazzi continuarono la loro partita a carte come se non ci fosse. Dopo tutto erano ombre, e lui doveva interagire con loro solo raramente. Eppure questa volta si avvicinò direttamente a loro, facendoli balzare immediatamente in piedi. Ma lui indicò loro di sedersi e chiese: "Avete tenuto accesa la fornace?"

"Sì, milord. L'acqua dovrebbe essere già meno fredda."

Henri-Antoine annuì e indugiò. Per la prima volta in vita sua si sentiva a disagio, senza sapere che cosa dire ai suoi ragazzi, proprio loro, che erano stati dappertutto con lui e che conoscevano intimamente le sue abitudini. Niente di tutto ciò lo aveva mai disturbato in passato. Adesso sì, per via di Lisa. Quindi fu un sollievo quando uno di loro disse tranquillamente: "Il signor Gallet arriverà presto con la cena. Ma dovevamo mandare vostra signoria alla grotta, se pensavamo ci fosse tempo."

"E c'è tempo?"

I ragazzi si scambiarono un'occhiata e poi guardarono Henri-Antoine e annuirono. Fu solo quando lui si avviò per il sentiero che serpeggiava attraverso il boschetto, verso la grotta di Nettuno che osarono sorridere alle sue spalle. Poi tornarono alla loro partita a carte.

VIDE I VESTITI ABBANDONATI PRIMA DI VEDERE LEI. OGNI indumento era piegato ordinatamente e il mucchietto piazzato alla base della statua di marmo bianco di una ninfa marina. Era una delle figlie di Nettuno, seduta sul bordo della piscina con una brocca che versava l'acqua dal beccuccio dentro la vasca. Lisa era parzialmente nascosta alla vista da quella statua, immersa fino al mento e si teneva al bordo di pietra con una mano. Non era sicuro se fosse stata la modestia a spingerla a nascondersi, o se stesse giocando a nascondino. Oppure se si fosse veramente resa conto che lui l'aveva vista. Sospettava di no. E se fosse stata una qualsiasi altra donna che si era portato a letto, si sarebbe spogliato e sarebbe saltato direttamente nell'acqua, senza pensarci due volte.

Si stava chiedendo quanto dell'anatomia maschile avesse potuto vedere al dispensario, se mai ne aveva avuto l'occasione. Sapeva che in qualunque situazione medica lei non sarebbe stata pudica o schizzinosa. Ma coi pazienti. E poi ricordò che i ragazzi avevano detto che avrebbero dovuto mandarlo alla grotta. Quindi lo stava aspettando ed era lì, dentro la piscina, nuda. Quindi c'era una sola cosa che poteva fare.

Salì sul bordo di pietra dove c'erano tre gradini che scendevano in acqua, agitò le dita dei piedi, si tolse la camicia bianca passandola dalla testa e la lasciò cadere accanto ai vestiti di Lisa. Nudo, contò mentalmente fino a cinque, in modo che se anche lei avesse sbattuto gli occhi per la sorpresa, non avrebbe comunque potuto fare a meno di vederlo in tutta la sua gloria, anche se in quel momento i suoi occhi erano chiusi stretti alla vista del suo primo nudo maschile frontale. Almeno la sua reazione non era stata di gridare, ridere o ridacchiare. Sperava che adesso avesse gli occhi ben aperti. Che ciò che stava facendo era dargli una bella occhiata, dai capelli scomposti fino alle dita dei piedi e che si fosse soffermata a metà, specialmente su tutto ciò che c'era in mezzo. Era abbastanza arrogante da sperare che il suo fosse il primo corpo maschile che vedeva nudo, e abbastanza presuntuoso da sapere di avere un fisico mirabile. Le precedenti amanti avevano alimentato la sua vanità ma, essendo un membro del Burke, aveva visto abbastanza altri membri, in tutti i sensi del termine, da essere a proprio agio nella sua pelle. Eppure, sapendo che Lisa lo stava guardando, i suoi amori passati, il Burke e la sua presunzione divennero insignificanti; era lei tutto ciò che importava.

E proprio mentre stava per entrare in acqua, Lisa uscì lentamente da dietro la statua e venne verso di lui. E quando fu davanti a lui, salì sul primo gradino e si alzò in piedi. L'acqua le arrivava all'ombelico e le lunghe ciocche bagnate dei suoi capelli lunghi fino alle cosce fluttuavano dietro di lei, incollate alle sue curve snelle come lunghi viticci di alghe, unico stuzzicante schermo alla sua nudità. Era la personificazione vivente della Venere del Botticelli e la sua bellezza lo lasciò senza fiato. E quando lei sorrise timidamente e gli tese la mano, invitandolo, Henri-Antoine non esitò a raggiungerla.

I RAGAZZI RESTARONO VIGILI PER IL RESTO DELLA GIORNATA E quella seguente, mentre Lisa e Henri-Antoine dividevano il loro tempo tra la rotonda e la piscina, accertandosi che il tempo che la coppia stava passando insieme restasse indisturbato da altri. E c'era chi cercava di invaderlo. In parecchie occasioni, ospiti della casa grande, a piedi o a cavallo, furono attirati in quella parte del parco dal fumo che usciva dal comignolo della fornace. Era come se il pennacchio biancastro che si alzava nell'azzurro del cielo li richiamasse, un segnale di invito, proprio come il calore di un camino in una notte gelida.

Gli ospiti che speravano di visitare la rotonda del tempio di Veiovis, per vedere il panorama dal primo piano, o per osservare come la fornace scaldasse l'acqua della piscina fino alla temperatura di un bagno, erano categorici nel dire che avevano il permesso del duca in persona di andare dove volevano. E ciò che volevano era vedere l'interno di quel particolare capriccio all'italiana, e visitare la grotta di Nettuno. Una coppia arrivò a dire che era una necessità medica potersi bagnare nelle acque calde della piscina. L'acqua del lago era troppo fredda, nonostante fosse una torrida giornata estiva e il fatto che tutti, ma proprio tutti, gli uomini, stessero facendo il bagno accanto alla rimessa delle barche. La coppia non voleva accettare un no come risposta. Fu loro educatamente suggerito di ritirarsi nella casa grande e trovare un bagno per quello scopo. Se ne andarono con riluttanza e con la minaccia di riferirlo a Sua Grazia.

E per un bisogno urgente di usare i servizi? C'era un gabinetto proprio appena dopo la rotonda, prima della piscina, nascosto dai cespugli. Era una delle piccole casette di legno adibite allo scopo sparse in tutta la tenuta per la comodità degli ospiti e della famiglia. I ragazzi non si lasciarono convincere, arrivando addirittura a suggerire che uno delle migliaia di alberi nella proprietà sarebbe stato un eccellente sostituto, dove il gentiluomo poteva trovare immediato sollievo. Ma non lì, non quegli alberi, non quella latrina.

I ragazzi si rifiutarono di lasciarsi impressionare dalle preghiere, dalla minaccia di essere perseguiti e perfino dalla minaccia di violenza. Che era ridicola, vista la loro stazza e le dimensioni dei muscoli nelle loro braccia e gambe. Ognuno dei quattro sembrava avere la forza di sollevare una portantina con il suo occupante, da solo, e senza alcuno sforzo.

E poi arrivò a cavallo un gruppetto di giovani gentiluomini e dame che non si lasciarono persuadere ad andarsene. Legarono le loro cavalcature, decisi a vedere la rotonda e a dare un'occhiata alla grotta di Nettuno, anche se solo per intingere un dito nelle sue acque calde. E quando fu loro educatamente ma fermamente chiesto di andarsene, protestarono, pavoneggiandosi davanti ai ragazzi, evocando i loro antenati, il loro lignaggio, i legami con tutti i personaggi politicamente potenti del regno. I ragazzi non dissero una parola, ma restarono irremovibili.

E mentre i ragazzi venivano provocati e quindi distratti da quel nobile gruppetto, tre di loro andarono di nascosto dall'altra parte della rotonda, attraverso i cespugli, dietro la latrina. E tenendosi bassi e muovendosi senza fare rumore, attraversarono il boschetto e il pendio che li portò sotto il livello del capriccio, per emergere indenni direttamente sul sentiero che conduceva all'entrata della fornace, che era proprio sotto la piscina.

Qui i tre si congratularono tra di loro per essere riusciti a superare i monoliti di Henri-Antoine, per trovarsi esattamente dove speravano di essere.

"Sentito?!" sibilò Bully Knatchbull. "Lo sapevo! C'è qualcuno che sguazza in quella piscina!"

C'era in effetti il rumore di acqua che schizzava, e risate, seguiti da strilli femminili, altre risate e spruzzi.

"Non qualcuno, Bully. Harry. È Harry con qualcuno" ribatté Seb Westby con un sogghigno compiaciuto. "Non può essere nessun altro. Non va da nessuna parte senza quegli orsi dietro di lui."

"Era lo stesso quando eravamo all'estero" confermò Bully. "Ma là diceva che erano per la nostra protezione, dagli stranieri e simili. E adesso che ci penso, avevano il loro scopo. Ci sono state una o due volte in cui lo hanno preso e portato a casa. Jack diceva che Harry era ubriaco. Successe di nuovo a Roma. Non sopporta i liquori, Harry, non Jack. Ma qui... perché ha bisogno di quegli orsi a Treat? Non è probabile che un inglese lo aggredisca, no?" Fece un verso. "Oh, eccetto Jack! Ahahahah..."

"Dimentica quei dannati orsi e concentrati sulla faccenda in questione, Bully!"

"Non capisco perché non voglia che la fratellanza Batoni condivida con lui il divertimento di sguazzare in quella piscina. Sembra solo giusto in una giornata calda."

"Ti abbiamo detto il perché, Randal" rispose sua sorella Violet, esasperata almeno quanto Westby, sbuffando. "È con una donna. E dopo ciò che è successo alla partita di cricket, sappiamo tutti il suo nome..."

"... e il tuo! Ti ha chiamato cagna, Vi" disse languidamente Westby, alzando le sopracciglia. "È peggio che se ti avesse chiamato puttana... O ti detesta più di quanto pensassi, oppure i suoi sentimenti per la povera sono più forti di quanto avessi supposto all'inizio..."

"Quello che pensi tu non è rilevante, Seb! Harry non può andarsene in giro a chiamare così mia sorella e farla franca. E nemmeno tu..."

"Non l'ho chiamata io così. È stato lui."

"Ed è il motivo per cui siamo qui, Randal" spiegò Violet. Fece il broncio e sbatté gli occhi tristi a suo fratello, facendo sbuffare Westby davanti allo spettacolo e disse: "Vuoi che si scusi per ciò che mi ha detto, vero? Dovrebbe pagare, non è così? Non puoi permettergli di passarla liscia per avermi chiamato con un nome così orribile."

"Certo che no, Vi. Ma... Aspetta! Non mi piace spiare un tizio quando è occupato con una donna. Mancanza di stile. Preferirei andare diritto da lui e colpirlo con un guanto e chiedere soddisfazione..."

"Siamo negli anni ottanta, Bully. Non nei maledetti quaranta!" ribatté Westby. "Harry può sembrare un dandy con i suoi vestiti fiorati e i suoi bastoni con il pomolo di diamanti e i suoi maledetti orsi, ma ti ucciderebbe in un duello. Guarda che cos'ha fatto alla faccia di Jack con i suoi pugni! Ora, a meno che tu voglia alzare i pugni..."

"E rovinare questo bel naso?" disse Bully con un sogghigno. "Per niente al mondo!" Quando sua sorella ansimò davanti alla sua codardia, aggiunse minaccioso: "Comunque, la pagherà per ciò che ha detto."

"Quindi faremo a modo mio" ordinò Westby. "Avremo la prova, faccia a faccia, che la donna che è con lui è la povera orfana e poi lasciate il resto a me." Guardò Violet: "Prometto che avrete la vostra vendetta prima della fine del ballo, su di lui e su di lei, e l'avrò anch'io."

"Intendi dire che lo costringerai a chiedere scusa a Violet per quello che ha detto, vero, Seb?" chiese Bully, innervosito dalla parola *vendetta*, che non gli piaceva per niente. "E io non voglio che succeda niente di male a quella ragazza. Sembra una brava persona, anche se tu dici che lei è una-una sgualdrina."

"È una puttana, Randal."

"Ma non ne hai le prove, Vi" ribatté Bully.

"Tua sorella era a scuola con l'orfana. La ragazza è povera in canna. Se ha un po' di cervello, cosa che mi dicono abbia, perché non dovrebbe approfittare al massimo di questa visita? È la sua unica chance di accaparrarsi un amante con una dotazione come quella di Harry."

"Già e non ce n'è di più grandi della sua."

"Eh? E tu come fai a saperlo, Vi?" chiese Bully, arrossendo. "Seb e io potremmo saperlo perché, beh, siamo andati a fare il Grand Tour con lui e a volte si dovevano dividere gli alloggi e roba simile…"

"Era un modo di dire, idiota!" sibilò Seb. "Se diamo un'occhiata…"

"Ah! Sì," borbottò Bully, mortificato.

"… oltre quel muro" continuò Seb, "scommetto che la povera sta scoprendo da sola le dimensioni della fortuna di Harry."

"Voglio la tua parola che a lei non succederà niente" comandò Bully. "Non ho intenzione di continuare, o di guardare oltre quel muro se intendete causarle danni…"

"Non le succederà niente di peggio di quanto stia già succedendo. Ti do la mia parola" gli assicurò Westby. "Ma Harry avrà ciò che si merita."

"Bene, questo è giusto."

"Allora è deciso. Possiamo muoverci prima che ci scoprano o se ne vadano andati?" Quando Bully annuì, Seb si rivolse a Violet. "Volevi fare da battistrada, quindi avanti…"

"Tu non andrai a guardare oltre quel muro!" ordinò Bully a sua sorella.

"Sei un tale stupidone, Randal Knatchbull" si lamentò Violet, mostrandogli la lingua. E con una mano sul cappello di paglia, si abbassò e si intrufolò tra i cespugli, per arrampicarsi sul pendio dall'altra parte della piscina.

Emersero dal fogliame direttamente dietro a un basso muretto che schermava i bagnanti dal sentiero usato dai servitori per portare la legna che alimentava la fornace. Ma dato che erano proprio contro il muro, era facile sbirciare oltre, verso la piscina. Tutti e tre si guardarono, cercando di sentire rumori provenienti dall'altra parte del muro, concordarono sussurrando che pensavano fosse strano che tutto fosse diventato tranquillo e si chiesero se dovessero aspettare ancora un po', finché i bagnanti fossero in altre faccende affaccendati. E a quel punto Westby teorizzò con un sogghigno lascivo che probabilmente lo erano già.

Quello li fece decidere. Lui e Bully alzarono immediatamente la testa oltre il muro e, quando non si abbassarono subito dopo, Violet colse l'opportunità di dare anche lei un'occhiata. Quando ansimò forte, quasi stesse soffocando, non la sentirono, e quindi non vi fecero caso.

"Mio Dio... è come fossimo di nuovo a Pompei" mormorò Bully.

"Avete perso la strada?" chiese una voce languida alle loro spalle.

Sorpresi, i tre si voltarono e si trovarono a essere scrutati nientemeno che dal loro ospite, Sua Grazia, il nobilissimo duca di Roxton.

Il duca guardò i tre intrusi che risalivano il sentiero verso la rotonda, scortati da uno dei guardaspalle di suo fratello, con una sensazione di disagio in fondo allo stomaco.

Mentre i tre avevano cercato di dare una confusa spiegazione per aver sconfinato, non c'era niente che potessero dire a loro difesa per la loro pruriginosa curiosità nello sbirciare oltre il muro nella grotta di Nettuno, e non tentarono nemmeno di farlo. E dato che il duca non ne parlò, fu come se non fosse mai successo. Sperava che il suo dispiacere, e il fatto che il padre di Seb Westby fosse appena arrivato a Treat, sarebbero stati sufficienti a far tenere loro la bocca chiusa. Il duca di Oborne teneva i cordoni della borsa che garantiva il tenore di vita del figlio, e quindi aveva un'enorme influenza su di lui. Una parola di Roxton all'orecchio di Oborne e la minaccia che i debiti di Seb Westby non venissero pagati sarebbe potuta bastare a far tenere il becco chiuso al giovanotto.

Ma erano già troppe le congetture più assurde e le allusioni scambiate dietro i ventagli e davanti alle tabacchiere in comune su ciò che c'era dietro i due incidenti durante la partita di cricket che coinvolgevano suo fratello. Se anche solo una di quelle voci fosse sfuggita al suo controllo e fosse arrivata ai giornali scandalistici di Londra, avrebbe causato il tipo di disgrazia che aborriva. Aveva passato gli ultimi sedici anni mantenendo il nome della sua nobile famiglia al di sopra dei comuni pettegolezzi e fuori dai giornali, e non aveva intenzione di farlo trascinare nel fango da una ragazza la cui famiglia era a una sola generazione dalla servitù.

La presenza di Henri-Antoine nella cappella per stare accanto a Jack per la cerimonia avrebbe già fatto molto per soffocare le voci che ci fosse discordia tra i due amici. Che fossero venuti alle mani poteva venire considerato come una baruffa tra due giovani che avevano perso momentaneamente la testa e avevano usato i pugni per sistemare un diverbio. Almeno nessuno sapeva con certezza che cosa avesse originato la zuffa. Ma quell'incidente non preoccupava eccessivamente il duca perché sapeva che l'amicizia tra Harry e Jack sarebbe sopravvissuta a qualche livido.

Ma l'altro incidente, quello che coinvolgeva la ragazza... Quello in cui lei e suo fratello avevano discusso davanti a tutti quanti, dando quindi a tutti una precisa indicazione che ci fosse qualcosa tra di loro, qualcosa di indesiderato e sgradevole... quell'incidente lo preoccupava, e molto. Che cosa poteva fare riguardo a quell'incidente? Che cosa poteva fare con la ragazza? E, cosa ancora più importante, che cosa poteva fare con suo fratello?

Sapeva che Henri-Antoine non era un santo. C'erano parecchie donne di facili virtù che erano venute e andate dalla sua vita. Si sapeva che frequentava bordelli di alta classe, che si era concesso ogni tipo di vizio mentre era all'estero e che era un membro del Burke, cosa che lo faceva inorridire. Per quanto lo riguardava era il torbido passato del loro padre tornato a perseguitarlo. La storia del quinto duca era stata così sordida che gli era rimasta appiccicata per tutta la vita, nonostante fosse stato un marito fedele e un buon padre negli ultimi trent'anni della sua vita. Non era il tipo di reputazione che voleva rimanesse attaccata per sempre a suo fratello, né associata al nome della sua famiglia. Si sentiva responsabile per avergli lasciato la possibilità di concedersi tutto, in ogni modo possibile, e tutto a causa della sua malattia. Se fosse stato sano, non avrebbe esitato a ordinargli di mettere un freno alle sue inclinazioni. Ma, a difesa di suo fratello, poteva dire che aveva tenuto le sue abitudini carnali sepolte così in fondo che nessuno dei suoi conoscenti, e in particolar modo i giornali, avevano mai avuto ragione di chiedergliene conto, o accusarlo di aver insudiciato il suo buon nome.

E ora quello! Non avrebbe mai previsto che suo fratello perdesse la testa per quella ragazza, quella Lisa Crisp, senza una particolare famiglia, ricchezza o conoscenze. Aveva scoperto che quello scapestrato di suo padre si era ubriacato fino a morirne, che lei aveva passato del tempo in un ospizio per poveri e che i parenti che ammettevano di avere un legame con lei erano nel commercio. E come se tutto quello non bastasse per cementare il suo infimo stato sociale, di cui c'era poco da vantarsi, c'era quel legame molto più degradante, e che lo preoccupava maggiormente, che sua zia era stata la cameriera personale di sua madre.

Come poteva aver fatto Harry a scendere così in basso da puntare i suoi appetiti carnali su una ragazza con legami di sangue con una cameriera impiegata dalla sua famiglia? Henri-Antoine aveva superato una linea inaccettabile, una linea che non doveva mai essere superata tra padrone e servitore. E da quanto gli era stato detto, suo fratello e quella ragazza erano andati ben oltre un semplice amoreggiare. Ora erano rintanati nella sua rotonda e mostravano una completa mancanza di rispetto per lui e la sua famiglia, e i loro ospiti. E, facendolo, si stavano beffando di lui, un preminente pari del regno e capo della famiglia, e della sua autorità, proprio lì, dove la sua parola era legge.

Si doveva fare qualcosa, e subito.

Precisamente cosa, non lo sapeva ancora. Gli venne in mente di pagarla e spedirla all'estero, ma poteva aspettare fin dopo il ballo. Fondamentale era far sposare Jack e Teddy con il minor chiasso possibile, e senza scandali. Quindi la prima cosa da fare era far tornare la ragazza alla Gatehouse Lodge quel pomeriggio, fingendo che avesse passato il giorno precedente e la notte lì a Treat. Aveva già fatto spargere la voce che si era ammalata ed era stata isolata in casa per paura di diffondere il contagio, nel caso si fosse appurato che si trattava di una febbre. Il suo medico e un servitore erano stati cooptati nel piano.

Una volta che la ragazza fosse tornata alla Gatehouse Lodge, suo fratello avrebbe potuto fare il suo dovere nei confronti di Jack, come testimone. Da quanto gli aveva detto il major domo di suo fratello, Henri-Antoine si era ripreso benissimo dalla crisi epilettica e con solo un piccolo livido e un taglio sul labbro come conseguenza della zuffa, non c'erano scuse perché non potesse passare la serata con i gentiluomini più giovani in preparazione per il matrimonio del giorno dopo.

Quindi, con questo in mente, si rivolse a Michel Gallet, che lo aveva accompagnato in quel posto isolato con lo scopo preciso di tenerlo informato degli ultimi sviluppi dentro la rotonda, e gli consegnò un foglio di carta ripiegato e chiuso con il suo sigillo ducale.

"Consegnateglielo immediatamente. E non mi interessa se dovete interromperli. Deve essere fatto oggi. Meglio se lei viene portata via con il favore dell'oscurità."

"Se Sua Grazia insiste."

"Prevedi che ci siano problemi? Se è così posso mandare degli uomini per aiutarti."

"Non sarà necessario, Vostra Grazia. Ma..."

Il duca alzò le sopracciglia e attese.

Michel Gallet lo fissò negli occhi dal verde inusuale.

"Lei... miss Crisp... non è come le altre."

"No. Le altre sapevano stare al loro posto. Lei no, perché non ha un suo posto, comunque di sicuro non qui. Se non c'è altro..."

"C'è qualcosa, Vostra Grazia." Quando il duca non parlò, ma continuò a fissarlo, il major domo deglutì prima di parlare. "Sono al servizio di sua signoria da cinque anni e credo di conoscerlo..."

"Gallet, lord Henri-Antoine è mio fratello da venticinque anni, non cinque. Qualunque cosa vogliate dirmi di lui, credetemi, non è né necessaria né desiderata. Apprezzo la vostra lealtà nei suoi confronti ma..."

"Perdonatemi se vi interrompo, Vostra Grazia, ma la mia lealtà è sempre stata nei confronti della famiglia, la vostra famiglia, e quindi entrambi voi. E renderei un pessimo servizio sia a voi sia a sua signoria se non vi avvisassi che separare a forza miss Crisp da sua signoria porterà, con tutta probabilità, a un irreparabile estraniamento tra voi e sua signoria."

"Non siate assurdo! I fratelli non litigano per una ragazza che viene dalla fogna!"

Michel Gallet si irrigidì. "Vi chiedo perdono, Vostra Grazia, ma vi consiglierei di non credere ai pettegolezzi diffusi su miss Crisp da fonti malevole."

Il duca fece un passo verso il major domo, con la mano guantata stretta sul frustino e lo guardò furente. "Voi... voi *osate* dare suggerimenti... *a me*... riguardo quella ragazza?"

"Sì, Vostra Grazia. Miss Crisp è povera, questo non si discute. Ma è, secondo me, una giovane donna stimabile."

"Stimabile? *Stimabile*? Siete ubriaco o pazzo, Gallet? Come potete difenderla dopo quello che..." Il duca indicò col frustino in direzione della grotta di Nettuno. "... dopo quello che stava succedendo là? Le giovani donne stimabili non si comportano nel modo in cui si stava comportando lei. Buon Dio! Il suo comportamento è-è... deplorevole. Il peggior tipo di prostituta conosce il suo posto meglio di quella sgualdrina!"

"Così deve sembrare a chiunque non conosca miss Crisp."

Il duca lasciò cadere lungo il fianco la mano che teneva il frustino. "E voi la conoscete, vero?"

"Meglio di coloro che cercano di screditare la sua reputazione..."

"Oddio! E siete dell'opinione che abbia una reputazione degna di essere screditata?" Il duca sbuffò, esprimendo tutto il suo scetticismo. Le sue guance avevano preso colore, visto che trovava l'argomento estremamente imbarazzante. "Avrebbe dovuto pensare alla sua reputazione prima di imbarcarsi in questa missione di intrappolare mio fratello..."

"Lei non ha fatto niente del genere!" ribatté Michel Gallet, e si sentì immediatamente il volto in fiamme, dopo un simile lapsus sociale. "Perdonatemi, Vostra Grazia. Ma è ben lontano dalla verità."

"Siete sicuro di non essere caduto vittima di un bel faccino?"

"No, Vostra Grazia" rispose il major domo. "Miss Crisp è una bellezza, ma è anche una bella persona."

La reazione istintiva del duca sarebbe stata di ridere, ma dato che il major domo sembrava serio, resistette alla voglia. "Le sue azioni suggeriscono tutt'altra cosa."

"Le sue azioni sono quelle di una giovane donna innamorata, che considera le conseguenze irrilevanti."

"Come siete romantico, Gallet!"

"Consentitemi di dissentire, Vostra Grazia" rispose Michel Gallet, inchinandosi rispettosamente. "Il romantico è il mio gemello. Io vi ho semplicemente offerto le mie osservazioni, da persona che ha conosciuto miss Crisp e che conosce intimamente sua signoria."

"Davvero, Gallet?"

"Sì, Vostra Grazia."

Il duca alzò una mano in segno di resa. Non c'era niente di male nel chiederlo.

"Che cosa suggerireste?"

Il major domo non esitò a rispondere.

"Che mi permettiate di occuparmi di questa faccenda. Mi assicurerò che miss Crisp torni alla Gatehouse Lodge e che sua signoria torni nel suo appartamento, in tempo per la cerimonia di domani."

"E se non vi permettessi di occuparvene?"

"Allora temo, Vostra Grazia, che ne conseguirà un estraniamento tra voi e sua signoria."

Michel Gallet tese la lettera sigillata che il duca gli aveva dato per il suo padrone. Roxton la guardò ma non la prese immediatamente. E quando finalmente lo fece, e la rimise in tasca, il major domo osò tirare un piccolo sospiro di sollievo.

"Allora ditemi, Gallet. Ditemi il motivo per cui mio fratello e io dovremmo avere un alterco per questa ragazza di Soho."

Michel Gallet sostenne lo sguardo del duca e la sua voce fu chiara e tranquilla.

"Perché lord Henri-Antoine è profondamente innamorato di lei."

VENTIQUATTRO

Erano a letto, bagnati dalla luce delle candele, immobili e silenziosi e contenti di guardarsi dai lati opposti del materasso. Lisa era appoggiata alla testata del letto, con i capelli che ricadevano sulle spalle nude, mentre Henri-Antoine era appoggiato su un gomito accanto a uno dei sostegni del baldacchino. In mezzo a loro una confusione di lenzuola e cuscini. Henri-Antoine le aveva preso un piede nudo e Lisa stava giocherellando con una ciocca dei lunghi capelli, arrotolandola su un dito. Le parole non servivano. Tutto ciò che doveva essere detto o chiesto era già stato detto o chiesto in altri modi, più vitali. Tutti i dubbi e le esitazioni erano evaporati, e anche l'apprensione. Erano completamente a loro agio e incredibilmente felici e pieni di stupore per quanto era appena successo. Eppure, lui sentì comunque il bisogno di chiederlo, vista l'occasione. Le tirò dolcemente l'alluce: "Siete... felice?"

Lisa annuì e sorrise radiosa, aggiungendo, per buona misura: "Molto."

Eppure, benché fosse sollevato e felice della sua risposta, si accigliò quasi subito dopo e si sentì di colpo imbarazzato. "Non l'ho mai chiesto prima... È stato sconsiderato e arrogante..."

"Oh? Immagino che non fosse necessario farlo con le vostre precedenti amanti. Avrei dovuto dirvelo?"

"Dirmelo?" Gli tremò il labbro superiore. Le baciò il dorso del piede. "Ma lo avete fatto, mia cara, nel miglior modo possibile. E tutte le volte. È solo che questa era, nel senso più stretto della frase... la prima volta che facevamo l'amore. E la sua prima volta con voi..."

Lisa lo guardò incuriosita. "Spero che lui non sia rimasto deluso. Lo avete fatto aspettare."

Henri-Antoine le lasciò andare il piede e si raddrizzò, togliendosi i capelli dagli occhi. "Delu... *deluso*? Come potete pensarlo? Lui pensa che siate la creatura più meravigliosa, più divina che abbia mai avuto il piacere di soddisfare. Avete sicuramente rovinato lui, e anche me, per chiunque altra."

"Bene!" Lisa si spostò dalla testata del letto e gattonò sulle coperte fino alla sua parte del letto per baciarlo. I suoi occhi azzurri scintillavano e gli mise le braccia intorno al collo. "Perché ora che mi avete mostrato tutti i deliziosi ingredienti che servono per fare la più fantastica delle torte, ho scoperto che mi piace farle con voi, e molto. E certamente non voglio che voi... o lui... facciate le torte con chiunque altro, mai più!"

Henri-Antoine le scostò dolcemente i capelli dagli occhi. "Torte?"

Lisa glielo raccontò.

La risata di Henri-Antoine si sentì fino al piano di sotto.

Michel Gallet non avrebbe voluto interromperli, ma sapeva di doverlo fare.

IL SOLE NON ERA ANCORA SORTO QUANDO LISA SCESE DALLA carrozza della duchessa di Roxton e fu fatta entrare nella Gatehouse Lodge da una cameriera dagli occhi stanchi, che stava ravvivando i fuochi. Salì la scala in punta di piedi ed era sul pianerottolo quando lady Mary apparve in vestaglia, con una candela in mano. Diede una rapida occhiata a Lisa e anche se la sua espressione non cambiò, Lisa fu acutamente conscia che il suo atteggiamento non era certamente più lo stesso. Sparito il calore nella sua voce e le sue maniere erano decisamente gelide.

"Ci sarà un matrimonio oggi, miss Crisp?"

Lisa fece una riverenza e abbassò gli occhi. "Sì, milady."

"Allora farete meglio a riposare per qualche ora. Avete un compito importante davanti a voi, assicurarvi che mia figlia abbia il giorno più felice della sua vita."

"Sì, milady. Milady, io..."

"No. Non voglio né mi interessa saperlo. La felicità di Teddy è tutto ciò che conta."

"Sì, milady."

Quando finalmente Lisa scivolò nel letto accanto a Teddy, restò lì, a fissare il baldacchino, senza muoversi, sperando di non aver svegliato la

sua amica e chiedendosi che cosa sapesse, e che cosa dirle. Michel
Gallet l'aveva istruita su che cosa dire ed era mortificata al pensiero che
il duca di Roxton si fosse preso la briga di diffondere la voce che aveva
la febbre ed era stata confinata in casa finché non fosse passata. E
quindi, se l'aveva fatto, allora sapeva tutto il resto. E se il duca lo
sapeva, allora lo sapeva anche la madre di Henri-Antoine... E meno
male che avrebbe dovuto restare sullo sfondo, come le avevano ordinato
le sue cugine. Comunque, oramai non poteva fare niente per cambiare
la loro opinione su di lei, né lo desiderava se significava non aver mai
passato quel tempo con Henri-Antoine nella rotonda. Non aveva
rimpianti. Ciò che le si chiedeva ora era di concludere il suo soggiorno
lì senza causare uno scandalo, o fare qualcosa che potesse interferire con
la felicità di Teddy.

"Sei tornata" mormorò una sonnolenta Teddy, spostandosi attraverso il letto per rannicchiarsi accanto a Lisa. "Ti senti meglio...?"

"Sì. Sì. Molto meglio."

"Ne sono lieta. Perché sarei stata molto triste se non fossi riuscita a
stare con me, proprio in questo giorno."

"Non sarei mai mancata al tuo matrimonio, Teddy. Sarai la sposa
più bella..."

"E sir John uno sposo attraente."

"Sì, il più bello! Ora dormi."

Lisa voltò la testa sul cuscino e cercò di dormire.

L'ABITO DA SPOSA DI TEDDY ERA DI SETA AZZURRA, CON IL
corpino e la sopraggonna ornati di delicati volant di pizzo bianco, con
engageantes di pizzo ai gomiti; il girocollo di perle intorno alla gola era
stato un regalo dei suoi genitori, a colazione. I capelli fiammeggianti
erano intrecciati con nastri azzurri ornati di perle e fermagli di diamanti
e forcine sormontate da perle aiutavano a tenere a posto la pettinatura.
Lisa indossava un abito simile, rosa chiarissimo, il tessuto era liscio
senza abbellimenti, eccetto ai gomiti e il corpino tanto scollato che era
servito un fichu trasparente strategicamente incrociato sul *décolleté* e
legato dietro, all'altezza della vita, con un grande fiocco. Nastri della
stessa tonalità di rosa le ornavano i capelli, acconciati nello stesso stile
di quelli di Teddy, con grossi riccioli portati avanti che ricadevano su
una spalla.

Le ragazze e Christopher Bryce furono gli ultimi a lasciare la Gatehouse Lodge per andare nella cappella di Treat. Quando la loro carrozza
arrivò alla casa grande, la famiglia e gli ospiti erano seduti e aspettavano

e lo sposo e i suoi quattro compagni erano i più nervosi di tutti, con
Jack che camminava avanti e indietro davanti alla congregazione,
aprendo e stringendo i pugni. Henri-Antoine, lungi dall'offrirgli parole
di conforto e di rassicurazione, prendeva in giro l'amico senza pietà, e i
due cominciarono a scambiarsi battute nel loro solito modo, facendo
sorridere e ridere con loro amici e familiari e nessuno era più lieto dei
parenti stretti per la loro riconciliazione.

E poi arrivò Teddy, una bella sposa scortata lungo la navata dal suo
orgoglioso patrigno. Non riusciva a smettere di sorridere, e quando Jack
si voltò e la vide, anche lui non riuscì più a smettere di sorridere. E
quando fu condotta accanto a lui davanti al cappellano del duca, i due
si strinsero contemporaneamente nelle spalle, con gioia, tanto erano
felici. Il bouquet fu passato a Lisa perché lo tenesse durante la cerimonia, una volta che Christopher Bryce ebbe fatto la sua parte e dato a
Jack la mano di Teddy.

E anche se il servizio celebrava l'unione di due giovani chiaramente
innamorati, nessuno nella congregazione mancò di notare che era
anche un'unione dinastica altamente desiderabile. Univa due rami della
stessa famiglia, rafforzando l'albero genealogico dei Roxton. Theodora
Charlotte Cavendish, la nuova lady Cavendish, percorse la navata al
braccio di suo marito, sir John George Cavendish, senza nemmeno l'inconveniente di dover cambiare cognome.

I novelli sposi uscirono dalla cappella sotto una pioggia di petali di
rosa bianchi, lanciati a manciate dai cestini tenuti dalle ragazze più
giovani della famiglia, vestite con i loro migliori abiti di seta. Lisa
seguiva la coppia e dietro di lei c'erano i compagni dello sposo, i duchi
di Roxton, la madre e il patrigno della sposa, e infine il resto degli invitati che si disperse nel vasto cortile pavimentato in marmo bianco e
nero. La sposa e lo sposo furono circondati da gente beneaugurante che
voleva offrire le sue congratulazioni mentre i bambini furono finalmente liberi di correre in giro, controllati dalle loro bambinaie e dalle
cameriere, con un esercito di servitori in livrea intento a servire vassoi
di bevande che faceva del suo meglio per evitare quei piccoli personaggi
vestiti con abiti che replicavano quelli indossati dai loro genitori.

Trovatasi spinta fuori dalla cerchia interna di piume e orpelli, Lisa si
ritrasse accanto a una delle enormi urne di marmo che contenevano
cespugli potati secondo i dettami dell'*ars topiaria*, piazzate intorno al
perimetro del cortile. Lì rimase, spettatrice dell'andirivieni dei camerieri in livrea; dei ragazzini che zigzagavano tra gli adulti, rincorrendosi;
delle ragazzine in un gruppetto dall'altra parte, che roteavano in modo
che le loro sottane di seta si sollevassero mostrando le calze bianche e
gettavano i petali rimasti sopra le loro teste, così che i petali ricadessero

tra i capelli; dei piccoli gruppi di ospiti che conversavano senza posa, ridendo e chiacchierando tra di loro. E al centro di tutto, Teddy e Jack, radiosi, così felici di poter finalmente cominciare la vita da sposati, e circondati dalla loro famiglia amorevole e dagli amici.

Lisa non si era mai sentita più sola in una folla. Le strade di Londra erano più amichevoli. E anche se era assurdo pensare di essere stata deliberatamente dimenticata, era facile sentire che la stavano evitando. E mentre restava da sola accanto all'urna, con la vista periferica era acutamente conscia di Henri-Antoine, in mezzo a un gruppo di giovani gentiluomini che conversavano accanto a una portafinestra aperta. Indossava un vestito rosa, con la giacca e il panciotto in tinta coperti di ricami in filo d'oro e *paillette*; i capelli legati con un nastro rosa e si appoggiava leggermente sul bastone con pomolo di diamanti. Non le sfuggì che Jack avesse scelto un vestito di seta azzurra, che rispecchiava il colore scelto da Teddy, esattamente come quello di Henri-Antoine rispecchiava il suo. Era pura fantasia pensare che fosse deliberato, ma piaceva alla romantica che c'era in lei e la fece sorridere.

Eppure non osava guardare verso di lui per tema di non essere in grado di nascondere i propri sentimenti, e con il crescente sospetto che forse il tempo passato insieme nel capriccio all'italiana, per isolato che fosse quel luogo nella proprietà, non fosse stato così privato come aveva sperato, l'ultima cosa che voleva era attirare l'attenzione su di lui, o su di lei, o su di loro. Il sospetto divenne certezza e Lisa fu presa da una gelida paura quando tra il chiacchiericcio e le risate sentì il proprio nome menzionato dall'altra parte dell'urna e dalle *Orribili*. E anche se poteva fingere di essere sorda e continuare a sorridere e a osservare l'attività nel cortile, non poteva fare a meno di sentire dei frammenti ed era certa che fossero detti a voce alta proprio perché li sentisse: *entrambi nudi*; *puttana da strada*; *solo un'altra conquista*; *sguattera in cerca di fortuna*; *daccapo la Chelsea Bun House*; *sgualdrina atanasiana*; *Roxton l'avrebbe fatta sparire prima che arrivasse mattina…*

"Miss Crisp, pensavo che poteste volere un bicchiere di vino? Chiedo scusa, vi ho spaventato?"

Lisa si diede mentalmente uno scossone e si guardò attorno, trovando Jamie Fitzstuart-Banks al suo fianco. Aveva in mano due bicchieri di vino e lei ne accettò volentieri uno, bevendo grata. Facendo del suo meglio per ignorare quelli dall'altra parte dell'urna, che, senza dubbio, erano attentissimi e stavano cercando di sentire perché Jamie l'avesse cercata, Lisa voltò loro le spalle e sorrise radiosa.

"Grazie. Per niente. Ero lontana miglia e miglia. A Londra, in effetti."

"Tornerete presto a Gerrard Street?"

"Sì. Sì. Sospetto tra uno o due giorni. Appena sarà possibile avere una carrozza per portarmi ad Alston per prendere la diligenza."

"Io partirò per casa Banks in mattinata. Forse vi piacerebbe fare il viaggio fino a Londra con me e la famiglia di mio padre?"

"È molto gentile da parte vostra. Ma ho una compagna con me…"

"Ci sono due carrozze, e io e mio padre andiamo sempre a cavallo. Quindi c'è spazio in abbondanza per voi e la vostra compagna."

"Grazie, ma non vorrei scomodare lord e lady Strathsay e i loro figli, o voi."

"Non è affatto un problema. In effetti è stato mio padre a suggerirlo e la mia matrigna era d'accordo" ammise Jamie con un sorriso imbarazzato e il colore che gli macchiava le guance. "Quindi, vedete" disse in tono di scusa, "il vostro viaggio è già tutto organizzato."

"Sì, capisco…" rispose Lisa, senza ulteriori proteste, anche se sentì il colore salirle al viso, rendendosi conto che il suo ritorno a Londra doveva essere stato oggetto di discussione nella famiglia; la sua partenza organizzata con il minimo trambusto o sentore di scandalo per il loro buon nome e la sua separazione da Henri-Antoine non poteva avvenire abbastanza presto per tutti gli interessati. "Per favore, ringraziate i vostri genitori. Mi accerterò di fare i bagagli questa sera, e vi sarei molto grata se poteste mandare un servitore a prenderli e a farci sapere a che ora dovremo essere pronte domani mattina."

Jamie si inchinò e si congedò, sparendo tra la folla, compiuta la sua missione, e Lisa finì il vino e si guardò attorno cercando un cameriere cui consegnare il bicchiere vuoto. Dovette rivedere la sua precedente idea di non essersi mai sentita più sola in una folla; era proprio quello il momento, sapendo di essere considerata un imbarazzo e indesiderata da questi esseri quasi mitici nel loro mondo di favola; quasi desiderò che la duchessa di Kinross non avesse fatto lo sforzo di trovarla. Ma ci ripensò in fretta perché voleva bene a Teddy ed era stato meraviglioso vederla finalmente sposare il 'suo Jack'. Né rimpiangeva il suo tempo con Henri-Antoine, o di essersi donata a lui. Avrebbe fatto tesoro per sempre di quelle poche preziose ore passate con lui. E proprio quando le lacrime le stavano riempiendo gli occhi e si stava rimproverando per quell'autocommiserazione, piccole dita si insinuarono nella sua mano. Si voltò, trovando Elsie che la guardava preoccupata.

"Siete triste, Lisa?" le chiese la ragazzina in tono serio.

Lisa si accucciò e le baciò la guancia.

"Grazie per essere venuta in mio soccorso. Mi stavo sentendo un po' sola. Ma ora sei qui e mi sento molto meglio." Lisa ammirò l'abito di seta mirabilmente dipinto della ragazzina e le perle intrecciate tra i capelli e le risistemò gentilmente tra le ciocche una spilla di diamanti che si era sciolta. "Ecco, così non perderai quella bella spilla. E stai benissimo con quell'abito, Elsie."

"Siete troppo carina per essere triste, Lisa. Mi piacciono i vostri capelli con i nastri nelle trecce. Anche Henri-Antoine è vestito di rosa. Lo avete visto? Vi piacerebbe sedervi al mio tavolo per il pranzo?"

"Mi piacerebbe, ma forse hai un posto speciale a un tavolo speciale?"

Elsie scosse la testa e poi sorrise e le sussurrò all'orecchio in francese, schermandosi con una mano: "Sì e il vostro posto è accanto al mio. Me l'ha promesso *maman*."

Lisa rimase sinceramente sorpresa e felice. "Ne sono così contenta. Passeremo dei momenti fantastici insieme."

Elsie si strinse nelle spalle e tenne le mani vicino al corpino, e avrebbe detto ancora qualcosa, ma una mano appoggiata leggera sulla sua spalla la fece guardare in alto. Era il fratello maggiore e gli disse: "Julian, questa è Lisa e sarà seduta accanto a me per il pranzo. *Maman* l'ha promesso."

"Meraviglioso, *ma petite*. Mi chiedevo se potessi permettere a me e a miss Crisp di parlare per un momento" le disse il duca di Roxton in francese e con un sorriso che gli addolciva i lineamenti, rendendolo quasi accessibile. Era chiaro che voleva molto bene alla sorellina. "La rivedrai presto perché stiamo per andare nella sala da pranzo. Ti troverà là. Forse potresti cercare *maman* e informarla che è quasi ora. Lo faresti per me, *ma chère petite sœur?*" Aspettò che la sorellina saltellasse tra la folla prima di rivolgersi a Lisa e dire in tono colloquiale, senza più calore nella voce: "Mi fa piacere che abbiate accettato l'offerta degli Strathsay di un posto nella loro carrozza. Il viaggio di ritorno a Londra sarà molto più comodo di quello di andata."

"Grazie per il vostro riguardo, Vostra Grazia" rispose con calma Lisa, sperando di sembrare più sicura di sé di quanto fosse realmente. Almeno le ginocchia che tremavano non facevano rumore. "E grazie per avermi permesso di assistere al matrimonio di Teddy. Il mio soggiorno qui mi ha fornito una vita di ricordi."

Il duca alzò un sopracciglio sentendo quella frase, ma dato che lo sguardo di Lisa restò fermo e non c'era niente nelle sue maniere che potesse dire che non era sincera, il duca non fece commenti, inclinò la testa e se ne andò, proprio mentre Teddy si lanciava verso di lei, con Jack al seguito.

Teddy abbracciò Lisa, le baciò la guancia e disse, afferrandole la mano: "Sir John e io non ti permetteremo di nasconderti dietro un vaso! Vieni! Stiamo per entrare per il pranzo e devi sederti con noi..."

"Mi piacerebbe, ma ho promesso a Elsie..."

"Oh? Allora non devi deluderla. Ma promettimi che siederai con noi quando arriverà il dolce. Sono sicura che Elsie ti lascerà andare. Non ti sembra che l'occhio di sir John sia molto migliorato oggi?"

"Molto. E, Teddy…"

Teddy si voltò verso Lisa dopo aver baciato la guancia del suo nuovissimo marito e si accigliò quando vide che le stava facendo una riverenza. "Lisa? No! Non devi farmi la riverenza…"

"Ma devo fare la riverenza a lady Cavendish. Non è vero, sir John?"

"È un bel gesto, e ora sei lady Cavendish, amore mio."

"Oh, noci sottaceto!" disse Teddy facendo il broncio. "Non permetterò che la mia miglior amica mi faccia la riverenza."

"Noci… *noci sottaceto*?" Jack era sorpreso. Non aveva mai sentito quell'espressione.

Lisa scoppiò in una risata e poi si coprì la bocca con la mano prima di dire: "Oh, Teddy! Non te lo sentivo dire dai tempi di Blacklands."

"Io non te l'ho mai sentito dire," brontolò Jack, sentendosi escluso dallo scherzo.

A Teddy brillarono gli occhi e lasciò che fosse Lisa spiegare: "Teddy usava quell'espressione a scuola per esprimere il suo dispiacere. Mi faceva sempre ridere perché è un'espressione innocua e le nostre insegnanti non sapevano come interpretarla."

"Papà detesta le noci sottaceto" gli spiegò Teddy. "Lui lo sa. Prova a dirglielo e vedrai se non si mette a ridere."

"Lo farò" disse enfaticamente Jack. "Lo menzionerò come per caso durante i discorsi." Afferrò la mano di Teddy perché tutti si stavano dirigendo verso le portefinestre, e disse a Lisa: "Vi unirete a noi per la torta, vero miss Crisp…?"

"Sicuramente no!" disse Teddy con un versaccio e trascinò via Jack prima che lui capisse che cosa stava succedendo.

Lisa guardò la folla che si divideva per permettere alla coppia di sposi di entrare prima di loro, con l'animo molto più leggero dopo quel breve interludio; Teddy aveva sempre avuto la capacità di farla sentire meglio riguardo a tutto e tutti. E proprio quando aveva deciso che era ora per lei di unirsi alla calca, sentì un quasi impercettibile tocco sulla schiena. Non ebbe bisogno di voltarsi per sapere chi era.

"Vorrei che fossimo seduti insieme. Non importa. Al momento del ballo, i miei doveri saranno finiti. Vi troverò."

Il sorriso di Lisa restò fisso e lei non reagì ma fece un piccolo passo indietro in modo che le dita di Henri-Antoine fossero premute contro la sua schiena. Inclinando lievemente il mento verso la spalla destra, disse: "Ho il grande onore di sedere accanto a vostra sorella."

"Eccellente. Elsie si occuperà di voi. E Roxton si sbaglia. Gli Strathsay partiranno senza di voi domani."

"È già stato organizzato..."

"Sul mio cadavere! Voi e io... *noi*... abbiamo altri piani. Date a Elsie un bacio per conto mio..."

Mantenendo la sua promessa, Henri-Antoine trovò Lisa nel salone da ballo non molti minuti dopo che l'*ensemble* d'archi del duca ebbe suonato le prime note della musica del primo ballo di quella sera, il minuetto. La coppia di sposi andò sulla pista da ballo, mentre tutti li osservavano. Fecero i passi intricati con grazia, come una coppia abituata a dominare uno spazio pubblico da tutta la vita, e non, come sapeva Lisa, con Teddy rintanata nelle Cotswold, un maschiaccio dalla testa ai piedi. Ma Lisa sapeva anche che il patrigno di Teddy era il più elegante dei ballerini, come aveva dimostrato alla Gatehouse Lodge e anche lì, andando sulla pista da ballo con lady Mary, e che era lui che aveva insegnato a Teddy a ballare il minuetto in quel modo fluido ed elegante che faceva sembrare che stesse danzando su una nuvola.

Lisa invece non aveva mai ballato in pubblico, solo a scuola e quindi quando le coppie andarono sulla pista e Henri-Antoine andò da lei, ebbe il terrore che intendesse farla danzare con lui. Doveva essere scritto a grandi lettere sul suo volto perché Henri-Antoine sorrise, le fece l'occhiolino e si chinò a dirle all'orecchio: "Il terrazzo è deserto."

"Pensavo foste sul punto di chiedermi di ballare" confessò Lisa con una risata piena di sollievo quando furono all'aperto.

Lisa aveva le mani sulla balaustra e stava guardando verso il cielo del tardo pomeriggio. Quando lui non rispose, si voltò, scoprendo che si era allontanato di un passo da lei. Henri-Antoine si inchinò e le tese la mano. Lisa scosse la testa.

"No. Non posso. Non ballo dai tempi della scuola..."

"Niente scuse. Possiamo sentire la musica abbastanza bene e se dovesse scendere l'oscurità, ci sono abbastanza candele accese da illuminare St. Paul. Venite. Prendete la mia mano."

"Non dubito che danziate benissimo, ma io sono goffa e..."

"Avete ballato l'altra sera con il cugino Charles e Jack? No?"

"Sì. Ma..."

"Se siete riuscita a ballare con i due piedi sinistri di Jack, potete danzare con me."

"Sì, ma allora era nella segretezza di una sala da pranzo. Qui... qui è molto diverso."

"Non vi ho portato qui fuori per risparmiarvi un imbarazzo in pubblico. Vi volevo tutta per me."

"È quello che voglio anch'io."

Quando gli diede la mano, Henri-Antoine osò portarsela alle labbra.

"Allora ignorate il mondo dall'altra parte di queste finestre. Ascoltate la musica e concentratevi su di me, come farò io con voi."

Lisa fece un tremulo sorriso. "Niente mi piacerebbe di più che dimenticare il mondo e riesco a farlo quando siamo da soli, e perché… e perché, a parte Teddy, cui voglio bene come a una sorella, siete tutto ciò che mi importa. Ma voi… voi avete una famiglia e degli obblighi e dei doveri, e il mondo osserva e sussurra e aspetta. Non voglio essere la causa di un qualsiasi… dissenso tra voi e vostro fratello, o essere un imbarazzo per la vostra famiglia."

Henri-Antoine si avvicinò a lei, continuando a tenerle la mano, e la preoccupazione rese aspro il suo tono. "Imbarazzo? Vi hanno detto qualcosa? Roxton ha…"

"No. No. È stato estremamente corretto. Non dubito che sappia di noi, ma si è astenuto dall'essere scortese. Ma ci sono altri qui che sanno…"

"Lasciate che sappiano!" ribatté Henri-Antoine. "I miei affari non sono affar loro."

Lisa gli toccò la guancia per un attimo. "Una cosa è condividere una casa a Bath, lontani dal mondo, altra cosa è sbandierare la vostra amante sotto il naso dei vostri pari a un ballo. Nemmeno il principe reggente osa farlo con quella signora Fitzherbert, e si dice che sia sposato con lei."

"Il principe è un idiota infantile" disse Henri-Antoine. La guardò cupo. "È così che pensate che vi veda? Come una signora Fitzherbert?"

"Voi? No. Ma dubito che lei sia stata chiamata una *puttana da strada* e *sguattera in cerca di fortuna*. Non ho idea di che cosa significhi *sgualdrina atanasiana*."

Henri-Antoine si immobilizzò. Lisa si chiese se l'avesse sentita, tanto era remota l'espressione nei suoi occhi. E poi parlò, con la voce fredda come il ghiaccio: "Perdonatemi. Non avreste mai dovuto essere esposta a un simile sudiciume. Me ne occuperò tra poco. Per ora…" Si diede uno scossone mentale per liberarsi dalla rabbia, le sorrise e si inchinò di nuovo. "La musica ci chiama. Venite. Godiamoci quest'*allemande*."

Lisa sorrise e fece la riverenza e gli diede nuovamente la mano. Finite le formalità, l'inchino e la riverenza, unirono le mani e danzarono su e giù per la terrazza. Henri-Antoine era eccezionalmente leggero ed esperto nel guidarla nei passi intricati, tanto che anche se il loro primo tentativo fu pieno di passi falsi ed errori, ai quali entrambi sorrisero e risero mentre continuavano incerti, il secondo ballo fu molto più fluido, con Lisa che acquistava fiducia a ogni giro e a ogni passo. Non ci volle molto perché sorridessero entrambi, senza concentrarsi sui passi ma su loro stessi, mentre facevano a turno a passare sotto il braccio alzato dell'altro, e poi danzando schiena a schiena, poi faccia a faccia, e sempre con le dita intrecciate. Era il massimo dell'intimità per una coppia su una pista da ballo senza arrivare effettivamente a baciarsi. Ed erano così reciprocamente in armonia, e si stavano divertendo tanto che non ci volle molto perché il piccolo gruppo di persone che li guardava dalle finestre diventasse una folla.

Fu solo quando si fermarono per riprendere fiato, e Henri-Antoine andò a cercare un cameriere con un vassoio con le bevande, che la folla alle finestre si disperse con riluttanza. Lisa si ritirò in fondo alla balaustra per aspettare il ritorno di Henri-Antoine, con il viso arrossato dalla danza che si rinfrescava alla brezza che arrivava dal lago, la cui superficie scintillava alla luce tenue del crepuscolo estivo. Ballare con Henri-Antoine le aveva ridato sicurezza e felicità, tanto che quando sentì tirare il fiocco sulla schiena che teneva fermo il fichu, pensò naturalmente che fosse tornato con un rinfresco e la stesse scherzosamente avvertendo.

Quando un secondo strappo sciolse il nodo, si voltò per rimproverarlo scherzosamente e accusarlo di volerla svestire, col fichu che si apriva dove era stato incrociato sul seno e che ora pendeva sciolto dalle sue spalle. Ma non era Henri-Antoine. Era lord Westby.

Era così vicino che Lisa poteva sentire l'alcol nel suo alito, e si avvicinò ancora di più. E quando lei cercò di togliergli il fichu dalle dita, lui chiuse il pugno e le strappò la striscia di organza dalle spalle, lasciando scoperto il seno ansante. Lisa cercò di reprimere il panico che stava montando e mantenne ferma la voce.

"Milord, ho freddo. Per favore, datemi il mio fichu."

"Perché? Non ne avete bisogno. Tutti quanti dovrebbero vedere le vostre tette. Direi che sono perfette." Alzò lo sguardo dal suo seno e le sorrise lascivo. "In effetti, tutti dovrebbero vedervi completamente... io vi ho vista. E non sono riuscito a smettere di pensarvi da allora. Siete una cosina così reattiva. Fortunato Harry, e ora fortunato me..."

"Dovrei avvertirvi che Henri-Antoine arriverà da un momento all'altro..."

"Lo sto aspettando. È ora che mi restituisca il favore..."

"Favore?" chiese Lisa, con quella che sperava fosse sincera curiosità, ragionando che se non poteva minacciarlo, doveva cercare di farlo parlare e Henri-Antoine sarebbe arrivato prima che Westby avesse la possibilità di agire sotto l'effetto di qualunque demone lo stesse dominando. "Che favore, milord?"

"È solo giusto che vi divida con me. Io ho diviso con lui la mia amante..."

"Ma io non desidero essere condivisa. Questa è la differenza."

"Non sta a voi decidere, no?" disse lord Westby con un sorriso compiaciuto e appoggiò le mani sulla balaustra di lato ai fianchi di Lisa, intrappolandola. Si chinò in avanti e cercò di baciarla, ma quando lei voltò in fretta la testa, si accontentò di annusarle il collo e sussurrarle all'orecchio: "Se vi comportate come una puttana, allora siete una puttana, e le puttane hanno ciò che si meritano."

Lisa fece una smorfia e sentì un conato di vomito quando la lingua di lord Westby le sfiorò l'orecchio. Cercò di spingerlo via, ma lui le prese il polso e strinse. Nonostante il dolore e la paura di cosa poteva farle dopo, la sua voce fu chiara quando ribatté coraggiosamente:

"Non sono una puttana e anche se lo fossi, non sono la *vostra* puttana! E non avete il diritto di imporvi a una donna, che sia o meno una puttana."

Si liberò la mano e spinse con tutte le sue forze, appoggiandogli entrambe le mani sul petto. Preso alla sprovvista e poco stabile, Westby barcollò, ma si riprese in fretta e si lanciò contro di lei. Prima che Lisa potesse fare più di un paio di passi l'afferrò e la tirò tra le sue braccia, inchiodandole le sue ai fianchi.

"Facciamo un patto. Dimenticherò che Harry ha scopato Peggy, se vi metterete in ginocchio davanti a me, laggiù, tra quei cespugli. E se non sarete la mia puttana e non farete ciò che voglio, dirò a Harry che lo avete fatto. Crederà a un fratello Batoni prima che... *Santa Maria madre di Dio*!" strillò. "Che... *che diavolo*!"

Arretrò immediatamente barcollando, con una mano sull'orecchio e imprecando profusamente. Era chiaro che stava soffrendo parecchio. Lisa riuscì solo a fissarlo, chiedendosi che cosa fosse successo. Tirò un enorme sospiro di sollievo.

La salvezza era arrivata sotto forma di un gigante di un metro e novantacinque che stava fumando.

VENTICINQUE

QUANDO HENRI-ANTOINE ERA RIENTRATO NEL SALONE DAL terrazzo, aveva trovato un cameriere con un vassoio, aveva preso due bicchieri di champagne ed era quasi arrivato alle portefinestre aperte quando suo fratello gli si era parato davanti. Lo aveva guardato stupito, chiedendosi che cosa ci fosse in ballo. Poteva anche sembrare che Roxton stesse navigando in un mare placido, sorridendo serenamente, con la tabacchiera in mano, ma Henri-Antoine lo guardò negli occhi, occhi così simili a quelli della loro madre e che, proprio come quelli di lei, non riuscivano a nascondere ciò che provava. Vide acque agitate. Quindi pensò immediatamente che potesse esserci qualcosa che non andava con uno dei suoi nipoti.

"Julian, che succede?"

Il duca prese i bicchieri dalle mani di suo fratello e li consegnò al cameriere che c'era al suo fianco, poi lo congedò.

"Resta dentro, Harry."

"Per-perché? Che cos'è successo?"

"Più che abbastanza. Il tuo spettacolino privato ha alimentato il fuoco, mentre io ero quasi riuscito a spegnerlo. O pensavi che non vi avrebbero notato? Metà dei miei ospiti era alle finestre."

Alla parola 'spettacolo' gli occhi di Henri-Antoine divennero opachi e la mascella contratta. Vide suo fratello spostare lo sguardo dall'altra parte del salone e sorridere benignamente mentre parlava. Fu solo quando lo guardò di nuovo che Henri-Antoine si degnò di rispondere.

"Tieni per te le tue preoccupazioni e smettila di interferire inutilmente nei miei affari."

"Interferire inutilmente?" Henri-Antoine ora aveva la completa attenzione del duca. "Tutto ciò che succede è affar mio, Harry, specialmente quando riguarda la mia famiglia… te, ciò che succede qui al…"

"Domani me ne sarò andato, e lei verrà con me. Preoccupati di quello!"

Henri-Antoine fece per passare accanto al fratello, ma il duca gli sbarrò nuovamente la strada e si scontrarono. Henri-Antoine fece un passo indietro, ma non si spostò.

"Togliti. Di. Mezzo."

Il duca si avvicinò ancora, facendo del suo meglio per assicurarsi che nessuno sentisse la loro conversazione. Abbassò la voce a un sussurro sibilato.

"Stai rischiando di fare ancor di più la figura dello scioc…"

"Sei tu lo stupido che non si fida del mio giudizio."

Il duca sbuffò, incredulo. "Giudizio?" Fissò suo fratello. "Ma non è il cervello che sta pensando, vero?"

Henri-Antoine arricciò le labbra. "Invidioso che io abbia potuto assaggiare il menu e scegliere il mio piatto preferito e tu no?"

"Come osi… *Mon Dieu*, come osi parlarmi…"

"Questo non riguarda te. Riguarda la scelta."

"Scelta?"

"La mia scelta, di vivere come voglio e con chi voglio."

"Questa non è una scelta. Questo significa essere egoisti."

"Sì. Sono egoista. Ho il diritto di esserlo." Henri-Antoine guardò suo fratello con un po' di compassione. "Mi dispiace che tu non abbia potuto scegliere chi sposare, o come avresti voluto vivere la tua vita."

"Mi sono forse mai sottratto alle mie responsabilità? Ho mai deluso Deb, i nostri genitori, i miei figli, te? Non ho sempre fatto il meglio che potevo con le proprietà, per Frederick, per la posterità?"

"Sì, Julian. Sei un duca esemplare, un marito e un padre meraviglioso, un buon padrone e un politico saggio e circospetto. Tutto ciò che fai è encomiabile. Nessuno ha mai detto il contrario; e io sono il primo a cantare le tue lodi."

"Grazie. Ed è il motivo per cui, come fratello, mi preoccupo dei tuoi aff…"

"Comunque, se tutto finisse in fondo al mare domani… il tuo matrimonio, le proprietà, il rispetto e la stima che la famiglia e i ragazzi, che *tutti* provano per te… come figlio maggiore potresti incolpare di tutto *notre père*. Seb Westby incolpa suo padre di tutto. Può farlo. È il figlio maggiore. Io non posso. Le mie scelte sono solo mie. E anche i miei errori."

Il duca diede ancora una lunga occhiata ai suoi ospiti, vide la sua duchessa che lo guardava dall'altra parte della stanza, sorrise e alzò gli occhi al cielo rivolto a lei, poi tornò a guardare suo fratello. Sorrise.

"Nessuno è più fiero di te di quanto la sia io, Harry. L'eredità che ti ha lasciato *notre père*, avresti potuto sperperarla tutta. Ma non l'hai fatto. Ne stai facendo buon uso. Ciò che la Fondazione Fournier ha realizzato in questi pochi anni potrebbe cambiare per sempre la scienza medica …"

"Sì. È così. Non ti sei mai intromesso in questo aspetto della mia vita, quindi astieniti dall'interferire nella mia vita privata."

Il duca aprì la bocca per parlare, poi sentì una presenza al suo fianco e scoprì che sua madre si era avvicinata a loro con un brillante sorriso, agitando un ventaglio dipinto a *gouache* sul *décolleté*.

"Julian, ho bisogno della tua immediata attenzione su una cosa che mi preoccupa da un po'" annunciò in francese. "E non può aspettare. Quindi, per favore, devi venire con me." Lo prese a braccetto e fece lo stesso con Henri-Antoine. "Anche tu, *mon chou*. Il problema che è sorto richiede entrambi i miei figli."

E senza una parola di protesta, condusse i suoi figli in un'anticamera poco lontana da loro, che era stata riservata per gli ospiti che volessero riposare lontano dal rumore. Era deserta, com'era prevedibile. Ci aveva pensato Antonia, e due servitori erano di guardia alla porta per accertarsi che nessuno entrasse. Con la porta chiusa sul rumore dell'orchestra che faceva a gara con i ballerini e le conversazioni, il duca guardò sua madre, sbalordito.

"*Maman*, certo sapete scegliere bene il momento. Qual è questo problema…"

"Tu. Sei tu il problema, Julian."

La faccia di Roxton divenne rosso mattone. Aveva l'espressione di un bimbo di quattro anni trovato con le dita nella marmellata.

"Perché sono io il problema, quando è Harry che…"

"Non incolpare tuo fratello."

"Ma, *maman*!" Il duca si passò una mano sul volto, esasperato.

Henri-Antoine trasalì. Sua Grazia stava veramente piagnucolando come un bambino di quattro anni? E poi guardò sua madre, quella donna minuta con tacchi che fissava con un'espressione di ammonimento il suo grande figliolo quarantenne, avvertendolo che con lei non c'era da scherzare, e la sua rabbia evaporò all'assurdità della scena. La risata gli salì dal petto fino a che le spalle cominciarono a scuotersi. Ora sua madre e suo fratello stavano fissando lui.

"Non è… non è… *tutta* colpa di Julian, *maman*" riuscì finalmente a dire.

"Grazie, Harry" concesse il duca, molto rabbonito dalla concessione e dal buon umore del fratello.

"La maggior parte, ma non tutta."

"Harry, se tu non avessi…"

"Basta. Tutti e due!" Ordinò Antonia. Li guardò puntando il ventaglio. "Perché queste conversazioni devono avvenire nei momenti più inopportuni? Non avrebbe potuto aspettare domani?"

"Sembra di no. Harry ha intenzione di partire domani mattina."

Antonia alzò le sopracciglia, sorpresa e aspettò che il figlio minore si spiegasse.

"Per Bath."

"A casa di Martin?"

"Sì, anche se dovremmo smetterla di chiamarla così, ora che è tornata a me."

"Sì. Certo."

"Specialmente perché Martin ora è qui, con *mon père*, al posto che gli compete."

"Porterà con sé quella ragazza" disse il duca imbronciato.

"Lisa non è *quella ragazza*, proprio come Martin non è mai stato *quel servitore*" lo corresse Henri-Antoine.

"Non puoi paragonarli!"

"Posso e lo farò" dichiarò Henri-Antoine. "Martin può anche essere stato il valletto di *mon père*, ma era molto più di un servitore. È stato un amico dei nostri genitori per tutta la sua vita. Era il tuo padrino e il tuo confidente. Era un amico di questa famiglia. E, cosa ancora più importante, era un gentiluomo stimabile e un uomo d'onore. Nobile di pensieri, parole e opere, se non di sangue. E gli volevamo tutti bene."

"Sì. Sì. È vero" confermò Antonia a bassa voce. "E hai detto giusto, *mon cher fils*. Era più onorabile e nobile di molti di coloro che lo sono per nascita. Non devi guardare oltre i nostri parenti per scoprire quelli di sangue nobile che non sono vissuti all'altezza del loro potenziale. Mio zio, il nipote di un re, era uno scellerato."

Roxton guardò suo fratello. "E questa ragazza, questa miss Crisp. Che cos'è per te, Harry?"

Henri-Antoine non esitò a rispondere. "Lisa è impagabile."

Ci fu un momento di silenzio sorpreso finché il duca ritrovò la voce.

"E voi, *maman*? Che opinione avete di questa rag… di miss Crisp?"

"Oh? Qualcuno mi sta finalmente chiedendo che cosa penso io?" scherzò Antonia, ammiccando a Henri-Antoine, anche se il duca continuava a sembrare a disagio e ansioso. "Se mio figlio dice che è impagabile, allora gli credo. Quindi" aggiunse, guardando un figlio e poi l'altro, "che cosa possiamo fare con *mademoiselle* Crisp?"

JONATHON, DUCA DI KINROSS, SI INFILÒ IL SIGARO ALL'ANGOLO della bocca e raccolse il fichu dal pavimento del terrazzo. Lo scosse e lo controllò, voltandolo nel verso giusto, poi sorrise a Lisa e lo tenne alzato, dicendo giovialmente: "Leghiamolo di nuovo sulla schiena e poi potremo fare due chiacchiere."

Lisa lo fissò con le braccia incrociate sulla profonda scollatura. Era il padre di Elsie e al pranzo nuziale, quando lei era seduta accanto a Elsie, dalla loro parte del tavolo c'erano anche il duca e la duchessa di Kinross. Era stata testimone dell'amore tra padre e figlia e anche tra il duca e la sua duchessa. E per lei essere seduta in loro compagnia era in effetti un grande onore. Anche se era grata di avere Elsie con cui parlare, perché si sentiva spaesata in mezzo a gente di quell'importanza. Le sue cugine de Crespigny sarebbero state sicuramente invidiose, e probabilmente non le avrebbero creduto. Comunque non c'era molto che potesse dire loro che avrebbero creduto riguardo al suo soggiorno. E quell'ultimo episodio, la tentata seduzione di lord Westby, la faceva sentire stupida e imbarazzata. Tanto che scoppiò in lacrime di sollievo quando Kinross le mise un braccio sulle spalle per confortarla e le batté sulla spalla.

"Piangerei anch'io se un babbeo come Westby mi avesse palpeggiato! Stupido ubriacone! Venite. Permettetemi di sistemarvi il fichu. Sono piuttosto esperto di abbigliamento femminile, specialmente di quello che appartiene a *mademoiselle* Yvette e alla signorina Simonetta. Elsie può confermare che sono la miglior cameriera personale che quelle due abbiano. Così va meglio! Dovreste ridere. Ridereste ancora più forte se vedeste Elsie e il suo papà prendere il tè chiacchierando con le sue due bambole in francese o in italiano, o in entrambe le lingue!"

"Mi piacerebbero quei tè delle cinque, Vostra Grazia" gli assicurò Lisa con un sorriso un po' bagnato.

Lasciò che le sistemasse il fichu sulle spalle e facendola voltare da una parte e dall'altra e alla fine, quando il duca le ebbe legato il fiocco con sua soddisfazione, Lisa lo ringraziò e avrebbe aggiunto qualcosa, ma lui fece un passo indietro e scomparve nell'ombra, allarmato da una serie di gemiti e minacce borbottate. E quando sentì un altro guaito, seguito da implorazioni e rassicurazioni, non riuscì quasi a credere alle proprie orecchie, men che meno ai propri occhi, quando lord Westby barcollò fuori dall'oscurità e passò davanti alle finestre, la sagoma di un uomo che camminava piegato in due con una mano sull'orecchio.

Kinross tornò da Lisa, tirando una boccata dal sigaro per poi soffiare il fumo nel cielo notturno.

"Non darà più fastidio né a voi né a Harry. Quel brutto buco nell'orecchio sarà un bel promemoria. E il fattore decisivo è stata la mia minaccia di castrarlo se mai si avvicinerà ancora a voi."

Lisa spalancò gli occhi. "L'avete bruciato con il sigaro?"

"Gli ho regalato un marchio di buona condotta. Lo vedrà e si comporterà bene."

Lisa fu sbalordita, e poi ridacchiò.

Kinross sorrise. "Così va meglio. Avete una bella risata, e vi si addice. Allora, ve la sentite di fare quel discorsetto?"

Lisa annuì. "Mi sento molto meglio, Vostra Grazia. Quindi sì. Anche se..." Guardò le portefinestre aperte. "Mi aspettavo che sua signoria fosse già tornato... era andato a prendere da bere. Mi chiedo che cosa lo abbia trattenuto... o chi..."

'Chi' era la parola giusta. Kinross lo sapeva. Prima che la sua attenzione fosse attirata da Westby che usciva sul terrazzo e infastidiva Lisa, stava osservando Henri-Antoine dalla finestra. Aveva visto suo fratello e poi Antonia che riuniva i suoi figli prima che i tre sparissero dalla vista. Non serviva molta immaginazione per sapere di che cosa stessero discutendo... di quella ragazza in piedi davanti a lui. Ma finse ignoranza, e il suo sorriso restò amichevole come prima.

"Probabilmente è stato trattenuto da qualcuno che voleva scambiare due parole. Sapete com'è a questo tipo di funzioni... Adesso che ci penso, no, non lo sapete... Fortunata voi! Ma fidatevi di me. C'è un mucchio di gente che vuole belare nel mio orecchio di questo o quest'altro." Le mostrò il sigaro. "È il motivo per cui sono uscito. Ho rinunciato a queste cose anni fa, quindi non ditelo a mia moglie."

Lisa piegò di lato la testa. "Non so perché ma sospetto che *Madame la Duchesse* conosca i vostri trucchi, e le vostre abitudini, Vostra Grazia."

"Ah! Ho capito che avevate un bel cervello la prima volta che vi ho visto. È scritto chiaramente sul vostro volto, e avete gli occhi intelligenti, proprio come mia moglie. Inoltre Elsie vi ha preso in simpatia. Mia figlia potrà anche avere solo otto anni e mezzo, ma ha una testa vecchia sulle spalle. Fin troppo per una personcina, ma le sarà utile in futuro, come a voi. In particolare..." Il suo sorriso divenne sentimentale. "In particolare quando si tratterà di scegliere un compagno."

Il sorriso di Lisa si spense e abbassò gli occhi. Era grata che fossero accanto alla balaustra e non a una delle applique e quindi alla luce delle candele perché era sicura di avere il volto in fiamme.

"Il bello di essere amati da una donna intelligente" continuò Kinross tranquillamente, come se non si fosse accorto dell'improvviso imbarazzo di Lisa, "è che so che mia moglie mi ama per me stesso. Si è innamorata di un tizio che parla chiaro, pragmatico, che ha la testa dura e non sopporta gli stupidi, che dà più importanza al coraggio, alla lealtà e all'amicizia di un uomo di quanta ne dia al tipo di coroncina che gli hanno ficcato in testa. Ho ricevuto tardi il mio ermellino e non mi vergogno di dirvi che essere un duca non vale i fastidi che procura. E il mio titolo non valeva un soldo finché non ci ho riversato il patrimonio accumulato da mercante.

"Ma mia moglie era una duchessa quando l'ho conosciuta e suo figlio un duca e a quanto si dice il pari più potente d'Inghilterra, che possiede metà della nazione. E significa molto per i loro parenti e amici e per le molte persone che li circondano. Quindi, in un certo senso, sono entrato nell'azienda di famiglia. Mi presento alle varie funzioni e recito la mia parte. E lascio che la gente faccia i salamelecchi al mio titolo quando mi conviene, o quando devo. Ma non perdo mai di vista chi sono, né lo fa mia moglie."

Lisa si chiese dove voleva andare a parare con quel sermone e si sarebbe potuta prendere a calci da sola per non essersi resa conto quando aveva parlato di un compagno, che quella storia stava puntando direttamente a Henri-Antoine. Ma aveva dimenticato la propria situazione, affascinata dalla sua storia. Quindi, quando alla fine menzionò Henri-Antoine nella stessa frase, non avrebbe dovuto sorprendersi, anche se lo fece, e si sentì arrossire di nuovo. Ma questa volta non distolse lo sguardo.

"Dato che siete una ragazza intelligente, non interpreterete le mie parole nel modo sbagliato, né farete la ritrosa quando vi dirò che quando siamo da soli insieme, noi siamo semplicemente Jonathon e Antonia, un uomo e una donna che si amano e si rispettano e sono i migliori degli amici. Gli ermellini e i titoli e gli antichi lignaggi significano qualcosa solo nelle occasioni pubbliche, e quello è il loro posto, dove i parassiti e i leccapiedi sciamano come mosche su una carcassa, per bearsi della nostra importanza. Ciò che è importante per una coppia è vivere come se tutti quegli orpelli non esistessero; vivere onestamente e senza il detrimento dell'interferenza o delle aspettative della famiglia. Mi capite, mia cara?"

"Credo di sì, anche se per me..."

"Che cosa sto dicendo? Certo che lo capite!" dichiarò, interrompendola deliberatamente perché aveva ancora qualcosa da dire e perché sapeva di avere poco tempo. Henri-Antoine sarebbe tornato da un momento all'altro. Prese una boccata di fumo ed esalò lontano da lei. "Il che mi riporta alla famiglia di cui sono entrato a far parte. Posso dirvi, e sono sicuro che capirete perché non siete una di loro, che non è facile far parte di quella gente. Penserete che sia irriverente. Dopo tutto sono un duca. Ma il primo marito di mia moglie era il venerato quinto duca... Ne avete sentito parlare?"

"Sì, Vostra Grazia. Mia zia è stata la cameriera personale di *Madame la Duchesse* per molti anni..."

"Giusto! Gabrielle! Come ho potuto dimenticarlo?! Donna meravigliosa. Non avremmo potuto fare a meno di lei alla nascita di Elsie. Ed era lì anche per la nascita dei due ragazzi." Sorrise malizioso. "Scommetterei che ha una storia o due da raccontare sul tempo che ha passato qui..."

"Storie, sì, ma niente di inappropriato e non ha mai tradito una confidenza. Lei è... è sempre stata molto circospetta nel raccontare le sue storie. E tiene per sé i suoi ricordi."

Kinross annuì, come se fosse un dato di fatto, e tornò al suo ragionamento. "Il quinto duca era un uomo fatto a modo suo, miss Crisp. E lo sono anch'io. La gente mi prende come sono, o niente. E questo fa piacere a mia moglie, e la famiglia conosce le mie posizioni."

"Lo capisco. Altrimenti *Madame la Duchesse* non si sarebbe innamorata di voi e non vi avrebbe sposato. Oserei dire che sarebbe rimasta molto delusa se foste cambiato solo per compiacere lei o la sua famiglia."

"Precisamente! E questo mi porta al mio figliastro Henri-Antoine, solo che, eccetto sua madre, lo chiamiamo tutti Harry. Lui-lui... è complicato" affermò Kinross, con lo sguardo fisso sul sigaro, ma perfettamente conscio di Lisa e delle sue reazioni. "Non solo assomiglia a suo padre, ma sua madre mi dice che ne ha anche il temperamento. Non è uno di quei tipi che strombazza i suoi sentimenti o che mostra facilmente le sue emozioni, perfino in seno alla sua famiglia. La sua malattia lo ha fatto diventare egocentrico. E a buon motivo, immagino. È un gran bell'inconveniente con cui vivere, non sapere da un giorno all'altro se sarai colpito da una crisi. Anche se noi, sua madre e io, sospettiamo che l'ultimo episodio se lo sia causato da solo..."

"Vostra Grazia, io..."

"... e che abbia rivelato più cose sul suo stato emotivo che sulla sua salute. Ma a parte essere distaccato con i suoi simili ed essere spesso imperscrutabile, è anche..."

"...gentile, generoso, premuroso, timido, intensamente riservato e-e… amorevole" dichiarò Lisa e, avendo trovato il coraggio di dire ciò che pensava, aggiunse per buona misura: "E io sono innamorata di lui."

"Sì, pensavo proprio che le cose stessero così."

Lisa alzò coraggiosamente gli occhi, con un timido sorriso. "Temo di aver permesso al cuore di dominare questa mia vecchia testa…"

"Posso darvi un consiglio? È ciò che volevo dirvi fin dal principio."

"Accetterò volentieri qualunque consiglio vogliate darmi, Vostra Grazia."

"Siate voi stessa. Sempre. Non abbiate ripensamenti. O vi ama come siete o non vi ama per niente. Sono sicuro che vi ami, miss Crisp. Nessuno balla con una donna nel modo in cui Harry ha ballato con voi poco fa senza essere innamorato! Che vi amiate è lampante. Ed è tutto ciò che conta. Non la sua famiglia. Non sua madre. E certamente non suo fratello. E tutto il resto… antenati, questo mucchio di sassi, i parenti, la società… alla fin fine sono irrilevanti, no?"

"Per me e per ciò che provo per lui, certamente. Ma riguardo le mie umili condizioni? Io non ritengo vergognoso essere povera. Non è una cosa che possa cambiare, a parte fare del mio meglio per trovare un impiego e cercare di non essere un peso per la mia famiglia. Ma non ho né famiglia né conoscenze e certamente non antenati degni di menzione, e se mai abbiamo avuto un mucchio di sassi, sicuramente non sarebbero bastati per costruire qualcosa di utile. Mi chiedo se questo sia irrilevante per lui…?"

"Ah! Io ho fatto fortuna sul sub-continente e tutto ciò che avevo all'inizio era la fiducia in me stesso, la volontà di lavorare duramente e una buona testa per gli affari. Alcune cose non si possono misurare in sterline e pence, o esaminando una pergamena per vedere su quale branca dell'albero genealogico si è seduti. Spesso sono le cose intangibili che significano di più, per me almeno. Cose come l'onore, l'integrità, l'intelligenza, l'amore, la gentilezza, la fedeltà, la generosità, la lealtà e potrei proseguire. Ma penso di aver messo le cose in chiaro, vero?"

"Sì, Vostra Grazia. E grazie."

Kinross sorrise e le batté sulla spalla e, sentendo delle voci, si raddrizzò e spense il sigaro sulla suola della scarpa. "Quando arriverà il momento ricordate che cos'ho detto sul fatto di essere voi stessa."

E mentre attraversava il terrazzo per tornare nel salone, Lisa si chiese che cosa intendesse dire con 'quando arriverà il momento', ma avrebbe certamente ricordato le sue parole e le sarebbero dovute essere di conforto e darle forza quando ne avesse avuto più bisogno. Per il momento, Teddy e Jack erano sfuggiti ai loro ospiti per raggiungerla sul terrazzo, Henri-Antoine era qualche passo dietro di loro e dietro di lui c'era un cameriere con un vassoio di bicchieri di champagne.

"Eccoti qui!" esclamò Teddy, correndo da Lisa in un turbine di sottane di seta e sorrisi. Abbracciò Lisa. "Ti abbiamo cercato dentro, dappertutto, vero, sir John?"

"Dappertutto. Non abbiamo pensato a guardare qui fuori" ammise Jack. "Finché Harry non ci ha detto dove eravate. Almeno avevate Kinross a tenervi compagnia." Fece una smorfia. "Pensavo di aver visto Seb sgattaiolare qui fuori, ma lo zio Charles e io stavamo parlando dei suoi programmi una volta arrivato nei nuovi Stati Uniti d'America, quindi non potevo allontanarmi. Devo essermi sbagliato."

Henri-Antoine distribuì i bicchieri di champagne, alzò il suo, ammiccando a Lisa.

"Prima di fare un brindisi ai novelli sposi, devo innanzitutto scusarmi per il mio comportamento asinino alla partita di cricket, comportamento i cui risultati sono ancora piuttosto evidenti..."

"No! Harry. No! Non stasera" disse fermamente Jack. "È tutto perdonato e dimenticato. Tanto per capirci, lo avevo completamente dimenticato finché lady Fittleworth mi ha chiesto come mai avevo un occhio nero."

"Io sono stata d'aiuto dicendo che aveva sbattuto contro una porta" disse Teddy con un sorriso.

"Una porta! Tanto valeva dire che mi ero ficcato nell'occhio l'archetto della mia viola!"

Risero tutti, eccetto Jack.

Teddy baciò il marito sulla guancia. "Lo ricorderò per la prossima volta."

"Non ci sarà una prossima volta. Ho giurato di rinunciare a picchiare i miei amici."

"Anch'io, Jack. Mai più." Henri-Antoine alzò il bicchiere. "A sir John e lady Cavendish. Vi auguro una vita lunga, un matrimonio felice e bambini in quantità. I migliori amici che questo miglior amico potesse avere."

Gli altri tre alzarono il loro bicchiere e bevvero.

"Grazie, Harry. E io vorrei fare un brindisi alla mia miglior amica" disse Teddy, alzando nuovamente il bicchiere e sorridendo a Lisa. "A Lisa Crisp. La miglior amica che una ragazza possa avere. Sono felice che tu faccia parte della mia... delle nostre vite."

Bevvero di nuovo.

"Ma non hai intenzione di venire a vivere con noi, vero?" aggiunse Teddy tristemente, con lo sguardo ancora fisso su Lisa.

A Lisa si riempirono gli occhi di lacrime e scosse la testa. "No, carissima. No. Ma spero che mi permetterete di venirvi a trovare... entrambi."

"Certamente! Quali che siano le circostanze" dichiarò enfaticamente Jack, senza guardare Henri-Antoine. "Non vi respingeremo mai. Sarete sempre la benvenuta. Sempre. Non è così, Theodora?"

"Sì. Quali che siano le circostanze" rispose Teddy sconsolata, stringendo il braccio di Lisa. "Sempre…"

Dato che anche lei evitava di guardare Henri-Antoine, Lisa si chiese se Jack si fosse confidato con la sua sposa e che cosa le avesse detto esattamente. Non prometteva bene che Teddy la stesse guardando come se stessero per condannarla all'impiccagione, o alla decapitazione. Seguì un momento di silenzio imbarazzato tra i quattro, finché Henri-Antoine tossì coprendosi la bocca e disse sommessamente: "Questo è il vostro gran giorno, Teddy, Jack, quindi non desidero dire nient'altro stasera. Ma domani… Domani spero di avere qualcosa da dire a entrambi."

"Saremo ancora qui domani, vero, sir John?" rispose Teddy, subito allegra e impaziente. "Non partiremo per Bath fino a dopodomani. Abbiamo tutta la giornata, domani."

Jack guardò Lisa e poi Henri-Antoine, notando che stavano facendo di tutto per non guardarsi a vicenda. "Sì. Giusto. Tutta la giornata domani, e la notte. Saremo qui anche domani notte. E quando partiremo, dopodomani, non sarà fino a mezzogiorno. Quindi tempo in abbondanza…"

Teddy e Jack speravano che l'annuncio di Henri-Antoine fosse quello che segretamente desideravano entrambi e che volevano sentire, ma che non avevano espresso a voce alta per tema che non si avverasse. Lisa non aveva idea di che cosa potesse riguardare l'annuncio. Quando lui glielo chiarì, qualche ora dopo, Lisa rimase senza parole. Non era la reazione che Henri-Antoine aveva sperato, e restò perplesso. Lei si sentì miserabile.

VENTISEI

Non molto dopo gli ultimi brindisi sulla terrazza, Henri-Antoine congedò i suoi ragazzi per il resto della serata e, prendendo Lisa per mano, sgattaiolò via dal ballo, per andare nel suo appartamento. La condusse attraverso un labirinto di corridoi, scale di servizio male illuminate e stanze che sembravano non finire mai. La maggior parte delle stanze aveva una qualche forma di illuminazione, o un fuoco nel camino, e se non c'era né una né l'altro, c'era sempre un servitore o una cameriera appena dietro l'angolo, che stava facendo il suo lavoro, e che poteva offrire a sua signoria tutto ciò di cui aveva bisogno. A un certo punto Lisa chiese: "Siamo ancora nella stessa casa o abbiamo sconfinato in un'altra proprietà? Questo posto non finisce mai!"

"È vero, se non si sa come muoversi. Sto prendendo la via più corta possibile."

"Quindi il vostro appartamento è più vicino a Parigi che a Londra?"

"Potreste anche avere ragione. È il più lontano possibile da tutto. E potrebbe tranquillamente essere in Francia. Il personale è il mio. Li porto qui con me dalla mia casa di Londra, perfino il cuoco."

"Già, ovvio" borbottò Lisa, cercando di nascondere la sua sorpresa. "Chi altri potrebbe cucinare per voi nella vostra cucina, se non il vostro cuoco personale…?"

"Esattamente e…" Henri-Antoine aggrottò la fronte e arrossì. "È un sorrisino malizioso quello che vedo sul vostro volto, miss Crisp?"

"È un'illusione ottica, milord."

Henri-Antoine non disse altro, anche se le diede un'occhiata di sottecchi per farle sapere che aveva notato la sua scherzosa impudenza, e poi Lisa lo fermò di nuovo mentre stavano per attraversare una stanza in particolare che le fece pensare di essere capitata nel deposito di un contrabbandiere. La stanza luccicava di dorature e filo d'oro nella tappezzeria. Una parete era coperta da cima a fondo dagli specchi più grandi che Lisa avesse mai visto. Ma fu ciò che rifletteva la luce delle candele mentre Henri-Antoine camminava con il candelabro in mano che fece spalancare gli occhi a Lisa. Una miniera di ninnoli, scatole, statue, dipinti, mobili, arredi e curiosità, tutti ammucchiati alla rinfusa, come se quelle cose fossero state saccheggiate non solo da altre case, ma dai secoli precedenti.

Quel monolite di edificio riservava una sorpresa a ogni angolo e ogni sorpresa era più sorprendente dell'ultima.

"Questa è la stanza che la famiglia chiama *la stanza ancestrale del senso di colpa*" le spiegò Henri-Antoine. "Mio nipote Freddy, che un giorno, nel lontano futuro, sarà il settimo duca, l'ha soprannominata la stanza *che cosa ne facciamo di questa roba perché non la vogliamo, ma è nella famiglia da generazioni*." Passò un dito intorno al bordo di un piedestallo di marmo che sosteneva una coppa fatta con una conchiglia lucidata e argento. C'era un'iscrizione ma lui non la lesse. "Alcuni di questi pezzi risalgono a prima dei tempi della regina Bess. Alcuni appartengono a me. Mio fratello ne ha ereditati la maggior parte da nostro padre, che li aveva ereditati dal suo. Anche mia madre ne ha qualcuno qui, eredità di sua nonna, un'orribile vecchia strega di donna. Nessuno di noi vuole questa-questa *roba*, ma non sappiamo che cosa farne."

"Se nessuno di voi la vuole, nemmeno vostro nipote, allora forse potrebbe essere impiegata in un modo migliore?" suggerì Lisa, cercando di vedere il più possibile della roba accumulata.

"Per esempio?"

"Potreste indire un'asta..."

"Un'asta?" Henri-Antoine era sorpreso ma Lisa aveva tutta la sua attenzione. "Continuate."

"Ci possono essere altri pezzi che vostro fratello, vostra madre e qualunque altro parente potrebbe voler donare per contribuire all'asta, pezzi che ritengono superflui..."

"Includerebbe la maggior parte della roba ammucchiata in questa casa" ribatté scherzoso Henri-Antoine. Poi sorrise. "Ma continuate, vi prego."

"Potreste far stampare un catalogo, come quello che pubblicizzava la collezione della duchessa di Portland ed elencare tutti i pezzi che ci sono in questa stanza e qualunque altro pezzo venga donato."

"So che Deb, mia cognata, contribuirebbe volentieri. Sono anni che vorrebbe fare qualcosa con questa roba. Ma mio fratello è un sentimentale. Bisognerebbe convincere lui."

"Mi sembra uno spreco che tutte queste cose restino semplicemente qui, senza servire a niente, in particolare quando nessuno della famiglia le vuole, quando potrebbero servire a uno scopo migliore, e trovare qualcuno a cui piacciano. Un mucchio di gente ha comprato gli oggetti della collezione Portland, e senza dubbio la maggior parte di quelle cose raccoglieva polvere da anni."

"Come la conchiglia di Elsie."

"Sì, proprio come la conchiglia di Elsie. E forse vostro fratello sarebbe più ben disposto se fosse chiamato catalogo Roxton?"

"Effettivamente potrebbe."

"E se il ricavato fosse usato per una buona causa...?"

"Quello sicuramente sarebbe un punto a favore per convincere lui, la sua duchessa e nostra madre."

"E quale causa potrebbe essere più valida di quella più vicina al vostro cuore se non la Fondazione Fournier per la ricerca medica?"

Henri-Antoine sorrise. "Siete una veggente."

"Oh? Pensavo di essere una strega."

Henri-Antoine attaccò la candela sulla superficie più vicina, la afferrò e le prese gentilmente il volto tra le mani. La baciò. "Siete così intelligente. Non mi stupisce che vi ami. Venite" disse e riprese la candela, prendendola per mano. "Il mio appartamento è oltre quella porta e lungo il corridoio."

Lisa lo seguì, ammutolita. Era stordita dalla sua dichiarazione. Lo aveva già detto, quando stavano facendo l'amore quella prima volta, ma più tardi, a mente e corpo freddi, si era chiesta se non avesse sentito male. E ora lo aveva detto di nuovo, ma in maniera così disinvolta che l'aveva lasciata perplessa. Quindi non vi diede soverchia importanza. E quando entrarono nel suo appartamento, fu distratta abbastanza da non ripensarci. Perché lì sul tappeto, accanto a un sofà, c'era il suo baule malridotto e sopra il coperchio il suo scrittoio di palissandro nella borsa di tela.

"Dov'è Becky?" gli chiese, guardandosi attorno, come dovesse trovare la ragazza accanto ai suoi effetti personali.

"Tornerà a Londra con gli Strathsay..."

"Ma..."

"Se la rivolete, dovrete scrivere alla vedova Humphreys offrendole un buon impiego."

"È ciò che vi ha detto lei?"

"È ciò che ha detto al mio major domo."

Lisa si sentì di colpo in imbarazzo. "Sua zia potrebbe non permetterle di lavorare per quelle come me."

"Quelle come voi?" Henri-Antoine era perplesso. "Sarebbe fortunata. La vedova Humphreys potrebbe farsi pubblicità con la sua clientela dicendo che la nipote è la vostra sarta, la sarta di sua signoria. I suoi affari triplicherebbero in una notte." La tirò a sé e, con lei tra le braccia, slegò il fiocco che teneva a posto il fichu. "Vi servirà una buona cameriera personale" mormorò, abbassando la testa per baciarle la curva del collo. "Una che sia pratica di sete e satin…"

Lisa gli fermò le mani, di colpo a disagio, e fece un passo indietro, guardando l'ambiente opulento che la circondava, come non aveva fatto la prima volta che era venuta per parlare con il major domo: tende di velluto, soffitti alti, dipinti di dimore straniere in pesanti cornici dorate, un tappeto folto sotto i piedi, e tutto immerso nel bagliore dorato di candele della migliore cera. Si sentì sciocca per il brivido di panico che la colse, pensando a ciò che era successo in terrazza con Seb Westby, e lo bandì in fretta dalla mente. Non avrebbe permesso a quell'episodio o a quel libertino ubriaco di insinuarsi nuovamente nella sua vita, e tirò Henri-Antoine verso di lei.

Lui aveva immediatamente tolto le mani e fatto un passo indietro, facendole un piccolo inchino. Ora, quando lei gli mise le braccia intorno al collo, disse con un'espressione preoccupata, guardandola negli occhi. "Non avrei dovuto presumere… È stata una lunga serata… Dovete essere stanca."

Attraverso le porte aperte, Lisa adocchiò una camera altrettanto opulenta e vasta, che ospitava un enorme letto a baldacchino, e gli sorrise per poi dire maliziosamente: "Non sono per nulla stanca. Ma mi chiedo che cosa direbbe Sua Grazia se sapesse che sono qui, con voi, sotto il suo tetto?"

"Il mio appartamento, il mio tetto: è questo il nostro accordo. E il vostro posto è qui, con me, sempre. È tutto ciò che conta."

"Mi piacerebbe molto che sua signoria mi mostrasse il resto dell'appartamento…"

Henri-Antoine le baciò il palmo della mano e continuando a tenergliela, la condusse nella stanza da letto e chiuse le porte sul mondo.

LISA ERA STRETTA TRA LE SUE BRACCIA E STAVA PER SCIVOLARE IN un sonno beato quando Henri-Antoine si mosse abbastanza da svegliarla. E una volta sveglia e dopo che lui le ebbe sprimacciato i cuscini, con lei seduta contro la testata del letto di legno intagliato,

Henri-Antoine scivolò fuori dalle coperte. Attraversò la stanza e scomparve in quella successiva per tornare portando con sé lo scrittoio di palissandro, perfettamente a suo agio in costume adamitico. Ma qualcosa in quella scena fece scoppiare Lisa in un accesso di risatine. Non era la massa di capelli scomposti, che gli ricadeva sugli occhi, tanto che si chiedeva se potesse vederci. O la sua nudità, che era splendida e affascinante. Era lo scrittoio di palissandro. Per un attimo aveva ricordato Henri-Antoine che le presentava lo scrittoio a Gerrard Street, vestito in modo magnifico, e com'era stato formale con lei in quell'occasione. E adesso, non molte settimane dopo, le stava presentando la stessa scatola, in tutta la sua magnifica nudità. E che cosa avrebbe dovuto farne? Scrivere una lettera? A quell'ora? E a chi?

"Sua signoria ha bisogno di un'amanuense nel cuore della notte?"

"Non riuscirò a dormire finché non avrò la vostra risposta" disse Henri-Antoine tornando sotto le coperte accanto a lei, con lo scrittoio sul copriletto tra di loro.

Lisa frenò le risatine, ma gli occhi azzurri continuarono a ridere.

"Avete intenzione di dettare questa risposta e io dovrò scriverla?"

Henri-Antoine la guardò con il sopracciglio alzato sopra l'occhio ammaccato.

"Divertente. No. In questo scrittoio c'è più di quello che salta all'occhio, vero?"

Lisa capì immediatamente. Senza che glielo ripetesse, aprì lo scrittoio, che non era chiuso a chiave, ripiegò indietro la superficie di scrittura di pelle rossa per esporre lo scomparto sotto, premette il pannello che celava i tre cassettini e lo tolse. Guardò Henri-Antoine.

"Mi avete lasciato un biglietto?"

"Biglietti."

Lisa sospirò di piacere.

"Quando? Come? Non ricordo che abbiate avuto accesso al mio scrittoio dopo Gerrard Street."

Henri-Antoine fece un sorrisino. "Sua signoria opera in modi misteriosi. Ma so che non lascerete perdere, quindi ve lo dirò. Io ho scritto i biglietti, e li ho fatti nascondere da Michel. Al matrimonio ero occupato in altre faccende."

"Sono stati inseriti stasera?"

"Oggi, sì."

"E li avete scritti... quando?"

Henri-Antoine appoggiò le spalle contro la montagna di cuscini di piuma.

"Non siete una strega, siete un grande inquisitore."

Lisa si mise a ridere. La verità era che era eccitata e apprensiva e quelli erano i suoi primi biglietti segreti. Fece un respiro profondo e chiese: "Quale cassetto dovrei aprire per primo?"

Henri-Antoine alzò una mano. "Non importa. L'unica cosa che conta è la vostra risposta."

Lisa tirò piano il piccolo pomello di corno del cassetto a sinistra e dentro il piccolo scomparto c'era un pezzettino di carta ripiegata, che diceva: *Provate il terzo cassetto.* Lisa piegò il biglietto, lo rimise nel cassetto e lo richiuse, dando un'occhiata tra le ciglia a Henri-Antoine che le stava sorridendo. Quindi fece ciò che diceva il biglietto e aprì il cassetto di destra. Dentro c'era un altro pezzetto di carta, ma questo era avvolto intorno a qualcosa. Lisa lo svolse lentamente e ciò che vide le fece alzare la testa e fissare Henri-Antoine, sbalordita.

"È un anello!"

"Meraviglioso. Michel è riuscito a inserirlo senza farlo cadere dalla carta. Ci sarebbe voluta una caccia al tesoro per trovarlo…"

"È autentico? È antico?"

"Volete dire se sono diamanti e zaffiri o vetro? No, non sono di vetro. Sì, sono veri. Sì, l'anello è vecchio. Ha bisogno di una bella lucidatura. L'ultima a portarlo è stata mia nonna, Madeleine-Julie Salvan Hesham, marchesa di Alston, figlia del *comte de Salvan*, e madre di mio padre."

"La madre di vostro padre?"

"Sì. È morta più di cinquant'anni fa…"

Lisa tenne l'anello tra il pollice e l'indice e lo esaminò attentamente, voltandolo da una parte e dall'altra alla luce delle candele.

"Vostra nonna aveva le dita sottili."

Henri-Antoine sorrise. Era proprio da lei interessarsi all'anatomia di chi aveva portato l'anello piuttosto che al valore delle pietre o, sorprendentemente, al significato di ciò che simboleggiava l'anello.

"Aveva quarantacinque anni quando morì. Ovviamente c'è la possibilità che le sue dita fossero ancora più sottili quando si sposò e l'anello da allora sia stato allargato. Aveva solo sedici anni quando sposò di nascosto mio nonno."

"Di nascosto? Come… come avete fatto ad avere l'anello?"

"Vedo che è tornato il grande inquisitore" brontolò Henri-Antoine. "Me l'ha lasciato mio padre, insieme a una lettera" le spiegò pazientemente. "Ho aperto la lettera la prima volta questa mattina. L'anello era dentro il pacchetto."

"Una lettera da vostro padre?" Lisa era incuriosita. "Vi aveva scritto una lettera da aprire oggi?"

"Non precisamente oggi. La lettera doveva essere aperta una volta che avessi preso una particolare decisione riguardo alla mia vita."

"Non vi aveva anche lasciato una lettera da aprire al vostro ventunesimo compleanno?"

"Sì."

"Che cosa meravigliosa e lungimirante da parte sua. Vi voleva molto bene." Si accigliò e si chinò in avanti per baciarlo sulla bocca, prima di guardarlo negli occhi. "Posso immaginare quanto sia stato commovente per voi leggere una lettera simile…"

Henri-Antoine sostenne il suo sguardo. "Tutta questa settimana è stata così."

Lisa lo baciò di nuovo e poi premette lievemente le labbra sul suo occhio nero. Gli porse timidamente l'anello. "Me lo mettereste al dito?"

"Volentieri. Prima però dovete guardare nell'ultimo cassetto e darmi la vostra risposta."

"Ah, sì. Che sciocca a dimenticare quel cassetto. Abbagliata dalle pietre preziose!"

"Abbagliata dalla circonferenza dell'anulare *de ma grand-mère*."

Lisa rise e stava ancora sorridendo quando aprì il piccolo cassetto centrale dello scrittoio. Non fu sorpresa di trovarvi un altro pezzetto di carta. Lo prese e lo spiegò in fretta e stava sorridendo a Henri-Antoine prima ancora di dare un'occhiata al foglietto. E poi abbassò gli occhi e vide disegnato un cuore e dentro il cuore c'era una parola: *Sposatemi*.

Lisa fissò il cuore, e le parole e fece un respiro profondo e pensò che avrebbe potuto smettere di respirare per la felicità. Durò solo un momento, prima di espirare e ripiegare il biglietto con le dita che tremavano e poi restò lì con la testa bassa, i lunghi capelli che le ricadevano sul volto e le braccia nude. E poi arrivarono le lacrime e caddero sulla carta e lei non riuscì a fermarle, né tentò di farlo. Era indescrivibilmente felice che lui l'amasse tanto da volerla sposare, ed era indicibilmente infelice perché lo amava tanto da dover rifiutare.

Quando finalmente fu in grado di esprimere chiaramente i suoi sentimenti, e gli spiegò che stava piangendo per la felicità, sopraffatta dall'occasione e da ciò che significava, ma più di tutto perché non poteva dargli la risposta che lui si aspettava, Henri-Antoine rimase stupefatto. Ma non era arrabbiato o triste, o perfino deluso. Si sentiva stranamente intorpidito. Le credette quando lei gli disse che lo amava. Le credette anche quando lei gli assicurò tranquillamente che aveva tutte le intenzioni di vivere con lui, come sua amante, e che sarebbero stati una coppia in tutti i sensi. Ma non le credette quando lei disse che lui non poteva sposarla. Lo colpì il fatto che Lisa non aveva detto che *lei* non poteva sposare *lui*, ma che *lui* non poteva sposare *lei*. Che cosa significava, di preciso? Che dubbio le stava ronzando nella testa e chi ce lo aveva messo? Due più due non stavano facendo quattro.

Forse una buona notte di sonno avrebbe portato una prospettiva diversa e qualche risposta. Con quello in mente, tolse lo scrittoio dal letto, mise l'anello nuziale di sua nonna sul comodino accanto al candelabro d'argento e trovò un fazzoletto pulito per Lisa. Poi si rannicchiò con lei sotto le coperte e spense la candela. Accoccolati, in silenzio e immobili eppure acutamente consci l'uno dell'altro, ci volle molto tempo perché si addormentassero.

LISA SI SVEGLIÒ NEL GRANDE LETTO, DA SOLA. RICORDÒ DI AVER sentito improvvisamente freddo. Henri-Antoine non era più nel letto con lei. Era mattino presto. C'erano uccellini che cantavano. In lontananza si sentiva una conversazione sussurrata. Poi si zittì. Non aveva dormito bene quella notte. Si chiedeva se avesse dormito del tutto. Era esausta. Si addormentò profondamente...

Per un attimo pensò di essere tornata nel suo lettino a Gerrard Street. Ma era circondata da cuscini rigonfi, imbottiti dalle piume più soffici, e coperta da lenzuola del lino più fine e il letto era enorme, il baldacchino e le tende di velluto. Le tende che coprivano le finestre erano state tirate indietro e la luce si riversava sul tappeto. L'anello di diamanti e zaffiri che era appartenuto alla marchesa di Alston non era accanto al candelabro, e dove Henri-Antoine aveva appoggiato il suo scrittoio, in fondo al letto, ora c'era una delle sue banyan, questa di damasco di seta color oro, con le maniche arrotolate.

Lisa gettò indietro le coperte e, indossata la banyan, le braccia strette intorno al corpo, seguì la luce fino a uno spazioso spogliatoio, arredato con una *dormeuse*, una poltrona e una vetrinetta. Sul sedile sotto la finestra c'erano pile di libri. Il fuoco ardeva nel camino. E appoggiata sulle piastrelle davanti al camino c'era una grande vasca da bagno di rame, foderata di lino. Accanto, una pila di asciugamani e un secchio di rame. Attraverso una porta aperta vedeva un guardaroba e appesi ai ganci lungo la parete c'erano sontuose redingote di seta, lino e cotone, insieme a panciotti in tinta e c'era una fila di armadi.

Ciò che la sorprese di più furono i vestiti stesi sulla *dormeuse* sotto il davanzale della finestra. Erano i suoi. Un abito di cotone fiorato in stile *caraco* con le sottane in tinta, un grembiulino trasparente, calze pulite e una sottoveste. Stava fissando quell'assortimento quando un uomo dalle spalle strette, vestito con giacca e calzoni neri, entrò dal guardaroba e si presentò come Kyte, il valletto di sua signoria. Lo seguivano due servitori che portavano secchi di acqua calda e dietro a loro una domestica, che tenne gli occhi abbassati sul pavimento.

"Buon giorno, *madame*" disse allegramente Kyte, come se la

presenza di Lisa nello spogliatoio del suo padrone fosse un evento di tutti i giorni. Le rivolse un piccolo inchino. "Rose vi aiuterà a farvi il bagno e a vestirvi e a sistemare i capelli nel modo che preferite mentre io mi accerterò che la vostra colazione sia pronta nell'alcova in salotto. Immagino che cioccolata calda, pane tostato e un uovo abbiano la vostra approvazione? Dopo la colazione i ragazzi vi scorteranno nella biblioteca di Sua Grazia."

Il pensiero di mangiare le dava la nausea. Forse avrebbe potuto bere un po' di cioccolata calda. Ciò che le aveva fatto perdere l'appetito era la menzione della biblioteca. E qualunque imbarazzo avesse provato per essere nella stanza di Henri-Antoine svanì, sostituito dall'apprensione e dal timore; aveva sentito parlare di che cosa significava essere convocati nella biblioteca di Sua Grazia. Ma la incuriosì che avesse menzionato i ragazzi di Henri-Antoine.

"Mi accompagneranno i ragazzi?"

"Vi accompagnerà *Monsieur* Gallet. I ragazzi saranno la vostra scorta."

"Scorta?" Lisa pensò che il termine fosse minaccioso.

"Sì, *madame*."

Quando Lisa continuò a sembrare perplessa, Kyte pensò che fosse meglio spiegare. Mise nelle mani della cameriera un asciugamano, una spazzola e delle forcine e la mandò nell'area dove c'era la vasca da bagno per sovraintendere al posizionamento di un paravento, poi si rivolse a Lisa con lo stesso sorriso diplomatico.

"Sua signoria ha assegnato a voi due dei suoi ragazzi. Per la vostra protezione…"

"Scusatemi, signor Kyte…"

"Kyte, *madame*. Solo Kyte."

"Oh? Scusatemi, Kyte, ma non capisco perché mi serva protezione qui a casa di Sua Grazia."

Il sorriso fisso del valletto scomparve per un attimo. La ragazza poteva essere avvolta in una delle banyan del suo padrone e indossare calze legate sopra il ginocchio, ma lui avrebbe scommesso che era tutto quello che indossava. Con i lunghi capelli che ricadevano sulle spalle e lungo la schiena, folti e disordinati, era l'immagine stessa dell'amante il mattino dopo una lunga notte. Era giovane e bella e non lo sorprendeva che il suo padrone fosse infatuato. Ma non c'era niente di volgare in lei, né nella sua relazione con il padrone. Michel Gallet gli aveva raccontato dei bigliettini e dell'anello, lasciati in uno scrittoio di palissandro. E dato che lei si comportava con dignità ed era priva di artifizi, lui la trattò con il rispetto che riteneva la ragazza meritasse, e disse educatamente: "Sua signoria ritiene necessario, per il vostro benessere e la sua pace mentale, che ogni volta che uscite dai confini di questo appartamento, i ragazzi siano con voi costantemente. In questo modo potrete muovervi liberamente, senza dovervi preoccupare di essere accostata da persone con le quali non desiderate parlare o avere contatti. Vi assicuro, tutti i servitori di sua signoria sono molto discreti e leali."

"Non ne dubito, Kyte."

Il valletto si inchinò e si sarebbe allontanato, ma Lisa aveva un'altra domanda e cioè dove fosse il suo padrone.

"Sua signoria si è alzato presto con l'intenzione di fare una cavalcata. L'ho vestito proprio per questa uscita. Non mi ha però informato dei suoi successivi spostamenti, ma *Monsieur* Gallet potrebbe essere in grado di rispondervi dopo la colazione."

Più tardi, quando il major domo arrivò per portarla nella biblioteca, Lisa gli fece la stessa domanda. Michel Gallet si scusò perché non poteva dirle dove fosse sua signoria in quel momento, ma fu in grado di illustrarle le sue attività di buon mattino, e ne fece a Lisa un divertente resoconto mentre lei finiva la sua cioccolata calda.

"Sua signoria è effettivamente andato a fare una cavalcata" le disse Michel. "Ma prima si è occupato di alcune cose in sospeso nelle scuderie. Sembra che ieri sera abbia ordinato che una carrozza fosse pronta a partire alle prime luci dell'alba e abbia dato istruzioni che i bauli e gli effetti personali di un certo numero di ospiti fossero pronti e che gli ospiti e i loro servitori personali fossero a bordo della carrozza all'alba. Sfortunatamente, la direttiva di sua signoria è stata ritenuta uno scherzo a loro spese e non l'hanno ritenuta credibile. Quindi, mentre i servitori avevano effettivamente fatto ciò che era stato loro ordinato e loro e i bauli e gli effetti personali dei loro padroni erano a bordo della carrozza, come ordinato, gli ospiti erano ancora a letto quando avrebbero dovuto recarsi nelle scuderie. Imperterrito, sua signoria ha fatto radunare gli ospiti e, quando questi hanno obiettato per l'ora antelucana e per quelli che consideravano volgari maltrattamenti, rifiutandosi di fare ciò che veniva loro ordinato, sua signoria ha adottato l'unica alternativa rimastagli."

"Che... che cosa ha fatto, *Monsieur* Gallet?" chiese Lisa, con la tazza di cioccolata a metà tra il piattino e le labbra aperte.

Al major domo tremarono le labbra.

"Sua signoria ha ordinato ai ragazzi di trascinarli alla carrozza ancora in camicia da notte. E quando le donne hanno obiettato nel modo più stridulo, sua signoria ha ordinato ai ragazzi di buttarsele sulle spalle e portarle, scalcianti e urlanti, se necessario, alla carrozza in attesa..."

"C'erano coinvolte delle donne?" Lisa mise da parte la tazza di cioccolata, di colpo attenta.

"Due gentiluomini e due donne. Un fratello e una sorella, i Knatchbull, e l'amico del signor Knatchbull, lord Westby e l'amica di miss Knatchbull, miss Medway. Tutti e quattro sono stati in seguito caricati sulla carrozza, e i loro vestiti li hanno seguiti e al cocchiere è stato ordinato di portarli, sotto scorta, alla locanda Swan..."

"... ad Alston?"

La menzione della locanda locale dove lei e Becky erano scese dalla diligenza diede a Lisa un barlume d'idea del motivo per cui Henri-Antoine aveva mandato la carrozza a quel preciso indirizzo, e sotto scorta.

"Sì, *madame*. Dalla città passa un certo numero di diligenze, a scaricare e caricare passeggeri, perlopiù quelli che percorrono la strada tra Londra e Southampton."

Lisa mise da parte la tazza e si asciugò le labbra con il tovagliolo di lino prima di chiedere con calma: "Che cos'è successo ad Alston, *Monsieur* Gallet?"

"Mentre i Knatchbull, lord Westby e miss Medway stavano prendendo un rinfresco alla locanda Swan, la loro carrozza è partita per Londra senza di loro..."

"Per Londra... *senza di loro?*"

"Sì, *madame*. I loro servitori personali e i loro beni sono partiti con la carrozza fornita da sua signoria, mentre i loro padroni sono stati trattenuti sotto scorta armata, fino all'arrivo della diligenza."

"Povera me. Temo che non apprezzeranno il viaggio in una pubblica diligenza."

"Sicuramente no. Anche se uno dei ragazzi ha riferito che il signor Knatchbull era incline a vedere il lato umoristico dell'azione e aveva confessato che meritavano tutti quanti la giustificabile ira di sua signoria. Era incline ad accettare di buon grado l'inconveniente. Lord Westby non tanto e hanno dovuto trattenerlo dallo scagliarsi contro l'amico, cui dava tutta la colpa. Quanto alle due donne... Sono scoppiate in ululati di autocompatimento e niente che i due gentiluomini potessero dire o fare riusciva a calmarle."

"Provo pietà per le sfortunate persone che dovranno condividere la carrozza con loro per tutta la strada fino a Londra..."

"Anche la simpatia di sua signoria era tutta per i viaggiatori comuni. Ha dato istruzioni alla carrozza che portava i servitori e i bagagli di fermarsi cinque miglia più avanti e aspettare l'arrivo della diligenza. E a quel punto i padroni hanno avuto il permesso di usare la carrozza per il resto del viaggio fino alle loro residenze di Westminster... Se avete finito la cioccolata, *madame*, è ora di andare. Non vorremmo far aspettare Sua Grazia."

Lisa sembrò di colpo star male, come se dovesse salire sulla forca. E mentre seguiva Michel Gallet lungo un labirinto di corridoi e stanze per arrivare a ciò che sembrava il lato opposto di quel lussuoso insieme di edifici, con due dei ragazzi alle sue spalle, si chiese se la sua scorta servisse ad assicurarsi che non fuggisse e corresse a nascondersi. Dovevano esserci innumerevoli nascondigli, considerando solo la parte che aveva avuto modo di vedere. Immaginò che ci fosse tutto un altro mondo, abitato dai domestici, e perse il conto del numero di servitori in livrea che superarono. E dato che non vide nessuno degli ospiti, immaginò che la stessero portando alla biblioteca lungo un percorso che evitava deliberatamente le stanze pubbliche.

Arrivarono finalmente a una porta a due battenti di legno intagliato dove c'erano due servitori, a mo' di sentinelle. Lì, *monsieur* Gallet la lasciò con un inchino e i due ragazzi dietro di lei si ritirarono in un'alcova ad aspettare. Una delle sentinelle sparì all'interno e non tornò per oltre un minuto, e riapparve poi con la prevedibile notizia che Sua Grazia era pronto a riceverla. Una volta dentro, avrebbe dovuto camminare fino in fondo alla stanza, e non perdere tempo, e in linea retta, senza deviazioni. Con quelle istruzioni, le tennero la porta aperta, Lisa entrò e la porta si chiuse alle sue spalle prima che avesse fatto più di quattro passi.

Non si attardò, ma non poté resistere all'impulso di guardarsi intorno affascinata e meravigliata. Non era mai stata in una stanza simile. Sembrava dello stesso ordine di grandezza del salone, con scaffali alti fino al soffitto, divisi in due piani, con una stretta passerella munita di un'elaborata ringhiera che correva per tre lati della stanza, accessibile attraverso una scala a chiocciola. Il soffitto a cupola era dipinto in azzurro cielo, con nuvolette bianche e scene colorate, ma Lisa non si soffermò per capire che cosa rappresentassero le scene o le figure, temendo che le sarebbe venuto il torcicollo. C'erano gruppi di poltrone, tavoli coperti di mappe e grandi in-folio e pergamene arrotolate, globi celesti e terrestri sui piedestalli, statue e busti di marmo nelle alcove, tappeti orientali qua e là sul pavimento di legno, e, lungo un'intera parete, finestre frammezzate da riquadri con dei dipinti, sulle quali, eccetto due, erano state tirate le tende di velluto per tenere fuori la sfolgorante luce estiva.

Seguendo le istruzioni, si tenne sulla linea centrale che divideva in due la biblioteca e arrivò fino in fondo alla stanza, tenendo la schiena eretta, il mento parallelo al tappeto, i gomiti vicino al corpo e le mani unite sotto il seno. E poiché riusciva a vedere il duca seduto dietro un'enorme scrivania, si concentrò per tenere lo sguardo diritto davanti a sé, senza guardare né a destra né a sinistra, con l'arredamento, gli scaffali pieni di libri e i vari aggeggi che diventavano una sfocata immagine periferica, senza importanza né interesse.

Andò diritta alla scrivania, con il cuore che le batteva forte nel petto e fece una riverenza mentre il duca si alzava per salutarla. Fu sorpresa quando Sua Grazia uscì da dietro la scrivania verso di lei e le chiese di raggiungerlo accanto a un camino che era di lato a una seconda scala a chiocciola che conduceva alla passerella in alto e ad altri scaffali. Lì c'era un insieme di comode poltrone *bergère* e due divani dall'alto schienale, addossati, uno che guardava il camino e l'altro la scala a chiocciola. Fu sul divano che guardava il camino che il duca indicò a Lisa di sedersi. Lei si sedette e scoprì che il cuscino era duro. Decise che doveva essere il divano dove il duca faceva sedere i suoi figli quando e se doveva impartire loro una severa predica riguardo al loro comportamento. Si chiese perché non si sedesse davanti a lei e se intendesse impartire anche a lei una simile predica restando in piedi. E poi qualcuno si unì a lui sul sofà, con enorme stupore di Lisa che non si era accorta che ci fosse qualcun altro nella biblioteca. Era il motivo per cui il duca era rimasto in piedi.

La duchessa di Kinross si era avvicinata ed era in piedi di fianco al figlio. Lisa si alzò immediatamente dal divano e sprofondò in una riverenza in una sola mossa, con il cuore che batteva ancora più forte pensando che sarebbe stata interrogata non solo dal fratello di Henri-Antoine ma anche da sua madre. Sentiva la nausea ed era così nervosa che si chiedeva se non stesse per vomitare.

VENTISETTE

Un po' prima, mentre Lisa veniva scortata nella biblioteca, il duca e sua madre erano già lì, con l'espressione cupa e preoccupata.

"Se dobbiamo farlo come si deve, allora dovrete fare ciò che vi chiedo" aveva dichiarato il duca, osservando sua madre che camminava avanti e indietro davanti a lui.

Antonia aveva alzato una mano continuando a camminare. Roxton era stanco e dopo il giorno prima, con i festeggiamenti per il matrimonio e poi il ballo, aveva sperato di godersi una mattinata di dolce far niente, in compagnia della moglie. E adesso quello… Guardare sua madre che camminava avanti e indietro davanti alla sua scrivania lo faceva sentire ancora più esausto. Sua madre non si stancava mai?

"*Maman…*"

"Sì. Sì. Naturalmente lo faremo a modo tuo, Julian, è solo che è… È solo che è…"

"… spiacevole. Per tutti. Ma dobbiamo pensare a Harry."

"È solo a lui che sto pensando." Antonia aveva guardato il figlio negli occhi. "Sii gentile con lei. È giovane. E questo," aveva detto indicando tutto intorno con un braccio, "tutto questo è impressionante per i nostri amici, quindi immagina come dev'essere per una ragazza con il suo retaggio. Incomprensibile, sì?"

"Cercherò di essere il più gentile possibile, viste le circostanze."

Antonia non era sembrata convinta. "È ciò che mi preoccupa, Julian. Le circostanze."

Roxton aveva resistito al desiderio di alzare gli occhi al cielo. Aveva alzato il sedere dal bordo della sua scrivania e si era messo diritto.

"E ciò che preoccupa me, *maman*, è che cercherete di addolcire il colpo. Non funzionerà in questo caso. Miss Crisp non è un gattino randagio che ha bisogno di una ciotola di panna. Ha, a quanto dicono, un cervello di prim'ordine e le chiederò di usarlo perché capisca la gravità della sua situazione. Deve. Per il bene di tutti."

Antonia si era tormentata le mani, ma quando aveva annuito, Roxton aveva sospirato di sollievo.

"Quindi dovrete resistere e non interferire…"

"Interferire…?"

"… per il bene di Harry. Vi conosco. Siete troppo gentile, troppo emotiva. Volete che tutti siano felici…"

"C'è qualcosa di sbagliato in questo?"

"Assolutamente no. Vi voglio bene anche per questo. Ma ci sono volte in cui la gentilezza non funziona. Per favore. Lasciate fare a me."

"Non so come fai a essere così-così… *indifferente*."

Roxton era scoppiato in una fragorosa risata e aveva scosso la testa.

"E questo da una donna che era sposata con il nobiluomo più imperscrutabile del suo tempo!"

Antonia aveva fatto il broncio. "Ma tuo padre non era mai così con me."

"No. È vero. Ma proprio come per lui, tocca a me, il duca, riallineare i pianeti nel nostro mondo. Quindi. Farete la vostra parte e non direte una parola?"

Antonia aveva annuito di nuovo. "Sì. Per Henri-Antoine. Sarà difficile, ma sì, lo farò."

"Bene, è tutto ciò che chiedo. Allora siamo d'accordo." Roxton aveva guardato il camino oltre la testa di sua madre. "Spero solo che alla fine mi ringrazierete…"

"PER FAVORE SEDETEVI, MISS CRISP" DISSE IL DUCA. ASPETTÒ CHE sua madre prendesse posto sul sofà, poi allargò le falde della redingote e si sedette accanto a lei. Il suo sguardo rimase fisso su Lisa. "Ora che il matrimonio è finito e così anche il ballo, mi chiedo quali siano i vostri programmi?"

"I miei programmi, milord?"

"Sospetto che non vediate l'ora di tornare a Gerrard Street e ai vostri doveri là. Non dubito che al dottor Warner sia mancata la vostra assistenza. E i suoi pazienti che hanno bisogno dei servizi di uno scriba devono occupare tutto il marciapiede aspettando il vostro ritorno."

Lisa si agitò un po' sul divano, ma tenne la schiena diritta. Lanciò un'occhiata alla duchessa, poi guardò il duca, un po' sorpresa.

"Sapete del mio lavoro al dispensario?"

"Sì." Il duca sorrise. Non era un sorriso piacevole. "So tutto ciò che c'è da sapere su di voi, miss Crisp."

Lisa piegò la testa, incuriosita. "Allora... sicuramente... Vostra Grazia non ha bisogno di chiedermi dei miei programmi."

Antonia si portò di colpo il ventaglio davanti alla bocca per nascondere un sorriso, e si schiarì la gola per impedirsi di ridere, abbassando in fretta le palpebre. Roxton la ignorò e fece del suo meglio per ignorare la domanda di Lisa, anche se non la ritenne impudente.

"Vi prego, miss Crisp, accontentatemi."

"Molto bene, Vostra Grazia" rispose Lisa con calma, anche se strinse forte le dita che teneva in grembo; il suo unico segno di nervosismo. "Al mio arrivo qui avevo tutte le intenzioni di tornare a Gerrard Street e riprendere i miei doveri, ma-ma le mie... *circostanze*... sono cambiate..."

"... e quindi non desiderate più assistere i malati poveri o continuare a scrivere lettere per i poveri...?"

"Lo desidero ancora, ma spero di aiutarne molti più di quelli che visitano il dispensario Warner, contribuendo al lavoro della Fondazione Fournier..."

"... da Bath. Per essere precisi, da una villa alla periferia della città?"

"S-sì, Vostra Grazia."

"La casa di mio fratello, per essere precisi."

"Sì, Vostra Grazia."

"Dove intendete vivere e contribuire al lavoro della Fondazione Fournier? E come intendereste precisamente farlo, da Bath?"

"Non-non lo so esattamente, Vostra Grazia. Non-non ho ancora chiarito i particolari con sua signoria..."

"Mio fratello, con il quale intendete dividere questa villa alla periferia di Bath?"

Lisa non osò guardare Antonia, ma sostenne coraggiosamente lo sguardo del duca.

"Sì, Vostra Grazia."

"E avete tutte le intenzioni di vivere nel peccato con lui."

"Vostra Grazia, io-io... Potrebbe sembrarvi che..."

Il duca si sporse in avanti. "Capisco perfettamente, miss Crisp. Sono un uomo di mondo. E negli ambienti aristocratici dove vivo, è una cosa comune. Vi è stata offerta una vita molto migliore, quindi avete preso la realistica decisione di cambiare la vostra vocazione da assistente di un dispensario a prostituta."

Lisa non avrebbe potuto essere più sbalordita se le avesse dato uno schiaffo. Il suo volto divenne di cera e poi arrossì di colpo.

"Una-una *prostituta*? No! No! No, Vostra Grazia. Non è come…"

"E perché no?" continuò tranquillamente il duca, come se lei non avesse parlato. "Siete molto carina. Perché una piccola bellezza come voi dovrebbe voler faticare aiutando i poveri, i malati e i morenti? Deve essere il modo più veloce di perdere la vostra bellezza. Dio sa quali malattie potreste prendere in quell'inferno! E come potreste mai sfuggire da un posto simile se non attraverso il… mhmm…patrocinio di un ricco gentiluomo. Che fortuna per voi esservi imbattuta in mio fratello…"

"Non è stato così e io non sono così."

"… che, a quanto so, avete curato con le vostre manine. Lui vi era grato per il vostro aiuto e ovviamente quando vi ha rivisto non ha potuto fare a meno di notare la vostra bellezza. È solo un uomo, dopo tutto. È stato allora che avete formulato il vostro piano per intrappolarlo? Sapendo che avreste partecipato allo stesso matrimonio? Dovete aver pensato che fossero arrivati tutti i vostri Natali in una volta sola."

"Scusatemi, Vostra Grazia, ma non ho assolutamente *intrappolato* sua signoria. Per la maggior parte tempo non ho nemmeno saputo chi era. Sapevo solo che… che era stato il fato che ci aveva fatto incontrare…"

"Il fato?" disse il duca in tono di derisione. "Andiamo, miss Crisp, questa è una storia degna di una favola."

"Perdonatemi, Vostra Grazia, ma Treat è una favola per qualcuno come me, eppure sono qui."

I lineamenti del duca si indurirono. "Sì, siete qui. Quanti anni avete, miss Crisp?"

Lisa respirò a fondo ed era propensa a dirgli che lui conosceva già la risposta a quella domanda, come a tutte le altre. Ma sospettava che quelle domande, in effetti l'intero colloquio, fossero concepite per umiliarla e farle riconsiderare il progetto di diventare l'amante di Henri-Antoine e farla tornare invece a Gerrard Street. Poteva solo fare delle ipotesi su cosa pensasse la duchessa sulla situazione, e su di lei. Ma non voleva farlo, perché l'avrebbe solo fatta sentire più triste di quanto fosse già. Meglio rispondere alle domande, e forse sarebbe stata in grado di fuggire dalla biblioteca appena possibile.

"Ho diciannove anni, Vostra Grazia."

"Diciannove?" Il duca sembrò sinceramente sorpreso e poi fece una smorfia e osò esaminarla come se fosse una giumenta che avesse intenzione di comprare. "Diciannove… Allora direi che avete qualche anno per godervi quella bella casa alla periferia di Bath. Ma non dovreste diventare troppo compiaciuta. Se volete il mio consiglio, io andrei in città ogni tanto, meglio quando mio fratello è qui o a Londra, per cercare potenziali corteggiatori per sostituirlo quando..."

"Sostituirlo? Non ho nessuna intenzione di..."

"Le vostre intenzioni sono irrilevanti, miss Crisp. A me interessa solo mio fratello. Si stancherà di voi, e sposterà le sue mire su una donna più giovane e fresca, quindi vi converrà tenere gli occhi aperti e avere un nuovo amante che vi aspetti tra le quinte. Perché non accetterò che spenda per voi un penny più del necessario." Il duca fece un sorrisetto. "Oserei dire che una ragazza carina come voi, che ha ricevuto un briciolo di istruzione, non farà fatica a trovare un nuovo amante..."

Lisa balzò in piedi, furiosa. Era stata la frase *un briciolo di istruzione* la goccia che aveva fatto traboccare il vaso della sua tolleranza e circospezione. Non poteva difendere l'indifendibile. Il duca poteva chiamarla prostituta se voleva, viste le circostanze. Divideva il letto di Henri-Antoine e aveva accettato di essere la sua amante. Ma era orgogliosa della sua educazione e non c'era stato niente di scadente nella sua istruzione. Inoltre, non avrebbe permesso che Blacklands fosse denigrata davanti alla persona che era stata fondamentale per permetterle di ottenere una buona educazione.

"Con tutto il rispetto, Vostra Grazia. Non ho ricevuto un-un *briciolo di istruzione*. Ho avuto un'educazione eccellente" dichiarò Lisa con sicurezza. "Blacklands era... è... un collegio di elevata qualità per giovani donne, e io mi sono pienamente avvantaggiata di ciò che offriva." Osò rivolgersi ad Antonia. "Per favore, *Madame la Duchesse*, credetemi, ve ne sarò eternamente grata. Vorrei solo... vorrei solo che le cose fossero andate in modo diverso..."

"Sedetevi, miss Crisp" disse stancamente il duca. "È un po' troppo tardi per desiderare un esito che non deluda mia madre, specialmente quando avete tutte le intenzioni di sprecare ulteriormente la vostra educazione diventando la puttana di un nobiluomo, malgrado sia suo figlio colui con cui andate a letto..."

"Non sono una-una puttana" dichiarò Lisa. "Sono l'amante di sua signoria e c'è una grande differenza."

Riprese il suo posto sul divano e si rimise le mani in grembo. Ma non riuscì a guardare il duca e non osava nemmeno dare un'occhiata alla duchessa. Quando il silenzio si prolungò, tenne la testa bassa, con lo sguardo fisso sul grembiulino trasparente che copriva le sottane fiorate. Dopo un po' il duca riprese a parlare e Lisa notò una traccia di rimpianto che le fece venire le lacrime agli occhi.

"Eppure, miss Crisp, vi è stato offerto tanto di più..."

A quel punto Lisa alzò di nuovo gli occhi sul duca. Sapeva che stava alludendo alla proposta di matrimonio di Henri-Antoine e fu sorpresa che lo sapesse già. Forse era con il duca che era andato a cavalcare quella mattina presto Henri-Antoine, e senza dubbio si era confidato con suo fratello. Saperlo le fece scendere le lacrime sulle guance. Ma fu svelta ad asciugarle. Forse aveva sentito veramente una traccia di rimpianto nella voce del duca, perché guardandolo negli occhi la vide. O forse era un pio desiderio da parte sua pensare che lui la considerasse accettabile come moglie di suo fratello? In effetti l'avrebbe sorpresa. Senza dubbio era perché il duca aveva gli occhi di sua madre e ciò donava una falsa impressione di compassione che invece era scritta a grandi lettere in quelli della duchessa. Decise di fingere ignoranza.

"Chiedo scusa, Vostra Grazia?"

"Avete rifiutato la proposta di matrimonio di mio fratello."

"Sì, Vostra Grazia."

"Posso... possiamo sapere perché?"

"L'offerta era stata fatta sotto coercizione..."

"Coercizione? Intendete dire che non vi avrebbe chiesto di sposarlo se non gli aveste forzato la mano?"

"No, Vostra Grazia. Non ho fatto niente del genere. Non avrebbe dovuto chiedermelo, ecco tutto."

"Eppure l'ha fatto... Perché, secondo voi?"

Lisa alzò le spalle, con gli occhi fissi sul grembiulino. Tirò un filo. Deglutì e alzò gli occhi. "Perché è-è un gentiluomo, perché è buono e gentile e amorevole ed è un uomo d'onore."

"Sono d'accordo con voi. Ma questo non risponde alla mia domanda sul motivo per cui lo avete rifiutato."

Lisa passò lo sguardo dal duca alla duchessa, per poi riportarlo sul duca e sorrise tristemente. "Certo conoscete già la risposta, come conoscevate la risposta a tutte le domande che mi avete fatto."

"Oh, ma non sono del tutto convinto della risposta a questa domanda. Devo sentirvela dire."

Lisa lo fissò attraverso un velo di lacrime. "Perché amo troppo Henri-Antoine... troppo... per sposarlo."

"Capisco... Avete rifiutato la sua proposta di matrimonio per il suo bene?"

Lisa annuì. Non riusciva a parlare.

"Ma... se il matrimonio fosse ciò che lui vuole...?"

"Non è ciò che vuole!" disse in fretta Lisa. "Lui vuole che viviamo nella sua casa in campagna, dove saremo marito e moglie in tutto tranne che nel nome. E io sono disposta a farlo perché lo amo, e andrebbe bene per entrambi. E quando verremo a Londra, io resterò con lui nella sua casa. Ed è dalla sua casa a Londra che potrò assisterlo con la Fondazione Fournier. Visiterò i dispensari in nome della fondazione e nessuno dovrà sapere chi sono, o il mio legame con sua signoria. Gli amministratori della fondazione sono anonimi, dopo tutto. Inoltre, tra i poveri e i malati, a chi interesserà la mia moralità, quando hanno problemi molto più grossi che li preoccupano, per esempio il prossimo pasto o dove ottenere abbastanza soldi per le loro medicine? E ai medici di certo non interesseranno gli accordi carnali di sua signoria... sicuramente non se ne sono interessati finora... Vi chiedo perdono" aggiunse rigidamente quando ci fu un improvviso scoppio di risa. "Sono sincera, Vostra Grazia."

"Nessuno potrebbe accusarvi del contrario, miss Crisp."

"Vi assicuro che a parte il lavoro per la Fondazione Fournier, non mi farò vedere in pubblico con lui. Sarò molto discreta e farò tutto il possibile per non essere di imbarazzo per lui o per voi o per la vostra famiglia. Ma vivrò con lui, lo sosterrò, lo amerò e sarò sua moglie sotto tutti gli aspetti."

Infine, Antonia non riuscì più a rimanere in silenzio. Fu il suo turno di sporgersi. La sua voce era morbida e molto gentile.

"Potreste fare tutte queste cose e molto di più, *ma petite*, senza rovinarvi, semplicemente sposando mio figlio."

"*Madame la Duchesse*, con il matrimonio ci sono delle... aspettative."

"Sicuramente queste aspettative possono solo essere a vostro favore, miss Crisp?" disse il duca. "E se siete preoccupata che in futuro lui prenderà un'amante, vi assicuro che gli uomini della mia famiglia sono piuttosto portati alla fedeltà coniugale. Una volta trovata la compagna, è per la vita."

"Oh, vi credo, Vostra Grazia. E sono sicura della sua fedeltà."

"Davvero?"

"Sì. Perché..." Lisa sorrise e arrossì. "Credo che anche lui mi ami quanto lo amo io. E non lo dico per presunzione o per illudermi. Ci credo con tutto il cuore."

Il duca la fissò, sorpreso e poi sorprese se stesso sorridendo.

"E io credo a voi, miss Crisp. Quindi ecco il dilemma. Se lo amate, e lui ama voi e avete intenzione di vivere con lui come sua amante, in ciò che essenzialmente sarà un matrimonio, allora perché il capriccio?"

"Capriccio?"

"Di non permettere a mio fratello di dare alla vostra unione la benedizione della chiesa e della legge?"

"Ve l'ho detto. Non posso sposarlo, per il suo bene."

"Così avete detto, e ripetuto."

Lisa guardò madre e figlio, poi si rivolse alla duchessa, aggrottando la fronte.

"Pensavo che forse Teddy... che Teddy si fosse confidata con-con sua madre almeno, e che lady Mary potesse essersi confidata con voi, *Madame la Duchesse* e che voi, Vostra Grazia, conosceste già la risposta anche a questa domanda... La semplice verità è che non posso essere una vera moglie per lord Henri-Antoine."

Per la prima volta da quando Lisa si era seduta sul divano, madre e figlio si guardarono, entrambi perplessi. Aspettarono che Lisa fornisse ulteriori spiegazioni e il duca confessò: "Nessuno ha detto una parola a nessuno dei due. Quindi dobbiamo presumere che Teddy abbia tenuto per sé le vostre confidenze".

"Non le avevo chiesto di farlo, né abbiamo discusso a fondo della questione. Ma è una cosa che sa di me fin da quando eravamo a scuola insieme. Me l'ha chiesto quando sono arrivata qui, ed è naturale, perché è una cosa non comune per la maggior parte delle donne una volta superata una certa età. E io ho detto a Teddy che niente era cambiato in me dopo la scuola. E dopo il tempo passato nel dispensario, e avendo consultato il dottor Warner, che non tradirebbe mai una confidenza, so di non essere l'unica. Ce ne sono altre, ma il dottor Warner mi dice che sono poche."

Il duca cercò di dare un senso a ciò che aveva detto, ma era completamente all'oscuro.

"E che cos'è, miss Crisp?"

Non c'era un altro modo di dirlo, quindi Lisa si decise ad annunciarlo semplicemente. Non aveva mai discusso apertamente questa sua particolarità eccetto che con il dottor Warner e la sorprese quanto le pesasse dirlo ad alta voce.

"Non avrò figli, Vostra Grazia. O, per essere più precisi, non posso concepire. Sono sterile e con tutta probabilità così resterò per il resto della mia vita."

Il duca fu così sorpreso che fu come se gli fosse appena caduto in testa un grande peso e gli avesse scombussolato il cervello. Fissò Lisa come se non le credesse e lei lo fissò con rassegnazione e tristezza. Il duca ne fu così sconvolto che sentì l'emozione montargli dentro e dovette distogliere lo sguardo. Lisa a sua volta vide che era sinceramente addolorato e cercò di rassicurarlo, e fu solo quando guardò la duchessa e vide che anche lei era sull'orlo delle lacrime, che vacillò e dovette ricorrere al fazzoletto.

"Entrambi capirete perché non posso sposare Henri-Antoine. Vostra Grazia, voi, tra tutti, potete capire perché un tale difetto mi impedisca di diventare sua moglie. Sposare vostro fratello è fuori questione. Non potrei fargli una cosa simile… negargli la paternità. E quando mi ha chiesto di sposarlo, ero troppo sopraffatta per dirglielo. Ma glielo dirò. Ve lo prometto."

"Ne siete certa?" chiese il duca. "Non voglio essere indiscreto. Solo… Oh, povero me. Non so che cosa dire. Sono…"

"Dispiaciuto per me? Per favore, non ce n'è bisogno. Sono venuta a patti con questa mia mancanza, l'ho accettata, quasi accolta con favore…"

"Accolta con favore?"

Lisa diede un'occhiata alla duchessa, che stava sorridendo perché aveva capito.

"Sì, Vostra Grazia. In quei particolari giorni del mese in cui le donne hanno il loro ciclo e io no…"

"Ah! Vedo! Sì, capisco…"

"Certo" lo interruppe Lisa per risparmiargli ulteriore imbarazzo. "Quale marito non capirebbe. E mentre a scuola c'erano ragazze che maledicevano il loro ciclo mensile, io pregavo per averlo! Ma ciò che volevo, desideravo e per cui pregavo non è successo, e temo che non succederà mai."

Fu la duchessa che pose la domanda.

"Non pensate che, avendo solo diciannove anni, le cose possano cambiare un giorno?"

"Forse, *Madame la Duchesse*. Io posso vivere con quella speranza. Ma vivere sperando non è un modo di vivere per vostro figlio, per nessun marito, vero? Tutti i mariti hanno il diritto di aspettarsi dei figli da un matrimonio. Non augurerei a nessuno un matrimonio sterile. Sono sicura che porterebbe a una delusione. E vi sbagliate, Vostra Grazia" dichiarò, tornando a guardare il duca. "Non credo che Henri-Antoine mi scarterebbe senza provvedere a me. Ma se dovesse arrivare il giorno in cui decidesse di volere dei figli, io accetterei i suoi desideri. Mi spezzerà il cuore perderlo ma, poiché lo amo moltissimo, lo incoraggerei a sposarsi e ad avere una famiglia. Spero solo che almeno mi permetterà di continuare il mio lavoro per la fondazione, perché credo sinceramente in questa causa. È solo con il progresso della medicina che la vita delle persone potrà un giorno cambiare in meglio." Sorrise, ricordando il consiglio del duca di Kinross, di essere se stessa quando fosse arrivato il momento e quindi aggiunse: "Potete pensare che le mie parole siano le aspettative di una sognatrice, di un'idealista, ma è ciò che credo, ciò che sento, ciò che sono."

"Le vostre convinzioni non sono per nulla fantasiose, *ma petite*" rispose la duchessa, alzandosi dal sofà, a indicare che per ciò che la riguardava, quel colloquio era finito.

Il duca si alzò, e anche Lisa, che sorrise e arrossì e fece una riverenza, prima di rivolgersi a entrambi.

"Non so se avrò l'opportunità di trovarmi di nuovo in vostra compagnia, perché credo che Henri-Antoine abbia in programma di partire per Bath appena sarà possibile. Quindi permettetemi di ringraziare entrambi per avermi ospitato. Spero che la mia presenza non vi abbia causato troppo imbarazzo o disagio sociale. Almeno non capiterà più in futuro perché, come vi ho già assicurato, sarò estremamente discreta, e sono sicura che lo sarà anche lui."

Il duca si guardò alle spalle e fece un cenno al servitore che era sull'attenti a metà strada nella biblioteca verso l'entrata principale, e madre e figlio restarono a guardare in silenzio mentre Lisa veniva scortata fuori, con le spalle e la schiena diritte come quando era entrata. Rimasero lì, senza sapere che cosa dire. Il colloquio non era andato come si erano aspettati, eppure era andato oltre le loro aspettative. Ed erano ancora sbalorditi per la rivelazione di Lisa. Entrambi si chiedevano quale sarebbe stata la reazione di Henri-Antoine a una notizia simile. Impaziente, il duca si voltò verso il divano dove era stata seduta Lisa.

"Mi dispiace, Harry. Non so che cosa posso dirti per confortarti."

Henri-Antoine scese a passo leggero dalla scala a chiocciola. Baciò la guancia di sua madre e poi abbracciò suo fratello.

"Non c'è bisogno di scusarsi. E grazie a entrambi. Miss Crisp ha posto il sigillo sul suo fato, e sul mio."

VENTOTTO

"La vista da qui è incantevole" disse Lisa in tono leggero quando Henri-Antoine la raggiunse sulla panca all'esterno del mausoleo di famiglia. "Si può vedere fino in Francia! O è ciò che mi piace pensare che sia quella foschia azzurrina in lontananza."

"Almeno voi sapete che cosa state guardando" rispose Henri-Antoine nello stesso tono leggero. "Abbiamo avuto membri della famiglia che pensavano che da quella parte ci fosse Londra, e cercavano la cattedrale di St. Paul, e che per quello litigavano."

Consegnò le redini della sua cavalcatura a uno dei due ragazzi che erano arrivati a cavallo con lui e loro si spostarono lungo il sentiero, sparendo dietro all'edificio per raggiungere i loro colleghi, all'ombra. Henri-Antoine si tolse i guanti e li infilò in una tasca della giacca da cavallerizzo, tenendo sempre d'occhio Lisa, che stava osservandolo da sotto l'ampia tesa del cappello di paglia.

Era la prima volta che si vedevano da quando Henri-Antoine l'aveva lasciata per andare a cavalcare quella mattina presto. Quando Lisa aveva lasciato la biblioteca ed era tornata nel suo appartamento, Michel Gallet l'aveva informata che sua signoria desiderava vederla lì, al mausoleo di famiglia. Era stata preparata una carrozza e, con due dei ragazzi, Lisa era stata condotta dall'altra parte del lago attraverso il ponte di pietra. Dove il sentiero si divideva, andando da una parte verso la Gatehouse Lodge e Crecy Hall, la carrozza aveva preso l'altra direzione, su per una collina che sembrava non smettere mai di salire. Sulla sommità c'era il mausoleo palladiano con il tetto a cupola e l'oculus di vetro.

La porta era spalancata, ma Lisa aveva aspettato sulla panchina all'ombra e aveva ammirato il panorama. E lì l'aveva trovata Henri-Antoine un quarto d'ora dopo.

Si sedette accanto a lei e guardò il paesaggio che aveva visto talmente tante volte da quando era un ragazzino, che avrebbe saputo disegnarne una mappa a memoria. Ma dato che era la prima volta che guardava quel panorama in compagnia di Lisa, si prese un momento per ammirarlo.

Si tennero per mano, in silenzio, entrambi con il desiderio di parlare della notte prima, acutamente consci che c'era ancora molto da dire, e presto. Eppure continuarono a godere della giornata estiva, con il suo cielo azzurro e il calore che ammantava il paesaggio, e ad ammirare la vasta campagna, con la casa grande che dominava in primo piano, e, oltre, le foreste e il fiume serpeggiante e il mosaico di campi coltivati dolcemente ondulati. Era una tale meraviglia restare fermi, senza dire o fare niente, con le dita intrecciate. Ed erano felici della loro reciproca compagnia, nonostante il sottofondo di disagio e di incertezza che turbinava intorno a loro.

"Posso parlarvi di due dei giorni più felici della mia vita e di un terzo, che spero sarà oggi?" chiese Henri-Antoine dopo un po'.

Lisa annuì e sorrise, ma invece di rispondere di sì chiese: "Perché oggi?"

"Dovevo aspettarmi che sceglieste la più difficile delle alternative! No. Non quello per primo."

"Allora parlatemi degli altri due."

Henri-Antoine si spostò per guardarla in viso.

"Il primo giorno felice fu il giorno in cui nacque mio nipote Frederick, Freddy. Avevo nove anni. Fu il giorno più felice perché significava che non ero più l'erede di mio fratello. Che se mio padre fosse morto, e anche mio fratello, non sarei stato io a diventare duca, sarebbe stato Freddy. Non riesco a descrivervi il mio sollievo."

"Perché vi sentivate indegno del titolo? Eravate, dopo tutto, solo un ragazzino."

"Anche quello, ovviamente. Mio padre era già di mezz'età quando nacque Julian e un uomo anziano quando finalmente arrivai io. C'era il vero timore che potesse non vivere per vedere mio fratello avere dei figli e quindi non sapere se il ducato sarebbe vissuto dopo di lui. Ed ecco me, il secondo figlio: sempre malato, sempre coccolato, una preoccupazione costante per i miei genitori, e secondo in linea per ereditare un ducato... Poi arrivò Freddy e fu un enorme sollievo per tutti, in particolar modo per mio padre."

"E il secondo giorno felice?"

Henri-Antoine sogghignò. "Fu il giorno in cui Deb regalò a Julian due gemelli, due anni dopo la venuta al mondo di Freddy. Quindi con l'erede al ducato che aveva prodotto tre figli maschi in due anni, il futuro era assicurato oltre ogni dubbio, e questo secondo figlio fu libero da ogni obbligo…"

"Ma non vi sareste mai sottratto alle vostre responsabilità e ai vostri obblighi, se fosse stato necessario."

"Grazie. È vero. Ma con tre nipoti, a quel punto ero libero di vivere la mia vita come meglio volevo, non come gli altri pensavano che dovessi, come deve fare mio fratello. Ed essendo scivolato al quarto posto sul ramo dell'albero genealogico della famiglia, potevo respirare liberamente. Non posso dimostrarlo, ma sono sicuro che la nascita dei miei tre nipoti abbia diminuito la frequenza, se non la severità, delle mie crisi epilettiche."

"E il terzo giorno più felice? Oggi, dicevate…?"

"Ah, questo dipende da voi" rispose Henri-Antoine, sciogliendo il nastro di seta che le teneva il cappello. Lo appoggiò con cura sul sedile, si alzò e le tese la mano. "Non ne avrete bisogno all'interno. Voglio mostrarvi qualcosa… No! Prima di tutto ci saranno le presentazioni."

Camminarono mano nella mano verso il mausoleo. I cancelli di ferro erano aperti e uno dei battenti delle pesanti porte con intarsi di ottone era spalancato e invitava a entrare. Il vestibolo era illuminato da due candele in applique decorate e fiori freschi ricadevano da urne a entrambi i lati dell'entrata. C'era una sedia nell'angolo e, accanto a essa, una scatola di mogano piena di candele.

Una volta entrati nello spazio cavernoso della sala centrale, Lisa lasciò andare la mano di Henri-Antoine e andò avanti, affascinata, ansiosa di guardarsi intorno. Non erano solo il pavimento di marmo italiano e gran parte dell'interno a essere sorprendentemente ben illuminati dall'alto dal sole estivo che si riversava dall'enorme oculus di vetro, ma anche le pareti dipinte e i monumenti di marmo dedicati agli antenati morti da tempo. Le candele poste a intervalli intorno alla stanza erano state accese dal guardiano, in vista della visita di sua signoria. Quell'uomo anziano uscì dall'ombra, si inchinò e tornò in silenzio alla sua sedia nel vestibolo, dove sarebbe rimasto finché avessero avuto bisogno di lui o finché fosse stata ora di spegnere le candele al tramonto, quando le porte sarebbero state chiuse e il lucchetto serrato intorno ai cancelli di ferro.

"Il mausoleo viene aperto ogni mattina quando mia madre risiede a Crecy Hall" le disse Henri-Antoine. "Viene a trovare mio padre una volta la settimana. E ci sono giorni durante l'anno in cui è aperto per celebrare gli anniversari e ovviamente nei giorni in cui riceve un nuovo residente."

"È un bel posto… e accogliente…"

"Ero sicuro che l'avreste pensato. Lo penso anch'io. Vengo qui da quando ero un adolescente. All'inizio non era un posto felice, per ovvie ragioni. Ma mia madre trova grande conforto nel passare un po' di tempo con mio padre, che le è stato tolto troppo presto nella sua vita. Porta i fiori e spesso Kinross l'accompagna. E quando sono in residenza, mi fermo spesso anch'io durante le mie cavalcate, per vedere mio padre e adesso che Martin… ora che Martin ha raggiunto mio padre, io-io vengo a trovare anche lui…"

"Tutti i duchi di Roxton risiedono qui?" chiese Lisa con la voce tranquilla, sentendo la voce di Henri-Antoine che si spezzava parlando di Martin e sperando che la sua domanda l'aiutasse a riprendersi.

Andò a mettersi direttamente sotto l'oculus per immergersi nella luce e poi si spostò per studiare le pareti dipinte con figure classiche con tuniche bianche e ghirlande, che avevano in mano strumenti musicali e che ballavano in una processione infinita che non aveva interruzioni intorno al perimetro. La processione zigzagava dentro e fuori dalle alcove inserite nelle pareti, ciascuna fiancheggiata da una candela accesa. Alcune delle alcove erano vuote e aspettavano di essere occupate, mentre altre contenevano una statua di marmo del loro residente, alcune di un uomo e una donna, reclinati su piattaforme di lucido granito, con incisi i nomi e le date, e sotto le quali c'era il sarcofago di pietra che conteneva la bara coi resti mortali dell'antenato immortalato nella pietra.

"Sono tutti qui" disse infine Henri-Antoine, osservando Lisa e godendo attraverso i suoi occhi questa prima visita al posto dell'ultimo riposo dei suoi antenati. "Eccetto mio nonno, il padre di mio padre. Morì prima di diventare duca e dato che aveva vissuto in Francia per la maggior parte della sua vita e aveva sposato una francese, è sepolto insieme a lei a Parigi."

"Madeleine Julie Salvan Hesham, la marchesa di Alston, di cui volevate che avessi l'anello?"

"Sì. E tutte le duchesse sono qui" continuò. "E quando arriverà il suo momento, anche mia madre sarà sepolta qui, accanto a mio padre. E come lui, avrà un sedile nel mausoleo…"

"Sedile?"

"Venite. Ve lo mostrerò."

"E il duca di Kinross?" chiese Lisa, restando ferma. Non le piaceva l'idea che il papà di Elsie fosse lasciato fuori dal gruppo di famiglia.

Henri-Antoine tornò da lei e sorrise davanti al suo cipiglio. Capì immediatamente.

"Mio padre è l'amore della vita di mia madre ma in questa vita, quella che ora lei ha senza di lui, Kinross è l'amore della sua vita. Il fato le ha regalato due grandi amori."

"Non merita niente di meno."

"Sì, è ciò che penso anch'io."

"E lui… Sua Grazia di Kinross avrà un posto qui accanto a lei?"

Henri-Antoine sentì l'esitazione di Lisa e il suo sorriso divenne più ampio.

"Come siete romantica, Lisa Crisp!"

Lei fece il broncio. "Non mi vergogno di essere d'accordo con voi."

Henri-Antoine le diede un buffetto sulla guancia. "E io non mi vergogno di dire che sono lieto che lo siate."

Lisa sorrise. "Allora, ditemi. Avrà anche lui un posto qui con vostra madre?"

"Sì. Ma non tutto lui."

Lisa trasalì, sorpresa, come Henri-Antoine sapeva che sarebbe stato, dalla sua risposta sibillina. Si chinò verso di lui e sussurrò: "Non tutto? Oh! Quali parti? E che cosa succederà al resto di lui?"

Henri-Antoine rise forte e scosse la testa. La sua risata echeggiò e lui si portò una mano alla bocca. "Oh, povero me! Ora guardate che cosa mi avete fatto fare!"

Lisa fece nuovamente il broncio, ma non riuscì a trattenere un sorriso. "Potete solo biasimare voi stesso per quello scoppio di risa. Mi avete stuzzicato voi con quella risposta. Non negatelo! Sapevate che vi avrei posto quella domanda. Non vi aspettavate certo che fingessi di essere disgustata o impressionabile?"

"Mi dichiaro colpevole. E mio padre sarebbe veramente impressionato. Venite. Voglio che lo incontriate… Ah! Ma, prima, Kinross… Il suo cuore sarà sepolto qui, con mia madre. Il resto delle sue spoglie mortali deve essere sepolto sull'isola di Leven, che è in mezzo a un *loch* in Scozia, ed è la dimora eterna dei capi del suo clan, e dei duchi di Kinross."

"Com'è romantico!" disse Lisa con un sospiro, soddisfatta di quella conclusione.

"Sapevo che l'avreste pensata così. Altri si tirano indietro disgustati nel sentire la parte che riguarda il cuore…"

"Perché dovrebbero? Non è che glielo toglieranno da vivo! È un gesto meravigliosamente romantico, e posso capire perché voglia lasciare quella parte di sé qui con vostra madre. Sono sicura che a vostro padre non dispiacerà affatto e che approvi, perché Sua Grazia di Kinross l'ama profondamente quanto l'ama lui."

"Sì, ne sono sicuro. Venite."

Le prese la mano e attraversarono il mausoleo sedendosi su una panchina di marmo staccata dalla parete e direttamente di fronte a un monumento in particolare: sul pavimento e sul basso, pesante, plinto di marmo rosso, c'erano vasi di rose bianche e una fila di candele bruciava brillante.

Di marmo bianco e a grandezza naturale, c'era la statua di un nobiluomo seduto su una sedia dall'alto schienale che fissava il mondo. Era vestito con una redingote e calzoni al ginocchio. Il petto era attraversato da un nastro, la stella e la giarrettiera, e sulle spalle c'era il manto ducale, sul quale era seduto e che si raccoglieva intorno alle scarpe con le fibbie.

Lisa fu immediatamente sicura dell'identità del nobiluomo e non aveva dubbi che la scultura fosse realistica. Henri-Antoine era l'immagine di quell'uomo, dalla fronte alta agli zigomi, al naso forte e alla mascella squadrata. La somiglianza era impressionante. Se c'era una differenza, era nella bocca. Il duca aveva una bocca sarcastica, dalle labbra sottili, mentre Henri-Antoine aveva quella bocca, oh... così da baciare. Lo baciò in quel momento e disse con un sorriso malizioso: "Vostro padre era un uomo eccezionalmente attraente."

Henri-Antoine le afferrò la mano e le baciò le dita, troppo sopraffatto dall'emozione per parlare. Lisa si chiese se l'avesse offeso e pensò di essere stata maleducata per averlo baciato davanti alla tomba del padre, che significava non dare al quinto duca o a quell'occasione la giusta venerazione. Dopo tutto, quella era la sua prima visita a un mausoleo, e quella era l'eterna dimora di un'antica nobile famiglia, e lui era il figlio di quel duca che fissava il mondo come se gli appartenesse.

"Perdonatemi, non intendevo mancare di rispetto. Ero solo felice di averlo finalmente incontrato, e di vedere che siete effettivamente la sua immagine. Non ho ancora visto i ritratti nella galleria. Teddy dice che ce n'è uno in particolare dei vostri genitori, non molto dopo il loro matrimonio. Dice che il duca è così simile a voi, o meglio, dovrei dire, che voi siete così simile a lui, che le si rizzano i peli sulle braccia tutte le volte che lo guarda... Non ho dubbi che sarebbe stato contento della somiglianza, ma sarebbe stato ancora più orgoglioso di come vivete e di cosa vi siete proposto di ottenere."

"Non c'è bisogno di scusarsi" mormorò, continuando a tenerle la mano. "Gli sarebbe piaciuto molto conoscervi..." Si riprese e disse con voce più chiara: "Avrebbe trovato piuttosto divertente sapere che quel ritratto fa rizzare i peli sulle braccia alle giovani donne. Diverte anche me." Sorrise, poi sorprese Lisa voltandosi verso l'effigie di suo padre e dicendo, in francese: "*Mon père*, questa è Lisa, la ragazza di cui mi avete parlato nella vostra lettera. Non è esattamente come me l'avevate descritta? Ed è più bella e più intelligente di quanto poteste prevedere…"

Lisa fissò il quinto duca, meravigliata. Finalmente ritrovò la voce.

"Vi ha parlato di *me*… in una lettera? Ma… non mi ha mai conosciuto! Eravate solo un ragazzo quand'è morto. Non poteva aver previsto la mia esistenza. Quindi com'è possibile?"

"Non aveva bisogno di conoscervi. Nella sua lettera descriveva la ragazza che avrei sposato e quella ragazza siete voi."

"Forse… forse vi ha parlato della ragazza che vi ama e con la quale dividerete una casa in campagna. Non è la stessa cosa?"

"No. Mi aveva lasciato una lettera da aprire nel momento in cui avessi contemplato di sposarmi per amore. Se avessi fatto un matrimonio dinastico, non basato sui miei sentimenti, allora la lettera sarebbe rimasta chiusa e quindi non l'avrei letta."

"E avete letto questa lettera ieri, prima di far mettere da Michel quei bigliettini nel mio scrittoio?"

"Sì."

"E dentro la lettera c'era l'anello di vostra nonna."

"Il suo anello nuziale, sì."

"Ma se non aveste aperto la lettera, il suo anello nuziale sarebbe stato perso per sempre!"

"Non per sempre. Senza dubbio un discendente avrebbe prima o poi aperto la lettera e trovato l'anello. Perduto per me però, è vero."

"Deve-deve essere stato sicuro che vi sareste sposato per amore."

Henri-Antoine le baciò ancora il dorso della mano e sorrise. "Quindi adesso lo sapete. Non solo gli assomiglio come aspetto, ma come temperamento. Lui si è sposato per amore e per nessun altro motivo. E questa è l'unica ragione perché io mi sposi. E voi?"

"Io? Io-io non ho mai pensato che mi sarei sposata… lo sognavo. Chi non lo fa? E ovviamente sognavo di sposarmi per amore. Ma sognavo anche di sposare un uomo che mi avrebbe… che mi avrebbe amato per me stessa, e-e quello è un sogno, no?"

Henri-Antoine mantenne i lineamenti perfettamente composti, anche se il labbro superiore tremò, quando chiese: "Allora, sicuramente, ieri sera, tutti i vostri sogni si sono avverati…?"

Lisa annuì, così sconsolata che non vide quel tremore, con gli occhi bassi e le spalle cadenti. Tirò su col naso. "Non-non mi ero mai aspettata che si avverassero. Sono-sono stata colta di sorpresa. Sono stata così ottusa da non sospettare nemmeno che quello fosse un anello nuziale." Lo guardò attraverso le ciglia. "Voglio ancora vivere con voi nella vostra casa in campagna, anche se sarà nel peccato e senza un anello nuziale."

"Ma io non voglio vivere con voi nel peccato. Non posso."

"No?" ripeté Lisa a voce bassa. "Perché no? Pensavo… pensavo avessimo un accordo…" Guardò il quinto duca. "È per via della lettera di vostro padre? Lui non avrebbe approvato?"

"No. È perché vi amo. Ecco, l'ho detto ancora e posso continuare a dirlo finché sarete convinta. E dato che vi amo, voglio sposarvi, e vi ho portato qui, davanti a mio padre, per convincervi della mia sincerità."

Lisa gli sorrise guardandolo negli occhi. "Vi amo anch'io."

"Sì. È vero. E così mi avete detto, e con sincerità, fin dall'inizio. Sono io quello ottuso. Mi ci è voluto un po' di più per rendermi conto, come dice Jack, di aver fatto il gran salto ed essermi innamorato di voi."

Lisa guardò le loro dita unite e poi alzò gli occhi. "Se ci amiamo allora certamente possiamo vivere nel peccato…"

"… finché arriverà il momento in cui deciderò di sposare un'altra…?"

Lisa si raddrizzò, speranzosa. "Sì, potrebbe non succedere mai e spero che non succeda, ma se fossi la vostra amante, voi sareste comunque libero di sposarvi e…"

"Non fate la bambina, Lisa!" le ordinò bruscamente. "Io vi amo. Voglio sposarvi. Vi offro l'anello nuziale di mia nonna e voi me lo ributtate in faccia con l'idea che un giorno io vi lasci e sposi un'altra? Che tipo di uomo… *nay*, che tipo di mostro… pensate che sia? Pensate sinceramente che sia capace di un atto così spregevole? Se è così, non è vero che mi amate!"

"Io-io vi credo. So che non mi lascereste mai! Non siete un mostro. Sono io. Sono io il mostro perché-perché non vi posso dare ciò che avete il diritto di aspettarvi come marito, e solo per quello non potete sposarmi."

"Se mi dite che non potete sposarmi perché non mi amate, allora lo accetto. Ma se state per dirmi che non potete sposarmi perché credete di essere sterile, quello non lo accetto. Per me non fa differenza. Io vi amo. Voglio sposarvi, così come siete."

Lisa alzò i grandi occhi azzurri, sbattendoli per scacciare le lacrime e lo fissò, sorpresa. "Voi… voi *lo sapete*?"

"Adesso sì. Un impedimento simile avrebbe potuto far cambiare idea a un altro, ma io non sono come gli altri. E anche se sono triste per voi, non mi disturba molto che il nostro matrimonio resti senza figli. Credo che il fato abbia altri programmi per noi." Le sorrise. "Ho una visione molto più grande, e con voi al mio fianco per aiutarmi, spero di ottenere grandi risultati, non per una manciata di bambini, ma per migliaia di loro e i figli dei loro figli. Che sfruttando il potere della scienza possiamo far progredire la medicina e, facendolo, migliorare la salute dei soggetti più vulnerabili di questo paese." Alzò le spalle. "E c'è il piccolo particolare che se non mi sposerete, non vi permetterò di aiutarmi..."

"Mi state minacciando?"

Henri-Antoine alzò il mento. "Sì. È l'unica arma che mi è rimasta."

Lisa lanciò un'occhiata al monumento del quinto duca e fece un sorrisino sghembo. "Deve essere così. *Lui* non mi fa paura."

Henri-Antoine restò a bocca aperta e poi rise di cuore. "*Mon Dieu.* Siete la ragazza per me!"

Lisa ridacchiò e poi disse seriamente: "E la vostra famiglia, che cosa penserà..."

"Mia madre e mio fratello ci stanno aspettando proprio ora per il pranzo, in modo che mio fratello possa fare un annuncio formale alla famiglia."

"*Annuncio*? Vostro fratello e-e vostra *madre*?"

"Avete conosciuto mio fratello. Non pensate che desideri che ci sposiamo, invece di vivere nel peccato? E quando li ho lasciati, mia madre gli stava facendo scrivere una lettera a Moore, è l'arcivescovo di Canterbury, per chiedergli una licenza speciale. Se tutto va bene saremo sposati prima che finisca la settimana."

"Prima della fine della settimana?" Lisa era inebriata e felice e perplessa, tutto allo stesso tempo. Non sapeva che cosa dire. Quindi, quando Henri-Antoine si frugò in tasca e tirò fuori l'anello di sua nonna, si meravigliò. "L'avete portato con voi."

"Sì. E ora vorrei mettervi al dito l'anello di *grand-mère* qui, davanti al mio augusto genitore, per mettere il sigillo al nostro impegno. Poi potremo brindare al nostro fidanzamento con la famiglia, e ovviamente Teddy e Jack, che stanno anche loro aspettando nostre notizie."

Lisa tese la mano e Henri-Antoine le infilò l'anello di diamanti e zaffiri all'anulare, poi lo baciò. Poi Lisa voltò la mano da una parte e dall'altra, ammirando l'anello che le calzava a pennello.

"Sanno tutti che siamo qui e io sono l'unica a essere sorpresa?"

Henri-Antoine si chinò e la baciò. "Per essere eccezionalmente intelligente e così perspicace quando si tratta dei bisogni degli altri, siete stata piuttosto ottusa riguardo ai vostri, mia cara."

"Ciò di cui ho bisogno, milord" mormorò Lisa, baciandolo di nuovo, "è che mi baciate per bene per sigillare il nostro accordo... e poi crederò veramente che stia succedendo a me."

Un po' dopo, quando riemersero per respirare, Henri-Antoine si alzò e l'aiutò a rimettersi in piedi. Si avvicinò alla statua e mise brevemente una mano sul dorso del piede del padre, prima di fare un passo indietro e fargli un piccolo, elegante inchino. Poi si voltò verso Lisa sorridendo e le tese la mano.

"Ho un'ultima cosa da mostrarvi prima di tornare in casa."

Fecero non più di una mezza dozzina di passi verso la porta prima che Henri-Antoine si fermasse e si voltasse verso un'alcova, con la schiena rivolta alla luce che entrava dall'oculus. Lisa si chiese il perché, dato che l'alcova era priva di monumenti o tombe di antichi antenati.

"Ricordate, quando eravamo alla rotonda, di avermi parlato delle guide…"

"… delle grandi tenute? Quelle che i visitatori e i viaggiatori usano per sapere qualcosa sulle famiglie e le case dell'aristocrazia? Sì, certo."

"E come avevate detto che se avessimo deciso di restare a letto per sempre saremmo prima o poi diventati scheletri e saremmo stati inseriti in una guida come una curiosità?"

Lisa si mise a ridere. "Oh, povera me. L'ho veramente detto?"

"Sì. E avevate detto che una tale scoperta sarebbe stata degna di essere annotata in ogni guida."

"È vero."

Henri-Antoine indicò l'alcova. "Questo è molto meglio."

Lisa fissò la parete dipinta e lo spazio, una nicchia grande abbastanza per un monumento di buone dimensioni, forse anche due e guardò Henri-Antoine con un barlume di idea, ma non riusciva quasi a crederlo, quindi lasciò che si spiegasse meglio.

"Se mi aveste rifiutato, questo era il mio stratagemma finale, il mio gesto terribilmente romantico, un gesto che almeno avreste apprezzato, per convincervi della mia sincerità nel volervi sposare. Questo sarà il posto del mio riposo eterno. Quando arriverà il mio momento, spero tra molti, molti anni, mi unirò al resto della mia famiglia, qui. E quando giungerà il vostro momento" aggiunse, tirandola vicina e mettendole un braccio intorno alla vita, e poi baciandola sulla tempia, "voi vi unirete a me. E lord e lady Henri-Antoine Hesham, quei grandi filantropi nel campo medico, saranno ricordati nelle guide, e non solo la famiglia verrà a porgere i suoi rispetti, ma spero che avremo fatto un lavoro abbastanza buono nelle nostre vite da ricevere la visita ogni tanto di qualche medico grato. In ogni caso, saremo qui insieme, e il nostro monumento sarà il simbolo terreno del nostro eterno amore reciproco."

Lisa lo guardò attraverso un velo di lacrime e quando lui si voltò verso di lei, gli mise le braccia intorno al collo. Era così felice. "Questo è veramente un gesto terribilmente romantico e io vi amo perfino di più, se possibile. Ho sempre pensato che le favole fossero solo quello, favole, ma avete fatto avverare la mia."

"Ma è ovvio" disse Henri-Antoine, ammiccando. "Mia madre, dopo tutto, è una famosa fata madrina. Venite. Non vedo l'ora di presentare la mia futura moglie alla famiglia…"

EPILOGO

La bella carrozza con i suoi quattro uomini di scorta si fermò davanti al dispensario Warner e attirò immediatamente una folla. Quelli che stavano camminando sul marciapiede si fermarono a fissare. I pazienti che entravano avvisavano quelli già dentro del suo arrivo, e in poco tempo i malati e i meno malati si riversarono sulla strada per scoprire chi c'era in una carrozza così lussuosa. Un servitore in livrea saltò giù dal piano degli staffieri dietro la carrozza e, dopo aver abbassato i gradini, aprì la portiera. Due degli uomini di scorta smontarono e la loro altezza e larghezza erano tali che la folla si fece indietro senza che dovessero dire una parola, bastò uno sguardo.

Un gentiluomo vestito completamente di nero scese dalla carrozza. Non si diresse verso l'entrata usata dai malati poveri ma verso quella dedicata esclusivamente ai pazienti privati. Non ebbe bisogno di bussare. La porta era aperta e sulla soglia c'era il maggiordomo dei Warner, in attesa di accogliere i distinti visitatori per conto del suo padrone.

Dentro la stanza di consultazione si era radunato un gruppo di persone per sentire ciò che sapevano sarebbero state buone notizie. Comunque, malgrado la sovvenzione che il dispensario avrebbe ricevuto dalla Fondazione Fournier, erano tutti nervosi e nessuno più del caro dottore, che camminava avanti e indietro con le mani dietro la schiena. Tre dei suoi assistenti indugiavano nel corridoio che collegava la stanza di consultazione al dispensario, sperando di riuscire a dare un'occhiata ai visitatori, mentre nella stanza, ad aspettare di dare loro il benvenuto, insieme al dottor Warner c'erano i suoi due consulenti medici, l'istruttore di anatomia, la signora Warner e sua sorella, la signora Cobban.

Erano passati meno di due mesi da quando il dispensario aveva ricevuto la visita degli amministratori della Fondazione Fournier. E in quell'occasione, il dottor Warner era stato avvertito di non aspettarsi notizie sull'andamento della sua domanda fino al tardo autunno, come minimo. Eppure, erano solo i primi giorni di agosto ed era arrivata una lettera con la notizia che la sua domanda era stata accettata. Non solo, ma i mecenati della fondazione, normalmente reticenti a divulgare le loro identità, desideravano visitare il dispensario, appena possibile, visto che sarebbero partiti molto presto per andare all'estero; la nobile coppia stava partendo per il suo viaggio di nozze.

Il dottor Warner, Minette Warner, sua sorella Henriette Cobban, l'intera famiglia de Crespigny, quelli che lavoravano al dispensario e i pazienti regolari, tutti sapevano perché miss Lisa Crisp non era tornata dopo aver partecipato al matrimonio della sua miglior amica in campagna. Aveva scritto al buon dottore e a sua moglie e aveva anche mandato una lettera a sua zia de Crespigny, con la notizia che lei e lord Henri-Antoine Hesham si erano sposati con una licenza speciale nella cappella della famiglia Roxton a Treat. Era il pettegolezzo più sorprendente sulla nobiltà che chiunque di loro avesse sentito fin da quando la madre vedova di sua signoria aveva deciso di sposare un uomo dieci anni più giovane di lei, ed era successo un decennio prima. E adesso questo! Chi avrebbe mai pensato che fosse possibile. Certamente non le sorelle de Crespigny. E anche se avevano dovuto accettare a denti stretti la buona sorte della cugina, avevano fatto del loro meglio per ignorare il fatto, come se non fosse mai successo. Ma una visita della nobile coppia non si poteva ignorare e lord Henri-Antoine era deciso a far sì che porgessero i loro rispetti a sua moglie.

Michel Gallet tornò alla carrozza con la notizia che tutto era pronto. E con i ragazzi che tenevano a distanza la folla, lord Henri-Antoine scese dalla carrozza, con il bastone dal pomolo di diamanti in mano. Poi si voltò e aiutò sua moglie a mettere piede a terra. Ma appena mise il braccio di Lisa intorno al proprio per percorrere il breve tragitto fino alla stanza di consultazione, la folla si fece avanti per poter vedere meglio la coppia. Erano particolarmente interessati alla bella e giovane dama nella sua redingote di satin a righe grigie, rosse e gialle; un filo di perle intorno alla gola bianca e, posto a un angolo sbarazzino sopra i riccioli raccolti, un cappello di feltro nero decorato con piume e nastri di satin intonati al vestito. In parecchi non riuscirono a credere ai loro occhi, ma era vero e riconobbero in quella dama alla moda quella che nella sua vita precedente era stata la loro amanuense. Si alzò un urrà. E poi un altro.

La nobile coppia fece una pausa. Lady Hesham fermò suo marito mentre lei ringraziava i residenti di Gerrard Street e i pazienti del dispensario per i loro auguri. Sorrise alle faccine sporche dei bambini con gli occhi sgranati e agli adulti sorridenti, tutti lieti di augurare alla coppia molti anni di felicità coniugale. Si alzò un ultimo urrà mentre Henri-Antoine e Lisa scomparivano dentro l'edificio, con i ragazzi alle loro spalle che restavano vigili sui gradini.

All'interno, il dottor Warner salutò gli stimati ospiti con un inchino e sorrisi, sinceramente felice per la coppia ma in particolare per Lisa, con cui si complimentò timidamente, dicendo che era la sposa più bella che avesse mai visto. Sua signoria ispezionò la stanza e notò con soddisfazione le due sorelle de Crespigny, la signora Warner e la signora Cobban, che si abbassavano nell'appropriata riverenza, riconoscendo l'elevato stato sociale della cugina come moglie del secondo figlio di un duca, e cognata del duca di Roxton.

Henri-Antoine sorrise, senza riuscire a nascondere il suo orgoglio, quando annunciò a tutti quanti i presenti: "Permettetemi di presentarvi mia moglie, lady Henri-Antoine Hesham, patronessa della Fondazione Fournier..."

*Andate dietro le quinte di Il Figlio del Satiro—esplorate i posti,
gli oggetti e la storia del periodo su Pinterest.*
www.pinterest.com/lucindabrant

*Dall'idea alla copertina: i costumi, i gioielli e il servizio fotografico.
La realizzazione dall'inizio alla fine:*
www.youtube.com/lucindabrantauthor
www.lucindabrant.com/blog/satyrs-son-cover-reveal

www.ingramcontent.com/pod-product-compliance
Lightning Source LLC
Chambersburg PA
CBHW060736190726
48285CB00001B/234